御製

佛光恩照　三千大千　隨緣徧滿
恒沙法界　普度衆生　悉證菩提
身心安泰　年時豐稔　風雨調順
日月升恒　乾坤清寧　百昌蕃熾
上下樂利　中外協和　庶物咸亨
萬善圓成　情與無情　同登正覺

大清雍正十三年四月初八日

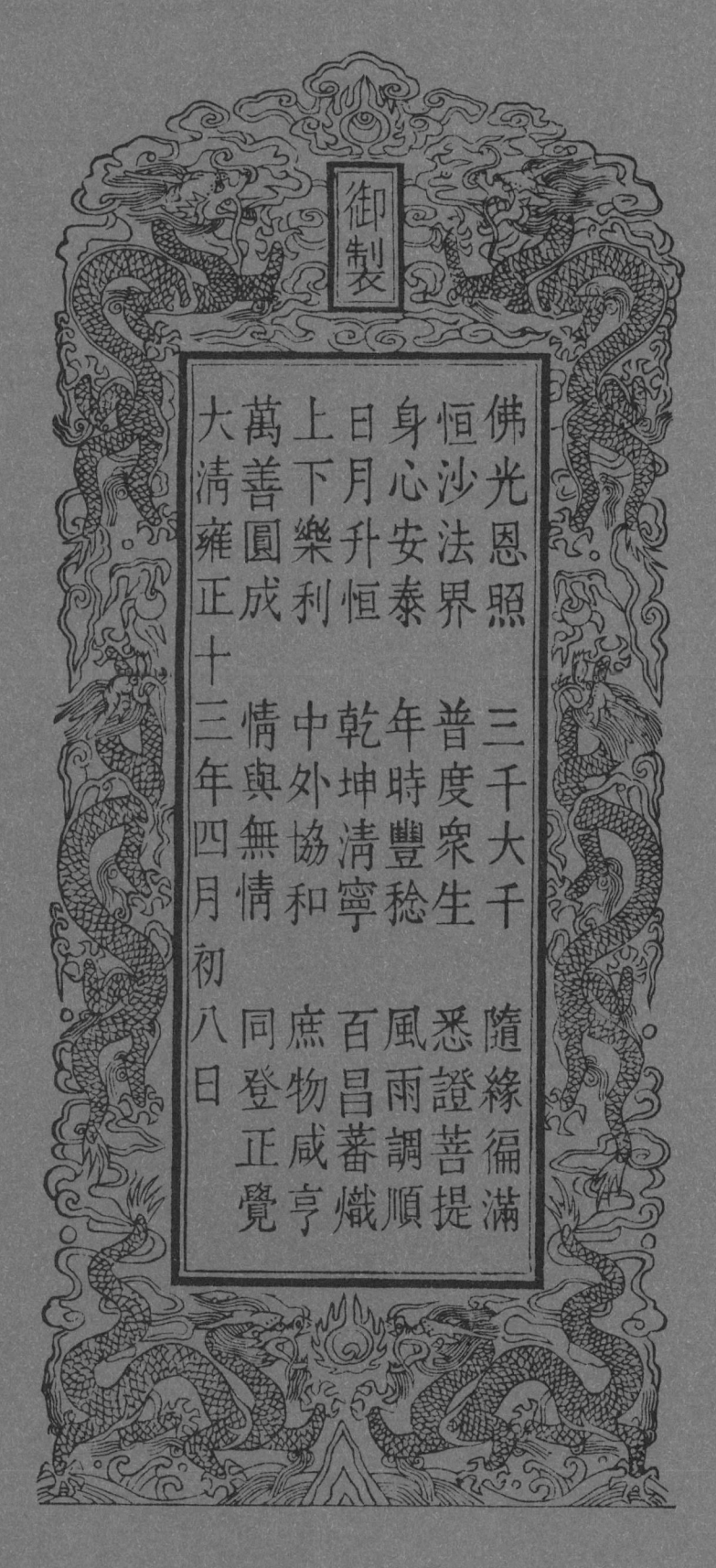

第九四册　小乘論（六）

阿毗曇毗婆沙論

北涼沙門浮陀跋摩共道泰譯

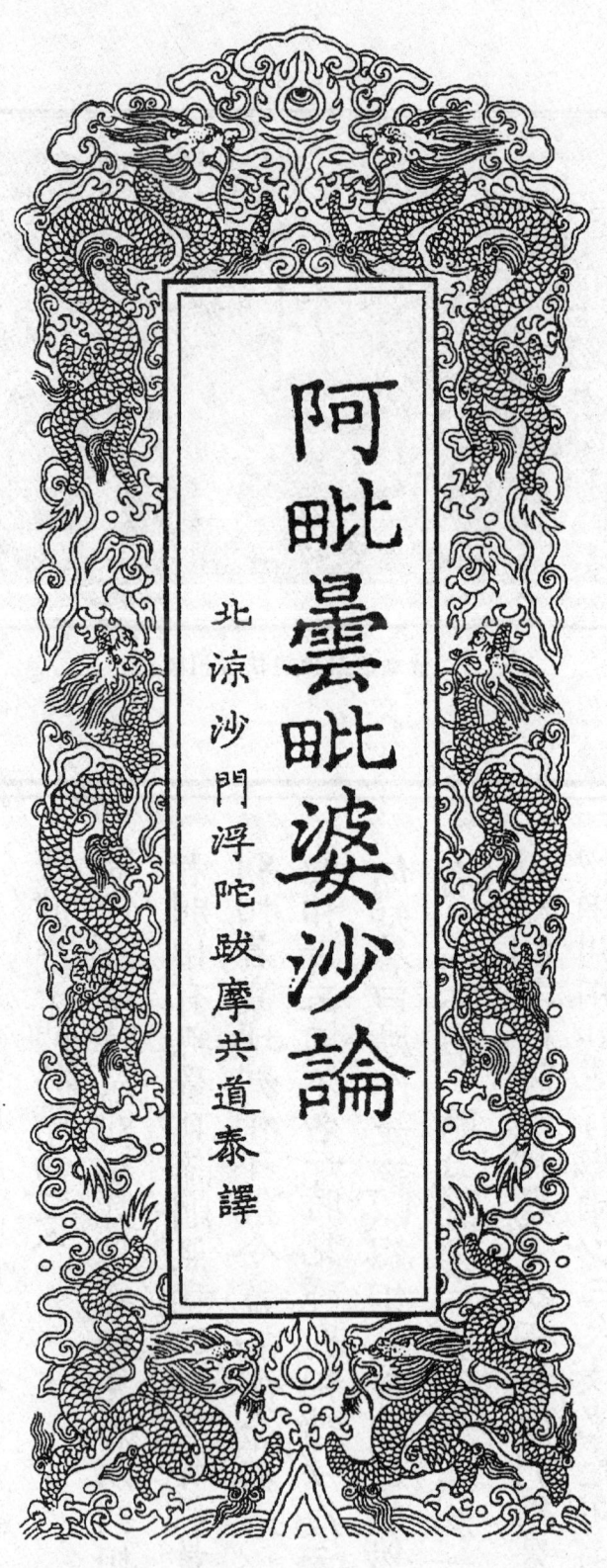

清刻龍藏佛說法變相圖

阿毗曇毗婆沙論卷第六十一

迦旃延子造

北涼沙門浮陀跋摩共道泰譯

使揵度十門品第四之八

問曰見諦時爲別相見爲總相見若以別相者別相有無量見諦則無竟已如地有無量別相若觀地別相不能令盡而便命終若以總相者云何不名一時見諦別相諸法復云何知答曰應作是說以總相見諦問曰若然者云何不名一時見諦答曰以總相者於一諦總相非四諦總相爲少分相故分別無量總相別相如地有總相以三大故地是別相一切地皆是堅相是總相四大是色陰色陰有總相別相別相者以四陰故總相者一切色皆是障礙五取陰是苦諦苦諦有別相總

相別相者以三諦故總相者一切苦皆是逼切相以如是總相見諦以無常苦空無我行見諦以苦諦故是總相以餘三諦故是別相以諦故是別相以陰故是總相復次一諦非四諦四諦非一諦是故不一時見諦復次一行非四行四行非一行是故不一時見諦復次以覺所覺分明了了故根根義所境界境界亦分明了了故不一時見諦復次以有漏無漏別故不一時見諦復次以有爲無爲差別故不一時見諦復次苦諦不一時見先見欲界苦後見色無色界苦先見欲界諸行因後見色無色界諸行因先見欲界諸行滅後見色無色界諸行滅先見欲界對治道後見色無色界對治道是故非一時見諦云何知別相法耶答曰見諦時不知別相法一切別相智所應知者盡以總相智知復次若緣諦別相無知若緣諦總相無知一時斷故是故總相見諦時亦知別相所知

佛經說未知苦聖諦當知阿毗曇說云何智所知法答曰一切法問曰一切諸法是智所知如阿毗曇說佛經何故但說知苦耶答曰佛經說知苦是出世間智阿毗曇說知一切法是世間出世間智如世間出世間有漏無漏縛解繫不繫當知亦如是復次佛經說知苦是近智阿毗曇說知一切法是近智遠智如近遠俱不俱當知亦如是復次以總相知故佛說知苦以總相別相知故阿毗曇說知一切法如總相知別相知總相解別相解總相觀別相觀當知亦爾復次佛經說不共智阿毗曇說共不共智復次佛經說見苦時阿

毗曇說觀行時復次解有二種一者假名二者實義佛經說假名解知苦阿毗曇說實義知一切法問曰云何假名解答曰現見苦是知果現見集是知因證滅時知滅有二功德不在身中行修道時爲斷一切煩惱道以如是等總相解故名假名解尊者波奢說曰佛經說當知苦或謂但當知苦更不知餘是故阿毗曇作如是說應知一切法佛經說當斷集或謂但當斷集更不斷餘是故阿毗曇作如是說云何斷法一切有漏法佛經說當證滅或謂但當證滅更不證餘是故阿毗曇作如是說云何證法答曰一切善法佛經說當修道或謂但當修道更不修餘欲令此事決定故阿毗曇作如是說云何修法答曰善有爲法復次爲斷生死根本及道故佛經說當知共身見是六十二見根六十二見是煩惱根煩惱是業根業是報根依報故生善不善無記法身見知苦時斷是故佛經唯說知苦復次若知苦時斷五我見十五我所見是故佛經唯說知苦復次知苦時斷二見謂身見邊見得二三昧謂空無願是故佛經唯說知苦復次無始已來衆生於陰中計我想人想命想誰能斷此惡想使住善想唯知苦能是故佛經唯說知苦復次衆生無始已來於此無常無我無樂無淨陰中計有常我樂淨誰能斷如是顛倒唯有知苦是故佛經唯說知苦復次爲斷貪著陰者故衆生無始已來爲此陰受苦痛逼切如負重擔受是苦已復追求陰以追求故復更生陰猶如小兒爲乳母所打還復歸趣彼亦如是爲苦所逼還復歸

苦是故佛經唯說知苦復次行者見苦時令無始已來諂曲之心邪見顛倒煩惱惡行皆令正直是故佛經唯說知苦復次若知苦時亦名斷苦若斷集時不名知集是故佛經唯說知苦復次行者知苦時住顛倒想無有是處以分別故說苦行者知苦更不知餘諦若有人問此陰爲是常是無常耶答言無常無一刹那住故是苦是樂耶答言是苦如熱鐵丸是淨不淨耶答言不淨猶如糞穢有我無我耶答言中無有人無作者受者但是諸行糞穢之聚復次苦如癰瘡常自困苦如箭入身如刀自割如毒自殺如火自燒如怨自害如住邊城多受厄難復次行者見苦時名眞佛出世間如法入佛法得無障礙受行佛法復次行者見苦時捨舊緣得新緣捨共得不共捨世間得出世間復次行者見苦時未開無漏道門令開未曾捨凡夫性令捨未曾得聖道令得復次行者見苦時捨名得名捨界得界捨性得性捨名得名者捨凡夫名得聖人名捨界得界者捨凡夫界得聖人界捨性得性者捨凡夫性得聖人性復次行者見苦時得心不得心因得業不得業因得明不得明因復次行者見苦時得離五人聚入八人聚五人聚者謂五逆人八人聚者謂四向四果復次行者見苦時捨如樹花凡夫性得住如門閫聖性復次行者見苦時初得於法不壞信復次行者見苦時得無有是處法如說無有是處是見諦具足人不故殺生不故犯戒乃至廣說以如是等事故佛經唯說知苦佛經說集聖諦應知應斷阿毗曇說云何斷

法謂有漏法若作是說生後有愛是集聖諦者則生是難如阿毗曇說云何斷法一切有漏法何故佛經但說生後有愛是集諦耶答曰前說愛所以此中應廣說若作是說一切有漏因是集諦則生是難如苦亦應斷何故佛經但說斷集答曰爲不生苦故佛作是說汝等若不欲苦應當斷集若斷集者苦則不生復次爲不生果故佛作是說若汝等不欲果者應當斷因若斷因者果則不生復次欲斷苦流故猶如水相續流若不斷其源則水流不止若斷其源水則不流如是若不斷苦源苦流不止若斷苦源苦流則止復次若斷集者則斷俱因俱繫得解得無漏解脱得斷非想非非想處一切徧因復次若斷因者果亦斷因若滅果亦滅捨因亦捨果吐因亦吐果復次爲捨重擔如人身負重擔上險難處爲此重擔之所逼切他人語言汝若爲此重擔所逼切者應斷其擔索若擔索斷擔自當墮衆生亦爾身負陰擔上於生死險難之山爲此陰擔之所逼切佛作是說汝等若不欲負陰擔者應斷於集若斷於集陰擔則墮復次爲對外道故外道不欲苦果而不斷因猶如愚狗捨人逐塊外道亦爾不斷苦因不欲苦果佛作是說汝等若不欲苦果當斷其因若斷其因苦則不生復次集中已有三界上中下果佛作是說汝等若於三界上中下果不欲求者應當斷集若斷集者則三界上中下果更不復生復次以集能生三苦故三苦者謂欲界色界無色界苦佛作是說汝等不欲三苦者應當斷集廣說如上復次以集能

生四苦故四苦者謂四生佛作是說汝等若不欲四苦者廣說如上復次以集能生五苦故五苦者謂五趣佛作是說汝等若不欲五苦者廣說如上以如是等事故佛經說集應知應斷

佛經說苦滅聖諦應知應證阿毗曇說云何得作證法答曰一切善法問曰如阿毗曇說一切善法應證佛經何故唯說證滅答曰此滅是解脫亦是不繫相復次此滅無處所無有所依復次此滅是因無果是果無因復次此滅是因非有因是所作非有所作是緣非有緣是離非有離是果非有果復次此滅能令陰無非無法體復次此滅息三攝四捨五復次此滅是一味種種道果淨於四姓名無上法復次此滅是無漏得是有漏無漏滅是非學非無學得是學無學非學非無學滅是不繫得是繫不繫滅是無斷得是修道斷或不斷滅是滅諦攝得是苦諦集諦道諦攝復次此滅是善是常是善離陰是善無有上中下是無前後際復次此滅是沙門果非沙門是婆羅門果非婆羅門是梵行果非梵行是道果非道以如是等事故佛經說應證滅佛經說苦滅道聖諦應知應修阿毗曇說云何修法答曰一切有爲善法問曰如阿毗曇說一切有爲善法皆應修何故佛經但說修道答曰以道應修應習故復次以道有二種修故一得修二行修世俗道有四種修謂得修行修對治修除去修復次此道修時不斷緣愛世俗道修時斷於緣愛復次此道修時其性出而不没世俗道修時其性亦出亦没於

欲界而出於初禪而没乃至於無所有處而出於非想非非想處而没問曰無漏道亦爾離欲界欲而生初禪乃至離無所有處欲而生非想非非想處答曰世俗道於彼處生報非無漏道復次此道若修則減損毀壞於有世俗道修時則增益長養於有復次此道若修則令有不相續斷增長生老病死法世俗道修時令有相續增長生老病死法復次此道若修是滅苦集道是滅增長生老病死道世俗道修時是苦集道是增長生老病死道復次此道修時不爲身見作所緣乃至不墮苦集諦中世俗道雖修爲身見作所緣乃至墮苦集諦中復次此道修時不爲界趣生增長生死法作因世俗道雖修爲界趣生增長生死法作因復次此道修時能盡界趣生增長生死法世俗道雖修不能盡界趣生增長生死法復次此道修時是沙門是沙門果是婆羅門是婆羅門果是梵行是梵行果是有果以如是等事故佛經唯說修道問曰聖行名有十六種體有幾耶答曰或有說者名有十六體有七緣苦四行名有四體亦有四緣集四行名有四體有一緣滅道亦爾問曰何故緣苦四行名有四體亦有四答曰緣苦四行是顛倒近對治如顛倒名有四體亦有四此行亦爾評曰應作是說聖行名有十六體有十六如名體名數體數名相體相名異體異當知亦如是問曰聖行體性是何答曰體性是慧彼慧體是行行餘行亦爲行所行彼相應法體非行行餘行亦爲行所行彼共有法體非行不行餘行爲行所行復有說者聖

行是心心數法若作是說聖行體性是心心數法者相應法體性是行行餘行爲行所行不相應法體非行不行餘行爲行所行復有說者聖行體性是一切法若作是說聖行體性是一切法者相應法體是行行餘行爲行所行不相應法體是行不行餘行爲行所行評曰應作是說聖行體性是慧如先所說此是行體性乃至廣說

巳說體性所以今當說何故名無常行乃至名乘行耶答曰以二事故是無常一以所作二屬於緣所作者一切有爲法所作唯一剎那頃屬於緣者待因緣而生苦病逼切如負重擔是苦對我所見故是空對我見故是無我因如種子法集如出現法有如相續法能生故是緣如泥團杖輪水縷等合集故瓶生

彼亦如是諸陰盡是滅無三相故是止是善是常故是妙是離更無所離故是離對邪道故是道對不正故是正能到解脫城故是迹體性是出不沉没故是乘復次非究竟故是無常如重擔故苦内無人無作者無受者無說者故空不自在故無我生故是因出現故是集流故是有作相故是緣不相續盡相續故是滅滅三火故是止無苦惱故是妙無過患故是離能去故是道相應方便故是正能到正故名迹畢竟過生死故是乘問曰見苦諦時見苦四行謂無常苦空無我何故但說苦諦不說無常空無我諦耶答曰應說而不說者當知此說有餘復次若說苦諦當知巳說無常空無我諦復次此行是不共行唯在苦諦中無常行在三諦中空無我行在一切

法中復次此行與有相違能棄生死若有美妙飲食持與小兒而語之言此食是苦小兒聞巳便生捨心而不欲食復次此行是一切所信處謂愚智内道外道復次智所知善分別故佛經說苦智爲知何法答曰知苦如智所知解所解行所行根根義所境界境界當知亦如是復次此行是舊法是舊文句過去諸佛說苦諦苦行今佛亦說苦諦苦行問曰見集諦時見集四行謂因集有緣何故但說集諦不說因有緣諦答曰應說而不說者當知此說有餘復次若說緣集諦當知巳說因有緣諦復次智所知善分明故佛經說集智爲知何法答曰知集如智所知乃至所境界境界說亦如是復次此行是舊法是舊文句過去諸佛說集諦集行今佛亦說集諦集行

問曰見滅時見滅四行謂滅止妙離何故但說滅諦不說止妙離諦答曰應說而不說者當知此說有餘餘如集諦說道諦隨義說亦如是滅諦名涅槃名不相似名非品名無色名第一名勝智果名阿羅漢不應親近不應修名可受名近名妙名離廣解如雜揵度

佛以聖語爲四天王說四諦二解二不解佛欲饒益憐愍故復作陀毗羅語說四諦謂伊禰彌禰蹜被陀蹜被彼二不解者一解一不解世尊欲饒益憐愍故作彌梨車語說四諦謂摩奢兜奢僧奢摩薩婆多毗羅緻是名苦邊四皆得解問曰佛能以聖語爲四天王說四諦令其解不若能者何故不使他解不能者偈所說云何通如偈說

佛以一音演說法　而現種種若干義

衆生皆謂獨爲我　解說諸法不爲他

一音者謂梵音現種種義者若會中有眞丹人者謂佛以眞丹語爲我說法如有釋迦人夜摩那人他羅陀人摩羅娑人佉沙人兜佉羅人如是等人在會中者彼各各作是念佛以我等語獨爲我說法若貪欲多者佛爲我說不淨瞋恚多者佛爲我說慈心愚癡多者佛爲我說緣起衆生皆謂爲我解說諸法不爲他者時會各謂佛爲說法不爲他答曰應作是說佛能問曰若然者何故不令他解答曰爲滿足諸天王心所念故二天王作是念若佛爲我作聖語說四諦者我則能解一天王作是念若佛以毗羅語說四諦者我則能解一天王作是念若佛以彌棃車語說四諦者我則能解如其念而爲說之復次欲現知衆生語言音聲故或謂如來唯能作聖語不能作餘語欲令如是疑心得決定故而作是說復次受化者或於如來不變形言而得受化或於如來變異形言而得受化若於如來不變形言得受化者若變形言而受化者則不能解曾聞佛在摩伽陀國爲尊弗迦羅娑羅故步行經十二由旬令七萬衆生皆得見諦皆以不變形言故若變形言彼諸衆生則不能見諦若衆生應見如來變現形言而得度者若不變形言則不得度復有說者不能世尊非境界事不能爲境界佛雖得自在不能以耳見色眼聽聲問曰若然者偈義云何通答曰此是歎說如來之言所說太過如毗婆闍婆提作如是說如來常定善安住念慧故如來不眠以離蓋故如是皆是歎說如來

過美之言復次如來言音能徧一切聲境界如其所念皆悉能語如來秦語勝秦中生者如來若作彌梨車語勝彌梨車中生者復次如來語言速疾迴轉若作秦語次作釋迦語以速疾迴轉故人謂一時

佛經說諸比丘是苦聖諦曾從他聞於法中正觀思惟生眼智明覺諸比丘是苦聖諦我應當知曾從他聞廣說如上諸比丘是苦聖諦我已知曾從他聞廣說如上集滅道說亦如是諸比丘是苦聖諦曾從他聞廣說如上是說未知欲知根諸比丘是苦聖諦我應當知曾從他聞廣說如上是說知根諸比丘是苦聖諦我已知曾從他聞廣說如上是說知已根如是餘一一諦三轉生三根亦爾尊者達摩多羅作如是說我思惟此所說法舉身毛竪如來所說義無相違不失次第今此所說失於次第所以者何此中知已根後說未知欲知根如是觀法非佛辟支佛聲聞所觀所以者何無有知已根後起未知欲知知根現在前者若欲捨是所說是則不可所以者何此是如來最初之說五比丘八萬諸天爲證若欲不捨此所說者失於次第彼尊者雖有此念而不捨此說但正其文此經應如是說諸比丘是苦聖諦曾從他聞於法中正觀思惟生眼智明覺是集聖諦是滅聖諦是道聖諦廣說如上諸比丘是苦聖諦我應當知是苦集諦我應當斷是苦滅諦我應當證是苦滅道諦我應當修廣說如上諸比丘是苦聖諦我已知是苦集諦我已斷是苦滅諦我已證是苦滅道諦我已修廣說如上若作是

說則不失次第隨順見諦時阿毗曇者作如是說經文不應正所以者何過去諸大論師利根智慧不正經文何況尊者達摩多羅利根智慧不如前者問曰若然者此所說豈不違次第耶答曰有二種隨順一所說隨順二見諦隨順以所說隨順故世尊作如是說以隨順見諦故尊者達摩多羅作如是說尊者波奢說曰此中不說未知欲知根知已根此中說菩薩欲界聞慧思慧菩薩坐道樹下時作如是方便觀行問曰若然者此說云何通如說諸比丘我是時得阿耨多羅三藐三菩提如來以欲界聞慧思慧得阿耨多羅三藐三菩提耶答曰如來本爲菩薩作如是方便觀行時以欲界聞慧思慧觀於諸法生智慧光明除去愚闇義名必得阿耨多羅三藐三菩提如人先以生皮覆面除去之後以紗羅覆面其所障礙而甚微少彼亦如是諸比丘我三轉四諦十二行生眼智明覺問曰如此三轉四諦十二行應有四十八行何故但說三轉四諦十二行耶答曰此是三說十二行法不過十二餘廣說如雜揵度問曰此四聖諦若是體斷亦是緣斷耶答曰或是體斷非緣斷或是緣斷非體斷乃至廣作四句體斷非緣斷者謂苦諦集諦無漏緣無緣法緣斷非體斷者謂道諦緣有漏法體斷緣斷者謂苦集諦緣有漏法非體斷非緣斷者謂道諦緣無漏無緣法一切滅諦四禪初禪第二禪第三禪第四禪問曰何故作此論答曰欲令疑者得決定故波伽羅那說云何初禪答曰初禪所攝善五陰乃至云何第四禪答曰第

四禪所攝善五陰彼中說善禪不說染汙不隱沒無記或謂禪唯是善非染汙不隱沒無記今欲決定說禪是善染汙不隱沒無記故而作此論四禪初禪乃至第四禪問曰何故名禪爲以斷結故名禪爲以正觀故名禪若以斷結故名禪者無色中亦有定能斷結亦應名禪若以正觀故名禪者欲界亦有定能正觀亦應名禪答曰應作是說斷結故名禪問曰若然者無色中亦有定能斷結亦應名禪答曰若定能斷不善無記結者是禪無色定雖能斷無記結不能斷不善結故不名爲禪問曰若作是說唯未至依是禪所以者何能斷不善無記結故答曰此中說過患對治對治有二種有過患對治斷對治上地雖無不善結斷對治有過患對治問曰若作是說上地滅法智道法智一切比智則不名禪所以者何於欲界結不能作斷對治過患對治故答曰雖非全界全地而彼界彼地中有能與欲界結作過患對治者以能者故不能者亦得名禪復次禪中遮少分有少分與欲界結作斷對治過患對治無色界悉遮乃至無一刹那與欲界結作斷對治過患對治者尊者瞿沙作如是說此六地盡能與欲界結作斷對治過患對治以未至禪初出故斷欲界結餘者不斷以未至禪斷故如日光初中後時盡與闇相妨然初出者能除夜闇中後者雖與闇相妨而不除闇以初者除故猶如六人共一怨家而共議言我等若先得怨者必斷其命六人之中一人得怨而殺餘五人雖於彼人是怨而不殺者先已殺故如人持六

燈次第入闇室中初入者除室中闇餘燈雖與闇相妨而不破闇者已先破故如是六地中雖與欲界結作斷對治過患對治以未至禪初生斷欲界結餘地不斷者以未至禪先已斷故若六地非欲界結斷對治者依根本禪得正決定時欲界見道所斷結則無分齊亦不應證解脫得以依根本禪得正決定者於欲界見道所斷煩惱而有分齊證解脫得以是事故知六地盡有欲界煩惱斷對治過患對治復次若定能畢竟斷見道修道所斷結者名禪無色定雖畢竟斷修道所斷結不斷見道所斷結復次若定能徧緣能斷結者名禪無色定雖能斷結不能徧緣欲界定雖能徧緣不能斷結禪定能徧緣亦能斷結復次若定與五陰俱生作依者名禪無色定與四陰俱生作依者不名爲禪復次若定有四枝五枝者名禪無色定無四枝五枝故不名爲禪復次若有樂道處名禪無色定無樂道故不名禪復次若定能與道作依者名禪無色定不能與道作依者不名禪復次若定有三種示現者名禪無色定無三種示現故不名禪復次若定有三無漏根者名禪無色定不具三無漏根故不名禪三道亦如是復次若有二道處名禪二道者謂見道修道忍道智道法智道比智道無色中無見道忍道法智道故不名禪復有說者以正觀名禪問曰若然者欲界亦有正觀應名爲禪答曰若定能正觀亦能斷結者名禪欲界定雖能正觀不能斷結故不名禪復次若定牢固相續久住出入意不捨者名禪欲界定與此相違故

不名禪復次若有定名亦有定用者名禪欲界定雖有定名無有定用猶如澀椽雖有椽名而無椽用禪定猶如木椽亦有椽名亦有椽用復次若定不爲嬈亂風所吹動者名禪欲界定爲嬈亂風所吹動故不名禪猶如四衢道中燈爲風所吹動禪定不爲嬈亂風所吹動故名禪猶室中燈不爲風所吹動彼亦如是

禪有十八枝初禪有五枝覺觀喜樂一心第二禪有四枝内信喜樂一心第三禪有五枝捨念慧樂一心第四禪有四枝不苦不樂捨念一心問曰禪枝名十八體有幾答曰名有十八體有十一初禪有五枝名有五體亦有五第二禪增一枝謂内信第三禪增四枝謂捨念慧樂第四禪增一枝謂不苦不樂是故禪枝名有十八體有十一復有説禪枝名有十八體有十所以者何初禪第二禪第三禪樂俱是一樂枝故不應作是説所以者何初禪樂第二禪樂異第三禪異初禪第二禪樂是猗樂第三禪樂是受樂初禪第二禪樂是行陰攝第三禪樂是受陰攝是故如前説者好如名體名數體數乃至知名知體説亦如是問曰何者是禪何者是枝答曰一心是禪餘者是枝問曰若然者初禪第三禪有四枝第二禪第四禪有三枝答曰一心是禪亦是禪枝餘者是枝非禪如正見是道是道枝餘是道枝如擇法覺是覺是覺枝餘者是覺枝不非時食是齋是齋枝餘者是齋枝如是一心是禪亦是禪枝此是禪枝體性乃至廣説已説體性所以今當説何故名枝枝是何義

答曰隨順義是枝義俱負義是枝義成大事義是枝義牢堅最勝義是枝義別異義是枝義隨順義是枝義者若法隨順彼地立枝俱負重成大事牢堅最勝亦如是別異義是枝義者如軍別異名軍枝如車別異名車枝如是禪別異故名禪枝是故隨順義是枝義乃至廣說問曰若是初禪枝亦是二禪枝耶答曰或是初禪枝非二禪枝乃至廣作四句是初禪枝非二禪枝者覺觀是也是第二禪枝非初禪枝者內信是也是初禪第二禪枝者喜樂一心是也非初禪非第二禪枝者除上爾所事若是初禪枝亦是第三禪枝耶乃至廣作四句是初禪枝非第三禪枝者覺觀喜樂是也是第三禪枝非初禪枝者捨念慧樂是也是初禪枝是第三禪枝者一心是也非初禪枝非第三禪枝者除上爾所事若是初禪枝亦是第四禪枝耶乃至廣作四句是初禪枝非第四禪枝者覺觀喜樂是也是第四禪枝非初禪者不苦不樂捨念是也是初禪枝亦是第四禪枝者一心是也非初禪枝非第四禪枝者除上爾所事是第二禪枝亦是第三禪枝耶乃至廣作四句是第二禪枝非第三禪枝者內信喜樂是也是第三禪枝非第二禪枝者捨念慧樂是也是第二禪枝亦是第三禪枝者一心是也非第二禪枝非第三禪枝者除上爾所事乃至第三禪四句歷第四禪應隨相說

阿毗曇毗婆沙論卷第六十一

音釋

奢詩遮切　諂丑琰切佞言也　癰於容切疽也　閫苦本切門限也　縷力主切綫也　禰乃禮切　蹹達合切　緻直利切　佉丘加切　兠當侯切　竪臣庾切立也　瞿其俱切　埿音泥杇也　猗於羈切

阿毗曇毗婆沙論卷第六十二

迦旃延子造

北涼沙門浮陀跋摩共道泰譯

使揵度十門品第四之九

問曰如猗捨一切地中有何故初禪二禪立猗不立捨耶第三第四禪立捨不立猗耶答曰先作是說隨順義是支義若法隨順彼地者立支猗隨順初禪第二禪故立支捨隨順第三第四禪故立支復次勢用勝故更相覆蔽如初禪第二禪猗勢用勝覆蔽於捨第三第四禪捨勢用勝故覆蔽於猗問曰云何此二法更相覆蔽答曰以所行相違故如一人一時亦行亦住亦眠亦寤一向相違彼亦如是復次對治欲界五識及麤身故初禪立猗爲支對治初禪三識及麤身故第二禪立猗爲支第二禪無麤身故第三禪不立猗爲支第三禪無麤身故第四禪不立猗爲支復次以初禪二禪有染汚喜以是事故佛作是說應猗不應捨是故初禪二禪立猗爲支第三第四禪無染汚喜是故諸聖行捨復次以初禪二禪猗生有所緣如說若心喜時身則生猗第三第四禪猗生無所緣是故諸聖行捨問曰內信一切地盡有何故第二禪地立支非初禪耶答曰先作是說隨順義是支若法隨順彼地者立支內信隨順第二禪地故立支復次初禪覺觀如火識身如汚泥令心擾濁信不明淨如熱濁泥中面像不現第二禪無覺觀火識身汚泥信則明淨如清冷水面像則現彼亦如是復次行者住第二禪於界離欲於地離欲生大信心行者離不定欲界

欲起初禪現在前作如是念我已得離不定界欲不知定界欲爲可離不後離初禪欲起二禪現在前是時於界離欲於地離欲生大信心如初禪地欲可離當知一切地乃至非想非非想處欲盡可離以是事故二禪信立支初禪不立問曰念慧一切地中有何故第三禪地立支非餘地耶答曰先作是說隨順義是支若法隨順彼地者立支念慧隨順第三禪故立支復次第三禪道多諸留難自地亦有留難他地亦有留難他地道多諸留難者第二禪喜漂沒輕躁猶如羅刹令行者離第三禪欲時生諸衰退爲對是事故第三禪立念爲支是故佛作是說汝等當正念莫爲第二禪喜之所漂沒自地留難者第三禪樂受是一切生死中最勝樂令行者樂著不能離上地欲爲如是事故第三禪慧立支是故佛作是說汝等應於是樂莫生貪著不求上地離欲法問曰念慧一切地中有何故第四禪地立念爲支不立慧答曰先作是說隨順義是支若法隨順彼地者立支念隨順第四禪故立支慧不隨順故不立支復次第四禪道多諸留難他地有留難自地道無留難者第三禪地樂受於一切生死中最勝行者貪著故不求離上地欲是故佛作是說汝等應當正念莫爲第三禪地樂之所覆沒以自地無留難故不立慧爲支復次第四禪地立不苦不樂受爲支不苦不樂受是無明分慧是明分明無明是相違法故問曰若是禪支亦是助道分耶答曰或是禪支非助道分乃至廣作四句是禪支非助道分者初禪觀第三

禪樂第四禪不苦不樂是也是助道分非禪支者精進正語正業正命是也是禪支亦是助道分者諸餘助道分是也非禪支非助道分者除上爾所事問曰初禪觀第三禪樂第四禪不苦不樂何故不立助道分耶答曰以覆蔽故初禪地觀爲覺所覆蔽故不立助道分第三禪地樂爲猗樂所覆蔽故不立助道分第四禪地不苦不樂爲行捨所覆蔽故不立助道分以如是事故不立助道分問曰精進何故不立禪支答曰禪支於自地勝精進於他地勝初禪地精進作第二禪地方便勝乃至無所有處精進作非想非非想處方便勝復次精進與生定法相妨與何生定法相妨答曰樂如說樂故定心生衆生行精進者必苦問曰何故正語正業正命不立禪支耶答曰禪支是相應是有緣是有行是有依是有勢用正語正業正命與此相違故不立禪支問曰若是禪支亦是念處耶若是念處亦是禪支耶若是禪支亦是正斷神足根力覺道分耶若是正斷神足根力覺道分亦是禪支耶應隨相廣說復作是問若是初禪支亦是助道分耶若是助道分亦是初禪支耶乃至第四禪問亦如是應隨相廣說復作是問若是初禪支亦是念處正斷神足根力覺道分耶若是念處乃至八道分亦是初禪支耶乃至第四禪問亦如是應隨相廣說問曰諸邊及無色定爲立支不若立者此中何故不說若不立者施設經云何通如說頗有空處定於空處定道勝根勝定勝支等耶答曰有從空處定起次第還入空處定答曰或有說

者說邊及無色定立支施設經所說善通此中何故不說答曰應說如初禪有五支邊亦有五支除喜增不苦不樂受如根本第二禪有四支邊亦有四支除喜增不苦不樂受如根本第三禪有五支邊亦有五支除喜增不苦不樂受如根本第四禪有四支邊亦有四支如第四禪四無色定亦應爾評曰諸邊及無色定不立支是故此中不說問曰施設經所說云何通答曰此中說根勝道勝定勝者以後定用前定爲因生故支等者說覺道支問曰何故初禪第三禪立五支第二第四禪立四支耶答曰先作是說隨順義是支若法隨順彼地者立支五支隨順初禪第三禪故立五支四支隨順第二第四禪故立四支復次欲界是難斷難除難過之界必須牢強對治是故彼對治初禪立五支第二禪喜難斷難除難過故必須牢強對治是故彼對治第三禪立五支初禪不難斷難除難過故不須牢強對治是故彼對治第二禪立四支復次爲對欲界五種境界愛故初禪立五支爲對二禪五種喜愛故第三禪立五支初禪無五種境界愛故第二禪不立五支第三禪無五種喜愛故第四禪不立五支復次欲令行者入超越定得隨順故起五支定入五支定起四支定入四支定問曰如起第三禪入空處定若是四支或是無支此中云何得隨順耶答曰一切外法內法所作初須隨順後事成時則不須隨順外法所作者曾聞有王名旃陀掘臣名遮那伽於十二年造出金法始成得一麥粒許便作師子吼我今力能造作金

山内法所作者如行者修神足時初能舉身離地如半胡麻轉如胡麻半麥一麥半指一指半寸一寸半尺一尺半肘一肘半尋一尋衣鉤衣枷後若成時舉身至阿迦膩吒天如是外法内法事未成時必須隨順事已成後不須隨順彼超越定亦爾事未成時起三支定入五支定起四支定入四支定事已成後起五支定入四支定若無支定

佛經說有四種勝心數法定受現法樂問曰何故名四種勝心數法定答曰彼定有大勢力能成大事有大功用是根本禪是故根本四禪名勝心數法定復次彼定中多諸心數法可得故如無量解脫勝處一切處無礙無諍願智半多俱置等是故名勝心數法定復次行者於彼定得多種心受樂如無量解脫乃至空空三昧無相無相三昧無願無願三昧是故名勝心數法定受現法樂者問曰此法亦受後法樂不但現法樂何故說言受現法樂不說受後法樂耶答曰應說如說受現法樂亦應說受後法樂而不說者當知此說有餘復次若說現法樂當知已說後法樂所以者何後法樂必因現法樂故如說先於此修定後生彼處復次現法樂能令後法樂相續非後法樂能令現法樂相續是故說現法樂復次現法樂是後法樂方便所依門復次現法樂是一切所信處如愚智内道外道皆信現法樂後法樂或有信者或有不信者不信後法樂者如外道復次諸凡小貪著少欲樂不求離欲佛作是說汝等若欲得廣大樂者當斷欲愛起根本禪現在前當受廣大之

樂復次現法樂一切盡受後法樂有受者有不受者以如是等事故佛說禪是現法樂非後法樂佛經說諸比丘有四種天道能令衆生不淨者淨淨者轉更明勝問曰云何立天道爲以得正決定爲以盡漏耶若以得正決定立天道者則應有六所以者何依六地得正決定故六地者未至中間根本四禪若以盡漏者則應有九所以者何行者依九地得盡漏故九地者謂未至中間四禪三無色定答曰應作是說亦以得正決定亦以盡漏故立天道是說則遮無色定問曰若然者天道應有六尊者波奢說曰此中說禪及眷屬故有四無六尊者瞿沙作是說此中說清淨天名天天有三種一假名天二生天三清淨天假名天者謂人王等生天者從四天王天乃至非想非非想處天清淨天者謂阿羅漢此中說清淨天名天得二種道謂見道修道忍道智道法智道比智道能令身心清淨者復次於生天道生怖畏想欲令安住實義天道故佛說此經有四種天道生天者謂三十三天是也彼有四種園林一名質多羅虵二名頗留沙三名彌尸迦婆那四名難陀那彼園林中有四種道種種婇女所遊行處作諸音樂燒衆名香安置種種餚饍飲食隨意生形鳥出種種音能令諸天遊戲園林受於快樂諸聖亦示滅盡涅槃爲園林四禪爲道種種道品善法而嚴飾之令諸賢聖受種種快樂入於涅槃云何四種天道如比丘離欲惡不善法乃至廣說問曰盡離欲界法何故佛但說離欲惡不善法耶答曰如佛說離欲惡不

善法當知已說盡離欲界法復次此法體應斷斷已則不成就與聖道相妨有漏善法不隱沒無記法不與聖道相妨欲惡不善法與聖道相妨若斷欲惡不善法當知有漏善法不隱沒無記法亦斷所以者何同一對治斷故譬如燈不與炷油器相妨而與闇相妨若破闇時亦燋炷盡油令器熱復次以此法難斷難除難過故復次以此法是重惡多諸過患故復次此法離欲愛時多作留難令離欲法不得相續如守門人不令他人入彼亦如是復次行者爲對除此法故修初禪定道復次行者以憎惡此法故盡離欲界復次此法上地所無所不行故以如是等事故佛說離欲惡不善法問曰此中何者是欲何者是惡不善法答曰資生欲是欲煩惱欲是惡不善法復次欲是五欲惡不善法是五蓋復次欲是欲愛使惡不善法是餘煩惱復次欲是欲界惡覺惡不善法是恚覺害覺復次欲是欲界惡不善法是恚界害界復次欲是欲想惡不善法是恚想害想有覺有觀者與覺俱故名有覺與觀俱故名有觀離生者問曰如上地離清淨妙好何故但說初禪離不說上地離答曰說始以顯終故世尊或說始以明終或說終以明始說始以明終者如此中說說終以明始者如說何處受身不自害命不害他命佛告舍利弗非想非非想處天受身不自害命亦不害他命如始終初入已度方便畢竟亦如是復次以此離初入初得故復次初禪離從離生從初禪定心生如因陸生故名陸生因水生故名水生彼亦如是因離生故名

離生復次初禪離爲二種無漏所守護二種者謂未至中間復次初禪離是上地離方便所依門復次初禪離能生養增廣上地離復次初禪離是上地離因根本有集緣生起處復次初禪離對非離法故欲界非離法誰是近對治謂初禪離是復次欲令疑者得決定故如欲界有覺觀有識身有尊卑有眷屬初禪亦爾或謂欲界有如是過故非離欲初禪亦有如是過故非離欲令此疑得決定故說初禪有離復次欲令行者心歡喜故行者離欲惡不善法起初禪離生大歡喜勝於後時起上地離猶如飢人初得蔬食勝於後時得好美食復次以初禪能起諸離現在前復次以依初禪能令三種行人入正決定得果離欲盡漏三種行人者謂具縛離欲漸離欲人

復次以依初禪故令三種信解脫轉根作見到三種信解脫者謂次第漸離欲離欲人復次以初禪離能對治三界復次以初禪有得四沙門果道有九斷智果道有七覺支八道支是三十七助道法有七種修道有苦根憂根無慚無愧男根女根婬欲摶食愛五蓋五欲對治法復次以初禪是五陰十二入十八界對治法以如是等事故佛經說初禪是離喜樂者喜是喜根樂是猗樂復次喜是受陰攝樂是行陰攝入初禪者若得成就初禪善五陰是名入初禪已滅覺觀乃至廣說問曰如離初禪欲盡滅初禪法何故佛但說滅覺觀耶答曰如佛說滅覺觀當知已說滅初禪法復次以覺觀難斷難除難過故復次以此法是重多諸過患復次此法離初禪愛多作

留難令離欲法不相續如守門人不令他入彼亦如是復次行者爲對治此法故修二禪定道復次行者憎惡此法故盡離初禪復次此法上地所無不行故以如是等事故佛說滅於覺觀生内信者内是心信是信根心信此法故名内信尊者和須蜜說曰覺觀擾亂定心覺觀若滅心則清淨故名内淨如水不波浪時名爲澄清彼亦如是染污喜令定心濁彼若滅心則清淨譬如濁水澄清則名爲淨尊者達摩多羅說曰行者入第二禪時於彼禪心則寬博信樂堪忍久住樂觀彼法心不移動住於一處有是處所有是體性我得第二禪心住一處者心唯行一門中故欲界心行於六門初禪心行於四門第二禪心行於一門故言心住一處無覺無觀者覺觀已

滅故定生者問曰如初禪亦有定何故第二禪說定初禪不說耶答曰以二禪定明淨勝妙勝初禪定復次二禪中定從定生定所長養定後現在前定者謂初禪初禪定是初定從不定心後現在前不定心者謂欲界心復次初禪有定不定心有内向心有外向心或緣外法或緣内法第二禪惟定惟内向心惟緣内法復次以第二禪滅聲根本聲根本者是覺觀如說有覺觀者能出語聲非無覺觀第二禪中無有是事復次第二禪說是賢聖默然法如佛告目揵連汝莫輕慢第二禪此是賢聖默然法以如是事故說二禪定不說初禪喜樂者喜是喜根樂是猗樂復次喜是受陰攝樂是行陰攝入第二禪者若得成就第二禪善五陰名入第二禪離喜住捨乃至

廣說問曰如離二禪欲時盡離第二禪法何故世尊獨說離喜答曰如佛說離喜當知已說離二禪法復次以喜難斷難除難過故復次以喜是重多諸過患故復次此法離二禪愛時多作留難令離欲法不相續如守門人不令他入彼亦如是復次行者爲對治此法故修三禪定道復次行者憎惡此法故盡離二禪復次此法上地所無不行故以如是等事故佛說離喜住捨有念慧身受樂者身者是意身復次若說意受樂令四大身亦受樂是賢聖所說應捨者所說爲他應捨者是自身問曰如一切地盡是賢聖所說應捨何故佛獨說第三禪應捨答曰以第三禪道多諸留難有自地留難亦有他地留難他地道留難者第二禪喜漂沒輕躁猶如羅剎令行者於離二禪欲法而便衰退自地道留難者第三禪地有一切生死中最勝樂行者生貪著故不求上地離欲法是故說道者爲初行人說留難處第三禪道多諸留難謂第二禪喜汝等應修正念離第二禪欲時莫爲喜所漂沒自地留難者謂一切生死中最勝樂汝等應以正慧除去貪著應求上地離欲法譬如商人爲諸新學商人不知方土過患者說留難事此城中多諸婬女聚博飲酒欺誑之處汝等應遠離之勿令他欺劫奪財物永盡彼亦如是住念樂入第三禪者若得成就第三禪善五陰是名入第三禪斷樂乃至廣說問曰離第三禪欲時盡斷第三禪諸法何故唯說斷樂答曰如佛說斷樂當知已說斷第三禪法復次以樂難斷難除難過故復次以樂

是重多諸過患故復次此樂離第三禪愛時多作留難令離欲法不相續如守門人不令他入彼亦如是復次行者爲對治此法故修第四禪定道復次行者憎惡此法故盡離第三禪復次此法上地所無不行故以如是等事故佛說斷樂斷苦者問曰離欲界欲時行者已斷苦根何故離三禪欲時言斷苦耶答曰此中說已斷名斷說遠名近如已來名來如說大王從何處來彼已來不名來此中說已來名來餘廣說如上此亦如是已斷名斷遠名爲近復次此中說雙法畢竟斷故苦樂是雙離欲愛時雖斷苦樂而樂不畢竟斷離第三禪欲畢竟斷樂復次斷樂者是第三禪樂斷苦者是彼相應心心數法復次斷樂者是第三禪斷苦者是第三禪出入息賢聖以

出入息作苦想甚於凡夫受阿毗地獄苦復次斷樂者是第三禪樂斷苦者亦是樂根如說無常故苦先滅憂喜者離欲愛時滅憂根離二禪欲時滅喜根故說先滅憂喜不苦不樂者說不苦不樂受捨者說行捨淨念者問曰下地無漏念亦是淨何故說第四禪念是淨耶答曰第四禪念以無八事故名淨謂無苦無樂憂喜覺觀出入息復次彼念無内外留難故下三禪中有内外留難初禪内留難者有如火覺觀外留難者爲火所燒第二禪内留難者有如水喜外留難者爲水所漂第三禪内留難者有如風出入息外留難者爲風所散第四禪無内外留難復次以第四禪念不忘失故三禪爲災所及念有忘失第四禪念不爲災所及故無有忘失復次無煩惱

及患故或有念無煩惱有患有念無患有煩惱有念無煩惱無患有念有煩惱有患無煩惱有患者三禪中無漏念無患有煩惱者第四禪中有漏念無煩惱無患者第四禪無漏念有患有煩惱者三禪中有漏念及欲界念復次以依所依清淨故第四禪所依身明淨猶如燈光如所依明淨故彼念亦明淨復次第四禪是滿足依諸依中最勝地是到彼岸法復次第四禪是中依猶如齊上有三地無漏下有三地無漏復次第四禪是偏依不動定復次以第四禪有二事廣一處所廣二善根廣復次第四禪處恒河沙諸菩薩等得正決定成阿耨多羅三藐三菩提一切菩薩盡依第四禪得正決定成阿耨多羅三藐三菩提復次以三種行人盡依第四禪入正決定得果盡漏三種行人者謂佛辟支佛聲聞復次以第四禪四大最勝形色最勝故復次以第四禪中念前世智從欲界至第四禪盡能緣以如是等事故佛說第四禪念名淨入第四禪者若得成就第四禪善五陰是名入第四禪佛經說憂根以初禪滅苦根以第二禪滅問曰二根俱離欲時滅佛何故說憂根以初禪滅苦根以第二禪滅耶答曰佛說過對治法離欲界欲時雖斷苦彼對治不名過若離對治初禪欲時彼對治名過誰是彼對治答曰初禪是復次此中說性過離欲愛時雖斷苦根不過其性誰是其性答曰識身是復次此中說過所依離欲愛時雖斷苦根不過所依離初禪欲時過其所依誰是所依答曰識身是復次此中說覺觀是苦賢聖於覺觀

作苦想甚於衆生受地獄苦
佛經說均陀當知此勝四心數法定受現法樂行禪比丘應知入知起均陀當知此四無色寂靜解脫行禪比丘應當爲他解說問曰何故說禪言知說無色言應當爲他解說耶
答曰以禪是麤現見了了法行禪者從禪起復欲入禪佛作是說若欲入者隨意復入無色定微細不現見不了了行禪者從無色定起不欲復入佛作是說若不欲復入者出定入定之法應爲他人而解說之莫忘失此法
復次禪有種種不相似法故行禪者從禪出巳復還欲入佛作是說若欲入者隨意而入無色定無有種種不相似法行禪者出巳不欲復入是故佛作是說若不欲入者出定入定之法應爲他人解說莫忘失此法復次禪中有多諸功德善利故行禪者出巳復還欲入是故佛作是說若欲入者隨意而入無色定無多功德善利行禪者從彼定出不欲復入是故佛作是說若不欲入者應當爲他人解說莫忘失此法復次禪徧照法能緣自地亦緣上下地行禪者出巳徧還欲入佛作是說若欲入者隨意而入無色定非徧照法能緣自地亦緣上地不能緣下地行禪者從彼定起巳不欲復入是故佛作是說若不欲入者應爲他人而解說之莫忘失此法
佛經說四禪有四善利四無色定有一善利
問曰佛何故說四禪有四善利說四無色有一善利耶答曰先所說諸答此中應廣說更有二不同答一以禪有三種謂有覺有觀無覺有觀無覺無觀故有四善利無色定唯無

覺無觀故有一善利二以禪有種種根謂喜根樂根捨根故有四善利無色定無種種根惟一捨根故有一善利問曰禪善利有何差別答曰名即差別是名爲禪是名善利復次禪三種善染汚不隱没無記善利唯善復次禪有漏無漏善利唯無漏復次禪是色界繫不繫善利唯不繫復次禪是學無學非學非無學善利唯學無學復次禪是見道斷修道斷無斷善利唯無斷禪善利是謂差別佛經說四禪是牀座問曰何故佛說四禪是牀座答曰以是高攝故高者高於欲界攝者攝諸善法復次爲諸聖人疲猒生死道示其坐處故如道行疲猒坐於牀座則得休息如是諸聖疲猒生死道坐於四禪牀座則得休息

阿毗曇毗婆沙論卷第六十二

音釋

寤（五故切寐覺也）躁（則到切不安靜也）掘（其月切）肘（陟柳切）咃（音他）餚饍（餚胡肴切凡非穀而食曰餚饍時戰切具食也）摶（度官切捏聚也）懱（莫結切輕易也）

阿毗曇毗婆沙論卷第六十三

迦旃延子造
北涼沙門浮陀跋摩共道泰譯

使犍度十門品第四之十

佛經說四禪是涼風問曰何故佛說四禪是涼風答曰能除止煩惱業熱故以初禪涼止欲界煩惱業熱以第二禪涼止初禪熱以第三禪涼止第二禪熱以第四禪涼止第三禪熱佛經說四禪是食問曰何故佛經說四禪是食答曰爲滿法身故如村落中所有飲食送向城者皆爲長養城中諸人身故如是禪中所有善根皆爲長養法身故

佛經說婆羅門當知第四禪是畢竟道問曰何故佛捨三禪說第四禪是畢竟道答曰彼婆羅門聞佛有一切知見復聞如來以第四禪成阿耨多羅三藐三菩提說第四禪是畢竟道便作是念若沙門瞿曇說第四禪是畢竟道者必定有一切知見便詣佛所到已問如是義佛知彼心所念便捨三禪說四禪是畢竟道彼人聞已生決定心必有一切知見婆羅門是亦名如來所行亦名如來現行法譬如野象於夏中時見地生青茂花草及諸池水心生欣躍以牙掘地然後安足如來亦爾亦以四禪行捨掘所知地而安智足如來道者是住舍摩他如來所行者是住毗婆舍那如來現行法者是二俱住

佛經說四禪是樂住問曰何故佛說四禪是樂住耶答曰以易生故樂根本禪以易生故是樂諸邊及無色定以難生故是苦有何難生耶答曰爲欲界煩惱業所縛故未至禪難

生現在前如人牢固反繫其手多用功力然後自解如是爲欲界煩惱所繫縛故多用功力生彼地道現在前或有以不淨觀起彼地道現在前或有以阿那波那念者以不淨觀者或於十年十二年中修白骨想或有能起彼地者或有不能者以阿那波那念者或十年十二年中常數出入息或有能起彼地現在前者或不能者已斷欲愛不多用功力起初禪現在前異心滅起異心現在前麤心滅起細心現在前與覺俱心滅起與觀俱心現在前如人以木析木多用功力然後乃析如是初禪異心滅異心現在前麤心滅細心現在前與覺俱心滅與觀俱心現在前多用功力亦復如是若離初禪欲不多用功力起第二禪現在前離第二禪欲起第三禪現在前離第三禪欲起第四禪現在前亦復如是問曰若離第四禪欲起空處現在前亦不多用功力何故不名樂道答曰以無色定微細故或有說無無色定如梨毗婆居士往詣尊者阿難所作如是說我是在家之人長夜樂著色聲香味觸聞說無色定心生怖畏如臨深坑云何衆生而無有色復次以行時樂故譬如二人俱欲至一方一從陸道二從水道雖俱到一方從水道行者樂從陸道行者苦如是無邊衆生得離欲時或依根本禪或依諸邊及無色定雖俱得離欲依根本禪者樂依諸邊無色定者苦復次若處所有二種樂謂受樂猗樂三禪中有二種樂第四禪中雖無受樂廣有猗樂勝於受樂復次有二種故一舊住樂二客樂舊住樂者如住禪起禪現在

前客樂者如住禪起無色定現在前復次此中有不惱害衆生樂可得故如說若不惱害他是名爲樂復次若起根本禪現在前則徧身四大柔輭若起諸邊現在前則繞心四大柔輭復有說者起諸邊現在前亦徧身四大柔輭但不如起根本禪現在前者譬如二人同一池澡浴一在其邊一入其中雖俱澡浴而入中者令四大潤益勝彼亦如是復次以有二法共在一處等俱生故二法者謂定慧也未至中間禪慧多定少無色定定多慧少根本禪生定慧等復次有二法等俱生故二法謂定精進精進雖一切地徧多以根本禪力故二法生時俱等復次斷有二種有多用功有不多用功諸邊無色定若有所斷則多用功根本禪若有所斷不多用功譬如二人乘馬俱至一方一乘調者一乘不調者雖俱至一方乘調馬者不多用功乘不調馬者則多用功如是諸衆生離欲時或依根本禪或依諸邊無色定若依根本禪者不多用功若依諸邊無色定者則多用功復次以修道時得安樂故譬如多人渡河或因草束或因浮囊或因船或因舫雖從此岸俱渡到彼岸但乘舫渡者安樂彼亦如是以如是等事故佛經說根本禪是樂住如樂住觸住樂觸住亦如是四無量謂慈悲喜捨問曰何故禪次第說無量耶答曰以無量從禪中生故復次以無量是禪中餘功德故以是事故禪次第說無量問曰無量體性是何答曰慈悲是無恚善根對治於恚取其迴轉相應共有法體性是四陰五陰欲界者是四陰色界者是五陰

問曰此二俱是無恚善根對治於恚慈對治何等恚悲對治何等恚耶答曰恚或有欲殺衆生者或有欲打衆生者若欲殺衆生恚慈爲對治欲打衆生恚悲爲對治復次恚有二種一者應恚處而恚二者不應恚處而恚慈則對治應恚處而恚者悲則對治不應恚處而恚者喜是喜根取其迴轉相應共有法體是四陰五陰欲界是四陰色界是五陰問曰若喜體是喜根者波伽羅那所說云何通如說云何爲喜答曰喜相應受想行識及從彼起身口業從彼起心不相應行是名爲喜爲受還應受耶答曰波伽羅那文應如是說喜相應想行識乃至廣說不應說受而不說者有何意耶答曰誦者錯謬故復次波伽羅那說無量體性是五陰雖不與受相應而與餘數法相應復有說者喜自有體是心數法與心相應或有說者是喜根心數聚中可得或有說者是喜根後生捨是無貪善根對治於貪取其迴轉相應共有法體是四陰五陰欲界是四陰色界是五陰此是無量體性已說體性其相云何答曰體性即是相相即是體性諸法不可捨於體性別更說相尊者和須蜜說曰饒益相是慈除不饒益相是悲隨喜相是喜放捨相是捨

已說無量體相所以今當說何故名無量無量是何義答曰對治戲論故名無量問曰若對治戲論是無量者戲論有二種一愛戲論二見戲論以何等無量對治何等戲論答曰無量不能斷結或以無量對治於愛或以無量對治於見若取其近對治者慈悲是見近

對治所以者何見行衆生多喜瞋恚喜捨是愛近對治所以者何愛行衆生多喜相親近復次對治放逸法故名無量放逸者是欲界諸煩惱誰是其近對治謂四無量復次是賢聖所遊戲處名爲歡喜如富貴人有種種遊戲處如園林婇女遊獵等名歡喜處彼亦如是界者在欲色界地者慈悲捨十地中可得謂根本四禪四禪邊欲界禪中間喜在三地欲界初禪二禪復有說者初禪第二禪無悲所以者何初禪第二禪喜是自地受喜根是欣踊行悲是憂慼行若初禪第二禪有悲者則一心聚中有欣踊行亦有憂慼行問曰初禪第二禪無無漏猒行耶答曰無漏猒行是實觀隨其實觀心則生喜隨其生喜則欲更知如人爲寶故掘地隨其掘地則便得寶隨其得寶復欲更掘彼亦如是非是虚觀評曰應作是說初禪第二禪有悲所依者依欲界行者慈是樂行悲是苦行喜是歡喜行捨是放捨行緣者盡緣欲界緣聚緣衆生緣欲界五陰二陰衆生若緣住自心衆生則緣五陰若緣住他心及無心衆生是緣二陰復有說者初禪無量緣於欲界第二禪無量緣欲界初禪第三禪無量緣欲界初禪第二禪第四禪無量緣欲界初禪第二第三禪復有說者初禪無量緣欲界初禪乃至第四禪無量緣欲界乃至第四禪復有說者慈緣欲界初禪第二第三禪所以者何慈行樂行欲界三禪中有樂受故悲緣欲界所以者何悲行苦行欲界中有苦受故喜緣欲界初禪第二禪所以者何喜行歡喜行欲界初禪第二禪有喜

根故捨緣欲界乃至第四禪所以者何捨行放捨行欲界乃至第四禪有捨故評曰如前說者好無量盡緣欲界緣聚緣衆生念處者盡與法念處俱智者盡與等智俱三昧者不與三昧俱根者總與三根相應謂樂根喜根捨根世者是過去未來現在緣三世者過去緣過去現在緣現在未來必不生者緣三世必生者緣未來善不善無記者是善緣善不善無記者三種盡緣是三界繫不繫者是欲色界繫緣三界繫不繫者緣欲界繫學無學非學非無學者是非學非無學緣學無學非學非無學者緣非學非無學見道斷修道斷無斷者是修道斷緣見道斷修道斷不斷者緣見道修道斷緣名緣義者二俱緣緣自身他身及非身者是緣他身爲是離欲得爲是方便得者是離欲得亦是方便得離欲得者離欲界欲得初禪者離初禪欲得第二禪者離第二禪欲得第三禪者離第三禪欲得第四禪者離第四禪欲得者爲是新得爲是本得者亦是新得亦是本得聖人最後身凡夫亦是新得亦是本得餘凡夫唯是本得方便得者以方便故起現在前佛不以方便起現在前辟支佛以下方便起現在前聲聞或以中方便或以上方便起現在前

問曰云何生起無量耶答曰慈因親分生行者欲起慈心時一切衆生盡作三分一作親分二作怨分三作非親非怨分親分復作三種謂下中上怨分亦爾非親怨分惟作一種上親分中有重恩者謂父母和尚阿闍梨及餘尊重處智慧梵行者於彼衆生先作樂觀

此諸衆生皆令得樂此心堅强難調以從無始以來常習惡心於諸衆生故雖有如是重恩衆生猶不能令善心使住復强還迴此心令住彼法譬如有人以芥子打於錐鋒甚難可住習打不已後乃得住彼亦如是若能觀此上親衆生皆令得樂次觀中親衆生次觀下親若能都觀親分衆生皆令得樂次觀非親非怨分者次觀下怨次觀中怨次觀上怨衆生欲令得樂若能如是觀一切衆生皆令得樂如上親衆生於上怨衆生等無有異是則成就於慈悲喜亦爾捨因非親非怨衆生起所以者何捨親者生愛心捨怨者生恚心是故先捨非親非怨衆生次捨下怨次捨中怨次捨上怨所以者何恚心易却非愛心故次捨下親次捨中親次捨上親若於一切衆生能作如是捨觀者心則平等無所分別其猶如稱如觀樹林無有差別觀諸衆生亦復如是是則成就捨心

問曰何等人能起無量何等人不能起無量答曰人有二種一者喜求人過二者喜求人善若喜求人過者不能起無量所以者何乃至於阿羅漢身猶求其過爲有何破何實何垢令我呵之若喜求他善者則能起無量所以者何乃至於斷善根人邊猶求其善問曰斷善根人無有諸善云何於彼人邊求其善耶答曰雖無現善有過去善業報令其身端正生於豪族言有威德多聞機辯取如是等相生於善念彼行妙好有如是果報

問曰此四無量爲如說而生爲說異生異答曰或有說者如說而生所以者何行者先欲

饒益衆生饒益衆生相是慈是故世尊先說慈心次除不饒益除不饒益相是悲是故世尊次慈悲若與饒益除不饒益次生歡喜歡喜相是喜是故世尊次悲說喜次捨衆生放捨相是捨是故世尊最後說捨復有說者行者先起悲後起慈喜捨所以者何先除衆生不饒益事後與饒益次生喜次生捨尊者僧伽婆修說曰二無量展轉相御若先起悲次必起喜所以者何悲是憂慼喜是歡喜若先起喜次必起悲所以者何喜是掉悲則制之評曰應作是說無量不如說而起所以者何行者或有先起慈乃至捨或有先起捨乃至慈或有得慈不得餘者或有乃至得捨不得餘者無量無有順次逆次順超逆超如解脫除入一切入彼亦如是

問曰慈次第能起悲喜捨不耶答曰定揵度說云何心念慈三昧答曰衆生樂乃至云何心念捨三昧答曰衆生捨或有說此文是俱生行或有說是次第緣行若說是俱生行者慈次第能起悲喜捨若說是次第緣行者慈次第不能起悲喜捨問曰若不起初禪地無量能起第二禪地無量不耶乃至不起第三禪地無量能起第四禪地無量不耶答曰或有說者不能所以者何初禪地無量是第二禪地無量方便門所依乃至第三禪地無量是第四禪地無量方便門所依故復有說者能若行者於彼地得自在者即依彼地能起無量現在前問曰爲初禪地無量後生第二禪地無量疾乃至第三禪地無量後生第四禪地無量疾耶爲第四禪地無量後生第三

禪地無量疾乃至第二禪地無量後生初禪地無量疾耶答曰第二禪地無量後生初禪地無量疾乃至第四禪地無量後生第三禪地無量疾非初禪地無量後生第二禪地無量疾乃至非第三禪地無量後生第四禪地無量疾如人先學梵書後學佉樓書疾非先學佉樓書後學梵書疾問曰初禪地無量次第能生第二禪地無量不耶乃至第三禪地無量次第能生第四禪地無量不耶答曰或有說者能初禪地無量次第生第二禪地無量乃至第三禪地無量次第生第四禪地無量復有說者不能所以者何無量必須方便方便必以自地相似方便起慈乃至起捨觀有三種一別相觀二總相觀三虛相觀別相觀者如觀地是堅相觀水是濕相觀火是熱相觀風是動相總相觀者如十六聖行俱觀虛相觀者如不淨安那般那念無量念解脫勝處一切入俱觀無量於三種觀中是虛相觀

問曰行者觀衆生樂時爲以何處樂令衆生樂耶答曰或有說者以第三禪樂所以者何第三禪樂是一切生死中最勝樂故若作是說不起第三禪者則不能起無量復有說者過去世曾得第三禪樂以第三禪地念前世智觀彼樂已以彼樂令衆生樂若作是說若不得第三禪地念前世智則不能起無量復有說者以近所更樂如飲食樂乘樂衣裳樂卧具樂以如是等樂相令衆生樂尊者和須蜜說曰行者以何等樂令衆生樂答曰衆生有樂者以如是相令衆生樂若作是說慈則

不能緣一切衆生所以者何一切衆生不必有樂復次衆生有樂根以如是相令衆生樂若作是說慈則不能緣一切衆生所以者何一切衆生不能於一切時起樂根現在前故復次衆生有飲食樂乘樂衣裳樂卧具樂以如是樂相令衆生樂若作是說慈則不能緣一切衆生所以者何一切衆生不必盡得如是樂故尊者佛陀提婆說曰以所知見樂取如是相以憐愍心令衆生樂如本方便時若依村住若依城住以日前分若入城村乞食見純受樂衆生或乘象馬車輿而行或著耳璫珠環或以種種瓔珞嚴身猶如天子或見純受苦者如無衣裳飲食頭髮髼亂手足拆裂執破瓦器從他家乞取如是樂苦衆生相速還住處洗足於所坐處結跏趺坐令身心柔輭身無障礙心無障礙觀先所取相衆生樂者常令得樂衆生苦者令得先所見樂問曰所觀衆生不盡得樂云何此觀非顛倒耶答曰以其善故非是顛倒從饒益心起故從善心起故從憐愍心起故從正觀心起故與善根相應故與慚愧相應故非是顛倒顛倒有二種一體顛倒二緣顛倒彼觀雖是緣顛倒非體顛倒尊者和須蜜說曰不以住慈故令衆生樂但以此法作方便能制恚斷結尊者佛陀提婆說曰此觀當言不顛倒所以者何與恚相妨故

佛經說若以無怨無恚無害慈心善修此心令廣大無量如是觀滿一方二方三方四方上方下方亦復如是皆以慈心觀一切處一切衆生問曰此慈緣於衆生何以說滿於一

方耶答曰此經文應如是說若以無怨無恚無害慈心善修此心令廣大無量如是觀滿東方眾生南方西方北方眾生乃至廣說而不說者有何意耶答曰此中眾生以方名說如以器示器中物皆以慈心觀一切處一切眾生者問曰此無量觀爲以方段爲以眾生若以方段者此說云何通如說皆以慈心觀一切處一切眾生若以眾生者云何非得眾生海邊耶答曰或有說者以方段故問曰若然者此所說云何通如說皆以慈心觀一切處一切眾生答曰有二種一切有一切一切有少分一切此中說少分一切復有說者以眾生故問曰若然者云何非不得眾生海邊耶答曰若以此事得眾生海邊者復有何過但眾生海邊可得以總故非別相如一切眾生皆是四生四生之外更無眾生復有說者佛無量盡眾生邊聲聞辟支佛無量以方段復有說者佛辟支佛無量盡眾生邊聲聞無量以方段評曰應作是說此事不定所以者何此是虛相觀或有盡眾生邊際者或有以方段者問曰爲觀一眾生樂爲觀多眾生樂答曰初起時觀多眾生所以者何無量是緣聚緣眾生法若後成滿時亦緣一眾生亦緣多眾生

佛經說諸比丘我於七歲中修習慈心故七經劫成壞不來生此間世界壞時我生光音天世界成時我生空梵世中我曾爲大梵天王諸梵中尊無勝我者於千世界而得自在三十六反爲帝釋亦於無量世作轉輪聖王主四種兵常以正法降伏眾生成就七寶乃

至廣説七歲中者謂七雨時古世好時菩薩爲中國王彼國多熱去城不遠有林其地高涼生華果草木及諸流水皆悉具足夏熱之時城中村落人民皆捨居處趣彼林中各修所業菩薩亦爾更以餘人鎮守於城自詣林中於高顯閑靜處離欲界欲起四無量於夏雨四月中遊四無量心夏熱已過天時轉涼是時人民捨彼樹林還詣居處各修所業爾時菩薩亦捨樹林還詣宮城以憐愍故設大法祀修布施福業施沙門婆羅門諸貧窮作業者及行道人有來求者施其飲食衣服塗香房舍卧具象馬車乘及施燈明如是六反往林中或有説者第七反菩薩命行盡命終生光音天或有説者遭世界壞命終生光音天是故於七雨中名爲七歲問曰若生梵世光音天中可爾所以者何是彼果是色界繫故言作帝釋轉輪王者云何可爾無量亦於欲界中受報耶答曰菩薩起三地無量謂欲界地初禪地二禪地受欲界地無量報作轉輪聖王帝釋受初禪地無量報作大梵王受第二禪地無量報生光音天復次欲界有無量出定入定心受出入定心報故作轉輪聖王帝釋受無量報故生梵世光音天中復次欲界有無量方便受方便報故作轉輪聖王帝釋受無量報故生梵世光音天中復次欲界是一切善根種子界一切善根乃至滅定皆有相似法受無量善根相似報故作轉輪聖王帝釋受無量報故生梵世光音天中復次受法祠祀報故作轉輪聖王受持戒報故作帝釋受彼林中修無量報故生梵世光音

天中復次此經說三種福業謂布施持戒修定福業如彼經說諸比丘我以三業報故令我有大威勢三業者謂施定戒施者是布施福業定者是修定福業戒者是修戒福業以布施福業報故作轉輪聖王以持戒福業報故作帝釋以修定福業報故生梵世光音天中

佛經說有三種福業謂布施福業持戒福業修定福業云何布施福業若以物施沙門婆羅門乃至燈明是名布施福業云何持戒福業不殺於殺更不欲殺不盜不婬不妄語不飲酒亦如是是名持戒福業云何修定福業常以無怨無恚無害慈心廣說如上悲喜捨心說亦如是是名修定福業問曰何故色無色界善根唯說無量是修定福業非餘色無色界善根耶答曰世人以饒益爲福想一切色無色界善根欲饒益他無有如無量者復次世人以福果爲福想無量能生廣福果故如偈說

福火不能燒　風不能吹壞　能浮大地水

亦復不能漂　國王若盜賊　雖作諸方便

終不能劫奪　男子女人福　福藏最堅牢

終無有亡失

問曰如非福火亦不能燒何故但說福耶答曰非福雖不燒燒非福果無量果不已爲火燒不當爲火燒不令爲火燒

阿毗曇毗婆沙論卷第六十三

音釋

析先的切破木也舫甫妄切方舟也獵力涉切逐禽也慼倉歷切錐鋒錐朱惟切鋒府容切銳也輿羊諸切璫都郎切耳珠也髼蒲紅切髮亂也

阿毗曇毗婆沙論卷第六十四

迦旃延子造

北涼沙門浮陀跋摩共道泰譯

使揵度十門品第四之十一

佛經說諸比丘蘇尼哆弟子於一切時滿足學者身壞命終生梵世中或於一切時不滿足學者身壞命終生他化自在天或生化樂天或生兜率天或生夜摩天或生三十三天或生四天王或生刹利大姓婆羅門大姓居士大家或生如是等家饒財多寶倉庫盈溢之處問曰若然者蘇尼哆則勝佛世尊所以者何蘇尼哆弟子於一切時滿足學者身壞命終生梵世中於一切時不滿足學者身壞命終生他化自在天廣說如上世尊弟子於一切時滿足學者得生天中或得涅槃於一切時不滿足學者身壞命終生惡道中答曰於此事中不應說佛不如所以者何如世尊最小弟子須陀洹則勝蘇尼哆身此乃是佛行菩薩道名蘇尼哆時事問曰世尊行菩薩道時勝成佛時耶答曰應知彼經所以爲以何事作如是說蘇尼哆爲諸弟子說梵住法得生梵天言一切時滿足學蘇尼哆弟子爲梵住法勤行精進能生起者身壞命終生梵世中爲梵住法勤行精進不能起者或生他化自在天乃至或生人中然古世時人好不因無量方便亦得生天何況爲無量故勤行精進最勝善根不生天人中耶世尊爲諸弟子說逮解脫戒令得涅槃言應學是法世尊弟子於此學中不破不穿不越制度者得生天上及到涅槃世尊弟子於此學中破穿越

制度者身壞命終生惡趣中以是事故此經說無量是滿足學爾時蘇尼哆心生是念我不應與諸弟子共生一處我應修上慈生光音天中時蘇尼哆便修第二禪地上慈身壞命終生光音天中問曰如蘇尼哆是近佛菩薩不應有法慳何以爲諸弟子說生梵世法自生光音天答曰彼觀弟子諸根有齊量故復次彼諸婆羅門長夜期心梵天隨順轉近欲生梵天是故爲說生梵天法復次世無佛時無有能起第二第三第四禪地無量者惟除近佛菩薩問曰如上地無量明淨勝妙何故說第二禪地慈名爲上慈耶答曰第二禪地慈於初禪地慈爲上故復次於聲聞人邊慈勝故爲上復次此慈於舊勝故爲上復次世無佛時無有能起第三第四禪地無量者

以佛力故佛諸弟子即依彼地起彼地慈是故尊者瞿沙作如是說彼二地慈非凡夫人以佛力故佛諸弟子能起彼慈

問曰何故名梵住答曰以梵世在初具有故未至禪雖在初不具有第二禪雖具有不在初初禪在初亦具有復次對非梵故名梵住非梵者謂欲界煩惱彼是近對治故復次對非梵行故名梵住非梵行者謂欲界婬欲誰是彼近對治謂四梵住法復次梵行者身中可得故名梵住復次世尊是梵彼梵顯現解說故名梵住復次以梵音梵語解說故名梵住復次諸梵修此法得生梵世故名梵住問曰梵住無量有何差別答曰或有說者無有差別所以者何四梵住即是四無量四無量即是四梵住復有說者名即差別是名梵住

是名無量復次對非梵故名梵住對戲論故名無量復次梵行者身中可得名梵住無戲論者身中可得名無量復次對治非梵行故是梵住對治放逸故是無量復次在梵世者是梵住在上地者是無量復次在未至依梵世者是梵住在上地者是無量復次在未至梵世者是梵住亦名無量在上地者是無量復次曾所得者是梵住未曾得者是無量復次内道中所行者是梵住亦名無量外道中所行者是無量復次共者是梵住不共者是無量是故尊者瞿沙作是說梵住是共法凡夫聖人共故無量是不放逸不共法凡夫聖人不共故梵住無量是謂差別

佛經說四種人得梵福云何爲四若人於未曾起塔坊處能於此處以如來舍利起塔是名初梵福復次若人於未曾起聖衆精舍坊處能於是處起聖衆精舍是名第二梵福復次若如來弟子衆破還令和合是名第三梵福復次若人能修四梵住法是名第四梵福譬喻者作如是說此經非如來所說此四亦非梵福所以者何此四果報不等故若人起大塔如生處得道處轉法輪處般涅槃處若人聚小石積爲塔此二福德等無異耶若人起大精舍如祇洹林竹林多摩沙林精舍若人起一重房其福等無異耶若和合如提婆達所破僧若和合俱舍彌鬪諍僧其福等無異耶四梵住是如來經所說亦是梵福阿毗曇者作如是說此經是如來所說亦是梵福問曰此果報何故不等答曰以所爲等故若人於未曾起塔坊處爲如來大梵故起大塔

若人於未曾起塔坊處爲如來大梵故起小塔以所爲同故其福無異若無聖衆精舍處起聖衆精舍若如來弟子衆破還令和合此俱爲梵行故是梵福等無有異是二所爲同故其福等無異復次以相似故若人修四無量欲饒益無量衆生若於未曾起塔坊處以如來舍利起塔亦欲饒益無量衆生所以者何百千萬億衆生以是如來塔故以香華妓樂末香塗香及幢旛蓋種種供具而供養之因是事故生善身口意業種豪族家因緣有大威德饒財多寶形容端正人所樂見或種轉輪王因緣或種帝釋因緣或種魔王因緣或種聲聞因緣或種辟支佛因緣或種佛因緣若修無量欲饒益無量衆生若於未曾起聖衆精舍坊處起聖衆精舍亦爲饒益無量衆生所以者何百千衆生以是如來弟子衆故以種種飲食作一日七日半月一月作般遮于瑟及與常會亦以牀座隨病藥資生所須而給與之令諸比丘讀誦修多羅毗尼阿毗曇思惟其義生不淨安般念處煖頂忍世第一法入正決定得果離欲盡漏因是事故種豪族因緣有大威德饒財多寶形容端正人所樂見或種轉輪王因緣或種帝釋因緣或種魔王因緣或種聲聞因緣或種辟支佛因緣或種佛因緣如修無量饒益無量衆生如來弟子衆破還令和合亦欲饒益無量衆生所以者何若如來弟子衆破應入正決定者不入正決定不得果不離欲不盡漏不轉教不受不讀誦是時不能思惟修多羅毗尼阿毗曇不能種聲聞辟支佛佛道因緣令三

千大千世界法輪停止乃至首陀會天而有異心若僧破還令和合應入正決定者得入乃至首陀會天無有異心以如是相似事故俱是梵福復次若於未曾起塔坊處以如來舍利起塔有四事故名梵福一捨多財生大信心二令多衆生得種善根三都令成竟四安置如來舍利若無如來弟子聖衆精舍坊處始立精舍亦以四事故名梵福一捨多財生大信心二令多衆生得種善根三都令成竟四無所依者爲作所依無居處者爲作居處若如來弟子衆破還令和合亦以四事故名梵福一離四種口惡業二行四種口善業三破非法四修恭敬法若修四無量亦以四事故名梵福一離憎愛二斷諸蓋三有彼果四是彼繫故問曰幾許名梵福答曰或有說者若福業報能得轉輪聖王身梵福量亦如是復有說者若福業報能得帝釋身梵福量亦如是復有說者若福業報能得自在天王身梵福量亦如是復有說者若福業報能得梵王身梵福量亦如是復有說者以一切衆生福業威勢故令世界還成梵福量亦如是復有說者除近佛菩薩餘一切衆生所有富貴福業梵福量亦如是復有說者如梵天王請佛所得福業梵福量亦如是評曰梵福量無量無邊如上所說皆是讚歎梵福之言問曰梵天王請佛何時得梵福答曰或有說者發心欲往請佛時不應作是說所以者何云何未作業而得福耶復有說者請佛時得梵福亦不應作是說所以者何梵天請佛時是欲界不隱没無記心不隱没無記心不能生

報評曰應作是說梵天王請佛已還自本宮佛以梵天王請故而轉法輪五比丘及八萬諸天皆得見諦是聲上聞梵天梵天王聞是聲已心生信敬我請佛故佛轉法輪令他得如是利益是時得梵福

如說若入慈定火不能燒刀不能傷毒不能害水不能漂不爲他所殺問曰何故入慈定不爲水火刀毒他人所殺耶尊者和須蜜說曰慈定是不害法故害法無能害者復次彼定有大威勢故威勢諸天皆來擁護害不能害復次禪定法不可思議神足法亦爾復次入彼定時不住自心不住自心者不死不生尊者佛陀提婆說曰行者入慈定時色界四大徧此身中同爲一體其猶若石是故無能害者問曰入悲喜捨定爲害法所害不耶若害者何故入慈定不爲害法所害入悲喜捨定爲害法所害若不害者此中何故不說耶答曰應作是說不害問曰若然者此中何以不說答曰應說而不說者當知此說有餘復次已說在先所說中若說慈當知已說悲喜捨復次此現始入方便故如說慈悲喜捨亦如是復次入悲喜捨定時害法雖不能害出定時身有苦痛慈則不爾復次入悲喜捨定害法雖不能害猶破肌皮慈則不爾復次入悲喜捨定時不能害方便時則害慈方便時無能害者曾聞有人得欲界方便慈犯於王法時人縛送於王而白王言此人犯王法應加刑罰時王乘象執矟欲出城遊即讀經其人所作之罪王應手害時王瞋恚即以矟擲其人彼人見王瞋恚便起慈心以慈心故矟

還向王身不遠落地王見是事心生恐怖而問彼人汝有何方道術耶人答王言我無方道術見王瞋故便起慈心以慈心故害不害我以是事故知慈方便害不能害

佛經說修行廣布慈心能斷恚修行廣布悲心能斷苦修行廣布喜心能斷不喜樂修行廣布捨心能斷欲愛恚問曰無量爲能斷結不耶若能斷者定揵度所說云何通如說慈斷何繫結答曰無處所悲喜捨斷何繫結答曰無處所若不能斷者此經云何通答曰應作是說無量不能斷結問曰若然者定揵度所說善通此經云何通答曰此經說須臾斷斷有二種一須臾斷二畢竟斷以須臾斷故佛經說斷以畢竟斷故阿毗曇說不斷是二所說俱爲善通如須臾斷畢竟斷有片斷無片斷有影斷無影斷有餘斷無餘斷制斷根本斷當知亦如是問曰若無量不斷結者異經說復云何通如說比丘修慈心定若不勝進餘法必得阿那含果乃至捨心亦如是答曰此中佛說無漏聖道是慈世尊或說聖道是想或說是受或說是意或說是證或說是信進念定慧或說是杌或說是石或說是水或說是華或說是慈悲喜捨何處說是想乃至是華廣說如雜揵度復次常以慈心常觀慈心爲求慈心故離於欲愛或是凡夫或是聖人若是凡夫離欲愛已得慈心定彼於後時入正決定得阿那含果若先不離欲入正決定者若得須陀洹果若得斯陀含果所以得阿那含果者以慈定力故若是聖人離於欲愛得慈心定亦得阿那含果以是事故佛

作是說比丘修慈定得阿那含果但無量不能斷結如慈悲喜捨亦如是

佛經說修行廣布慈心斷恚修行廣布捨心斷欲愛恚問曰慈斷何等恚捨斷何等恚耶答曰有欲殺他恚有欲打他恚慈斷欲殺他恚捨斷欲打他恚復次恚有二種或有應恚處而恚或有不應恚處而恚慈斷應恚處恚捨斷不應恚處恚如是等恚是慈所斷如是等恚是捨所斷

佛經說修行廣布不淨想斷欲愛修行廣布捨心斷欲愛恚問曰不淨想斷何等愛捨心斷何等愛答曰愛有二種一婬欲愛二境界愛不淨想斷婬欲愛捨心斷境界欲愛復次有色愛形愛不淨想斷色愛捨心斷形愛復次有觸愛有容儀愛不淨想斷觸愛捨心斷容儀愛不淨想斷如是等愛捨心斷如是等愛佛經說修與慈俱念覺支能得離得無欲得滅捨生死悲喜捨心俱說亦如是問曰無量是有漏念覺支是無漏云何有漏法與無漏法俱耶尊者和須蜜說曰無量令心調伏質直任用已次生覺支生覺支後復生無量故而作是說但有漏法俱

問曰無量中何者最勝答曰或有說者慈勝所以者何慈是不害法故復有說者悲勝所以者何佛以悲故爲衆生說法復有說者喜心勝所以者何喜斷不喜樂法故復有說者捨心勝所以者何捨能斷欲愛恚故尊者佛陀提婆說曰捨心最勝所以者何以二事故一以所作二以寂靜所作者修行廣布捨心斷欲愛恚寂靜者不分別衆生故

問曰何故說大悲不說大慈大喜大捨耶答曰應說一切佛身中所有功德皆應言大所以者何佛有無量憐愍饒益衆生心故但不應作此問所以者何若悲即是大悲可作是問悲異大悲異故不應作是問問曰若悲異大悲異者悲與大悲有何差別答曰名即差別是名悲是名大悲復次悲是無恚善根大悲是無癡善根復次悲在四禪大悲在第四禪復次悲聲聞辟支佛佛盡有大悲唯佛有復次悲是無量所攝大悲非無量所攝復次悲對治恚不善根大悲對治癡不善根

復次悲緣欲界大悲緣三界復次悲緣爲欲界苦所苦衆生大悲緣爲三界苦所苦衆生復次悲緣爲苦苦所苦衆生大悲緣爲三苦所苦衆生復次悲緣身苦衆生大悲緣身心苦衆生復次悲悲衆生不能救大悲悲衆生能救譬如二人臨河而坐有人爲水所漂一人舉手而言此人喪失而不能救第二人褰衣入水救濟其人令得出水悲與大悲亦復如是尊者和須蜜說曰悲與大悲有何差別答曰一名爲悲二名大悲復次體有差別一是無恚善根體二是無癡善根體復次地有差別悲在四禪大悲在第四禪餘廣說如上尊者佛陀提婆說曰大悲是佛在第四禪是不共法深遠微細徧一切處一切衆生無有怨親聲聞辟支佛悲不能緣色無色界悲大悲是謂差別問曰何故名大悲耶答曰拔濟大苦衆生故名大悲大苦者謂地獄餓鬼畜生苦復次拔濟貪欲瞋恚愚癡大淤泥衆生安置平坦道果中故名大悲復次令諸衆生

生大利益事故諸衆生以身口意善業故種豪族因縁有大威勢饒財多寳形色端正或種轉輪聖王帝釋自在天王因縁或種聲聞辟支佛佛道因縁者皆是大悲力故復次以大法得故名大悲非如聲聞辟支佛道或以一齋或以一說或以一食等施人故而得行大布施於一切處施一切人一切可愛物而得故名大悲復次以大方便得故名大悲非如聲聞道六十劫行方便道而得辟支佛百劫行方便佛於三阿僧祇劫行百千難行苦行而得故名大悲復次依大身而住故名大悲非如聲聞辟支佛道依諸根不具身而得若身有三十二大人相莊嚴八十隨形好身光一尋觀無猒足住如是身中故名大悲復次與大樂相違故名大悲佛有甚深明淨不共法捨如是等法樂經過百千萬鐵圍諸山爲他人說法皆以大悲力故名大悲復次令大人作難作事故名大悲世尊或現作師子像或現作女人像或現作力士像或現作執樂人像或現作乞人牽難陀臂徧至五趣於央掘魔羅前或近或遠或成就增上慚愧衆生爲化女人故示其陰藏示輕躁相出舌覆面乃至髮際示現如是難作之事皆以大悲力故言大悲復次能動大捨山故佛有二種不共住法一是大悲二是大捨若如來住不共大捨時無有是處以分别故說假令一切衆生熾然猶如火燒薪積者如來猶不視之若如來住不共大悲時見諸衆生受苦惱時如那羅延堅固之身戰動如芭蕉葉故名大悲

如毗尼說佛以徧慈為衆生說法問曰佛以徧慈慈於衆生衆生為得樂不耶若得樂者地獄餓鬼畜生及諸苦厄衆生何不離苦得樂若不得樂者此偈云何通如偈說

鬼神以惡心　而來趣向人　雖未加毒害
心已懷恐怖

如鬼以惡心來尚能生苦何況如來善心而不生樂答曰應作是說能令衆生樂問曰若然者偈義善通地獄餓鬼畜生及諸苦厄衆生何不離苦得樂答曰佛觀衆生業有可轉者有不可轉者若可轉者慈則濟之若不可轉者慈不能濟復有說者不能令衆生樂問曰若然者毗尼說云何通如說佛以徧慈為衆生說法答曰佛徧慈有種種或現神足或現他所愛事或以藥草與他或以迦陵觸觸之或以安樂影覆以神足者曾聞佛住王舍城迦蘭陀竹林時有居士請佛及僧食爾時世尊以日前分著衣持鉢與諸比丘入王舍城時王阿闍世親近惡友提婆達多故以酒飲陁那婆羅象令其狂逸欲害如來爾時如來舉右手五指化作五師子王時象見之心懷恐怖便欲還走顧視其後有大深坑便視左右有大高舍仰視空中有大方石石出火炎復四面顧視皆有猛燄惟見世尊足邊清涼象見是已醉心醒悟爾時世尊滅五師子即前以鼻摩世尊足世尊以相好莊嚴手摩其頂上以象語而為說法諸行無常諸法無我涅槃是寂滅法汝應於我生信敬心當脫畜生身象聞是語不復飲食即便命終以清淨心故生三十三天復以天身來詣佛所佛

爲說法得見眞諦便還天宮時世皆言世尊徧慈乃不及陁那婆羅此中徧慈者謂神足是餘處亦以徧慈而現神足曾聞世尊遊行力士國至波卑城住者留迦林波卑城中諸力士等聞佛在彼即共集議我等皆應盡詣佛所若不往者當罰五百兩金爾時有一力士名曰盧遮無有信心有大威勢饒財多寶不欲詣佛心作是念我能輸五百兩金但違親屬此事不可時諸力士盡共同時往詣佛所到已頂禮佛足爾時阿難見盧遮力士而語之言汝盧遮善來見佛世尊爲世福田不久當於娑羅雙樹林中而滅其身質直少於諂曲語阿難言我今來者不爲見佛但隨順親屬故來具以前事向阿難說爾時阿難牽盧遮臂前詣佛所而白佛言此盧遮力士不信佛法僧惟願世尊爲其說法令於佛法僧生信爾時世尊作是思惟是盧遮力士是愛行人貪著境界若直爲說法則不信解世尊以憐愍心現神足力即於彼處化作一沸屎坑臭穢不淨加有火炎從其中出有如是聲而作是言若盧遮力士不從佛受法生信心者身壞命終當生此中時彼力士見聞是事心大恐怖在佛前坐佛爲說法即生信心歸佛歸法歸比丘僧時世皆言世尊徧慈乃至及盧遮力士此中徧慈者謂神足是

或現他所愛事者曾聞佛住彌絺羅國摩訶提婆菴羅林中時有婆羅門婦名婆肆吒一時喪失六子追念子故倮形狂走至摩訶提婆菴羅林中爾時世尊與無量百千眷屬圍遶說法法應如是狂者見佛必得正念爾時

婆肆吒以見佛故還得正念心生慚愧曲身而坐爾時世尊告阿難言汝可與婆肆吒衣我當爲其說法阿難即與其衣時婆肆吒著衣已禮佛而坐爾時世尊作是思惟假令恒沙諸佛爲其說法以愁惱故終不信解世尊憐愍故以神足力化作六子彼婦人見諸子已心作是念我爲此諸子故心生愁惱今得見子無復愁惱爾時世尊隨其所宜而爲說法得見眞諦世人皆言世尊徧慈乃至及婆肆吒此中徧慈者現他所愛事餘處亦現他所愛事名爲徧慈曾聞佛住舍衛國時舍衛國有一婆羅門稻田成熟垂當收刈令一子守時天降雹傷其稻田又害子命婆羅門以傷稻田喪失子故倮形狂走至祇陀林中爾時世尊與百千眷屬圍遶說法法應如是狂者見佛必得正念爾時婆羅門以見佛故還得正念在佛前坐爾時世尊作是思惟假令恒沙諸佛爲其說法以愁惱故終不信解世尊憐愍故以神足力化作稻田及所愛子其人見已心作是念我爲稻田所愛子故心生愁惱今得見之無復愁惱爾時世尊隨其所宜而爲說法得見眞諦世人皆言世尊徧慈乃至及婆羅門此中徧慈者現他所愛事

阿毗曇毗婆沙論卷第六十四

音釋

哆 當可切　積 資四切聚也　攢 祖管切鋋也　擲 直炙切投也　栰 房越切簰也　褰 丘虔切摳舉也　屎 音矢　絺 抽遲切　吒 陟嫁切　倮 郎果切赤體也　刈 牛制切割也　雹 蒲角切雨冰也

阿毗曇毗婆沙論卷第六十五

迦旃延子造

北涼沙門浮陀跋摩共道泰譯

使揵度十門品第四之十二

以藥草與他者曾聞佛在婆尸國遊行至波羅柰國仙人住處施鹿林中爾時波羅柰國有一居士名摩訶先那其婦名摩訶先尼時彼居士夫婦請佛及僧當施一切所須資產之物爾時有一比丘服吐下藥發其風病醫處當服肉汁看病比丘即以是事往告摩訶先尼時摩訶先尼勑婢持錢買肉作汁與彼比丘其日梵摩達王生子歡喜宣令不殺時婢徧波羅柰城求肉不得還白大家爾時摩訶先尼作是念我請佛及僧施一切所須資產之物彼病比丘若不得肉者或因此病而死復作是念世尊本行菩薩道時數數爲他命故以自身肉布施今我亦應如菩薩法以自身肉施他即入靜室自持利刀割其髀肉與婢令辦肉汁施病比丘時婢如勑成熟肉汁施病比丘爾時比丘不憶念故即便服之所患即除爾時摩訶先尼身體苦痛不安一處爾時摩訶先那從外來入不見其婦問其家人摩訶先尼今在何所家人答言今在舍內身體苦痛不安一處具說上事爾時摩訶先那極生瞋恚而作是言沙門釋子不知時宜又無猒足雖施者無量受者應當知量當以是事往白世尊即詣佛所爾時世尊百千眷屬圍遶說法世尊妙色見者歡喜居士以見佛故恚蓋即除心生歡喜便作是念我今不應以是事白佛當請佛及僧至我家中乃

當說之即頭面禮佛在一面坐佛說法訖而從坐起正衣服偏袒右肩合掌白佛而作是言惟願世尊及比丘僧於我家食爾時世尊默然受請摩訶先那知佛許已禮佛而退還家即夜辦具餚饍種種所須晨朝敷座遣使白佛飲食已具惟聖知時爾時世尊以日初分著衣持鉢將比丘僧入摩訶先那舍坐所敷座佛知故問摩訶先尼今何所在其夫答言今在舍內身體苦痛不安其所佛告居士往語汝妻世尊喚汝世尊善知內緣起法亦復善知外緣起法即以神力至香山中取塗斫瘡香藥與摩訶先尼使用塗瘡即得除愈時彼瘡處肌毛皮色平復如故爾時摩訶先那往至其妻摩訶先尼所而語之言世尊喚汝妻便答言居士當知世尊神力不可思議汝語我言世尊喚汝如是時間我身瘡苦平復如故是時夫妻倍加信敬共詣佛所頭面禮佛在一面坐爾時世尊隨宜說法俱得見諦世人皆言世尊徧慈乃至及摩訶先尼是中徧慈者謂以藥草與他餘處亦以藥與他曾聞波斯匿王斷賊手足擲棄塹中爾時世尊以日初分著衣持鉢入舍衛城乞食時賊見佛舉聲大喚我今苦厄願見哀愍世尊善知內緣起法亦復善知外緣起法即以神力至香山中取塗斫瘡香藥塗其瘡上苦痛即除亦爲彼賊隨宜說法即得見諦世人皆言世尊徧慈乃至及賊此中徧慈者以藥草與他以迦陵伽觸觸者曾聞佛住王舍城耆闍崛山如來住山一邊提婆達多住一邊爾時提婆達多患於頭痛晝夜不得眠寐極用苦

惱爾時阿難具以白佛爾時如來曳象王鼻臂穿耆闍崛山以迦陵伽觸摩提婆達多頭作至誠言我於羅睺羅提婆達多心無增減此言誠實者提婆達多頭痛當除以誠言故提婆達多頭痛即除時提婆達多作如是念此是誰手知是佛手而作是言快哉悉達善知醫方可以自活世人皆言世尊徧慈乃至及提婆達多此中徧慈以迦陵伽觸餘處亦有迦陵伽觸曾聞世尊巡行房舍至一房内有一病比丘不能起居臥糞穢中見佛世尊高聲而言世尊我今無依無救佛告病比丘汝不以三界世尊故而出家耶答言如是佛告病比丘汝以我故出家何以言無依無救病比丘汝不病時頗曾瞻養病比丘不答言不也佛告病比丘汝不瞻養他故今使汝若此爾時世尊自去身衣從草敷中起病比丘復以竹片刮其身上糞穢以白土塗洗帝釋注水爾時世尊除其糞穢更塗房舍浣所汚衣更敷新草以所食半食而以飯之復以迦陵伽觸手摩其頂上時病比丘苦痛即除佛隨宜爲其說法即得阿羅漢果世人皆言世尊徧慈乃至及病比丘此中徧慈者以迦陵伽觸以安樂影覆者曾聞佛共尊者舍利弗一處經行時有一鳥爲恐怖逼切故趣舍利弗影猶故恐怖舉身戰慄復趣佛影中恐怖即除止不戰慄爾時尊者舍利弗合十指爪掌而白佛言世尊此鳥在我影中恐怖戰慄在世尊影中止不恐怖戰慄佛告舍利弗汝於六十劫中習不殺心我於三阿僧祇劫習不殺心故世人皆言世尊徧慈乃至及鳥此

中徧慈者以安樂影覆餘處亦以安樂影覆曾聞愚癡毗瑠璃王毀壞如天宮迦毗羅城斷諸釋命將五百釋女還舍衛國共昇高樓向諸釋女而自歎譽諸釋勇健心懷憍慢我已殺之諸女答言所以爲汝殺者爲戒所縛故時王瞋恚諸釋慢心而今猶有即斷五百釋女手足擲城塹中極大苦惱諸釋女等各作是念我等苦惱世尊豈不憐我等佛知諸女心之所念亦以大悲心故往到其所起世俗心帝釋可以衣覆此諸女爾時帝釋知佛心念即以天衣覆此諸女佛放光明徧諸女上佛光觸故苦痛即除亦隨宜而爲說法時諸釋女皆得見諦身壞命終生三十三天世人皆言世尊徧慈乃至及諸釋女此中徧慈者以安樂光覆

佛經說修行廣布慈心報不過徧淨修行廣布悲心報不過空處修行廣布喜心報不過識處修行廣布捨心報不過無所有處問曰慈報不過徧淨可爾所以者何是彼果是彼繫故餘三無量是色界繫善根可於無色界受報耶答曰此義味彌勒下生乃當顯說復有說者尊者奢摩達多能知此義時入定故尊者迦旃延子不問此義復有說者世尊爲教化衆生故無色定以無量名說若以無量名說無色定者受化者則易悟解如受化者應聞解脫以方名說而得悟解佛即以方名說解脫復有說者無色定對治覺支以無量名說第三禪對治覺支以慈名說空處對治以悲名說識處對治以喜名說無所有處對治以捨名說復有說者以相似故慈行樂行

樂受從欲界乃至第三禪可得故悲行苦行色處則有斷手足耳鼻頭苦空處呵責於色喜行歡喜識處起識現在前心則多喜捨行放捨無所有處說名捨觀以如是等相似事故而作是說復次以樂住彼處故或有樂觀慈心以慈心故求離欲起初禪現在前心不喜樂有餘求心不能住意離初禪欲起二禪現在前亦如是離第二禪欲起三禪現在前便生喜樂更無餘求能令意住或有樂觀悲心故離欲愛乃至離第三禪愛起第四禪現在前廣說如上若離第四禪愛起空處現在前心不喜樂廣說如上若離空處愛起識處現在前心則喜樂廣說如上或有樂觀於捨以捨心故求離欲愛乃至離空處愛起識處現在前心不喜不樂廣說如上若離識處愛起無所有處現在前心則喜樂廣說如上是故以樂住彼處故作如是說復次隨順故作如是說從第三禪起欲界諸根四大潤益隨順慈心從慈心起欲界諸根四大潤益隨順第三禪從空處定起欲界諸根四大潤益隨順悲心從悲心起欲界諸根四大潤益隨順空處定從識處定起欲界諸根四大潤益隨順喜心從喜心起欲界諸根四大潤益隨順識處定從無所有處定起欲界諸根四大潤益隨順捨心從捨心起欲界諸根四大潤益隨順無所有處定是故以隨順故而作是說復次爲對治外道故外道於無色定作解脱想謂無身無邊意淨聚世塔爲對外道如是想故無色定以無量名說是故尊者瞿沙作如是說外道於滅盡法中愚計無色定以爲

滅盡爲對外道故是以佛經說無色定無量俱非解脫等無有異四無色定無邊空處無邊識處無所有處非想非非想處問曰何故作此論答曰爲止併義者意故如毗婆闍婆提說無色界有色育多婆提說無色界無色問曰毗婆闍婆提爲信何經言無色界有色耶答曰依佛經佛經說名色緣識無色界有識故亦應有名色餘經亦說壽煖氣識此三法常相隨不相離無有分散各在異處無色界有壽識故亦應有煖氣餘經復說比丘當知若除色受想行識說有來有去有生有死有住者不應作是說無色中有識故亦應有識住處亦說過難若當無色界無色者欲色界命終生無色界或經二萬劫色斷或經四萬劫色斷或經六萬劫色斷或經八萬劫色斷若無色界命終還生欲色界久遠斷色還與色相續如是入無餘涅槃界久遠滅行亦應還與行相續欲令無如是過故說無色界有色問曰育多婆提依何經說無色界無色耶答曰依佛經佛說寂靜解脫過於色入如是無色定身作證若說過色入無色定當知無色界無色餘經亦說以色離欲以無色離色離一切心法離二切所作入滅盡涅槃若說離色界入無色界當知無色界無色如說禪經說若有色若有受若有想若有識當觀此法如病乃至廣說如說無色定經說若有受若有想若有行若有識當觀此法如病乃至廣說若說禪時說色若說無色定時不說色以是事故知無色界無色亦說過難若無色界有色者則不應

施設次第滅法若無次第滅法亦無畢竟滅法若無畢竟滅法則無解脫出要欲令無如是過故說無色界無色如是一說無色界有色一說無色界無色此二說中何者爲勝答曰育多婆提所說無色界無色者勝問曰育多婆提云何通毗婆闍婆提所依經答曰彼經是未了義是假名有餘意問曰彼經有何義未了有何義假名有何餘意耶答曰佛經或說欲界法或說色界法或說無色界法或說欲色界法或說色無色界法或說三界法或說非三界法說欲界法者如說三界謂欲界恚界害界三覺欲覺恚覺害覺三想欲想恚想害想說色界法者如說四禪說無色界法者如說四無色定說欲色界法者如此經說說色無色界法者如說定如說摩㝹摩說三界法者如欲界色界無色界欲有色有無色有說非三界法者如說我今當說涅槃及趣涅槃法如說名色緣識當知此說欲色界法所以者何欲色界有色故名色爲識作緣無色界無色故名爲識作緣此是通彼經若如彼經說者彼經說六入緣觸無色有觸亦應有六入如經說壽煖氣識常相隨不相離乃至廣說此經亦說欲色界法所以者何欲色界有煖氣故三法常相隨不相離無色界無煖氣壽識二法常相隨不相離此是通彼經若如彼經說者彼經說此三法常相隨不相離無有分散各在異處而此法可施設在異處或在陰中或在界中或在入中在陰中者煖氣是色陰壽是行陰識是識陰在界中者煖氣是觸界壽是法界識是七心界在入

中者壽是法入煖氣是觸入識是意入以是事故彼法可施設各在異處是故不應盡依彼經說應解其義如經說比丘當知若除色受想行說識有來有去有生有死有住者不應作是說者此經亦說欲色界法所以者何欲色界有色故識依此四法而住無色界無色故識依三法而住此是通彼經若如經說者餘經亦說一切衆生皆依食存色無色界亦有摶食耶彼說過難復云何通答曰此不必須通所以者何此非修多羅毗尼阿毗曇若必欲通者有何意耶答曰如我義色續色色續無色無色續無色無色續色色續色者如欲色界命終還生欲色界色續無色者如欲色界命終生無色界無色續無色者無色界命終還生無色界無色續色者無色界命終生欲色界問曰若然者如欲色界命終生無色界或經二萬劫色斷或經四萬劫或經六萬劫或經八萬劫色斷若無色界命終還生欲色界久遠斷色還與色相續者如是入無餘涅槃界久遠滅行亦應還與行相續答曰斷有二種有須臾斷有畢竟斷若須臾斷者還相續若畢竟斷者不相續問曰毗婆闍婆提云何通育多婆提所依經答曰彼作是說彼經是未了義是假名有餘意問曰有何義未了有何假名有何餘意答曰彼作是說經說過色入無色者過於麤色入於細色無色界有色而細經說以色界離欲界而色界有色以無色界離色界而無色界亦應有色問曰若色界以離欲界色故名離欲界者此事可爾但色界以離欲故名離欲界而色界

無欲是故此事不爾亦非通經說禪經說無色定經及說過難則不能通然毗婆闍婆提所說是無明果闇果癡果不勤方便果說無色界有色而無色界無色是故爲止他義欲顯已義亦欲說法相相應義故而作此論莫止他義亦莫爲顯已義但欲說法相如實義故而作此論

四無色定無邊空處無邊識處無所有處非想非非想處云何空處波伽羅那說云何空處答曰空處有二種謂定生及生彼中不隱没無記受想行識是名空處如空處識處無所有處非想非非想處說亦如是定者是無色定生者是無色界生及生彼中不隱没無記受想行識者是無色報佛經說云何空處過一切色想滅有對想無種種想思惟入無邊空處是名空處問曰色想是眼識相應想離初禪欲時已過何故此處說過色想答曰此中說過所依名過過有二種一過依二過所依離初禪欲時過色想依離第四禪欲時過色想所依復次此說過所行過有二種一過所斷二過現行離初禪欲時過所斷色想離第四禪欲時過現行色想復次此說過住處過有二種一過欲愛二過住處離初禪欲時過色想欲愛離第四禪欲時過色想住處復次生第四禪中以眼識故起色愛現在前以是事故說過一切色想滅有對想者問曰有對想者是耳鼻舌身識相應想彼或有離欲時滅者或有離初禪欲時不滅者何故言此處滅有對想答曰先所說答此中盡應說之復有說者有對想者名恚相應想問曰離

欲愛時滅有對想何故此處說滅有對想答曰滅所爲事故諸所爲事能生恚想者離第四禪欲時都滅無種種想思惟者云何種種想思惟謂第四禪中諸散想問曰何故名種種想答曰此想緣種種入故染汚者緣十入不染汚者緣十二入問曰何故說無種種想思惟答曰種種想離第四禪欲時極作留難令離欲法不相續如守門人不令他入彼亦如是是故佛作是說不應思惟種種想應離第四禪欲無邊空處者問曰何故名無邊空處爲以自體爲以所緣若以自體者自體是四陰非無邊空若以緣者則緣四諦虛空非數滅答曰應作是說非以自體亦非以緣故以方便故如施設經所說以何方便求無邊空處定答曰初行者若觀垣頭空若觀樹頭空若觀屋上空取如是空相已觀是虛空作如是想作如是觀察以緣空故生於彼定是故名空處定復次法應如是離色初地必名空處行者先觀上色地離下色地欲離第四禪欲時觀空處四陰離第四禪欲是故彼中作虛空想如人上樹緣上枝捨下枝若至樹頭更無上枝便作空想彼亦如是復次以依故說名空處所以者何從彼定起猶有餘依曾聞有一比丘得空處定從彼定起捫摸虛空餘比丘問言爲何所求答言我求我身比丘語言汝身即在牀上入空處定者若得成就空處善四陰是名爲入云何無邊識處過一切空處入識處定是名識處問曰何故名識處爲以自體爲以所緣若以自體體是四陰若以所緣者則緣四諦虛空非數滅答曰

非以自體亦非以所緣但以方便故如施設經說云何方便求識處定答曰初行者取淨眼耳鼻舌身意識取是相已思惟觀察於識以方便觀識故生識處定復次以餘依故從識處定起識則歡喜入者若得成就識處定善四陰是名爲入云何無所有處答曰過一切識處更無所有入無所有定問曰有何無所有耶答曰彼有無我無我所問曰一切地盡無我無我所答曰雖一切地無我無我所見無我令我見羸劣穿薄少力無勢莫如無所有觀者復次彼中無常恒不變故名無所有復次無覆無依無救故名無所有復次無所有名無邊行彼中無故名無所有尊者和須蜜說曰此定是無所屬法故名無所有如說我不屬彼彼不屬我故名無所有入者若得成就無所有處善四陰是名爲入佛經說無所有處是捨問曰何故佛經說無所有處是捨答曰聖道是捨彼是最後可得處是故名捨尊者和須蜜說曰無邊行是麤觀離彼觀喜得寂靜故名捨尊者佛陀提婆說曰更不念無邊行心無勢用而住於捨云何非想非非想處答曰過一切無所有處入非想非非想處是名非想非非想處問曰何故名非想非非想處答曰無了了想相無了了無想相無了了想相者無如十想定相無了了無想相者無如滅盡定無想定相而彼想癡駛不了了不決定故名非想非非想入者若得成就非想非非想處善四陰是名入欲界非想非非想處無無漏問曰何故欲界非想非非想處無無漏耶答曰非其田器乃

至廣說
復次對治有根本故有根本有二一是欲界二是非想非非想處無漏道是有根本對治故不同一處復次對治二邊故邊有二種一是欲界二是非想非非想處無漏道對治二邊故住於中道復次欲界是不定界非離欲地非修地非想非非想處是愚騃不了了不決定不猛利聖道是定是猛利復次欲界掉偏多非想非非想處定偏多聖道定慧多復次非想非非想處不決定如疑聖道決定
佛經說禪名入說無色定名過問曰何故佛經說無色定名過不說禪耶答曰佛經亦說禪名過如優陀耶經說優陀耶比丘離欲惡不善法有覺有觀離生喜樂入初禪優陀耶我亦說此法是不足是斷是過乃至第四禪說亦如是問曰唯一經中佛說禪是過諸經中多說無色定是過答曰以禪有種種不相似相故不名爲過無色定無種種不相似相故說名過復次禪中多諸功德善利不名爲過無色定中無多功德善利故說名過復次禪是麤是現見不名爲過無色定微細難見故說名過復次禪是偏照法緣於上地亦緣下地亦緣自地故不名爲過無色定雖緣自地亦緣上地不緣下地故說名過復次以禪有往來躁動生欲界中不死不生以神足力到第四禪第四禪中亦來欲界似如不能有所過故不名爲過無色定無來去故說名過復次禪有中有擾亂故欲界中乃至第四禪中有現在前第四禪乃至欲界中有現在前無色中無中有故說名過復次禪中生上起

下地心現在前如識身變化心不名爲過無色定生上不起下地心現在前故說名過復次禪生上有下地法相續如識身變化心不名爲過無色定生上無下地相續法故說名過以如是等事故說無色定是過不說於禪空處壽二萬劫識處壽四萬劫無所有處壽六萬劫非想非非想處壽八萬劫問曰何故無色界生處或增倍壽或不增者答曰彼有爾許報因勢故有爾許報復次空處識處有無邊行亦有餘行空處無邊行報壽萬劫餘行報壽萬劫識處二萬劫是無邊行報二萬劫是餘行報上地無無邊行故無報復次以空處識處有定有慧空處定報壽萬劫慧報壽萬劫識處定報壽二萬劫慧報壽二萬劫上地慧少故報亦少復次無色生處二萬劫是定壽以離欲故一地增二萬劫壽識處二萬劫是定壽二萬劫是離空處欲壽無所有處二萬劫是定壽四萬劫是離空處識處欲壽非想非非想處二萬劫是定壽六萬劫是離空處識處無所有處欲壽

八解脫觀色是色是初解脫內無色想觀外色是第二解脫淨解脫身作證得成就是第三解脫過一切色想滅有對想無種種想思惟入無邊空處是第四解脫過一切空處入無邊識處是第五解脫過一切識處入無所有處是第六解脫過一切無所有處入非想非非想處是第七解脫過一切非想非非想處入滅受想身作證得成就是第八解脫問曰解脫體性是何答曰初解脫第二第三解脫是無貪善根對治於貪取其相應迴轉欲

界是四陰色界是五陰空處識處無所有處非想非非想處解脫是四陰滅受想解脫是不相應行陰所攝此是解脫體性乃至廣說

阿毗曇毗婆沙論卷第六十五

音釋

數數（並色角切頻也）髀（傍禮切股也）塹（七豔切坑也）寐（彌二切卧也）刮（古滑切剔也）戰慄（戰之膳切恐也慄力質切懼也）捫摸（捫莫奔切摸慕各切）羸（力追切劣也）騃（五駭切癡騃也）躁（則到切不安靜也）

阿毗曇毗婆沙論卷第六十六

迦旃延子造

北涼沙門浮陀跋摩共道泰譯

使揵度十門品第四之十三

已說體性所以今當說何故名解脫解脫是何義答曰背棄義是解脫義問曰若背棄義是解脫義者何等解脫背棄何處心答曰初解脫第二解脫背棄色愛心第三解脫背棄不淨心空處解脫背棄下地法乃至非想非非想處解脫亦背棄下地法滅受想解脫背棄一切有緣心是故背棄義是解脫義

尊者和須蜜說曰得解義是解脫義心於煩惱得解得淨故名解脫尊者佛陀提婆說曰虛想觀得解故名解脫

界者初解脫第二第三解脫在色界空處識處無所有處解脫有漏者在無色界無漏者是不繫非想非非想處解脫滅受想解脫在無色界地者初解脫第二解脫在未至中間及初禪第二禪上地亦有與此相似善根而不立解脫所以者何爲對治欲界色愛故立初禪不淨解脫對治初禪色愛故立第二禪不淨解脫第二禪無色愛故第三禪不立不淨解脫第三禪無色愛故第四禪不立不淨解脫淨解脫在第四禪下地亦有與此相似善根而不立解脫所以者何淨解脫對治不淨不爲不淨所摧伏若當下地立淨解脫者則爲不淨所摧伏空處解脫在空處問曰空處法何者是解脫何者非解脫答曰離第四禪欲時九無礙八解脫死時善空處非解脫餘善空處是解脫識處解脫在識處問曰識

處法何者是解脱何者非解脱答曰離空處欲時九無礙八解脱死時善識處非解脱餘善識處是解脱無所有處解脱在無所有處問曰無所有處法何者是解脱何者非解脱答曰若離識處欲時九無礙八解脱死時善無所有處非解脱餘善無所有處是解脱非想非非想處解脱在非想非非想處問曰非想非非想處法何者是解脱何者非解脱答曰離無所有處欲時九無礙八解脱死時善非想非非想處非解脱餘善非想非非想處是解脱滅受想解脱在非想非非想處所依者初解脱第二第三解脱依欲界身滅受想解脱依欲色界身餘解脱依三界身行者初解脱第二解脱行不淨行淨解脱行淨行四無色解脱行十六行或行餘行滅受想解脱

不行行緣者初解脱第二第三解脱緣欲界爲緣何法答曰緣色入空處解脱緣四無色及彼因彼滅一切比智分及比智非數滅四無色非數滅緣一切虚空若一相若異相識處解脱緣三無色及彼因彼滅一切比智分及比智非數滅三無色非數滅緣一切虚空若一相若異相無所有處解脱緣二無色及彼因彼滅一切比智分及比智非數滅二無色非數滅緣一切虚空若一相若異相非想非非想處解脱緣非想非非想處及彼因彼滅一切比智分及比智非數滅一無色定非數滅緣一切虚空若一相若異相滅受想解脱無所緣念處者初解脱第二第三解脱與身念處俱四無色解脱與四念處俱滅受想解脱若以親近念處性念處者則不與俱若

以緣念處者是法念處智者初解脫第二第三解脫與等智俱空處識處無所有處解脫與六智俱除法智他心智非想非非想處解脫與等智俱滅受想解脫不與智俱定者初解脫第二第三解脫非想非非想處解脫滅受想解脫不與定俱空處識處無所有處解脫或與定俱或不與定俱根者初解脫第二解脫與喜根捨根相應滅受想解脫不與根相應餘解脫與一捨根相應世者在三世緣三世者初解脫第二第三解脫過去緣過去現在緣現在未來必生者緣未來不生者緣三世四無色解脫緣三世及非世滅受想解脫無所緣善不善無記者是善緣善不善無記者初解脫第二第三解脫緣善不善無記四無色解脫緣善無記滅受想解脫無所緣三界繫及不繫者三是色界繫二是無色界繫餘三有漏者無色界繫無漏者不繫緣三界繫及不繫者三緣欲界繫四緣無色界繫及不繫一是不緣學無學非學非無學者五是非學非無學三是學無學非學非無學緣學無學非學非無學者三緣非學非無學四緣三種一無緣見道斷修道斷不斷者五是修道斷三若有漏者是修道斷無漏者不斷緣見道修道斷不斷者三緣修道斷四緣三種一無所緣緣名緣義者三緣義四若說無色界有名者緣名緣義若說無名者緣義一無所緣緣自身他身非身法者初解脫緣自身他身第二第三解脫緣他身四無色解脫緣自身他身及非身法一無所緣爲是方便得爲是離欲得者滅受想解脫是方便得餘

是離欲得亦是方便得若在初禪者離欲界欲時得乃至若在非想非非想處者離無所有處欲時得方便得者以方便現在前佛不以方便現在前辟支佛以下方便聲聞或以中或以上方便爲是本得爲是未曾得者滅受想解脫是未曾得餘是本得亦是未曾得聖人佛法凡夫是本得未曾得餘凡夫是本得八解脫廣說如上觀色是色是初解脫者現見修内色想不離内色想觀外色若青若膿若膖若脹若骨若骨鎖是名初解脫初者次第數在初故名初隨順次第義在初故名初復次次第入定時數在初故名初隨順次第義入定時在初故名初解脫者入是定時善色受想行識是名解脫内無色想觀外色者不現見修内色想離内色想觀外色若青

廣說如上是名第二解脫第二義解脫義亦如上說問曰爲觀外色時亦觀内無色想爲觀外色已復觀内無色想耶若觀外色時亦觀内無色想者云何一心緣於二法若能緣二法亦可緣多法我觀外色已復觀内無色想者此中所說云何通如說内無色想觀外色答曰應作是說若觀外色時是時不觀内無色想問曰若然者此中所說云何通如說内無色想觀外色答曰行者有如是期心故作如是說行者作如是期心我不觀内色但觀外色有如是期心故佛作是說復次此中說行者先分別觀察時故佛作是說復次以義定故若觀内無色想則定觀外色若觀外色則定觀内無色想復次此中說善根及方便内無色想是善根方便觀外色者是滿足

善根復次内無色想者是期心觀外色是所緣淨解脫身作證得成就是名第三解脫問曰淨解脫爲觀色是色爲内無色想觀外色耶若觀色是色者初解脫第三解脫有何差别若内無色想觀外色者第二解脫第三解脫有何差别答曰應作是説内無色想觀外色問曰若然者第二解脫第三解脫有何差别答曰名即差别是名第二解脫是名第三解脫復次第二解脫在初禪第二禪第三解脫在第四禪復次第二解脫在内道外道身中淨解脫惟在内道身中復次第二解脫行不淨行第三解脫行淨行復次第二解脫對治色愛不淨第三解脫對治不淨復次第二解脫不多所作不多用功而得淨解脫多有所作多用功而得復次第二解脫體明淨緣不明淨體勝妙緣不勝妙淨解脫體勝妙緣勝妙體明淨緣明淨淨解脫緣淨問曰行者何故淨解脫觀時緣淨答曰欲試善根故行者作是念我作不淨觀煩惱不生未知此善根爲滿足不復試觀淨煩惱亦復不生便知善根已得滿足復次行者觀不淨故心劣心劣故不能修勝進善根復以淨觀令心欣踊能修勝進善根猶塚間比丘常觀死屍故心則劣弱不能修勝進善根便從住處往清淨妙好河池園林之中觀世種種勝妙之事心生欣踊然後能生勝進善根彼亦如是復次行者作不淨觀心常愁慼無歡喜時則不能修勝進善根若以淨觀捨不淨心能修勝進善根復次欲現自心堅牢故彼作是念我心堅牢乃至作淨觀猶不生煩惱復次欲現善

根有大勢用故彼作是念此善根有大勢用乃至緣淨法猶不生煩惱復次欲現自心堅牢亦現善根有大勢用故彼作是念我心堅牢善根有大勢用觀淨境界猶不生煩惱復次淨解脫非凡夫常人能起若行者好喜淨潔從摩㒞摩天中來曾聞有一比丘以日入時往詣佛所從佛索房爾時佛告阿難汝爲此比丘求住房舍爾時阿難示彼比丘房時彼比丘語阿難言汝可極淨掃灑此房懸繒幡蓋散種種華燒衆名香敷輭牀褥安置好枕爾時阿難具以是事往白世尊佛告阿難如彼比丘所須悉辦具之爾時阿難即爲辦具時彼比丘入此房中坐其牀座以夜初分起淨解脫因是次第得盡諸漏成阿羅漢獲得神通晨朝以神足力忽然而去爾時阿難晨朝詣彼比丘所入房但見嚴正牀座不見其人見是事已往詣佛所而白佛言彼比丘嚴正牀座不知何去佛告阿難汝於彼比丘莫生輕心彼比丘昨夜起淨解脫得盡漏成阿羅漢獲得神通以神通力忽然而去阿難當知彼比丘者好喜淨潔從摩㒞摩天中來若不得如是清淨房舍牀座卧具者則不能起是善根以是事故知淨解脫非凡常人能起若好喜淨潔從摩㒞摩天中來者則能起淨解脫第三義解脫義如上說空處識處無所有處非想非非想處解脫廣說如四無色定滅受想解脫滅盡定處當廣說第八義解脫義如上說

問曰何故禪中餘善根立解脫無色定中盡立解脫耶答曰以禪是麤現見了了故餘善

根立解脫無色定是細不現見不了了故盡立解脫復次禪中有種種不相似善根故餘善根立解脫無色定無種種不相似善根故盡立解脫復次禪中多諸功德善利故餘善根立解脫無色定無多功徳善利故盡立解脫復次禪能徧照緣於上地亦緣下地緣於自地餘善根立解脫無色定不能徧照能緣上地自地不緣下地是故盡立解脫復次禪解脫是有漏無色定解脫是有漏無漏如是因論生論何故禪中解脫是有漏無色定中解脫是有漏無漏耶答曰先所説四答此中應説餘有一異答禪解脫是虚觀無色定解脫是實觀

佛經説解脫名方問曰何故佛説解脫名方答曰爲教化故受化者應聞説解脫名方乃得悟解是故佛以方名説解脫如餘經説諦名方有受化者應聞説諦名方乃得悟解是故佛説諦名方此亦如是問曰解脫與方有何相似答曰八法相似解脫有八方亦有八問曰方應有十謂四方四維及上下何故説八答曰如調象法故應有八調象之法必向四方及四維不能令其向於上下譬如以方故調於龍象如是以方便故得解脫尊者瞿沙作如是説調象解脫有三事同三事異三事同者一以方故龍象可調解脫亦爾以除障故衆生能得解脫二如調龍象趣於一方時不能復趣餘方佛教衆生解脫之法亦復如是得一解脫時無二無多三如調龍象趣一方時便遠餘方世尊爲衆生説解脫法亦復如是一解脫現在前餘解脫便遠三事異

者一如調龍象若不趣方則不能調佛說解脫法住一處而無所趣能令衆生得解脫法二如調龍象趣一方時不能復趣餘方佛說解脫法不爾能於一時說八解脫法而令衆生皆得悟解三如調龍象趣一方時皆遠餘方佛說解脫法不爾爲諸衆生說一解脫法而作方便令餘解脫法皆近復次此中說最勝調御法曽聞拘薩羅王波斯匿勑捕象人使捕野象若得象者來白於我時捕象人聞王教勑即捕野象來白王言大王當知今已捕得野象王聞是語勑調象師令調野象若善調伏便來白我時調象師受王教勑即以種種苦切之事調於野象能令調伏如舊調象時調象者知象已調來白王言大王當知先勑調象今已善調大王應知是時爾時波斯匿王與調象師共乘此象出田遊獵時象見雌象群欲心熾盛而便馳走趣雌象群時調象者欲迴制之盡其方便不能令迴王及調象者攀樹而下得自濟命還詣宮城語調象者汝以不調之象令我乘之法應爾耶時調象者而白王言唯願大王莫見瞋責此象實調當使大王後驗此事時象欲心息已便還王宮時調象者將象詣王燒熱鐵丸置其頂上於其耳中而語之言此是最後調汝不動之法汝若堪忍則善若不堪忍當復以前苦切之事次第調汝象聞是語其身不動其猶如山時熱鐵丸燒象頂如燒樺皮王見是事怪未曽有即勑象師去鐵丸語調象人言汝今調象能令如此前何故爾調象人答王言我能調身不能調心時王復問調象人言

世間頗有能調心者不時調象人答王言有佛世尊住舍衛國祇洹精舍善能調伏衆生身心爾時波斯匿王作是思惟欲得見佛即與調象人共乘本象往詣佛所爾時世尊與百千眷屬圍遶說法爾時世尊見波斯匿王來以隨宜方便爲王說法非聲聞辟支佛所知境界時世尊告諸比丘如調象人善調象已趣於一方若東若西若南若北調牛之人善調於牛調馬之人善調於馬趣於一方廣說如上比丘當知無上調御師善調於人能趣諸方何者是方觀色是色乃至廣說解脫以是事故知此經說最勝調御

經說有一比丘往詣佛所頭面禮足却坐一面而白佛言世尊有明界有淨界有空處界有識處界有無所有處界有非想非非想處界有滅界世尊爲以何故立此諸界佛告比丘以闇故立於明界以不淨故立於淨界以色故立空處界以邊故立識處界以所有故立無所有處界以實身故立非想非非想處立以滅實身故立滅界問曰彼比丘爲問佛何義佛答彼比丘何義答曰彼比丘以覆相問八解脫義佛亦以覆相答八解脫義明界者是初二解脫淨界者是淨解脫空處界者是空處解脫識處界者是識處解脫無所有處界者是無所有處解脫非想非非想處界者是非想非非想處解脫滅界者滅受想解脫問曰彼比丘何故以覆相問佛八解脫義答曰彼比丘少欲知足覆藏善法不欲以己功德顯示他人故問佛何故以覆相說八解脫答曰欲滿彼比丘心所願故彼比丘心作

是念若佛以覆相爲我說八解脫者則善佛是滿他願者善知根性者爲彼比丘心所念故覆相而說比丘當知明界是初二解脫爲闇故者闇者是欲界色愛初二解脫是彼對治以彼色愛故立二解脫以不淨故立淨界者不淨是初二解脫淨解脫是彼對治以彼故立淨解脫以色故立空處界者色是第四禪空處解脫是彼對治以彼故立空處解脫以邊故立識處界者邊是空處識處解脫是彼對治以彼故立識處解脫問曰空處何故名邊答曰色盡處是色邊故名邊以所有故立無所有處界者所有者是識處以有無邊行故無所有處解脫是彼對治以彼故立無所有處解脫以實身故立非想非非想處界者實身者是無所有處非想非非想處解脫是彼對治以彼故立非想非非想處解脫以滅實身故立滅界者滅實身名非想非非想解脫滅受想解脫是彼對治以彼故立滅受想解脫問曰非想非非想處何故名滅實身答曰實身是無所有處非想非非想處是彼對治故言滅時彼比丘聞佛所說歡喜隨順復更問佛世尊明界乃至滅界爲以何定而得佛告比丘明界乃至滅界以行定得或有說者彼比丘問次第得或有說者彼比丘問斷若作是說彼比丘問次第得者得定是初禪邊乃至無所有處邊初禪邊者離欲愛得初二解脫第四禪邊者離三禪欲得淨解脫空處邊者離第四禪欲得空處解脫識處邊者離空處欲得識處解脫無所有處邊者離識處欲得無所有處解脫此中餘者非想非

非想處解脱滅受想解脱佛告比丘非想非非想處解脱以勝行定得勝行定者是非想非非想處邊以勝行定離無所有處欲得非想非非想處解脱滅界者以滅受想處定得滅受想定者是非想非非想處定所以者何入定出定心在彼處故若作是說彼比丘問斷者行定是有漏無漏對治是故能離欲界乃至離無所有處欲此中餘者非想非非想處解脱滅受想解脱比丘非想非非想處解脱以勝行定得勝行定者是無漏對治世俗道於離非想非非想處衰退轉還是故以無漏對治離非想非非想處欲滅界者以滅實身得滅實身者是滅盡涅槃以滅盡涅槃故而修滅受想定比丘以闇故立明界者闇是境界闇初二解脱是彼對治復有說者彼比丘離三界欲以覆相廣略問佛佛亦以離三界欲覆相廣略而答明界者是現離欲界欲方便淨界者是略現離欲界欲空處界者是略現離色界欲識處界無所有處界非想非非想處界是廣現離無色界欲滅界是略現離無色界欲比丘以闇故立明界者闇者是勝妙五欲愛初二解脱是彼對治譬喻者作如是說彼比丘以覆相問八種定佛亦以覆相說八種定解此經者有增有減於此經應作而不作不應作而作應說廣界而不說是減不應說滅界而說是增今當離於增減而解此經明者是初禪二禪淨界者是第三第四禪空處界者是空處識處界者是識處無所有處界者是無所有處非想非非想處界者是非想非非想處比丘以闇故立明界者

闇是諸蓋初禪二禪是彼對治爾時比丘聞佛所說歡喜隨順而去

有滅盡定問曰何故作此論答曰爲止併義者意故或有說者滅定有心彼作是說無有無色衆生無心之定如尊者佛陀提婆作如是說若滅定無心者不應說有從彼定起者是名爲死不名爲定爲止如是說者意故亦現離無所有處欲非想非非想處心次第起彼定現在前是故尊者和須蜜作如是說云何滅定答曰離無所有處欲作休息想心令心心數法滅以是事故根揵度作如是說入滅定時爲滅幾根答曰七謂意根捨根信等五根何繫心心數法滅答曰無色界繫總而言之是無色界繫而是非想非非想處心心數法滅從滅定起時幾根現在前答曰或七或八有漏心七無漏心八若從彼定起心是非想非非想處心起七根現在前謂意根捨根信等五根若是無所有處心起八根現在前上所說七知根知已根若一現在前何繫心心數法現在前答曰有漏心是無色界繫無漏心是不繫若出定心是非想非非想處是無所有處者起不繫心心數法現在前以是事故明滅定無心所以者何入定時說滅出定時不說滅出定時說現在前不說滅以是事故而作此論

問曰滅定體性是何答曰是心不相應行陰界者在無色界地者在非想非非想處地非下地問曰何故下地無滅定答曰非其田器乃至廣說復次彼定無心心斷起現在前非

想非非想處隨順斷心問曰云何非想非非想處隨順斷心答曰若欲入彼定者欲界善心次第起初禪心現在前乃至無所有處心次第起非想非非想處心現在前非想非非想處心心數法有上中下捨上心起中心捨中心起下心捨下心在彼定是故非想非非想處隨順斷心猶如女人紡毳隨轉隨績毳若盡時更不轉續彼亦如是復次二滅心定俱在二界邊無想定在色界邊滅定在無色界邊復次此二定俱在二地邊無想定在第四禪地邊滅定在非想非非想處地邊復次無想定在四大造色邊滅定在心心數法邊復次一切地盡有二種過一過欲二過住處過初禪欲者以自地無漏過初禪住處者以第二禪乃至過無所有處欲者以自地無漏亦以下地過無所有處住處者以非想非非想處過非想非非想處欲者以下地無漏過非想非非想處住處者以滅定若當下地有滅定者下地或有二種過或有三種過非想非非想處惟有一種過欲令無如是過故不說下地有滅定復次滅定以二事故立解脫一以背捨一切緣法二以滅最後邊心若下地有滅定者不名背捨一切心所以者何不盡背捨一切心法故亦非滅最後邊心所以者何滅中心故復次此定是次第定非想非非想處心次第生此定以如是事故下地無滅定

阿毗曇毗婆沙論卷第六十六

音釋

膿奴冬切 膖匹絳切 脹知亮切 塚知隴切高墳也 屍書之切
繒疾陵切帛也 褥如欲切䄂也 樺胡化切木名 紡妃兩切
績也 毳充芮切細毛也 績則歷切

阿毗曇毗婆沙論卷第六十七

迦旃延子造

北涼沙門浮陀跋摩共道泰譯

使揵度十門品第四之十四

云何滅定答曰佛經說過一切非想非非想處問曰滅定是非想非非想處法何以言過一切非想非非想處答曰雖是彼處法以寂靜故言過猶如村落阿練若處復次非想非非想處有二種一有心二無心過一切非想非非想處者過於有心非想非非想處滅受想解脫身作證得成就者是說無心非想非非想處如有心無心相應不相應有依無依有行無行有勢用無勢用有緣無緣當知亦如是復次非想非非想處有二種謂染汚不染汚過一切非想非非想處者過染汚非想非非想處滅受想解脫身作證得成就者是說不染汚非想非非想處如染汚不染汚見道斷修道斷當知亦如是復次非想非非想處有二種謂本得未曾得過一切非想非非想處者過本得非想非非想處滅受想解脫身作證得成就者是未曾得非想非非想處如本得未曾得共不共離欲得方便得當知亦如是復次此中說次第過諸地故先次第過諸地欲後過有心住非想非非想處問曰無學人可爾所以者何無學人於非想非非想處有二種過一離欲過二住處過學人於非想非非想處無二種過過一切非想非非想處云何可爾答曰一切有二種有少分一切有一切一切此中說少分一切復次此中說住處過學人雖無非想非非想處修道所

斷欲過而有住處過復次此說須臾過彼須臾滅非想非非想處有心次生非想非非想處無心滅受想定身作證得成就者問曰入彼定時餘心心數法盡滅何故世尊但說滅受想耶答曰譬喻者說彼定有心彼作是說入彼定時唯此二法滅問曰我不問彼我問說此言無心者何故爾耶答曰佛說受想滅當知餘心心數法亦滅復次以此二法名義勝故彼心聚中誰爲最勝此二法最勝故佛說復次此現初門現略現始入法故心心數法有二種或是根性或非根性若說受當知已說根性若說想當知已說非根性者如根性非根性明非明勝不勝妙不妙當知亦如是復次此二法於二界中極爲行者而作疲勞受於色界想於無色界是故世尊說此二法復次以此二法於二界中勝故受於色界中勝想於無色界中勝復次以此二法能生二種惱謂受惱見惱受能生愛惱想能生見惱復次此二法能起二種鬬諍根本受能起貪著欲愛繫縛鬬諍根本想能起見愛貪著繫縛鬬諍根本如二鬬諍根本二邊二箭二戲論二我當知亦如是復次因樂受故生顛倒想令諸衆生於生死中受大苦惱是故世尊說滅此二法復次行者憎惡此二法故起滅定如施設經說行者以何方便求滅定答曰初行者欲令諸行更無所作更無所思令我受想不生已生者滅未生受想令不生已生受想令滅是滅於此滅法無障礙不問他得自在身作證是名定以是事故世尊說滅此二法問曰滅之與定有何差別答曰滅是

一刹那定是久相續問曰心不動故名定此中心斷無心云何名定答曰不動有二種一心不動二四大不動此中雖斷心不動而四大不動相續生以四大不動故名定問曰二無心定何故滅定立解脫無想定不立耶尊者波奢說曰佛決定知法相亦知勢用餘人不知若法有解脫相者立解脫無解脫相者不立復次若定是內道法立解脫若定是外道法不立解脫如內道外道聖人凡夫背煩惱起煩惱背熾然起熾然說亦如是復次捨我見起無我見身中可得者立解脫若起我見捨無我見身中可得者不立復次若捨身見起空現在前身中可得者立解脫若不起空現在前起身見者不立復次先作是說以二事故滅定立解脫一捨一切緣法二滅最後邊心無想定無此二事故不立解脫復次若更不生諸界諸生諸趣身中可得者立解脫若更生諸界諸生諸趣身中可得者不立復次背棄義是解脫義得滅定者背捨諸界諸生諸趣增長生死法無想定不爾以如是事故二無心定滅定立解脫無想定不立問曰滅定無想定有何差別答曰名即差別是名滅定是名無想定復次界亦差別無想定色界繫滅定無色界繫復次地亦差別無想定在第四禪地滅定在非想非非想地復次身亦差別無想定在凡夫身滅定在聖人身復次凡夫人入無想定作離想聖人入滅定作休息想復次凡夫人猒患想入無想定聖人猒患受想入滅定復次凡夫人入無想定欲滅於想聖人入滅定欲滅受想復次凡夫

人入無想定滅色界繫心心數法聖人入滅定滅無色界繫心心數法復次凡夫人入無想定滅第四禪地心心數法聖人入滅定滅非想非非想地心心數法復次凡夫人入無想定得色界報聖人入滅定得無色界報尊者和須蜜說曰無想定滅定有何差別答曰一是無想定二是滅定復次界亦差別無想定是色界繫滅定是無色界繫餘廣說如上復次凡夫人入無想定得無想果聖人入滅定得非想非非想處果復次凡夫人入無想定得色界繫報學人入滅定得無色界繫報無學人入滅定得餘依無想定滅定是謂差別問曰何故佛經說八解脫二解脫說身作證耶答曰八解脫盡應說身作證如大因緣經說八解脫身作證得成就問曰何故一經說八解脫身作證多經說二解脫身作證耶答曰此二解脫多有所作多用功而得故復次以名義勝故八解脫中何者最勝此二解脫復次此二解脫俱在界邊淨解脫在色界邊滅受想解脫在無色界邊復次此二解脫俱在地邊淨解脫在第四禪地邊滅受想解脫在非想非非想地邊復次淨解脫盡四大造色而立滅受想解脫盡心心數法而立故復次淨解脫取色淨相而不生煩惱是故佛說身作證得成就滅受想解脫無心在身不在心以身力起現在前不以心力是故佛說身作證得成就復次經說八解脫身作證者皆以此二解脫故得成就者得成就有多處說或說色陰少分是得成就或說善五陰或說善四陰或說心不相應行陰少分或說滅

盡涅槃說色陰少分得成就者如偈說
汝於勝慧法　得成就於戒　一切皆賢善
廣有諸珍寶
善五陰者如說得成就初禪乃至第四禪善
四陰者如說得成就空處乃至非想非非想
處心不相應行陰少分者如此中說滅受想
解脫滅盡涅槃者如說得成就滅盡涅槃問
曰滅定有幾種答曰或有說者有四種一具
縛人所起滅定二斷上三種結三斷中三種
結四斷下三種結復有說者此定有四種非
具縛起者是斷六種七種八種九種結起者
復有說者此定有九種斷上上結起者乃至
斷下下結起者復有說者此定有十種具縛
起者斷上上結起者乃至斷下下結起者問
曰若具縛人能起滅定者凡夫人亦能起答
曰具縛人有二種一見道所斷具縛二修道
所斷具縛若無非想非非想處見道所斷具
縛有修道所斷具縛者能起滅定若有二具
縛者則不能起評曰應作是說滅定有十一
種具縛人起滅定者斷上上結起者乃至斷
下下結起者時解脫轉根作不動起者問曰
若具縛者所起滅定乃至時解脫轉根作不
動者所起滅定即是具縛者所起滅定耶答
曰或有說者即是問曰若然者云何有十一
種答曰以十一時起故有十一種復有說者
具縛者所起異乃至不動法所起異問曰若
然者具縛者所起乃至不動者所起有何差
別答曰具縛者所起後斷一種結所起者於
前具縛者所起得不在身中成就不現前行
斷一種結所起者得在身中成就現在前行

乃至不動法所起於時解脱所起得不在身中成就不現前行不動法所起得在身中成就現在前行

問曰此定爲有上中下不耶若有上中下者施設經説云何通如説滅法無有差别若無上中下者佛所有定即是聲聞辟支佛定也

答曰應作是説此定無上中下問曰若然者施設經説善通滅法無差别故佛所有定即是辟支佛聲聞定也答曰如佛心斷入此定辟支佛聲聞心斷入此定等無差别而方便有差别佛不以方便起此定現在前辟支佛以下方便聲聞或以中或以上方便評曰應作是説此定有上中下問曰若然者佛定異辟支佛聲聞定異此説善通施設經説云何通如説滅法無有差别答曰以住心故施設經説滅法無有差别定是有爲故應有上中下所以者何一切有爲法有上中下相

問曰此定體爲有幾耶答曰或有説者體有一若滅現在前則無心問曰若滅刹那現在前即彼刹那名無心耶答曰如是若滅刹那現在前即彼刹那名無心如一受刹那即彼刹那名爲有受一想刹那即彼刹那名爲有想一識刹那即彼刹那名爲有識彼亦如是若一刹那滅即彼刹那名無心復有説者此定體有十一所以者何彼滅十大地及心故復有説者體有二十一種所以者何彼滅十大地十善大地及心評曰應作是説隨滅幾種心數法彼定體亦有爾許種此是定體定相云何答曰體即是相相即是體諸法不可離體别説相尊者和須蜜説曰心法解脱是

其相

問曰此定不能斷結何故說名心法解脫答曰此說須臾斷有緣法令不行名解脫而此定不能斷結復有說者若法想微細爲其作因微微作次第不與此法俱而成就是解脫

問曰此爲說何義答曰或有說者此中說定若作是說此中說定者想微細爲其作一因謂相似因與微微作一因謂相似因微細亦作次第緣若作是說此中說定者若法想微細爲其作因微微爲其作次第者不應說不俱所以者何彼人起定現在前故應說成就所以者何彼人成就定故復有說者此中說出定心若作是說此中說出定心者想微細爲其作一因謂相似因微細亦作次第緣若作是說此中說出定心者若法想微細爲其作因微微作次第應說不俱所以者何入定時不起出定心現在前故應說成就所以者何彼人成就出定心故以是事故知彼人本得出定心復有說者此中說入定心若作是說此中說入定心者想與定作一因謂相似因微細與定作一因謂相似因亦作次第緣若作是說此中說入定心者應作是說想微細與定作因定與微細作次第應說不俱所以者何在定時不起入定心現在前應說成就所以者何在定時成就入定心故問曰此中何者是想何者是微細何者是微微答曰或有說者空處識處是想無所有處是微細非想非非想處是微微復有說者空處識處無所有處是想非想非非想處是微細若心心數次第入定者是微微復有說者非想非

非想處亦是想亦是微細亦是微微所以者何非想非非想處有上中下上者是想中者是微細下者是微微問曰想微細微微有何差別答曰或有說者名即差別是名爲想是名微細是名微微復次上者是想中者是微細下者是微微復次想微細能令未來無漏道修微微不修復次想微細現在前時三念處若一念處現在前未來四念處修微微現在前時法念處現在前未來修三念處除身念處復次想微細或曾得或不曾得微微是曾得問曰此中因論生論何故入定心或曾得或不曾得出定心惟曾得答曰入定心難得多有所作多用功乃得出定心易得不多有所作不多用功而得是故惟是曾得復次入定心能增益定令定相續出定心不增益定令定衰退不相續復次入定心是有漏或是曾得或未曾得出定心是有漏無漏故惟是曾得此中因論生論何故入定心有漏出定心有漏無漏耶答曰隨順斷心故入定心不堅牢羸劣如腐種子不能生相續法隨順斷心出定心堅牢不羸劣不如腐種子能生相續法不隨順斷心復次入定心以定爲寂滅無漏心不計有法是寂滅復次此是次第定非想非非想處心次第起此定最後無漏在無所有處

問曰入定心爲何所緣出定心爲何所緣答曰入定心緣定出定心亦緣定問曰若入定心緣定出定心亦緣定者何不入定時出定出定時入定耶答曰入定時期心欲入出定時期心欲出復次入定心緣未來定出定心

緣過去定問曰入定心緣未來定時爲何所緣答曰或有說者緣初刹那復有說者緣隨起幾所定現在前評曰應作是說入定心緣未來定則不可知爲緣何法爲不緣何法所以者何未來法是亂法多刹那無次第以總緣故言緣未來定問曰出定心緣過去法時爲何所緣答曰或有說者緣最後刹那復有說者緣隨所起幾所定現在前評曰應作是說出定心緣過去定則不可知爲緣何法爲不緣何法所以者何過去法有多刹那故

問曰入滅定時滅何等心過去耶未來耶現在耶若滅過去者過去已自滅若滅未來者未來未生若滅現在者現在不住若定不滅彼亦自滅答曰應作是說滅未來者問曰未來法未生云何可滅耶答曰行者住現在世遮住未來心令不生故言滅譬如城邑若斷道閉門豎於高幢不令人出入則名爲救彼亦如是復有說者滅未來現在心問曰行者住現在世遮住未來心使不生言滅可爾現在法不住若定不滅彼亦自滅云何言滅答曰先現在滅心心數法令有緣法相續而滅令現在滅心心數法令有緣法不相續而滅皆是定力

問曰出定時何心心數法現在前答曰或有說者先所遮住未來心心數法復有說者起未來心心數法現在前先所遮住者在不生法中評曰應作是說起未來心心數法但不可知爲起何心爲不起何心所以者何未來法是亂是多刹那是無次第

問曰此定爲有過去本得未來修不耶答曰

或有說者無過去本得亦無未來修如天眼天耳若作是說此定無本得無未來修者定初刹那成就現在定第二刹那等成就過去現在出定成就過去定復有說者此定有過去本得有未來修如念前世智他心智若作是說此定有過去本得未來修者定初刹那成就未來現在定第二刹那等成就三世出定成就過去未來定評曰應作是說此定無過去本得亦無未來修若此定有過去本得未來修者若退此定還起此定應得本定而不爾若退此定還得此定名得未曾得定如不破戒而還家者還復出家名得未曾得戒彼亦如是

問曰於何處起此定答曰欲色界非無色界初在欲界若於欲界起滅定於此定退命終生色界中能起此定餘者不能何以知之經說尊者舍利弗語諸比丘諸長老當知若比丘戒具足定具足慧具足者能數數入出滅受想定若於現法及死時不得阿羅漢果身壞命終過摶食諸天生摩㝹摩身天中復於彼處數數出入滅受想定此是實知見有如此事爾時長老優陀夷在彼會中語尊者舍利弗言尊者舍利弗彼比丘生摩㝹摩身天中數數入出滅受想定無有是處第二第三說亦如是問曰何故長老優陀夷三違尊者舍利弗所說耶答曰長老優陀夷所疑非無處所彼作是念若得此定者必離無所有處欲命終應生非想非非想處彼處不能起滅定亦不解尊者舍利弗意問曰彼尊者舍利弗有何意耶答曰尊者舍利弗說生色界阿

那舍長老優陀夷說生無色界者是以違之尊者舍利弗說退阿那舍長老優陀夷說不退阿那舍是以違之問曰尊者舍利弗何故不爲長老優陀夷解此義耶答曰尊者舍利弗作是念我不能除此愚人深著之心復次尊者舍利弗有如是心欲爲解說以優陀夷三違此言故此心便息如箭喻經說爾時有衆多增上慢比丘皆於佛前自說聖利我生已盡乃至廣說佛作是念我今當爲說斷慢法以諸比丘數數自說聖利故此心便息佛世尊有徧大悲欲說法心猶尚有息何況尊者舍利弗耶復次尊者舍利弗作是念此所說事必聞於佛佛以此事當呵責優陀夷及長老阿難當使此辱經歷千載令無智者不違智者之言爾時舍利弗作是念此比丘三違我所說諸梵行比丘亦無讚歎我所說者我今應往詣世尊所爾時尊者舍利弗往詣佛所到已頭面禮足却坐一面語諸比丘諸長老當知若比丘戒具足乃至廣說爾時長老優陀夷在彼會中語尊者舍利弗言乃至無有是處爾時尊者舍利弗作是念今此比丘於世尊前違我所說諸梵行比丘亦無稱讚我所說者我今應當默然爾時舍利弗即便默然爾時佛告優陀夷言汝意以何是摩㝹摩身天耶以非想非非想天是耶答言如是佛告言汝愚人無眼何故與上座比丘論甚深阿毗曇爾時世尊現前呵責優陀夷已便告長老阿難言汝見上座比丘爲他所惱無有悲心於彼愚人而不呵責爾時世尊呵優陀夷已便還精舍入於禪定問曰長老優

陀夷有過故世尊呵之長老阿難復有何過而被呵耶答曰優陀夷是阿難弟子是故世尊告於阿難汝應教勑復次優陀夷是長老阿難攝眷屬人是故世尊告言汝應教勑復次長老阿難是維那佛告阿難汝爲維那云何不知如法說者非法說者復次此論說甚深阿毗曇事非多人所知惟佛尊者舍利弗能知長老阿難以多聞力故能知以阿難知此法故不稱讚上座比丘所說不隨如法衆有如是過故世尊責之以是事知初起滅定必在欲界若於欲界起滅定退此定已生色界中還起此定餘則不能問曰何故生色界中能初起禪無色定不初起滅定耶答曰禪以三事故能起一以因力二以業力三以法應爾力以因力者過去近生曾起滅此禪以業力者作決定業必生彼處法應爾力者世界壞時下地衆生必生上地無色定以二事故能起一以因力二以業力無法應爾力以因力者過去近生曾起滅無色定以業力者作決定業必生彼處無法應爾力者無色界中無世界成壞滅定以一事故能起謂解脫者彼解脫者爲何處最勝謂在欲界中不以因力所以者何未曾起此定故非以業力所以者何彼定性非業故非法應爾力所以者何無色界無世界成壞故問曰何故欲色界起此定現在前非無色界耶答曰命根依二事存謂依色依心此定無心心斷故起現在前欲色界中起此定時心雖斷命根依色而存無色界無色依心故命存若無色界起此定者心斷命則斷是名爲死不名爲定

問曰若起此定已於此定退命終爲生空處識處無所有處不答曰不生所以者何其所應生若能起此定處若能受此報處色界中雖不受此定報能起此定非想非非想處雖不能起此定而受此定報處空處識處無所有處不能起此定亦不能受此定報復有說者生彼處但不名身證不名俱解脫評曰應作是說不生

問曰住彼定爲經幾時答曰欲界中以摶食持諸根四大欲界雖入定時不令身有患出定時則有患是故欲界少時入定不得久住過於七日何以知之曾聞有一僧伽藍有一比丘得滅定食時著衣詣食堂中其日彼打揵椎晚彼比丘精勤而作是念我何故空過此時不觀未來何時當打揵椎即立誓願入於滅定乃至打揵椎當起時彼僧伽藍有事難起時諸比丘皆捨僧伽藍去經於三月難事乃解時諸比丘還集會而打揵椎時彼比丘起定即死後有一乞食比丘獲得滅定以日初分著衣持鉢欲詣村乞食時天大雨彼作是念若入村者壞我衣色若不往者何故空過此時不觀未來即立願入定乃至雨止當起或有說者雨經半月或有說者雨經一月乃止天雨既止彼比丘起定即死以是事故知欲界入滅定無患出時有患是故少時入定不過七日色界不以摶食持諸根四大入此定者或經半劫一劫或有過者問曰若不立願入滅定者云何而起答曰如入有心定法自應起復次若欲食若欲大小便入定雖不作患出則作患以是事故必應自起

問曰凡夫人爲入滅定不尊者和須蜜說曰凡夫人不入此定所以者何此是聖人定非凡夫定若凡夫人入此定者亦是凡夫定復次凡夫人觀上離下地欲如闇樓蟲非想非非想處更無上地可緣離下地欲是故凡夫人不入此定復次凡夫人數數入定則數數身猗心猗以身心猗故方便則緩方便緩故不能起彼定尊者佛陀提婆說曰凡夫人不入彼定所以者何凡夫人數數入定我見牢固畏後邊滅法如畏深坑是故不能入彼定也問曰菩薩爲入滅定不尊者和須蜜說曰菩薩不入所以者何此定是聖人定若菩薩入此定者亦應是凡夫定復次菩薩觀上離下地欲如闇樓蟲非想非非想處更無上地可緣離下地欲是故菩薩不入此定復次菩薩入滅定所以者何菩薩欲求一切智時作如是念我應推求一切處相若菩薩不入滅定者則於此處不名推求尊者佛陀提婆說曰菩薩不入滅定菩薩雖復摧滅我見不畏最後滅處如畏深坑不欲令慧有留難及斷絕故不欲入滅定非不能入問曰菩薩前身時不曾起滅定於最後身而起滅定爲先起滅定後得阿耨多羅三藐三菩提爲先得阿耨多羅三藐三菩提後得滅定若先起滅定後得阿耨多羅三藐三菩提者云何不違期心起不相似心云何名三十四心得一切智若先得阿耨多羅三藐三菩提後起滅定者云何名滿足學法得盡智時云何名所作已竟外國法師作如是說先起滅定後得阿耨多羅三藐三菩提問曰若然者云何不違期

心答曰彼作是說菩薩先離無所有處欲依第四禪入正決定不起此處乃至得阿那含果起於滅定得阿耨多羅三藐三菩提問曰云何不名起不相似心耶答曰彼作是說誰言菩薩無不相似心菩薩有不相似心問曰云何名三十四心得一切智答曰彼作是說言三十四心者說無漏心不說入定出定心罽賓沙門作如是說先得阿耨多羅三藐三菩提後起滅定

問曰若然者云何名滿足學法答曰言滿足者滿足於根滿足於果不滿足於定

問曰云何得盡智時名所作已竟答曰或有說解脫障是下無知或有說是於諸定不自在或有說是不得定者若作是說解脫障是下無知者世尊得盡智時斷一切無知得一切彼對治智若作是說解脫障是於諸定不自在者世尊得盡智時於諸禪定解脫三昧出入皆得自在若作是說解脫障是不得定者世尊得盡智時得一切定是故得盡智時所作已竟

問曰云何名三十四無漏心答曰菩薩先滅無所有處欲依第四禪入正決定見道中有十五心道比智第十六心道比智即是離非想非非想處欲方便道無礙道有九解脫道有九是名三十四心

阿毗曇毗婆沙論卷第六十七

阿毗曇毗婆沙論卷第六十八

迦旃延子造

北涼沙門浮陀跋摩共道泰譯

使犍度十門品第四之十五

如經說毗舍佉優婆夷詣曇摩提那比丘尼所作如是問阿夷云何入滅定彼作是說毗舍佉優婆夷比丘入滅定不作是念我今入滅定當入滅定已於先時調柔其心欲入此定問曰行者入房洗足敷牀結跏趺坐時無如是念我今入滅定當入滅定耶答曰雖有是事皆是遠時如欲界善心次第起初禪乃至入滅定無如是念我今入滅定當入滅定復作是問阿夷云何起滅定彼作是說毗舍佉優婆夷比丘起滅定時不作是念我今起滅定我當起滅定然緣此身六入命根故而起彼定若爲飢渴所逼若欲大小便雖在定時不作患出則作患以是事欲從彼定起復問比丘入滅定時爲先滅何行身行耶口行耶意行耶彼作是說毗舍佉優婆夷比丘入滅定時先滅口行次滅身行次滅意行問曰說滅意行此事可爾說滅口行身行云何可爾所以者何從初禪起入第二禪時滅於口行從第三禪起入第四禪時滅於身行何故說言入滅定時滅身口行答曰入滅定時有二種有近有遠遠時則滅身口行近時則滅意行復次若入初禪乃至入非想非非想處盡名入滅定時所以者何爲入滅定故起此諸地現在前復作是問阿夷比丘起滅定時先起何行現在前身行耶口行耶意行耶彼作是說毗舍佉優婆夷比丘起滅定時先起

意行次起身行次起口行問曰若作是說從滅定先起意行此事可爾若作是說起滅定時起身行口行云何可爾所以者何從第四禪起入第三禪身行乃至從第二禪起入初禪口行乃至生何故說起滅定時起身口行答曰起滅定有近有遠近者起意行遠者起身口行復次起於滅定乃至初禪盡名起滅定時所以者何以滅定故從彼諸地起復作是問阿夷比丘起滅定時心何所隨順心何所轉近心何所垂入彼作是說毗舍佉優婆夷比丘從滅定起心隨順離心轉近離心垂入離問曰此中何者是離答曰或有說者是滅定若作是說是滅定者出定世俗心有二事隨順離轉近離垂入離一以期心二以緣出定無漏心與苦智集智相應者有一事隨順離以緣不以期心與滅智道智相應者亦不以緣亦不以期心復有說者離是滅盡涅槃若作是說離是滅盡涅槃者出定世俗心亦無期心亦無緣亦無隨順離轉近離垂入離若無漏與苦智集智道智相應者於離有期心無緣與滅智相應者於離有期心亦緣復有說者離是滅定亦是滅盡涅槃若作是說離是滅定亦是滅盡涅槃者出定世俗心無漏心與苦集滅智相應者總而言之有二事隨順離轉近離垂入離一以期心二以緣與道相應者有一事隨順離轉近離垂入離有期心無緣復問阿夷比丘從滅定起爲觸幾觸彼作是說毗舍佉優婆夷觸三觸一不動觸二無所有觸三無相觸問曰何者是不動觸無所有觸無相觸耶尊者和須蜜說曰

空處識處是不動觸無所有處是無所有觸非想非非想處是無相觸復次空是不動觸無願是無所有觸無相是無相觸復次無所有處是不動觸是無所有觸是無相觸無漏者是不動觸無所有處攝故是無所有觸緣涅槃故是無相觸尊者佛陀提婆說曰比丘從滅定起若是非想非非想處心不起餘不相似心當言觸無相觸若是無所有處不相似心當言觸無所有觸若是識處不相似心當言觸不動觸餘五有想定說亦如是

問曰如次第入滅定出滅定時亦次第出不耶答曰如次第入不如次第出如次第出不如次第入如次第睡不如次第覺如次第覺不如次第睡彼亦如是

如說若得此定依此定立此定更不受未來生老病死受苦起集問曰此定不能斷結何故作是說若得此定乃至廣說答曰應觀是事爲以何故若學人入滅定者起定作如是念此是須臾滅須臾心心數法不行靜妙乃爾何況畢竟滅畢竟心心數法不行者以是事故即斷煩惱入無餘涅槃若無學人入滅定者起定作如是念乃至以是事故捨諸陰入無餘涅槃以是事故作如是說若得此定乃至廣說更不受苦起集

施設經說有作願入定不作願出定有不作願入定作願出定有作願入定作願出定有不作願入定不作願出定作願入定不作願出定者猶如有一作如是念使我入滅定不作是念使我出滅定起四種有想定若一現在前從彼定出四種有想定若一現在前是

名作願入定不作願出定不作願入定作願出定者猶如有一不作是念使我入滅定而作是念使我出滅定起四種有想定若一現在前彼入滅定出滅定起四種有想定若一現在前是名不作願入定作願出定作願入定作願出定者猶如有一作如是念使我入滅定使我出滅定起四種有想定若一現在前彼入滅定出滅定起四種有想定若一現在前是名作願入定作願出定有不作願入定不作願出定者猶如有一不作是念使我入滅定出滅定起四種有想定若一現在前彼入滅定出滅定起四種有想定若一現在前是名不作願入定不作願出定問曰作願入定作願出定可爾何者是不欲入定出定而入定出定答曰此盡欲入定盡欲出定然入定出定有自在者有不自在者是故施設經作如是說或有入定心得自在出定心不得自在或有出定心得自在入定心不得自在或有入定出定心得自在或有入定出定心不得自在入定心得自在出定心不得自在在者不作願入定作願出定出定心得自在入定心不得自在者不作願出定作願入定入定心得自在出定心得自在者不作願入定不作願出定入定心不得自在出定心不得自在者作願入定作願出定以是事故作如是說入定者盡欲入定出定者盡欲出定問曰此中說何者四有想定答曰是四無色問曰何故說四無色是四有想定答曰四無色定於滅定得作逆次定逆超定若出彼定起非想非非想處心次起無所有處心是逆

次定若起識處心是逆超定若出彼定起無所有處心次起識處心是逆次定若起空處心是逆超定以是事故說四無色是四有想定經說入滅定者火不能燒水不能漂刃不能傷毒不能害不爲他所殺問曰何故入滅定者火不能燒水不能漂刃不能傷毒不能害不爲他所殺耶尊者和須蜜說曰此定是不害法若入此定害不能害復次此定有大威勢故威德諸天常守護之復次禪禪境界神足神足境界是不可思議復次此定無心無心者不死不生散耆婆經是此論因緣曾聞過去有迦拘孫陀佛有二大賢弟子一名毗頭羅二名散耆婆爾時尊者散耆婆於一城中多所教化於彼城邊多人行處入於滅定時牧牛羊者擔薪草者行道者見皆作是

念此大德平坐而死我等應取牛糞乾薪燒之而去如其念即取乾薪牛糞燒已捨去爾時尊者散耆婆晨朝從滅定起速抖擻僧伽棃以日初分著衣持鉢入城乞食時諸牧牛羊擔薪草行道人見者皆作是言此尊者昨日平坐而死我等以乾薪牛糞燒已捨來今復還活時人皆號之爲還活所以不燒身者以定力護故所以不燒衣者以神足力持故復有說者所以不燒身不燒衣者皆以定力故是故散耆婆經是此論因緣

如因緣中說施起滅定人得現世報問曰何故施起滅定人得現世報耶答曰此不必須通所以者何此說非修多羅毗尼阿毗曇此是因緣或然不然若必欲通者有何意耶答曰不得現世報而受多報問曰何故施起滅

定者若得現報若得多報答曰若施起滅定者食便爲施起諸禪解脫三昧者食所以者何若欲入此定者先起欲界善心次第入初禪乃至非想非非想處次第入滅定欲起此定從此定次第起非想非非想處心乃至初禪次第起欲界善心以行者身中修如是等功德故施食得現世報若得多報復次從此定起出入言說著衣受取飲食如是等威儀寂靜故信心婆羅門居士生敬重心以衣食等施得現世報若得多報復次此定生人希有想若人聞彼比丘得於滅定極生希有想信心婆羅門居士以清淨心施其衣食等得現世報若得多報復次若施起滅定者食便名施不食人食入有想定者雖不食摶食而食有漏觸食意思食識食入無漏定雖不食四種有漏食而以無漏觸意思識持身入滅定者無四種食亦不以無漏觸意思識持身是故施起滅定者則施不食人食得現世報若得多報復次若施起滅定者食便是施到涅槃還者食所以者何此定與涅槃相似故如入無餘涅槃時一切心心數法不生不滅一切有緣法此定亦爾是故施其食者得現世報若得多報不但施起滅定人食得現世報施五種人食亦得現世報一從滅定起二從慈心起三從無諍起四從見道起五從得盡智起又施五種人食得多報一施父二施母三施病人四施說法人五施近佛菩薩問曰此定爲是受生處造業爲是滿業耶答曰此是滿業非是造業所以者何造業必是業性彼非業性問曰此定爲得現報爲得生

報爲得後報耶答曰此定得生報不得現報所以者何非想非非想處不能起此定問曰何處受此定報答曰於非想非非想處報四陰若成就滅定亦成就滅定報耶答曰或成就滅定不成就滅定報乃至廣作四句成就滅定不成就滅定報者生欲色界得滅定若得滅定不退生非非想處未受滅定報成就滅定報不成就滅定者於此得滅定退生非想非非想處受滅定報成就滅定亦成就滅定報者於此得滅定不退生非想非非想處受滅定報不成就滅定亦不成就滅定報者生欲色界中不得滅定生空處識處無所有處若得滅定退若不得滅定生非想非非想處不受滅定報

若退滅定亦退阿羅漢果耶答曰或退滅定不退阿羅漢果乃至廣作四句退滅定不退阿羅漢果者學人退滅定阿羅漢得滅定退不得自在非起結現在前退阿羅漢果不退滅定者慧解脫阿羅漢退學時得滅定無學時起非想非非想處結退滅定亦退阿羅漢果者學時得滅定無學時起下地結退無學時得滅定三界結若起一界結退不退滅定亦不退阿羅漢果者除上爾所事

阿羅漢果者六種謂退法憶法護法等住能進不動諸退法阿羅漢盡是俱解脫耶若是俱解脫阿羅漢盡是退法耶乃至不動阿羅漢盡是俱解脫耶若是俱解脫阿羅漢盡是不動耶答曰或是退法阿羅漢非是俱解脫乃至廣作四句是退法阿羅漢非俱解脫者諸退法阿羅漢不得滅定是俱解脫阿羅漢

非是退法者憶法乃至不動得滅定是退法阿羅漢亦是俱解脫者退法阿羅漢得滅定非退法阿羅漢亦非俱解脫者憶法乃至不動不得滅定如退法阿羅漢作四句餘五種阿羅漢作五四句亦如是

如無學道有六種阿羅漢學地亦有六種性學諸退法學盡是身證耶若是身證盡是退法學耶乃至不動性學是身證耶若是身證盡是不動性學耶答曰或是退法性學非是身證乃至廣作四句是退法性學非身證者退法性學不得滅定是身證非退法性學者憶法乃至不動性學得滅定是退法性學亦是身證者退法學得滅定非退法性學亦非得身證者憶法乃至不動性學不得滅定如退法性學作四句餘五性學作五四句亦如是

若法與心作次第非是無間耶答曰或法與心作次第非是心無間乃至廣作四句與心作次第非心無間者除定初刹那及有心時餘定刹那及出定心是也是心無間非心次第者定初刹那及有心時生住無常是也是心次第亦心無間者定初刹那及有心時是也非心次第非心無間者除定初刹那及有心時生住無常餘定刹那及出定心生住無常是也若法是心次第亦是定無間耶答曰或法是心次第非定無間乃至廣作四句是心次第非定無間者定初刹那及有心時是也是定無間非心次第者除定初刹那及有心時生住無常餘定刹那及出定心生住無常是也是心次第亦定無間者除定初刹那

及有心時定餘剎那及出定心是也非心次第非定無間者定初剎那及餘有心生住無常是也八勝處乃至廣說問曰勝處體性是何答曰是不貪善根對治於貪若取相應迴轉欲界是四陰色界是五陰

已說體性所以今當說何故名勝處勝處是何義答曰勝於境界勝於煩惱故名勝處雖諸行者不能盡勝境界然於境界不生煩惱故名勝處如世尊說勝此處故名勝處

界者是色界地者初四勝處未至中間初禪第二禪地後四勝處在第四禪地所依身者是欲界身緣者緣於欲界爲何所緣答曰緣色入盡緣一切欲界色入耶答曰盡緣問曰若然者經云何通如說尊者阿泥盧頭在舍衛國住一精舍有四快意天女來詣尊者阿泥盧頭所作如是言尊者阿泥盧頭我等是快意天女於四處得自在意欲作何等色隨意能作以自娛樂若欲須衣服瓔珞隨意能作而自娛樂爾時尊者阿泥盧頭作如是念我今應觀此女作不淨想即起初禪不淨想不能勝之乃至起第四禪不淨觀亦不能勝復作是念此色雜故不能勝之若純一色我則能勝作是念已而語之言姊妹汝等於四處中得自在者盡作青色來即皆青色亦不能勝復作是念若轉此色或能勝之復語之言作黃色來即皆黃色赤色亦爾不能勝之爾時阿泥盧頭復作是念白色隨順不淨想若作白色我或能勝復語之言作白色來即皆白色亦不能勝爾時尊者阿泥盧頭知此色雜妙不可勝故閉目而坐是時天女作如

是念今此尊者不能憶念我等知此事已忽然不現尊者阿泥盧頭不勝境界境界不勝尊者阿泥盧頭譬如二力士相撲不能相勝彼亦如是此說云何通答曰尊者阿泥盧頭雖不能勝餘利根者如佛舍利弗目揵連等則勝問曰能於佛身作不淨觀不答曰能作唯佛能非餘聲聞辟支佛能所以者何佛身清淨無垢一切不淨觀者不能於佛身作不淨想唯佛世尊能於自身作不淨觀復次不淨觀有二種一觀色過患二觀緣起觀色過患不淨觀不能於佛身作觀色過患不淨觀能作緣起觀餘廣說如雜揵度不淨觀處念處者盡與身念處俱智者盡與等智俱三昧者不與三昧俱根者總而言之與二根相應謂喜根捨根過去未來現在者是三世緣三世者過去緣過去未來必生者緣未來不生者緣三世現在者緣現在善不善無記者是善緣善不善無記者盡緣三種三界繫者及不繫者是色界繫緣三界繫及不繫者是緣欲界繫是學無學非學非無學者是非學非無學緣學無學非學非無學者緣非學非無學是見道斷修道斷無斷者是修道斷緣見道斷修道斷無斷者緣修道斷名緣義緣者是緣義緣自身他身非身者初二緣自身他身餘緣他身是離欲得方便得者是離欲得亦是方便得初禪者離欲界欲得二禪者離初禪欲得第四禪者離第三禪欲得以方便起現在前是方便得佛不以方便起現在前辟支佛以下方便聲聞或以中或以上方便是曾得未曾得者聖人最後身凡夫起曾得

未曾得者餘凡夫起曾得者

八勝處内有色想觀外色内有色想者觀自身色循色想不離色想觀外色者觀少外色若好若惡少有二種一境界少二自在少好色者不弊壞青黄赤白色惡色者弊壞青黄赤白色於此色生勝知勝見者斷於欲愛過於欲愛緣取前色皆得自在是名爲勝猶如大家大家子驅使奴僕皆得自在彼亦如是是名初勝處初者次第數在初故名初復次次第入彼定時初入故名初勝處者若入此定善色受想行識是名勝處如初勝處第二勝處亦爾異者先觀少今觀多多有二種一境界多二自在多餘如上說内無色想觀外色内無色想者内不循色想離色想觀外色少餘廣說如上是名第三勝處如第三勝處第四勝處亦爾異者第三觀少好惡色第四觀多内無色想觀外色如上所說觀青色者作如是觀解諸所有色若略若廣盡觀是青如眼識所觀眼識所行次生意識觀青色青光青影如是内無色想觀外青色青光青影生勝知勝見者斷於欲愛過於欲愛是名勝於色緣取前色皆得自在猶如大家大家子驅使奴僕皆得自在彼亦如是有如是想者起如是想現在前是名第五勝處第五義廣說如上如青色黄色赤色白色說亦如是一一異者黄勝處應說迦那迦華喻赤色者應說槃頭者婆迦華喻白色者應說優師迦星喻問曰此四種色何者最妙尊者和須蜜說曰白色最妙世人亦說是吉色猶如四方之中東方最勝世人亦稱爲吉彼亦如是尊者

佛陀提婆說曰觀白色者心則清淨不隨順睡眠法

十一切處乃至廣說問曰十一切處體性是何答曰八是無貪善根對治於貪若取相應迴轉是四陰五陰性若是欲界四陰若是色界五陰空處識處一切處體性是四陰此是一切處體性乃至廣說

已說體性所以今當說何故名一切處一切處是何義答曰以二事故名一切處一以不缺二以廣大不缺者無有處所緣地復緣於水如緣地若緣水緣火風青黃赤白空處識處不缺亦如是廣大者普徧緣地乃至普徧緣識尊者佛陀提婆說曰徧緣一切無有空缺名一切處

界者八在色界二在無色界地者八在第四禪地空處一切處在空處地識處一切處在識處地所以者何淨解脫在第四禪地能入後四勝處後四勝處能入八一切處淨解脫緣淨境界不能分別若好若惡青黃赤白勝處能分別不能令無邊一切處能令青黃赤白無邊此色爲何所依知依四大是故次觀無邊地無邊水無邊火無邊風此廣大誰所生以覺故知色等依空是故次觀無邊空處彼覺何所依依於識是故次觀無邊識識更無所依故更不立一切處所依身者八依欲界身後二依三界身行者不行行緣者八緣欲界緣欲界何法答曰緣於色入二緣無色界念處者八與身念處俱後二與法念處俱智者盡與等智俱三昧者不與三昧俱根者與一捨根相應過去未來現在者是三世緣

三世者八過去者緣過去未來必生者緣未來必不生者緣三世現在者緣現在後二者緣三世善不善無記者是善緣善不善無記者八緣三種二緣善無記是三界繫不繫者八是色界繫二是無色界繫緣三界繫不繫者八緣欲界繫二緣無色界繫是學無學非學非無學者是非學非無學緣學無學非學非無學者緣非學非無學是見道斷修道斷不斷者是修道斷緣見道斷修道斷不斷者八緣修道斷二緣見道修道斷緣名緣義者是緣義緣自身他身非身法者八緣他身二緣自身他身是離欲得方便得者是離欲得是方便得離欲得者離欲時得方便得者作方便得佛不以方便起現在前辟支佛以下方便聲聞或以中或以上是本得未曾得者是本得亦是未曾得聖人內道凡夫亦是本得亦是未曾得餘凡夫是本得

問曰一切處方便云何答曰四以眼識爲方便滿足時緣青黃赤白色入四以身識爲方便滿足時緣地水火風觸入復有說者七以眼識爲方便除風一切處復有說者八以眼識爲方便問曰風一切處云何以眼識爲方便答曰眼識亦取風色入如是相謂有塵無塵滿一切處毗嵐風等空處一切處以空爲方便識處一切處以識爲方便

十一切處云何爲十觀上下諸邊地無有缺無有量上者是上方下者是下方諸邊者是四方四維無缺者不雜無量者無有邊際是名初一切處初者次第數在初故名初復次順次入此定時初入故名初一切處者入此

定時善色受想行識此是一切處乃至識處一切處說亦如是異者空處一切處識處一切處不說色陰問曰八一切處緣上下諸邊可爾所以者何彼所緣有方所故空處一切處識處一切處所緣無方所云何有上下諸邊答曰八一切處應說有上下諸邊二一切處無上下諸邊若如是說者有何意耶答曰行此定者在上下諸邊故如人中修空處一切處是下四天王天中修識處一切處是上餘方說亦如是

問曰何故第三禪無解脫無勝處無一切處耶答曰非其田器乃至廣說復次對治欲界色愛故初禪立解脫對治初禪色愛故第二禪立解脫第二禪無色愛故第三禪不立解脫以第三禪無解脫故亦無勝處亦無一切處所以者何以解脫入勝處以勝處入一切處故復次以遠故不妙故第三禪於欲界遠於四禪不妙復次以如第三無色定故空處識處有無邊行非想非非想處有滅定無所有處無無邊行亦無滅定如第三無色定善根減少第三禪亦如是復次第三禪有一切生死最勝受樂行者多於中著樂故不能起解脫勝處一切處問曰若然者何故有無量神通等功德答曰一切起不必有一切功德若當彼地無無量無神通者彼地便是空無功德地

佛經說入地一切定者作如是念地即是我我即是地我定與地無二無別餘一切處亦如是問曰若得一切處必離第三禪欲若計地是我必是第四禪地身見計第四禪地是

我一切處緣欲界此云何可爾答曰此中說不定名定如非沙門說名沙門非婆羅門說名婆羅門彼亦如是復次此說前所得事譬如國王雖復亡國富貴之事猶名爲王此亦如是先得此定而退失之以曾得故作如是說復次彼是速入定者於彼定退起欲界身見計欲界地是我速還離欲起一切處復緣欲界如提婆達多能速入定以神足力自化作小兒五華鬄髮著金瓔珞於太子阿闍世抱上宛轉遊戲復現此相使太子阿闍世知是大聖提婆達多時太子阿闍世抱弄嗚之以唾著其口中以貪利養故而咽其唾是故世尊語提婆達多汝如死屍食唾之人彼食唾時退失神足速入定故尋得離欲自化其身還在太子阿闍世抱上宛轉遊戲復次身見計第四禪地是我一切處亦觀第四禪地問曰一切處緣於欲界答曰亦有緣第四禪者若作是說者一切處亦緣第四禪問曰若然者色界諸天純是白色云何觀青黃赤色耶答曰彼作是說色界諸天身純一白色諸非衆生數物有青黃赤色不應作是說若身見與一切處相應者有如是過云何相應共有法或緣欲界或緣第四禪身見不與一切處相應然一人亦名計我亦名得定以起身見故名爲計我以起一切處故名爲得定身見計第四禪地是我一切處緣欲界非一時故此經善通

有地定有地一切處定乃至有白定有白一切處定

問曰地定地一切處定有何差別答曰地定

在欲界四禪地一切處定在第四禪復次方便是定滿足是一切處復次因是定果是一切處復次少分是定徧是一切處地定地一切處定是謂差別

問曰解脫勝處一切處有何差別答曰名即差別是名解脫是名勝處是名一切處復次下善根是解脫中善根是勝處上善根是一切處復次少善根是解脫多中善根是勝處無量上善根是一切處復次因是解脫果是一切處因果是勝處復次背捨義是解脫能勝緣義是勝處徧緣義是一切處復次心解脫是解脫勝煩惱義是勝處無缺徧義是一切處復次若得解脫不必得勝處一切處若得解脫勝處不必得一切處若得一切處必得解脫勝處所以者何解脫能入勝處勝處能入一切處解脫勝處一切處是謂差別

阿毗曇毗婆沙論卷第六十八

音釋

抖擻（抖當口切擻蘇后切抖擻振舉貌）撲（蒲木切擊也）唾（湯卧切口液也）

阿毗曇毗婆沙論卷第六十九

迦旃延子造

北涼沙門浮陀跋摩共道泰譯

使犍度十門品第四之十六

八智法智比智他心智等智苦智集智滅智道智云何法智乃至道智廣說如經本問曰彼尊者何故於此論中以八智而作論答曰彼尊者有如是欲如是可如是意欲以八智而作論隨其欲意亦不違法相立八智而作論餘處亦立八智而作論如定智犍度中說或欲以二智而作論即立二智如智犍度中說他心智念前世智智犍度中亦立法智比智定犍度中立盡智無生智或欲以四智而作論即立四智如根犍度中說若苦智是苦無漏智耶乃至若道智是道無漏智耶或欲以十智而作論即立十智隨其所知譬如陶師以知泥團安置輪上隨其所欲出種種物不損所能彼尊者亦如是以聞思修慧除所知過隨其所欲而作論不違法相亦如是復次不應求彼尊者何故立八智耶所以者何此是佛經佛經說八智法智乃至道智彼尊者以佛經是此論根本因緣故依八智而作論彼尊者無力於八智中減一智說七智增一智說九智所以者何佛經無有增減無增者無增可減無減者無減可增如無增無減無益無損無量無邊無量者是無量義無邊者是無邊文猶如大海水無量無邊無量者深無量無邊者廣無邊一切佛經亦無量無邊無量者義無量無邊者文無邊如尊者舍利弗等百千論師欲解佛經二句義故造百

千那他論盡其覺性退還而不能知佛經二句義邊際到於彼岸問曰若佛經是此論根本因緣者佛經中多種說智或說二智如二法中或說四智如四法中或說八智如八法中或說十智如十法中何故彼尊者於多種智中此使揵度依八智而作論答曰八智是中說攝一切智二智雖攝一切智而是略說十智雖攝一切智而是廣說復次若智數數修數數現在前者依此智而作論復次此八智亦是智性亦是見性盡智無生智雖是智性而非見性復次若智是有欲無欲人身中可得者依此智而作論盡智無生智是無欲人身中可得復次若智是學無學人身中可得者依此智而作論盡智無生智是無學人身中可得如學無學所作已所作未棄重擔已棄重擔未逮已利已逮已利有求無求當知亦爾彼尊者或依剎那頃一智而作論如雜揵度說頗有一智知一切法耶答曰不知若依十智而作論者此論不成若依九八七六五四三二智而作論者此論不成乃至一智二剎那頃而作論者此論亦不成所以者何初智剎那頃不知自體相應共有法第二剎那頃知前智相應共有法彼中依剎那頃一智而作論故答曰不知或說一智攝一切智謂法智非如法智以體是法故或說二智攝一切智如有漏智無漏智縛智解智繫智不繫智或說三智攝一切智如法智比智等智或說四智攝一切智前三智更增他心智或說五智攝一切智如等智苦集滅道智或說六智攝一切智前五智更增他心智或說

七智攝一切智除他心智或說八智攝一切智增他心智問曰若八智攝一切智者復有八智謂法住智涅槃智生死智漏盡智念前世智願智盡智無生智云何攝耶答曰雖更有八智亦是八智所攝所以者何此八智盡在前八智中故問曰此八智云何在前八智中答曰住名諸法因三界上中下果在因中住若知此智名爲因智因智是四智性等智法智比智集智涅槃智是滅智亦是四智性等智法智比智滅智生死智者舊阿毗曇者罽賓沙門作如是說是一智謂等智尊者婆摩勒巳作如是說生死智是四智性謂法智比智等智若智評曰應作是說是一等智漏盡智或有說者是漏盡人身中可得故名漏盡智若作是說是十智性或有說者漏盡智是緣漏盡處智若作是說漏盡智是四智性謂法智比智等智滅智念前世智舊呵毗曇者罽賓沙門作如是說是一等智尊者瞿沙作如是說是六智除滅智他心智非他心智所以者何他心智緣現在法非滅智所以者何滅智緣無爲法評曰應作是說是一等智願智是一等智或有說是八智性者除盡智無生智所以者何願智是見性彼二智非見性評曰應作是說願智是一等智盡智無生智是六智謂法智比智苦集滅道智以如是等事故八智攝一切智尊者僧伽婆修說曰應說一智謂決定智所以者何決定義是智義彼決定有有漏有無漏有縛有解有繫有不繫有漏者是等智是縛是繫無漏智是解是不繫或是欲界對治或是色無色界對治

或是欲界對治者是法智若是色無色界對治者是比智此三智若知他心心數法是知他心智無漏決定智或行苦四行乃至行道四行若行苦四行者是苦智乃至若行道四行者是道智問曰若然者唯有三智法智比智等智答曰如是唯有三智謂法智比智等智問曰若然者云何立八智答曰以五事故一以對治二以方便三以自體四以行五以緣行對治者是法智比智方便者是他心智自體者是等智行者是苦智集智所以者何此智行不同緣同緣行者是滅智道智所以者何此智緣不同行不同故以此五事故立八智尊者婆摩勒說曰對治四種愚故立八智四種愚者界愚心愚法愚諦愚對治界愚故說法智比智對治心愚故說他心智對治法愚故說等智對治諦愚故說苦集滅道智此是智體性乃至廣說已說體性所以今當說何故名智智是何義答曰決定義是智義問曰若決定義是智義者疑相應智則非智所以者何不決定故答曰疑相應慧亦是智但疑於聚中有勢用故言是疑聚如多愛人名爲愛行非無恚癡以愛有勢用故名爲愛行彼亦如是恚行癡行說亦如是譬喻者作如是說若心有智則無不智若心決定則無猶豫若心有麤則無有細亦爲阿毗曇者說過汝說法相猶如若干草木雜生一處而無別相一心中有智無智非智非不智猶豫決定非猶豫非決定麤細非麤非細阿毗曇者復作是說我法生時衆生一心中有智無智非智非無智決定猶豫非決定非猶豫麤細

非麤非細智者是智非智者是無明非智非無智者是餘心心數法猶豫者是疑決定者是慧非決定非猶豫者是餘心心數法麤是覺細是觀非麤非細是餘法復有說者以二事故名智一以決定二以適可知苦乃至知道名決定自適適他意故名適可

已總說諸智所以今當一一分別說所以者何何故名法智答曰體是法故名法智問曰餘智體亦是法何故不名法智耶答曰餘智雖體是法而法智是法如十八界雖體是法十二入體亦是法七覺支體亦是法四念處體亦是法四不壞淨體亦是法四無礙體亦是法三歸三寶體亦是法而法界法入擇法覺支念法法念處法不壞淨法無礙法歸法寶法而名爲法如是十智體雖是法而法智名法復次法智有一名餘智有二名法智是共名餘智是共不共名以不共名說復次以初知法故名法智後知法故名比智復次彼智相應初得信法名法智後得信法名比智復次於法中現見故名法智次現後生故名比智復次欲界多諸非法煩惱如忿恨諂誑放逸害等非法誰是彼近對治謂法智是也色無色界無如是非法煩惱故名比智復次若智是六地所攝緣於一地是法智若智九地所攝緣於八地是比智復次若智六地所攝緣六地者是法智若智九地所攝緣九地者是比智復次若智對治十八界十二入五陰者是法智若智對治十四界十入五陰者是比智復次若智對治善不善無記五陰者是法智若智對治善無記五陰者是比智若

智對治福非福不動行者是法智若智對治福不動行者是比智復次若智對治摶食愛婬欲愛是法智若智對治定愛是比智何故名知他心智答曰知他心故名知他心智問曰亦知他心數法何故但名知他心智耶答曰以期心故行者期心作如是念使我知他心若知他心亦知數法猶如有人作如是念使我見王若見王時亦見王侍者彼亦如是復次此法以種種事故得名或以自體或以對治或以方便或以相應或以所依或以行或以緣或以行緣以自體者如陰如諦如等智以對治者如法智比智若對治欲界名法智若對治色無色界名比智以方便者如空處識處五現三昧他心智以相應者如波伽羅經說云何樂受法答曰若法與樂受相應云何苦受法答曰若法與苦受相應云何不苦不樂受法答曰若法與不苦不樂受相應以所依者眼識乃至意識若依眼生名眼識乃至依意生名意識以行者是苦智集智所以者何此智行不同緣同或以緣者念處無相三昧以行緣者是滅道智所以者何彼行不同緣亦不同復次以名義勝故此聚中誰爲最勝心爲最勝譬如王來眷屬亦來但言王來彼亦如是餘廣說如雜揵度說心處何故名等智答曰世人等行此智故名等智如男女來去世人現所行法等問曰亦緣第一義法何故名世智答曰從多分故多緣世法少緣第一義法復次此智無第一義相以多人所稱故名智猶如多人所立之王雖非王種以多人所立故亦名爲王彼亦如是復次

此智是假名所以者何一切人一切衆生一切處盡有此智故復次此智是愚所依處愚立足處復次此智是所差故猶如人差上座差維那聲論者說曰此智爲無智所覆故名等智猶器中物名爲覆物何故名苦智乃至道智答曰以對治決定故所緣決定故乃至道智亦如是復次處所決定故對治決定故名苦智乃至道智復次行苦四行故名苦智乃至行道四行故名道智問曰若有漏慧行苦四行乃至行道四行是苦智乃至道智耶答曰若行苦四行行道四行於諦有決定者名苦智道智善有漏慧雖行苦四行乃至行道四行於諦不決定故不名苦智乃至道智復次若行苦四行乃至行道四行煩惱更生復次若行苦集滅道四行見不復名不見智

不復名不知已得決定處不爲無知猶豫邪見所覆善有漏慧雖行苦等四行見還不見知還不知還爲無明猶豫邪見所覆復次若行苦等四行能滅損破壞於有是苦智乃至道智善有漏慧雖行苦四行乃至行道四行增益長養於有餘答如雜揵度廣說復次若行苦等四行不行集滅道等四行是苦智若行集等四行不行苦滅道等四行是集智若行滅等四行不行苦集道等四行是滅智若行道等四行不行苦集滅等四行是道智善有漏慧若行苦等四行亦行集滅道等四行或行苦行亦行集行或行苦行亦行滅行或行苦行亦行道行或行集行亦行滅行或行集行亦行道行或行滅行亦行道行或行苦行亦行集行滅行或行苦行亦行集行道行

或行苦行亦行滅行道行或行集行亦行滅行道行或行苦行亦行集行滅行道行行如是行時當言是苦智乃至當言是道智復次若行苦集滅道四行不同苦集一繫善有漏慧雖行苦集滅道四行同苦集一繫問曰滅道不同一繫何故不立滅道智耶答曰以始不中立故終亦不中立界者他心智有漏者是色界繫無漏者是不繫等智是三界繫餘是不繫地者法智在六地謂未至中間根本四禪比智在九地上說六地三無色地除非想非非想地他心智在根本四禪地等智在十一地欲界未至中間根本四禪四無色地餘若是法智分在六地若是比智分在九地所依身者法智依欲界身他心智依欲色界身比智等智依三界身餘若是法智分依欲界身若是比智分依三界身行者法智比智行十六行他心智若無漏者行道四行有漏者不行行等等智行十六行亦有不行行者苦智行苦等四行集智行集等四行滅智行滅等四行道智行道等四行緣者法智比智緣四諦他心智緣心心數法等智緣一切法苦智緣苦諦集智緣集諦滅智緣滅諦道智緣道諦念處者他心智是三念處除身念處滅智是法念處餘智是四念處智者即智三昧者法智比智與三三昧俱他心智若無漏者與道無願三昧俱有漏者不與三昧俱等智不與三昧俱苦智與三三昧俱集智與集無願三昧俱滅智與無相三昧俱道智與道無願三昧俱根者等智與五根相應餘智總而言之與三根相應過去未來現在者是三

世緣三世及非世者法智比智等智緣三世亦緣非世法他心智過去者緣過去現在者緣現在未來必不生者緣三世必生者緣未來滅智緣非世法餘智緣三世善不善無記者等智是三種餘智是善緣善不善無記者比智緣善無記滅道智緣善餘智緣三種是三界繫及不繫者他心智有漏者是色界繫無漏者是不繫等智是三界繫餘智是不繫緣三界繫不繫者法智緣欲界繫及不繫比智緣色無色界繫及不繫他心智緣欲色界繫及不繫等智緣三界繫及不繫苦智集智緣三界繫滅智道智緣不繫是學無學非學非無學者他心智是三種等智是非學非無學餘智是學無學緣學無學非學非無學者法智比智等智他心智緣三種苦集滅智緣

非學非無學道智緣學無學是見道斷修道斷不斷者他心智有漏者修道斷無漏者是不斷等智是見道修道斷餘智是不斷緣見道斷修道斷不斷者法智比智他心智等智緣三種苦智集智緣見道斷修道斷滅智道智緣不斷緣名緣義者法智比智等智苦智集智緣名緣義餘智緣義緣自身他身非身者法智比智等智緣自身他身及非身他心智緣他身苦智集智道智緣自身他身滅智緣非身若苦智行苦行耶若行苦行是苦智耶答曰或是苦智非行苦行乃至廣作四句是苦智非行苦行者苦智行無常行空行無我行行苦行非苦智者行苦行苦智相應法是苦智亦行苦行者苦智行苦行非苦智非行苦行者苦即取此種性者行無常行空行

無我行苦智相應法若不即取此種性者除上爾所事已行苦行當行苦行說亦如是如苦行有三四句無常行空行無我行亦有三四句如苦智有十二四句集智滅智道智各十二四句合四十八四句

有四事故名法智一以初知法二以現見法三是實智四是捨智有四事名比智一以因比相知果二以果比相知因三以身口行比相知心四以所說比相知佛有四事名他心智謂因次第緣威勢如此智有四事智所緣亦有四事謂因次第緣威勢有四事名等智一以名等二以縛等三以假等四以著等有四事名苦一以熱惱二以生三以身受四以死若智行此四事是名苦智有四事名集一以業二以煩惱三以愛四以無明若智行此四事名集智有四事名滅初沙門果斷三結第二果斷三結薄愛恚癡第三果斷五下分結第四果斷一切結若智行此四行是滅智有四事名道一從第八乃至一切學諸有所作二降伏怨敵三觀本所作四近漏盡若智行此四行是名道智有四事名盡智一不攝見二不行空三除他心智四方便遲緩有四事名無生智一知因二知果三知自身四以人十智應言一智謂法智非如法智以體是法故十智應言一智謂決定智所以者何決定義是智十智應言一智謂智所知亦是一智謂於所知審實生著十智應言一智謂道智以道諦攝故十智應言一智謂願智以滿所願故十智應言一智謂盡智盡諸煩惱身中可得故十智應言一智謂無生智更不迴

還故
三三昧空無願無相應説一三昧如心數法中定如定根定力定覺支正定應説二三昧謂有漏無漏縛解應説四三昧謂欲界繫色界繫無色界繫不繫應説五三昧謂欲界繫色界繫無色界繫學無學若以在身若以刹那則有無量三昧云何世尊於一三昧於無量三昧立三三昧答曰以三事故一以對治二以期心三以所緣對治者是空三昧空三昧是身見近對治身見行我行我所行空三昧行空無我行爲以何行對治何行答曰以無我行對治我行以空行對治我所行復次無我行對治五我見行空行對治十五我所見行復次無我行對治已見空行對治已所見復次無我行對治我見愛空行對治我所見愛復次陰非我是無我行陰中無我是空行復次眼非我是無我行眼中無我是空行乃至意亦如是復次性空是無我行無所行空是空行期心者是無願期心不願於有故名無願問曰亦期心不願於道耶答曰不應作是問亦不期心不願於道然不願於道自有所以聖道雖非有而依於有行者期心不願於陰而聖道依陰不願於世而聖道依世不願於苦而聖道與苦相續問曰若然者聖人何故修道答曰欲到涅槃故行者作如是念除於聖道更有方便到涅槃不知更無有是故欲到涅槃故修道所緣者是無相緣無十相法故是無相十相者謂色聲香味觸男女相及三有爲相復次陰是相彼緣陰滅故是無相世是相前後是相下中上是相彼不

緣世不緣前後不緣下中上故是無相復有說者三三昧亦行行空三昧行二行謂空無我行無願三昧行十行謂集道八行無常苦行無相三昧行四行謂滅四行復有說者三三昧是對治空三昧是身見近對治無願三昧是戒取近對治無相三昧是疑近對治施設經說空三昧是空非無願無相無願三昧是無願非空無相無相三昧是無相非空無願所以者何空三昧所行非無願無相無願無相亦如是復次說空三昧是無願無願是空三昧無相即無相非空非無願問曰何故二三昧同一體一三昧異體耶答曰以此二三昧一時得對治一種法一時得者若依空三昧得正決定見苦四心頃未來無願三昧修若依無願三昧得正決定見苦四心頃未來空三昧修對治一種法者此二三昧俱對治見苦所斷法復次說空三昧是空無願無相云何是空此中無有常不變易空無我無我所云何是無願此三昧不願於愛不願於恚不願於癡不願未來有云何是無相答曰此三昧無色聲香味觸故是無相無願是無願亦是空亦是無相云何是無願此三昧不願愛恚癡不願未來有云何是空此三昧空無有常乃至無我無我所云何是無相此三昧無有色相乃至觸相無相三昧是無相是空是無願云何是無相此三昧無色相乃至無觸相云何是空此三昧無有常乃至無我無我所云何是無願此三昧不願於愛乃至廣說此是三昧體性乃至廣說

已說體性所以今當說何故名三昧三昧是

何義答曰以三事故名三昧一以正二以攝三以相續正者無始以來煩惱惡行邪見顛倒令心心數法撓濁所以令其正直者皆是三昧力攝者無始以來心心數法散亂於色聲香味觸法中所以攝令不散住一緣中皆是三昧力相續者心心數法生無定次第善心次第生染汚無記心染汚心次第生善心無記心無記心次第生善心染汚心所以能捨二種心但令善心相續者皆是三昧力復有三事故名三昧一住一處二繫在一緣三正思惟復有三事故名三昧一自正心二生種善根三令心正直相續復有三事故名三昧一於緣中不從二持種種善法三能令種種善心住一緣中尊者和須蜜說曰何故名三昧答曰能令種種善心住一緣中餘說如上尊者佛陀提婆說曰三昧有多名有善法三昧有不善法三昧有無記法三昧有無次第三昧此中說心正三昧名三昧

阿毗曇毗婆沙論卷第六十九

阿毗曇毗婆沙論卷第七十七十一同卷

迦旃延子造

北涼沙門浮陀跋摩共道泰譯

使揵度十門品第四之十七

界者有漏者三界繫無漏者不繫地者有漏者在十一地無漏者在九地所依身者依三界身行者空有二行無願有十行無相有四行緣者空三昧有漏者緣一切法無漏者緣苦諦無願緣三諦無相緣滅諦念處者空無願三昧是四念處無相三昧是法念處智者空三昧與四智俱謂法智比智等智苦智無願三昧與七智俱除滅智無相三昧與四智俱謂法智比智等智滅智三昧者即三昧根者總而言之與三根相應過去未來現在者是三世緣三世法者空三昧緣三世及非世法無願緣三世無相緣非世善不善無記者是善緣善不善無記者空無願緣三種無相緣善是三界繫不繫者或三界繫或不繫緣三界繫及不繫者空三昧有漏者緣三界繫及不繫無漏者緣三界繫無願緣三界繫及不繫無相緣不繫是學無學非學非無學者是三種緣學無學非學非無學者空三昧有漏者緣三種無漏者緣非學非無學無願緣三種無相緣非學非無學是見道斷修道斷不斷者有漏者是修道斷無漏者不斷緣見道斷修道斷不斷者空三昧有漏者緣三種無漏者緣見道斷修道斷無願緣三種無相緣不斷緣名緣義者空無願緣義緣名無相緣義緣自身他身非身者空三昧有漏者緣三種無漏者及無願緣自身他身無相緣非

身若空三昧盡行空行耶答曰或空三昧不行空行乃至廣作四句空三昧不行空行者空三昧行無我行行空行非空三昧者行空行空三昧相應法空三昧行空行者行空行空三昧非空三昧非行空行者若即取此種性行無我行空三昧相應法若不即取此種性除上爾所事已行當行亦如是如空三昧空行作四句空三昧行無我行亦如是無願作三十四句無相作十二四句合四十八四句

問曰三昧解脫門有何差別答曰三昧是有漏無漏解脫門唯無漏問曰何故三昧是有漏無漏解脫門唯無漏耶答曰解脫門不應是有漏不應是繫縛問曰爲以得正決定爲以盡漏立解脫門耶若以得正決定者苦法忍相應定應是解脫門若以盡漏者金剛喻定應是解脫門答曰應作是說以得正決定亦以盡漏故名解脫門所以者何得一切聖道盡名決定一切斷盡名盡漏如世第一法次第得苦法忍苦次第得集集次第得滅滅次第得道盡漏者或依空三昧盡三界漏或依無願三昧盡三界漏或依無相三昧盡三界漏問曰何故名解脫門答曰如楯法故譬如鬪人執楯在前斷怨敵頭行者爾時持如楯解脫門在前斷煩惱怨家成就頭墮著不成就地如說定是正道不定是邪道定心得解脫非不定心有定者能知陰生滅滅

施設經廣說空謂內空外空內外空有爲空無爲空無始空性空無所有空第一義空空空問曰施設經何故廣說空耶答曰以空是

二十身見近對治
佛經說若聖弟子具足三三昧鬘者能斷不善法修行善法問曰何故說三三昧名鬘答曰以其妙好世人生欣上心故如少年時首繫華鬘若男若女生愛敬心行者亦爾若繫三昧鬘諸天世人則生愛敬復次如人首繫華鬘風則不亂其髮諸功德首若繫三昧華鬘者掉風不能亂譬如華若繫以爲鬘則所用處多諸功德亦爾若繫以爲鬘則多有所用能得正決定得果離欲盡漏復次世人於所繫華作鬘想賢聖亦爾以三三昧繫諸功德亦作鬘想亦如世人次第繫華而生鬘想賢聖亦爾次第繫心於一緣中亦作鬘想佛經說空三昧是上座住處問曰何故說空三昧是上座住處答曰以諸上座多住是處故

三界中佛是有德上座次辟支佛次尊者舍利弗常住此處故言上座住處復次空是内道中不共法内道一切皆是上座外道一切皆是年少内道中年八歲者皆是上座所以者何成就上座法故外道年八十者皆是年少所以者何成就年少法故問曰諸外道有無願無相耶答曰雖無根本者有相似者麤行似無願止行似無相空乃至無相似者何況根本復次以能生上座法故空名上座住處上座法者是道道果誰能生者謂空能生復次安住審諦法故空名上座住處衆生若不得空三昧則情性輕躁躁動若得空三昧情性則不動如山是故尊者瞿沙作如是說若知解脫法則情性審諦情性審諦名上座是故說空是上座住處復次行者住空法時

適意不適意好不好有利益事無利益事資生樂事資生苦事於此事中心不移動曾聞尊者舍利弗其母命終共住弟子還俗長齒比丘常於尊者舍利弗有怨嫌心作如是念我今應往告其不吉之事爾時長齒比丘便詣尊者舍利弗所作如是語長老當知汝母命過共住弟子還俗尊者舍利弗作如是答我母命過此是有身之法我弟子還俗此是凡夫之法時長齒比丘作是念長老舍利弗雖作是言心必有異爾時尊者舍利弗以是事故明朝著衣持鉢入舍衛城次第乞食飲食訖還詣住處舉衣鉢洗足已以尼師壇著肩上從祇洹林詣安陀林於晝日露處坐一樹下心生是念世間頗有可愛妙色變易散滅之時令我生憂悲苦惱者不徧觀見無有者爾時尊者舍利弗以日暮時從安陀林還祇洹林爾時長老阿難於所住精舍門邊經行見尊者舍利弗來問言尊者舍利弗從何處來舍利弗答言我從安陀林來復問尊者舍利弗汝於安陀林多住何三昧舍利弗答言住覺觀三昧阿難復問住何覺何觀耶舍利弗言我晝日於安陀林有如是覺世間頗有可愛妙色乃至廣說阿難問言尊者舍利弗於意云何爲有如是色不舍利弗答言無也阿難復語尊者舍利弗言汝常作是說若佛不出世我等便爲無目而死佛是可愛妙色若當變易散滅汝不生憂悲苦惱耶尊者舍利弗答言若令世尊變易散滅我亦不生憂悲苦惱但有是念世尊速般涅槃世間眼速滅爾時長老阿難歎言善哉善哉尊者舍

利弗善除我見我所見及與我慢斷其根本如斷多羅樹頭更不復生如來雖是可愛妙色若當變易散滅者當有何憂悲苦惱耶是故行者住彼法時於適意不適意好不好有利益無利益資生樂事資生苦事心不移動是故名空是上座住處復說尊者舍利弗於俱薩羅國住一林中爾時有一阿耆婆梵志亦住彼林去尊者舍利弗不遠值彼人民設四月節會時彼梵志詣村落中多飲好酒飽食猪肉復持餘肉及酒一瓶還所住林見尊者舍利弗坐一樹下生輕賤心彼之與我俱是出家我今極樂而彼比丘極苦即說偈言

我飲秔粮酒　竊持一瓶來　地上山草木
視之猶金聚

爾時尊者舍利弗作如是念此如死梵志向我說如是偈我今亦應說偈時尊者舍利弗便說此偈

我飲無相酒　復竊持空瓶　地上山草木
視之猶唾聚

此偈中尊者舍利弗以三解脫門作師子吼如說我飲無相酒是無相解脫門復竊持空瓶者是空解脫門地上山草木視之猶唾聚是無願解脫門

說無相有多名或說空是無相或說見道是無相或說不動心解脫是無相或說非想非非想處是無相或說無相是無相說空是無相者如經說有一比丘得無相心定彼比丘根鈍不知是定有何功德有何果報作是思惟誰知此定功德果報復作此念長老阿難佛所稱譽諸梵行者之所信敬必知此定所

有功德果報我今應往問如是事復作是念長老阿難善知物相若我往問當還問我汝得是定耶若答言得彼比丘是少欲覆藏善法者不欲顯己功德若答言不得是現前妄語若作餘言不正答者則是惱亂上座比丘我由來不曾惱亂上座比丘我今但應隨逐其後若爲他人說是法者我當得聞時彼比丘於六年中隨阿難後而猶不聞爲他解說爾時比丘問長老阿難言若人得無相心定心無增減住難得行猶水停住已住故解脫已解脫故住世尊說是定有何功德有何果報耶爾時長老阿難問彼比丘汝得此定耶時彼比丘作如是念如我所畏今果問之即便默然爾時阿難作如是說若比丘於無相心定無增無減乃至廣說佛說此定所有果報得一切知見能生智慧修道盡漏汝亦不久當得此法不增者是斷我見不減者斷我所見五我見十五我所見亦如是不增者是生死不減者是涅槃住難得行者此行難得多用功多有所作如水停住者譬如水從其源出停住一處更不餘流如是彼定住於一緣更不餘緣住故解脫者是自體解脫解脫故住者是身中解脫是中說空是無相餘處亦說無相是空如法印經說若斷色相觀色乃至廣說衆生相是境界相若彼比丘見於空法則除衆生相於境界不見有男相女相是故尊者瞿沙作如是說衆生相是境界相若有是空行於境界不見有男相女相說見道是無相者如說目揵連提舍梵志不說第六人行無相耶云何第六人行無相答曰第

六人行無相者是堅信堅法所以者何彼是無相不可數不可易知在此在彼若苦法忍若苦法智乃至道比忍比智問曰何故見道名無相答曰此道是速疾道不起期心道故不動心解脫是無相者如說長老伽婆達多貪欲是相恚癡是相不動心解脫是最勝無相問曰何故不動心解脫名無相耶答曰煩惱是相彼心不爲煩惱所覆不爲所壞不以上著下非不得自在是故說不動心解脫名無相非想非非想處名無相者如說我多用功得無相心定問曰何故說非想非非想名無相定答曰以非想非非想處愚騃不猛利不決定猶如疑亦無了了有想相亦無了了無想相說無相名無相者如此中說經說佛在舍衛國住東方精舍彌伽羅母堂爾時長老阿難往詣佛所頭面禮足而白佛言世尊昔於一時世尊住於釋種彌周吒村我從世尊聞如是義我今多住空三昧我爲善受持憶念如是說不佛告阿難如汝所言善受持憶念如我所說而無有異問曰若善受持不應生疑若生疑者不名善受持答曰以是事故名善受持所以者何不生邪見不轉教餘人不敢忘失故問曰如長老阿難多聞總持一切智所說八萬法聚以正念器盛之何故於一句中而生疑心答曰聞此法時心有愁惱害諸釋時是此論因緣如愚癡瑠璃王殺害諸釋

爾時阿難將一比丘入迦毗羅城此城本時如諸天城當是之時其猶丘塚所有樓觀却敵埤堄種種窻牖皆悉毀壞清泉諸池悉皆

嬈濁鴻鴈鴛鴦孔雀鸚鵡鸜翅羅鳥爲烟火逼皆飛翔虛空諸小男女皆啼哭逐阿難後作如是言大德阿難我母命過我父命過我父母命過爾時長老阿難復至修迦羅處梵志精舍愚癡瑠璃王於其處埋迦毗羅諸釋半身在於地中以鐵耒耒之殺七萬七千賢聖爾時阿難見是事已極生愁惱復次世尊諸根無異其心安住不動如山善御其心如持油鉢制伏五根如馬正視入迦毗羅城爾時長老阿難觀世尊面顏色和悅是已作是念如我親族離別生處毀壞世尊不爾我今苦惱而世尊心不動如山爾時世尊知阿難所念而告之言我多住空三昧故汝心住村落想處我住阿練若想汝作親族想處我作凡人想汝作衆生想處我作滿足法想爾時世尊知阿難及諸比丘不堪行道便將諸比丘漸次遊行到舍衛國東方精舍彌迦羅母堂爾時長老阿難愁惱轉增往詣佛所頭面禮足而白佛言廣說如上以是事故阿難問此事時心有愁惱聞佛所說我常住空三昧所以生疑問曰佛說我多住空爲住何空答曰或有說者住無所行空所以者何無所行空隨順四威儀法行時餘三威儀空餘威儀時亦爾評曰應作是說住性空所以者何但觀法性故是故阿難比丘若欲多住空者當觀聚落及衆生住阿練若想時諸比丘皆有是念此住空法是佛不共法佛爲除比丘心所疑而告阿難若比丘欲多住空三昧者除聚落及衆生想住阿練若想問曰何故佛告比丘除此二想答曰以諸比丘於此二想生

苦惱故阿難若比丘除聚落想及衆生想住阿練若想當作地想乃至作非想非非想處想問曰何故世尊一切時除下想說上想不說其根本耶答曰此說是舊法過去恒沙諸佛說法皆爾復次欲令所說不亂故若世尊說不除下想便說上想者則所說法亂諸佛說法而無有亂復次欲離重說法過故若世尊不除下想說於上想則是重說法諸佛世尊不重說法復次定是略要法若世尊一切時說根本者則經文多復次欲現論義道故論義之道若有所說必定其言若重定前言則壞論義道佛是無對論師善知論義道故問曰說村落想爲現何事乃至說非想非非想處爲現何事答曰村落想爲現迦毗羅想衆生想者現諸釋想阿練若想者現尼拘陀精舍想亦現諸比丘行道處想地想者現觀色是散壞想所以者何有色故有截手足耳鼻苦空想者現觀空想乃至非想非非想處現觀非想非非想處想復次村落想者是十五我所見衆生想者是五我見阿練若處想者是空三昧地想者是所緣彼諸對治是無色定復次村落想者是欲界器世界衆生想是欲界衆生世界阿練若想是初禪二禪地想是第三第四禪彼諸對治是無色定復次村落想是欲界所以者何欲界說名村落如偈說

若伏村落刺　亦無罵繫害　苦樂心不動
是名爲比丘

衆生想是初禪所以者何彼中有尊卑眷屬故阿練若想是第二禪所以者何第二禪是

賢聖默然法故地想是第四禪所以者何彼中有勝處一切處故彼諸對治是無色定阿難是名入無上空所謂盡漏不多用功心得解脫

問曰云何多用功心得解脫不多用功心得解脫答曰時解脫多用功非時解脫不多用功復次五種阿羅漢名多用功不動阿羅漢不多用功若依未至中間三無色定所得解脫名多用功若依根本禪所得解脫名不多用功

復有三三昧謂空空三昧無願無願三昧無相無相三昧云何空空三昧答曰如施設經說若比丘觀有漏取行是空此有漏取行空中無有常不變易法空無我無我所作如是思惟時復更生心心數法觀前思惟心是空是中無有常不變易法空無我無我所譬如有人欲燒十木百木千木聚以爲積然火燒之復捉長竿在邊其中若有墮落不燋者以長竿聚之知木已燋所捉長竿亦投火中行者亦爾先觀有漏取行是空廣說如上云何無願無願三昧答曰若比丘觀有漏取行是無常是變易法如是思惟時復更生心心數法觀前思惟心亦是無常變易法如人燒木廣說如上比丘亦爾觀有漏取行是無常乃至廣說是名無願無願云何無相無相三昧答曰若比丘觀寂滅法此是妙離所謂盡愛離欲滅盡涅槃作是思惟時復更生心心數法觀前思惟心亦是寂滅乃至廣說如上是名無相無相阿毗曇者作如是說空三昧觀五取陰是空次生空空三昧即觀空是空汝

空亦空無願三昧觀五取陰是無常後生無願無願三昧觀前無願汝無願亦是無常無相三昧觀寂滅涅槃後生無相無相三昧觀前無相三昧非數寂滅汝無相三昧非數滅無三相故亦是寂滅譬如旃陀羅燒死屍時手執長杆繞其邊行若其中有墮落者當以此杆聚之如其燒盡亦以長杆投之火中空三昧亦爾觀五取陰是空後生空空三昧觀空三昧汝亦是空無願無相說亦如是

問曰云何得此三昧答曰或有說者是見道邊得如見道邊等智或有說者離欲界欲時如變化心評曰應作是說若應得三昧者離非想非非想欲時得作方便現在前

問曰幾智後起此三昧現在前答曰四法智比智苦智滅智總而言之四智後欲界者三智後法智苦智滅智色無色界亦三智後比智苦智滅智若是欲界空空等三昧依未至禪所攝無漏道後起現在前非想非非想處者無所有處所攝無漏道後起現在前餘者即自地無漏道後起現在前

界者在三界地者在十一地所依身者依欲界身行者空有二行空空有一行唯空行問曰何故空二行空空唯一行耶答曰以在行空行空三昧後生故復次此行與有相違能捨生死此善根能觀無漏是過患何況生死

問曰何故不行無我行答曰若見諸法無我不見空者雖猒離生死其心不勝若見諸法空則猒離生死心勝如人在道獨行之時不大愁惆若共伴行離別之時則大愁惆彼亦如是無願行十行無願無願唯行無常行問

曰何故無願行十行無願無願唯行無常行答曰以在行無常行無願後生故復次此行與有相違能捨生死此善根能觀無漏道是過患何況生死何故不行苦行答曰不觀道作如此行何故不行習等行答曰若行習等行則觀聖道是有相續法故何故不行道等四行答曰若行道等行則適可聖道不名過患無相行四行無相無相行止行問曰何故無相行四行無相無相行止行答曰以在行止行無相後生故問曰何故不行滅行答曰滅有二種有非數滅有無常滅不知爲緣何滅何故不行妙行答曰波伽羅那說云何妙法無漏無爲法彼是中法是故不行妙行問曰何故不行離行答曰波伽羅那說云何離法答曰欲界繫善戒色無色界出要善定學法無學法及數滅彼無有是一相緣者空空無願無願或有說者緣最後聖道刹那或有說者緣最後聖道刹那俱五陰或有說者緣一生中聖道或有說者緣一生中聖道俱五陰無相無相緣非數滅念處者是法念處智者與等智俱定者即是定根者總而言之與三根相應世者在三世緣世者空空無願無願若作是說緣最後聖道刹那者過去現在緣過去未來最初當生者緣現在餘未來刹那緣三世若作是說緣一生中聖道者空空無願無願二俱緣三世無相無相緣非世善不善無記者是善緣善不善無記者空空無願無願緣善無相無相緣無記繫者是三界繫緣三界繫不繫者緣不繫是學無學非學非無學者是非學非無學緣學無學非學非

無學者空空無願無願緣無學無相無相緣非學非無學是見道斷修道斷不斷者是修道斷緣見道斷修道斷不斷者緣不斷緣名緣義者是緣義緣自身他身非身者空空無願無願緣自身無相無相緣非身

問曰何處起是三昧答曰於欲界中非色無色界趣者是人趣中非餘趣人中三天下非欝單越依男身女身者俱能瞿沙跋摩作如是說唯閻浮提非餘方依男身非女身所以者何此善根依牢强身女人身劣弱評曰如前說者好所以者何男子心得自在定得自在女人亦心得自在定得自在爲是學人爲是無學人者是無學人時解脫非時解脫者是非時解脫所以者何何等人能起此定謂於定自在身中無煩惱信解脫人不於定得自在亦不身中無煩惱見到雖於定得自在不身中無煩惱時解脫雖身中無煩惱於定不得自在非時解脫身中無煩惱於定得自在問曰何者是三昧爲初刹那是後相續者是若初者是餘何所爲若後相續者是識身經所說云何通如說頗法是世俗有漏是取取陰所攝從内起因慧生是善是欲界繫次聖道生緣無漏是不共法唯聖人不共凡夫耶答曰有欲界繫空空無願無願無相無相是也答曰應作是說初刹那是問曰若然者餘刹那爲是何耶答曰是似彼善根復有說者相續者盡是問曰若然者識身所說云何通答曰初者是聖道次第緣無漏餘者雖非聖道次第亦緣無漏

問曰何時起此三昧現在前答曰般涅槃時

阿羅漢欲般涅槃時從聖道起巳起此三昧現在前從此三昧起巳便般涅槃更不復起更不復起聖道評曰應作是說得此三昧巳欲用便起現在前問曰聖道後起此三昧現在前此三昧後復起聖道現在前不耶答曰或有說者不起所以者何此三昧憎惡聖道故復有說者能起問曰若能起者云何名憎惡聖道答曰此三昧雖復憎惡聖道不如聖道憎惡於有聖道後猶起有漏心何況此定後不起無漏心耶然聖道次第起此定此定次第不起無漏心此定唯是有漏問曰云何此定何以唯是有漏答曰以不斷結故

問曰聖人何故修此定耶答曰以四事故修一欲住現法樂故二欲遊戲故三欲觀本所作故四受用聖法故復次此定是勝法聖人欲遊此定故

阿毗曇毗婆沙論卷第七十

阿毗曇毗婆沙論卷第七十一

迦旃延子造

北涼沙門浮陀跋摩共道泰譯

智犍度八道品第一之一

佛說學人成就八種學道迹漏盡阿羅漢梵行已立成就十種無學道學人八種學道迹幾成就過去幾成就未來現在漏盡阿羅漢梵行已立十種無學道幾成就過去幾成就未來現在如此章及解章義此中應廣說優波提舍問曰何故作此論答曰爲止於世中愚言無過去未來世成就說現在世是無爲法者意故亦明過去未來行成就是實有法若過去未來行非實有者則無成就不成就過去未來行者如第二頭第三手第六陰第十三入無有成就不成就者以有成就過去未來行故如過去未來行是實有法復有說所以作論者或有說成就非實有法如譬喻者尊者佛陀提婆說成就無體非實有法所以者何若衆生不離彼法名爲成就然不離是分別相待和合法無有實體如五指聚名之爲拳散則非拳若衆生不離彼法名爲成就若離彼法不名成就問曰彼何故作如是說答曰彼依佛經佛經說轉輪王成就七寶彼爲成就他身法及非衆生數法耶若轉輪王成就輪寶神珠寶者則壞法體所以者何亦是衆生數亦非衆生數故若成就象馬寶者則壞趣所以者何亦是人趣亦是畜生趣故若成就玉女寶者則壞身所以者何亦是男身亦是女身故若成就主藏主兵臣者則壞業所以者何亦是尊貴亦是卑賤故欲令

無如是過故說成就無有實體欲止如是說者意亦明成就有實體若成就無實體者則違此經如說學人成就八種學道迹漏盡阿羅漢梵行已立成就十種無學道聖人有漏心現在前時成就過去未來現在無無漏道故則不成就復違餘經如說此人成就善法亦成就不善無記法若善法現在前時則離不善無記法不應成就不善法現在前時則離善法無記法不應成就無記法現在前時則離善不善法不應成就復違餘經如說比丘成就七法於現法中多住喜樂若修方便必能盡漏無有比丘成就七法者於七法中若起一一法現在前則成就一法若起餘法現在前於七法中則不成就復違餘經如說如來成就十力無有如來成就十力者若成就一力若不成就如來於十力中若起一一力現在前則成就一力所以者何於一刹那中無兩慧並現在前何況多若起餘法現在前則不成就力復有餘過凡夫人可言離三界結離三界結人可言凡夫人凡夫人可言離三界結者凡夫人善不隱沒無記心現在前時則不成就過去未來現在三界結應是離三界欲人離三界欲人是凡夫者阿羅漢起善有漏及不隱沒無記心現在前時則不成就過去未來現在無漏法以不成就無漏法故應是凡夫欲令無如是過故說成就是實有法問曰若成就是實有法者譬喻者所引經云何通耶答曰轉輪王於七寶中得隨意自在用故世尊說名成就復有說所以作論者或有說成就是實有法不成就非實有

法爲止如是說者意亦明不成就是實有法若不成就非實有者成就亦非實有所以者何因不成就故施設成就如因明有闇因夜有晝因寒有熱因不成就有成就亦爾復次不成就與成就是兩兩近相對法如貪與不貪恚與不恚癡與不癡是兩兩近相對法彼亦如是復次若不成就無實體者則無施設有斷煩惱法所以者何聖道生時斷於煩惱非如以石磨香聖道生時斷煩惱得證解脫得故名斷煩惱復有說所以作論者或有說聖道是無爲法如毗婆闍婆提說聖道是無爲法彼作是說阿耨多羅三藐三菩提道是一常住法諸佛出世盡覺悟此道譬如莊嚴象馬之乘多人更乘人人雖異而乘常一如是阿耨多羅三藐三菩提道是一常住諸佛出世皆悟此道諸佛雖異其道常一問曰彼何故作如是說答曰依於佛經佛經說我得過去諸仙所得舊道以佛說道是舊法故言是無爲爲止如是說者意故亦明道在世中若道在世必是有爲非是無爲所以者何無有無爲法在於世者若道是無爲法者則違此經如說毗舍佉優婆夷往詣檀摩提那比丘尼所作如是問道爲是有爲爲是無爲耶彼作是答毗舍佉優婆夷道是有爲非是無爲問曰若道是有爲非無爲者毗婆闍婆提所說經云何通答曰以五事同故說名舊道一以方便同二以地同三以行同四以境界同五以所作同方便同者如一佛於三阿僧祇劫滿足六波羅蜜諸佛亦爾地同者其道盡在第四禪地行同者盡行十六行境界同

者盡縁四諦所作同者如一佛以道滅煩惱一切佛亦爾以此義通彼經若如經所説不依義者即此經中説我曾過舊城舊村城村可是無爲法耶雖説城村是舊而非無爲道亦如是雖説舊道而非無爲如偈説

若斷欲無餘　如蓮華在水　比丘離彼此
如虵脱舊皮

虵皮可是無爲法耶　如是虵皮雖説是舊而非無爲道亦如是是故爲止他義欲顯巳義亦欲説法相相應義故而作此論

八種者正見乃至正定成就者問曰誰成就爲法成就爲人成就耶若法成就一切法無所欲云何成就若人成就於實義中人不可得若無有人云何成就答曰應作是説成就非法非人實義中有成就不成就而無成就不成就者實義中有縛有解而無縛者解者有煩惱有出要而無煩惱者出要者有生有死而無生者死者有業有業報而無作業受業報者有道有道果而無修道證道果者於實義中有成就不成就而無成就不成就者

或有説者法成就問曰若然者眼入成就十一入十一入亦成就眼入耶答曰若作是説眼入成就十一入十一入成就眼入而無過

評曰應作是説成就非法非人然四陰五陰生時有如是相似得名成就不成就尊者和須蜜説曰一切法無所欲於無所欲法中有何成就不成就者問曰若然者佛經云何通如説此人成就善不善法答曰此是如來隨俗言説而無有實問曰云何是成就義尊者和須蜜答曰不斷義是成就義問曰若然者

具縛凡夫於一切法不斷盡成就耶答曰不也不得彼法故復次不棄義是成就義問曰若然者學人不棄無學法成就彼法耶答曰不也不得彼法故尊者佛陀提婆說曰得而不失義是成就義若得彼法不失是名成就問曰何故名學爲學學法故名學耶爲得學法故名學耶若學學法是學者定揵度所說云何通如說學住自性若得學法是學者佛經云何通如說佛告尸婆迦學學法故名學答曰應作是說學學法故名學問曰若然者佛經善通定揵度所說云何通答曰彼中說得學法故名學人復有說者得學法故名學問曰若然者定揵度所說善通佛經云何通答曰佛經中說不捨期心不捨方便學人若住善不善無記心而不捨趣涅槃心故名學如人在道中路止息他人問言欲何所趣彼人答言欲趣其方其人以不捨去心故雖住言去彼亦如是學迹者問曰無學迹於學迹明淨勝妙何故但說學迹不說無學迹耶答曰應說而不說者當知此說有餘復次此說始起初入法者已說學當知亦說無學復次以所作各各不同故學人以道迹所作勝無學人以解脱所作勝如王與臣所作各各不同王以尊貴降伏所作爲勝臣以執仗鬬戰所作爲勝彼亦如是復次學道迹能斷煩惱猶如器仗能破怨敵無學不爾復次學道迹能作斷煩惱方便及斷煩惱無學不爾復次數數行義是道迹義無學不數數行故不名爲迹

學人成就八種道迹幾成就過去幾成就未

來幾成就現在答曰若依有覺有觀三昧有覺有觀三昧者是未至及初禪問曰此中何者是依答曰或有說者俱生故是依復有說者次第緣是依評曰應作是說依彼二地起此法故名依初者有四種一得正決定初二得果初三轉根初四離欲初得正決定初者依彼二地得正決定得果初者依彼二地初得學果轉根初者依彼二地信解脫轉根作見到離欲初者以世俗道離欲依彼二地初起無漏道現在前此中依四種初而作論隨相而說學見現在前問曰學人或起非學非無學見何故但說學人學見現在前耶答曰應作是說或學見現在前而不說者當知學人必起學見不起非學非無學見如所說諸初刹那現在前無過去所以者何未有一刹那經生滅者設有生滅以得果轉根故而捨八未來成就修八現在成就若滅已不捨滅者是無常滅不捨者捨聖道有三種一得果二退三轉根若不得果不退不轉根即依彼地滅已復起現在前問曰何故依彼地滅已復起現在前耶答曰學人依彼地共煩惱戰得勝破結怨敵念其恩故復起現在前如人著鎧執仗與怨共鬬既得勝已其人後時以念恩故數數修治器仗而覆藏之不令毀壞彼亦如是復次以四事故重起現在前一欲受現法樂故二欲遊戲故三欲觀先所作故四欲受用聖法故學第二刹那頃八成就過去是前刹那生滅者八成就未來是未來修者八成就現在是現在前者彼滅已不捨若依無覺無觀三昧學見現在前八成就過去

是依有覺有觀地生滅者八成就未來是未來修者七成就現在是現在前者除正覺所以者何地無正覺故彼滅已不捨依無色定學見現在前八成就過去是有覺有觀地生滅者八成就未來是未來修者四成就現在除正覺正語正業正命彼地無故彼滅已不捨若入滅定若起世俗心現在前八成就過去是有覺有觀地生滅者八成就未來是未來修者現在無若入滅定是時無心有心者能修道若起世俗心現在前彼心是有漏此中但說無漏道種若依無覺無觀三昧無覺無觀三昧是第二第三第四禪問曰此中何故不說中間禪耶答曰應說而不說者當知此說有餘復次已在後所說中故所以者何更無異種與第二第三第四禪種同故依義

如先說初者有四種如先說學見現在前如先說初剎那不成就過去如先說八成就未來七現在如先說彼滅已不捨如先說復依無覺無觀三昧學見現在前第二剎那頃七成就過去是依無覺無觀地生滅者八成就未來七現在如先說彼滅已不捨依無色定學見現在前七成就過去是無覺無觀地生滅者八未來四現在成就如先說彼滅已不捨入滅定若起世俗心如先說彼滅已不捨依有覺有觀三昧學見現在前七成就過去是無覺無觀地生滅者八未來八現在成就如先說若依無色定無色定名空處識處無所有處依者如先說初者四種初如先說此中依離欲初而作論非得正決定初所以者何無有依無色定得正決定者非得果初所

以者何無有依無色定得學果者非轉根初所以者何無有依無色定轉學根者以世俗道離下地欲後依彼地初起無漏道現在前最初刹那無過去八未來四現在成就如先說問曰如世俗無色定非不因世俗禪無漏無色定非不因無漏禪世俗禪是世俗無色定方便所依門無漏禪是無漏無色定方便所依門何故說無過去耶答曰道種或有在禪地者或有在無色地者彼雖起在禪地者未起在無色地者是故無過去滅者是無常滅不捨者捨聖道有三種如先說依彼地生滅聖道復起現在前問曰何故依彼地生滅聖道復起現在前耶答曰以念恩故廣說如上第二刹那頃四成就過去是依無色定生滅者八成就未來是未來修者四成就現在是起現在前者除正覺正語正業正命彼地無故彼滅已不捨若入滅定若起世俗心現在前四成就過去八成就未來現在無如先說彼滅已不捨依有覺有觀三昧學見現在前四成就過去是依無色定生滅者八成就未來是未來修者八成就現在是起現在前者問曰無色定次第能起有覺有觀三昧耶答曰不能此說說次第不說定次第此說隨順不說定隨順彼滅已不捨依無覺無觀三昧學見現在前四成就過去是依無色定生滅者問曰過去有八是依有覺有觀三昧生滅者何故說四耶答曰此中一切處唯說最初生滅者八成就未來是未來修者七成就現在是起現在前者除正覺彼地無故問曰此中說何等學人答曰此中說習學次第入

一切定猶如登石上梯者先入有覺有觀三昧次入無覺無觀三昧次入無色定次入滅定次起世俗心說如是學人若先入有覺有觀三昧次入無覺無觀三昧次入無色定次入滅定不起世俗心不說如是學人餘如雜揵度人品中廣說十二支緣端正女人喻有四種道一苦遲慧道二苦速慧道三樂遲慧道四樂速慧道問曰應說一道謂盡苦道盡生死有道盡老死道應說二道一盡色道二盡名道應說三道一盡欲界道二盡色界道三盡無色界道應說五道謂盡色道乃至盡識道應說十一道謂盡老死道乃至盡行道若以在身若在剎那則有無量無邊道何故世尊於一道廣說四道於無量無邊道略說四道云何施設立四道耶答曰以三事故一以地二以根三以人總而言之以三事應以二事或以地以根或以地以人以地以根者依未至中間三無色定鈍根人所行道是名苦遲慧道即依此地利根人所行道是名苦速慧道依根本禪鈍根人所行道是名樂遲慧道即依此禪利根人所行道是名樂速慧道是名以地以根以地以人者依未至中間禪三無色定堅信信解脫時解脫人所行道是名苦遲慧道即依此地堅法見到非時解脫人所行道是名苦速慧道依根本禪堅信信解脫時解脫人所行道是名樂遲慧道即依此禪堅法見到非時解脫人所行道是名樂速慧道是名以地以人

問曰四道體性是何答曰是五陰四陰性若在禪地是五陰在無色定是四陰此是四道

體性我相物分
已說體性所以今當說何故名道道是何義趣向正義是道義趣向涅槃地義是道義苦遲慧道者問曰無漏道非苦受不與苦受相應何故名苦耶答曰諸邊無色道難生故名苦根本禪道易生故名樂云何諸邊無色道難生耶答曰欲界煩惱及業繫縛故多用功乃生未至禪如人被縛多用功力乃能自解彼亦如是或有修不淨觀生彼地者或有修安那波那念生彼地者修不淨觀者或於十年或十二年中常觀白骨或有能生彼地者或不能生者修安那波那念者若於十年若十二年中常數息或有能生彼地者或不能生者已離欲愛不多用功能起初禪現在前初禪異心心數法滅異心心數法生滅麤心生細心覺俱心滅觀俱心生如人以木析木多用功然後乃析初禪亦爾異心心數法滅異心心數法生麤心滅細心生覺俱心滅觀俱心生已離初禪欲不多用功起第二禪現在前第三第四禪亦如是問曰離第四禪欲亦不多用功起無色定現在前何故名苦道耶答曰無色定是微細法或有言無無色定者如多毗婆居士往詣尊者阿難所作如是問尊者阿難我是在家之人長夜樂著色聲香味觸聞說無色衆生心生怖畏如臨大坑云何名衆生而無有色根本禪是樂道如二人俱至一方一從水道一從陸道雖俱至一方從水道者樂非陸道者諸衆生離欲亦如是或依諸邊無色定或依根本禪雖俱得離欲依禪者樂非諸邊無色定復次有二種樂

故名樂謂受樂猗樂三禪中有猗樂受樂第四禪雖無受樂而猗樂多勝餘地二種樂復次有二種樂故名樂謂舊樂客樂舊樂者住禪起禪現在前客樂者住禪起無色定現在前餘說禪樂相如上四禪中廣說問曰何故名遲答曰以得此道不能速至涅槃城故名遲問曰何故名速答曰以得此道能速至涅槃城故名速問曰若不速至名遲疾至名速者有信解脫人速至勝見到者若信解脫人精勤見到人不精勤則信解脫人速有所至非見到者如偈說

不放逸放逸　睡眠寤寐者　猶如利鈍馬
前發者先至

猶如二人俱至一方一乘疾馬一乘鈍馬雖乘鈍馬以前發故先有所至如是信解脫人勤行精進先至涅槃見到人不勤精進故後至涅槃答曰此中說等行精進者若等行精進見到者則先至問曰此四道是四陰五陰性何故說名慧耶答曰此道雖是四陰五陰性以慧偏多故名慧道如見道是五陰性以見偏多故名爲見道見道邊等智是五陰四陰性以智偏多故名智金剛喻定是五陰四陰性以定偏多故名定四道亦爾是五陰四陰性以慧偏多故名慧道云何苦遲慧道如經說比丘猒惡五取陰是名苦遲慧道問曰此道緣四諦何故世尊唯說緣苦諦耶答曰應說緣四諦而不說者當知此說有餘復次此說始初入法爲說緣苦諦當知亦說緣餘諦復次佛經說四道方便不說四道體四道方便道中作如是猒惡觀集法經中復說云

何苦遲慧道答曰非根本禪所攝鈍五根是也云何苦速慧道答曰非根本禪所攝利五根是也云何樂遲慧道答曰根本禪所攝鈍五根是也云何樂速慧道答曰根本禪所攝利五根是也問曰此道是五陰四陰性何故但說是根耶答曰此中說最勝者五根性是巧不能成大事故問曰爲有中根不若有者此中何故不說耶若無者佛經云何通如說諸衆生隨世而生隨世而長有下根者有中根者有上根者其上根者煩惱微薄易可敎化若不聞法則退失善根答曰應作是說無有中根所以者何見道有二種一堅信道二堅法道修道中亦有二種一信解脫道一見到道無學道中亦有二種一時解脫道二不時解脫道以無第三道故無有中根問曰若

然者佛經云何通答曰受化見聖諦者或有在初或有在中或有在後在初者名利根在中者名中根在後者名下根復次受化見聖諦者有近有遠或有不近不遠者近者是利根如憍陳如等遠者是鈍根如須跋陀羅等不近不遠是中根如舍利弗目揵連等復有說者有中根問曰此中何故不說耶答曰已說在先所說中若說下根時中根則在上根中若說上根時中根則在下根中是故尊者瞿沙作如是說中根爲在何處答曰在下中所以者何上中下者名中復次在上中所以者何下中上者名中復次俱在二中評曰如是說者好所以者何佛亦是堅法人辟支佛亦是堅法人聲聞得波羅蜜者亦是堅法人彼根盡等耶以於一道有三種根故經作是

說以無第三道故阿毗曇者則說無中根是故二說善通集法經復說修行廣布苦遲慧道能滿足苦速慧道修行廣布樂遲慧道能滿足樂速慧道問曰此說何者滿足爲說滿足根爲說滿足離欲耶若滿足根者苦遲慧道則滿足二速慧道樂遲慧道亦滿足二速慧道若滿足離欲者則遲道滿足遲道速道滿足速道答曰應作是說滿足根所以者何彼經說相似法滿足不說不相似法滿足苦道與苦道相似樂道與樂道相似

問曰誰成就幾道答曰或一或二誰一耶答曰未離欲界欲鈍根者成就一苦遲道已離欲界欲成就二謂樂遲道未離欲界欲利根者成就一苦速道已離欲界欲成就二謂樂速道尊者僧伽婆修說曰有盡成就四道者如依根本禪轉根住無礙道時不捨二鈍道已得二利道不應作是說所以者何若作是說則壞根壞人壞根者亦是鈍根亦是利根壞人者亦是信解脫亦是見到

阿毗曇毗婆沙論卷第七十一

音釋

楯 食尹切與盾同兵器也
鬘 莫班切
秔 古行切不黏稻也
埤堄 埤匹詣切堄研計切埤堄女墻也
鸊鷉 鸊鳥莖切鷉文甫切鳥名
耒 力對切耕田具也
刺 七自切
惘 我紡切失志貌
鎧 苦亥切甲也

阿毗曇毗婆沙論卷第七十二

迦旃延子造

北凉沙門浮陀跋摩共道泰譯

智揵度八道品第一之二

問曰誰以此幾道能有所作答曰或有以一二三四道者而不於一時鈍根者離欲界欲時以苦遲慧道而有所作即此人依根本禪離禪欲時以樂遲道而有所作信解脫人依根本禪轉根作見到復依根本禪離禪欲以樂速慧道而有所作復依無色定離無色定欲以苦速道而有所作復有以四道而有所作者鈍根人離欲界欲乃至離非想非非想處欲時以苦遲道樂遲道而有所作於彼離欲退從信解脫轉根作見到復離欲界欲時乃至離非想非非想處欲時以二速道而有所作問曰誰當得此幾道誰當捨此幾道答曰或有不當得不當捨者如一切凡夫人問曰此中不應問答凡夫人答曰聖人亦有不當得不當捨者如住本性聖人若聖人勝進時乃有當得當捨者未離欲界欲得正決定時苦法忍乃至道法智無所捨當得一道比忍當捨一得一已離欲界欲依未至禪得正決定時苦法忍乃至道法智無所捨當得一道比忍當捨一當得二若依上地得正決定時苦法忍乃至道法智無所捨當得二道比忍當捨二當得二須陀洹向斯陀含果時方便道五無礙道五解脫道無所捨當得一第六無礙道當捨一當得一斯陀含向阿那含果時方便道二無礙道二解脫道無所捨當得一第九無礙道當捨一得二離初禪欲乃

至離無所有處欲方便道無礙道解脫道無所捨當得二離非想非非想處欲時方便道八無礙道八解脫道無所捨當得二第九無礙道當捨二得二是說離欲法轉根時未離欲界欲信解脫轉根作見到方便道無所捨當得一無礙道當捨一得一已離欲界欲信解脫轉根作見到時方便道無所捨當得二無礙道當捨二得二時解脫阿羅漢轉根作不動時方便道八無礙道八解脫道無所捨當得二第九無礙道當捨二得二未離欲界欲聖人起無量初二解脫初四勝處不淨安那波那念念處時無所捨當得一已離欲界欲聖人起無量解脫勝處一切處不淨安那波那念念處修熏禪起通時五無礙道三解脫道起無礙無諍願智般多俱置空無願無相空無願無無相三昧滅定微細想時無所捨當得二是說勝進時退時者阿羅漢起色無色界結退當捨二得二起欲界結退時當捨二得一離色界結阿那含起色界結退時當捨二無所得即此阿那含起欲界結退時當捨二得一退斯陀含果時時捨一得一

如說有四種人一現法遲身壞速二現法速身壞遲三現法遲身壞遲四現法速身壞速

問曰如說有現法遲身壞亦遲有現法速身壞亦速此事可爾若說現法遲身壞速者此則不然所以者何聖人易世尚不退不轉根不生色無色界何況有現法速身壞遲耶答曰此中不說退亦不說轉根者但說精勤不精勤者若現身精勤身壞不精勤是說現身速身壞遲若現身不精勤身壞精勤是說現

身遲身壞速若現身不精勤身壞亦不精勤是說現身遲身壞亦遲若現身精勤身壞亦精勤是說現身速身壞速

經說有四種道一不堪忍道二堪忍道三調伏道四寂靜道不堪忍道者不堪忍寒熱飢渴蚊虻風蚤諸蟲等他人惡語非理之言身生種種苦痛不能堪忍如是等事是名不堪忍道堪忍道者能堪忍寒熱等苦是名堪忍道調伏道者是能守護諸根是名調伏道寂靜道者無漏聖道名寂靜道問曰爲前四道攝後四道後四道攝前四道耶答曰後則攝前非前攝後問曰不攝何等答曰不攝後三道謂不堪忍道堪忍道調伏道

經說有四種斷有苦遲慧斷苦速慧斷樂遲慧斷樂速慧斷若斷是苦是遲是斷以苦以遲故是下若斷是苦是速是斷以苦故是下若斷是遲是樂是斷以遲故是下若斷是樂是速是斷不能利益多人亦不廣及人天故是下世尊所有斷能利益多人廣及人天故是斷最上問曰爲四道攝四斷四斷攝四道耶答曰展轉隨相相攝若斷是苦是遲是苦遲慧道若斷是苦是速是苦速慧道若斷是樂是遲是樂遲慧道若斷是樂是速是樂速慧道或有說者四斷是無學四道是學無學若作是說四斷是無學四道是學無學者四道則攝四斷非四斷攝四道不攝何等不攝學四道問曰聖道非下如波伽羅那說云何下法不善隱沒無記法何故說斷名下耶答曰下有二種一染汙下二減損下斷雖非染汙下是減損下是故名下若斷是苦是遲是

說未至禪禪中間三無色定是說時解脫道若斷是苦是速是說聲聞人非時解脫道若斷是樂是遲是說根本禪時解脫道若斷是樂是速不利益多人不廣及人天是說根本禪聲聞人非時解脫道若斷是樂是速能利益多人廣及人天是說佛道是中餘者是辟支佛道爲在何分或有說者是聲聞分評曰應作是說是佛分所以者何如佛獨覺無師辟支佛亦爾復有說者三斷如先若斷是樂是速不能利益多人廣及人天者是說辟支佛道若斷是樂是速能利益多人廣及人天是說佛道是中餘者是根本禪聲聞人非時解脫道爲在何分或有說者是辟支佛分評曰應作是說是佛分所以者何此根從佛邊生故復有說者三道是外道法若斷是樂是速不能利益多人廣及人天是說辟支佛道若斷是樂是速能利益多人廣及人天是說佛道是中餘者是聲聞道爲在何分耶答曰或有說者在辟支佛分評曰應作是說在佛分所以者何此根從佛邊生故復有說者前三道是外道法若斷是樂是速不能利益多人廣及人天是說聲聞道斷是樂是速能利益多人廣及人天是說佛道是中餘者是辟支佛道爲在何分答曰或有說者在聲聞分評曰應作是說在佛分所以者何如佛無師辟支佛亦爾問曰此四道中世尊爲依何道入正決定得果離欲盡漏辟支佛爲依何道得波羅蜜聲聞人爲依何道耶答曰佛世尊依樂速道入正決定得果離欲盡漏何以知之經說摩勒迦子往詣佛所作如是問世尊

於此四道爲以何道得阿耨多羅三藐三菩提耶佛答摩勒迦子言如來依樂速慧道得阿耨多羅三藐三菩提時摩勒迦子便作二難言是樂道云何行種種苦行言是速道云何經六年佛告摩勒迦子愚人我不以如是威儀所行得阿耨多羅三藐三菩提以是事故知如來以樂速慧道得阿耨多羅三藐三菩提如渴伽獸角獨出辟支佛當知如佛世尊爲衆多出世者此則不定尊者舍利弗依苦速慧道入正決定依樂速慧道得盡漏所以者何依未至禪入正決定依第四禪盡漏故尊者目揵連依苦速慧道入正決定乃至盡漏所以者何依未至禪入正決定依無色定盡漏故問曰何故尊者舍利弗依第四禪尊者目揵連依無色定得阿羅漢果耶答曰尊者舍利弗多行慧故依第四禪尊者目揵連多行定故依無色定問曰得波羅蜜聲聞人爲盡次第得四沙門果不耶答曰盡次第得所以者何彼尊者善能解說出入住沙門果道故問曰善能解說出入住沙門果道無有與如來等者何故不次第得四沙門果耶答曰不應於如來作如是問所以者何如來本爲菩薩時自在解說四沙門果勝於尊者舍利弗得盡智時復有說者得波羅蜜聲聞人不次第得四沙門果所以者何若有先離欲者要退然後得須陀洹果耶問曰若然者云何能善解說四沙門果耶答曰此亦無過如尊者阿難是鈍根人住於學地善能解說四沙門果何況利根住無學地者評曰應作是說得波羅蜜聲聞人盡次第得四沙門果

不以善能解說四沙門果如恒河沙數得波羅蜜聲聞人盡順次入正決定次第得四沙門果法應如是漏盡阿羅漢梵行已立十種無學道幾成就過去幾成就未來幾成就現在答曰若依有覺有觀三昧有覺有觀三昧者未至禪初禪依者如先說初者有二種一得阿羅漢果初二時解脫轉根作不動初是中因此二初而作論應隨相而說無學初智現在前如所說二時初刹那無過去所以者何未有刹那生滅故已有者以得果轉根故捨十成就未來是未來修者九成就現在是現在前者除正見所以者何彼刹那中無故若滅已不捨滅者是無常滅不捨者捨聖道有三種如先說彼不得果不退不轉根依彼地復起聖道現在前所以復起聖道現在前者如先說第二刹那頃九成就過去是前刹那生滅者十成就未來是未來修者九成就現在是現在前者彼滅已不捨依無覺無觀三昧無學智現在前九成就過去是有覺有觀地生滅者十成就未來是未來修者八成就現在是現在前者除正覺彼地中無故除正見彼刹那中無故彼滅已不捨依無色定無學智現在前九成就過去是有覺有觀地生滅者十成就未來是未來修者五成就現在是現在前者除正見彼刹那中無故除正覺正語正業正命彼地中無故彼滅已不捨若入滅定若起世俗心九成就過去是有覺有觀地生滅者十成就未來是未來修者現在無入滅定者無心有心者能修道世俗心是有漏無學法是無漏彼滅已不捨依有覺

有觀三昧無學初見現在前九成就過去是與智俱生滅者十成就未來是未來修者九成就現在見在前者除正智彼剎那中無故彼滅已不捨依有覺有觀三昧無學若智若見現在前十成就過去是與智與見俱生滅者十成就未來是未來修者九成就現在是現在前者若智現在前彼剎那中無見若見現在前彼剎那中無智滅已不捨依無覺無觀三昧無學若智若見現在前十成就過去是有覺有觀地生滅者十成就未來是未來修者八成就現在是現在前者若智現在前彼剎那中無見若見現在前彼剎那中無智除正覺彼地中無故彼滅已不捨依無色定無學若智若見現在前十成就過去是有覺有觀地生滅者十成就未來是未來修者五成就現在是現在前者若智現在前彼剎那中無見若見現在前彼剎那中無智除正覺正語正業正命彼地中無故彼滅已不捨若入滅定若起世俗心現在前十成就過去十成就未來現在無如先說若依無覺無觀三昧無學初智現在前無覺無觀三昧者是第二第三第四禪問曰何故不說中間禪耶答曰如先說依者如先說初者如先說無學初正智現在前過去無如先說十成就未來如先說八成就現在除正見彼剎那中無故除正覺彼地無故彼滅已不捨如先說復依無覺無觀三昧無學正智現在前八成就過去是前剎那俱生滅者十成就未來如先說八成就現在如先說彼滅已不捨依無色定無學正智現在前八成就過去十成就未來五

成就現在如先說彼滅已不捨若入滅定若起世俗心現在前八成就過去十成就未來現在無如先說彼滅已不捨依有覺有觀三昧無學正智現在前八成就過去十成就未來如先說九成就現在除正見彼刹那中無故彼滅已不捨依無覺無觀三昧無學初見現在前八成就過去與智俱生滅者十成就未來如先說八成就現在除正智彼刹那中無故除正覺如先說彼滅已不捨復依無覺無觀三昧無學若智若見現在前九成就過去與智與見俱生滅者十成就未來八成就現在如先說彼滅已不捨依無色定無學若智若見現在前九成就過去十成就未來五成就現在如先說彼滅已不捨若入滅定若起世俗心現在前九成就過去十成就未來

現在前無如先說彼滅已不捨依有覺有觀三昧無學若智若見現在前九成就過去十成就未來九成就現在如先說若依無色定無學初智現在前無色定是空處識處無所有處依者如先說初者如先說無學初智現在前過去無十成就未來五成就現在如先說彼滅已不捨復依無色定無學正智現在前五成就過去是前刹那俱生滅者十成就未來五成就現在如先說彼滅已不捨若入滅定若起世俗心現在前五成就過去十成就未來現在無如先說彼滅已不捨依有覺有觀三昧無學正智現在前五成就過去十成就未來九成就現在如先說彼滅已不捨依無覺無觀三昧無學正智現在前五成就過去十成就未來八成就現在如先說彼滅

已不捨依無色定無學初見現在前五成就過去是與智俱生滅者十成就未來如先說五成就現在除正智彼剎那中無故除正覺正語正業正命彼地中無故彼滅已不捨復依無色定無學若智若見現在前六成就過去與智與見俱生滅者一成就未來五成就現在如先說彼滅已不捨若入滅定若起世俗心現在前六成就過去十成就未來現在無如先說彼滅已不捨依有覺有觀三昧無學若智若見現在前六成就過去十成就未來九成就現在如先說彼滅已不捨依無覺無觀三昧無學若智若見現在前六成就過去十成就未來八成就現在如先說問曰何故餘沙門果見是無礙道見是解脫道阿羅漢果見是無礙道智是解脫道耶答曰得阿羅漢果時息一切所作更不施設方便故問曰學人爲有正智正解脫不耶若有者此中何故不說若無者佛經云何通如說居士莫怖凡夫愚小成就邪智邪解脫故畏墮地獄畜生餓鬼趣汝已斷邪智邪解脫成就正智正解脫答曰應作是說有問曰此中何故不說答曰法或有唯是法體者或有是法體亦是支體者學人唯有法體而無支體問曰何故無學正智正解脫立支學人不立耶答曰以名義勝故若以法而言無學法勝學法若以人而言無學人勝學人復次以無學正智正解脫多勝無過患故復次以無學斷一切有根本故復次無學得二種心解脫一自性解脫二在身解脫是故得作四句有心自性解脫非在身解脫有在身解脫非自性解脫

有自性解脫亦在身解脫有非自性解脫非在身解脫自性解脫非在身解脫者學心是也在身解脫非自性解脫者無學有漏心是也自性解脫亦在身解脫者無學心是也非自性解脫非在身解脫者學有漏心一切凡夫人心是也復次無學正智正解脫無障礙故學人邪智障礙正智邪解脫障礙正解脫問曰邪見能障礙正見何故學正見立支耶答曰學人正見斷於煩惱時猶如鎧仗故立支復次無學正智正解脫無相對法故學人正智與邪智相對正解脫與邪解脫相對復次無學心一切解脫學心少分解脫少分不解脫少分解脫者是見道所斷煩惱少分不解脫者是修道所斷煩惱復次若心一切障礙解脫一切障礙處解脫者立支一切障礙者是五種斷煩惱一切障礙處者是五種斷煩惱境界學人不爾餘無學功德廣說如雜揵度問曰若如所說學人則有邪智邪解脫佛經云何通如說居士莫怖凡夫愚小成就邪智邪解脫故畏墮地獄畜生餓鬼趣汝邪智邪解脫已斷成就正智正解脫答曰經說無墮惡趣邪智邪解脫學人猶有餘邪智邪解脫

佛經說阿難當知舍利弗是聰明比丘須陀洹所有四支爲須達長者分別有十種問曰云何尊者舍利弗分別須陀洹四支爲十種耶尊者波奢說曰一支說有十種親近善知識有十種乃至如法修行有十種尊者富那耶奢說曰信是親近善知識多聞是聞法正見是正思惟餘是如法修行尊者瞿沙說曰

信戒是親近善知識多聞是聞法正見是正思惟餘是如法修行尊者和須蜜說曰信戒是親近善知識多聞智慧是聞法正見是正思惟餘者是如法修行阿毗曇者作如是說信戒施是親近善知識多聞智慧是聞法正見是正思惟餘是如法修行尊者佛陀提婆說曰須陀洹支者即是須陀洹支尊者舍利弗爲須達長者分別不壞信有十種以三事故一以自體二以起處三以所依以自體者是信是戒何者是信戒根本謂無漏智無漏善根以起處者是正覺依正覺故長養戒聞施慧以所依者是解脫

問曰何故名阿羅漢答曰阿羅名煩惱漢名殺以智慧刀殺煩惱故名阿羅漢復次更不生諸界諸趣諸生生死中名阿羅漢復次遠離惡不善法故名阿羅漢如偈說

遠離惡不善　安住善法中　應受世上供
故名阿羅漢

復次應受最勝供養故名阿羅漢一切沙門所應用物無有不應受者漏盡者問曰如漏處亦盡何故但說漏盡答曰世尊先說漏盡當知亦說漏處復次若法是自住斷斷已不成就此法與聖道相妨聖道不與有漏善不隱沒無記法相妨唯與漏法相妨若漏斷善有漏法不隱沒無記法亦斷同一對治故如燈不與炷油器相妨而與暗相妨爲破暗故然燈亦燋炷盡油熱器復次以漏難斷難除難過復次以漏是重過患故復次漏是漏是漏處流枙縛取使結亦爾善有漏不隱沒無記法不爾

云何爲智云何爲見云何爲慧問曰何故作此論答曰或有說忍是智如譬喻者佛陀提婆作如是說慧眼初緣境界是忍後增長是智是故下智是忍如人在道行先生念欲住然後乃住慧眼初緣境界時是忍增長是智是故下智是忍爲止如是說者意亦明忍非智故而作此論復次所以作論者或有說盡智無生智是見性爲止如是說者意亦明盡智無生智非見性故而作此論復次此揵度是智此中應分別何者是智性見性慧性法

阿毗曇毗婆沙論卷第七十二

阿毗曇毗婆沙論卷第七十三

迦旃延子造

北涼沙門浮陀跋摩共道泰譯

智揵度八道品第一之三

云何爲見答曰眼根五見世俗正見學見無學見是也問曰眼根何故名見耶答曰以四事故名見一以賢聖人說故二以世俗人說故三以經說故四以世間現見故賢聖世俗人說者如說我見是人行住坐卧若見人顛蹶迷錯者作如是說如有見邪經說者佛說若眼見色不應分別是男是女生於染愛復說若眼見色好不生愛惡不生恚復說若見適意色不適意色非適意色非不適意色應當觀察復說若眼見色不應生愛恚應生捨心復說若見色應當正觀是不淨法世間現見者尊者和須蜜說曰此是世人言說我現見是事淨現見是事不淨尊者佛陀提婆說曰經亦說世人亦說眼所及識所更是名爲見五見名見者以四事故廣說如見揵度見處中所說世俗正見名見者以是見性故學見無學見所以名見者以是見性故如夜有雲時見色染汙慧見法亦爾如夜無雲時見色善有漏慧見法亦爾如晝有雲時見色學慧見法亦爾如晝無雲時見色無學慧見法亦爾云何爲智答曰除見道中忍餘意識相應慧是也彼有三種善染汙不隱没無記善有二種有漏無漏有漏者是世俗正見無漏者是學無學八智染汙者是五見及愛恚慢疑無明相應者不隱没無記者威儀工巧報生變化心俱者是也及五識身相應慧彼亦

有三種善穢汙不隱沒無記善者是生得善穢汙者與愛恚俱不隱沒無記者與報心俱云何爲慧答曰意識相應慧是也彼亦有三種善穢汙不隱沒無記善者有二種有漏無漏有漏者是世俗正見無漏者是見道中八忍學無學八智餘如先說五識相應慧如先說已說自體今當說同異相若見是智耶乃至廣作四句是見非智者眼根見道中諸忍是也問曰何故眼根非智耶答曰眼根是色智非是色復次眼根是非相應非依非行非緣智是相應是依是行是緣見道中諸忍何故非智耶答曰是忍非已忍是觀非知是觀非已觀是求覓非已足是施設止息方便復次忍是疑對治彼疑得與此忍俱生故決定義是智義復次無礙道解脫道雖同作一

事不得同在一剎那中生尊者和須蜜說曰堪忍故名忍不可以堪忍是智尊者佛陀提婆說曰已見名智忍非已見是名見非智智非見者除五見及世俗正見諸餘意識相應有漏慧彼有二種染汙不隱沒無記染汙者與愛恚慢疑無明相應者是也問曰何故與愛等相應染汙慧非見耶答曰見所行猛利彼慧所行不猛利復次見於緣深入慧於緣不深入復次愛相應慧爲二結所覆蔽徧故二結者謂愛及相應無明餘亦如是問曰不共無明相應慧不爲二結所覆何以故不名見耶答曰不共無明覆慧重於三結不隱沒無記者是威儀工巧報變化心俱者是也問曰何故不隱沒無記慧非見耶答曰見所行猛利彼慧所行不猛利復次見於緣深入彼

慧於緣不深入復次見有勢力彼慧微劣問曰如報慧微劣可爾威儀工巧者亦有勢用如世尊威儀毗首羯摩天工巧乃似願智所作答曰雖極工巧爲邪命所覆復次雖是極巧猶爲他人所識言是處不好五識相應慧何故非見耶答曰見所行猛利於緣深入彼慧所行不猛利於緣不深入復次見能分別彼慧不能分別復次見緣三世及無爲彼慧唯緣現在復次見緣總相別相彼慧唯緣別相復次見於緣數數行彼慧不爾復次見於緣籌量觀察彼慧不爾問曰盡智無生智何故非見耶答曰見所行猛利彼智所行不猛利復次見生時於施設有所作彼智生止息方便無所作如鳥住安隱處復次見現在前有所求彼智現前無所求是故尊者瞿沙作如是說於勝法更無所求故盡智無生智非見復次一切無漏慧有二種或對治邪見或對治無智復有說者無漏法三種或對治邪見非無智或對治無智非邪見或對治邪見亦對治無智若對治邪見非無智者是見非智如見道中諸忍若對治無智非邪見者是智非見如盡智無生智對治邪見亦對治無智者諸餘無漏慧尊者和須蜜說曰盡智無生智何故非見耶答曰若盡智無生智是見性者阿羅漢則成就九種道然佛世尊說阿羅漢成就十種道問曰如世俗正見是見性智性學見是見性智性無學見是見性智性若盡智無生智亦是見性智性者有何過耶答曰若如方便初入法時世俗正見是見是智立是正見支非正智支學見是見是智立

正見支非正智支無學見是見是智立正見支不立正智支如是盡智無生智體亦是見是智者亦應立正見支不立正智支則阿羅漢成就九種道無十世尊說阿羅漢成就十種道尊者佛陀提婆說曰決定無疑此智是見所以者何以猛利故若作是問阿羅漢成就九種道然佛說有十種道應如是答十道二在無學地八在學無學地亦見亦智者除見道中諸忍盡智無生智諸餘無漏慧彼是何耶謂學八智無學正見五見世俗正見亦是見相亦是智相非智非見者除上爾所事答法第一第二第三句已立名已稱說除之諸餘法未立名未稱說者作第四句彼是何耶色陰中陰眼根諸餘色陰是也行陰中陰一切慧謂善染汙不隱沒無記亦在意地亦五識地亦有漏無漏諸餘相應不相應行陰是也三陰及無爲法如是等作第四句是名除上爾所事若見是慧耶乃至廣作四句見非慧者眼根是也慧非見者除五見世俗正見諸餘意識相應有漏慧五識相應慧及盡智無生智餘廣說如前四句亦見亦慧者除盡智無生智諸餘無漏慧彼是何耶謂見道中諸忍學八智無學正見五見世俗正見是諸法有見相慧相非見非慧者除上爾所事如先說若智是慧耶答曰諸智是慧頗有是慧非智耶答曰有見道中諸忍是也廣說攝亦如是若成就見亦成就智耶答曰如是若成就智亦成就見耶答曰如是若成就見亦成就慧耶答曰如是若成就慧亦成就見耶答曰如是若成就智亦成就慧耶答曰如是

若成就慧亦成就智耶答曰如是誰成就見智慧耶答曰一切衆生總而言之一切衆生然有多少斷善根者成就三界見道所斷見智慧三界修道所斷染汙智慧欲界繫不隱没無記智慧不斷善根者若不得色界善心成就三界見道所斷見智慧三界修道所斷染汙智慧欲界繫善見智慧欲界繫不隱没無記智慧若得色界善心未離欲界欲成就三界見道所斷見智慧三界修道所斷染汙智慧欲色界善見智慧欲界繫不隱没無記智慧巳離欲界欲若不得無色界善心成就色無色界見道所斷見智慧修道所斷染汙智慧欲色界善見智慧欲色界不隱没無記智慧若得無色界善心未離色界欲成就無色界見道所斷見智慧修道所斷染汙智慧

三界善見智慧欲色界不隱没無記智慧若離色界欲成就無色界見道所斷見智慧修道所斷染汙智慧三界善見智慧欲色界不隱没無記智慧生色界凡夫不得無色界善心成就色無色界見道所斷見智慧修道所斷染汙智慧成就色界繫善見智慧欲色界不隱没無記智慧若得無色界善心未離色界欲成就色無色界見道所斷見智慧修道所斷染汙智慧色無色界善見智慧欲色界不隱没無記智慧巳離色界欲成就無色界見道所斷見智慧修道所斷染汙智慧色無色界善見智慧欲色界不隱没無記智慧生無色界凡夫報心不現在前成就無色界繫見道所斷見智慧修道所斷染汙智慧無色界善見智慧若報心現在前成就無色界見

道所斷見智慧修道所斷染汙智慧無色界善見智慧不隱沒無記智慧是則說凡夫人堅信堅法人者法智未生成就三界見道所斷見智慧修道所斷染汙智慧欲色界善見智慧欲界不隱沒無記智慧無漏見智慧若法智已生集智未生成就三界集滅道所斷見智慧修道所斷染汙智慧欲色界善見智慧欲界不隱沒無記智慧無漏見智慧乃至滅智已生道智未生成就三界見道所斷見智慧修道所斷染汙智慧欲色界善見智慧欲界不隱沒無記智慧無漏見智慧須陀洹斯陀含成就三界修道所斷染汙智慧欲色界善見智慧欲色界不隱沒無記智慧無漏見智慧生欲界阿那含若不得無色界善心成就色無色界修道所斷染汙智慧欲色界善見智慧欲色界不隱沒無記智慧無漏見智慧若得無色界善心未離色界欲成就色無色界修道所斷染汙智慧三界善見智慧欲色界不隱沒無記智慧無漏見智慧已離色界欲成就無色界修道所斷染汙智慧三界善見智慧欲色界不隱沒無記智慧無漏見智慧生色界阿那含若不得無色界善心成就色無色界修道所斷染汙智慧色界善見智慧欲色界不隱沒無記智慧無漏見智慧若得無色界善心未離色界欲成就色無色界修道所斷染汙智慧色無色界善見智慧欲色界不隱沒無記智慧無漏見智慧已離色界欲成就無色界修道所斷染汙智慧色無色界善見智慧欲色界不隱沒無記智慧無漏見智慧生色界阿羅漢成就色無色

界善見智慧欲色界不隱没無記智慧無漏見智慧生無色界阿那含報心不現在前成就無色界修道所攝染汙智慧善見智慧無漏見智慧若報心現在前成就不隱没無記智慧餘如先說生無色界阿羅漢報心不現在前成就無色界善見智慧無漏見智慧若報心現在前成就不隱没無記智慧餘如先說若見斷彼智斷耶答曰如是若智斷彼見斷耶答曰如是若見斷彼慧斷耶答曰如是若慧斷彼見斷耶答曰如是若智斷彼慧斷耶答曰如是若慧斷彼智斷耶答曰如是誰斷見智慧耶答曰是阿羅漢餘斷有多有少者已離無所有處欲阿那含斷三界見道所斷八地修道所斷見智慧乃至未離初禪欲阿那含斷三界見道所斷欲界修道所斷見智慧須陀洹斯陀含斷三界見道所斷見智慧堅信堅法人苦智已生集智未生斷三界見苦所斷見智慧乃至滅智已生道智未生斷三界見苦集滅所斷見智慧離無所有處欲凡夫人離八地見道修道所斷見智慧乃至離欲界欲凡夫人斷一地見道修道所斷見智慧

諸正見是擇法覺支耶問曰何故作此論答曰前論是此論所爲根本前作是說云何爲見云何爲智云何爲慧而不作是說諸正見是擇法覺支耶以前所說是此論所爲根本今欲廣說故而作此論此阿毗曇中者是決定相若覺支後說道支者當知道支一向無漏若道支後說覺支者當知道支是有漏無漏此中道支後說覺支故當知道支是有漏

無漏或有正見非擇法覺支乃至廣作四句是正見非擇法覺支者世俗正見是也所以者何覺支一向是無漏故是擇法覺支非正見者盡智無生智是也所以者何彼無見相故是正見亦是擇法覺支者除盡智無生智諸餘無漏慧是也彼是何耶謂見道中諸忍學八智無學正見是也所以者何彼有見相覺支相故非正見非擇法覺支者除上爾所事若法已立名已稱説者作第一第二第三句未立名未稱説者作第四句彼是何耶行陰作此四句意識地善慧有漏無漏者作前三句餘有相應不相應行陰作第四句餘有四陰及無爲法亦作第四句是名除上爾所事諸正智是擇法覺支耶答曰或正智非擇法覺支乃至廣作四句是正智非擇法覺支者世俗正智是也所以者何彼無覺支相故是擇法覺支非正智者見道中八忍是也所以者何彼無智相故是正智亦是擇法覺支者除見道中諸忍諸餘無漏慧是也彼是何耶學無學八智所以者何彼有智相覺支相故非正智非擇法覺支者除上爾所事如先説此中異者盡説一切善慧意地及五識地有漏無漏者問曰何故不問餘覺支耶答曰亦應作是問若正方便是精進覺支耶答曰若是精進覺支亦是正方便頗有正方便非精進覺支耶答曰有世俗正方便是也除覺支道支亦應如是問而不問者有何意耶答曰應知此彼所説有餘復次此中説始終者始者是正見終者是正智如始入時出時方便畢竟亦如是復次若滿足作四句義者則

說若唯有順後句者此中不說復次此是智犍度若法是見智慧性者此中廣分別念覺支現在前時幾覺支道支現在前耶問曰何故作此論答曰有說法生時次第非一時如譬喻者佛陀提婆作如是說法生時次第不一時生猶如多伴狹道中行一出一入不得一時二人並行何況多耶如是有爲法各各從生相而生有何勢力能一時生耶問曰彼何故作是說耶答曰彼依佛經佛經說若心微劣修三覺支者便爲非時謂猗定捨覺支是時應修三覺支謂擇法精進喜覺支若心掉動修三覺支者便爲非時謂擇法精進善覺支是時應修三覺支謂猗定捨覺支若佛經說三覺支是時三覺支非時者當知法生時次第而生非一時生亦更引餘經如尊者舍利弗作如是說諸長者當知我得七覺支隨意自在我於日初分欲在如是覺支隨意得住以日中分後分欲住如是覺支隨意得住以此二經所說知法生時次第而生非一時生欲止如是說者意亦明法一時而生問曰若法一時而生非次第生者佛經云何通如說修三覺支是時三是非時答曰此經說法生時一時而生非不一時所以者何若心中有二有三覺支者已明法一時而生非次第問曰此助道法隨其地無減少修者何故言修三覺支是時三覺支非時耶答曰覺支有二分一是定分二是慧分若定分覺支現在前時修慧分三覺支便爲非時所以者何以定分勢用偏多故是時應修三覺支與上相違說慧分亦如是復次或有爲定入

聖道者或有爲慧入聖道者若爲定入聖道者修定分三覺支是時修慧分三覺支是非時若爲慧入聖道者修慧分三覺支是時修定分三覺支是非時尊者舍利弗所說經復云何通答曰尊者舍利弗善知出定入定身心相若欲以日初分入如是覺支便得隨意自在日中分後分亦如是故作是說復次此經說三地覺支謂有覺有觀地無覺有觀地無覺無觀地若欲以日初分入有覺有觀地覺支以日中分入無覺有觀地覺支以日後分入無覺無觀地覺支皆得隨意故作是說復次此中說三根俱覺支謂樂根喜根捨根俱覺支若欲以日初分入樂根俱覺支以日中分入喜根俱覺支以日後分入捨根俱覺支皆得隨意故作是說空無相無願俱盡智無生智無學正見俱覺支說亦如是譬喻者作如是說此中說七地覺支謂根本四禪三無色定覺支在此七地中若欲以日初分入初禪地覺支乃至入無所有處地覺支以日中分以日後分入初禪地覺支乃至入無所有處地覺支皆得隨意故作是說復有說者所以作論者或有說諸邊禪中有喜無戒或說上地有正覺或說無色地中有戒爲止如是等說者意故而作此論

念覺支現在前時幾覺支道支現在前答曰若依有覺有觀未至禪學念覺支現在前時六覺支八道支現在前無學六覺支九道支現在前以是說用止諸邊禪中有喜無戒者意問曰如來至禪定是有覺有觀何故作是說依有覺有觀未至禪耶答曰應作是說若

依未至禪不應說有覺有觀而作是說有何意耶答曰欲令疑者得決定故如四大揵度說上地諸邊亦言未至或有聞說未至謂是上地未至若說有覺有觀當知必是初禪未至若依初禪學念覺支現在前七覺支八道支現在前無學七覺支九道支現在前若依禪中間學念覺支現在前時六覺支七道支現在前無學六覺支八道支現在前若作是說則止說上地有正覺者意如禪中間第三第四禪亦如是若依第二禪學念覺支現在前七覺支七道支現在前無學七覺支八道支現在前若依無色界定學念覺支現在前時六覺支四道支現在前無學六覺支五道支現在前若作是說則止說無色界有戒者意諸覺支道支一切地一切無漏心中所得者說亦如念覺支何者是耶謂擇法精進猗定捨覺支正見正方便正念正定喜覺支現在前時幾覺支道支現在前答曰若依初禪學喜覺支現在前時七覺支八道支現在前無學七覺支八道支現在前若依第二禪學喜覺支現在前時七覺支七道支現在前無學七覺支八道支現在前正覺支現在前時幾覺支道支現在前耶答曰若依未至禪學正覺現在前時六覺支八道支現在前無學六覺支九道支現在前若依初禪學正覺現在前時七覺支八道支現在前無學七覺支九道支現在前

問曰何故諸邊中無喜耶答曰諸邊離欲未離欲能起現在前故不能生喜如人多處被縛有解不解處不能生喜彼亦如是問曰何

故上地無正覺耶答曰非其田器故乃至廣說復次爲除正覺故求上地若上地有覺者則下地不作方便求於上地若法下地有上地亦有者則無次第滅若無次第滅則無究竟滅所以者何以次第滅能到究竟滅若無究竟滅則無解脫復次若有身業口業處有正覺上地無身業口業故無正覺問曰何故無色界無戒耶答曰無田器故乃至廣說復次爲除戒故求無色界若無色界有戒者則下地衆生不作方便求無色界若法下地有上地亦有者則無次第滅若無次第滅則無究竟滅所以者何次第滅能到究竟滅若無究竟滅則無解脫復次戒是色少分無色中無色戒是四大造無色界無四大問曰無無漏四大何故有無漏戒耶答曰無漏戒不以四大力故是無漏以心力故是無漏復次戒對治惡戒無色界無惡戒故無戒所以者何惡戒在欲界欲界於無色界有四事遠一以所依遠二以所行遠三以所緣遠四以對治遠

三十七助道法四念處四正斷四如意足五根五力七覺支八道支佛說助道法無三十七七覺支是助道法何以知之經說有一比丘往詣佛所到已頭面禮足却住一面而白佛言世尊所言覺支者何故名覺支耶佛告比丘是七助道法故名覺支謂念覺支擇法覺支精進覺支喜覺支猗覺支定覺支捨覺支以是事故知覺支是助道法問曰助道法有三十七世尊何故說七覺支是助道法耶答曰隨彼比丘所問佛說七覺支是助道法

若彼比丘問四念處者佛亦說四念處是助道法復次彼經一向說無漏助道法餘則不定如念處有二種謂有漏無漏乃至道支有漏無漏復有說者佛說三十七助道法以經久時故而亡失之如陀羅達多所說助道法應言一支乃至三十七支如三十七助道法如斧柯喻經中亦說無漏三十七助道法若取決定修道則是七覺支若取不決定則有六支種所以者何念處有二種或有漏無漏乃至道支亦如是問曰助道法名有三十七體有幾耶答曰助道法名有三十七體有十一或十二若說盡在覺支中覺支名有七體亦七四念處慧根慧力正見盡在擇法覺支中四正斷精進根精進力正方便盡在精進覺支中四如意足定根定力正定盡在定覺支中念根念力正念盡在念覺支中餘者有信根道支中有正語正業正命若盡說在道支中者若說正語正業外更無正命者八道支名有八體有七若說正語正業外別有正命者道支名有八體有八四念處慧根慧力擇法覺支盡在正見中四正斷精進根精進力精進覺支盡在正方便中四如意足定根定力定覺支盡在正定中念根念力念覺支盡在正念中餘有信根覺支中有喜猗捨以是事故助道法名有三十七體有十一或十二如名體名數體數名異體異名異相體異相知名知體亦如是此是助道法體法性乃至廣說何故名助道法助道是何義答曰盡智無生智是菩提此諸法隨順彼法助彼法是彼法分勢用勝故名助道法

已總說助道法所以今當各各別說所以何
故名念處耶答曰分別聚義是念處義聚名
五取陰若欲分別應以念處而燒然義是正
斷義積聚義法義是如意足義增上勝義是
根義不可壞義是力義覺知義是覺支義求
覓義是道支義
已別說助道法所以今當別說覺支道支所
以何故名覺支爲以覺故名覺支爲以是覺
支故名覺支耶若以覺故名覺支者一是六
非若以是覺支故名覺支者六是一非答曰
應作是說以覺故名覺支問曰若然者一是
六非答曰此諸法盡是彼法分盡隨順彼法
勢用勝故名覺支復有說者以是覺支故名
覺支問曰若然者六是一非答曰擇法覺支
是覺是覺支餘唯是覺支何故名道支耶爲
以求覓故是道支爲以是求覓支故是道支
若以求覓是道支者一是七非若以是求覓
支故是道支者七是一非答曰應作是說以
求覓故是道支問曰若然者一是七非答曰
此諸法盡是彼法分隨順彼法勢用勝故名
道支復有說者求覓支故是道支問曰若然
者七是一非答曰正見是求覓是求覓支餘
是求覓支如擇法覺支是覺是覺支如正定
是禪是禪支不非時食是齋是齋支正見亦
如是是求覓是求覓支

阿毗曇毗婆沙論卷第七十三

阿毗曇毗婆沙論卷第七十四

迦旃延子造

北凉沙門浮陀跋摩共道泰譯

智犍度八道品第一之四

已各各別說助道法所以今當求其次第何故先說四念處乃至後說八道支耶答曰隨順言說次第法故復次佛說則隨順問者則易受復次四念處如眼見餘助道法如盲不令墮不如法處如衆多盲人有目將導不令墮非道中彼亦如是復次念處能了了分別總相別相法壞物體愚壞緣中愚取法實相不令增減復次念處從初學地乃至盡智無生智勢用常勝正斷從煖法以上勢用常勝如意足從頂法以上勢用常勝五根從忍法以上勢用常勝五力從世第一法以上勢用常勝道支於見道中勝覺支於修道中勝問曰何故見道中道支勝修道中覺支勝耶答曰去義是道義見道中去極速疾故覺是覺支義修道中有九種覺數數覺故問曰若見道中是道支修道中是覺支者世尊何故先說覺支後說道支耶答曰隨順言說次第法故復次佛說則隨順問者則易受復次欲漸次增一支故先說四法次說五七八法復次欲漸出要法漸次增益故

已總說助道法次第今當一一別說覺支道支次第何故先說念覺支後乃至捨覺支耶答曰隨順言說次第法故復次佛說則隨順問者則易受尊者瞿沙說曰已見諦人以憶念先所得法力能滿足修覺支是故佛先說念覺支如經說行人正觀此法念現在前不

生愚惑能滿足修念覺支以念力故於法能分別選擇籌量能滿足修擇法覺支以於法能選擇分別籌量故便行精進能滿足修精進覺支已行精進故便生不雜味喜能滿足修喜覺支以喜故身心猗樂能滿足修猗覺支以定猗樂故心定能滿足修定覺支以心定故離貪憂住捨故能滿足修捨覺支

問曰何故世尊道支中先說正見後乃至正定耶答曰隨順言說次第法故復次佛說則隨順問者則易受尊者瞿沙說曰已見諦者以正見故能修道支如說以正見故能修道支如說以正見故能生正覺正語正業正命正方便正念正定

已說覺支道支次第今當說地何等地有幾助道法答曰未至禪有三十六除喜初禪有三十七中間禪有三十五除喜正覺第二禪有三十六除正覺第三第四禪有三十五除喜正覺無色中有三十二除喜正覺正語正業正命

已說地今當說現在前時何地幾助道法一時現在前耶答曰依未至禪有三十六一時現在前則有三十三除三念處所以者何以所緣各異故尚不能起二何況多初禪有三十七則有三十四一時現在前亦除三念處禪中間有三十五則有三十二一時現在前亦除三念處如中間禪第三第四禪亦如是第二禪有三十六則有三十三一時現在前亦除三念處無色中三十二則有二十九現在前亦除三念處

已說現在前今當說同異相若是覺支亦是

道支耶答曰或是覺支非道支乃至廣作四句是覺支非道支者喜猗捨覺支是也是道支非覺支者正覺正語正業正命是也是覺支亦是道支者除信語餘助道法是也非覺支道支者信是也

問曰何故喜立覺支耶答曰覺義是覺支義喜隨順覺支問曰云何喜隨順覺支耶答曰若如實數數覺境界則生喜若數數生喜則如實覺境界如人掘地得寶得寶故更掘更掘故復得彼亦如是問曰何故喜不立道支耶答曰去義是道支義喜不隨順去問曰何故喜不隨順去耶答曰若數數喜則住不去如人在道行若數數止息便欲住不去彼亦如是問曰何故猗捨立覺支耶答曰覺義是覺支義猗捨隨順覺支問曰云何猗捨隨順覺支耶答曰若於一切事得猗捨則能如實覺境界問曰何故猗捨不立道支耶答曰去義是道支義猗捨不隨順去問曰何故猗捨不隨順去耶答曰猗捨與去相違如行住眠寤一向相違彼亦如是問曰何故正覺立道支耶答曰去義是道支義以正覺能發動正見出離生死故如人以杖捶牛能有所至彼亦如是問曰正覺何故不立覺支耶答曰正覺性發動覺支性寂靜故問曰何故正語正業正命立道支耶答曰去義是道支義正語正業正命於道卑爲轂故問曰何故正語業命不立覺支耶答曰正語業命是道支非道支復次正語業命是不相應無依無行無緣覺支與此相違問曰信何故非覺支道支耶答曰始入法時信勢用勝故已入法修覺支道

支復次出要法有滿足不滿足滿足出要法者有根力覺道相者是也與此相違名不滿足若不滿足出要法有覺支相無道支相者立覺支如喜猗捨若無覺支相有道支相者立道支如正覺正語業命若滿足出要法有覺支道支相者立覺支道支如餘覺支道支是也若不滿足出要法無覺支道支相者不立覺支道支如信是也

問曰何故不立心爲助道法耶答曰無助道分故復次心於煩惱出要法中俱有勢用助道法於出要法中偏有勢用復次心緣總相別相助道法唯緣總相復次如煩惱是數法非心彼對治法亦爾是數法非心若作是說心定故名定者即是助道法中定也

問曰何故三根中喜根立助道法樂根捨根不立助道法耶答曰無助道相故不立助道分復次助道法所行猛利彼二根遲鈍所行不猛利復次樂根爲猗樂所覆蔽捨根爲行捨所覆蔽是故不立助道法

問曰聖種何故不立助道法耶答曰亦有立者如毗婆闍婆提說有三十一助道法問曰我不問如是說者答曰助道法於在家出家人中有二事勝一期心勝二受行勝聖種於出家人中二事勝一期心勝二受行勝於在家人中有一事勝謂期心勝非受行勝如帝釋坐衆華座上十二那由他婇女而自圍繞有六萬作音樂者名住聖種但有期心而不受行如頻婆娑羅王等須達長者等亦復如是若作是說樂斷是斷精進者即是精進覺支波伽羅那經說云何念覺支答曰聖弟子

觀苦是苦乃至觀道是道與不壞智相應爲菩提念數數念次第念常不忘不失是說未知欲知根復次若聖弟子見生死是過患見涅槃是勝妙爲菩提念乃至廣說是說知根阿羅漢觀解脱心念是說知已根乃至捨覺支說亦如是云何正見答曰若聖弟子觀苦是苦乃至觀道是道是觀察分別能取其相覺明見慧是說未知欲知根若聖弟子見生死是過患見涅槃是勝妙是觀察分別乃至廣說是說知根阿羅漢觀自心解脱是觀察分別乃至廣說是說知已根乃至正定說亦如是問曰何故覺支中說爲菩提念道支中不說耶答曰應說而不說者當知此說有餘復次欲現異文異說故若以種種說莊嚴於文義則易解復次欲現二門二略二初入法二影二俱通故如覺支中說爲菩提念道支中說爲菩提正見亦爾如道支中不說爲菩提正見覺支中亦爾復次先作是說盡智無生智是菩提修道中覺支勢用勝修道近盡智無生智是故覺支中說爲菩提非道支經說爲寂滅爲離欲爲涅槃故修不淨觀俱念覺支乃至捨覺支問曰不淨觀是有漏覺支是無漏云何有漏無漏俱耶尊者和須蜜說曰先以不淨觀令心隨從調柔質直堪忍自在次起覺支現在前覺支後次復起不淨觀以覺支熏不淨觀故作如是說而無有漏無漏俱者

佛經說聖弟子一心攝耳聽法能斷五蓋具足修七覺支問曰如定心能斷結非不定心是意地非五識身何故作如是說一心攝耳

聽法乃至廣說答曰此說轉轉相生法耳識次生善意識善意識次生從聞生意從聞生意次生從思生意從思生意次生從修生意以從修生意而斷煩惱復次此說相續法善意識與善耳識相續故能斷煩惱而作是說問曰若無礙道能斷煩惱不能滿足修覺支若解脫道能滿足修覺支不能斷煩惱答曰所說相近法故而作是說

諸法與念覺支相應亦與擇法覺支相應耶答曰或與念覺支相應不與擇法覺支相應乃至廣作四句與念覺支相應非擇法覺支者是擇法覺支所以者何以三事故自體不與自體相應一以二慧不得併生二以前後不俱三以一切諸法除其自體與餘法作緣與擇法覺支相應非念覺支者是念覺支所以者何以求故自體不與自體相應如先說與念覺支擇法覺支相應者諸法與念覺支擇法覺支相應者彼亦是何耶答曰與念覺支擇法覺支俱聚中俱除自體諸餘與念覺支擇法覺支相應者彼是何耶謂八大地十善大地若在有覺有觀地則有覺觀及心非念覺支擇法覺支相應者諸餘心心數法色無爲心不相應行此中多說無漏心更無餘者餘有有漏心心數法色無爲心不相應行

作第四句如念覺支擇法覺支念覺支念精進猗定捨覺支正方便正定說亦如是諸法與念覺支相應亦與喜覺支相應耶乃至廣作四句念覺支在一切地一切無漏心中喜覺支在一切無漏心中非在一切地是故得作一中四句與念覺支相應非喜覺支者是

喜覺支與念覺支相應聚中喜覺支體與念覺支相應不與喜覺支相應所以者何以三事故自體不與自體相應如先說餘不與喜覺支相應與念覺支相應法彼是何耶答曰未至禪中間禪第三第四禪三無色中與念覺支相應法彼法不與喜覺支相應所以者何彼諸地中無喜故不與喜覺支相應非念覺支相應者念覺支與喜覺支相應喜覺支俱聚中念覺支體與喜覺支相應不與念覺支相應所以者何以三事故自體不與自體相應如先說與念覺支亦與喜覺支相應者除念覺支相應者所以者何以其多故除之及念覺支喜覺支俱聚中念覺支喜覺支自體諸餘心數盡與二相應彼是何耶謂八大地十善大地有覺觀地則有覺觀及心不與念覺支喜覺支相應者不與喜覺支相應念覺支彼是何耶謂未至中間第三第四禪三無色中念覺支體不與念覺支相應所以者何以三事故自體不與自體相應如先說亦不與喜覺支相應所以者何彼諸地中無喜故諸餘心心數法者此中盡說一切無漏心更無餘有餘有漏心心數法色無爲心不相應行作第四句如念覺支喜覺支念覺支正見正覺亦如是諸法與念覺支相應亦與正念相應耶答曰如是設與正念相應亦與念覺支相應耶答曰如是如念覺支擇法精進猗定捨覺支正方便正念正定說亦如是諸法擇法覺支相應亦與正見相應耶答曰若法與正見相應亦與擇法覺支相應頗法與擇法覺支相應非正見耶答曰有正見所不

攝擇法覺支相應法彼是何耶謂盡智無生智相應法諸法精進覺支相應亦與正方便相應耶答曰如是若與正方便相應亦與精進覺支相應耶答曰如是諸法與定覺支相應亦與正定相應耶答曰如是若與正定相應亦與定覺支相應耶答曰如是諸法與喜覺支相應亦與猗覺支相應耶答曰或與喜覺支相應不與猗覺支相應乃至應作四句喜在一切無漏心中不在一切地中猗在一切無漏心中亦在一切地中與喜覺支相應非猗覺支相應者猗覺支與喜覺支相應喜覺支俱聚中猗覺支體與喜覺支相應不與猗覺支相應所以者何以三事故自體不應自體如先說與猗覺支相應非喜覺支相應者是喜覺支猗覺支俱聚中喜覺支體與猗覺支相應所以者何以三事故自體不應自體如先說餘喜覺支不相應猗覺支相應法彼是何耶謂未至禪禪中間第三第四禪三無色中猗覺支相應法與猗覺支相應非喜覺支所以者何彼地中無喜故與喜覺支相應亦與猗覺支相應者除猗覺支及與猗覺支相應者所以者何以多故除之與喜覺支猗覺支俱聚中者除自體諸餘心心數法俱與二相應彼是何耶謂九大地九善大地在有覺有觀地則有覺觀及心非喜覺支亦非猗覺支相應者喜覺支不相應猗覺支彼是何耶謂未至禪禪中間第三第四禪三無色中猗覺支體不與喜覺支相應所以者何彼地中無喜故亦不與猗覺支相應所以者何以三事故自體不應自體如先說諸餘心心

數法者此中盡說一切無漏心更無餘有餘有漏心心數法亦色無爲心不相應行如是等諸法不與喜覺支相應亦不與猗覺支相應如喜覺支猗覺支喜覺支捨覺支正方便正念正定說亦如是諸法與喜覺支相應亦與正見相應耶喜在一切無漏心中不在一切地正見在一切地不在一切無漏心中是故得作大四句與喜覺支相應非正見者正見與喜覺支相應喜覺支俱聚中正見體與喜覺支相應不與正見相應所以者何以三事故自體不應自體如先說除正見不相應喜覺支相應法彼是何耶初禪第二禪中盡智無生智俱聚中喜覺支相應法不與正見相應所以者何是他聚故與正見相應非喜覺支者喜覺支與正見相應正見俱聚中喜

覺支體與正見相應不與喜覺支相應所以者何以三事故自體不應自體如先說餘喜覺支不相應正見相應法彼是何耶謂未至禪禪中間第三第四禪三無色中正見相應法不與喜覺支相應彼地中無喜故與喜覺支亦與正見相應者除正見與喜覺支相應餘喜覺支與正見相應諸餘心心數法彼是何耶謂八大地十善大地在有覺有觀地則有覺觀及心不與喜覺支亦不與正見相應者正見不與喜覺支相應彼是何耶未至禪禪中間第三第四禪三無色中正見體不與喜覺支相應所以者何彼地中無喜故不與正見相應所以者何以三事故自體不應自體如先說喜覺支不與正見相應彼是何耶初禪第二禪盡智無生智俱聚中喜覺支體

不與正見相應所以者何是他聚集故不與喜覺支相應所以者何以三事故自體不應自體如先說餘心心數法彼是何耶未至禪禪中間第三第四禪三無色中盡智無生智俱聚中有漏心心數法色無爲心不相應行如喜覺支正見喜覺支正覺正覺於正見說亦如是

云何世俗正見云何世俗正智問何故作此論答曰前論是此論所爲根本前論作如是說云何爲見云何爲智云何爲慧而不作是說云何世俗正見云何世俗正智以前論是此論所爲根本今欲廣分別故而作此論復有說所以作此論者或有說意識相應善慧不盡是見性如譬喻者說彼是何耶謂次五識生者能起身口業者死時心問曰彼何故說次五識生者非見性耶如五識不能分別彼次生意識亦不能分別何故能起身口業者非見性耶答曰見行於內彼行於外何故死時心非見耶答曰見有勢力彼慧微劣問曰彼作是說云何通佛經如是說人欲死時善心心數法與正見俱答曰彼作是說佛說死時前相續心非死時心爲止如是說者意亦明一切意識相應有漏善慧盡是見性故而作此說

云何世俗正見答曰意識相應有漏善慧彼是何耶謂不淨覺相應者安那般那念念處與煖頂忍世第一法相應者與禪無量解脫勝處一切處相應者世俗正見多於四大海水此中略說麤者云何世俗正智答曰意識相應有漏善慧彼是何耶答曰不淨覺相應

乃至世俗正智多於四大海水及五識相應善慧彼是何耶善眼識相應乃至善身識相應者善眼識相應慧何者是耶答曰如見父母佛辟支佛聲聞及諸尊重處生善眼識善耳識相應慧何者是耶答曰如聞佛語及父母諸尊重處語生善耳識餘善三識非常人能起唯除觀摶食修行者能起三善識

已說體性今當說同異相若是世俗五見亦是世俗正智耶答曰若是世俗正見亦是世俗正智頗是世俗正智非世俗正見耶答曰有五識相應善慧是也世俗正見攝世俗正智世俗正智攝世俗正見耶答曰世俗止智攝世俗正見非世俗正見攝世俗正智不攝何等謂五識相應善慧

若成就世俗正見亦成就世俗正智耶答曰如是若成就世俗正智亦成就世俗正見耶答曰如是誰成就世俗正見世俗正智耶答曰不斷善根者總而言之是不斷善根者然有多少或有但成就欲界善見智者但成就色界者或有但成就無色界者或有成就欲色界者或成就色無色界者或有成就欲色無色界見智者以是事故總而言之是不斷善根者然有多少

若斷世俗正見亦斷世俗正智耶答曰如是若斷世俗止智亦斷世俗正見耶答曰如是誰斷世俗正見正智耶答曰阿羅漢總而言之是阿羅漢餘人則有多少若離無所有處欲斷八地正見正智乃至離欲界欲未離初禪欲斷一地正見正智是故總而言之是阿羅漢餘人則有多少

問曰何故名世俗耶爲以毀壞故言世俗耶爲以是貪立足處言世俗耶若以毀壞言世俗者無漏道亦毀壞應是世俗若以是貪立足處言世俗者亦恚癡立足處答曰應作是說以毀壞言世俗問曰若然者無漏道亦毀壞應是世俗答曰若毀壞增長於有無漏道雖毀壞不增長於有令有損減復次毀壞能令有相續生老病死相續無漏道雖毀壞能斷有不令生老病死相續復次若毀壞是苦集道跡生老病死道跡無漏道雖毀壞是滅苦集道跡滅生老病死道跡復次若毀壞是身見愛使所緣處是貪恚癡立足處雜垢雜毒雜過雜滓墮在苦集性中者是世俗聖道與此相違不名世俗復次有說者是貪立足處言世俗問曰若然者亦是恚癡立足處答曰若說是貪立足處亦是恚癡立足處問曰若世俗是毀壞耶答曰或是世俗非毀壞乃至廣作四句是世俗非毀壞者過去未來二漏是毀壞非世俗者現在道諦是毀壞亦是世俗者現在二漏非毀壞亦非世俗者過去未來道諦一切無爲法經說長老式寠提往詣佛所而白佛佛言尊所言世俗者是何耶佛告式寠提以毀壞故言世俗復問何等是毀壞佛告式寠提眼入是毀壞乃至意入是毀壞問曰世尊何故說入是世俗耶答曰爲受化者故受化者應聞入是世俗乃得悟解故佛說入是世俗問曰毀壞有何差别耶答曰毀者是刹那頃無常壞是身壞時無常復次毀是細無常壞是麤無常復次毀是内法無常壞是外法無常復次毀是衆生數法壞

是非衆生數法
云何無漏見云何無漏智問曰何故作此論
答曰前論是此論所爲根本前論作如是說
云何爲見云何爲智云何爲慧而不作是說
云何無漏見云何無漏智以前論是此論根
本今欲廣分別故而作此論復次欲說近對
治法故先說云何世俗正見云何世俗正智
何法是其近對治謂無漏見智故作此論
云何無漏見答曰盡智無生智所不攝餘無
漏慧彼是何耶見道中八忍學八智無學正
見云何無漏智答曰除見道中諸忍餘無漏
慧彼是何耶學無學八智是也
已說體性今當說同異相諸無漏見是無漏
智耶答曰或是無漏見非無漏智乃至廣作
四句是無漏見非無漏智者見道中諸忍是
也所以者何彼有見相無有智相是無漏智
非無漏見者盡智無生智是也所以者何彼
是智相無有見相是無漏見亦是無漏智者
除見道中諸忍盡智無生智餘無漏慧是也
彼是何耶學八智無學正見是也所以者何
彼是見相亦是智相非無漏見非無漏智者
除上爾所事若法已立名已稱已說者除之
於未立名未稱未說者作第四句彼是何耶
行陰作此四句一切無漏慧作三句有見相
智相者餘有相應不相應行陰四陰及無爲
法作第四句是名除上爾所事攝立如是若
成就無漏見亦成就無漏智耶答曰若成就
無漏智亦成就無漏見頗成就無漏見非無
漏智耶答曰有住苦法忍時
問定理攝成就不說斷問曰何故不說斷耶

答曰若說於文不煩彼尊者迦旃延子乃至不捨一剎那而作文分別若所說於文煩者如四大海水文義盡略說之復次以垢故斷無漏法無垢故不斷問曰若無漏法不斷者佛經云何通如說比丘汝若解栰喻法者法尚應斷何況非法答曰斷二種一除愛斷二捨斷此中說捨斷無漏法雖除愛斷而有捨斷以捨斷故而作是說諸比丘捨聖道盡漏以念恩故復數數起聖道現在前而受種種身苦謂頭痛等苦是故佛作是說比丘當知聖道所應作者皆已作之應捨此道入於涅槃如人依栰渡河以念恩故猶頂戴肩負他人語言汝男子栰所應作皆已作之汝今當捨隨意而去彼亦如是

云何是法云何非法耶答曰內道言說是法外道言說是非法內道法隨順空隨順無我隨順涅槃法尚應捨何況外道言說令有相續令生老病死相續者耶復次善受持名句味身者是法不善受持者是非法善受持名句味身者尚捨何況不善受持名句味身者尊者瞿沙說曰善受持阿含經者名法不善受持者名非法以增長生死故應捨何況非法尊者波奢說曰正觀是法不正觀是非法正觀法尚應捨何況不正觀法耶復次慚愧是法無慚愧是非法三善根是法三不善根是非法四念處是法四顛倒是非法五根是法五蓋是非法六念是法六愛身是非法七覺支是法七使是非法八道支是法八邪支是非法九次第定是法九結是非法十善業道是法十不善業道是非法如是等法尚應

斷何況非法

阿毗曇毗婆沙論卷第七十四

阿毗曇毗婆沙論卷第七十五

迦旃延子造

北涼沙門浮陀跋摩共道泰譯

智犍度他心智品第二之一

云何他人心智云何念前世智如是章及解章義此中應廣說優婆提舍問曰彼尊者迦旃延子何故依二智而作論答曰彼尊者有如是欲如是意隨其欲意而作論亦不違法相彼意欲因二智而作論即論二智謂他心智念前世智意欲論二智故餘處亦因二智而作論如根犍度中論法智比智餘處亦因二智而作論如定犍度論盡智無生智餘處意欲論四智即因四智而作論如根犍度論苦集滅道智如說若苦智是苦無漏智耶乃至若道智是道無漏智耶餘處意欲論八智即因八智而作論如使犍度定犍度智犍度所說餘處意欲論十智即因十智而作論如說眼根以幾智知猶如善巧陶師先調柔泥團安置輪上隨其欲意作種種器彼尊者亦爾以聞思慧觀察法相斷緣中愚故隨其欲意造論亦不違法相復次此二智以離欲得方便得體是修慧亦是通體是四枝五枝禪果故復次此二智體是智性見性復次以此二智各緣一世他心智緣現在世念前世智緣過去世若作是說念前世智是有漏無漏者應作是說以此二智是有漏無漏故

云何他心智答曰若智是修是修果從修生得不失是修者體是修果修果者是四枝五枝禪果從修生者修習故得不失者得不捨

問曰何故不說已得當得者但說今得耶答

曰應說而不說者當知此說有餘復次若得此智名得通者名知他心者是中說之非已得當得者以失故以此智知他心所覺所觀所行所覺者是欲界初禪所觀者是中間禪所行者是上三禪復有說者所覺是欲界初禪所觀者從欲界乃至中間禪所行者從欲界乃至第四禪問曰他人心覺觀緣色時他心智亦知他心所緣色耶答曰外國法師經文作如是說若智知欲色界現前他人心心數法及無漏心是名他心智問曰罽賓沙門何故不作如是說耶答曰亦應作如是說而不說者有何意耶答曰言所覺所觀所行者說其體不說所緣處心心數法如實知之心者是心數法者是數法如實知之者是說知境界應說一知他心智謂知他心智通應說

二謂知有漏無漏及縛解繫不繫應說三謂上中下應說四謂四禪果應說六謂有漏上中下無漏上中下應說八謂四禪有漏無漏應說九謂下下乃至上上應說十二謂四禪中各有三種謂上中下應說十八謂有漏有九種無漏有九種應說二十四謂初禪有漏有三無漏有三乃至第四禪亦爾應說三十六謂初禪有九種乃至第四禪有九種應說七十二初禪有漏有九種無漏有九種乃至第四禪亦爾若以在身若在刹那則有無量無邊他心智此中總說一種他心智而作論

問曰他心智體是何耶答曰體是慧

已說體性所以今當說何故名知他心智答曰知他心故名知他心智問曰亦知數法何故但名知他心耶答曰以期心故行者期心

勤修方便欲知他心不期數法亦知數法故名知他心智如人求見於王不求見眷屬若見王時亦見眷屬彼亦如是復次諸法立名各有所以或以自體或以對治或以方便或以相應或以所依或以所行或以所緣或以行以緣以自體者如五陰四諦等智是也餘解廣說如上

界者有漏是色界繫無漏是不繫問曰何故無色界無他心智耶答曰非其因故乃至廣說復次他心智因色故生無色界無色地者是四根本禪地不在諸邊無色地問曰諸邊中何故無知他心智耶答曰此是通若有三眛能生通果則有此智諸邊中無此定故問曰中間禪心以何知他心智知耶答曰或有說者以初禪地者知復有說者以二禪地者知評曰應作是說以初禪地者知所以者何是一地法故所依者依欲色界身行者無漏者行道等四行有漏者不行行緣者初禪地者緣欲界初禪二禪地者緣欲界乃至第二禪第三禪地者緣欲界乃至第三禪第四禪地者緣欲界乃至第四禪他心智不知無色界問曰何故他心智不知無色界答曰他心智不知上地法初禪他心智不知第二禪心乃至第三禪他心智不知第四禪心問曰生欲色界起無色定現在前他心智能知彼心心數法不耶答曰不知所以者何如果時不知因時亦爾念處者是三念處除身念處智者是四智謂法智比智道智等智三眛者無漏者與道無願相應有漏者不與相應根者總與三根相應謂樂喜捨根世者在三世緣

三世者過去者緣過去現在者緣現在未來不生者緣三世必生者緣未來善不善無記者是善緣善不善無記者緣三種三界繫及不繫者有漏是色界繫無漏是不繫緣三界繫及不繫者緣欲色界及不繫是學無學非學非無學者是三種緣學無學非學非無學者盡緣三種見道斷修道斷不斷者有漏者是修道斷無漏者是不斷緣見道修道不斷者盡緣三種緣名緣義者是緣義緣自身他身及非身者緣他身是方便得離欲得者是方便亦是離欲初禪者離欲界欲得乃至第四禪離三禪欲得方便者以方便現在前佛不以方便現在前辟支佛以下方便聲聞或以中或以上方便問曰他心智方便云何答曰如施設經說初行者先取自身相若身有如是色則有如是心若有如是心則身有如是色取自身相已亦取他人身相若他身有如是色則有如是心若有如是心則身有如是色取如是相已作是思惟今此衆生爲何所觀何所分別作是思惟時如實知之此衆生如是思惟如是分別是名他心智滿足集法經亦說他心智方便云何答曰觀五取陰是苦空無常無我作如是觀無漏智問曰如他心智緣四諦智何故但說緣苦智者耶答曰應說盡緣而不說者當知此說有餘復次此說初起入法方便若說緣苦智當知亦說緣餘智問曰前方便此後方便有何差別耶答曰前所說方便至有漏無漏此所說方便一向是無漏復次後方便勝妙明淨勝前方便問曰若眼不見色爲能知他心不耶答曰

能知以耳聞其聲故若眼不見色耳不聞聲爲能知他心不耶答曰知以鼻齅其香故若眼耳鼻不見色聞聲齅香爲能知他心不耶答曰知以舌知味故若不見色聞聲齅香知味爲能知他心不耶答曰知以身觸故若不見色乃至身不覺觸爲能知他心不耶答曰或有說者不知所以者何以他心智因色故評曰應作是說方便時不知滿足時能知問曰何故他心智方便時因色生耶答曰因麤得入細故他心智方便時緣自已滿足時不緣自已問曰何故他心智方便時緣自已滿足時不緣自已耶答曰他心智不緣他心所緣所行若他心智緣他心所緣所行者亦可名自心智

本曾所得有漏心心數法十五種欲界有三種謂上中下乃至第四禪亦有三種初禪地下有漏他心智知欲界三種心心數法及知初禪下有漏心心數法中者知欲界三種知初禪下中二種上者知欲界三種初禪三種如初禪乃至第四禪上者知十五種如本曾起有漏心有十五種未曾得有漏心亦有十五種無漏心有十二種初禪地有三種謂上中下乃至第四禪亦爾第二禪地下無漏心知初禪地下無漏心亦知二禪下者第二禪中者知初禪第二禪下中二種上者知初禪二禪下中上三種知第二禪乃至第四禪上者知十二種無漏心心數法問曰何故下有漏他心智知下地三種及自地下者無漏下他心智知下地下心心數法及自地下者非中上耶答曰有漏心心數法異無漏心心數

法異一身中可有三種有漏心心數法無漏心心數法以根故别若是下根則無中上根乃至若是上根則無中下根

他心智不知勝地勝根勝人心勝地者初禪地他心智不知第二禪地心心數法乃至第三禪地不知第四禪地心心數法勝根者下根他心智不知中上根心心數法勝人者學人他心智不知無學人心心數法問曰一切無學人他心智盡知學人心心數法耶答曰不知時解脱不知見到心見到不知時解脱心所以者何見到於時解脱根勝故時解脱於見到人勝故問曰學人起第二禪心現在前無學人起初禪心現在前爲展轉相知不答曰不知所以者何無學人於學人人勝學人於無學人地勝聲聞起第二禪心心數法現在前佛起初禪心心數法現在前爲展轉相知不答曰不知所以者何佛於聲聞根勝聲聞於佛地勝欲界有四種變化心謂初禪果乃至第四禪果初禪地他心智爲知此四種心不答曰或有説者知所以者何盡是欲界心故復有説者唯知初禪果餘則不知所以者何如不知因果亦不知

是佛所有無漏心及未曾得有漏心無有他心智能知者已曾得有漏心佛欲令他知則知若佛欲令鈍根者知利根者不知鈍根者則知利根者不知佛欲令薩波達知舍利弗不知薩波達則知舍利弗不知欲令畜生得知人不知者畜生則知人不知何以知之有經説佛住那提迦夜城矜迦精舍時衆多比丘置鉢在露地及世尊鉢亦在露地爾時有

一獼猴從娑羅樹下往詣衆多鉢所時諸比丘恐破鉢故皆共遮之爾時世尊告諸比丘汝等莫遮此獼猴不破汝等鉢也爾時獼猴取世尊鉢徐還上樹盛滿流蜜以奉世尊世尊不受以雜蟲故爾時世尊起世俗心欲令去蟲是時獼猴即知佛意却在一面除蜜中蟲復上世尊世尊不受以未作淨故世尊復起世俗心若此獼猴以水作淨者我則受之是時獼猴即知佛心以水作淨佛便受之以其淨故爾時獼猴以世尊受其蜜故心生歡喜踊躍無量起舞却行墮坑而死得生人中於佛法出家得阿羅漢道名摩頭婆肆吒以是事故尊者波毗奢作偈讚佛

欲令人天知佛心　隨其所念皆能知
若入諸禪深妙定　無有能知佛心者

問曰佛爲得知佛心他心智不耶答曰或有說者不得所以者何世無二佛故復有說者得以能緣故不以起現在前辟支佛如渴伽獸角獨出世者與佛無異若作是說衆多出世者有緣辟支佛心他心智亦能緣亦能起現在前聲聞有知聲聞心他心智亦能緣亦能起現在前佛所有無漏心及未曾得有漏心無色界心無有他心智能知此心者衆生或有生有滅生者生欲界色界衆生及生無色界凡夫人爲當得他心智不耶答曰以二事故當得一以能緣二以現前行滅者生無色界聖人若涅槃者爲當得他心智不答曰不當得復有說者當得以能緣故不以現前行評曰不應作是說當得不現前行寧當說不得不當說得不現在前行有境界是佛他

心智所知非辟支佛聲聞所知有境界是佛辟支佛他心智所知非聲聞所知有境界是佛辟支佛聲聞他心智所知如經說比丘當知雪山中有如是處獼猴所不能行人亦不能行有處所獼猴能行人不能行有處所獼猴能行人亦能行雪山猶如境界獼猴如辟支佛人如聲聞如是之義今當顯現見道有十五心他心智知相似法有漏者知有漏無漏者知無漏已曾得者知已曾得未曾得者知未曾得法智分者知法智分比智分者知比智分聲聞人他心智見道中知二心辟支佛知四心佛一一次第知所以者何辟支佛聲聞以方便現在前佛不以方便現在前行者入見道作方便聲聞人爲法智分他心智作方便行者已入見道聲聞起法智分他心智現在前能知行者二心謂苦法忍苦法智行者入比智分聲聞人爲比智分他心智作方便行者已入比智分聲聞人起比智分他心智現在前欲知苦比忍乃知道比智行者爲見道作方便辟支佛爲法智分他心智作方便行者已入見道辟支佛起法智分他心智現在前知行者二心謂苦法忍苦法智行者入比智分辟支佛爲比智分他心智作方便行者已入比智分辟支佛起比智分他心智現在前欲知苦比忍乃知滅比忍滅比智佛不以方便一切功德現在前如行者一一次第起見道現在前世尊以他心智一一次第而知

佛於三種道以總相知亦以別相知辟支佛亦知三種道於聲聞辟支佛道以總相別相

知於佛道以總相知不以別相聲聞亦知三種道於聲聞道以總相別相知於辟支佛佛道以總相知不以別相問曰聲聞見道諦時爲見辟支佛佛道不若見者他心智何故不知若不見者云何得緣彼不壞信耶答曰應作是說見問曰若然者他心智何故不知耶答曰以總相知見他心智是別相知故一衆生所有他心智知一切衆生心心數法知時爲知受體爲知受諸剎那耶若但知受體者諸餘受不被知者云何知耶若知受諸剎那者云何自身非衆多耶自身衆多者我他心智體有二十一種知一衆生一剎那受如一剎那受餘一切剎那受亦爾如受剎那餘心心數法剎那亦爾如一衆生心心數法餘衆生心心數法亦爾我他心智俱心心數法則多一切衆生如我心心數法多所依身亦應多答曰應作是說知受體問曰若然者餘所不知受云何知耶答曰若知餘受無有是處知時唯知所知者復有說者知受諸剎那問曰若然者云何自身非衆多耶答曰多有何過所以者何如我他心智體有二十一種知一切衆生心心數法一切衆生他心智體亦有二十一種知我心心數法是故無過問曰他心智爲緣過去緣未來緣現在耶答曰緣現在問曰若然者經本所說云何通如說過去未來法九智知答曰經本應作是說過去未來法八智知除滅智他心智而不說者有何意耶隨緣故說過去者緣過去未來者緣未來若如所說他心智知三剎那謂知現在剎那次前滅者次當生者經本應作是說問

曰他心智爲緣一法爲緣多法耶若緣一法經所說云何通如說有欲心如實知有欲心若一時知欲亦知心者豈非知多法耶餘經所說復云何通如說當世尊憶念時徧知衆僧心之所念若緣多法者云何體是三念處耶答曰應作是說緣於一法問曰若然者佛經云何通如說如實知有欲心答曰心與欲相應故名有欲心若知欲不知心若知心不知欲如觀垢衣若觀垢則不觀衣若觀衣則不觀垢彼亦如是餘經復云何通如說世尊當憶念時徧知衆僧心之所念答曰以比相知非以他心智世尊以他心智觀一比丘心住寂靜道次以比相智知諸比丘心亦爾復有說者世尊不以他心智知亦不以比相智知乃以願智知復有說者世尊不以他心智比相智願智知世尊得盡智時得未曾得欲界不隱沒無記心心數法亦不入禪亦不起通現在前當憶念時徧知諸比丘僧心復有說者知多法問曰若然者云何體是三念處耶答曰初方便時是三念處通若滿足是總緣法念處評曰應作是說一切他心智緣一法是別相觀緣現在緣他心心數法見道中無在修道中不與空無相三昧相應不攝盡智無生智無礙道中無他心智法應如是云何念前世智答曰若智是修是修果從修生得不失以此智憶念過去無數生如是相貌是名念前世智是中問答廣說如他心智云何如是相如是貌答曰如是相者是前時有如是貌者是中有復有說者如是相是中有如是貌是前時有所以者何前時有可示此

是刹利婆羅門毗舍首陀差別貌如經說佛告阿難若有如是相如是貌施設者名色身若無如是相如是貌可施設有對觸不答言不也彼經說內入是相外入是貌復有說者彼經說內入是貌外入是相所以者何以內入故說諸識根差別如說除上爾所事是中無如是相貌是以除之如說若以如是相如是貌入初禪如是相者是方便如是貌者是所緣如偈說

若成就八智　十六行相貌　如閻浮檀金
無能說其過

是中說慧名相貌過去無數生者是說念前世智境界應說一念前世智得念前世智通念前世明念前世力應說二謂已曾得未曾得應說三謂上中下應說四謂初禪果乃至第四禪果應說六已曾得有三種未曾得有三種謂上中下應說八初禪地有二種謂已曾得未曾得乃至第四禪地亦如是應說九謂下下乃至上上應說十二初禪有三種謂上中下乃至第四禪亦如是應說十八謂已曾得有九種未曾得有九種應說二十四初禪有六種謂已曾得有三種未曾得有三種乃至第四禪亦如是應說三十六初禪有九種乃至第四禪亦如是應說七十二初禪已曾得有九種未曾得有九種乃至第四禪亦如是若以在身若在刹那則有無量無邊念前世智此中因總說一念前世智而作論問曰念前世智體性是何答曰體性是慧以念力多故名念前世智如念處體性是慧以念力多故名念處如阿那波那念體性是慧以

念力多故名阿那波那念憶前生念體性是
慧以念力多故名憶前生念除色想體性是
慧以想力多故名除色想如是念前世智體
性是慧以念力多故名念前世智此是念前
世智體體性乃至廣說
已說體性所以今當說何故名念前世智答
曰念前世五陰故名念前世智
界者是色界問曰何故無色界中無念前世
智答曰非其界故乃至廣說復次念前世
因色生無色界故無地者在根本四禪
地非諸邊無色中所以者何若有通所依定
處是處有念前世智諸邊無色中無通所依
定故無念前世智問曰以何地念前世智念
中間禪耶答曰或有說以初禪者復有說以
第二禪者評曰應作是說以初禪者所以者

何同一地故所依身者依欲色界身行者無
所行緣者初禪念前世智知初禪及欲界前
生五陰乃至第四禪者知欲界乃至第四
前生五陰不知無色界問曰何故念前世智
不知無色界耶答曰念前世智不知上地法
初禪者不知第二禪前世五陰乃至第三禪
不知第四禪前世智問曰生欲色界中則無念前
世智問曰生欲色界中起無色定現在前念
前世智為能知不答曰不知所以者何如不
知果因亦如是問曰若念前世智不知無色
界者佛經云何通如說世尊於過去處處無
數生若生有色無色有想無想過去處處無
數生如是相貌盡能憶念問曰說何者是色何
者非色答曰色者是前時有無色者是中有
問曰若然者聲聞亦能知與佛有何異復有

說者色者是欲色界無色界者是無色界問曰
若然者世尊云何知無色界耶答曰以比相
知問曰若然者聲聞觀前世事若於欲界色
何異耶答曰如外道觀前世事若於欲界色
界不見則言斷滅聲聞觀前世事若於欲界
處而彼衆生或於上地未盡其壽若過四萬
色界中過二萬劫不見不言是衆生生於空
劫不見者言是衆生生於識處而彼衆生或
再生空處或於上地未盡其壽若過六萬劫
不見者言是衆生無所有處而彼衆生或
三生空處或一生半生識處或於非想非
想處未盡其壽若過八萬劫不見者言是衆
生生非想非非想處而彼衆生或四生空處
二生識處一生半生無所有處世尊若欲觀
無色界時衆生於欲色界中命終者觀其死

時心知是衆生生於空處是衆生生於識處
是衆生生無所有處是衆生生非想非非想
處是衆生盡壽是衆生不盡壽若於無色界
處是衆生盡壽是衆生不盡壽若於無色界
命終生欲色界者觀生時心知是衆生從空
處死乃至從非想非非想處死是衆生盡彼
壽是衆生不盡彼壽外道比相智見於斷滅
聲聞比相智所知或如其事或不如其事佛
世尊比相智知明淨妙好悉如其事無有虛
者念處者是總緣法念處尊者瞿沙說是四
念處如所說念前世時若念苦樂豈非
是受念處耶答曰前世時或曾得樂所須具
苦所須具念是事故作如是說而實是總緣
法念處者是等智尊者瞿沙說是六智除
他心智滅智所以除他心智者以緣現在故
所以除滅智者以緣無為故評曰應作是說

二一二

是一等智三昧者不與三昧相應根者總與
三根相應世者在三世緣三世者過去現在
者緣過去未來者緣三世善不善無記者是
善緣善不善無記者緣三種三界繫者是色
界繫緣三界繫者是學無學非學
非無學者緣非學非無學緣學無學非學非
無學者緣非學非無學是學是見道斷非學
斷者是修道斷緣見道斷修道斷不斷者緣
見道修道斷緣名緣義者緣名緣自身
他身非身者是緣自身他身是離欲得方便
得者是離欲得亦以方便離欲時得方便起
現在前初禪者離欲界欲得乃至第四禪者
離三禪欲得聖人佛法凡夫得本曾得未曾
得念前世智外道凡夫得本曾得念前世智
離欲時得方便起現在前佛不以方便起現

在前辟支佛以下方便聲聞或以中或以上
方便問曰念前世智方便云何答曰如施設
經說初行始入法者取次前滅意識相念已
知之復取父滅意識相問曰取父滅意識相
為以時為以剎那耶答曰以剎那者以此
則不能念半便死可是方便無滿足者取少
生老時相念已知之次取中年時相次取少
年時相次取童子時相次取嬰孩時相次取
波奢佉時次取健那時次取羯尸時次取阿
浮陀時次取迦羅羅時相念已知之次取欲
入母胎時心相念已是名念前世智滿
足不應作是說所以者何中有中死次入母
胎中有即屬此生評曰應作是說若能念知
前世死時最後一剎那者是名念前世智滿
足問曰欲修念前世智時為緣自身為緣他

身答曰或有說者緣自身問曰若然者無色界命終者則不可爾復有說者緣他身評曰應作是說緣自身亦緣他身緣自身作方便若自見從無色界命終者則緣他身令得滿足若緣他身作方便見他從無色界命終者則緣自身令得滿足是故緣自身他身修念前世智令得滿足

阿毗曇毗婆沙論卷第七十五

阿毗曇毗婆沙論卷第七十六

迦旃延子造

北涼沙門浮陀跋摩共道泰譯

智揵度他心智品第二之二

問曰念前世智爲念曾所更事爲念未曾所更事耶答曰念曾所更事問曰若然者則無念生淨居天者所以者何無有曾生淨居天者答曰曾更有二種謂若見若聞淨居天處雖不曾見而得曾聞

問曰爲因欲界生此智耶爲因色界生此智耶答曰亦因欲界亦因色界或有因欲界作方便於色界得滿足或有因色界作方便於欲界得滿足或有因欲界作方便於欲界得滿足或有因色界作方便於色界得滿足因欲界作方便於色界得滿足者與惡性難共住衆生同在一處作是思惟如此惡性難共住衆生必是於欲界命終者觀察是時乃是色界命終者因色界作方便於欲界得滿足者與善性易可共住衆生同在一處作是思惟如此善性易可共住衆生必是色界命終者觀察是時乃是欲界命終者因欲界作方便於欲界得滿足者與惡性難共住衆生同在一處作是思惟如此惡性難共住衆生必於欲界命終觀察是時是欲界命終者因色界作方便於色界得滿足者與善性易共住衆生同在一處作是思惟如此善性易可共住衆生必是色界命終者觀察是時是色界命終者

問曰爲觀一一世爲觀多世耶答曰初學時觀一一世滿足時觀百千萬世世尊初學時

則能觀百千萬世問曰爲能捨過百千萬世乃觀久遠百千萬世不耶答曰初學則不能後滿足時則能世尊初學則能捨過百千萬世乃觀久遠百千萬世問曰次第觀前世乃至久遠若欲止時各還次第止耶爲一時止耶答曰或有說者還次第止評曰應作是說隨意而觀亦隨意而止問曰次第觀前世經久遠時捨已即能觀未來世耶答曰佛世尊能非餘人所以者何佛世尊觀前世智次第能生觀未來智觀未來智次第能生觀前世智不以方便一切功德悉現前故

問曰於一刹那中能觀幾世耶答曰一世何以知之如毗尼中說尊諸輪毗多作如是說我一發意頃能憶念五百世生事諸比丘皆言應驅遂之所以者何自稱得無有是事過人法故佛告諸比丘不應驅遂是比丘所以者何是比丘從無想天來生此間無想天壽經五百劫憶念一生事故言五百世

問曰於一時頃能觀幾趣耶答曰或有說者能觀一趣復有說者能觀二趣謂地獄趣畜生趣或畜生餓鬼趣或畜生天趣或畜生人趣若觀轉輪王時則憶念三趣謂人畜生餓鬼趣人趣者王及臣屬畜生趣者是象馬餓鬼趣者是受祭祀鬼神及轉輪等諸神若觀頂生王時則憶念四趣畜生趣是象馬餓鬼趣是受祭祀神天趣是帝釋及眷屬人趣是頂生及眷屬無有是處以分别故説若令五趣共在一處者亦於一時能憶念五趣

佛經說常見有三種有憶念二萬劫者有憶念四萬劫者有憶念六萬劫者問曰何等常

見憶念二萬劫事何等四萬劫何等六萬劫耶答曰常見者根有上中下下者憶念二萬劫中者四萬劫上者六萬劫復次或有憶念火水風劫者憶念火者二萬劫水者四萬劫風者六萬劫復次或有憶念喜樂捨根壞時憶念喜根壞者二萬劫樂根四萬劫捨根六萬劫復次或是聲聞性或是辟支佛性或是佛性聲聞性者憶念二萬劫辟支佛性者憶念四萬劫佛性者憶念六萬劫

若是他心智盡知他心心數法耶答曰或是他心智不知他心心數法乃至廣作四句是知他心智不知他心心數法者他心智在過去未來有如是相不知他心心數法所以者何過去者所作已竟未來者未有所作是知他心心數法非他心智者猶如有一若以相知若聞其說若生處得如是智故能知問曰誰能以相知耶答曰人能曾聞跋難陀釋子至一優婆塞家其家門邊繫一駁犢時跋難陀釋子語優婆塞言汝家門邊所繫犢子其色斑駁若以其皮作敷具者好時優婆塞作是思惟是比丘欲得是犢子皮以爲敷具即便殺犢以皮與之時跋難陀釋子持其犢皮往詣祇洹犢母鳴呼而隨逐之如是等名以相知誰聞說能知耶曾聞有一居士著新衣服詣祇洹精舍跋難陀釋子見已而語之言善哉居士汝所著衣中作僧伽梨鬱多羅僧安陀會若敷具是時居士作是思惟是比丘欲得我衣即便與之復有說者聞說能知即是以相知經文應如是說若以相知若卜筮知他心心數法以相知者如先說卜筮知者

如諸外道或以指卦或觸衣物若以筭術若逆取相便能知他心心數法誰有生處得知耶答曰地獄衆生然無定名者問曰生處得知爲生時能知中時能知後時能知耶答曰初生未受苦知後受苦時猶不能知自心何況他心爲住善心時能知爲住穢汙無記心時知耶答曰住三種心盡能知爲住意識爲住五識身能知耶答曰住意識知非五識爲住威儀爲住工巧爲住報心耶答曰住威儀心非工巧報心所以者何彼衆生無工巧故非報心報心在五識故畜生中亦有能知他心心數法者曾聞有一女人以兒置一處有緣餘行時有一狼取其兒去時人語言何故取他兒耶狼作是言此兒毋常食我子我今還食其子若彼能捨怨心我亦捨之時人語是女人可捨怨心女人答言我今已捨時狼觀女人心不捨其怨而口言捨即殺其兒捨之而去問曰畜生爲生時知爲中時知爲後時知耶答曰三時盡知爲住善心染汙心不隱沒無記心知耶答曰三種盡知爲住意識爲住五識身知耶答曰住意識知非五識身爲住威儀工巧報心知耶答曰三種盡知餓鬼亦知他心心數法曾聞有鬼入一女人身中呪師問之何故觸惱他女人耶彼鬼答言此女人五百世中與我作怨常斷我命我亦斷其命彼若能捨怨心我亦捨之時人語是女人可捨怨心女人答言我今已捨鬼觀女人雖口言捨怨心不除即斷其命捨之而去問曰爲生時知爲中時知爲後時知耶答曰三時盡知爲住善心染汙心不隱沒無記心

知耶答曰三種盡知爲住意識知爲住五識知答曰住意識知爲住威儀工巧報心知耶答曰三種盡知天中亦有生處得知能知他心心數法然無定名初中後知者廣說如畜生餓鬼趣餘廣說如雜揵度是知他心智亦知他心心數法者若智是修是修果從修生得不失此智現在前知欲色界衆生心心數法及無漏心心數法非知他心智非知他心心數法者除上爾所事除上爾所事者廣如先說行陰作此四句此中盡說過去未來現在他心智及現相智聞他說智生得智作前三句餘相應不相應行陰四陰及無爲法作第四句是名除上爾所事

若是念前世智盡知前世無數生耶乃至廣作四句是念前世智不知前世無數生者念前世智在過去未來有念前世智相而不知前世無數生事所以者何過去所作已竟未來未有所作知前世無數生非念前世智者猶如有一有自性念生智者有生處得智者誰有念生智耶答曰人有誰有生處得智耶答曰地獄衆生如經說地獄衆生作如是言沙門婆羅門見貪欲未來過患故爲我等說法應當斷欲我等不用其言以貪欲因緣故今受苦痛果報問曰地獄衆生爲初時知爲中後知耶答曰初時知非中後若未受苦時則知已受苦時次前滅法猶尚不知何況久遠滅者餘廣說如他心智處畜生亦有生處得智如經說汝若是我父都提那者可昇此座廣說如雜犍度問曰爲初時知爲中後知耶答曰初時知中後亦知廣說如他心智處

餓鬼亦有生處得智如偈說
我自聚財物　以法及非法　他今受快樂
而我受苦惱
問曰爲初時知爲中後知耶答曰初中後盡
知廣說如他心智處天亦有生處得智如偈
說
今此祇陀林　賢聖僧所居　法王亦在中
我心大歡喜
問曰爲初時知爲中後知耶答曰初中後盡
知廣說如他心智處問曰人中何故無生處
得智耶答曰非其因故廣說如上復次爲念
生智所覆蔽故復次人中雖無生處得智而
有勝妙念前世智願知是念前世智亦知前
世無數生者若智是修是修果從修生得不
失以此智念前世無數生有如是相貌非念
前世智亦非念前世無數生者除上爾所事
除上爾所事廣說如上此中行陰作四句三
世念前世智及現在念生智生處得智作前
三句餘相應不相應行陰四陰及無爲法作
第四句是名除上爾所事若是念前世智亦
知過去他人陰界入及心耶乃至廣作四句
初句者是自緣念前世智第二句者是願智
方便緣他者第三句者是緣他念前世智第
四句者是願智方便自緣者此四句是略毗
婆沙是念前世智不知過去他人陰界入及
心者若智是修是修果從修生得不失以此
智念前世生自陰界入及心是說自緣念前
世智知過去他人陰界入及心非念前世智
者若智是修乃至廣說以此智知他此生過
去陰界入及心是說願智方便緣他身者是

念前世智亦知過去他人陰界入及心者若智是修乃至廣説以此智知前生過去他人陰界入及心是説念前世智緣他者非念前世智亦不知過去他人陰界入及心者若智是修乃至廣説以此智知此生過去自身陰界入及心是説願智方便緣自身者

有自性念生智問曰自性念生智體性是何答曰體性是慧彼心聚中以念力多故名念生智如念處安那般那念除去色相亦如是此是自性念生智體性乃至廣説

已説體性所以今當説何故名自性念生智答曰生而得此智故名自性念生智復次住善心性不善心性無記心性能知故名自性念生智復次過去法更不變故名自性能知此法故名自性念生智

問曰爲作何業得是智耶答曰或有説者常爲衆生説歡喜樂聞語彼業能生如是報復有説者若修治狹小處令使寬博以此業故在母胎中而不迫迮以是業故能生此報復有説者若人以甘美飲食施他彼業得如此報評曰應作是説此是不惱害他業報若衆生不作惱害他業在母胎中則得寬博不爲風熱冷病脂血血所困苦若出胎時亦不爲産門門所逼切以是事故不忘所念一切衆生若於産門不逼切者皆有念前世智以爲産門所逼切故皆失所念問曰念生智爲初時勝爲中後時勝耶答曰或有初中後盡勝者或有初勝者如尸婆羅等初生之時作如是説此家中頗有種種財物及諸穀米可以施於貧窮者不或有中時勝者如賴吒波羅

等或有後時勝者如菴摩羅吒等
問曰念生智爲念幾生耶答曰或有說者念一生復有說念二生乃至七生曾聞王舍城中有屠兒名伽吒是阿闍世王少時親友而語阿闍世言太子汝若登王位時與我作何善事耶阿闍世答言與汝從心所願阿闍世害其父命而登王位時屠兒伽吒往詣王所而白王言大王往日許我所願今正是時王答之言隨意求索時伽吒屠兒便說心願使我於王舍城內獨得屠殺不聽餘人時王語言汝今何用是弊惡願爲更求餘願是時屠兒復語王言善惡諸業悉無果報王語之言何以知之作是說耶屠兒答曰大王當知我自憶念於七世中在王舍城常屠羊自活命終之後生三十三天王聞是語極生疑怪即以是事而往白佛佛告王言如其所說而無有異此人施辟支佛食發於邪願使我於王舍城中常獨殺羊賣肉以此業故七生人中七生天上今於此身業報已盡却後七日身壞命終當生盧臘地獄以是事故知念生智憶念七世復有說者能念五百世事曾聞有一比丘自念五百世次第常生餓鬼中若憶念過去飢渴苦時則於諸有而生苦想斷一切緣務勤行精進得須陀洹果作是思惟我恒得諸比丘所須之物使我行道我今應當還求所須施諸比丘即行勸化時諸比丘而語之言汝先懶惰今以何故勤行教化時彼比丘即向諸比丘廣說上事以是事故知念生智憶念五百世事復有一比丘自憶念次第五百世生地獄中若憶念受地獄苦時舉

身毛孔血流而出汙身及衣日日詣水澡浴浣衣勤行精進得阿羅漢果更不澡浴浣衣時諸比丘而語之言汝常澡浴浣衣以水為淨今何以不此比丘向諸比丘廣說上事如此憶念五百世事復有或憶念世界成時者曾聞有旃陀羅王名多羅儴佉善通呪術及諸論有子名奢頭羅顏貌端正當於爾時尊者舍利弗作婆羅門名弗伽羅婆羅善通皮陀及皮陀分經有女名波翅多時旃陀羅王往詣佛伽羅婆羅所而語之言可以汝女用妻我子時弗伽羅婆羅門便生瞋恚而語之言汝於四姓卑下我於四姓尊貴何緣以女用妻汝子時旃陀羅王語婆羅門言夫族姓尊卑無有常定汝頗曾聞誰造梵書耶婆羅門答曰我聞是瞿頻陀羅婆羅門所造復問誰造佉盧吒書耶婆羅門答言我聞是佉盧吒仙人所造復問誰造此違陀及違陀分經而答之言皆是往昔大婆羅門等之所造作時旃陀羅言如是等往昔諸人皆是我身時婆羅門聞是語已心生歡喜便以已女而妻其子如此憶念世界成時事

經說佛告村主我自憶念九十一劫以來不曾為飲食故起身口意惡業問曰佛為以念前世智為以自性念生智憶念此事若以念前世智知者何以念九十一劫而不多耶若以自性念生智知者何故但說憶念七世或五百世乃至憶念世界成時而不說憶念九十一劫者耶答曰應作是說佛以念前世智知問曰若然者何故但說九十一劫而不多耶尊者波奢說曰若說百劫亦生此疑但說

此不違法相復次九十一劫中有七佛出世故復次從此已來種相好業故復有說者以自性念生智知問曰若然者何故說自性念生智憶念七世若五百世乃至劫成時而不說九十一劫耶答曰餘人如此佛則多知問曰自性念生智爲憶念中有時不答曰或有說者不知所以者何中有微細非自性念生智境界故評曰應作是說憶念中有所以者何若不憶念者於前生則憶念少分不憶念少分

問曰菩薩前身時有自性念生智最後身時爲有不耶若有者云何緣力勝因力耶若無者菩薩云何轉衰退耶答曰應作是說最後身有問曰若然者云何現在外緣力勝過去內因力耶答曰不以無外緣力故名爲內因力乃以利根故名內因力菩薩於一切衆生根利最勝誰作是說菩薩最後身無外緣力耶淨居諸天爲現老病死苦亦因彌伽釋王女爲說讚涅槃偈如說

安樂以爲母　無憂以爲父　寂靜以爲妻

不久汝當得

見聞是事心生猒患然後出家過去諸佛亦爲菩薩說道具諸法如是等豈非外緣力耶復有說者最後身無問曰若然者云何菩薩轉衰退耶答曰菩薩雖無此智而有勝妙念前世智願智

云何時心解脫云何不動心解脫問曰何故作此論答曰此是佛經佛經說佛告阿難比丘不應樂著聚集種種談議所以者何若樂著聚集種種談議欲求身證時心解脫不動

心解脱者無有是處若比丘不樂著聚集種種談議欲求身證時心解脱不動心解脱者斯有是處佛經雖作是説而不廣分别云何是解脱體性云何得此解脱根揵度雖説得是二解脱而不説此二解脱體性今欲説此二解脱體性故而作此論復有説所以作論者或説時心解脱是有漏非時心解脱是無漏欲止如是説者意亦明此二解脱是無漏故復有説所以作此論者或有説時心解脱是有爲非時心解脱是無爲爲止如是説者意亦明此二解脱是有爲故復有説所以作論者或有説時心解脱是學非時心解脱是無學所以者何時心解脱有所作故非時心解脱無所作故爲止如是説者意亦明此二解脱俱是無學故而作此論

一切有爲無爲法中一法是解脱體性有爲法中是大地中解脱無爲法中是數滅大地中解脱有二種謂染汙不染汙染汙者邪解脱不染汙者是正解脱正解脱有二種謂有漏無漏有漏者與不淨無量等相應者是也無漏者學無學學者與苦法忍乃至金剛喻定相應者是也無學者是阿羅漢阿羅漢有二種謂時心解脱非時心解脱時心解脱者五種阿羅漢非時心解脱者是一種阿羅漢此二種阿羅漢離欲得無欲是心解脱離無明是慧解脱問曰若離欲得無欲是心解脱離無明是慧解脱者集法經説云何通如説云何時心解脱答言是不貪善根對治於貪云何非時心解脱答言是不癡善根對治於癡如是解脱是善根性耶答言集法經文應

如是說云何時心解脫答言與不貪善根相應解脫是也云何非時心解脫答言與不癡善根相應解脫是也此文應如是說而不說者有何意耶答曰或有爲不貪故而斷貪心或有爲不癡故斷於癡心是故作如是說問曰何故名時解脫答曰待時得故名時待時者待於六時六時者謂衣食臥具說法方人待衣者得好細軟衣則能得解脫不得則不得解脫待食者若得酥蜜肉等美食能得解脫不得則不得解脫待臥具者若得厚軟臥具能得解脫不得則不得解脫待說法者若聞善方便說法人所說則能得解脫不聞則不得解脫待方者若其方寂靜無諸亂閙則能得解脫若不寂靜則不得解脫待人者若得善性易共住人同處者則能得解脫不得

則不得解脫何故名非時解脫耶答曰不待時而得解脫故名非時解脫不待時者不待六時謂衣食臥具說法方人等不待衣時者著糞掃衣能修善法勝時解脫者著價直百千兩衣不待食時者雖食下賤麤食而能修道勝時解脫者食百味食不待臥具時者坐於石上而能修道勝時解脫坐厚軟座上不待說法時者若聞無方便說法人所說則速入禪定不待方時者若其方多聲亂閙則速入定不待人時者若得惡性難共住人而共同處則速入定復次狹小道得此法故名時解脫問曰何者是狹小道答曰或有於一身中種善根第二身成熟第三身得解脫若不以狹小道得者名非時解脫何者非狹小道或有於六十劫而修方便如尊者舍利弗或

有於百劫而修方便如辟支佛或有於三阿僧祇劫而修方便如佛世尊復次以劣弱道得故名時解脱何者是劣弱道於彼善法不數數修不常修不一切時修若於日初分修中分後分則不修若於初夜修中夜後夜則不修與上相違名非時解脱復次以多定道得故名時解脱以多慧道得故名非時解脱復次行者若爲適意不適意利益不利益苦樂所須具作障礙者名時解脱與上相違名非時解脱

時解脱是五種阿羅漢非時解脱是一種不動法阿羅漢問曰何故五種阿羅漢是時解脱答曰各有勝故五種阿羅漢是時解脱以人多故一種不動法阿羅漢是非時解脱合三乘道故亦有等義俱在無過清淨身中生故復次以下人多故五種阿羅漢名時解脱以上人少故一種不動法阿羅漢名非時解脱如今世間王者大臣長者居士甚少卑下人甚多如是辟支佛得波羅蜜聲聞甚少時解脱阿羅漢甚多復次易得易起故五種阿羅漢是時解脱難得難起故一種不動法阿羅漢是非時解脱如今世人往師子王國及真丹國還者甚少若從此村至彼村還者甚多彼亦如是復次時解脱法不多用功不有所作而得故五種阿羅漢是時解脱非時解脱法多用功多有所作而得故一種不動法阿羅漢名非時解脱復次時解脱法有增有減故五種阿羅漢是時解脱增者是勝進減者是退非時解脱無增減故一種不動法阿羅漢是非時解脱無增者無勝進無減者無

退

阿毗曇毗婆沙論卷第七十六

阿毗曇毗婆沙論卷第七十七

迦旃延子造
北涼沙門浮陀跋摩共道泰譯

智揵度他心智品第二之三

如說時解脱是愛法耶答曰如經本說時解脱阿羅漢守護愛法問曰何故時解脱是愛重此法使我於此法莫退如人唯有一目其家眷屬皆共護之不令冷熱風坌而毀壞之彼亦如是復次時解脱阿羅漢於解脱不得自在多用功乃現在前起現在故心生歡喜故名愛法非時解脱於解脱得自在不多用功而現在前起現在故心不生喜不名愛法復次時解脱阿羅漢有退以畏退故數數起解脱現在前非時解脱阿羅漢無退以不畏退故不數數起解脱現在前復次時解脱阿羅漢多人所愛用故名愛法與此相違名不愛法復次時解脱阿羅漢以多信得道故名愛法非時解脱阿羅漢以慧多得道故名不愛法復次非時解脱阿羅漢有憎惡聖道善根如空無願無相空無願無相三昧以此善根憎惡聖道故不愛此法時解脱阿羅漢無此善根故愛護此法經本雖不說義應如是問曰何故非時解脱阿羅漢名不動法耶答曰以勝妙故如令世間所有勝妙飲食衣服瓔珞所在之處不動人瞋心彼亦如是復次煩惱能令人心動能令人心生而不熟濕而相著以穢汙故在善心上不堪勢力故不得自在故名不動復次已斷煩惱更不復退故名不動如善射人正射於的稱言不動彼亦如是如經說佛告舍利弗若比丘比丘尼有

不動解脫法寶瓔珞者能斷不善法修於善法問曰何故不動解脫名法寶瓔珞耶答曰以堅牢故勝妙故無過故輕舉故無垢故清淨故難得故名寶瓔珞復次譬如泉池之中若以寶珠投之則不雜垢穢若人身中有不動解脫寶瓔珞者則不雜煩惱垢穢亦復如是復次如人屋中有摩尼寶珠者則無黑暗若人身中有不動法寶珠者則無無明黑暗亦復如是復次如方寶珠所置之處即安不動若人身中有不動解脫方寶珠者其心不動亦復如是復次如人家中有無價寶珠者其家畢竟更無貧窮之苦若人身中有不動寶珠者其人永斷聖道貧窮之苦亦復如是復次譬如如意寶珠安置幢上隨人意念雨種種寶能令百千衆生離貧窮苦佛世尊亦爾以不動寶珠安置四無量幢上隨衆生所念雨種種法寶除去衆生貧窮法寶之苦亦復如是問曰若不動心解脫是勝妙法者何故經說是不增不減法耶答曰行者等得此法故若滿東方有刹利子若滿南方有婆羅門子若滿西方有居士子若滿北方有首陀子剃除鬚髮身著法服信家非家於正法出家皆身證不動心解脫而此法無有增減復次欲說佛法饒財多寶故佛法除不動心解脫更有無量餘善法功德不動心解脫唯是一法故復次欲現如來身中有無量功德故除不動心解脫更有無量餘善功德不動心解脫唯是一法故復次欲令疑者得決定故經說尊者目揵連於僧中擯出瞻婆比丘諸比丘咸有是念今僧減少佛作是說若我弟

子得深遠勝妙不動心解脫於僧中出者不能令僧有增有減何況彼犯戒衆威儀遠離白淨法者豈能令僧有增減耶復次此法是無增無減法故無增者無勝進無減者不退失一切時心解脫盡與盡智相應耶問曰何故作此論答曰欲令疑者得決定故時解脫阿羅漢修二種慧謂盡智無學正見非時解脫阿羅漢修三種慧謂盡智無生智無學正見或謂如時解脫阿羅漢修二種慧非時解脫者亦爾如非時解脫阿羅漢修三種慧時解脫亦爾欲決定說時解脫修二種慧非時解脫修三種慧故而作此論

諸時解脫盡盡智相應耶廣作四句如經本說盡智者時解脫阿羅漢金剛喻定一剎那頃現在前盡智次第相續起現在前從盡智起或起無學正見或起世俗心非時解脫阿羅漢金剛喻定盡智俱一剎那頃現在前次第相續起無生智現在前從無生智起或起無學正見或起世俗心一切阿羅漢盡修無學正見不必盡起現在前問曰盡智無生智有何差別耶答曰或有說者名即差別是名盡智是名無生智復次所作已竟名盡智從無學因生名無生智復次或未曾得而得或曾得而得名盡智未曾得而得名無生智復次解脫道勝進道所攝名盡智惟勝進道所攝名無生智復次盡智有五種阿羅漢無生智有一種阿羅漢謂不動心解脫盡智無生智是謂差別問曰初盡智爲是何智耶答曰或有說者是苦比智所以者何行者初入聖道時觀果出亦觀果如以毒箭射獸毒徧身

中後若死時毒氣還在瘡孔彼亦如是復有說者是集比智所以者何行者入聖道時觀果出聖道時觀因故如是生死法或是因是果若知因知果則生死道斷名爲苦邊評曰應作是說是苦比智集比智若是苦比智非集比智若是集比智非苦比智

我生已盡者爲盡過去生爲盡未來生爲盡現在生言我生盡耶若盡過去生過去生已滅若盡未來生未來生未至若盡現在生現在生不住答曰應作是說盡三世生所以者何此中言生者是非想非非想處四陰行者於三世中盡明見故能離非想非非想處欲尊者佛陀提婆說曰佛經說牟尼見生盡亦作是問爲見過去生未來生現在生盡言生盡耶答曰應作是說見未來生盡所以者何行者修一切梵行苦行盡爲止未來生故如人有三厄難一者已受二者今受三者當受已受者受竟今受者忍受當受者若以財物若因親族力作諸方便斷當生者行者亦爾過去不用功已滅現在生當忍受竟未來生以正方便滅永令不生生有多種或說入母胎時名生或說出母胎時名生或說時五陰名生或說不相應行陰少分名生或說非想非非想處四陰名生何處說入母胎時名生者如經說諸家生彼彼處生出現出母胎時名生者如說菩薩已生行於七步說時五陰名生者如說有緣生說不相應行陰名生者如說一剎那頃誰起耶謂生也說非想非非想處四陰名生者如此中說我生已盡梵行已立者爲立學道名梵行已立爲立無學道

名梵行已立答曰已立學道名梵行已立無學道名今立所作已辦者已斷一切煩惱所作事已竟復次畢竟盡一切界畢竟盡一切生畢竟斷一切增長生死法名所作已辦不受後有者是明無生智尊者和須蜜說曰若不斷煩惱不名生盡若斷煩惱名爲生盡若不斷煩惱不名梵行已立若斷煩惱名梵行已立若不斷煩惱不名所作已辦若斷煩惱名所作已辦若不斷煩惱名受後有若斷煩惱名不受後有問曰一切阿羅漢不盡得無生智何以故一切經中盡說不受後有耶答曰佛說利根與經相應者然集經法者一切經中皆說復有說者集法諸尊者皆有願智無礙智以觀察之若利根與經相應者說之後有不善誦持經者一切經中皆作是說評

曰應作是說一切阿羅漢盡不受後有問曰何等阿羅漢修二種慧何等阿羅漢修三種慧答曰或有阿羅漢心善解脫慧善解脫或有心善解脫慧不善解脫若心善解脫慧善解脫者修三種慧若心善解脫慧不善解脫者修二種慧復次或有以苦智集智盡三界結者或有滅智道智盡三界結者若以苦智集智盡三界結者修三種慧若以滅智道智盡三界結者修二種慧復次或以空苦集無願三昧盡三界結者或以無相道無願三昧盡三界結者若以空苦集無願三昧盡三界結者修三種慧若以無相道無願三昧盡三界結者修三種慧復次或有爲定入聖道或有爲慧入聖道若爲定入聖道者修三種慧如定道慧道定多道慧多道欲可定道欲可

慧道鈍根利根緣力因力說亦如是復次或有以定修心以慧得解脫者修二種慧或有以慧修心以定得解脫者修三種慧復次得內心寂靜不得觀慧法或有得內心寂靜亦得觀慧法前者修二種慧後者修三種慧復次若人成就四法甚爲希有一親近善知識二從其聞法三內正思惟四如法修行若成就初二種法者修二種慧若成就後二種法者修三種慧復次或有從他聞法多或有內正思惟多若從他聞法多者修二種慧若內正思惟多者修三種慧或有無貪善根多或有無癡善根多若無貪善根多者修二種慧若無癡善根多者修三種慧

我生已盡是說盡智梵行已立所作已辦不受後有是說無生智復有說者我生已盡梵行已立是說盡智所作已辦不受後有是說無生智復次我生已盡梵行已立所作已辦是說盡智不受後有是說無生智問曰無有阿羅漢二盡智剎那後起無生智者何況多何故作是說言我生已盡梵行已立所作已辦是盡智耶答曰雖是一剎那而有三種義故作是說尊者波奢說曰如是說者不說盡智不說無生智亦不說無學正見此是讚歎阿羅漢辭言阿羅漢生已盡梵行已立所作已辦不受後有復次我生已盡是說盡智梵行已立是說道智所作已辦是說滅智不受後有是說無生智復次我生已盡是說知集梵行已立是說知道所作已辦是說知滅不受後有是說知苦說盡作證亦如是復次我生已盡是說斷集梵行已立是說修道所作

已辨是説證滅不受後有是説知苦復次我生已盡是説斷因梵行已立是説修道所作已辨是説得果不受後有是説知體復次我生已盡是説集智梵行已立是説道智所作已辨是説滅智不受後有是説苦智復次我生已盡是説集無願梵行已立是説道智無願所作已辨是説無相不受後有是説空及苦無願

問曰何故名盡智爲以緣盡故名盡智爲以煩惱盡身中生故名盡智耶若以緣盡故名盡智者滅智應是盡智若以煩惱盡身中生名盡智者無生智無學正見亦應是盡智答曰應作是説煩惱盡身中生故名盡智問曰若然者無生智無學正見應是盡智答曰若智在初一切皆有者名盡智無學正見雖一切皆有而不在初無生智不在初亦非一切皆有盡智在初一切皆有故問曰十六聖行外更有無漏慧不此中問答應説如雜揵度云何學明云何學智云何無學明云何無學智問曰何故作此論答曰世間以種種世俗諸論以爲明想不識真明欲止如是説者意亦明真明義故而作此論復有説所以作此論者此是佛經經説佛告居士如汝以學智學見學明見四聖諦今此耶奢童子亦以無學智無學見無學明見四聖諦不復更住居士家受五欲樂佛經雖作是説而不廣分別佛經是此論所爲根本今欲廣分別故而作此論云何學明答曰學慧是也云何學智答曰學八智是也云何無學明答曰無學慧是也云何無學智答曰無學八智是也謂四法

智四此智此是明體性乃至廣說
所以今當說何故名明明是何義答曰覺識了了義是明義問曰若覺識了了義是明義者善有漏慧亦覺識了了是明義耶答曰若於四真諦覺識了了畢竟了了更不生顛倒廣說如雜揵度問曰若善有漏慧不名明者佛經云何通如說無學有三種明無學念前世智證明無學生死智證明無學漏盡智證明答曰有少分明勢故名明何者是少分明與煩惱相違亦不離煩惱故名少分明復次此二明能生能隨順實義無漏明故名明是故尊者和須蜜作如是說第一實義無漏明者是漏盡明餘二明能生此明故名明復次念前世智證明知前際增長法生死智證明知後際增長法漏盡智證明知涅槃寂靜法尊者佛陀提婆亦作是說念前世智證明知此衆生從彼處沒來生此間過去世因果相續法生死智證明知此衆生作如是業當生彼處未來因果相續法漏盡智證明知此衆生以如是道能盡漏因果畢竟法是名第一實義明復次念前世智證明覺識了了過去世事生死智證明覺識了了未來世事漏盡智證明覺識了了無爲涅槃復次念前世智證明除過去無知黒暗生死智證明除未來無知黒暗漏盡智證明除於涅槃無知黒暗問曰何故六通中三立明三不立明耶答曰身通是工巧法天耳通聞聲而已他心智通緣別相法此三明能隨順猒離法能棄生死隨順善法能到涅槃問曰此三明云何能隨順猒離法能棄生死隨順善法能到涅槃耶

答曰念前世智證明見過去世事生大猒離生死智證明見未來世事生大猒離以猒離故漏盡智證明能作正觀斷於煩惱復次念前世智證明知過去相續種種諸因生死智證明見諸衆生未來陰如散微塵生大猒離故漏盡智證明能作正觀斷於煩惱復次念前世智證明知過去自身衰惱事生大猒離生死智證明見未來他身衰惱事生大猒離以猒離故漏盡智證明能作正觀斷於煩惱復次念前世智證明除於有愚生死智證明除衆生愚漏盡智證明除於法愚復次念前世智證明對治常見生死智證明對治斷見漏盡智證明對治二邊住於中道復次念前世智證明能生空生死智證明能生無願漏盡智證明能生無相以如是等義故此三明

隨順猒離之法能棄生死隨順善法到於涅槃集法經說有三種無學明謂念前世智證明生死智證明漏盡智證明云何無學念前世智證明答曰知諸衆生生死爲相續法無學智云何無學生死智證明答言知諸衆生自所作業無學智云何無學漏盡智證明答言盡漏無學智問曰漏盡智證明言是無學可爾餘二明是非學非無學何故說是無學明耶答曰集法經應作是說無學人有三明而不說者有何意耶答曰二明雖是非學非無學以是無學人身中可得故亦名無學如施設經說三昧有二種一是聖二非是聖聖三昧有三種一善有漏二無漏三不隱沒無記善有漏三昧以善故名聖不以無漏無漏三昧以善故以無漏故名聖不隱沒無記三

昧亦非善亦非無漏而名聖者以是聖人身中可得故名聖彼亦如是問曰何故無學人身中立明學人身中不立明耶答曰以明義勝故若以法而言無學法勝於學法若以人而言無學人勝於學人復次不雜無明故名明學人身中慧雜無明故不名明

如來身中所有漏盡智有四事一名通二名明三名力四名示現通者是漏盡通明者是漏盡明力者是漏盡力示現者是說法示現辟支佛無學聲聞所有漏盡智有三事一是漏盡通二是漏盡明三是示現非力如來身中所有念前世智生死智有三事一是通二是明三是力非示現辟支佛無學聲聞所有念前世智生死智有二事是通是明非力非示現學人身中所有念前世智生死智有一事謂是通非明非力非示現問曰如來身中所有智立力非辟支佛聲聞身中智耶答曰無障礙義是力義聲聞辟支佛智爲無智所障礙故非力曾聞佛世尊尊者舍利弗共一處經行有一衆生來詣其所佛告舍利弗汝可觀是衆生過去世中何處與是衆生而共同止時尊者舍利弗即以初禪念前世智觀不知乃至以第四禪念前世智觀亦不知即從定起而白佛言我觀是衆生都不能見所從來處佛告舍利弗辟支佛所有智見過於汝等復過辟支佛所有智見此衆生從其世界來生此間後時世尊與舍利弗復在一處經行時有一人命終世尊見已告舍利弗言汝可觀是人爲生何處時尊者舍利弗即以初禪天眼觀之而不能見乃至起第四禪天

眼觀之亦不能見即從定起而白佛言我以天眼觀察是人不知爲生何處佛告舍利弗過辟支佛所知境界有某國土此人生於彼中問曰如來所有念前世智生死智勝妙可爾如佛漏盡智聲聞辟支佛亦爾何故佛漏盡智立力非聲聞辟支佛耶答曰佛漏盡智亦勝妙如來身中所有漏盡智其性猛利若緣煩惱煩惱即斷聲聞辟支佛漏盡智不猛利故數數緣煩惱煩惱乃斷譬如二人斫樹一人勇健加用利斧一人性劣又用鈍斧雖俱斫樹而勇健以利斧者疾非劣性以鈍斧斫者彼亦如是非以自身所有漏盡智名爲力令彼衆生得漏盡故名力世尊知此衆生以苦遲通能盡漏此衆生以樂速通能盡漏是故名力

問曰此六通幾是明非示現幾是示現非明幾是明亦是示現幾非是明亦非示現耶答曰二是明非示現者謂念前世智生死智二是示現非明者謂身通他心智通是明亦示現者謂漏盡通非明非示現者謂天耳通問曰此六通何故三是示現三非示現答曰令他信樂生希有想入於法者名爲示現三通不爾若作是說我天耳聞聲天眼見色能知過去無數生事人皆生疑此事或虛或實曾聞有一居士請尼揵陀若提子及弟子衆於其家食時尼犍陀若提子既入其家而便微笑居士問言大師已離種種調戲今何故笑師答之言今我法中所有妙法汝可悉得聞耶是時居士慇懃重問而便答言南跋提河側有二獮猴共鬬不已忽然墮河爲水所漂

是以我笑是時居士而作是言大師天眼甚爲希有明淨乃爾時諸尼犍各坐其牀次第下食以飯覆羹而上其師餘諸尼犍以羹在上諸餘尼犍應時皆食其師而獨不食居士問言大師今者何故不食師答之言此飯無羹是以不食是時居士便語師言天眼明淨希有乃爾見南跋提河側獼猴墮河而不見飯底羹耶以是事故三通非示現不能令他信樂生希有想入於佛法若以身通令一身爲多多還爲一種種變化上至梵世令多衆生生希有想若有知他心所念法者語他人言汝有如是念作如是思惟悉如其心而不相違令多衆生於佛法中生希有想若爲他說法使遠塵離垢得法眼淨者亦令多衆生於佛法中生希有想以是事故三通令他信樂生希有想入於佛法

問曰何等人應爲現神變何等人不應爲現神變耶答曰若一向信若一向不信者不應爲現神變若在中不定信不定不信者應爲現神變令入佛法何以知之經說佛住那迦犍陀城波婆利迦菴羅林時有居士子名翅跋多往詣佛所頭面禮足却坐一面而白佛言世尊此那迦犍陀城豐樂熾盛人民衆多加信敬佛法僧唯願世尊可聽一沙門於此國土諸人衆前現上人法種種神變使那迦犍陀人於佛法僧倍生信敬佛告居士子我不爲諸弟子作如是說汝等來往之處於諸人前現上人法種種神變我爲諸弟子而作是說汝等應覆藏善法發露惡法爾時居士子復白佛言世尊見何過患不令諸弟子現

神變而作是說覆藏善法發露惡法耶佛告居士子示現有三種一神足示現二知他心示現三說法示現云何名神足示現居士子若沙門婆羅門示現種種神變一身爲多多身爲一身乃至梵世身得自在有信者見向不信者說而作是言我見沙門婆羅門示現種種神變一身爲多身多身爲一身乃至梵世身得自在時不信者語信者言汝見此事有何奇異有呪名揵陀羅有人受持讀誦亦能示現種種神變居士子於意云何如是不信者豈非嫌責諸信者耶居士子白佛言世尊實生嫌責復次居士子若沙門婆羅門說他人心所念汝有如是念如是思惟悉如其言而無虛者有信者聞向不信者說而作是言我見沙門婆羅門知他心所念法乃至廣說時不信者言汝見此事有何奇異有呪名剎尼迦若有受持讀誦之者能知他人心所念法乃至廣說居士子當知我以如是過患故不聽諸弟子示現種種神變而作是說汝等當覆藏善法發露惡法以是事故一向信一向不信不應爲示現種種神變若在中不定信不定不信者應爲現神變令入佛法問曰何故名示現答曰如守門者法故名爲示現如守門人示現內法令外人知示現外法令內人知示現內法令外人知者如說王今在內澡浴飲食觀種種珍寶示現外法令內人知者如說今某國某村持如是信物今在門外以是事故如守門者法故名爲示現

阿毗曇毗婆沙論卷第七十七

阿毗曇毗婆沙論卷第七十八 七十九同卷

迦旃延子造

北涼沙門浮陀跋摩共道泰譯

智揵度他心智品第二之四

佛經說菩薩於夜初分起通起明於夜中分起通起明於夜後分起通起明問曰菩薩何故初中後夜起通明耶答曰是恒河沙等諸菩薩次第行法復次初中後夜起通明者欲令此身成法器故復次欲令所作了了分明故復次欲安足故起通欲遠照故起明復次喻如無礙解脫道故起通明通如無礙道明如解脫道復次喻如見道修道故通如見道明如修道復次喻如善有漏法無漏法有漏無漏無記法故二通是善有漏謂身通念前世智通一通是無漏謂漏盡智通一通是有漏無漏謂他心智通二通是不隱沒無記謂天眼天耳通復次次第降魔衆故曾聞菩薩修苦行知此非道便從彼起受難陀難陀婆羅門姊妹十六種乳蜜糜令身有力從吉人邊受草詣菩提樹下躬自敷草猶如婆修迦龍王結身交趺而坐作是誓言我於此坐不盡漏終不起是時大地六種震動如大海中船亦動自在天宮如佉陀梨葉爾時魔王便作是念今此宮殿何故震動如此觀察乃知是菩薩在菩提樹結交趺坐立堅固誓即從自宮詣菩薩所作是言可起剎利今時濁惡衆生剛强汝不能得阿耨多羅三藐三菩提正應居在轉輪王位我當獻汝七寶爾時菩薩語惡魔言汝今所說猶如小兒日月星宿可令墮落山林大地住在虛空欲令我於此

坐不盡漏而起者無有是處爾時惡魔復語菩薩令我輭美之言而汝不用當現大怖畏事令汝見之是時惡魔作是語已便雨衆華還詣自宮徧告六欲諸天汝等皆應執持種種器仗鬪戰之具我今有怨在菩提樹下惡魔去後未久之間爾時菩薩即作是念若與常人有所諍競尚不可輕何況欲界中尊

爾時菩薩審諦觀察離欲之道速離欲界欲起初禪神足化作種種相對之類魔衆作烏形來者化作狸猫像狸猫形來者化作狗犬像狗犬形來者化作豹像豹形來者化作虎像虎形來者化作師子像師子形來者化作刀劒火焰者作雨雨者作蓋自化其身在瑠璃宮内以用障身不障其眼亦化此大地可令出聲化作如是相對法已復作是念我不曾爲行道之人作留難耶便起念前世智見過去百千萬世不曾爲行道之人而作留難乃至種種行道之具而饒益之復作是念我作何善業惡魔作何善業見於惡魔作一大無限施會如魔所作會我復倍是百千萬數惡魔布施福業尚不如我何況持戒修定福業

爾時菩薩以福德力故端正而坐是時惡魔將三十六億魔軍皆作種種惡貌形色詣菩提樹下爾時菩薩語惡魔言汝作一無限施會如汝所作無限施會我復倍汝百千萬數魔語菩薩我之施會以汝爲證誰證汝耶爾時菩薩即以相好莊嚴之手按地出大音聲魔軍聞聲尋即破壞是時菩薩以業報天眼見一由旬色不聞其聲便起天耳通一由旬

外雖聞其聲不見其色次起天眼通雖見色聞聲不知其心爲何所念次起他心智通知帝釋眷屬心生歡喜魔王眷屬心生愁惱爾時菩薩復作是念惡魔爲以何事發是惡心皆因五欲具貪著五欲皆由煩惱以是事故便起漏盡通故作是說欲次第降魔故初中後夜起通明現在前

若見苦時先得何等不壞淨見集滅道時先得何等不壞淨問曰何故作此論答曰或有說一時見諦無次第見諦如毗婆闍婆提問曰彼何故作如是說耶答曰彼依佛經佛經說若於苦無疑亦於集滅道無疑若說於苦無疑亦於集滅道無疑者豈非一時見諦非次第耶爲止如是說者意亦明次第見諦若一時見諦非次第者則違佛經如說須達多居士往詣佛所作如是問世尊爲一時見諦爲次第見諦耶佛告居士次第見諦非一時見諦譬如登四桄梯法問曰若次第見諦非一時者毗婆闍婆提所引經云何通耶答曰彼經文應如是說若於道無疑亦於苦集滅無疑應作是說而不說者有何意耶答曰佛經說得果人若一人得果於四諦無疑復次此經說不行疑人若人見苦畢竟不行於疑故作是說尊者佛陀提婆作如是說行者始入見道義名於一切處信問曰彼尊者說次第見諦不說一時見諦何故作是說耶答曰應解彼所說以彼作是說行者在苦法忍時更無住時必得一切信如持泥器於三重屋上投之於地未至之頃義已名破彼亦如是是故欲止他義欲顯已義亦欲說法相相應

義故而作此論
佛身中無學法是名佛緣彼無漏信名於佛不壞信辟支佛身中所有三根菩薩身中所有二根三諦名法若緣彼無漏信名於法不壞信聲聞身中所有學法無學法若緣彼無漏信是名於僧不壞信無漏戒是聖所愛戒若見苦時先得何等信答曰得法即於苦法尊者瞿沙說曰信過患法於苦諦信功德法於滅諦若見集時先得何等信答曰得法即於集法尊者瞿沙說曰見過患法於集諦見功德法於滅諦若見滅時先得何等信答曰得法即於滅法問曰行者見三諦時得二種不壞淨謂信及戒何故但說信不說戒耶答曰應說而不說者當知此說有餘復次此中不問有得幾不壞淨但問有得緣何不壞淨戒是無緣法故是以不說若見道時先得何等信答曰得於佛法僧不壞信外國法師作如是說見道諦三剎那頃信根現在前時取其相應迴轉法有四不壞淨彼信若緣佛身中無學法是名於佛不壞信若緣辟支佛身中三根菩薩二根名於法不壞信若緣聲聞身中學無學法是名於僧不壞信取其迴轉戒名聖所愛戒不應如外國法師所說罽賓沙門作如是說彼信總緣於法無所分別名於法不壞信但信現在前時未來則有無量信修未來修信或有緣佛無學法者是名不共緣於佛不壞信或有緣辟支佛三根菩薩二根者是名不共緣於法不壞信或有緣聲聞身中學無學法者是名不共緣於僧不壞信或有緣佛身中無學法辟支佛身中三根

菩薩身中二根或有緣佛身中無學法聲聞
身中學無學法或有緣辟支佛身中三根菩
薩身中二根聲聞身中學無學法或有緣佛
身中無學法辟支佛身中三根菩薩身中二
根聲聞身中學無學法如是等盡是共緣於
法不壞信亦得迴轉聖所愛戒如見道諦時
三刹那頃比智亦如是異者行人爾時見
道諦三心頃不得修緣前三諦信是時頃修
問曰如滅道體比智亦如是異者行人爾時見
可爾苦集諦體非是淨非是淨處見時得不壞淨
是煩惱惡行邪見顛倒法云何見時得不壞
淨耶答曰以二事故得不壞淨有二事以是可
是可求於滅道諦得不壞淨唯有一事以是可
信亦是可求於苦集諦得不壞淨有二事以是
是可求於苦集諦得不壞淨唯有一事以是可
信亦是可求尊者瞿沙說曰若為苦集

所遍則見滅道是勝如人為風暴所遍則見
室宅為勝妙彼亦如是堅信人於堅信道以
二事故得不壞淨一是可信二是可求於堅
法道亦有二事堅法人於堅法道亦以二事
一是可信二是可求於堅信道唯是可信非
是可求信解脫道見到道時解脫道非時解
脫道聲聞道辟支佛道佛道隨相而說問曰
若信舍利弗身中無學法為是於法不壞信
為是於僧不壞信若是法者彼於緣聲聞身中
無學法若是僧者舍利弗一人非僧答曰應
說是僧問曰若然者一人云何是僧答曰若
以法而言是僧若以人而言非僧
若依未至禪得未曾得於佛不壞淨現在前
時現在二謂於佛及戒未來四若起曾得者
現在前現在二未來無乃至依第四禪說亦

二四六

如是若依無色定得未曾得於佛不壞淨現
在前時現在一謂信佛未來四若起曾得者
現在前現在一未來無

問曰云何立不壞淨爲以自體爲以所緣若
以自體者應有三種謂佛法僧所以者何戒
答曰應作是說以自體亦以所緣自體者是
戒所緣者是信如自體所緣自體三寶自體
三歸說亦如是此是不壞淨體性乃至廣說
已說體性所以今當說何故名不壞淨不壞
淨是何義答曰種種觀解種種籌量得故名
不壞淨復次不可破故名不壞淨若沙門婆
羅門若天若魔若梵及餘世間無有能如法
破者故名不壞淨復次此信不可斷故名不
壞淨無有沙門婆羅門能如法斷者廣說如

上尊者瞿沙說曰若於佛法不種種觀解不
種種籌量猶如水上不繫之船輕躁易與
上相違則不輕躁易壞故名不壞淨問曰世
尊何故先說於佛不壞淨乃至後說戒不壞
淨耶答曰若作是說則文義隨順說者則易
受者易解復次佛喻如醫法喻無病僧喻瞻
病人戒喻良藥復次佛能說法故在初佛為
說何法所以次信法為誰說法為僧說所以
次信僧為以何事故名僧以戒故名僧所以
次戒復次能示眾生道故先信佛能到涅槃
城故次信法猶如善伴故次信僧如資粮故
次戒復次信佛如船師信法如彼岸信僧如
同載者信戒如船
佛經說此聖所愛戒不破不穿不雜穢惡智
者所稱譽問曰聖所愛戒何故名不破不穿

不雜穢惡廣說如雜犍度

佛經說佛告比丘若有眾生能信樂汝所說
者汝等應以慈愍心為說四不壞淨令得安
住修行此法廣如契經說問曰世尊何故說
此經耶答曰欲為說法者顯示應聽法緣故
說法者不知應為誰說誰不應為說心生怯
弱佛作是說汝等不應輕有所說若有眾生
能信樂汝所說者乃可為說復次欲說報恩
法故佛說此經經說佛告比丘若人於百年
中一肩負父一肩負母處處遊行猶不名為
報父母恩佛告比丘若父母不信教令立信
無戒為說善戒慳悋教令布施無慧教令修
慧爾乃名為報父母恩問曰諸佛法中所有
善法盡應教人何故獨說教四不壞淨耶尊
者波奢說曰此中世尊說聖道名不壞淨一

切聖道或是相應法或是共有法若說信則
說相應法聖道若說戒則說共有法聖道復
次此說現初門略要始入法一切佛法所有
善法或是色或非色若說戒當知已說色性
善法或是信當知已說非色性善法如色法
非色法相應不相應有行無行有
勢用無勢用有緣無緣當知亦如是復次所
有善法或是根性或非根性若說信當知已
說根性善法若說戒當知已說非根性善法
復次依四不壞淨故施設四沙門果復次此
四不壞淨有二種相一不壞相不
壞相者無漏信不為非信所壞無漏戒不為
非戒所壞信於心數法中是淨相戒於四大
法中是淨相復次為示止惡道貧窮怖畏方
便故戒能止惡道怖畏信能止貧窮怖畏無

漏信戒雖無障非不因有漏信戒復次欲引導依外道受化者令入佛法故諸比丘或有親屬依外道受化以親愛故讚歎佛法毀呰外道法令他瞋恚轉遠佛法佛作是說汝等無力無畏不知衆生諸根心行汝於彼人若有憐愍心者當爲說四不壞淨若得四不壞淨心不移動所以者何比丘當知四大可令變異若人得四不壞淨無有變異問曰一切諸法盡不變異何以獨說四大不變異耶答曰以四法明四法故復次行者先觀四大不變異相然後於一切法見不變異相復次外道計四大是常佛說四大非是常法假令四大如外道所說是常者是常法可令變異若我弟子成就四不壞淨有變異者無有是處復次四大能持展轉增長生死法

佛經說信是大象手問曰何故佛說信是大象手答曰能有所取故如象有手能取衆生數非衆生數物如是聖弟子有信手者能取善法

佛經說若聖弟子成就於佛不壞淨多住此法時是時先成就於佛不壞淨諸天心大歡喜作如是言如我等成就多住於佛不壞淨故來生此間諸聖弟子亦成就於佛不壞淨身壞命終亦當生此間與我等同處成就於法不壞淨於僧不壞淨於戒不壞淨亦如是問曰彼諸天先於此間盡成就四不壞淨何故諸天或有讚歎於佛不壞淨者或有乃至讚歎於戒不壞淨者耶答曰衆生或有爲於佛不壞淨勤修方便入於佛法或有乃至爲於戒不壞淨勤修方便入於佛法若爲於佛

不壞淨諸天勤修方便入於佛法者則讚歎於佛不壞淨乃至爲於戒不壞淨諸天勤修方便入於佛法者則讚歎於戒不壞淨復次諸天或有樂觀於佛者或有樂觀於戒者若樂觀於佛者讚歎於佛不壞淨乃至若樂觀於戒者讚歎於戒不壞淨

佛經說阿闍世王成就無根信問曰一切有爲法皆有根何故說阿闍世王信無根耶答曰此信以無見道根故如說不壞智相應信以見道爲根彼無見道根故言無根而有與見道相似信爲根復次無無漏智善根故言無根無漏信以無漏智無漏善根爲根彼不得無漏智亦不得無漏善根而得與無漏相似信復次阿闍世王不久供養佛亦不親近諸有德比丘而得如是信若於樓觀象馬之上見佛世尊即前向佛以身投地身無苦痛是無根信力亦是佛之威神是故名無根信復次此信無相似因無有法與彼信作相似因者如犍樹無根彼信亦爾故名無根復次雖有此信不免惡道故名無根信

此四顛倒須陀洹幾斷幾不斷問曰何故作此論答曰如毗婆闍婆提說有十二顛倒謂無常有常想顛倒心顛倒見顛倒苦有樂想顛倒心顛倒見顛倒無我我想顛倒心顛倒見顛倒不淨淨想顛倒心顛倒見顛倒八是見道斷四是修道斷入見道斷者無常常想顛倒見顛倒苦有樂想顛倒見顛倒無我我想顛倒見顛倒不淨淨想顛倒見顛倒四是修道斷者無常計常心顛倒苦計樂心顛倒無我計我心顛倒不淨計淨心顛倒諸見道

斷者苦比忍現在前時畢竟斷諸修道斷者
金剛喻定現在前時畢竟斷問曰彼何故作
如是說答曰彼依佛經佛經說佛告比丘此
四顛倒想顛倒心顛倒見顛倒乃至廣說依
此經故說十二顛倒以二事止如是說者意
而作問答若作是問此四顛倒須陀洹幾斷
幾不斷則止彼說十二者意若作是答須陀
洹盡斷則止彼說是修道斷者意所以者何
修道中無如是法是須陀洹所斷若顛倒有
十二種亦是修道斷者則違佛經如說佛告
比丘若有四顛倒所顛倒者當知皆是愚小
凡夫所以者何凡夫觀生死法不見端緒如
觀殉腸佛經若說四當知則無十二若說皆
是愚小凡夫當知則非修道所斷問曰若顛
倒但有四者毗婆闍婆提所引經云何通耶

答曰想心親近顛倒故亦名顛倒問曰受等
諸數法亦親近顛倒法何故不名顛倒耶答
曰此二是世俗言說法故世俗皆作是說此
人心顛倒想顛倒而不說受顛倒思顛倒
問曰顛倒體性是何答曰體性是慧問曰若
顛倒體性是慧者此五見幾是顛倒幾非顛
倒答曰二見半是顛倒二見半非顛倒二見
半是顛倒者謂身見見取邊見中常見二見
半非顛倒者謂邪見戒取邊見中斷見問曰
何故二見半是顛倒二見半非顛倒耶答曰
以三事故是顛倒一以猛利二以妄取三以
一向性顛倒邪見邊見所攝斷見雖是猛利
一向性顛倒而非妄取所以者何一向壞物
體故戒取雖是猛利亦是妄取而非一向性
顛倒所以者何有少相似故有色界道能離

欲界有無色界道能離色界此是顛倒體性乃至廣說已說體性所以今當說何故名顛倒顛倒是何義答曰所取顛倒故名顛倒此顛倒一向見苦斷問曰何故顛倒一向見苦斷耶答曰因苦生故還見苦斷復次此顛倒依果生故還見果斷復次身見是見苦斷性是顛倒以身見是見苦斷故顛倒亦見苦斷復次苦諦是麤現法若於麤現法中謬誤者則爲賢聖之所呵責如人晝日謬誤人所呵責彼亦如是餘三諦微細若於微細法中有謬誤者賢聖不必呵責如人於夜有謬誤者不必爲人之所呵責復次行者見苦已更無顛倒心無有是處以分別故而作是說假令行者見苦諦已不見餘三諦他人問言此陰是常是斷答曰是斷無有一刹那住者爲是苦是樂耶答言是苦如熱鐵丸是淨不淨耶答言是不淨如糞穢聚有我無我耶答言無我無作無作者

問曰堅信堅法人亦斷顛倒何故但說須陁洹耶答曰應說而不說者當知此說有餘復次堅信堅法人是分別相於此顛倒或有斷者有不斷者此中一向說不分別相者復次欲令疑者得決定故須陁洹行凡夫所行法與妻子同一處宿手捫摸滑人著憍奢耶衣栴檀塗身亦著種種瓔珞華鬘亦驅使奴婢僕從亦以手打縛衆生時人見此事故謂不斷顛倒欲令此疑得決定故而作是說堅信堅法人尚無有漏善心不隱沒無記心現在前何況染汙心耶

問曰須陁洹斯陁含起染愛時爲是樂想淨

想爲是苦想不淨想若起樂想淨想者云何不是顚倒耶若是苦想不淨想者云何起染愛耶答曰應作是說起樂想淨想問曰若然者云何不是顚倒耶答曰先作是說以三事故是顚倒一以猛利二以妄取三以一向性倒須陀洹染愛雖是猛利及以妄取而非一向性倒復次或有於諦計樂計淨或有於境界計樂計淨於諦計樂計淨者須陀洹永斷於境界計樂計淨者須陀洹未斷復有說須陀洹起染愛時計苦計不淨問曰若然者云何起染愛耶答曰從無始已來學習此法身心生熱爲制伏此心故起此染愛猶如自喜婆羅門指觸糞穢詣鍛師所求以火淨之時鍛師語言可以灰土浣草而以淨之婆羅門言如是等物不能淨於我指必當以火淨之是時鍛師燒鉗作火色以鉗其指時婆羅門爲熱苦所逼便振其手以指著口中婆羅門審知指不淨但爲苦痛所逼而著口中彼亦如是復次爲無始已來久習煩惱所逼切故爲治此法起於染愛如人身體鮮白軟細而生癰瘡極用苦痛求欲治之醫語之言汝可以濕狗糞而用塗之其人即塗審知狗糞不淨爲除病故而以塗之彼亦如是

此三三昧須陀洹幾過去成就幾未來成就幾現在成就問曰何故作此論答曰爲止言無過去未來行於世中愚故廣說如上

阿毗曇毗婆沙論卷第七十八

阿毗曇毗婆沙論卷第七十九

迦旃延子造

北涼沙門浮陀跋摩共道泰譯

智犍度他心智品第二之五

此三三昧須陀洹幾過去成就幾未來成就幾現在成就答曰未來悉成就過去滅已不捨則成就現在若現在前則成就道比智最初刹那無過去所以者何未有一刹那生已滅者生已滅者得果故捨三未來成就一現在謂無願三昧彼滅已不捨若起空三昧現在前一過去成就謂無願三昧三未來一現在謂空彼滅已不捨若起無相三昧現在前二過去謂空無願三昧三未來一現在謂無相若滅已不捨於此三三昧若起一現在前過去未來三現在一起現在前者三三昧廣如使犍度大章說信解脫轉根作見到廣說如人品中若道過去彼道已修已猗耶乃至廣說修有四種一得修二行修三對治修四除去修有爲善法是得修行修有漏法是對治修除去修外國法師說修有六種四如先說更有二修謂戒修分別修戒修者是修根如說若此六根善調伏善覆藏善守護善修者謂能生樂分別修者分別於身如說此身謂髮毛爪齒等乃至廣說罽賓沙門作如是說此二修當知在前二修中謂對治修除去修是故修有四種此中依二種修而作論謂得修行修如說若修法智亦修比智耶此亦依二修而作論如說修身修心修戒修慧此亦依二修而作論謂對治修除去修如說云何修眼根亦依此二修而作論如說若修世

俗初禪亦修無漏耶此亦依二修而作論謂得修行修如說若修空三昧亦修無願耶亦依此二修而作論如說若修身念處亦修受念處耶亦依此二修而作論如說若修無常想亦觀無常想耶此中或有說是得修者或有說是行修者如說云何可修法一切善有爲法此中雖有四種修義亦依得修行修而作論是故得作四句有法是得修行修非對治修除去修有法是對治修除去修非得修行修有法是得修行修亦是對治修除去修有法非得修行修亦非對治修除去修是得修行修非對治修除去修者無漏有爲法是也是對治修除去修非得修行修者染汙法不隱沒無記有爲法是也是得修行修亦是對治修除去修者善有漏法是也非得修行修亦非對治修除去修者無爲法是也問曰修是何義答曰動義是修義學習義是修義明淨義是修義現前修以行名說未來修以得名說現在以現在前故名修未來以當生故名修復次現在有所作故名修未來與欲故名修復次現在在身中故名修未來以得故名修

若道過去彼道已修已猗耶答曰若道過去已修已猗修者謂二種修得修行修已猗者已過去故頗道已修已猗彼道不過去耶答曰有未來道已修已猗起不淨觀現在前未來有無量剎那修從第二剎那以後盡名已修已猗道謂得修以在未來故不名過去乃至起初盡智現在前未來有無量盡智剎那修從第二剎那修已後盡名已修已猗道謂

得修若道未來彼道非已修非已猗耶答曰或道在未來彼道非不已修非不已猗乃至廣作四句云何道在未來彼道非不已修非不已猗答曰諸未來道已修已猗如上所說云何道非已修非已猗彼道非未來耶答曰起未曾得道現在前起不淨觀乃至盡智現在前此道非已修非已猗此道非未來非已修者是行修故非未來者是現在故云何道在未來彼道非已修非已猗答曰諸未來道非已修非已猗者起不淨觀乃至盡智現在前未來無量剎那修諸未來修與最初剎那俱者彼道非已修已猗所以者何是今修今猗謂得修而彼道在未來云何道不在未來彼道非不已修非不已猗答曰過去道亦起曾得道現在前曾得道者曾得不淨觀乃至盡智起現在前問曰此道是今修今猗是行修何故說非不已修非已猗耶答曰此文應如是說過去道是也不應說起曾得道現在前若作是說有何意耶答曰此道雖是行修今修今猗亦是得修已修已猗若道現在彼道今修今猗耶答曰若道現在彼道今修今猗或具二修謂得修行修或有唯行修者頗道今修今猗彼道非現在耶答曰有起未曾得道現在前未來相似者修相似有四種一修相似二戒相似三界相似四性相似修相似者何此中說起未曾得道現在前未來相似者修此中或有說有漏道有漏道相似修無漏道無漏相似修評曰應作是說有漏道有漏道無漏道相似修無漏道有無漏道有無漏道有漏道相似所以者何以彼有故起

世俗道現在前有漏無漏道修起無漏道現在前無漏有漏道修戒相似者如業犍度說若成就過去戒亦成就未來現在相似戒耶相似戒者如逮解脫戒有相似逮解脫戒禪戒有相似禪戒無漏戒有相似無漏戒有作戒有相似有作戒無作戒有相似無作戒界相似者如根犍度說若成就此相似眼根亦成就此相似身根耶若法同在一界可得者名界相似欲界法與欲界法相似色界法與色界法相似無色界法與無色界法相似性相似者如毗尼中說尊者陀婆摩羅子左手放光爲諸相似比丘分房舍卧具相似誦修多羅者同在一處相似誦毗尼者同在一處相似誦阿毗曇者同在一處相似行阿練若法者同在一處欲令諸比丘同住談論靜默

者各相隨順故餘經亦說衆生種類相似相隨行惡者與行惡者相隨行善者與行善者相隨此中於此四種相似中依修相似而作論起不淨觀現在前未來有無量不淨觀刹那修諸未來修與最初刹那俱者此是今修謂得修彼道非現在在未來故阿那般那念處煖頂忍世第一法見道修道盡智現在前時說亦如是問曰退阿羅漢果住須陀洹果時須陀洹果但是得亦是修耶答曰但是得不修若逮得阿羅漢果時但是得亦是修耶答曰過去者是得非修未來者是得亦修問曰何故過去者是得非修未來者是得亦修耶答曰若有現在因者有得亦修若無現在因者但得非修問曰須陀洹果亦有現在因何故但得非修耶答曰若有現在因能勝進

者是得亦修住須陀洹果雖有現在因而是退道故但得非修

智犍度修智品第三之一

八智法智比智他心智等智苦智集智滅智道智云何法智乃至云何道智如此章及解章義此中應廣說優波提舍問曰彼尊者迦旃延子何故依八智而作論答曰此中應廣如使犍度大章中說

法智攝幾智乃至道智攝幾智問曰何故作此論答曰爲止併義者意故如毗婆闍婆提說攝他性法不攝自性法爲止如是說者意而作此論攝如使犍度一行品中廣說

法智攝法智亦攝五智少分謂他心智苦集滅道智總而言之法智攝法智然法智在六地謂未至中間根本四禪未至禪中者攝未至禪中者乃至第四禪中者攝第四禪中者又法智是四智謂是苦智乃至道智苦智攝苦法智乃至道智攝道法智又法智在過去未來現在過去者攝過去者未來現在者攝未來現在者又過去法智有無量剎那彼剎那即攝彼剎那未來現在說亦如是云何攝他心智少分耶答曰他心智是有漏無漏攝無漏者不攝有漏者彼無漏復有二種謂法智分比智分攝法智分不攝比智分是名少分云何攝苦智少分耶答曰苦智是法智分比智分攝法智分不攝比智分是名少分乃至道智說亦如是比智攝比智亦攝五智少分廣說如法智他心智攝他心智亦攝四智少分謂法智比智等智道智總而言之他心智攝他心智然他心智在根本四禪中初禪

者攝初禪者乃至第四禪者攝第四禪者又
他心智是有漏無漏有漏者攝有漏無漏者無漏
者攝無漏者又他心智是法智分比智分法
智分攝法智分者比智分攝比智分者在過
去未來現在如先所說云何攝法智少分耶
法智是四智攝道智不攝餘智是名少分又
道智是總相別相攝別相者道智不攝總相者道
智有緣三世者有緣現在者有緣自身者有
緣他身者有緣心心數法者不攝緣五陰者攝
緣現在他身心心數法者不攝緣過去未來
自身及五陰者是名少分比智亦如是隨相
而說云何攝等智少分耶答曰等智在十一
地從欲界乃至非想非非想處攝在根本四
禪地者不攝餘地者又等智緣總相別相攝
別相者不攝總相餘廣說如上云何攝道智

少分答曰道智在九地謂未至中間根本四
禪三無色定攝根本禪地不攝餘地者是名
少分又道智緣總相別相乃至廣說是名少
分等智攝等智緣總然等智少分謂他心智總
而言之等智攝等智緣總然等智在十一地謂欲
界未至中間根本四禪四無色定攝欲界攝欲
界者乃至非想非非想處攝非想非非想處
者又欲界者有善穢汙攝善穢汙者不隱沒無
者穢汙攝穢汙者不隱沒無記攝不隱沒無
記者此三在過去未來現在過去有無量剎那
即攝過去未來現在者又過去未來現在
彼剎那即攝彼剎那者未來亦如是如欲
界乃至非想非非想地說亦如是云何攝他
心智少分答曰他心智是有漏無漏攝有漏
者不攝無漏者是名少分苦智攝苦智亦攝

二智少分謂法智比智總而言之苦智攝苦
智然苦智在九地謂未至中間根本四禪三
無色定未至禪攝未至禪者乃至無所有處
攝無所有處者餘廣說如上云何攝法智少
分不攝餘智分是名少分如法智比智亦如
是如苦智集滅智亦如是道智攝道智亦攝
三智少分謂法智比智他心智總而言之道
智攝道智廣說如上苦智異者攝他心智少
分云何攝他心智少分答曰他心智是有漏
無漏攝無漏者不攝有漏者是名少分
若成就法智於此八智為成就幾不成就幾
問曰何故作此論答曰為止說無成就者意
所以者何苦比智時已立比智名集法智時
故而作此論若成就法智於此八智為成就
幾不成就幾答曰或成就三四五六七八苦

法智時無他心智三謂法智苦智等智有他
心智四苦比忍時無他心智三有他心智四
此中增見增慧增道不增智不增名苦比智
時無他心智四謂法智比智等智苦智有他
心智五此中增見增慧增道增智增名集法
忍時無他心智五此中增見增慧增道增名
慧增道不增智不增名集法智時無他心智
五謂法智比智等智苦智集法智有他心智
六此中增見增慧增道增智有他心智
五此中增見增慧增道增名集法忍時無他
心智五有他心智六此中增見增慧增道
不增智不增名集比智時無他心智五有他
心智六此中增見增慧增道增智不增名
已立集智名滅法忍時無他心智五有他心
智六此中增見增慧增道不增智不增名滅

法智時無他心智六謂法智比智等智苦智
集智滅智有他心智七此中增見增慧增道
增智增名滅比忍時無他心智
巳立滅智名苦比忍時無他心智六有他心
智時無他心智七此中增見增
慧增道不增智不增名所以者何滅法智時
增道不增智不增名道法智時無他心智七
謂法智比智等智苦智集智滅智道智有他
心智八此中增見增慧增道
忍時無他心智八此中增見增
心智八此中增見增慧增道增智增名道比
巳立道智名苦比智時巳立比智名乃至成
慧增道不增智不增名所以者何道法智時
巳立道智名苦比智時巳立比智名乃至成
就道智隨相而說

若修法智時亦修比智耶修有四種廣說如
上此中因二修而作論謂得修行修凡夫人
離欲界欲時方便道九無礙道八解脫道中
現在修等智未來亦修等智他心智離初禪欲時
在修等智未來亦修等智他心智
智未來亦修等智他心智若依第二禪邊作方
便者方便道九無礙道八解脫道現在修等
智未來亦修等智他心智若即依初禪作方便者方便道中現在修等
未來亦修等智他心智乃至離第三禪欲亦如
是離第四禪欲時若即依第四禪作方便者
方便道現在修等智未來亦修等智他心智若
依空處邊作方便者方便道九無礙道九解
脫道現在修等智未來亦修等智離空處欲
時方便道九無礙道九解脫道現在修等智

未來亦修等智乃至離無所有處欲說亦如是未離欲界欲凡夫起四無量初二解脫初四勝處不淨安那般那念念處煖頂忍世第一法時現在修等智未來亦修等智離欲界欲凡夫起四無量初三解脫八勝處八一切處不淨安那般那念念處時現在修等智未來修等智他心智離欲界欲凡夫起達分善根時現在修等智未來亦修等智離欲界欲凡夫起通時方便道二解脫道中現在修等智未來修等智他心智一解脫道中現在修他心智未來修等智他心智五無礙道中現在修等智未來亦修等智即彼凡夫起無色界解脫空處一切處識處一切處依無色界念處時現在修等智未來亦修等智此則說凡夫人聖人見道中起如是功德現在前即是功德未來修如起忍現在前即未來修忍起智現在前即未來修智唯除三心頃未來修世俗道謂苦比智集比智滅比智修見道邊等智問曰何故見道中唯修相似法修道中修相似不相似法耶答曰見道中所緣定對治定故唯修相似法不修不相似者修道中所緣不定對治亦不定故修相似不相似法餘答廣說如雜犍度若無他心智入見道道比智現在前時現在修二智謂道智比智未來修六智除等智他心智若有他心智現在亦修二智未來修七智除等智聖人以世俗道離欲界欲時若以無漏作方便方便道於八智中若一一智現在前未來修七智若以世俗道作方便方便道九無礙道八解脫道中現在修等智未來修七智第九解脫道

現在修等智未來修八智離初禪欲時若以無漏作方便於八智中若一一智現在前修未來修八智若以世俗道作方便方便道九解脱道中現在修等智未來修八智九無礙道中現在修等智未來修七智乃至離無所有處欲說亦如是聖人以無漏道離欲界欲時若以世俗作方便現在修等智未來修七智若以無漏作方便於八智中若起一一智現在前修未來修七智九無礙道八解脱道於四智中若起一一智現在前修未來修七智第九解脱道於四智中若一一智現在前修未來修八智離初禪欲時若以世俗道作方便現在修等智未來修八智若以無漏作方便於八智中若一一智現在前修未來修八智九無礙道於六智中若一一智現在前修未來修七智九解脱道於六智中若一一智現在前修未來修八智乃至離無所有處欲說亦如是離非想非非想處欲時若以世俗作方便現在修等智未來修八智若以無漏作方便於八智中若一一智現在前修未來修八智九無礙道於六智中若一一智現在前修未來修六智八解脱道於六智中若一一智現在前修未來修七智第九解脱道於二智中若一智現在前修未來修八智及三界善根是則說聖人離欲未離欲界欲信解脱轉根作見到若以世俗作方便道方便道中現在修等智未來修七智若以無漏作方便方便道於八智中若一一智現在前修未來修七智無礙道於八智中若一一智現在前修未來修六智解脱道於八智中若一

一智現在前修未來或有說者修六智或有說者修七智離欲界欲信解脫轉根作見到時若以世俗作方便方便道中現在修等智未來修八智若以無漏作方便方便道於八智中若一一智現在前修未來修八智無礙道於八智中若一一智現在前修未來修六智解脫道於八智中若一一智現在前修未來或有說修七智或有說修八智時解脫阿羅漢轉根作不動時若以世俗作方便方便道中現在修等智未來修八智若以無漏作方便於八智中若一一智現在前修未來修八智九無礙道於六智中若一一智現在前修未來修六智八解脫道於六智中若一一智現在前修未來修七智第九解脫道於二智中若一智現在前修未來修八智及三界善根修勳禪時初刹那頃於八智中若一一智現在前修未來修七智第二刹那頃現在前修等智未來修七智第三刹那頃於八智中若一一智現在前修未來修八智起通時五無礙道中現在修等智未來修七智二解脫道中現在修等智未來修八智起他心智解脫道時現在修他心智未來修八智起四無量初三解脫八勝處八一切處不淨安那般那念禪中世俗念處世俗無礙無諍願智半多俱置迦空空三昧無願無願三昧無相無相三昧世俗無色解脫空處識處一切處無色界世俗念處生滅定微細想時現在修等智未來修八智起無漏智時現在修他心智未來修八智起禪中無漏念處無漏無礙於八智中現在若一一智現在前修未來修

八智起無色界無漏解脱無漏無礙無漏念處於四智中若一一智現在前修未來修八智起出滅定微微心現在修等智未來亦修等智如是等説是略毗婆沙若修法智時亦修比智耶乃至廣説作四句修法智不修比智者見道中苦法智集法智滅法智道法智時不修比智所以者何見道中若修此功德即此功德未來修法智現在前即修法智比智現在前即修比智學見跡若阿羅漢起本得法智現在前學者是須陀洹斯陀含阿那含是聖諦若有見者名爲見跡阿羅漢者若慧解脱若俱解脱是時不修比智所以者何起本得功德現在前尚不能令次後刹那修何况未來遠者修比智不修法智者見道中若比智集比智滅比智時不修法智如先所説學見跡若阿羅漢起本得比智現在前如上所説修法智亦修比智者入見道道比智時修法智亦修比智所以者何是時捨曾得道得未曾得道斷煩惱同一味證解脱得具得八智修十六行學見跡若阿羅漢起未曾得無漏智現在前學人以無漏道離欲界欲時若以無漏作方便方便道九無礙道九解脱道乃至離無所有處欲得俱修離非想非非相處欲時若以無漏作方便方便道九無礙道八解脱道信解脱轉根作見到時若以無漏作方便方便道無礙道解脱道修勳禪時前後心刹那學人起無漏他心智起無漏念處起無色無漏解脱如是等時起未曾得無漏智現在前得修法智離非想非非想處欲阿羅漢住最後解脱道時解脱阿羅漢轉

根作不動若以無漏作方便方便道九無礙道九解脫道修勳禪時前後心刹那起無漏他心智起無漏念處起無漏無礙起無色無漏解脫如是等時起未曾得無漏智現在前得修法智比智起未曾得世俗智現在前是時得修法智比智學人以世俗道離欲界欲若以世俗作方便方便道九無礙道九解脫道乃至離無所有處欲說亦如是若爲斷非想非非想處欲以世俗作方便方便道信解脫轉根作見到時若以世俗作方便道方便道修勳禪時中心刹那起通時方便方便道五無礙道三解脫道起四無量世俗解脫勝處一切處不淨安那般那念世俗念處入滅定微細想時解脫阿羅漢轉根作不動若以世俗作方便方便道修勳禪時中心刹那起通時方便道五無礙道三解脫道起無量世俗解脫勝處一切處起世俗念處世俗無礙起無諍願智半多俱置迦入滅定時微細想如是等時起未曾得世俗智現在前未來得修法智比智不修法智比智者學見跡若阿羅漢起已曾得世俗智現在前已曾得功德現在前尚不能令次後刹那修何況未來遠者起未曾得世俗智現在前謂聞思慧及出滅定微微心是時不得修法智比智一切凡夫人不修此智所以者何此智非凡夫法故是以不修染汙心者是退分其性沉重與懈怠相應勝妙與精進相應心能有所修無記心者是卑下劣弱如腐種子不能有所修堅固牢强心能有所修入無想定滅定是無心法有心法能有所修無想衆生或有說者一

切時不能起善心現在前或有説者雖起善心不能爲修作所依一切忍現在前時唯修忍不修智問曰起巳曾得法現在前何故無未來修耶答曰此法巳用巳有所作巳與果故復次此法巳修巳猗更無勢用復次起巳曾得法現在前時是行修在未來世時是得修以經歷世故但有損減何得更增益耶如人食用先所聚財物但有損減更無增益彼亦如是

阿毗曇毗婆沙論卷第七十九

阿毗曇毗婆沙論卷第八十

迦旃延子造

北凉沙門浮陀跋摩共道泰譯

智揵度修智品第三之二

復次多用功多有所作者欲令未來世能起已曾得法現在前不多用功不多有所作故不能令未來世者修復次若起巳曾得法現在前未來修者世尊般涅槃時入一切諸禪三昧亦應未來世修若修者則世尊得盡智時則不具得一切諸善功德欲令無如是過故起巳曾得功德無未來世修餘智修隨相廣說如經本有見道邊等智有得盡智時善根此中應廣說如雜揵度

法智當言緣法智耶問曰何故作此論答曰欲止說境界緣無有體性者意亦明境界緣實有體性故而作此論

或有說者此中作如是問法智緣幾智耶若如其所說法智不緣比智盡緣餘智比智不緣法智盡緣餘智他心智等智盡緣諸智苦智集智緣等智他心智不緣餘智滅智不緣諸智道智不緣等智盡緣餘智復有說者此中作如是問法智爲幾智所緣若作是說法智爲幾智所緣者若如其所說苦智集智比智滅智不緣法智餘智則緣苦智集智法智滅智不緣比智餘智則緣滅智不緣他心智餘智則緣滅智道智不緣等智餘智則緣苦集滅智各不爲苦集滅智所緣餘智則緣苦集滅智不緣道智餘智則緣問曰何故法智比智各不相緣耶答曰法智境界於下比智境界於上譬如二人同住一處一人視地一

人視空其二人面各不相視彼亦如是
法智於法智有幾緣乃至於道智有幾緣耶
問曰何故作此論答曰欲止說四緣無體性
者意亦欲明四緣實有體性故而作此論法
智於法智有幾緣耶答曰法智於法智因次
第緣威勢問曰何故此中說緣異使揵度不
善品中說緣異如此中說法智於法智因次
第緣威勢如不善品中說身見於身見或四
三二一耶答曰如此中所說法智於法智因
次第緣威勢彼中亦應如是說如彼所說身
見於身見或四三二一此中亦應如是說復
次欲現二門二略廣說如使揵度法智於法
智因次第緣威勢因者如種子故次第者前
開導故境界緣者如執杖故威勢緣者不相
障礙故法智於法智有一因謂相似因次第
緣者法智次第起法智現在前境界緣者法
智緣法智威勢緣者不相障礙法智於比智
因次第威勢無緣因者謂相似因次第緣者
法智次第起比智現在前威勢緣者不相障
礙故無緣者法智比智各不相緣法智於他
心智因次第緣威勢如先所說法智於等智
次第緣威勢無因所以者何因者如種子無
漏法不爲有漏法作種子法智於苦集滅智
因次第威勢無緣所以者何苦集智緣有漏
法此智是無漏滅智緣無爲此智是有爲餘
廣說如上法智於道智因次第緣威勢廣說
如上比智如法智隨相而說他心智於他心
智因次第緣威勢如上所說此中異者若有
因無緣若有緣無因有因無緣者自身於自
身有緣無因者他身於自身他心智於等智

因次第緣威勢因者二因謂相似因報因餘廣説如上他心智於苦集智因次第緣威勢因者謂相似因若有因無緣若有緣無因有因無緣者因是無漏苦集智緣有漏有緣無因者苦集智緣有漏因是無漏故他心智於滅智因次第威勢無緣廣説如上他心智於道智法智比智因次第緣威勢廣説如上等智於等智因次第緣威勢因者有三因謂相似因一切徧因報因餘廣説如上等智於苦集智次第緣威勢無因所以者何因如種子有漏法不爲無漏法作種子等智於滅智道智次第威勢無因無緣次第者次第智次第起滅道智現在前威勢者不相障礙無因者有漏法不爲無漏法作因無緣者滅道智緣無漏等智是有漏等智於法智比智次第緣威勢無因廣説如上等智於他心智因次第緣威勢因者謂相似因餘廣説如上苦集滅智於苦集滅智因次第威勢無緣因者相似因次第緣者苦集滅智次第起苦集滅智威勢緣者不相障礙無緣所以者何苦集智緣有漏此諸智是無漏滅智緣無爲此諸智是有爲苦集滅智於道智法智比智他心智因次第緣威勢廣説如上苦集滅智於等智次第緣威勢無因廣説如上道智於道智法智比智他心智因次第威勢廣説如上道智於等智次第緣威勢無因廣説如上道智於苦集滅智因次第威勢無緣所以者何道智是學無學此諸智緣非學非無學

諸結欲界繫彼結法智斷耶問曰何故作此論答曰欲令疑者得決定故法智能斷色無

色界結比智不能斷欲界結或謂如法智能斷色無色界結比智亦能斷欲界結或謂如比智不能斷欲界結法智亦不能斷色無色界結欲令此義決定法智能斷色無色界結比智不能斷欲界結故而作此論

問曰何故法智能斷色無色界結比智不能斷欲界結耶答曰法智先斷欲界結故謂能斷色無色界結比智先不斷色無色界結故不能斷欲界結復有説者以比智未斷色無色界結故法智能斷以法智已斷欲界結故比智不斷復次若比智能斷欲界結者爲已斷色無色界結斷耶爲未斷耶若已斷者無有先斷色無色界結後斷欲界結者若未斷者比智則應有如是責自界結欲未斷乃斷他界結譬如國王不能降伏自國乃欲降伏他國王則有如是責云何不能降伏自國乃欲降伏他國彼亦如是復次道比智特比智設離欲界欲最後解脱道比智乃出以没不出故不能斷欲界結復次法智斷欲界結已最後解脱道其性猛利以猛利故能上斷色無色界結比智斷非想非非想處結最後解脱道其性猛利以猛利故欲斷欲界結而欲界結已斷復次邪見能緣三界苦集者先已斷結次求其對治及滅而能使色無色界結便斷色無色界邪見不能緣欲界不求對治及滅故不能斷欲界結復次若是他界一切徧能緣三界苦集者先已斷後求其對治及滅而能使色無色界結便斷猶如負債之人先殺怨賊後亦壞其遊戲歡娛之處彼亦如是復次法智猛利不多用功能斷不善無記

煩惱何況無記煩惱耶譬如利刀能斷於鐵何況草木彼亦如是比智非猛利智多用功力乃能斷無記煩惱何能斷不善煩惱譬如鈍刀多用功力能斷草木何能斷鐵耶彼亦如是復次法智如千人敵云何如千人敵以能對治十八界十二入五陰故比智非如千人敵云何非如千人敵以對治十四界十二入五陰四陰故復次行者爲欲界五陰之所逼切如負重擔求其對治及滅時能斷色無色界結若法智能斷色無色界結者是滅道法智非苦集法智問曰何故非苦集法智答曰行者爲欲界五陰之所逼切欲負重擔求其對治及滅時能斷色無色界結復次欲界是不定界非修地非離欲地色無色界是定地修地離欲地不可以緣不定界智斷定界結復次欲界是麤界色界是細界不可以緣麤界智斷細界結復次欲界是下界色界是中界無色界是上界不可以緣下界智斷中上界結復次若苦集法智能斷色無色界結者便爲於異處修猒異處得解脱譬如斷手繫手得解脱斷脚繫脚得解脱不可斷手繫脚得解脱斷脚繫手得解脱彼亦如是若以滅道法智斷色無色界結必是生欲界者非生色無色界者問曰何故但是生欲界者非是生色無色界者答曰入法智出比智方便心是欲界繫法以棄彼法生色無色界故復次與法智迴轉戒是欲界四大造棄彼四大生色無色界故復次法智於欲界所作已竟更不作方便於色無色界更不起現在前猶如阿羅漢更不起三界斷對治現在前彼亦

如是問曰若然者何故阿羅漢起苦集智現在前耶答曰欲觀此五陰猶如重擔過患法故尊者瞿沙作如是說生無色界不能起禪及禪中功德現在前生色界中則能此說是何義耶答曰此說滅道法智生色界者能起此智斷色無色界結若煩惱已斷更不起此智評曰不應作是說生色界起法智現在前所以者何此智非彼界對治故復次此是不定壞相或有起少分謂滅道法智或有不起少分者謂苦集法智或有起者或不起者未離欲者起已離欲者不起或時起或時不起離欲道時起餘善根時不起以是事故如前說者好

諸結欲界繫彼結法智斷耶答曰或結是欲界繫彼結非法智斷乃至廣作四句云何結是欲界繫彼結非法智斷答曰諸結忍斷亦餘智斷亦不斷忍者是四法忍餘智者是等智不斷者若已斷若不作方便斷云何結是法智斷彼結非是欲界繫答曰諸結是色無色界繫法智斷法智者是滅道法智離色無色界結者云何結是欲界繫彼結法智斷答曰諸結欲界繫法智斷法智者是四法智離欲界結者云何結非是欲界繫彼結非是法智斷答曰諸結色無色界繫彼忍斷若餘智斷亦不斷忍者是四比忍餘智斷者若等智斷若比智斷不斷者若已斷若不作方便斷

諸結色無色界繫彼結比智斷耶答曰諸結比智斷彼結色無色界繫頗有結色無色界繫彼結非比智斷耶答曰諸結忍斷亦餘智斷亦不斷忍者是四比忍餘智者是法智等

智不斷者若不作方便斷諸結見苦
斷彼結苦智斷耶答曰或結是見苦斷彼結
非苦智斷諸結忍斷所以者何彼忍是此結
對治故或結是苦智斷彼非見苦斷諸結是
修道斷彼結苦智斷所以者何苦智是修道
所斷結對治故如見苦所斷結乃至見道所
斷結說亦如是問曰為無礙道斷煩惱為解
脫斷耶若無礙道斷煩惱者使犍度所說云
何通如說結有九種苦法智所斷種乃至修
道所斷種若解脫道斷煩惱者此文所說云
何通如說或結是見苦斷彼非智斷或結是
苦智斷彼結非見苦斷答曰應作是說無礙
道斷煩惱非解脫道斷廣說如使犍度
諸結法智斷法智滅作證耶問曰何故作此
論答曰或有說無礙道斷結得解脫道證解

脫得此是外國法師所說為止如是說者意
亦明無礙道斷結得證若當無礙道
斷結得解脫道證解脫得者則違此文如說
諸結法智斷比智滅作證耶亦應作如是答
若以滅道法智斷非想非非想處結比智滅
作證而不作是答者當知無礙道斷結得亦
得證解脫得
諸結法智斷彼結法智滅作證耶答曰諸結
法智斷彼結法智滅作證隨斷爾所結即證
爾所滅煩結法智滅作證彼結非法智斷耶
答曰有諸結忍斷亦餘智斷須陀洹以世俗
道趣斯陀含果斷一種結乃至五種若第六
無礙道是法智者是時證三界見道結忍所
斷者及欲界修道等智所斷五種結斯陀含
趣阿那含果以世俗道斷二種結若第九無

礙道是法智者是時證三界見道結忍所斷

者及欲界修道等智所斷八種結離初禪欲

乃至離無所有處欲若以比智等智離非想

非非想處欲以比智斷八種結第九無礙道

是法智者是時證三界見道忍所斷結及欲

界修道等智所斷結七地中比智等智所斷

結非想非非想處所斷結彼結比智滅

結是法智滅作證諸結比智斷比智滅

作證耶答曰諸結比智斷比智滅作證隨斷

爾所結滅作證頗結比智滅作證彼

結非比智斷耶答曰有諸結忍斷亦餘智斷

比智滅作證若以法智若以等智離欲界欲

乃至離無所有處欲若以法智斷非想非非

想處一種結乃至八種若第九無礙是比智

者是時證三界見道忍所斷結及八地法智

等智所斷結法智所斷非想非非想處八種

結諸結苦智斷彼結苦智滅作證耶答曰證

結苦智斷彼結苦智滅作證隨斷耶爾所結有

爾所結忍滅作證苦智滅作證彼結非苦智

斷耶答曰有諸結忍滅苦智滅作證彼結斷

證須陀洹趣斯陀含果以集滅道智等智斷

一種結乃至五種若第六無礙道是苦智者

是時證三界見道忍所斷結及欲界修道集

滅道智等智所斷五種結斯陀含趣阿那含

果時以集滅道智等智斷二種結若第九無

礙是苦智者是時證三界見道忍所斷結欲

界修道集滅道智等智所斷結以集滅道智

等智離初禪欲乃至離無所有處欲以集滅

道智斷非想非非想處一種結乃至八種若

第九無礙道是苦智者是時證三界見道忍

所斷結八地修道集滅道智等智所斷結非
想非非想處修道集滅道智所斷八種結如
苦智乃至道智說亦如是

問曰前門所說此門所說有何差別答曰若
作是說無礙道斷結得解脫道得作證者前
門是無礙道所作此門是解脫道所作若作
是說無礙道斷結得亦證解脫道唯
證解脫得者前門是無礙道斷結得證解脫
得此門說解脫道證解脫得如斷結得證解
脫得離過患習功德正無利得有利捨甲賤
得勝妙離染愛得寂靜樂亦如是復次斷是
前門得無為是此門復次斷結及作證是前
門先斷結後作證是此門前門此門是謂差
別眼根幾智知乃至無色界修道所斷無明

使幾智知問曰何故作此論答曰或有說無

境界惟有智或說無智唯有境界為止如是
說者意故而作此論

諸法若問使應思界而答若問智應思諦而
答若問使應思界而答若問智應思諦而
如是諸法易可顯現此中問智應思諦而答
法有五種謂苦集滅道諦所攝非諦所攝欲
界苦集滅道諦唯攝不相應法色無色界苦集
諦亦爾滅諦攝不相應法道諦攝相應不
相應法非諦所攝相應法欲界苦集
相應法非諦所攝相應法七智知除此智苦集
諦所攝相應法六智知除此智滅智道智他心智色
界苦集滅道諦所攝相應法七智知除此智滅智
道智不相應法六智知除法智滅智道智他
心智無色界苦集諦所攝相應法六
智知除法智滅智道智他心智滅諦所攝法

六智知除他心智苦智集智道智道諦所攝相應法七智知除苦智集智滅智不相應法六智知除苦智集智滅智他心智非諦所攝法一智知謂等智問曰何故名智答曰知所知故名智何故名所知答曰爲智所知故名所知如稱所稱量所量亦如是量是智所量是所知此是略毗婆沙餘門廣說如經本

如說修行廣布無常想斷欲愛色無色愛掉慢無明問曰何故作此論答曰此是佛經佛經說修行廣布無常想乃至廣說佛經雖作是說而不廣分别佛經是此論所爲根本今欲廣分别故而作此論問曰若佛經是此論所爲根本者世尊何故說此經耶答曰欲令懈慢不勤精進受化者勤精進故復次爲貪後有弟子令不更求後有故世尊說彌勒佛出世時有諸比丘是願使我見彌勒佛出乃般涅槃佛作是說汝等今者有資産所須適意故作如是念後若爲諸有苦之所逼切者於諸有中不生願樂

修行廣布無常想能斷欲愛者此想當言與法智苦智相應當言有覺有觀所以者何在有覺有觀地故當言與捨根相應彼地有捨根故當言與無願相應謂苦無願當言緣欲界繫緣欲界五陰故斷一切色愛者彼想當言與比智苦智相應或有覺有觀在未至初禪者或無覺有觀在中間禪者或無覺無觀在三禪者或樂根相應在第三禪者或喜根相應在初禪第二禪者或捨根相應在未至中間第四禪者無願相應謂苦無願當言緣色界繫緣色界五陰故斷一切無色愛者此

想當言與法智苦智相應當言或有覺有觀在未至初禪者或無覺有觀在禪中間者或無覺無觀在三禪三無色定者或樂根相應在第三禪者或喜根相應在初禪二禪者或捨根相應在未至中間第四禪三無色定者與無願相應謂苦無願當言緣無色界繫緣無色界四陰故斷一切掉慢無明者此想當言或法智相應苦智相應比智相應餘廣說如上

問曰八聖道盡能斷結何故獨稱無漏想答曰世尊此中聖道以想名說世尊或說道名想廣說如四無量處

問曰無常想是七使對治此中何故作三說耶答曰若使在三界是五種斷見疑雖在三界非五種斷恚使雖五種斷不在三界復次此使在三界亦是見道修道斷見疑雖在三界非修道斷恚雖是見道修道斷不在三界復次此使在三界是凡夫聖人所行見疑雖在三界非聖人所行恚使雖是凡夫聖人所行非在三界

問曰何故三說愛使一說餘使答曰餘使應說如愛使而不說者當知此說有餘復次欲以種種說莊嚴於文若以種種說莊嚴於文義則易解復次欲現二門故乃至廣說復次比愛是重惡多衆過患欲重觀其過患故廣說如上四諦處

問曰無常想是見苦所斷使對治何故說斷一切欲愛使耶乃至廣說答曰一切有二種有少分一切有一切一切此中說少分一切復次此中說聖人以無常想斷三界修道所

斷一切煩惱
餘經復說修行廣布無常想能斷我慢問曰無常想是七慢對治何故但說斷我慢耶答曰無常想是我慢近對治如說無常想能生無我想若比丘有無常想無我想者能斷我慢速於此法得盡有漏
如說比丘於十處善觀三種義速於此法得盡有漏問曰何故作此論答曰此是佛經佛經說比丘於七處善乃至廣說佛經是此論所爲根本令欲廣分別故而作此論問曰若佛經是此論爲根本者世尊何故說是經耶答曰學人於上沙門果不作方便設作方便而不解知佛作是說如汝等入見道方便不放捨者不久亦當得盡諸漏復次已得道者患於修道所斷煩惱欲說修道對治令失道者還得道故如人猛健患於怨家他人語言汝今猛健何不降伏怨家彼亦如是
如實知色是苦四智謂法智比智等智苦智法智知欲界色比智知色界色等智知一切色苦智知有漏色無常苦空無我問曰此則是四善處耶答曰此皆觀一諦觀苦觀果如實知色是集四智謂法智比智等智集智法智知欲界集比智知色界集等智知一切集集智知有漏色因集有緣問曰此則是四善處耶答曰此皆觀一諦觀集觀因如實知色滅是四智謂法智比智等智滅智法智知欲界色滅比智知色界色滅等智知一切色滅滅智知一切有漏色滅止妙離問曰此則是四善處耶答曰此皆觀一諦觀滅觀畢竟如實知色滅道是四智謂法智比智等智道智

法智知欲界色滅道比智知色界色滅道等智知一切色滅道道智知一切有漏色滅道正跡乘問曰此則是四善處耶答曰此皆觀一諦觀道觀對治如實知色味此是四智謂法智比智等智集智問曰此則是四善處耶答曰此則觀一諦觀集觀味如實知色患此是四智謂法智比智等智苦智問曰此則是四善處耶答曰此則觀一諦觀苦觀患如實知色離此是四智謂法智比智滅智等智問曰此則是四善處耶答曰此則觀一諦觀滅觀離如色陰有七善處乃至識陰亦有七善處問曰若然者則有三十五善處亦有無量善處答曰此是七處法如色陰有七乃至識陰亦有七不過於七如經說須陀洹受七有此是七處法不過於七廣說如四諦處尊者波奢說曰如實知色是苦乃至如實知識是苦如實知色是集知色是滅知色是滅道知色是味知色是患知色是離乃至知識亦如是若如是說則有七善處復次若略說則有七善處若廣說則有三十五善處無量善處如廣略分別不分別亦如是復次若爲利根者說則有七善處若爲鈍根者說則有三十五善處無量善處如利根鈍根因力緣力內枝力外枝力內思惟力外聞法力聞即能解力廣分別力當知亦如是復次如在見道時則有七如觀察時則有三十五無量善處復次如賢聖所行時則有七如世俗所行則有三十五無量善處復次若作總相觀則有七善處若作別相觀則有三十五無量善處問曰此中爲說別相觀爲說總相觀耶若說

别相觀者此文所説云何通如説速於此法得盡有漏若是總相觀者此文所説復云何通如説如實知色乃至如實知識答曰應作是説是别相觀

問曰若然者如説速於此法得盡有漏云何通答曰此中説别相觀能生總相觀總相觀得盡有漏復有説者此中觀總相觀問曰若然者此文所説云何通如説如實知色乃至如實知識答曰此文應如是説如實知陰是苦集滅道味患離而不説者有何意耶答曰不必説與見道時同或有説與見道時同或説與見道時異如世尊爲四天王以聖語説四諦二解二不解世尊復以陀毗羅語説四諦一解一不解世尊復以彌離車語説四諦然後乃解如是觀解時以别相入道時是總

相問曰七處善觀三種義有何差别答曰七處善是無漏觀三種義是有漏問曰若然者此所説云何通如説如實知色是四智謂法智比智等智答曰此中數智行於境界不必盡是無漏問曰能以七處善同觀三種義能以觀三種義同七處善不答曰或有説者不能所以者何七處善是無漏觀三種義是有漏復有説者七處善是有漏無漏觀三種義是有漏問曰若然者能以七處善同觀三種義以觀三種義同七處善不答曰能但多用功多有所作如實知色乃至知識如實知色患乃至知識患是説觀陰如實知色是集乃至知識是集如實知色是味乃至知識是味是説觀入如實知色是滅乃至知識是滅如實知色是離乃至知識是離是説觀界可説

如是同相但多用功多有所作
問曰觀三種義在前七處善在後何故世尊先說七處善後說觀三種義耶答曰若作是說則所說隨順義則易解受者亦易復次世尊所說文義具足若先說觀三種義義雖具足文不具足世尊說法文義具足復次若應先說七善處則說七善處若應後說觀三種義則說觀三種義所以者何觀三種義或在見道初或在修道初此中說在修道初者不說在見道初者如見道修道見地修地未知欲知根知根亦如是復次觀三種義或在六地聖道初或在九地聖道初此中說九地初者不說六地初者尊者波奢說曰此中說四種地謂修行地見地修地無學地如說比丘七處善觀三種義是說修行地如實知色是說苦集滅道乃至知識是苦集滅道是說見地觀色乃至識是味患離是說修地速於此法得盡有漏是說無學地問曰若然者何故見道中說四善處修道中說三道處耶答曰見道中未曾見諦而見修道中已曾見諦而見復次見道中未曾得見聖性而得觀行於諦修道中已曾得聖性觀行於諦
問曰此中何故重說三諦一說道諦答曰此中廣說道諦如說如實知色是苦此是道諦如實知色是集滅道是味患離乃至知識亦如是是道諦復次此所說爲已見諦人佛作是說汝等若能如實觀察陰者不久當得盡漏復次三諦是有邊法如說五取陰邊五取陰集邊五取陰滅邊問曰若然者因論生論何故三諦說有邊道諦不說有邊耶答曰此

中邊義廣如説見道邊等智處復次有已生苦有未生苦有已生苦因有未生苦因有已生苦滅有未生苦滅諸已生苦未生苦已生苦因未生苦因已生苦滅未生苦滅誰能知斷證耶謂是道諦

問曰世尊何故廣分別智所知耶答曰欲令失道者還知道故作如是説復次此所説爲愛行人佛作是説汝等應觀此陰味及過患若見此陰味及過患者不久當得盡漏問曰何故見道中先觀苦後觀集修道中先觀集後觀苦耶答曰隨順有二種一見道隨順二所説隨順如見道隨順先觀苦後觀集如所説隨順先觀集後觀苦見道次第所説次第亦如是

問曰色集色味有何差別答曰名即差別是名色集是名色味復次色集是意地色味通六識身復次集是染汙不染汙味是染汙復次集在三界味在欲界問曰陰爲有多種集爲有一種集若有多種集者施設經説云何通如説此愛是過去未來現在苦因苦本苦緣若一種者此經云何通如説喜愛集是色集觸集是三陰集名色集是識集答曰應作是説有所以是多種集有所以是一種集爲説近因故是多種集爲説遠因故是一種集如近因遠因此身他身亦如是復次此中説三種集一煩惱集二苦集三業集喜愛集色集是説煩惱集觸集三陰集是説苦集名色集識集是説業集此中説名色是業如煩惱集苦集業集煩惱有苦有業有煩惱道苦道業道煩惱苦業當知亦如是復次此中説

三時謂積聚時受用時守護時喜愛集色集是說積聚時觸集三陰集是說受用時名色集識集是說守護時復次此中說三時有謂前時有中有生有喜愛集色集是說前時有觸集三陰集是說中有名色集識集是說生有復次喜愛集色集是說名緣色觸集三陰集是說名緣名名色集識集是說名色緣名復次愛求未來有是故佛作是說喜愛集是色集心心數法因觸而活從觸生以觸力故能現在前佛作是說觸集是三陰集識因名色立而得增廣是故佛作是說名色集是識集問曰色滅色離有何差別答曰若愛造此色彼愛若滅是名色滅若緣此色生諸餘愛彼愛若離是名色離乃至廣說問曰何故問色滅答愛滅耶答曰因若斷果亦斷因若滅果亦滅捨因亦捨果若吐因亦吐果若害因亦害果故問曰何故已生愛說滅未生愛說離耶答曰已生愛不可作未生愛佛作是說但當滅之未生愛應今不生但當離如是有三種衰患一已受二今受三當受已受者受竟今受者忍受當受者或以自力或眷屬力或財物力方便求離彼亦如是餘答廣說如雜揵度如色滅色離乃至識滅識離說亦如是問曰此中何故三說愛不說餘煩惱業耶答曰以愛是重過患難斷難斷難除故廣說如上如此中及施設經多分別滅諦問曰何故此中及施設經多分別滅諦耶答曰以此滅於有為無為法中最勝故

阿毗曇毗婆沙論卷第八十

阿毗曇毗婆沙論卷第八十一

迦 旃 延 子 造

北涼沙門浮陀跋摩共道泰譯

智犍度相應品第四之一

七人堅信堅法信解脫見到身證慧解脫俱
解脫人八智三三昧三根七覺支八道支堅
信人於此八智幾成就幾不成就乃至俱解
脫人幾成就幾不成就如此章及解章義此
中廣說優波提舍問曰何故此中及定犍度
依七人而作論使犍度中依五人而作論廣
說如使犍度不善品中
故作此論答曰欲止言無成就者意亦明實
故作此論復次欲以七人作章八
有成就故而作此論
智三三昧等立門故而作此論

堅信人於此八智幾成就幾不成就答曰或
一二三四五六七八苦法忍無知他心智一
有他心智二苦法智無他心智三有他心智
他心智三有他心智四苦比智無他心智五
有他心智六乃至道比忍無他心智七有他
心智八如堅信堅法亦如是所以者何此二
人地等所依身等道等離欲等定等唯根有
差別堅信是鈍根堅法是利根信解脫人於
此八智幾成就幾不成就答曰無他心智七
有他心智八如信解脫見到身證人於此八
何此二人地等廣說如上身證人於此八智
盡成就如身證人慧解脫俱解脫人亦如是
堅信人於此八智幾過去成就幾未來成就
幾現在成就問曰何故作此論答曰為止言

無過去未來者意亦明過去未來是實有法故而作此論復次先總明智成就不成就今欲分別世中成就不成就故而作此論

堅信人於此八智幾過去成就幾未來成就幾現在成就答曰苦法忍無他心智一過去未來成就有他心智二過去未來成就無有現在現在是忍故苦法智無他心智一過去成就謂等智三未來成就謂法智等智苦智二現在成就謂法智苦智有他心智二過去成就四未來成就增他心智二現在成就如先說苦比忍無他心智三過去未來成就有他心智四增他心智現在無是忍故苦比智無他心智三過去成就四未來成就增比智二現在成就謂苦智比智有他心智四過去成就五未來成就二現在成就如先說乃至道比忍現在前無他心智七過去未來成就除他心智有他心智八增他心智現在無是忍故如堅信堅法亦如是所以者何此二人地等廣說如上信解脫人於此八智幾過去成就幾未來成就幾現在成就廣說如經本

堅信人法智現在前時幾智現在前答曰二法智苦智二法智集智二法智滅智二法智道智二體性是一以事故異對治欲界故是法智以行故是苦集滅道智比智現在前時幾智現在前答曰二比智苦智二比智集智二比智滅智二體性是一以事故異對治色無色界故是比智以行故是苦集滅智苦智現在前時幾智現在前答曰二苦智法智二苦智比智二體性是一以事故異以行故是苦智以對治故是法智比智集智滅智說亦

如是道智現在前時幾智現在前答曰二道智法智二體性是一以事故異以行故是道智以對治故是法智如堅信堅法亦如是信解脫人法智現在前時幾智現在前答曰或二或三法智苦智二法智集智二法智滅智二法智道智無他心智二有他心智三體性是一以事故異對治故是法智以行故是苦集滅道智以方便故是他心智如法智比智亦如是他心智現在前時幾智現在前答曰或二或三他心智等智二他心智道智三體性是一以事故異方便故是他心智對治故是法智比智以自體故是等智以行故是道智等智現在前時幾智現在前答曰或一或二無他心智一有他心智二體性是一以事故異以自體故是等智以方便故是他心智

苦智集滅智如先說道智現在前時幾智現在前答曰或二或三道智無他心智二有他心智三體性是一以事故異以行故是道智以對治故是法智比智以方便故是他心智如信解脫見到身證亦如是慧解脫人法智現在前時幾智現在前答曰或二或三法智苦智非盡智無生智二智若是盡智無生智三體性是一以事故異對治故是法智以行故是苦智以所作竟故是盡智以從因生故是無生智集智滅智說亦如是法智道智非盡智無生智他心智二若是盡智無生智他心智三體性是一以事故異以對治故是法智以行故是道智以所作竟故是盡智從因生故是無生智以方便故是他心智比智亦如是他心智等智如先說苦智現在前時幾

智現在前答曰或二或三苦智法智非盡智無生智二若是盡智無生智三苦智比智非盡智無生智二若是盡智無生智三體性是一以事故異以行故是苦智以對治故是法智以所作竟故是盡智從因生故是無生智如苦智集滅智亦如是道智現在前時幾智現在前答曰或二或三道智法智非盡智無生智他心智二若是盡智無生智他心智三道智比智非盡智無生智他心智二若是盡智無生智他心智三體性是一以事故異廣說如上如慧解脫俱解脫亦如是問曰何故不說盡智無生智攝他心智耶答曰他心智以對治故是法智比智以方便故是他心智他心智但緣他心盡智無生智緣自身他身及非身法復次他心智緣現在彼二智緣三世及無爲復次他心智緣心心數法彼二智緣四陰五陰及無爲法復次他心智是見彼二智非見堅信人於此三三昧幾成就幾不成就答曰滅法忍未生成就二謂空無願滅法忍生成就三增無相如堅信人堅法人亦如是信解脫人盡成就如信解脫見到身證慧解脫俱解脫亦如是堅信人於此三三昧幾過去成就幾未來成就幾現在成就答曰若依空三昧得正決定者苦法忍無過去二未來成就謂空無願一現在成就謂空餘廣說如經本依無願三昧得正決定說亦如是問曰何等人依空三昧得正決定何等人依無願耶答曰或有見行者或有愛行者若見行者依空三昧得正決定者愛行者依無願唯除菩薩是愛行人依空三昧得正決定見

行者有二種一著我見二著我所見愛行者亦有二種一行我慢二多懶惰著我見者行無我行著我所見者行空行行我慢者行無常行多懶惰者行苦行復次若利根者依空三昧得正決定若鈍根者依無願如利鈍乃至聞即能解廣分別亦如是若依無願得正決定者或依無願無相離三界欲此身中不離起空三昧現在前堅信人空三昧現在前時幾智現在前答曰或二或無苦智法智二苦智比智二忍中無餘廣說如經本乃至如慧解脫俱解脫亦如是問曰何故盡智無生智不與空三昧相應耶答曰所行異故若行是空三昧所行非盡智無生智若行是盡智無生智所行非空三昧復次空三昧與見相應彼二智性非見復次空三昧體是第一義所行亦是第一義彼二智體雖是第一義而所行是世諦

堅信人未知欲知根現在前時幾智現在前答曰或二或無苦智法智二苦智比智二乃至道智法智二忍中無如未知欲知根七覺八道支亦如是如堅信堅法亦如是餘廣說如經本若如此所說則明慧解脫阿羅漢能起根本禪現在前問曰若慧解脫阿羅漢能起根本禪現在前者佛經云何通如說蘇尸摩問諸比丘云何起諸禪現在前諸比丘答蘇尸摩當知我等是慧解脫人答曰慧解脫有二種一是少分二是滿分少分慧解脫者能起一禪二禪三禪現在前滿分者乃至不能起一禪現在前此中說少分慧解脫經中說滿分慧解脫是故二俱善通

若法與法智相應亦與比智相應耶諸法以三事故共合或以攝故合或以相應故合或以攝以相應故合以攝合者如智於智以相應合者如智於定以攝以相應合者如智於根覺支道支若法與法智相應亦與比智相應耶答曰若法與法智相應不與比智相應所以者何非一心故若有法智則無比智而與他心智相應耶答曰或法與法智相應不與他心智相應乃至廣作四句與法智相應不與他心智相應者他心智所不攝法智相應法彼是何耶答曰苦集滅法智他心智所不攝道法智相應法與他心智相應非法智者法智所不攝他心智相應法彼是何耶答曰比智他心智世俗他心智與法智相應亦與他心智相應者法智所攝他心智相應法彼是何耶答曰法智他心智相應法謂九大地十善大地及心覺觀隨地不與法智相應亦不與他心智相應者法智他心智所以者何自體不應自體廣說如上及法智他心智所不攝不相應法不攝者除自體不相應者除相應彼是何耶答曰苦集滅比智相應聚他心智所不攝道比智相應聚諸忍相應他心智不相應諸餘有漏心心數法色無爲心不相應行無緣故不與相應如他心智苦集滅道智正見亦如是若法與法智相應不與等智相應所以者何法智相應聚異等智相應聚異與空三昧相應耶法智與三三昧相應空三昧與二智相應謂苦法智苦比智亦與二忍相應謂苦法忍苦比忍是故得作大四句與法智相應非空三昧者空三昧應於

法智法智俱聚中空三昧體與法智相應不與空三昧相應所以者何自體不應自體如先說及空三昧不相應法智相應法彼是何耶答曰無願無相相應聚與法智相應者與空三昧相應非法智者法智應於空三昧空三昧俱聚中法智體與空三昧相應非法智所以者何自體不應自體如先說及法智不相應空三昧相應法彼是何耶答曰苦比智俱聚中苦忍俱聚空三昧相應法與法智相應亦與空三昧相應者除空三昧應於法智除法智應於空三昧法智空三昧俱聚中名除自體餘心心數法彼是何耶答曰謂八大地十善大地及心覺觀隨地不與法智相應亦不與空三昧相應者空三昧不與法智相應者與苦比智苦忍相應者空三昧自體不與法智相應以是他聚故亦不與空三昧相應自體不應以自體如先說法智不與空三昧相應者與無願無相三昧相應者法智自體不與空三昧相應以是他聚故不與法智相應自體不應自體如先說諸餘法智空三昧不相應法彼是何耶答曰法智不相應無願無相俱聚是也及有漏心心數法色無爲心不相應行如是等法作第四句如法智於空三昧法智於無願三昧無相三昧喜覺支正覺亦如是

若法與法智相應亦與未知欲知根相應耶乃至廣作四句與法智相應不與未知欲知根相應者未知欲知根所不攝法智相應法彼是何耶答曰知根知已根所攝法智相應法不與未知欲知根相應所以者何以是他

聚故與未知欲知根相應非法智者未知欲知根所攝法智未知欲知根俱聚中法智體與未知欲知根相應非法智自體不應自體如先說及法智不攝不相應未知欲知根相應法彼是何耶比智俱聚忍俱聚中未知欲知根相應法是名與未知欲知根相應非法智相應所以者何是他聚故與法智相應亦與未知欲知根相應者未知欲知根所攝法智相應法彼是何耶答曰八根及彼相應非根心數法不與法智相應亦不與未知欲知根相應者未知欲知根所不攝法智知根知已根俱聚中法智體不與法智相應自體不應自體廣說如上不與未知欲知根相應所以者何以他聚故及法智未知欲知根所不攝不相應心心數法彼是何耶答曰法智不攝不相應知根知已根俱聚及有漏心心數法色無爲心不相應行如是等法作第四句如法智於未知欲知根法智於知根知已根亦如是

若法與法智相應亦與念覺支相應耶乃至廣作四句與法智相應不與念覺支相應者念覺支應於法智法智俱聚中念覺支體與法智相應不與念覺支相應所以者何自體不應自體如先說與念覺支相應不與法智相應者法智應於念覺支念覺支俱聚中法智體與念覺支相應不與法智相應所以者何自體不應自體如先說及法智不相應念覺支相應法彼是何耶答曰忍俱聚中比智俱聚中念覺支相應法與法智相應亦與念覺支相應者除念覺支應於法智以多故除

餘念覺支法智覺支聚中各除自體餘心心數法與二相應彼是何耶答曰謂八大地十善大地及心覺觀隨地不與法智相應亦不與念覺支相應者法智不相應念覺支彼是何耶答曰忍俱聚中比智俱聚中念覺支體不與法智相應是他聚故自體不應自體如先說一切無漏心更無餘有餘有漏心心數法色無爲心不相應行作第四句如法智於念覺支法智於精進覺支猗覺支定覺支捨覺支正方便正念正定亦如是

若法與法智相應亦與擇法覺支相應耶答曰若法與法智相應亦與擇法覺支相應頗與擇法覺支相應非法智耶答曰有法智所不攝擇法覺支相應法彼是何耶答曰忍俱聚中比智俱聚中擇法覺支相應如法智比智說亦如是

若法與他心智相應亦與等智相應耶乃至廣作四句與他心智相應不與等智相應者等智所不攝他心智相應法彼是何耶答曰無漏他心智相應法與等智相應不與他心智者他心智所不攝等智相應法彼是何耶答曰他心智所不攝若染汙不隱沒無記等智相應法與他心智相應亦與等智者他心智所攝等智相應法彼是何耶答曰九大地十善大地及心覺觀隨地不與他心智相應亦不與等智者是等智他心智所以者何自體不應自體如先說及他心智等智所不攝不相應法彼是何耶答曰苦智苦忍俱聚集智集忍俱聚滅智滅忍俱聚道智道忍俱聚及他心智所不攝道智相應法已說一切有

漏心無餘餘有色無爲心不相應行作第四句如上他心智於等智他心智於道智擇法覺支正見亦如是

若法與他心智相應不與苦集滅智不與空無相相應與無願相應耶答曰或與他心智相應不與無願相應乃至廣作四句與他心智相應不與無願者無願應於他心智他心智俱聚中無願體與他心智相應不與無願所以者何自體不應自體如先説及無願不相應他心智相應法彼是何耶答曰有漏他心智相應法與無願相應非他心智者他心智相應於無願無願俱聚中他心智體與無願相應不與他心智所以者何自體不應自體如先説及他心智不相應無願相應法彼是何耶答曰苦集無願不與他心智相應道無願相應法不與他心智相應亦與無願者除無願應於他心智除他心智應於無願他心智無願俱聚中各除自體諸餘心心數法與他心智無願相應彼是何耶答曰八大地十善大地及心覺觀隨地不與他心智相應亦不與無願者他心智不相應無願彼是何耶答曰苦忍苦智集忍集智道忍及他心智不攝道智俱聚中無願體不與他心智相應以他聚故不與無願相應自體不應自體如先説無願不相應他心智彼是何耶有漏他心智俱聚中他心智體不與無願相應以他聚故不與他心智相應自體不應自體如先説及餘心心數法彼是何耶答曰空無相俱聚不與他心智相應餘有漏心心數法色無爲心不相應行

如是等法作第四句如他心智於無願他心
智於六覺支四道支亦如是
若法與他心智相應不與未知欲知根相應
亦與知根相應耶乃至廣作四句與他心智
相應不與知根相應者知根所不攝他心智
相應法彼是何耶答曰知已根俱聚中與他
漏他心智俱聚中與他心智相應法與知根
相應不與他心智者知根所不攝他心智及他
心智不攝不相應知根相應法彼是何耶答
曰苦集滅智俱聚及他心智所不攝道智俱
聚與知根相應法與他心智相應亦與知根
相應者知根所攝他心智相應法彼是何耶
答曰八根及彼相應非根心心數法不與他
心智相應亦不與知根者知根所不攝他心
智彼是何耶答曰知已根俱聚有漏中他心

智體不與知根相應以他聚故不與他心智
相應自體不應自體如先說及他心智知根
所不攝不相應諸餘心心數法彼是何耶答
曰未知欲知根俱聚他心智不攝不相應知
已根俱聚他心智不攝不相應有漏心心數
法色無為心不相應行如是等法作第四句
如他心智於知已根亦如是
知若法與他心智相應不與苦集滅道智三
昧覺支道支相應若法與苦智相應不與集
滅道智無相相應亦與空三昧相應耶乃至
廣作四句與苦智相應俱聚中空三昧與苦
智相應不與空三昧者何自體不應空三
昧相應於苦智苦智俱聚中空三昧體與苦
相應不與空三昧相應所以者何自體不應
自體如先說及餘空三昧不相應苦智相應
法彼是何耶答曰無願俱聚中苦智相應法

與空三昧相應不與苦智者苦智應於空三昧空三昧俱聚中苦智體與空三昧相應不與苦智相應所以者何自體不應自體如先說及餘苦智不相應空三昧相應法彼是何耶忍俱聚中與空三昧相應法與苦智相應亦與空三昧者除苦智應於空三昧俱聚中各除自體諸餘苦智空三昧相應心心數法彼是何耶答曰八大地十善大地及心覺觀隨地不與苦智相應亦不與空三昧者苦智不相應空三昧彼是何耶苦忍俱聚中空三昧體不與苦智相應以他聚故不與空三昧相應自體不應自體如先說空三昧不相應苦智彼是何耶答曰無願俱聚中苦智體不與空三昧相應是他聚故不與苦智相應自體不應自體如先說及餘心心數法彼是何耶苦智不相應無願俱聚無相俱聚有漏心心數法色無爲心不相應行如是等法作第四句如苦智於空三昧苦智於無願三昧亦如是餘廣說如法智

若法與集智相應不與滅智道智空三昧無相三昧亦與無願相應耶乃至廣作四句與集智相應不與無願三昧者無願應於集智集智俱聚中無願三昧體與集智相應不與無願相應所以者何自體不應自體如先說與無願三昧相應不與集智者集智應於無願無願俱聚中集智體與無願相應不與集智相應所以者何以三事故自體不應自體如先說及集智不相應無願相應法彼是何耶答曰苦忍智俱聚中集忍道忍道智俱聚中無願相應法與集智相應亦與無願者除

集智相應無願以多故除諸餘集智無願相應法彼是何耶答曰八大地十善大地及心覺觀隨地不與集智相應亦不與無願三昧者集智不相應無願彼是何耶苦忍苦智集忍道忍道智俱聚中無願體不與集智相應以他聚故不與無願相應所以者何自體不應自體如先說及餘心心數法餘者是空三昧無相三昧俱聚一切有漏心心數法色無爲心不相應行如是等法作第四句餘廣說如法智

若法與滅智相應不與道智空三昧無願三昧相應亦與無相三昧相應耶乃至廣作四句與滅智相應不與無相三昧相應者無相三昧應於滅智滅智俱聚中無相三昧體與滅智相應不與無相三昧相應所以者何以三事故自體不應自體如先說與無相三昧相應不與滅智者滅智應於無相三昧無相三昧俱聚中滅智體與無相三昧相應不與滅智相應所以者何自體不應自體如先說及滅智不相應無相三昧相應法彼是何耶滅忍俱聚中無相三昧相應法與滅智相應亦與無相三昧者除無相三昧相應於滅智以多故除諸餘滅智無相三昧相應法彼是何耶答曰八大地十善大地及心覺觀隨地不與滅智相應亦不與無相三昧者滅智不相應無相三昧彼是何耶滅忍俱聚中無相三昧體不與滅智相應以他聚故不與無相三昧相應所以者何自體不應自體如先說諸餘滅智無相三昧不相應心心數法無漏法中餘有空三昧無願三昧俱聚一切有漏

心心數法色無爲心不相應行如是等法作第四句餘廣說如法智

若法與道智相應不與空三昧無相三昧相應亦與無願三昧相應耶乃至廣作四句與道智相應不與無願三昧者無願三昧相應於道智道智俱聚中無願三昧體與道智相應不與無願三昧所以者何自體不應自體如先說與無願三昧相應不與道智者道智應於無願無願俱聚中道智體與無願三昧相應不與道智所以者何自體不應自體如先說及道智不相應無願相應法彼是何耶答曰苦忍苦智集忍集智道忍俱聚中與無願三昧相應法與道智相應及與無願三昧者除道智相應無願以多故除諸餘道智無願三昧相應法彼是何耶答曰八大地十善大地及心覺觀隨地不與道智相應亦不與無願三昧者道智不相應無願三昧彼是何耶答曰苦忍苦智集忍集智道忍俱聚中無願三昧體不與道智相應以他聚故亦不與無願三昧相應所以者何自體不應自體如先說及餘道智無願三昧不相應心心數法無漏法中餘有空無相俱聚一切有漏心心數法色無爲心不相應行如是等法作第四句餘廣說如法智

若法與空三昧相應不與無相無願三昧相應亦與未知欲知根相應耶乃至廣作四句與空三昧相應不與未知欲知根相應者未知欲知根所不攝與空三昧相應法彼是何耶答曰知根知已根中與空三昧相應法不與未知欲知根相應以他聚故與未知欲知

根相應不與空三昧者未知欲知根所攝空三昧未知欲知根俱聚中空三昧體與未知欲知根相應不與空三昧相應所以者何自體不應自體如先說及餘空三昧所不攝不相應未知欲知根相應法彼是何耶答曰無願無相三昧俱聚中與未知欲知根相應法與空三昧相應亦與未知欲知根者未知欲知根所攝與空三昧相應法彼是何耶答曰八根及餘非根心數法不與空三昧相應亦不與未知欲知根相應者未知欲知根所不攝空三昧彼是何耶知根知已根俱聚中空三昧體不與未知欲知根相應以他聚故不與空三昧相應所以者何自體不應自體如先說及空三昧未知欲知根所不攝不相應諸餘心心數法彼是何耶答曰未知欲知根不攝不相應與無願無相三昧相應法色無爲心不相應行如是等法作第四句如空三昧於未知欲知根空三昧於知根知已根亦如是

若法與空三昧相應亦與念覺支相應耶乃至應作四句與空三昧相應不與念覺支者念覺支應於空三昧空三昧俱聚中念覺支體與空三昧相應不與念覺支相應所以者何自體不應自體如先說與念覺支相應不與空三昧者空三昧相應於念覺支念覺支俱聚中空三昧體與念覺支相應不與空三昧相應所以者何自體不應自體如先說及餘空三昧不相應念覺支相應法彼是何耶無願無相三昧俱聚中體覺支相應法與空三昧相應亦與念覺支者除空三昧相應念

覺支以多故除諸餘空三昧念覺支相應心心數法彼是何耶答曰八大地十善大地及心覺觀隨地不與空三昧相應亦不與念覺支者空三昧不相應念覺支無願無相三昧俱聚中念覺支體不與空三昧相應以他聚故不與念覺支相應所以者何自體不應自體如先說諸餘心心數法無漏心無餘餘有漏心心數法色無爲心不相應行如是等法作第四句如空三昧於念覺支空三昧於擇法覺支精進覺支猗覺支捨覺支正見正方便正念亦如是

若法與空三昧相應亦與喜覺支相應耶乃至廣作四句與空三昧不與喜覺支者喜覺支應於空三昧空三昧俱聚中喜覺支體與空三昧相應不與喜覺支相應所以者何自體不應自體如先說及喜覺支不相應空三昧相應法彼是何耶未至禪中間禪第三禪第四禪三無色定中空三昧相應法與喜覺支相應非空三昧者空三昧應於喜覺支喜覺支俱聚中空三昧體與喜覺支相應不與空三昧相應所以者何自體不應自體如先說及空三昧不相應喜覺支相應法彼是何耶無願無相三昧俱聚中喜覺支相應法與空三昧相應亦與喜覺支者除喜覺支相應空三昧除空三昧相應喜覺支餘與空三昧喜覺支相應心心數法彼是何耶答曰八大地十善大地及心覺觀隨地不與空三昧相應亦不與喜覺支者空三昧不相應喜覺支無願無相三昧俱聚中喜覺支體不與空三昧相應以他聚故不與喜覺支相應所以者

何自體不應自體如先說喜覺支不相應空三昧彼是何耶未至中間禪第三第四禪三無色定俱聚中空三昧體不與空三昧相應所以者何自體不應自體如先說亦不與喜覺支相應所以者何彼地中無喜故諸餘心心數法餘者未至中間第三第四禪三無色定中無願無相三昧俱聚中一切有漏心心數法色無爲心不相應行如是等法作第四句如空三昧於喜覺支空三昧於正覺亦如是若法與空三昧相應亦與定覺支相應耶答曰若與空三昧相應亦與定覺支相應頗與定覺支相應不與空三昧相應耶答曰有空三昧所不攝定覺支相應法彼是何耶無願無相三昧俱聚中定覺支相應法如空三昧於定覺支空三昧於正定亦如是如空三昧無願無相三昧說亦如是異者無願無相三昧於喜覺支於正見正覺亦如是

若法與未知欲知根相應不與知根知已根相應亦與念覺支相應耶乃至廣作四句與未知欲知根相應不與念覺支者未知欲知根所攝念覺支未知欲知根聚中念覺支體與未知欲知根相應不與念覺支相應所以者何自體不應自體如先說與念覺支相應不與未知欲知根者未知欲知根所不攝念覺支相應法彼是何耶答曰如根知已根俱聚中念覺支相應法不與未知欲知根相應以他聚故與未知欲知根相應亦與念覺支者未知欲知根所攝念覺支相應法彼是何耶答曰入根及彼相應非根心數法不與未知欲知根相應亦不與念覺支者未知欲知

根所不攝念覺支彼是何耶答曰知根知已根俱聚中念覺支體不與未知欲知根相應以他聚故不與念覺支相應行所以者何自體不應自體如先說及餘心心數法更無無漏心餘一切有漏心心數法色無爲心不相應行如是等法作第四句如未知欲知根於念覺支未知欲知根於擇法覺支精進覺支定覺支正見正方便正念正定亦如是

若法與未知欲知根相應亦與喜覺支耶乃至廣作四句與未知欲知根相應不與喜覺支者未知欲知根所攝喜覺支未知欲知根俱聚中喜覺支體與未知欲知根相應不與喜覺支相應所以者何自體不應自體如先說及喜覺支不攝不相應未知欲知根相應法彼是何耶答曰未至中間第三第四禪中未知欲知根相應法不與喜覺支相應所以者何彼地無喜故與喜覺支相應不與未知欲知根者未知欲知根所不攝喜覺支相應法彼是何耶答曰知根知已根中喜覺支相應法不與未知欲知根相應以他聚故與未知欲知根相應亦與喜覺支者未知欲知根所攝喜覺支相應法彼是何耶答曰八根及彼根相應非根心數法不與未知欲知根相應亦不與喜覺支者未知欲知根不攝不相應喜覺支彼是何耶答曰知根知已根俱聚中喜覺支體不與未知欲知根相應以他聚故亦不與喜覺支相應所以者何自體不應自體如先說及餘未知欲知根喜覺支不攝不相應心心數法彼是何耶答曰未至中間第三第四禪三無色中知根知已根俱聚中

一切有漏心心數法色無爲心不相應行如是等法作第四句
若法與未知欲知根相應亦與猗覺支相應耶乃至廣作四句與未知欲知根相應不與猗覺支者猗覺支應於未知欲知根未知欲知根俱聚中猗覺支體與未知欲知根相應不與猗覺支相應所以者何自體不應自體如先說與猗覺支相應不與未知欲知根者未知欲知根不相應猗覺支相應法彼是何耶答曰知根知已根俱聚中猗覺支相應法不與未知欲知根相應是他聚故與未知欲知根相應亦與猗覺支者猗覺支相應未知欲知根相應法彼是何耶答曰十大地九善大地及心覺觀隨地不與未知欲知根相應亦不與猗覺支者未知欲知根不相應猗覺支故彼是何耶知根知已根俱聚中猗覺支體不與未知欲知根相應所以者何自體不應自體如先說及餘心心數法色無爲心不相應行如是等法作第四句如未知欲知根於猗覺支未知欲知根於捨覺支亦如是若法與未知欲知根相應亦與正覺相應耶乃至廣作四句與未知欲知根相應不與正覺者正覺應於未知欲知根俱聚中正覺體與未知欲知根相應不與正覺相應所以者何自體不應自體如先說及正覺不相應未知欲知根相應法彼是何耶中間禪三禪中未知欲知根相應法與正覺相應不與未知欲知根者未知欲知根不相應正覺相應法彼是何耶知根知已根俱聚

中正覺相應法不與未知欲知根相應以他聚故與未知欲知根相應亦與正覺者未知欲知根正覺相應法彼是何耶答曰十大地十善大地及心觀不與未知欲知根相應亦不與正覺者未知欲知根不相應正覺彼是何耶知根知已根俱聚中正覺體不與未知欲知根相應以他聚故亦不與正覺相應所以者何自體不應自體如先說及餘心心數法餘者中間禪三禪三無色定中知根知已根俱聚中一切有漏心心數法色無爲心不相應行如是等法作第四句如未知欲知根知根知已根說亦如是異者

若法與知已根相應亦與正見相應耶乃至廣作四句與知已根相應不與正見者知已根所攝正見知已根俱聚中正見體與知已根相應不與正見相應所以者何自體不應自體如先說及餘正見不相應知已根相應法彼是何耶答曰盡智無生智俱聚中與已知根相應不與正見相應以他聚故與正見相應不與已知根者知已根所不攝正見相應法未知欲知根知根俱聚中正見相應法不與已知根相應以他聚故與知已根相應亦不與正見者知已根正見相應法彼是何耶答曰八根及彼相應非根心心數法不與已知根相應亦不與正見者知已根所不攝正見未知欲知根知根俱聚中正見體不與知已根相應以他聚故不與正見相應所以者何自體不應自體如先說及餘心心數法無漏法無餘餘有漏心心數法色無爲心不相應行如是等法作第四句餘相應如先品

說

阿毗曇毗婆沙論卷第八十一

阿毗曇毗婆沙論卷第八十二

迦　旃　延　子　造

北涼沙門浮陀跋摩共道泰譯

智揵度相應品第四之二

有四十四智體知老死智體知老死
知老死滅智體知老死滅道智體知行
亦如是問曰何故作此論答曰此是佛經
經說佛告比丘我今當說四十四智體
皆應一心善聽佛說是經而不廣分別佛經
是此論所為根本欲廣分別故而作此論問
曰若佛經是此論根本者何故世尊說此經
耶答曰世尊以如是方便道門得阿耨多羅
三藐三菩提今欲以如是方便道門示諸弟子
汝等不捨是方便道門者不久當得盡漏譬
豪富長者以如是方便積聚財物復欲以是

方便教諸子孫汝等不應捨離如是方便不
久當得無量財寶彼亦如是
云何四十四智體知老死是一智體知老死
集是二智體知老死滅是三智體知老死滅
道是四智體知老死因老死有四智體知老
亦有四智體十一四則有四十四智體問曰
何故不說知無明智體耶答曰應說而不說
者當知此說有餘復次若是有支有為作因
者說智體無明雖是有支有不為作因復次
有四法者立智體無明有三法義故不立知
老死智是四智謂法智比智苦智等智知老
死集智是四智謂法智比智集智等智知老
死滅智是四智謂法智比智滅智等智知老
死滅道智是四智謂法智比智道智等智如
知老死有十六智乃至知行亦有十六智若

分別在身及以刹那則有無量無邊此中以有支以諦以對治故有四十四智體

問曰此四十四智體幾在過去幾在未來幾在現在答曰或在過去或在未來或在現在幾緣過去幾緣未來現在答曰三十三緣三世十一緣非世法若如雜犍度所說者三緣過去謂知行知行集知識集三緣未來謂知老死知老死集知生十六緣現在謂知生集知有知有集知取知取集知愛知愛集知受知受集知觸知觸集知六入知六入集知名色知名色集知識十一緣三世十一緣非世幾是有漏幾是無漏答曰或盡是有漏或盡是無漏幾緣有漏幾緣無漏答曰二十二緣有漏二十二緣無漏幾是有爲幾是無爲答曰盡是有爲無有智是無爲者幾緣有爲幾緣無爲答曰三十三緣有爲十一緣無爲此智體不能得正決定不得果不離欲不盡漏是聖人本所得法爲遊戲故爲觀本所作故爲受現法樂故爲受用聖法故起此智現在前有七十七智體問曰何故作此論答曰此是佛經佛經說我今當說七十七智體謂知生是老死緣智體非不緣生有老死智體乃至廣說佛何故說此經者如先說

云何七十七智體答曰知生是老死緣是一智體非不緣生有老死是二智體過去生曾爲老死緣是三智體非不曾緣過去生有老死是四智體未來生當爲老死緣是五智體非不當緣未來生有老死是六智體及知法住智此法是無常是有爲從因緣生是盡法是滅法是無欲法知如是法者是第七智體

如知老死有七智體乃至知行亦有七智體十一七智體則有七十七智體問曰此中何故不說知無明緣智體耶答曰應說而不說者當知此說有餘復次若是有支有爲作因者說智體無明雖是有支有不爲作因知生是老死緣是四智體謂法智比智等智集智非不緣生有老死智體何故復作此說耶答曰論有二種一定自言二定他言定自言者如佛弟子以佛法義定於自言如外道弟子以外道義亦定自言如育多婆提以育多婆提義定於自言如毗婆闍婆提以毗婆闍婆提義定於自言定他言者如佛弟子定外道弟子言外道弟子定佛弟子言如育多婆提定毗婆闍婆提言如毗婆闍婆提定育多婆提言或謂此但爲論議故作如是說非是實法欲令此義決定有如是實事故作是說非不緣生有此老死此智是四智謂法智比智等智集智通前有八智知過去生曾爲老死緣智體是四智謂法智比智等智知集智通前有十二智體知非不曾緣過去生有老死智體是四智如先說通前有十六智體知未來生當爲老死緣智體是四智如先說通前有二十智體知非不當緣未來生有老死智體是四智如先說通前有二十四智體知法住智乃至廣說通前有二十五智體如知老死緣有二十五智體乃至知行緣有二十五智體若分別在身及剎那者則有無量無邊智體此中以有支以世以諦以對治故立七十七智體

問曰何故不說知現在智體耶答曰或有說

者生是老死緣非不緣生有老死是說知現在智體過去者知過去未來者知未來復有說者知生是老死緣非不緣生有老死是有說三世過去即知過去未來即知未來

問曰此智幾在過去幾在未來現在答曰或盡在過去或盡在未來或盡在現在幾緣過去幾緣未來幾緣現在答曰若如所說生是老死緣非不緣生有老死是說知現在智體者二十二緣過去二十二緣未來二十二緣現在十一緣三世若作是說生是老死緣非不緣生有老死是說知三世智體者二十二緣過去二十二緣未來三十三緣三世幾是有漏幾是無漏答曰或盡是有漏或盡是無漏幾緣有漏幾緣無漏答曰盡緣有漏幾是有爲幾是無爲答曰盡是有爲無有智體是無爲者幾緣有爲幾緣無爲答曰盡緣有爲此智體不能得正決定乃至廣說

及法住智乃至廣說法住智者是知因智所以者何住名爲因三界上中下果在彼中住故若知此智名知法住智此智是四智謂法智比智等智集智復有說者若欲知法住智是名知法住智知彼智是道智問曰若然者此說云何通如說此是盡法滅法無欲法無漏法非是無欲法答曰此文應如是說此是盡法滅法不應言無欲法而不說者有何意耶答曰欲呵責無漏法故經說蘇尸摩當知先有法住智後有涅槃智問曰此中何者是法住智何者是涅槃智耶答曰知生死增長智是法住智知生死增長滅智是涅槃智復次知十二緣起是法住智知十二緣起滅是

涅槃智知苦集智是法住智知滅道智是涅槃智若作是說則爲善通先有法住智後有涅槃智復有說者苦集道智是法住智滅智是涅槃智問曰若然者先有法住智後有涅槃智此說云何通答曰涅槃智亦有在後者復次諸邊中智是法住智根本中智是涅槃智何以知之經說有衆多異學梵志共集一處作如是談論聞有此言沙門瞿曇未出世時我等爲國王大臣婆羅門居士而見尊重供養今沙門瞿曇出世奪我名稱利養猶如日出令火無光我等今當作何方便還得名譽利養乃至廣說復作是念沙門瞿曇更無異德但善知經論顏貌端正我等不假顏貌但知經論者便可還得名譽利養乃至廣說復作是言今此衆中誰能堪任於沙門瞿曇法中出家而竊於法令我等受持讀誦復作是言今蘇尸摩梵志志念堅固堪任於沙門瞿曇法中出家竊法令我等受持讀誦即皆往詣蘇尸摩所具陳上事而以告之爾時蘇尸摩以二事故而便可之一以親愛眷屬故二以善根因緣故爾時蘇尸摩出王舍城詣於竹林時有衆多比丘在精舍門邊往反經行爾時蘇尸摩遥見諸比丘即往其所而作是言諸比丘當知我欲於沙門瞿曇法中學修梵行時諸比丘即將蘇尸摩詣世尊所而白佛言今此蘇尸摩梵志者欲於世尊法中出家受具足行比丘法佛告諸比丘汝等可爲蘇尸摩出家授其具足時諸比丘即爲出家授具足時蘇尸摩聰明智慧念力堅固未久之間讀誦三藏少解其義便作是念若欲

利我親屬者今正是時從竹林出欲詣王舍城世尊有徧照眼守護於法誰能竊者爾時有五百比丘詣蘇尸摩所或有說者是諸比丘佛所化作或有說者是實比丘時諸比丘到蘇尸摩所皆作是言蘇尸摩當知我等生分已盡所作已辦梵行已立不受後有時蘇尸摩便問諸比丘言汝等依於初禪得盡漏耶答曰不也依第二第三第四禪及過色無色寂靜解脫得盡漏耶答言不也時蘇尸摩復作是言汝等旣不依禪定而得盡漏誰當信耶時諸比丘皆作是言我等是慧解脫時蘇尸摩不識慧解脫若我親屬問是義者我則不知以是事故還詣佛所具以上事向佛說之佛作是答蘇尸摩當知先有法住智後有涅槃智蘇尸摩復白佛言世尊我今不知何者法住智何者是涅槃智佛告蘇尸摩汝知與不知但法應如是先有法住智後有涅槃智彼諸比丘先依未至禪盡漏後起根本禪以是事故知諸邊中智是法住智根本中智是涅槃智

若成就法智亦成就比智耶答曰若得云何爲得若苦比智現在前設成就比智亦成就法智耶答曰如是所以者何以法智在前得故若成就法智亦成就他心智耶答曰若得不失云何若得不失已離欲愛於彼離欲不退設成就他心智亦成就法智耶答曰若得云何爲得若苦法智現在前若成就法智亦成就等智耶答曰如是設成就等智亦成就法智耶答曰若得云何爲得若苦法智現在前若成就法智亦成就苦智耶答曰如是設

成就苦智亦成就法智耶答曰如是所以者何此二智一時得故若成就法智亦成就集滅道智耶答曰若得設成就集滅道智亦成就法智耶答曰如是所以者何法智在前得故若成就比智亦成就他心智耶答曰若得不失云何若得不失已離欲愛於彼離欲不退設成就他心智亦成就比智耶答曰若得云何爲得若苦比智現在前若成就比智亦成就等智耶答曰如是設成就等智亦成就比智耶答曰若得如先說若成就比智亦成就苦智耶答曰如是設成就苦智亦成就比智耶答曰若得如先說若成就比智亦成就集滅道智耶答曰若得如先說設成就集滅道智亦成就比智耶答曰如是若成就他心智亦成就等智耶答曰如是設成就等智亦成就他心智耶答曰若得不失如先說若成就他心智亦成就苦集滅道智耶答曰若得設成就苦集滅道智亦成就他心智耶答曰若得不失如先說若成就等智亦成就苦集滅道智耶答曰若得設成就苦集滅道智亦成就等智耶答曰如是若成就苦智亦成就集滅道智耶答曰若得設成就集滅道智亦成就苦智耶答曰如是所以者何苦智在前得故若成就集智亦成就滅道智耶答曰若得設成就滅道智亦成就集智耶答曰如是若成就滅智亦成就道智耶答曰若得設成就道智亦成就滅智耶答曰如是

若成就過去法智亦成就未來耶答曰如是何等時成就過去未來法智耶答曰得正決定見苦諦時一心頃見集諦時四心頃見滅

諦時四心頃見道諦時三心頃得須陀洹果
斯陀含果阿那含果阿羅漢果信解脱轉根
作見到時解脱轉根作不動時已起滅法智
設成就未來法智亦成就過去耶答曰若滅
巳不失如先說時若不滅設滅便失則不成
就何等時成就未來法智不成就過去耶答
曰得正決定見苦諦時一心頃得須陀洹果
未起滅法智先起滅者得果故失乃至時解
脱轉根作不動未起滅法智先起滅者得果
轉根故失若成就過去法智亦成就現在耶
答曰若現在前云何為現在前若不起比智
等智忍若非無心時乃現在前何等時成就
過去現在法智耶答曰得正決定見集諦時
一心頃見滅諦時一心頃見道諦時一心頃
得須陀洹果已起滅法智現在前乃至時解

脱轉根作不動已起滅法智現在前設成就
現在法智亦成就過去耶答曰若滅巳不失
則成就何等時成就現在法智亦成就過去
耶答曰如先說時若不滅設滅便失則不成
就何等時成就現在法智未起
滅法智先起滅者得果非過去起
乃至時解脱轉根作不動未起滅法智先起
滅者得果轉根故失起法智現在前若
未來法智亦成就現在耶答曰若現在前何
等時成就未來現在法智耶答曰得正決定
見苦諦時一心頃見集諦時一心頃見滅諦
時一心頃見道諦時一心頃得須陀洹果時
起法智現在前乃至時解脱轉根作不動起
法智現在前設成就現在法智亦成就未來

耶答曰如是所以者何若成就現在法智必成就未來若成就過去法智亦成就未來現在耶答曰未來則成就現在若現在前何等時成就三世法智耶答曰得正決定見集諦時一心頃見滅諦時一心頃見道諦時一心頃得須陀洹果已起滅法智現在前乃至時解脱轉根作不動已起滅法智現在前設成就未來現在法智亦成就過去耶答曰若滅已不失則成就如先説時若不滅設滅便失則不成就何等時成就未來現在法智不成就過去耶答曰得正決定見苦諦時一心頃得須陀洹果未起滅法智先起滅者得果故失起法智現在前乃至時解脱轉根作不動未起滅法智先起滅者得果轉根故失起法智現在前若成就未來法智亦成就過去現在耶答曰或成就未來法智非過去現在及過去非現在及現在非過去及過去現在成就未來法智非過去現在者若得法智未滅設滅便失則不現在前若得法智是則明有未來若未滅設滅便失則明無過去不現在前則明無現在何等時成就未來法智不成就過去現在耶見道中無得須陀洹果未起滅法智先起滅者得果故失不起法智現在前乃至時解脱轉根作不動未起滅法智先起滅者得果轉根故失不起法智現在前及過去非現在者若已起滅法智不起法智現在前若已起滅法智則明有過去不起法智現在前則明無現在若成就過去必成就未來何等時成就過去未來法智不成就現在耶答曰如先説成就過去未來法智時及現

在非過去者起法智現在前若未滅設滅便失起法智現在前則明有現在若未滅設滅便失則明無過去若成就現在必成就未來何等時成就未來現在法智非過去耶答曰如先說成就未來現在法智時及過去現在者若以起滅法智不失起法智現在前若以起滅法智不失則明有過去起法智現在前則明有現在若成就過去現在必成就未來何等時成就三世法智耶答曰如先說成就三世法智時設成就過去現在法智亦成就未來耶答曰如是若成就現在法智亦成就過去未來耶答曰未來則成就過去若滅已不失若未滅設滅便失則不成就何等時成就三世法智耶答曰如先說成就三世法智時設成就過去未來法智亦成就現在耶答曰若現在前如先說如法智作六句比智苦智集智滅智道智作六句亦如是

若成就過去他心智亦成就未來耶答曰如是所以者何若成就過去必成就未來何等時成就過去未來他心智耶答曰生欲界離欲界欲者及生色界者若學人於欲界色界已起滅無漏他心智命終生無色界未得阿羅漢果者設成就未來他心智亦成就過去耶答曰若滅已不失則成就如先說時若未滅設滅便失則不成就生欲界色界則無是事若於欲界色界已起滅他心智命終生無色界於彼得阿羅漢果者是時不起滅他心智先起滅者得果故失若聖人於欲色界不起滅無漏他心智命終生無色界者唯成就未來他心智非過去若成就過去他心智亦

成就現在耶答曰若現在前云何爲現在前
若不起餘智不起忍若非無心乃現在前設
成就現在他心智亦成就過去耶答曰如是
何等時成就過去現在他心智耶答曰生欲
色界起他心智現在前若成就未來他心智
亦成就現在耶答曰若現在前云何爲現在
前答曰若不起餘智及忍若非無心乃現在
前何等時成就未來現在他心智耶答曰生
欲色界起他心智現在前設成就現在他心
智亦成就未來耶答曰如是所以者何若成
就現在必成就未來若成就過去他心智亦
成就未來現在耶答曰未來則成就現在若
現在前云何爲現在前如先說何等時成就
三世他心智耶答曰生欲色界起他心智現
在前設成就未來現在他心智亦成就過去
耶答曰如是何等時成就三世他心智耶答
曰如先說若成就未來他心智亦成就過去
現在耶答曰或成就未來他心智非過去現
在及過去非現在及過去現在何等時成就
未來他心智非過去現在耶答曰生欲色界
中無有是事若學人於欲色界中不起滅無
漏他心智命終生無色界未得阿羅漢果者
若已起滅他心智命終生無色界得阿羅漢
果者是時唯成就未來及過去非現在者生
欲界離欲愛不起他心智現在前生色界不
起他心智現在前若學人已起滅無漏他心
智命終生無色界未得阿羅漢果者及過去
現在者生欲色界起他心智現在前設成就
過去他心智現在他心智亦成就未來耶答
曰如是何等時成就三世他心智耶答曰如

先說時若成就現在他心智亦成就過去未來耶答曰如是何等時成就三世他心智耶答曰如先說時設成就過去未來他心智亦成就現在耶答曰若現在前云何爲現在前答曰如先說

若成就過去等智亦成就未來耶答曰如是所以者何一切衆生盡成就過去未來等智故成就未來等智亦成就過去耶答曰如是若成就過去等智亦成就現在耶答曰若現在前云何爲現在前若不起無漏智不起忍若非無心乃現在前設成就現在等智亦成就過去耶答曰如是餘廣說如經本

若成就過去法智亦成就過去比智耶答曰若滅已不失則成就何等時成就過去法智比智耶答曰得正決定見集諦時四心頃見滅諦時四心頃見道諦時三心頃得須陀洹果已起滅法智比智乃至時解脫轉根作不動已起滅法智比智若不滅設滅便失則不成就何等時成就過去法智不成就比智耶答曰得須陀洹果阿羅漢果特解脫轉根作不動時無有是事所以者何是時先有比智故何等時成就過去法智不成就過去比智耶答曰得正決定見苦諦時二心頃得斯陀含果時已起滅法智非比智先起滅者得果故失得阿那含果信解脫轉根作見到亦如是設成就過去比智亦成就過去法智耶答曰若滅已不失則成就何等時成就過去比智不成就過去法智耶答曰見道中無有是事所以者何見道中先得法智故得須陀洹果時已起滅比智不起滅法智先起滅者得

果故失乃至時解脫轉根作不動已起滅比智不起滅法智先起滅者得果轉根故失若成就過去法智亦成就未來比智耶答曰若得何等時成就過去法智亦成就未來比智耶答曰得正決定見苦諦時一心頃見集諦時四心頃見滅諦時四心頃見道諦時三心頃得須陀洹果已起滅法智乃至時解脫轉根作不動已起滅法智設成就未來比智亦成就過去法智耶答曰若滅已不失則成就何等時成就未來比智亦成就過去法智耶答曰如先說時若不滅設滅便失則不成就何等時成就未來比智不成就過去法智耶答曰見道無有是事得須陀洹果乃至時解脫轉根作不動不起滅法智若成就過去法智亦成就現在比智耶答曰若成就現在前

云何爲現在前若不起餘智不起忍若非無心乃現在前何等時成就過去法智亦成就現在比智耶答曰得正決定見苦諦時一心頃見集諦時一心頃見滅諦時一心頃得須陀洹果已起滅法智起比智現在前乃至時解脫轉根作不動已起滅法智起比智現在前設成就現在比智亦成就過去法智耶答曰若滅不失則成就如先說時若不滅設滅便失則不成就何等時成就現在比智不成就過去法智耶答曰見道中無有是事得須陀洹果未起滅法智先起滅法智者得果故失起比智現在前乃至時解脫轉根作不動未起滅法智先起滅法智者得果轉根故失起比智現在前若成就過去法智亦成就過去現在比智耶答曰或成就過去法智不成

就過去現在比智及過去非現在及現在非過去及過去現在成就過去法智非成就過去現在比智者已起滅法智未起滅比智不起比智現在前何等時成就過去法智不成就過去現在比智耶答曰得須陀洹果阿羅漢果時解脫轉根作不動無有是事得正決定見苦諦時一心頃得斯陀含果阿那含果信解脫轉根作見到時已起滅法智未起滅比智先起滅者得果轉根故捨不起比智現在前及過去非現在者已起滅法智比智不起比智現在前何等時成就過去法智比智不成就現在比智耶答曰如先說及現在非過去者已起滅法智起比智現在前若未滅設滅便失何等時成就過去法智現在比智非過去比智耶答曰如先說及過去現在者

已起滅法智比智起比智現在前何等時成就過去法智及過去現在比智耶答曰得正決定見集諦時一心頃見滅諦時一心頃得須陀洹果已起滅法智比智起比智現在前乃至時解脫轉根作不動已起滅法智比智起比智現在前設成就過去現在比智亦成就過去法智耶答曰若滅已不失則成就何等時成就過去現在比智亦成就過去法智耶答曰如先說若不滅設滅便失則不成就何等時成就過去現在比智不成就過去法智耶答曰見道中無有是事得須陀洹果已起滅比智起比智現在前未起滅法智先起滅者得果故失乃至時解脫轉根作不動說亦如是若成就過去法智亦成就未來現在比智耶答曰或成就過去法智不成就未來

現在比智及未來非現在及未來現在成就過去法智非未來現在比智者已起滅法智不失未得比智何等時成就過去法智非未來現在比智耶答曰得正決定見苦諦時一心頃及未來非現在者已起滅法智不失得比智不起現在前何等時成就過去法智及未來比智非現在耶答曰如先說及未來現在者已起滅法智不失起比智現在前何等時成就過去法智亦成就未來現在比智耶答曰得正決定見苦諦時一心頃見集諦時一心頃見滅諦時一心頃得須陀洹果已起滅法智起比智現在前乃至時解脫轉根作不動亦如是設成就未來現在比智亦成就過去法智耶答曰若滅已不失則成就何等時成就未來現在比智亦成就過去法智耶答曰如先說若不滅設滅便失則不成就何等時成就未來現在比智不成就過去法智耶答曰見道中無有是事得須陀洹果乃至時解脫轉根作不動時未起滅法智先起滅者得果轉根故失起比智現在前若成就過去法智亦成就過去未來比智耶答曰或成就過去法智非過去未來比智及未來非過去及過去未來成就過去法智非過去未來比智者已起滅法智不失未得比智何等時成就過去法智非過去未來比智耶答曰得正決定見苦諦時一心頃及未來非過去者已起滅法智不失得比智未滅設滅便失何等時成就過去法智及未來比智非過去耶答曰得正決定見苦諦時一心頃得須陀洹果阿羅漢果時解脫轉根作不動時無有是

事所以者何比智在前得故得斯陀舍阿那
含果信解脱轉根作見到時已起滅法智未
起滅比智先起滅者得果轉根故失及過去
未來比智者已起滅法智比智不失何等時
成就過去法智及過去未來比智耶答曰得
正決定見集諦時四心頃見滅諦時四心頃
見道諦時三心頃得須陀洹果已起滅法智
比智乃至時解脱轉根作不動已起滅法智
比智設成就過去未來比智亦成就過去法
智耶答曰若滅已不失則成就如先説時若
不滅設滅便失則不成就何等時成就過去
未來比智不成就過去法智耶答曰見道中
無有是事所以者何法智在前得故得須陀
洹果已起滅比智未起滅法智先起滅者已
得果故失乃至時解脱轉根作不動亦如是

若成就過去法智亦成就過去未來現在比
智耶答曰是中有五句成就過去法智非過
去未來現在比智者答曰如先説及未來非
過去現在者答曰如先説及過去未來非現
在者答曰如先説及未來現在非過去者答
曰如先説及過去未來現在者已起滅法智
比智起比智現在前何等時成就過去法智
亦成就三世比智耶答曰得正決定見集諦
時一心頃見滅諦時一心頃得須陀洹果乃
至時解脱轉根作不動已起滅法智比智起
比智現在前設成就過去未來現在比智亦
成就過去法智耶答曰如先説若成就過去
法智亦成就知過去他心智耶答曰若滅已
不失則成就過去何等時成就過去法智他
心智耶答曰離欲愛人得正決定見苦諦時

二心頃見集諦時四心頃見滅諦時四心頃見道諦時三心頃得阿那含果阿羅漢果離欲愛人信解脱轉根作見到時解脱轉根作不動已起滅法智他心智若不滅設滅便失則不成就何等時成就過去法智非他心智耶答曰未離欲愛人得正決定見苦諦時二心頃見集諦時四心頃見滅諦時四心頃見道諦時三心頃得須陀洹果斯陀含果未離欲愛人信解脱轉根作見到時已起滅法智設成就過去他心智亦成就過去法智耶答曰若滅已不失則成就如先説時若不滅設滅便失則不成就何等時成就過去他心智非法智耶答曰離欲愛人得正決定見苦諦時二心頃得阿那含果阿羅漢果未起滅法智設起滅者得果故失離欲愛信解脱轉根作見到時解脱轉根作不動未起滅法智設起滅者轉根故失若於欲界不起滅法智命終生色界者若於欲色界已起滅無漏他心智不起滅法智命終生無色界未得阿羅漢果者生欲界離欲愛凡夫生色界凡夫若成就過去法智亦成就未來他心智耶答曰若得不失則成就云何得不失若離欲愛於彼離欲不退何等時成就過去法智亦成就未來他心智耶答曰如先説時設成就未來他心智亦成就過去法智耶答曰若已滅不失則成就如先説時若不滅設滅便失則不成就何等時成就未來他心智不成就過去法智耶答曰離欲愛人得正決定見苦諦時二心頃得阿那含果得阿羅漢果未起滅法智設起滅者得果故失離欲愛信解脱轉根作

見到時解脫轉根作不動未起滅法智設起滅者轉根故失若於欲界未起滅法智命終生色無色界設起滅者即於彼得阿羅漢果生欲界離欲凡夫生色界凡夫若成就過去法智亦成就現在他心智耶答曰若現在前云何爲現在前若不起餘智不起忍若非無心乃現在前何等時成就過去法智亦成就現在他心智耶答曰得阿那含果乃至時解脫轉根作不動已起滅法智起他心智現在前若於欲界起滅法智命終生色界起他心智現在前設成就現在他心智亦成就過去法智耶答曰若滅已不失則成就如先說時若不滅設滅便失則不成就何等時成就現在他心智不成就過去法智耶答曰見道中無有是事得阿那含果乃至時解脫轉根作

不動未起滅法智設起滅者得果轉根故失起他心智現在前若於欲界不起滅法智命終生色界起他心智現在前設起滅者即於彼得阿羅漢果起他心智現在前生欲色界凡夫起他心智現在前若成就過去法智亦成就過去現在他心智耶答曰或成就過去法智不成就過去現在他心智及過去非現在及過去現在成就過去法智非過去現在他心智者若已起滅法智不起滅他心智設起滅者便失不起他心智現在前何等時成就過去法智不成就過去現在他心智耶答曰如先說未離欲愛時及過去非現在前者已起滅法智他心智不失不起他心智現在前如先說異者言不起他心智現在前及過去現在者已起滅法智他心智不失起他心

智現在前何等時成就過去法智亦成就過去現在他心智耶答曰見道中無有是事得阿那含果已起滅法智起他心智現在前乃至時解脫轉根作不動已起滅法智起他心智現在前若於欲界已起滅法智命終生色界未得阿羅漢果起他心智現在前設成就過去現在他心智亦成就過去法智耶答曰若滅已不失則成就如先說時若不滅設滅便失則不成就何等時成就過去現在他心智非過去法智耶答曰見道中無有是事阿那含果未起滅法智起他心智現在前乃至時解脫轉根作不動未起滅法智起他心智現在前若於欲界不起滅法智命終生色界起他心智現在前設起滅者生色界得阿羅漢果起他心智現在前生欲色界凡夫起他心智現在前若成就過去法智亦成就未來現在他心智耶答曰此中有三句成就過去法智不成就未來現在他心智者答曰如先說及未來非現在者已起滅法智不失得他心智不起現在前何等時成就過去法智及未來他心智非現在耶答曰離欲愛人得正決定見苦諦時二心頃見集諦時四心頃見滅諦時四心頃見道諦時三心頃得阿那含果乃至時解脫轉根作不動已起滅法智不起他心智現在前若於欲界起滅法智命終生色界未得阿羅漢果不起他心智現在前若生無色界未得阿羅漢果及未來現在者已起法滅智不失起他心智現在前何等時成就過去法智及未來現在他心智耶答曰如先說成就過去現在他心智時設成就未

來現在他心智亦成就過去法智耶答曰若滅已不失則成就如先說時若不滅設滅便失則不成就如先說若成就過去法智亦成就過去未來他心智耶答曰此中有三句成就過去法智非過去未來他心智者答如先說及未來非過去者已起滅法智他心智未起滅設滅便失何等時成就過去法智及未來他心智耶答曰生欲色界無有是事若於欲色界起滅法智不起滅無漏他心智命終生無色界未得阿羅漢果及過去未來他心智者答曰如先說設成就過去未來他心智亦成就過去法智耶答曰如先說若成就過去法智亦成就過去未來現在他心智耶答曰此中有四句隨相而說設成就過去未來現在他心智亦成就過去法智耶答曰若滅已不失則成就如先說時若不滅設滅便失則不成就亦如先說

若成就過去法智亦成就過去等智耶答曰如是何等時成就過去法智亦成就等智耶答曰得正決定見苦諦時二心頃見集諦時四心頃見滅諦時四心頃見道諦時三心頃得須陀洹果乃至時解脫轉根作不動已起滅法智設成就過去等智亦成就過去法智耶答曰若滅已不失則成就如先說時若不滅設滅便失則不成就何等時成就過去等智不成就過去法智耶答曰一切凡夫人及得正決定見苦諦時二心頃得須陀洹果乃至時解脫轉根作不動未起滅法智設起滅者得果轉根故失若成就過去法智亦成就未來等智耶答曰如是何等時成就過去法

智及未來等智答曰如先說設成就未來等智亦成就過去法智耶答曰若已滅不失則成就如先說若不滅設滅便失則不成就亦如先說若成就過去法智亦成就現在等智耶答曰若現在前云何爲現在前若不起無漏智不起忍若非無心乃現在前何等時成就過去法智及現在等智耶答曰見道中無有是事得須陀洹果乃至時解脫轉根作不動時已起滅法智起等智現在前設成就現在等智亦成就過去法智耶答曰若滅已不失則成就如先說時若不滅設滅便失則不成就何等時成就現在等智不成就過去法智耶答曰見道中無有是事得須陀洹果未起滅法智先起滅者得果故失起等智現在前乃至時解脫轉根作不動未起滅法智先起滅者得果轉根故失起等智現在前餘隨相廣說作七句

若成就過去法智亦成就過去苦智耶答曰若滅已不失則成就何等時成就過去法智苦智耶答曰得正決定見苦諦時二心頃見集諦時四心頃見滅諦時四心頃見道諦時三心頃得須陀洹果乃至時解脫轉根作不動已起滅法智苦智若不滅設滅便失則不成就何等時成就過去法智不成就過去苦智耶答曰見道中無有是事得須陀洹果乃至時解脫轉根作不動已起滅集滅道法智未起滅苦智先起滅者得果轉根故失設成就過去苦智亦成就過去法智耶答曰若滅已不失則成就何等時成就過去苦智法智耶答曰如先說若不滅設滅便失則不成就

何等時成就過去苦智不成就過去法智耶答曰見道中無有是事得須陀洹果乃至時解脱轉根作不動已起滅苦比智未起滅法智設起滅者得果轉根故失若成就過去法智亦成就未來苦智耶答曰如是何等時成就過去法智亦成就未來苦智耶答曰得正決定見苦諦時二心頃見集諦時四心頃見滅諦時四心頃見道諦時三心頃得須陀洹果乃至時解脱轉根作不動已起滅法智設成就未來苦智成就過去法智耶答曰若滅已不失則成就何等時成就未來苦智亦成就過去法智耶答曰如先說時若不滅設滅便失則不成就何等時成就未來苦智不成就過去法智耶答曰得正決定見苦諦時二心頃得須陀洹果未起滅法智先起滅者得

果故失乃至時解脱轉根作不動未起滅法智先起滅者得果轉根故失若成就過去法智亦成就現在苦智耶答曰若現在前云何爲現在前若不起餘智不起忍若非無心乃現在前何等時成就過去法智亦成就現在苦智耶答曰得正決定見苦諦時一心頃得須陀洹果乃至時解脱轉根作不動已起滅法智起苦智現在前設成就現在苦智亦成就過去法智耶答曰若滅已不失則成就如先說時若不滅設滅便失則不成就何等時成就現在苦智不成就過去法智耶答曰得正決定見苦諦時一心頃得須陀洹果乃至時解脱轉根作不動未起滅法智先起滅者得果轉根故失起苦智現在前若成就過去法智亦成就過去現在苦智耶答曰此中有

四句成就過去法智不成就過去現在苦智者若已起滅法智不失則成就未起滅苦智設起滅者便失不起苦智現在前何等時成就過去法智不成就過去現在苦智耶答曰見道中無有是事得須陀洹果已起滅法智未起滅苦智設起滅者得果故失不起苦智現在前乃至時解脫轉根作不動已起滅法智未起滅苦智設起滅者得果轉根故失不起苦智現在前及過去非現在者已起滅法智苦智不起苦智現在前何等時成就過去法智苦智不起成就現在苦智耶答曰得正決定見苦諦時一心頃見集諦時四心頃見滅諦時四心頃見道諦時三心頃得須陀洹果已起滅法智苦智不起苦智現在前乃至時解脫轉根作不動已起滅法智苦智不起苦智現在前及現在前非過去者若已起滅法智不失未起滅苦智設起滅者便失起苦智現在前何等時成就過去法智及現在苦智非過去耶答曰見道中無有是事得須陀洹果乃至時解脫轉根作不動已起滅法智未起滅苦智先起滅者得果轉根故失起苦智現在前及過去現在者已起滅法智苦智起苦智現在前何等時成就過去法智及過去現在苦智耶答曰得正決定見苦諦時一心頃得須陀洹果乃至時解脫轉根作不動已起滅法智苦智起苦智現在前設成就過去現在苦智亦成就過去法智耶答曰若滅已不失則成就如先說時若不滅設滅便失則不失成就何等時成就過去現在苦智不成就過去法智耶答曰見道中無有是事得

須陁洹果乃至時解脫轉根作不動已起滅苦比智未起滅法智先起滅者得果轉根故失起苦比智現在前若成就過去法智亦成就未來現在苦智耶答曰未來則成就現在若現在前餘隨相而說若成就過去法智亦成就過去未來苦智耶答曰未來則成就過去若滅不失則成就餘隨相而說若成就過去法智亦成就過去未來現在苦智耶答曰此中有四句隨相而說如法智於苦智作七句法智於集滅道智作七句亦如是過去法智過去比智過去他心智作七句乃至道智作七句亦如是餘廣說如使揵度一行歷六七大七有以差別答亦如使揵度

阿毗曇毗婆沙論卷第八十二

阿毗達磨順正理論

唐三藏法師玄奘奉　詔譯

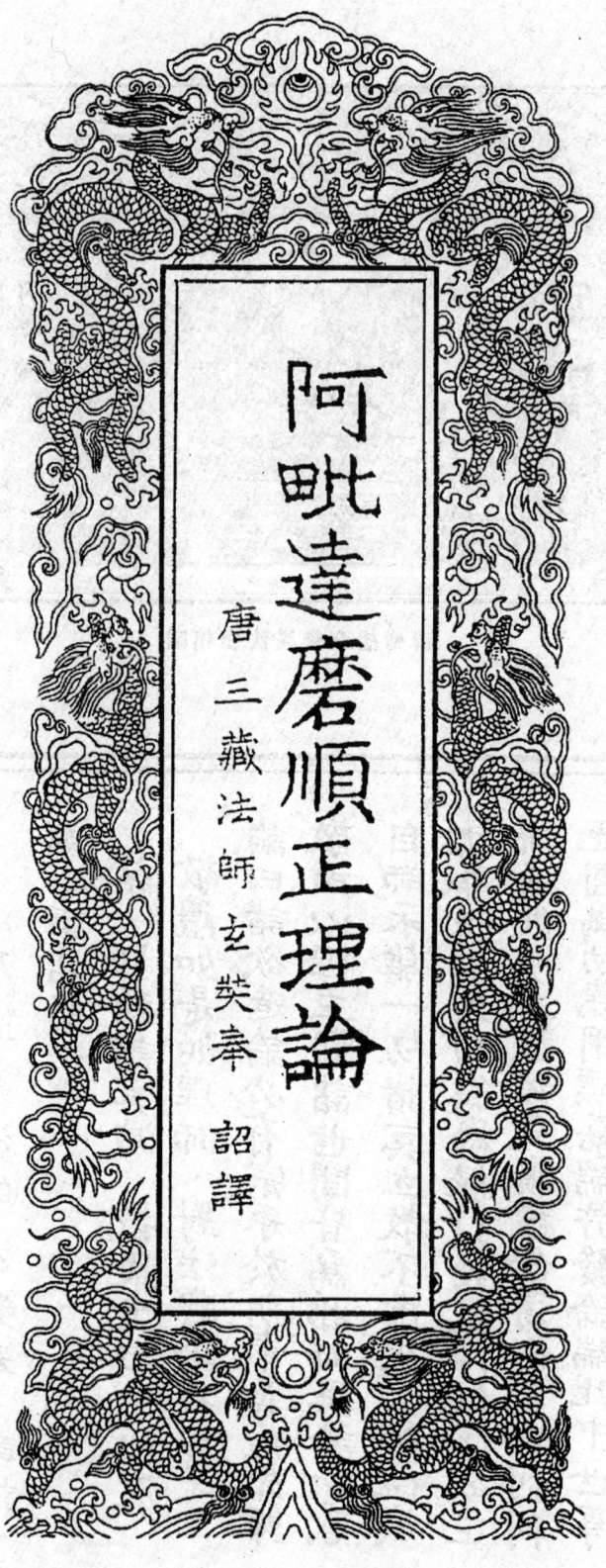

清刻龍藏佛說法變相圖

阿毗達磨順正理論卷第一

尊者衆賢造

唐三藏法師玄奘奉　詔譯

辯本事品第一之一

諸一切種諸冥滅　拔衆生出生死泥

敬禮如是如理師　對法藏論我當說

論曰諸欲造論必有宗承於所奉尊理先歸敬所以經主觀諸世間皆爲邪師異論所惑自師永離一切諸冥立教不虛處大師位成就尊勝不共功德爲緣引發殷淨信心欲正流通彼所立教故先讚禮佛薄伽梵自利利他圓滿功德用標嘉瑞許發論端此中世尊智斷二德皆具足故自利圓滿恩德備故利他圓滿所以者何一切種冥皆永滅故智德圓滿諸境界冥亦永滅故斷德圓滿授正教

手拔衆生出生死泥故恩德圓滿聲聞獨覺雖破諸冥而猶未能滅一切種故不成就一切種智未得所有無知差別不行智故意樂隨眠智等闕故不能如理濟拔有情自利利他德未滿故雖有聖德而不名師唯佛世尊二德圓滿無倒濟拔一切有情成就希奇廣大名稱位居尊極獨號大師故先讚禮大師功德以開所說對法藏論對法者何頌曰

淨慧隨行名對法　及能得此諸慧論

論曰慧者擇法義淨者無漏義諸漏名垢擇法離垢故名淨慧何緣得知此無漏慧名爲對法以佛世尊忿天帝等所請問故如契經言我有甚深阿毗達磨及毗奈耶忿汝請問此以聖道及聖道果忿天帝釋隨意請問忿筏蹉類請問亦爾復以何緣唯無漏慧名爲對法由此現觀諸法相已不重迷故豈不現觀非唯慧能是則對法應非唯慧實非唯慧謂及隨行何謂隨行謂慧隨轉色受想等諸心所法生等及心此則總說淨慧隨行無漏五蘊名爲對法何故不說受等隨行名爲對法慧於見等三現觀中皆有能故生等及色有事非餘受等唯通緣事現觀受等各有領納等用如慧能見應名對法受等如盲豈名對法不能簡別四聖諦故以於現覺苦等相中其見現觀最爲殊勝於諸諦中揀擇轉故受等雖與淨慧俱行而慧力持趣彼彼境故現觀中非爲最勝是故成就無漏慧根說爲勝義阿毗達磨爲有世俗阿毗達磨觀彼說此爲勝義耶有謂能得此諸慧論此謂所得無漏慧根能得諸慧謂彼世間殊勝修慧思

慧聞慧及彼隨行非離如是慧及隨行無漏慧根可能證得彼是能得此方便故同無漏慧受對法名如慈方便亦名慈等能得諸論謂彼根本阿毗達磨是無漏慧勝資糧故亦名對法如業異熟漏等資糧亦名業等前諸慧言亦說生得離生得慧無能誦持對法教者唯生得慧能正誦持契經等法故彼亦名阿毗達磨豈不此論是無漏慧勝資糧故亦名對法何故乃名對法俱舍頌曰

攝彼勝義依彼故　此立對法俱舍名

論曰此就依主及有財釋藏謂堅實猶如樹藏對法論中諸堅實義皆入此攝是彼藏故名對法藏即是對法之堅實義藏或所依猶如刀藏謂彼對法是此所依引彼義言造此論故此論以彼對法爲藏名對法藏即是對法爲所依義此論所依阿毗達磨何因故說誰復先說雖不應問說對法人佛教依法不依人故而欲必以人爲量者此及前問今當總答頌曰

若離擇法定無餘　能滅諸惑勝方便
由惑世間漂有海　因此傳佛說對法

論曰由離擇法無勝方便能滅世間引苦諸惑故世尊言若於一法未達未知我終不說能正盡苦世間未滅諸煩惱故於三有海生死輪迴爲令世間修習擇法滅諸煩惱故言因此佛說對法佛若不說舍利子等諸大聲聞亦無有能於諸法相如理揀擇是故此論所依根本阿毗達磨定是佛說經主稱傳顯已不信阿毗達磨是佛所說何緣不信傳聞尊者迦多衍尼子等造故不說對法爲所依

故如世尊告阿難陀言汝等從今當依經量諸部對法義宗異故此皆不然諸大聲聞隨佛聖教而結集故阿毗達磨是佛所許亦名佛說能順遍知雜染清淨因果智故如諸契經若佛所許不名佛說便應棄捨無量契經若不說依非佛語者毗奈耶藏應非佛說臨涅槃時不勸依故若言亦勸苾芻當依別解脫經無斯過者是則應許廣毗奈耶非佛所說便非定量若毗奈耶即是廣釋戒經本故是佛說者阿毗達磨廣釋契經何故偏疑非佛所說又即慧蘊及與隨行并勝資糧名為對法四依中說智是所依不說依言有不成過又彼唯說經非定依而竟不言阿毗達磨及毗奈耶依有差別又定應許阿毗達磨是經差別故成所依或應頌等亦非所依世尊唯勸依經量故又今言依欲顯何義若顯量義理未必然如何世尊先說四量而今但說經為量耶或應先時依唯說一以法等三經所攝故或即於彼已遮依人亦即勸依經之差別而今復說有唐捐過故今言依應顯別義謂汝昔來心屬於我是則依伏補特伽羅自今以往無別所依應唯依經勿令忘失又今言經總說一切如來聖教若不爾者應須等教應非所依而復勸依別解脫者為令於戒起尊重心以彼戒經不應求義唯當恭敬如說而行毀重戒者不可修治故重勸依令堅持戒是故言依非唯量義又勸阿難依經量者正為勸依阿毗達磨是經之量故名經量即是衆經所有定義阿毗達磨能決衆經判經了義不了義故阿毗達磨名能總攝不

違一切聖教理言故順此理名了義經與此理違名不了義不了義者恐違法性依正理教應求意旨若異此者如先但說依了義經今亦應爾唯勸依經不應言量所言諸部阿毗達磨義宗異故非佛說者經亦應爾諸部經中現見文義有差別故由經有別宗義不同謂有諸部誦七有經彼對法中建立中有如是建立漸現觀等讚學根本異門等經說一切有部中不誦拊掌喻等衆多契經於餘部中曾所未誦雖有衆經諸部同誦然其名句互有差別謂有經說汝阿氏多於當來世成等正覺非黑非白非黑非白黑熟業等無量名句諸部不同是故不應由義宗異阿毗達磨便非佛說阿毗達磨定是佛說由佛攝受三藏教故如世尊說老耄出家持吾三藏甚爲難得若謂此言依雜藏說理必不然以彼即是經差別故曾無處說別持彼故唯有處說持素怛纜及毗奈耶摩怛理迦而無別處言持雜藏亦不可說雜藏即是摩怛理迦由別釋故如大尊者迦葉波言摩怛理迦名曰何等謂四念住廣說乃至八支聖道四正行四法迹四無礙解空空無願無願無相無相諸現觀邊諸世俗智雜修靜慮無諍願智邊際定智止觀等法及集異門法蘊施設如是等類一切總謂摩怛理迦非雜藏中此等諸法具足可得故說雜藏即是第三非爲善說又契經說於阿毗達磨阿毗毗奈耶應勤修學故知佛說阿毗達磨若爾阿毗毗奈耶藏應爲第四不爾由許毗奈耶藏即是阿毗毗奈耶故所有最勝增上尸羅相應論道以

能現對毗奈耶故名阿毗毗奈耶所有甚深諸法性相相應論道以能現對法性相故名阿毗達磨或諸契經名爲達磨論能現前決擇其義名阿毗達磨別解脱本名毗奈耶律唯現前廣辨緣起名阿毗毗奈耶是故所言不成疑難文佛聖教三蘊所收猶如契經毗奈耶藏阿毗達磨定應量攝正法滅經亦作是説

阿毗達磨毗奈耶　阿笈摩中要文義當有不傳諸弟子　恐聞齊巳有輕淩

又説此法此毗奈耶此大師法教即對法現見經中有前句事或時彼事離前句説如正等覺或但言覺增上尸羅唯説尸羅諸欲貪等但説貪等故知此法即是對法世尊有處亦以法聲方便説有阿毗達磨謂若有説隨順契經顯毗奈耶不違法性應隨此等理教信知阿毗達磨眞是佛説謗正法罪深爲可怖勿自愛人習語惡行訕謗對法言非佛説傍論已了如上所言爲令世間修習擇法因此佛説阿毗達磨何等名爲彼所擇法頌曰

有漏無漏法　除道餘有爲　於彼漏隨增故説名有漏　無漏謂道諦　及三種無爲謂虛空二滅　此中空無礙　擇滅謂離繫隨繫事各別　畢竟礙當生　別得非擇滅

論曰説一切法略有二種一者有漏二者無漏是則總説次當別解除道聖諦餘有爲法是名有漏此復云何謂五取蘊色乃至識如説云何名色取蘊謂有漏色隨順諸取廣説乃至識亦如是何緣取蘊名爲有漏以於彼中漏隨增故有身見等諸煩惱中立漏名想

令染汙心常漏泄故與漏相應及漏境界隨增漏故名漏隨增隨增眠義後當廣辨由此已遮不同界地及無漏緣煩惱境界隨眠有漏彼此展轉不隨增故非相對立如是二名有漏無漏復有何相如世尊言有漏法者謂所有色隨順諸取是能增益諸有取義廣說乃至識亦如是與此相違是無漏法有漏無漏略相如是爲廣分別復作是言謂於過去未來現在諸所有色生長現貪或瞋或癡或隨一一餘隨煩惱諸心所法乃至廣說復爲何義作如是說爲別分別順諸取義若爾唯應說能生長貪等煩惱或隨一一餘隨煩惱非總相說能別了知爲令一切別知義故以非一切一切煩惱皆可現行故唯總說或隨一一餘隨煩惱又諸隨眠行相微細彼現行位有不能知忿等行相麤顯易知故唯總說餘隨煩惱或隨世間名爲有漏世間所攝名墮世間謂處世間不出爲義依苦諦體立世間名故契經言吾當爲汝宣說世間及世間集又作是言觀世間集於世間無是爲非有乃至廣說復云何知諸墮世間皆名有漏如契經言吾當爲汝說有漏法及無漏法有漏法者謂諸所有眼諸所有色諸所有眼識諸所有眼觸諸所有眼觸爲緣內所生或樂受或苦受或不苦不樂受如是乃至隨世間意墮世間法隨世間意識墮世間意觸廣說乃至名有漏法無漏法者謂出世間意出世間法出世間意識廣說乃至名無漏法依此聖言及由正理有漏無漏法相成立無法自制譬喻論師違理背經妄作是說非有情數離

過身中所有色等名無漏法此必不然違契經故如契經言謂於過去未來現在諸所有色生長現貪或瞋或癡乃至廣說非有情數離過身中所有色等既能生長有情貪等云何無漏所以者何無比指鬘烏盧頻螺迦葉波等緣世尊身生長貪瞋癡等漏故彼計於言非境第七是依第七如油於麻爲漏所依故名有漏此不應理以於去來說起現故未曾依去來起現在貪等是故彼計決定非善又上經言或隨一一餘隨煩惱諸心所法非隨煩惱有非心所爲簡彼故復言心所故知復言心所法者爲顯於言是境第七又應滅道是無智依如言無明以於苦等無智爲性此中於言第七聲故若此於言非許依者因何固執彼定是依故於色等生長癡等非定爲依方名有漏又一切聲皆應無漏以聲定非漏所依故不應執聲定是無漏經言聲體是雜染故非說無漏名爲雜染是應理言又諸異生身中善識應成無漏非漏依故若言漏分隨逐故者學位諸識皆應有漏又顯色等糞穢酒等非漏依故應皆無漏又阿羅漢身是無漏不應正理故契經說諸所有苦皆取爲緣然阿羅漢身定是苦故契經言

阿羅漢壽終　深生大歡喜　其猶捨毒器
亦如衆病除

譬喻者說先業所引六處名喜此若無漏聖不應觀如毒器等如契經言諸阿羅漢常自羞猒訶毀己身聖者不應羞猒訶毀諸無漏法故阿羅漢身定有漏由契經言無明所蔽貪愛所縛愚夫智者同感有身若謂無明所

感身滅餘明所引身復續生智者應無無明貪愛所感有身便違經說有諸覺分應成有果若阿羅漢身非有者如病如毒可猒毀身而言非彼三有所攝除譬喻師誰為此計又眼等法有過離過體相同故不應別執又譬喻部異生身中眼等亦非諸漏依止彼執五識無染汙故若阿羅漢無諸取蘊豈不違經如說彼觀自五取蘊如癰病等又彼傳執非有情數外法是苦而非苦諦應執有貪非貪隨眠眼非眼界受非受蘊如契經言觸俱生受名為受蘊故應諸苦皆是苦諦由契經言若於諸苦或於苦集迷惑猶豫是於苦諦集諦生疑如是已辨譬喻論宗闕於至理為有至教證彼執耶彼謂亦有故契經言離貪瞋癡則離諸漏又說有六心栽覆事所謂有漏有取諸色心栽覆事聲等亦爾彼謂此中心栽覆事既說有漏有取諸色故知別有無漏諸色廣說乃至觸亦如是彼依義准妄為是計然聖教中不應依此義准理門起諸戲論如契經說我諸所有觸所生受一切皆滅亦應義准別有諸受非觸所生而不應許又契經說大迦葉波於施主家心無繫著亦應義准餘阿羅漢於施主家心有繫著又彼經中非容義准無善聲故由彼不言謂若有漏有取諸色心栽覆事但言有漏有取諸色心栽覆事此顯色過非為簡色是故彼宗亦無至教雖彼上座誤引經言若諸苾芻有漏有取彼於現法不般涅槃又引經言

眞梵離諸漏　不染於世間　謂獨覺世尊
自在離諸漏

此於彼義都不相應我亦不許阿羅漢等有漏取故眼等雖名有漏順取而非取漏經亦不言阿羅漢等無順取法離諸有漏言不染者謂於世間一切境界煩惱斷故由契經說貪等名染謂於世間所攝受事及一切趣永離貪等故名不染由此即釋諸契經言佛告苾芻阿羅漢等於諸世間已得離繫雖行世間而能摧伏不爲世間之所染汙謂於世間諸有漏事不爲一切煩惱所縛是故說言阿羅漢等於諸世間已得離繫雖行世間而能摧伏不爲世間所染汙者此經意說阿羅漢等雖處世間亦復成就而於世間得對治故摧伏世間煩惱染汙是故彼宗都無至教又彼起執依訓詞門謂與漏俱名爲有漏此釋非理立相異故如契經言謂於過去未來現在諸有色等生長現愛或恚或慢乃至廣說如何去來與現俱起又譬喻者唐攪虛空十八界中前十五界一向有漏經所說故謂契經言有漏法者諸所有眼諸所有色諸所有眼識如是乃至身觸身識諸所有言顯無餘義彼言我等不誦此經非不誦經能成所樂欲成所樂當勤誦經又彼不以一切契經皆爲定量豈名經部謂見契經與自所執宗義相違即便誹撥或隨自執改作異文言本經文傳誦者失或復一切皆不信受如順別處等經皆言非聖教攝是對法者實愛自宗製造安置阿笈摩內彼由此故背無量經違越聖言多興異執我此論中漸當顯示已辨有漏及有漏因云何無漏謂道聖諦及三無爲有異釋言與漏等類故名有漏如有種族復

有釋言爲漏所汙故名有漏如有毒食或有釋言與漏俱斷故名有漏如天帝釋有怛策迦與彼俱墮如是等類訓釋衆多與彼相違名無漏法道聖諦者謂非有漏色等五蘊三無爲者虛空二滅所謂擇滅及非擇滅此虛空等三種無爲及道聖諦由是因緣名爲無漏次前已說其道聖諦後當廣辨於略所說三無爲中虛空但以無礙爲性於中諸法最極顯現故名虛空是則無礙以爲其相所有大種及造色聚一切不能徧覆障故或非所障亦非能障是故說言無障爲相已說虛空擇滅即以離繫爲性於四聖諦各别揀擇故名爲擇即是善慧差别爲性離繫涅槃是此果故名爲擇滅有作是言諸所斷法同一擇滅對法者言隨繫事别若諸所斷同一擇滅證得苦法智忍所斷煩惱滅時餘煩惱滅爲證得不若證得者修餘對治則爲無用若不證得是則一物證少非餘與理相違有分過故由是定應許離繫事隨繫事量不違正理已說擇滅永礙當生得非擇滅擇謂如理勤所成慧不由此慧有法永礙未來法生名非擇滅如眼與意專一色時於所餘色及一切聲香味觸等念念滅中對彼少分意處法處得非擇滅以五識身及與一分意識身等於已滅境終不能生緣俱境故由彼生用繫屬同時所依緣故若法能礙彼法生用此法離慧定礙彼法令住未來永不生故得非擇滅此法實有後當成立隨順本文次第理故前說除道餘有爲法是名有漏何謂有爲應當辨說頌曰

又諸有爲法　謂色等五蘊　亦世路言依
有離有事等
論曰老病死等災橫差別隱積損伏故名爲蘊爲別戒等故言色等戒等五蘊不能具攝一切有爲色等五蘊具攝有爲故此偏說言有爲者衆緣聚集共所生故未來未起何謂有爲是彼類故亦名有爲如所燒薪於未燒位是彼類故亦名爲薪或據曾當立名無失如琴瑟等名爲有聲亦如乳房蓮華池等諸不生法不越彼類故名有爲此有爲法彼彼經中世尊隨義名世路等彼復云何謂諸有爲亦名世路色等五蘊生滅法故未來現在過去路中而流轉故諸不生法衆緣闕故雖復不生是彼類故立名無失有說無常之所呑食故名世路或名言依言謂言音或謂能說此即語聲相續差別依謂名俱義即具攝五蘊如契經說言依有三無四無五由此善通品類足論彼說言依五蘊所攝豈不亦依無爲起說何故彼義不立言依彼義與名無俱理故如說言依謂名俱義若義與名可俱說者立爲言依以無爲義與有爲名不可俱說無俱義故不立言依隨世離世無俱理故或此滅故建立無爲故契經言蘊滅名滅非言依言依是蘊復有釋言若於是處三分可得立爲言依謂依義語無爲唯義故非言依有說亦依而闕於語或名有離諸趣輪迴沉溺生死涅槃永捨故名爲離是息諸趣恒流轉義若已至得定不還來此有離故說名有離如有財者名爲有財即是有爲有出離義一切有爲皆同船筏是故聖道亦應捨離

如契經言法尚應斷何況非法或名有事事謂所依或是所住即是因義果依於因從因生故如子依母或果住因能覆因故如人住牀是因爲果所映蔽義因果前後故及細麤性故此有事故說名有事喻如前說此唯有爲如是等類說有爲法諸名差別於此所說有爲法中頌曰

有漏名取蘊　亦說爲有諍　及苦集世間見處三有等

論曰豈不前說除道聖諦餘有爲法名爲有漏何故此中復重說耶雖前已說而欲顯彼差別名想或爲顯彼名想定義故復重說前說一切有爲名蘊今說有漏名爲取蘊義准無漏但名爲蘊即諸漏中立取名想以能執取三有生故或能執持引後有業故名爲取蘊從取生或能生取故名取蘊如草穅火如華果樹即有漏法亦名有諍謂煩惱中立諍名想觸動善品故損害自他故蘊與諍俱或諍蘊俱而得生起故名有諍此中意顯蘊之與諍非隨闕一餘可得生及者顯餘有漏名想謂或名苦即五取蘊是諸逼迫所依處故自性麤重不安隱故或名爲集即彼種類能爲因故能集成故或名世間可毀壞故如世尊說性可毀壞故名世間若爾道諦應是世間不爾第二毀壞無故道諦毀壞性不定故世間毀壞性決定故或名見處薩迦耶等五見住中隨增眠故豈不有漏一切煩惱皆隨增耶豈不諸見漏取諍攝前已說耶雖有此理而彼諸見於有漏法一切種時相無差別堅執無動隨增眠故體用增盛爲顯有漏是

能生長此諸見處故應重説貪等癡疑則不如是以彼貪等有一切種無一切時癡一切時非無差別疑無差別而不堅執是故有漏不説彼處或名三有有因有依三有攝故等言爲攝名有淤等如是等類是有漏法隨義別名如上所言色等五蘊名有爲法色蘊者何頌曰

色者唯五根　五境及無表

論曰色謂色蘊言五根者所謂眼耳鼻舌身根言五境者所謂色聲香味所觸境謂眼等所攝所行及無表者謂法處色唯者唯此所顯十處一處少分名爲色蘊如是諸色其相云何頌曰

彼識依淨色　名眼等五根

論曰彼謂前説眼等五根識即眼耳鼻舌身識依者眼等五識所依如是所依淨色爲體即此淨色名眼等根故薄伽梵於契經中説眼等根淨色爲相本論亦説云何眼根眼識所依淨色爲性如是廣説諸聖教中以根別識不以境界故知彼言顯根非境有説彼者是境非根而無意識緣色等故名色等識彼識所依名眼等過由淨色言所簡別故若爾色言應成無用彼識依淨名眼等根義已成故無識所依淨而非色爲簡彼故應用色言若謂色言是契經説契經可爾不説識依差別言故若謂此言是本論説彼亦同疑應俱思擇如是釋者爲遣疑難須置色言若識依言就多財釋則應淨信名眼等根故置色言爲簡此釋無有一法以識爲依色而是淨可爲此釋是故色言甚爲有用由此則釋本論

所言又於此中前言爲簡耳等四根彼雖皆用淨色爲性而彼非爲眼識所依故彼四根非眼根攝後言爲簡無間滅依彼雖亦爲眼識所依而彼非用淨色爲性故彼意根非眼根攝或復前言顯同分眼後言爲顯彼同分眼餘根亦爾若爾淨色相無別故應不成五不爾功能有差別故如何得知功能別者不共境識所依定故又因別故現見別因果有差別猶如琴瑟簫笛等聲然眼耳等所因四大各有差別因差別故眼等淨色體有差別體雖有別因無異故其果淨色應無別者此難不然雖同一相現見異故猶如內外大種差別若言如聲因雖有別而相一故同一處攝眼等五根亦應爾者無如是過聲雖因別而與一識爲境界故一處所攝眼等五根別類境識所依性故又是別依用所顯故不應諸根同一處攝又如識受雖同了別領納一相由因別故而有六識三受差別此亦如是如彼識受雖六三異而相同故一處所攝眼等亦應一處攝者受與無爲何因同處故非一處攝顯自相同有自相雖異同處攝故已辨眼等相色等今當說頌曰

色二或二十　聲唯有八種　味六香四種
觸十一爲性

論曰言色二者是二種義謂顯與形此中顯色有十二種形色有八故或二十顯十二者謂青黃赤白雲烟塵霧影光明闇於十二中青等四種是正顯色雲等八種是此差別其義隱者今當略釋地水氣騰說之爲霧障光明起於中餘色可見名影翻此爲闇日𦦨名

光月星火藥寶珠電等諸燄名明形色八者謂長短方圓高下正不正此中正者謂平等形不平等形名爲不正餘色易了故今不釋有說色有二十一種空一顯色第二十一此即空界色之差別於顯色中青黃赤白影光明闇唯顯可知於形色中身表業性唯形可了餘色形顯俱可了知如何一事有二體者非宗所許故無此過辨業品中當更思擇已說色處當說聲處能有呼召故名爲聲或唯音響說之爲聲善逝聖教咸作是言聲是耳根所取境界是四大種所造色性此聲八種謂有執受或無執受大種爲因及有情數非有情數差別爲四此復可意及不可意差別成八執受大種謂現在世有情數攝長養等流異熟地等與此相違名無執受此中執受大種爲因聲有二種謂有情類加行所生及餘不待加行所起其有情類加行所生復有二種一者手等加行所生二者語表業爲自性此語表業復有二種謂依名起及不待名依名起者復有二種一者有記二者無記不待名者二種亦然是有執受大種爲因聲相差別其無執受大種爲因聲亦二種一者有情加行所起二者諸界擾動所生初謂螺貝鐘鼓等聲後謂風林河等所發有情數者語手等聲餘聲即是非有情數如是諸聲聞生悅者名可意聲與此相違名不可意八中唯有初二應理以有情數非有情數即有執受及無執受大種爲因聲所攝故於色等中亦應說有可說可意等異何獨在聲色等亦應說有執受及無執受大種爲因理實應說然由聲

處自性難知故但就因說有二種色等不爾是故不說本論所攝聲相無異故不應立此八種聲豈不有聲用有執受及無執受大種為因而得生起如手鼓等合所生聲無如是聲二具四大各別果故非二四大同得一果為俱有因成過失故雖有執受與無執受二各據自所依故不成三體雖有執受與無執四大種共相扣擊而俱為因各別發聲彼聲受手鼓大種相擊為因發生二聲而相映奪隨取一種其差別相不易可知是故聲處唯有二種已說聲處當說味處越次說者顯根境識生無定故味謂所噉是可嘗義此有六種甘醋鹹辛苦淡別故已說味處當說香處香謂所齅此有四種好香惡香等不等香有差別故等不等者增益損減依身別故有說

微弱增盛異故本論中說香有三種好香惡香及平等香若能長養諸根大種名為好香與此相違名為惡香無前二用名平等香或諸福業增上所生名為好香若諸罪業增上所生名為惡香唯四大種勢力所生名平等香此雖增上果而亦有差別故唯大種勢力所生亦是有情增上果攝已說香處當說觸處觸謂所觸十一為性即十一實以為體義謂四大種及七造觸滑性澀性重性輕性及冷飢渴若爾身根應成所觸此既能觸彼彼定觸此故有說身根唯能觸非所觸譬如眼根唯能見非所見復有說者無有少法能觸少法所依所緣無間生時立觸名想若依此識能得彼境此於彼境假說能觸境非識依故非能觸即由此因唯說地等名為所觸依

彼色等定非所觸此中意顯依身根識不緣彼境而生起故若彼色等非所觸者如何華等由身觸時色等變壞由彼所依被損壞故現見所依有損益故能依損益非此相違如地方所甘澤潤沃稼穡叢林鮮榮滋茂烈日所迫與此相違故知所依大種被損能依色等變壞非餘如是義言後當廣辯此中大種至次當說今應略釋滑澀等相滑即是性故言滑性如別即性故言別性訓釋詞者可相逼觸故名爲滑即是輭煖堪執持義此有澀用故名有澀如有毛者說爲有毛澀即是性故言澀性是力麤燥堅鞕異名能爲鎮壓故名爲重是能成辦摧伏他義重即是性故言重性毗婆沙說令稱權昇故名爲重易可移轉故名爲輕現見世間物形雖大而有輕故易令遷動輕即是性故言輕性毗婆沙說不令稱首墜故名輕由彼所逼希煖欲生故名爲冷又令凝結及易了知故名爲冷是彼損益疾可知義食欲名飢飲欲名渴豈不欲是心所法故違觸相耶以於因中立果名故無相違失如言河樂階墜亦樂食爲人命草爲畜命餘所未說悶力劣等攝在此中故不別說悶不離滑力即澀重劣在輕輭輕性中攝如是其餘所觸種類隨其所應十一中攝何緣滑等展轉差別所依大種增微別故水火界增故生滑性地風界增故生澀性地水界增故生重性火風界增故生輕性故死身內重性偏增水風界增故生於冷由是亦說此所生悶若爾云何言不離滑隨一一增此有無過或復悶者是滑差別非唯滑性應知此

因亦有差別是故滑性或因水風界增故起

或因水火界增故生所以二言無相違失風

界增故生飢火界增故生渴餘隨所應皆當

配釋如是所造離大種外別有體性後當廣

辯

阿毗達磨順正理論卷第一 說一切有部

音釋

阿毗達磨 梵語也此云無比法也毗頻眉切

補特伽羅 梵語也此云數取趣伽求加切敷莫
報切

素怛纜 梵語也此云契經纜盧瞰切阿

筏摩 梵語也此云教筏極瞱切於容切誹撥誹
非議尾

阿毗達磨 比法也毗頻眉切筏蹉 筏房越切蹉七
何切

笈摩 法笈極瞱切於容容容切誹撥誹非議
尾

補特伽羅 取趣伽求加切敷莫報切

素怛纜 盧瞰切當割切

筏蹉 筏房越切蹉七何切

癰 於容切誹撥誹非議尾

補特伽羅 此末澀切立沃鼇烏酷切鞭堅魚孟切
牢也隆

阿毗達磨 比末澀切立沃鼇烏酷切鞭堅魚孟
切牢也隆

撥此末澀切沃烏酷切鞭堅魚孟切牢也隆

都鄧切登滂佩切配對滂佩也

陟之道也陟都鄧切登滂佩配對滂佩也

阿毗達磨順正理論卷第二

尊者衆賢造

唐三藏法師玄奘奉詔譯

辯本事品第一之二

於色蘊中已說根境唯餘無表此今當說頌曰

亂心無心等　隨流淨不淨　大種所造性　由此說無表

論曰亂心無心等者等言謂通兩處即不亂心及有心位不善無記名亂心餘心名不亂無想滅定名無心此能滅心故雖更有餘無心果位而無表色非所隨流故無心言不攝於彼於三性心及無心位相似相續故名隨流淨不淨者謂善不善善心等起名淨無表相似相續說爲律儀或非律儀不善心等起名不淨無表相似相續說爲不律儀或非不律儀若無記心亦爲二種剎那等起由此即說一等起心然淨不淨二無表色其隨轉心或不相似若淨無表或全無心因等起心二各相似已說亂心無心等隨流淨不淨復說大種所造者有餘隨流淨不淨得爲簡彼故說造色言此中造者即表因義云何知然如契經說色造我見即是因色起我見義復言由此說無表者由善不善心所等起諸位隨流淨不淨色雖如表業而非表示令他了知故名無表爲顯如是立名因緣故言由此說者顯此是餘師意經主不許如是種類無表色故以要言之依止身語表業差別及善不善心等差別所生無礙善不善色是名無表今謂經主於此頌中不能具說無表色相以

說隨流名無表故彼自釋言相似相續說名隨流非初刹那可名相續勿有太過之失是故決定初念無表不入所說相中又相續者是假非實無表非實失對法宗又定所發亂無心位不隨流故應非無表若言不亂有心位中此隨流故無斯過者淨不淨表業應有無表相又謂等言通無心者此言無用前已攝故亂心等言已攝一切餘有心位第二等言復何所攝經主應思或謂後等攝不亂心前無用者此不應然無容攝故何容後等攝不亂心遮言理於相似處起乗無起等理不及餘故非全攝或可亂心言成無用又應簡言惟淨無表於無心位隨流非餘於自釋中亦不簡別故於此理經主應思云何離失說無表相

作等餘心等　及無心有記　無對所造性
是名無表色

已說無表此中所言大種所造大種云何頌曰

大種謂四界　即地水火風　能成持等業
堅濕煖動性

論曰此諸大種何緣名界一切色法出生處故亦從大種大種出生諸出生處世間說名界如金等鑛立金等界名或種種苦出生處故說名爲界喻如前說有說能持大種自相及所造色故名爲界如是諸界亦名大種何故言種云何名大種種造色差別生時彼彼品類差別能起是故言種有說有情業增上故無始生死未嘗非有是故言種或法出現即名爲有生長有性是故言種即是生長法

有性義或是生長有情身義或能顯了十種造色是故言種由此勢力彼顯了故若爾便有太過之失一切因緣於果生位皆有用故無太過失有大用故言大用者謂諸有情根本事中如是四種有勝作用依此建立識之與空乃得説爲有情根本爲別所餘故復名大又於誑惑愚夫事中此四最勝故名爲大如矯賊中事業勝者別餘故名大矯大賊如是此四因緣中勝名大別餘無太過失有説此四普爲一切餘色所依廣故名大有説一切色等聚中具有堅等故名爲大風增聚中闕於色等火增聚中闕於味等色界諸聚皆無香味青等聚中闕於黄等滑等聚中闕於澀等聲等不定是故惟此四種名大何故虛空不名大種彼大種相不成立故能損益故立大種名虛空不然故非大種豈不虛空有容受故能損益耶虛空實無容受之用非可聚色隨所住方虛空開避云何容受然無對故不障彼住由是虛空無損益用若爾何意作如是説能容受故名曰虛空此説意言有虛空故令有對色展轉相容以虛空界與虛空相少分相似故有此處假號虛空空界即是咽喉等穴能令衆生吞咽飲食及有轉變便利等事以無容受損益功能是故虛空定非大種又諸大種非一非常自相衆多果別無量虛空自性是一是常相無差別全無有果非無別因生有別果是故虛空不名大種若謂餘因有差別故能助虛空生別果者即此別因能生別果何用執此虛空爲因有説虛空其性常故法生滅位相無差別地等不

爾故法不同現見大種種等位中其相轉變互等位起虛空無爲則不如是性相常故作用都無既不能生故非大種又於此中由大及種二言具故惟四義成虛空有大而無種義種與能生名差別故有說虛空亦無大義體非色故造色及餘有爲非色性能生故是種非大如前所說大種二義互不成故隨闕一種不能生成所造色故大種惟四不增不減毗婆沙者作如是言減即無能增便無用故惟有四如牀座足有說大種法爾惟四有說大種於所造色惟須持攝熟長四業若減若增無能無用云何得知此四大種恒不相離如入胎經及大造經應了知故又理應然何等爲理謂石等中現有能攝生火增隆三業可得故知於此有水火風恒不相離於諸水中現有持攝煖性流動三業可得故知於此有地火風恒不相離於火燄中現有任持攝聚擊動三業可得故知於此有地水風恒不相離於風聚中現有能持起冷煖觸三業可得故知於此有地水火恒不相離復云何知如是四界由此因緣恒相隨逐由此能成持等業故謂地等界如次能成持攝熟長四種事業由此因緣於諸色聚若有持等四業可得即知此中有地等界互不相離恒相隨逐爲能持等四業即是界自相耶不爾云何如是四界隨其次第堅濕煖動以爲自相應知此中說性顯體爲明體性不相離故云何應知地等四種異堅等相有持等業復云何知地等四種相業無異徵審異耶不見相業有差別故我等不見堅等持等相業有異故

反徵審汝謂我言離堅等相條然別有持等業耶然持等業與堅等相非離非即堅等即是地等自相無所觀故持等業用別有所觀而施設故非持自相說此持業勿一切法有持業故皆名爲地成大過失是故應知地界堅相無別所觀別觀所持說能持業水界濕相無別所觀別觀所攝說能攝業火界煖相無別所觀別觀所熟說能熟業風界動相無別所觀別觀所長竭刺藍等或復芽等說能長業長謂增盛或復流引動謂能引大種造色令其相續生至餘方是故持等業非即堅等相有說三時一時異故知相與業其義不同有說地等有持等業若地界等有堅等相此說不然風與風界無差別故長動應一風界若以動爲性者何故契經及品類足論皆言風界謂輕等動性復說輕性爲所造色說動爲風輕爲造色是顯自相輕爲風者舉果顯因是風果故豈不火界亦是輕因說火風增生於輕故雖有是說而火不定若有輕性火增爲因是處必有增盛風界或有輕性風增爲因而其中無增盛火界如葦等華飄舉輕性此中火界若增盛者其中應有熱觸可得由此風界遍爲輕因故別舉輕遍顯風界然地等相易可了知故不須說重等果顯對堅等三動難了故爲地等界即地等耶不爾云何頌曰

地謂顯形色　隨世想立名　水火亦復然　風即界亦爾

論曰地言唯表顯形色處豈不總地四處合成何故但言顯形爲地此中唯有香味觸處

而隨世想故作是言由諸世間相示地者以顯形色而相示故若爾世間相示衣等亦以顯形而相表示如言衣等白等長等而許四處爲衣等性地亦應然何故唯色又諸世間亦於香等施設地名謂作是言我今齅地嘗地觸地雖有是事而顯形色於地水火能通表示所以者何世不多說我齅於水亦不多說齅嘗於火雖言觸地等而即地等界是故地中雖有香等而顯形色勝故偏說又顯形色表示二界地等無異是故偏說若爾顯形表示衣等勝香等故亦應偏說世起想名無有決定故對法者隨世想名示現地等衣等差别又實有物非世共成世所共成皆是假有故於假法應隨世間所起想名差别而說由是香等假說爲地亦無有失且就顯形表示地者作如是說由諸世間想名無定不可以一例餘皆同已說衣等四處爲性諸餘總法如應當知衣等物中亦有生等彼物應以五處爲性雖非非有而諸世間不於彼起衣等想名若爾聲處應名衣等以世間說聞衣等聲雖亦有聲而非相續色等恒有故唯說四如地但用顯形爲體水火亦然隨世想故世間現見水青長等故說顯形爲水自性世間見觸水流相已便作是說此中水流然此流體理非實水眼等五根境各别故亦非顯色身可觸故又非形色八不攝故非離顯形有别色處云何見觸水流相耶衆水聚集風力所推生彼彼方展轉相續世間於此起流想名如是衆水異方生時於中顯形爲眼所見其間濕性爲身所觸是故顯形及與濕性

風力所繫展轉相推異方生時說爲流性非離此外別有流體故水流等是假非眞世間現見火亦長等故說顯形爲火自性又即色觸轉變生時名火燄炭是假非實無一實物身眼得故已說地等與界差別世間於動立風名故風與風界無有差別由此道理言風即界豈不世間於顯形色亦生風想世間現以黑風團風更相示故有通此難故說言亦是如地等與界別義古昔諸師咸作是說地於中雜故見如此爲顯其風即是風界故復言爾爾者定義此二說中前說爲勝遍處不淨無差別故不淨唯緣色處境故頌曰

此中根與境　即說十處界

論曰已說實物根境無表爲色蘊性此中根境亦即說爲十處十界於處門中立爲十處謂眼處等於界門中立爲十界謂眼界等已立色蘊幷立處界此中色蘊何緣名色善逝聖教且說變壞故名爲色此說意言苦受因故有觸對故可轉易故名爲變壞由變壞故說名爲色苦受因者色有變壞能生苦受如義品言

趣求諸欲人　常起於希望　諸欲若不遂
惱壞如箭中

有觸對者手等所觸色便變壞是有對礙可變壞義可轉易者如牛羊等身可轉易是可轉變及貿易義由可轉易故名變壞云何色法可轉易耶謂異相生故名轉易或能表示宿所習業故名爲色如契經說此摩納婆宿習能招惡形色業謂多忿恨或能表示內心所有故名爲色如契經說具壽汝今諸根凝

恱定證甘露豈不此說唯就有見有情數色訓釋色詞唯此能表宿所習業及内心故若爾無見非情數色應皆非色無斯過失惟色聚中有此義故不說諸色皆能表示且於一切非色聚中無能表示故此釋詞理得成立如契經說業爲生因此說諸生皆因於業不言諸業皆是生因今不應難業非生因便爲非業若不爾者善逝訓詞亦可爲難非一切色皆變壞故世尊且據有對礙色說如是言有變壞故說名爲色又作是言誰能變壞謂手觸故即便變壞乃至廣說復作是言諸習欲者無有惡業而非所爲非諸聖者全不習欲而竟不爲招惡趣業故知彼說唯據異生此亦應然不可爲難或一切色皆能表示宿此習業非有情色亦共許爲宿業果故無見

諸色云何表示與有見色不相離故非離無見而有有見有見無見一業果故由此無見能表義成而無受等亦成色過雖從業生非恒有故設恒有者細難知故異熟生色非思慮生無間隨轉故唯諸色有能表示宿所習業若爾聲非異熟生故應不成色雖非業生而能表示宿所習業如鹽賢等是所引證又聲生因處無心定亦常現有故於所釋色義無違有說變礙故名爲色若爾極微云何變礙無一極微現在獨住積集住故變礙義成有說亦有獨住極微然有變礙而不發識五識依緣要積集故如立極微雖無方分亦無觸對而許極微有礙有對有障用故應知變礙義亦如是已滅未生是彼類故如所燒薪彼同分明又如世說急食急行故名爲馬而

非一切雖無彼德而似彼故種類義成但隨少分建立名想此亦如是由此即釋定不生法住色相故亦得色名又如世間於未有用逆說當有如言當火今若欲起焚燒村邏無一得存亦如世間於用已滅追說曾有如言昔火今若欲起焚燒村邏無一得存非未有用及用已滅能實焚燒而相類同說亦應理定不生法理亦應然彼設當生亦應變礙是故變礙釋色義成去來雖爾無表云何有釋表色有變礙故無表隨彼亦受色名此不應理隨心轉色不從表生應非色故經主於此誤立前宗言如樹動影亦隨動即說過言如樹滅時影必隨滅表色滅時無表應滅然非彼喻所立異故謂立所依有變礙故此亦名色說是喻言無表所依即四大種非彼大種

不成就時無表隨轉故於此中無如是失又此相違有不定過謂不決定此從彼生彼若滅時此亦隨滅如父工匠種等滅時非子殿堂芽等隨滅又如所依金剛喻定滅不成就所生盡智至蘊相續不滅隨轉又如無漏俱生所依生上界時所依雖滅無表隨轉若以所依大種變礙能依無表亦名色者眼等五識所依五根有變礙故應亦名色有釋此言無斯過失無表依止大種轉時如影依樹光依珠寶眼等五識依眼等時則不如是唯能為作助生緣故經主謂此如影依樹光依寶言非為符順毗婆沙義由許影等顯色極微各自依止四大種故此非本論毗婆沙說亦非不順毗婆沙義此言意說影等大種樹等大種為所依故所以者何影等大種生住變

時皆隨彼故此影光言意表總聚非唯顯色如樹實言是故影等顯色極微依止影等大種而轉影等大種復依樹等大種而生故於此中無不順過經主復說設許影光依止樹實而無表色不同彼依由許所依大種雖滅而無表色不隨滅故此難不關毗婆沙義能依所依許俱滅故無表所依大種若滅能依無表未嘗不滅初念無表可與所依大種俱滅第二念等無表云何第二念等大種若無其無表色豈得現有雖此位中非無大種而彼大種非此所依非生因故奇哉如是善解對法豈不非唯生因大種望所造色能爲所依然更有餘四因大種望所造色許爲依故若彼所依大種滅已能依無表猶不滅者聖生無色無漏無表既許成就應得現前生依二因大種滅已無漏無表雖成不行故知欲界無表行者定由所依大種不滅此若不爾彼云何然由此諸師咸作是說諸所造色有二種依一生起依二力轉依聖生無色由力轉依大種無故無漏無表雖復成就而不現行由未承奉無倒解釋對法諸師致斯迷亂然眼等識所依五根雖有變礙而不成色由彼種類有別異故有識種類不依於色唯五識身依色而起六識皆用意爲所依無色界中意亦可得又於下地眠夢定等意用可得無五根用又理不應六識自性一法種類亦色非色無有無表不依色生故應所依有變礙故能依無表亦得名色又言色者如牛孔雀依少分類以立想名非無差別不應爲難

已說色蘊當說受等頌曰

受領納隨觸　想取像爲體　四餘名行蘊
如是受等三　及無表無爲　名法處法界
論曰隨觸而生領納可愛及不可愛俱相違觸名爲受蘊領納即是能受用義此復三種謂樂及苦不苦不樂能益身心故名爲樂能損身心故名爲苦有所領納而非苦樂名不苦不樂如非黒非白復云何如此別有體有說以能增益損減諸根大種及俱相違三用別故知有三體或有說者增貪瞋癡隨眠別故知有三體雖於諸受一切隨增而由所緣及相應故就別相說又癡雖與三受相應貪瞋各二而就多分相應現行故作是說復有說者與貪瞋癡行相相似故作是說有餘師說對法中言於樂受中貪隨增者不說樂受唯能起貪但說其貪隨樂受起二受瞋癡應知亦爾今正說者由教及理知第三受決定非無教者如言由樂斷故及苦斷故此中唯有不苦不樂理者離受心必不生離苦樂心現可得故焉知離受心必不生由諸契經同所說故如契經說眼及色爲緣生於眼識三和合觸俱起受想思如是乃至意及法爲緣生於意識三和合觸俱起受想思無第七心離受而起故知決定有第三受又說諸受略有二種一執取受二自性受執取受者謂能領納自所緣境自性受者謂能領納自所隨觸故世尊言順樂受觸順苦受觸及順不苦不樂受觸是樂受等所領觸義領所緣受與一境法差別之相難可了知如契經言具足領受此領受言似依慧說故彼契經次後復說不受後有如實了知雖受亦能領納境界

而此領納自性難知故領納觸為自性受此不共餘易了差別如是諸受與心等法同所緣故異領納故所緣事別所領事別由此觸於受若時為所領是時非所緣若時為所緣是時非所領故緣領事別由此善通如是文句受樂受時如實了知受於樂受乃至廣說此中意說能以覺慧無倒審知三受差別非樂謂苦非苦謂樂非於苦樂謂俱相違餘亦如是此中非受領受自性即受性故但領所緣受及餘法一切皆是心及心所所領受故有阿笈摩能顯此理如契經言緣種種界有種種觸緣種種觸有種種受緣種種受有種種愛種種界者謂根境識種種性相有差別故何故不言緣種種界有種種受復何不言緣種種界有種種愛此亦同疑故應俱釋次第法爾安立無過現見世間從先種子生後果時由華乳等有差別故果有差別如次第生立因果定俱生因果亦應定立是故諸受雖亦因果而要用觸以為近因又如兩木相磨生火風為近緣如是三法和合生受觸為近緣故就領觸為受自性非領所緣理定成立此受約世總說為三就觸所依別分為六已說受蘊第三想蘊取像為體謂於一切隨本安立青長等色琴貝等聲生蓮等香苦辛等味滑澀等觸生滅等法所緣境中如相而取故名為想是故此想隨德立名以能取像故名為想總別三六如受應知已說想蘊第四行蘊四餘諸行謂除前說色受想三及除當說識為第四餘有為法名為行蘊此有相應及不相應思等得等如其次第契經唯說

六思身者由最勝故所以者何思是業性爲因感果其力最强故世尊言若能造作有漏有爲名行取蘊若謂唯此名行蘊者理必不然餘行色等所不攝故應非蘊攝若言如此有何過者則非苦集知斷應無設爾何失違聖教故如世尊言若於一法未達未知我說不能作苦邊際未斷未滅說亦如是若謂餘行猶如虛空及非擇滅無斯過者理亦不然彼是增長我執事故我執能障苦盡法故彼上座說行蘊唯思餘作意等是思差別復作是言作意等行不可離思知別有體或離餘行別有少分思體可得由此行蘊雖非一物而一思攝是故契經雖舉一思而不違理復云何知作意等行一切皆用思爲自體以薄伽梵於契經中說六思身爲行蘊故說貪瞋等名意業故非黑非白無異熟業能盡諸業此以思名說聖道故說諸靜慮無量無色以爲白白異熟業故不應異名說異法故非一說一是謬言故諸薄伽梵終無謬言彼上座宗所說如此理謂不然前後所立且相違故謂彼前說行蘊唯思後言行蘊非唯一物何容一思即非一物唯說六思爲行蘊故知作意等思爲體者其理不然說法異故現見經中世尊說法有種種異或舉初攝後或舉後攝初或舉初後以攝中間或舉中間以攝初後何等經中舉初攝後謂靜慮食瞿波洛迦不退墮法集諦等經靜慮即是四修等持契經中說若修初靜慮得現法樂住非餘不得現法樂住舉初攝後故作是說由是如來所說無滅食謂四食契經中說第一段食有麤

有細非餘三食無有麤細舉初攝後故作是說瞿波洛迦謂彼經說不了知色非餘四蘊已得了知舉初攝後故作是說不退墮法謂彼經言預流果人不墮惡趣非餘聖者墮諸惡趣舉初攝後故作是說集諦謂彼契經中說愛爲集諦非餘染法集諦不攝舉初攝後故作是說思擇諦中當別顯示諸如是等無量契經皆舉最初以攝於後由是如來所說無滅何等經中舉後攝初謂得自體識住讃頌福田等經得自體者四得自體契經中說生在非想非非想天非可自害非可他害非不一切色無色天非可自害非可他害舉後攝初故作是說識住謂彼七識住經作如是說有色有情身一想異如極光淨天是第三識住非不少光無量光天亦名有色身一想異舉後攝初故作是說讃頌福田謂彼經說

若於阿羅漢　恒修妙施福　常爲諸天神
勸讃呈嘉瑞

非於前三修妙施福不蒙天等勸讃呈祥舉後攝初故作是說若謂前三堪應供養故亦得名阿羅漢者便成此經非了義說阿羅漢名主無學故何等經中但舉初後以攝中間謂讃出家證淨等經讃出家者謂彼經說

諸有出家人　能證預流果　及阿羅漢果
是名多所作

非出家人證一來果及不還果非多所作但舉初後以攝中間故作是說諸證淨者謂彼經說

諸有於如來　住妙信無動　及尸羅善淨
常得會嘉祥

非於法僧住信無動不會嘉祥但舉初後以攝中間故作是說何等經中但舉中間以攝初後謂契經說若有修習第四靜慮得漏永盡非不七依皆能盡漏但舉中間以攝初後故作是說諸如是等無量契經皆舉中間以攝初後中是如來所說無滅諸經既爾此亦應然雖復行蘊多法集成而但舉初說思無過何不最初舉作意等造作有爲思最勝故如心能導三處現前修二法等心能導者如契經說心導世間此中非無受想等法以心勝故作如是說三處現前謂契經說信於三處現在前故能生多福此中亦無無貪無瞋正見等法以信勝故作如是說修二法者如契經說應修二法謂奢摩他毗鉢舍那善有爲法一切應修正觀勝故作如是說如是等

經皆舉勝法以爲初首此亦應然又佛世尊有餘之說處處可得如窣覩波諸善士趣及心解脫斷結等經窣覩波者如爲經說三人應爲造窣覩波此理不應爲異生者造窣覩波非見諦者當知此經是有餘說善士趣者如契經說七善士趣謂趣涅槃阿羅漢果非餘聖生非善士趣當知此經是有餘說心解脫者如契經言得阿羅漢其心解脫欲漏有漏及無明漏然實解脫一切煩惱及隨煩惱當知此經是有餘說斷結者謂契經中言永斷三結證預流果非不永斷見諦所斷一切煩惱當知此經是有餘說如是等經皆就勝說此亦如是造作有爲功能勝故云何說此能造有爲謂有勝能引生果故果雖本有而少分生此能隨引故立爲造彼上座言造有

爲者謂思能造本無有爲如織者言我持比縷織作裳服此亦應爾如是所說理必不然有依無依不同法故彼意謂思如能織者本無有爲謂如裳服裳服所依縷無所喻若執未來有爲體有無少分用造義得成上坐縷喻顯有未來或所立喻有言無義對法諸師說假有法本無今有可爲此喻若執實體亦是本無彼定不應立如是喻又彼應說假實異相若有異者則無譬喻若無異者便似空華說貪瞋等爲意業故知作意等思爲體者理亦不然貪瞋邪見體雖非業業資糧故亦說爲業如餘資糧亦名彼彼如戒經言見衆聖樂河階隥樂彼樂資糧故亦名樂又如經說若有眼根不調不護此法能感非愛異熟眼根雖是無異熟法非愛異熟法資糧故亦說能感非愛異熟又如經說樂談論等五種退具實退具者謂諸煩惱引退果故樂談論等是彼資糧亦名退具又如經言

愚夫著欲而興諍　諸仙無諍由離欲
是故應除一切欲　猶如麟角獨遊行

耽著境界與諸鬭諍境實非欲是欲資糧故亦名欲是故經言

世諸妙境非真欲　真欲謂人分別貪

又如經說增色隨眠色非隨眠是彼資糧故同彼說又如經說

女爲梵行垢　女惱害衆生

女實非垢垢謂貪等是垢資糧故亦名垢又契經中宣說七漏實漏唯二餘皆非漏是漏資糧故亦名漏由此等經證貪瞋等意業資糧故名意業而非業體道理成就非黑非白

無異熟業能盡諸業此以思名說聖道故知作意等思為體者理亦不然如想等名此無失故如契經言修無常想能除欲愛色無色愛彼以想名說諸聖道既許聖道非想差別此亦應然故無有失又說受意能斷煩惱故契經說修喜覺支依離貪意能破巢窟聖道既非受意差別此亦應然故無有失有聞經說業縛衆生謂一切業皆能繫縛為遣如是邪僻執故說此思業能盡諸業又顯業勝故作是說說諸靜慮無量無色以為白白異熟業故知作意等思為體者此非審察諸靜慮等五蘊四蘊為自性故如契經言此中所有若色若受廣說乃至名靜慮等非譬喻師業有色性為顯諸業於感異熟力最强故此中一切善五蘊法皆說為業又如此中受想及識雖說為業而體非思如是此中作意等法亦應說業而體非思若言受等別蘊攝故無斯過者是則成立得以異名說於異法此既成立如上所言說貪瞋等名意業故謂即是思理不成立現見極成異性受等以業名說餘亦應然由此即破後所說因不應異名說異法故又見異名亦說異法如言能行具香等施施體是思非即香等然由香等覺發於思故有異名說於異法非一說一是謬言故諸薄伽梵終無謬言知作意等思為體者理亦不然就勝說故名義相屬不決定故所化有情意樂別故不了義經現可得故非薄伽梵謬說此言若立行蘊體但是思彼顯世尊言有謬失由許世尊說一法體即為非一復說非一體即一故若說行蘊非一物成此顯

世尊言無謬失是故彼因有言無理又彼所立違於比量謂行蘊體非唯是思立總想故如法處界若異此者應但名思一法成故如受想蘊此中意顯如外第六法處界聲立總想故總攝十一十七處界不攝多法如是行聲立總想故總攝四蘊不攝多行故知行蘊體不唯思若爾如彼應最後說思次第中自當顯示此非文便故應且止又以芭蕉喻行蘊故知行蘊體非唯是思如說行蘊喻如芭蕉此顯多物成行蘊體又以經說相應言故知行蘊體非唯是思如契經言見爲根信證智相應若信與智俱是思者是則思體與思相應自體相應理不應許又作意等不應即是思之差別以契經中離作意等別說思故如契經說彼如是見即如是思若彼邪見即是思者此義應言彼如是思即如是思或如是見即如是見若作是言其義何別又如經說彼有如是信欲勤安念智思捨名爲勝行若信等行即是思者說信等已何復說思又此諸法似同時用如何一思多體俱起上座此中作如是釋爲攝此時所起餘行故復舉思前說信等爲顯此時所起勝行如五濁法及四修行謂五濁中見雖煩惱由最勝故復更別說四修行者如契經言修身語意妙行正見斷身語意惡行邪見非正邪見意妙惡行之所不攝勝故別說此亦應爾理不應然信等亦應思所攝故不應別說豈不已說爲顯此時所起勝行故說信等雖知已說然不應理一法一時多體俱起如受想等不應理故非受想等一法體類樂小等別有俱時起

是故彼說非佛法宗又彼彼處若不舉思彼彼契經所說應闕如世尊言學無學戒定慧解脫此契經内既不舉思應闕所餘作意等法若謂聞者於彼已知則舉慧等亦應無用是故彼釋因定不然喻亦非理諸見所持難解脫故爲顯諸見縛義堅强故與煩惱總別顯過意惡行中邪見最重爲顯邪見勝彼貪瞋理須總別說斷對治思於信等未見勝用何緣此思總別而說是故彼喻與法不齊又前難彼若執信等思爲自性思與信等總別而說其理不成彼立見喻極不相似非諸煩惱諸意惡行一切皆用見爲自體何得以見總別說故例思同彼應總別說又設許彼作意等法皆思爲性然所立思不同邪見色界色處若增上緣若能作因若分別慧修三摩地法界法處行蘊安立除作意等無多思故又此經中別說何用謂契經言若有所受即有所思若有所思即有所想若有所想即有所尋彼宗既許尋即是思舉尋爲乘彼上座言此經非乘若不舉尋疑思即是作意欲等此不應疑相有異故彼體即思相如何異若爾舉尋則應無用彼執尋思其相一故又作意等既許即思疑思即彼復有何過是故彼言都無有義又彼所言作意等行不可離思知別有者於別有智應正勤求豈以無知令作意等皆離思體無別有性又如汝等頻言想識時依行緣相似轉故雖不能示二相差別而汝等宗許其體異思作意等應亦如是縱汝不知體何妨異若作意等體與思異何故無經說爲行蘊亦說行故義已說蘊謂說

尋伺名爲說行說信欲等名爲勝行說諸命根名壽命行非此等法體非蘊收是有爲故如色受等無經說彼餘蘊所攝而有經中說彼爲行豈有利根言非行蘊又如離愛餘後有因雖說爲集不名集諦而汝不應許非諦攝諸因果法皆諦攝故作意等行亦應如是雖說爲行不名行蘊而汝不應許非蘊攝一切有爲蘊所攝故世尊就勝且但說思非作意等行蘊不攝又彼不應作如是說世尊無緣說於密語離思餘法行蘊所收如前已論理極成立豈非是佛說密語緣又行蘊收思外餘法理實是有而但說思此何密意若無密意便謗世尊言不隨智若有密意即自成立佛密語緣故說四餘行名行蘊理教相應義善成立如是行蘊非盡有依故唯約世總說三種如前分別色蘊體已便約處界二門建立如是此中辨受想行三蘊體已亦應建立爲處及界謂此三蘊及無表色三種無爲如是七法於處門中立爲法處於界門中立爲法界

阿毗達磨順正理論卷第二 說一切有部

音釋

鑛 古猛切金朴也 矯 居天切强貌 葦 于鬼切蘆葦也 齅 許救切以鼻擥氣也 貿 莫候切貿易也 忿 扶吻切怒也 欻 許勿切忽也 邏 郎賀切巡也 僻 芳辟切偏側也 謬 靡幼切妄言也

阿毗達磨順正理論卷第三

尊者衆賢造

唐三藏法師玄奘奉　詔譯

辯本事品第一之三

已說四蘊自性處界第五識蘊自性處界今當顯示頌曰

識謂各了別　此即名意處　及七界應知

六識轉爲意

論曰識謂了別者是惟總取境界相義各各總取彼彼境相各各了別謂彼眼識雖有色等多境現前然惟取色不取聲等惟取青等非謂青等亦非可意不可意等非男女等非人杌等非得失等如彼眼識於其自境惟總取相如是餘識隨應當知有餘師說惟於法性假說作者爲遮離識有了者計何處復見惟於法性假說作者現見說影爲動者故此於異處無間生時雖無動作而說動者識亦如是於異境界相續生時雖無動作而說了者謂能了境故亦無失云何知然現見餘處遮作者故如世尊告頗勒具那我終不說有能了者復有說言剎那名法性相續名作者自意所立界緣起中當更顯示此識約世總說爲三就所依根別分爲六應知即此所說識蘊於處門中立爲意處於界門中立爲七界及聲顯一析爲二門辯一一識體分處界七界者何六識及意謂眼識界至意識界即此六識轉爲意界此別建立蘊處界門應知遍攝諸法皆盡此中應思若即識蘊名七心界前說識蘊就所依根別分爲六今離六識說何等法復名意界更無異法即於此中頌

曰

由即六識身　無間滅爲意

論曰即六識身無間滅已能生後識故名意界時分異故別立無失猶如子果立爲父種若爾界體應惟十七或惟十二更相攝故何緣建立十八界耶頌曰

成第六依故　十八界應知

論曰如五識界別有眼等五界爲依第六意識無別所依如離所緣識無起義離依亦爾識不得生爲成此依故說意界如是所依能依境界應知各六界成十八如何已滅名現識依是現識生鄰近緣故如雖有色而要依眼眼識得生如是雖有所緣境界而後識生要依前念無間滅意是故前言無間滅者爲遮前念有間滅心雖先開避而未生故由此無間已滅六識爲現識依說爲意界或現在識正成依用過去已成等無間緣亦於現在能取果故雖依彼生而非隨彼故心依心不名心所心所品類必隨心故已釋諸蘊取蘊處界當於此中思擇攝義諸蘊總攝一切有爲取蘊惟攝一切有漏處界總攝一切法盡五蘊無爲名一切法別攝如是應辯總攝頌曰

總攝一切法　由一蘊處界　攝自性非餘　以離他性故

論曰一蘊謂色一處謂意一界謂法此三總攝五蘊無爲總是集義置總言者令知總三攝勿謂各一有餘部執攝謂攝他處處說言餘攝餘故且如說三蘊攝八支聖道若攝自性慧蘊惟應攝於正見非正思惟及正精進定

蘊惟應攝於正定不攝正念旣契經中不如是說故知諸法惟攝他性此執不然無定因故若攝他性何因決定慧蘊惟能攝正思惟及正精進不攝正念及與正定或所餘法若言此攝亦有定因謂正思惟及正精進其性猛銳相涉般若念定等法慧相相違念涉定相非思惟等若爾便成惟攝自性由不許攝異相法故諸法相望無非異相若片相似許相攝者應許一切攝一切法豈不如與他性相應而非一切一切相應如是應許他性相攝而非一切一切相攝此不應例夫相應者惟有緣法異體相望共一緣轉時依行相品類等同此說相應故非一切其相攝者通一切法有何定因此惟攝彼不攝餘法故應一切攝一切法以諸色法及不相應展轉相望無一緣等互相似義可不相應相攝不爾若攝他性何故眼等不攝耳等得等展轉相望亦然若爾何緣經說如是此中相順假說爲攝謂正思惟及正精進俱是慧品順正見故念是定品順正定故假說名攝若爾彼彼契經中言信等五根慧根所攝我以四攝攝諸徒衆臺觀中心攝衆材等世間亦說雙樞攝扉輪輞攝輻縷攝衣等其義云何如是一切假意趣說謂依方便招引不散任持意趣假說爲攝諸所引證攝他性言是暫時說待他成故攝待因成義同不攝又若許法定攝他性一法生位應一切生一法滅時應一切滅是則非愛過失便增一部斷時五部應斷修勝對治便爲無用見如是等衆過失故我部諸師說自性攝如是所立攝自性言是究竟

說不待他故攝不待因是眞實攝諸法恒時
攝自性故復云何知不攝他性以一切法離
他性故謂眼根性離耳等性彼離於此而言
此攝理必不然故知諸法惟攝自性如是眼
根惟攝色蘊眼處眼界苦集諦等是彼性故
不攝餘蘊餘處界等離彼性故如是餘法隨
應當思因自性攝此義應思男女二根何界
所攝何緣於此率爾生疑異部中言非身根
故身界不攝故可生疑應捨此疑定身界攝
與身用別界云何同類境識同故一界攝言
類同者男女二根同身類故由境同故知彼
類同男女與身同觸爲境眼鼻喉中觸烟便
覺餘處不爾豈異身根此三境同由識同類
一切皆是身識依故增上義異故立別根謂
男女與身類境識同故雖同處界而增上義
有差別故別立二根如十一根雖同處界增
上義異各別立根眼耳鼻根各依二處何緣
界體數不成多合二爲一故惟十八何緣合
二爲一界耶頌曰
類境識同故　雖二界體一
論曰眼耳鼻根雖各二處類等同故合爲一
界言類同者同眼性故言境同者同色境故
言識同者眼識依故耳鼻亦然故立一界界
體既一處何緣二頌曰
然爲令端嚴　眼等各生二
論曰爲所依身相端嚴故界體雖一而兩處
生若眼耳根處惟生一鼻無二穴身不端嚴
此釋不然駝猫鵄等如是醜陋何有端嚴是
故諸根各別種類如是安布差別而生此待
因緣如是差別因緣有障或不二生猶如身

根頭項腹背手足等處安布差别種類如是不應疑難亦待因緣如是差别因緣有障或别異生故見蛇等身支有闕又見彼類舌非一生是故諸根安布差别待因緣起非爲嚴身若爾何故説眼等根爲令端嚴各生二處此有别義非爲嚴身現見世間於諸作用增上圓滿亦説端嚴若眼等根各闕一處見聞齅用皆不明了各具二者明了用生是故此言爲端嚴者正是爲令用增上義已釋諸蘊及處界攝當釋其義於所知境蘊攝有爲處界亦攝諸無爲法何故如是所知境中或説名蘊或名處界由蘊處界三義别故别義者何頌曰

聚生門種族　是蘊處界義

論曰積聚義是蘊義生門義是處義種族義是界義何緣故知聚義是蘊由經説故如契經言諸所有色若過去若未來若現在若内若外若麤若細若劣若勝若遠若近如是一切略爲一聚説名色蘊此經中顯聚義是蘊何緣故知門義是處由訓詞故處謂生門心心所法於中生長故名爲處是能生長彼作用義如契經説梵志當知以眼爲門惟爲見色此經惟證門義有六然心心所有十二門故契經説眼及色爲緣生於眼識三和合觸俱起受想思如是乃至意及法爲緣生於意識三和合觸俱起受想思有餘師説由此依此心等生長故名爲處何緣故知族義是界與世種族義相似故如一山中有諸雄黄雌黄赤土安膳那等衆多種族説名多界如是一身或一相續有十八類諸法種族名十八

界如彼山中有雄黃等生本諸礦名爲種族
如是此中有心心所生本諸法說爲種族若
爾處界義應相濫俱心心所生本義故由此
別應釋種族義如雄黃等展轉相望體類不
同故名種族義如是眼等展轉相望體類不同
故名種族若爾意界望於六識無別體類應
非別界此難不然所依能依體類別故有說
安立時分異故復有說者六是意先意非六
先故甚有異雖諸界體並通三世然就位別
安立異名由此故言六先意後若以聚義釋蘊
位未分如何可言六先意後未來意六時
義者蘊則非實聚是假故此難不然於聚所
依立義言故非聚即義義是實物名之差別
聚非實故此釋顯經有大義趣謂如言聚離
聚所依無別實有聚體可得如是言我色等

蘊外不應別求實有我體蘊相續中假說我
故如世間聚我非實有蘊若實有經顯何義
勿所化生知色等法三時品類無量差別各
是蘊故蘊則無邊便生怯退謂我何能遍知
永斷此無邊蘊爲策勵彼蘊雖無邊而相同
故總說爲一又諸愚夫於多蘊上生一合想
現起我執爲令彼除一合想故說一蘊中有
眾多分不爲顯示色等五蘊多法合成是假
非實又一極微三世等攝以慧分析略爲一
聚蘊雖即聚而實義成餘法亦然故蘊非假
又於一一別起法中亦說蘊故蘊定非假如
說俱生受名受蘊想名想蘊餘說如經於一
切時和合生故蘊雖各別而聚義成有餘師
說可分段義是蘊義諸有爲法皆有過去未
來現在三分段故經主決判此釋越經今謂

不然不違理故處界二義豈不越經而於其中攝取爲正復有何理惟蘊義中固求經證於處界義惟依理釋絕不求經觀此義言似專朋黨故應如彼據理無違何故世尊於所知境由蘊等門作三種說頌曰

愚根樂三故　說蘊處界三

論曰善逝意趣雖極難知據理推尋似應如此謂諸弟子愚根及樂各有三故善逝隨彼說蘊處界三種法門樂謂勝解三謂各三所化衆生愚有三種有愚心所總執爲我有惟愚色有愚色心根亦有三謂利中鈍樂亦三種謂樂略中及廣文故隨所化生如是品別如其次第善逝爲說蘊處界三經主此中所說猶少謂諸弟子已過作意已熟習行初修事業三位別故懷我慢行執我所隨迷識依緣三過別故恃命財族而生憍逸三病異故由此等緣如其次第世尊爲說蘊處界三彼上座言說蘊爲明所執一合差別相故說處爲明境及有境差別相故說界爲明境及有境并所生識差別相故且說處門如何遍立境有境相此中不說眼等五根及與意根爲境性故然一切法皆意根境此於意境非爲遍說以立處門但說七法爲意境故如契經說苾芻當知法謂外處是十一處所不攝法又處處說法爲意境故說處中似非遍立境有境相諸有於此復作是言如契經說意及法爲緣生於意識者說一切法皆爲意境彼但有言理教無故若必爾者何名決定立處相別且不遍立境及有境過則同前又上座說諸法無非意所行故皆法處攝若爾惟應

立一法處以一切法皆意境故此但有言無定量證又彼所言雖實一處而於一中據差別相立餘十一謂初眼處亦名法處乃至意處亦名法處最後法處惟名法處若爾便越順別處經如彼經說苾芻當知法謂外處是十一處所不攝法又處處說法爲意境都無處言眼等十一名爲法處故不可謂雖皆法處而彼經中據別法處說十一處所不攝法名爲法處是故彼言惟自計度又彼雖立境及有境而極雜亂五取自境意緣一切有何雜亂有境爲境境爲有境豈非雜亂不了此中何者有境何者爲境故甚迷亂我於此經見如是趣說處欲顯不雜所依境有境異此何所爲爲捨我執執我論者妄作是言我是見者乃至知者此我即是樂等所依此經示有多法作用顯無一法名能見者乃至所依由此理故雖一切法皆是意境而不共境惟是境者立爲意境惟對此立意爲有境勿彼謂此異想說我有諸法處體惟是境亦有有境然非所依或此與意立一有境是能依故亦無有失眼等及意雖有意根不共境義而非惟境色等五處雖但是境而無意根不共境義眼等五根更無餘境即色等境名爲不共即對此境說有境名此中處聲說眼等六爲所依處說色等六爲所緣處顯此爲緣生長異法故說爲處即依此理以釋處名謂能生長心心所法故名爲處是故說處爲立不雜境及有境無亂有用我於此經見是意趣審擇法者應更尋思何故一切心所法中別立二法爲受想蘊脇尊者言世尊於法了達

而立不應詰問或說有因頌曰

諍根生死因　及次第因故　於諸心所法
受想別爲蘊

論曰世鬭諍根略有二種謂貪著欲耽嗜拘礙及貪著見耽嗜拘礙初因受起後由想生味受力故貪著諸欲倒想力故貪著諸見又生死法以受及想爲最勝因耽樂受故執倒想故愛見行者生死輪迴由此二因及後當說次第因故應知別立受想爲蘊其次第因鄰次當辯又此受想能爲愛見二雜染法生根本故各別顯一識住名故依滅此二立滅定故如是等因有多品類何故無爲說在處界非蘊攝耶頌曰

蘊不說無爲　義不相應故

論曰諸無爲法若說爲蘊立在五中或爲第六皆不應理義相違故所以者何彼且非色乃至非識故非在五聚義是蘊非無爲法如彼色等有過去等品類差別可略一聚名無爲蘊故非第六又無爲法與顛倒依及斷方便義相違故說有漏蘊顯顛倒依說無漏蘊顯斷方便無爲於此兩義都無義不相應故不立蘊有說無爲是蘊息故不可名蘊如世餅破非復稱餅經主難言彼於處界例應成失謂處界息應非處界便違所宗全於蘊門衆生計我入無餘位諸蘊頓息處界不然非全生故惟取蘊起假說爲生若諸蘊息亦立爲蘊般涅槃已餘蘊應存衆生畏蘊有多過患應於涅槃無安隱想非處界中全有多過故無餘位處界猶隨故蘊不應例彼成失又此息言意非顯斷空非擇滅體非斷故此言

意顯若於是處蘊相都無名爲蘊息三無爲上聚義都無可名蘊息非門族義於彼亦無故不應例此釋與頌義善相符世尊起教覺慧爲先依何說蘊如是次第頌曰

隨麤染器等　界別次第立

論曰五蘊隨麤隨染器等及界別故次第而立隨麤立者五中最麤所謂色蘊有對礙故五識依故六識境故五中初說四中最麤所謂受蘊雖無形質而行相用易了知故四中初說三中最麤所謂想蘊取男女等行相作用易了知故三中初說二中麤者所謂行蘊貪等現起行相分明易了知故二中初說識蘊最細故最後說隨染立者謂從無始生死已來男女於身更相染愛由顯形等故初說色如是色貪由耽受味故次說受此耽受味由想顛倒故次說想此想顛倒由煩惱力故次說行此煩惱力依能引發後有識生故後說識隨器等者謂色如器受所依故受類飲食增益損減有情身故想同助味由取怨親中平等相助生受故行似廚人由思貪等業煩惱力愛非愛等異熟生故識喻食者有情本中爲主勝故識爲上首受等生故即由此理於受想等隨福行中但說識爲隨福行者又由此理說行緣識復由此告阿難陀曰識若無者不入母胎心雜染故有情雜染心清淨故有情清淨於受想等俱起法中如是等經但標主識隨界別者謂欲界中色最爲勝諸根境色皆具有故色界受勝於生死中諸勝妙受具可得故三無色中想最爲勝彼地取相最分明故第一有中行最爲勝彼思能

感最大果故此即識住識住其中顯似世間由種次第是故諸蘊次第如是由此五蘊無增減過即由如是諸次第因於心所中別立受想謂受與想於心所中相麤生染類食同助二界中强故別立蘊已隨本頌且就轉門說次第因四種如是當就還門復說一種謂入佛法有二要門一不淨觀二持息念不淨觀門觀於造色持息念門念於大種要門所緣故先說色由此觀力分析色相刹那極微展轉差別如是觀時身輕安故心便覺樂故次說受受與身合定爲損益損益於我理必不成由斯觀解我想即滅法想便生故次說想由此想故達唯有法煩惱不行故次說行煩惱既息心住調柔有所堪能故次說識已說順次逆次應說恐厭繁文故應且止如是

已說諸蘊次第於界處中應先辨說六根次第由斯境識次第可知眼等何緣如是次第

頌曰

前五境唯現　四境唯所造　餘用遠速明
或隨處次第

論曰於六根中眼等前五唯取現境是故先說意境不定三世無爲或唯取一或二三四是故後說境決定者用無雜亂其相分明所以先說境不定者用無雜亂相不分明所以後說所言四境唯所造者前流至此五中前四境唯所造是故先說身境不定大種造色俱爲境故所以後說或時身根唯取大種或時身根唯取造色或時身根俱取二種是故身識有說極多緣五觸起謂四大種滑等隨一有說極多緣十一起餘謂前四如其所應

用遠速明是故先説謂眼耳根取遠境故在二先説二中眼用遠故先説如遠叢林風等所繫現觀揺動不聞聲故又眼用速先遠見人撞擊鐘鼓後聞聲故鼻舌兩根用俱非遠先説鼻者由速明故如對香美諸飲食時鼻先齅香舌後嘗味如是且約境定不定用遠速明辨根次第或於身中隨所依處安布上下説根次第傳説身中眼處最上又顯在面是故先説耳鼻舌根依處漸下身處多下意無方處有即依止五根生者故最後説豈不理實鼻根極微住鼻頞中非居眼下如説三根横作行列處無高下如冠華鬘理實應爾然經主意就根依處假説如此經主或言似通異釋故今於此別作頌文

前五用先起　五用初二遠　三用初二明　或隨處次第

於六根中眼等前五於色等境先起功用意後方生是故先説如本論言色等五境五識先受意識後知爲自識依及取自境應知俱是眼等功用於五根中初二用遠境不合故所以先説二中眼用復遠於耳引事如前是故先説鼻等三用初二分明故鼻居先舌次身後如鼻於香能取微細舌於甘苦則不如是如舌於味能取微細身於冷煖則不如是隨處次第釋不異前若色等境五識先受意識後知云何夢中能取色等有餘師説夢中憶念先所受境若不爾者諸生盲人於其夢中亦應取色有説夢中非必憶念先所受境境相現前分明取故非於覺位憶念了別先所受境如在夢中色等現前分明可取非於

夢位憶昔境時有殊勝德過於覺位由此憶念先所受境明了現前勝於覺位是故夢中能取非昔所受色等然於夢位有時亦能憶昔境者此非實夢不能分明取境相故若爾生盲何緣夢位不能取色誰言生盲於其夢位不能取色若謂夢中必定憶念先所受境非先未受應信生盲夢中取色昔餘生中曾見色故又於夢中非唯夢見曾所更事如餘處說是故生盲夢亦應爾而本論言色等五境五識先受意後知者據容有說非必定然如是所言於色等境眼等先用意後生者亦非必定眼等五識展轉互爲等無間緣本論說故此中且約非夢散位受了色等次第而說由此已釋定所取色住空閑者咸作是言定中青等是有見色不可說言此色定是眼識曾受異類色相於此定中分明現故此定境色是定所生大種所造清潔分明無所障礙如空界色如是已說處界次第即於此中應更思擇何緣十處體皆是色唯於一種立色處名又十二處體皆是法唯於一種立法處名頌曰

爲差別最勝　攝多增上法　故一處名色
一名爲法處

論曰雖十二處十色皆法而爲差別一立總名言差別者謂各別處若色法性等故名同是則處名應二或一諸弟子等由此總名唯應總知不了別相爲令了知境及有境種種差別故立異名由是如來於其聲等眼等色上立異義名色處更無異義名故總名即別如能作因諸立別名爲顯別義此顯別義故

即别名法處亦爾言最勝者由二因緣唯色處中色相最勝一有見故可示在此在彼差别二有對故手等觸時即便變壞又多種故三眼境故世共於此立色名故諸大論師非於聲等立色名故唯一名色於法處中攝受想等衆多法故應立通名若離通名云何能攝多别相法同爲一處又於此中攝多品類法名諸法故立法名謂擇法覺支法智法隨念法證淨法念住法無礙解法寶法歸此等法名有無量種一切攝在此法處中故獨名法又增上法所謂涅槃此中攝故獨名爲法諸契經中有餘種種蘊及處界名想可得皆在此攝如應當知且辨攝餘諸蘊名想頌曰

牟尼說法蘊　數有八十千　彼體語或名

此色行蘊攝

論曰有說佛教語爲自體彼說法蘊皆色蘊攝語用音聲爲自性故有說佛教名爲自體彼說法蘊皆行蘊攝名不相應行爲性故語教異名教容是語名教别體教何是名彼作是釋要由有名乃說爲教是故佛教體即是名所以者何詮義如實故名佛教名能詮義故教是名由是佛教定名爲體舉名爲首以攝句文齊何應知諸法蘊量頌曰

有言諸法蘊　量如彼論說　或隨蘊等言

如實行對治

論曰有諸師言八萬法蘊一一量等法蘊足論謂彼一一有六千頌如對法中法蘊足說或說法蘊隨蘊等言一一差别數有八萬謂蘊處界緣起諦食靜慮無色無量解脫勝處遍處覺分神通無諍願智無礙解等一一教

門名一法蘊如實説者所化有情有貪瞋癡我慢身見及尋思等八萬行別爲對治彼八萬行故世尊宣説八萬法蘊謂説不淨慈悲緣起無常想空持息念等諸對治門此即順顯隨蘊等言無蘊等言不爲對治有情病行唐捐而説如彼所説八萬法蘊皆此五中二蘊所攝如是餘處諸蘊處界類亦應然頌曰

如是餘蘊等　各隨其所應　攝在前説中

應審觀自相

論曰餘契經中諸蘊處界隨應攝在前所説中如此論中所説蘊等應審觀彼一一自相且諸經中説餘五蘊謂戒定慧解脱解脱智見五蘊彼中戒蘊此色蘊攝是身語業非意思故彼餘四蘊此行蘊攝是心所法非受想故又諸經説十遍處等前八遍處及八勝處無貪性故此法處攝若兼助伴五蘊性故即此意處法處所攝後二遍處空無邊等四無色處四蘊性故亦此意處法處所攝五解脱處慧爲性故此法處攝若兼助伴即此聲意法處所攝復有二處謂無想有情天處及非想非非想處初處即此十處所攝無香味故後處即此意法處攝無色性故又多界經説界差別有六十二應隨其相當知攝在十八界中且彼經中所説六界地水火風四界已辨空識二界未辨其相如是二界其相云何頌曰

空界謂竅隙　傳説是光闇　識界有漏識

有情生所依

論曰内外竅隙名爲空界如是竅隙云何應知傳説竅隙即是光闇謂窻指等光闇竅隙

顯色差別名爲空界本論中辨此空界相亦説名爲鄰阿伽色言阿伽者謂極礙色大造積集堪引往來能有任持極爲礙故鄰是近義此空界色與彼相鄰雖是彼類而非即彼色謂色界色處色蘊爲其自性此鄰極礙復是色性是故説名鄰阿伽色有説阿伽即空界色此中無礙故名阿伽即無礙色餘礙相鄰是故説名鄰阿伽色所言傳説表不信承彼説意言何有此理故彼上座及餘一切譬喻部師咸作是説虛空界者不離虛空然彼虛空體非實有故虛空界體亦非實此有虛言而無實義虛空實有後當廣明今因空界且略成立離虛空界實有虛空故世尊言虛空無色無見無對當何所依然藉光明虛空顯了此經意説虛空無爲雖無所依而有所作謂能容受一切光明以果顯因有實體相虛空無者應無光明既有光明眼識所取是色差別故有虛空以能容受光明等故實有虛空理極成立由此所説契經文句顯二分明各別實有又於色界得離染時亦説斷此虛空界故如世尊説離色染時心於五界解脫離染唯餘識界不應説斷虛空無爲諸漏於中曾未轉故又契經説此虛空界有內外故非即虛空如契經言內虛空界所謂眼竅乃至廣説外虛空界所謂空中及門窻等諸有竅隙非無爲法可言內外豈不空界與空無爲無障相同體應無異此言無理所以者何虛空無爲無障相者謂非能障亦非所障虛空界者雖非能障而是所障被餘障故由此不應定説空界無障爲相同彼虛空若爾

諸說造色不離大種處者彼說大種不障造色大種亦非造色所障是則大種無障爲相應同虛空彼說非理俱有對故大種造色互相障礙應各別處豈相容受既不相容如何大種無障爲相同於虛空又彼許色少分無障故與虛空其相有別彼說大造雖不相障而障餘色故異虛空雖諸大種不障自果亦復不爲自果所障而與餘色互相障礙是故虛空無障爲相異虛空界理得成立由此空界非即虛空又體實有經說有故猶如地等如契經說實有六界成假士夫又是有爲假士依故猶如地等又是光闇顯色性故又是有漏說此爲緣入母胎故離色染時說斷彼故即由此因證體是色又如頌言

譬如盛滿月　行無垢空輪

空即空界顯空是色有垢無垢在色體故有別頌言

如淨滿月輪　遊歷虛空界

此亦空界無障垢故月輪名淨義不異前或復如何說有色法行於無色與理相應又說汝等當觀我手舉在虛空乃至廣說彼諸長老不善諦觀如是理教隨情所說於古聖賢展轉傳授順理言教而不敬從已說空界識界云何謂有漏識何緣不說無漏諸識爲識界耶與識界義不相應故由無漏法於有情生斷害壞等差別轉故非生所依如是六界於有情生生養長因差別轉故是生所依生因謂識界續生種故養因謂大種生依止故長因謂空界容受生故尊者世友作如是言界是施設有情因故非無漏法如契經說六

界爲緣入母胎故由此界名隨義而立謂能持生故名爲界入母胎緣貫通六界惟一識界獨能續生彼經六界此九界攝餘隨所應當觀攝義故諸餘界十八界攝

阿毗達磨順正理論卷第三 說一切有部

音釋

杌 五忽切木無枝也 析 先擊切分析也 鋭 俞芮切勇鋭也 樞 昌朱切户樞也 輞 文兩切 輻 方六切 縷 力主切綫也 鵄 赤脂切怪鳥也 雄 胡弓切 策勵 策楚革切使進也勵力制切勉也 黨 都朗切輩也 耽 都甘切樂也 嗜 嗜常利切欲也 頞 烏割切鼻莖也 竅隙 竅苦弔切空也隙綺戟切罅也

阿毗達磨順正理論卷第四

尊　者　衆　賢　造

唐　三　藏　法　師　玄　奘　奉　詔　譯

辯本事品第一之四

如是已說餘蘊處界皆在此中蘊處界攝今當顯示蘊處界三有見等門義類差別界中具顯根境識故諸門義類易可了知故今且約十八界辯由斯蘊處義類已成於前所說十八界中幾有見幾無見幾有對幾無對幾善幾不善幾無記頌曰

一有見謂色　十有色有對　此除色聲八
無記餘三種

論曰十八界中一是有見所謂色界云何說此名有見耶由二義故一者此色定與見俱故名有見由色與眼俱時起故如有伴侶二者此色可有示現故名有見可示在此在彼別故如有所緣有說此色於鏡等中有像可現故名有見可示如彼此亦爾故不可說聲有谷響等應成有見不俱生故由說此相餘界無見義准已成如是已說有見無見惟色蘊攝十界有對對是礙義此有彼礙故名有對此復三種境界所緣障礙別故境界有對謂眼等根心及心所諸有境法與色等境和會被礙得有對名故施設論作如是言有眼於水有礙非陸乃至廣說彼論意言有眼水中與境和會而被拘礙非於陸境所緣有對謂心心所於自所緣和會被礙得有對名境界所緣復有何別若於彼法此有功能即說彼爲此法境界如人於彼有勝功能便說彼爲我之境界心心所法執彼而起彼於心等

名爲所緣若法所緣有對定是境界有對心心所法境界若無取境功能定不轉故有難境界有對而非所緣有對謂五色根非相應法無所緣故云何眼等於自境界所緣轉時說名有礙越彼於餘此不轉故或復礙者是和會義謂眼等法於自境界及自所緣和會轉故有說若法惟於彼轉不能越彼故名有礙障礙有對謂可集色自於他處被礙不生如手石等更相障礙令於如是三有對中惟辯障礙故但言十更相障礙對義勝故若法境界有對亦障礙有對耶應作四句謂七心界相應法界是第一句色等五境是第二句眼等五根是第三句法界一分非相應法是第四句說十有色名爲有對義准說餘名爲無對言有色者謂除無表餘色蘊攝變礙名

色有變礙義故名有色有說色者謂能示現在此彼言此有彼言故名有色有說諸色有自體故名爲有色稱說易故惟於色體說有色言如是已說有對無對於此所說十有對中除色及聲餘八無記言無記者謂不可記說爲善不善故應讃毀法可記說在黑白品中名爲有記若於二品皆所不容體不分明名無記法其餘十界通善等三即是七心色聲法界善謂捨惡是違惡義或復善者名慧攝受謂若諸法慧所攝受或攝受慧皆名爲善或復善者是吉祥義能招嘉瑞如吉祥草翻此即釋不善義名色聲二界善心等起即名爲善惡心等起名爲不善餘是無記其七心界若無貪等相應名善貪等相應名爲不善餘名無記法界所攝品類衆生無貪等性

相應等起擇滅名善若貪等性相應等起名爲不善餘名無記其五識身皆無分別又惟一念墮在境中云何立爲善不善性若謂五識無分別故非善不善有太過失或等引中所有意識皆無分別應非善性又五識身非無分别許與尋伺恒相應故又雖一念墮在境中誰遮相應有信貪等由有意識雖復一念墮在境中而成善惡故不應用此所說因遮五識身善不善性化地部說前四識身但異熟生惟無記性身識亦有時轉變生故與意識俱通有記此說非理與契經中立六愛身義相違故彼作是釋眼觸無間所生貪愛名眼觸生此釋非理受等同故六六經中說眼觸生受想思等非不許彼與眼觸等俱時而生是故不應作如是釋豈不如經說十八意近行雖復說有三六不同而惟在意此亦應爾如是立喻與法不同立六六門據所依異立意近行就所緣別是故不應以彼喻此又彼所說但述已情防護六根契經說故如契經說應於眼根乃至意根防護而住若如所執經但應言應於意根防護而住若謂釋此同意近行經是則應言應防護色等又說能招苦異熟故如契經說若有六根不護不防不寄而住招苦異熟然五色根無記性故不招異熟應知經意就依根識作如是說如契經言眼所識色眼所希求此亦如是若不爾者經惟應說若有意根不護不防不寄而住招苦異熟又契經說若有眼根不護不防不寄而住乃至廣說豈異熟生有不護等又雖一念墮在境中而能取相故通有記如契

經言眼見色已能不取相不取隨好由諸色境二識取故先起眼識取諸色相後起意識取彼隨好如是契經意顯眼識能取相故亦能起染若爾云何惟説意識是有分别應知但依分别力故起諸過失應共思求契經意趣我説若識於一刹那能取非一品類境界於一所縁多心流注如是相識名有分别然五識身惟取現境無二念識同一所縁無一所縁前取滅已第二念識復取生故意識能縁三世境界法雖已滅猶是所行於一所縁多心流注故惟説此是有分别然五識身自性分别恒相應故亦有分别而契經言無分别者謂無隨念計度分别自性分别其體是尋五識相應如前已説然伽他説第六增上王等此中顯示多分起染次第如契經言父母於子能作難作非不亦有子於父母能作難作此中亦爾然諸衆生有種種性或軟煩惱或利煩惱軟煩惱者要先發起虚妄分别然後煩惱方現在前利煩惱者不待分别境纔相順煩惱便起由此道理或有先起染汙意識或有先起染汙餘識如然火時或先烟起漸次生燄後方洞然或遇卒風猛燄頓發俄成灰燼如人身中病本若少飲食乖適然後病生病本若多少遭風熱外縁所觸衆病競起煩惱病起理亦應然故五識身亦通二性理得成立已説善等十八界中幾欲界繫幾色界繫幾無色界繫頌曰

欲界繫十八　色界繫十四　除香味二識
無色繫後三

論曰繫謂繫屬即被縛義欲界所繫具足十

八色界所繫惟十四種除香味境及鼻舌識除香味者段食性故離段食貪方得生彼除鼻舌識無境界故非無境界少有識生若爾於彼亦應無觸非食性觸於彼得有觸界於彼無成食用有成餘用所謂成身若不爾者大種應無則諸所造亦應非有便同無色何名色界又於彼觸有成外用謂成宮殿及衣服等雖離食染觸有別用香味不然故彼非有有餘師說住此依彼靜慮等至見色聞聲輕安俱起有殊勝觸攝益於身是故此三生彼靜慮由相隨逐香味不爾故在彼無經主此中謂前有過言彼鼻舌亦應非有如香味境彼無用故豈不二根於彼有用謂起言說及莊嚴身起說嚴身但須依處根非有見何所莊嚴如無男根亦無依處二根無者依處亦無於彼可無男根依處彼無用故鼻舌依處彼有用故離根應有謂莊嚴身及起言說有雖無用而有根生如處胞胎定當死者於中眼耳何用故生於根有愛及殊勝業因此故生無用何失豈不色界鼻舌二根有愛業因故亦應起若離境愛根愛亦無或應男根於彼亦有彼無男根離根愛故由離根愛依處亦無此中何因作如是執若離境愛根愛亦無非根愛無處愛亦離根與依處隣逼而生境界不然如何倒執男根依處於彼不生即顯男根於彼離愛既許鼻舌依處彼生故知二根彼愛未離故不應執彼離根愛未離處愛理如前說又離境愛非證根無如或有時眼耳身識未得離愛彼所依根亦同其識未得離愛或復有時已離識愛根愛未離由

有所須如是或時根愛已盡其境界愛亦復隨滅或復有時已離境愛由須用故根愛未除又引男根亦不成證由彼起愛所依不同依於内身起六根愛非依境起如何可說若離境愛根愛亦無起男根愛依婬觸境境愛彼無理無根愛又眼等根互相繫屬見諸瘂者多分耳聾塗足不塗眼便明昧齋輪塗沃津潤於脣拔鼻中毛眼便落淚諸如是等其類寔繁故知諸根更相損益勿令眼等諸根用微故鼻舌根色界定有由茲色界十四義成無色界繫惟有後三所謂意法及意識界要離色染於彼得生故無色中無十色界依緣無故五識亦無故惟後三無色界繫已說界繫十八界中幾有漏幾無漏頌曰

意法意識通　所餘惟有漏

論曰即此意法及意識三一切皆通有漏無漏謂除道諦及三無爲餘意等三皆是有漏道諦所攝及三無爲如其所應三皆無漏惟通有漏謂餘十五道諦無爲所不攝故如是已說有漏無漏十八界中幾有尋有伺幾無尋惟伺幾無尋無伺頌曰

五識有尋伺　後三三餘無

論曰眼等五識有尋有伺由與尋伺恒共相應此五識身恒與尋伺共相應者經主釋言以行相麤外門轉故此因非理現見意識内門轉時亦當與彼共相應故應作是釋五識唯於尋伺所隨地中有故非於欲界初靜慮中心心所法除尋與伺而有不與尋伺相應何用外門爲因簡别意法意識名爲後三根境識中各居後故此後三界皆通三品意界

意識界及相應法界除尋與伺若在欲界初
靜慮中有尋有伺靜慮中間無尋唯伺從此
以上無尋無伺法界一切非相應法靜慮中
間伺亦如是於彼上地無尋伺故非相應故
彼無尋故自體自體不相應尋一切時無
應故豈伺自體自體不相應故此常與伺相
尋唯伺自體自體不相應故設有第二許
相應耶有第二受而不相應無第二言非為
定證一時無二故行相不同故雖有第二而
不相應如是此因便為無用或應自體自體
相應許無差別亦相應故此何緣故成異體
耶豈不還成自體自體不相應故自體行相
無差別法一時無有二體相應是故此因能
為定證非彼言無第二尋故伺在欲界初靜
慮中三品不收應名何等此應名曰無伺唯

尋自體自體不相應故此常與尋共相應故
由此安立有尋伺地法有四品餘十色界尋
伺俱無常與尋伺不相應故此中乘便應更
思量若五識身有尋有伺尋即分別如何許
彼無分別耶頌曰　由計度隨念　以意地散慧
說五無分別
論曰分別有三一自性分別二計度分別三
隨念分別由五識身雖有自性而無餘二說
無分別如一足馬名為無足故雖有一而得
名無豈不意識有唯一種分別相應由依意
識總類具三說有分別自性分別體唯是尋
後心所中自當辯釋餘二分別如其次第意
地散慧諸念為體散言簡定意識相應散慧
名為計度分別定中不能計度境故非定

慧能於所緣如此如是計度而轉故於此中簡定取散若定若散意識相應諸念名爲隨念分別明記所緣用均等故五識雖與慧念相應擇記用微故唯取意夫分別者推求行相故説尋爲自性分別簡擇明記片似順尋故分別名亦通慧念由此三行差別攝持皆念於境明了轉異於已了境遮簡行生故分別名不通於想於未了境不能印持故分別名不通勝解若在欲界及初靜慮不定意識具三分別若初靜慮在定意識及上散心各二分別上地意識若在定中及五識身各一分別如是已説有尋伺等十八界中幾有所緣幾無所緣幾有執受幾無執受頌曰

七心法界半　有所緣餘無　前八界及聲

無執受餘二

論曰六識意界及法界攝諸心所法名有所緣有所緣故如人有子所緣所行及與境界名義差別餘十色界及法界攝不相應法名無所緣義准成故此中上座作如是言五識依緣俱非實有極微一一不成所依所緣事故衆微和合方成所依所緣事故爲成此義謬引聖言佛告多聞諸聖弟子汝等今者應如是學諸有過去未來現在眼所識色此中都無常性恒性廣説乃至無顛倒性出世聖諦皆是虚僞妄失之法乃至廣説彼謂五識若緣實境不應聖智觀彼所緣皆是虚僞妄失之法由此所依亦非實有准所緣境不説而成又彼師徒慣習世典引衆盲喻證已義宗傳説如盲一一各住無見色用衆盲和集見用亦無如是極微一一各住無依緣用衆

多和集此用亦無故處是假唯界是實彼部義宗略述如是今謂彼論涉壞法宗故有智人不應欣慕五識不緣非實有境和集極微爲所緣故又五識身無分别故不緣衆微和合爲境非和合名别目少法可離分别所見乃至所觸事成以彼和合無别法故唯是計度分别所取五識無有計度功能是故不緣和合爲境即諸極微和集安布恒爲五識生起依緣無有極微不和集故設有極微不和集者是彼類故亦屬依緣然五識身唯用和集爲所緣故不緣彼起猶如雖有過去未來色等境界以五識身唯現境故不緣彼起雖不緣彼而五境攝又眼識不緣和合爲境以青等顯色應非實故若眼識緣和合爲境青黄等覺應決定無青等不應是和合故若是和合應非實有是則顯色亦假非眞無容眼識不取青等有意識能分别青等若言青等如和合者其理不然以就勝義非許和合是色性故有諸師說和合亦非意識境故或五識身唯緣勝義世俗唯是意識所緣故無青等同和合過如取未來不見滅色於何分位緣和合耶於彼所依已滅分位豈不此位無和合耶餘位亦無何獨責此如青等有和合本無唯分别心計度而取如於現世和集色等起總計度名和合覺如是亦應由覺慧力於已滅位不集色等起總計度名和合覺又如覺慧雖集去來現在等色總爲一聚名色蘊覺而去來等諸色不同不可集爲一和合聚雖彼一一各起蘊覺而去來等諸色不同應不總生一色蘊覺然有如是總色蘊覺故

知亦於已滅色等彼雖離散不可和集而覺慧力攝爲一聚成和合覺理不相違緣一合境名和合覺如於已滅青色境界謂是青性覺相分明復爲他說我見如是如是青性如是於彼已滅色等起和合覺明了現前亦爲他說我見如是如是和合若執意識亦不能緣和合爲境是則應許諸和合覺無有所緣若謂即緣所依爲境是則應名緣色等覺色等一一非和合故何得說名緣和合覺若謂施設理亦不然不可無境有施設故非畢竟無可施設有是故意識亦有能緣和合爲境非五識身以彼唯緣實有境故若執極微不可見故眼識不緣實有爲境此執不然是可見故而不了者由彼眼根取境麤故又彼眼識無分別故諸有殊勝智慧力者乃能了別細極微相如遠近觀錦繡文像又如先說先何所說謂無極微不和集故既常和集非不可見有說極微性相安立彼於眼識爲所緣定眼識於彼非定現行不能一一別相見者不和會故非非相故以有諸法雖是可見有少因緣而不能見如不能見水中鹽色及不能見壁等障色又不違義妄引聖言若執彼經有此義者意識所緣亦應非實同說虛僞妄失法故若爾緣實覺慧應無是則分明崩壞法論若言意識通無漏故無斯過者理亦不然無漏意識亦以總法爲所緣故汝宗又許眼等五識通無漏故不應妄執五識所緣唯假非實有世間智緣界爲境彼所緣界亦應非實然彼經說六識所緣皆虛僞等無有差別故說有漏所緣唯假但由貪著自所樂

宗若爾彼經復有何義愚夫長夜於色等境妄執常等眞實性相是故如來教聖弟子如實觀彼離諸妄執謂去來今六識所識如彼妄執常等都無皆是虛僞妄失之法此顯妄執所取境虛不顯所緣皆非是實故彼經後復作是言有能如是如實觀者於去來今眼所識色諸邪勝解想心見倒貪身繫等廣說乃至彼皆永斷是故於中愚夫妄見所執常等佛聖弟子觀爲虛僞妄失之法非觀境體爲虛僞等是謂契經不違理義又如是釋其理必然由彼經說於去來今眼所識色非有眼識能識去來又非去來可有和合又非汝等許有去來是故不應引彼聖教證成五識緣和合境此契經義違汝所宗以說常等是虛等故又彼經中不依眼等五識境說由觀彼境遠離所執常等性故又說彼境三世別故又說觀彼想心見倒貪身繫等皆永斷故又若如言便起定執於深義趣不思求者受等亦應非勝義有以於六境說虛等故又於諸處唯總說言眼色爲緣生於眼識如何得知以界和合爲所依緣生於眼識非界和集爲所依緣復如何知唯界和集理如前說復有聖言顯眼等識非緣妄境故契經言於不見言見於見言不見此非聖語於見言見於不見言不見此是聖語若眼等識緣妄境者於見言見應非聖語於見言不見應是聖語若謂隨俗說如是言無斯過者則應意識說緣實者亦隨俗言是即一切唯有假說便爲安住壞法論宗或應辨析差別道理又此聖語依何境說若依和合眼識不緣和合爲境

已廣成立若依和集即是勝義何謂見言隨世俗說又所見色唯是勝義於見見言可隨俗說言於諸方不決定故非所見色是隨俗言而契經說大母當知於所見中唯有見語此就增益常等性相說此唯言非於見境又於色處說名有見及有對故於聲等處別異說故處非假有非於假有補特伽羅餅等法上有差別說唯於實有色等法上有自共相差別說故又於此中觸法處界有何差別而言觸法處唯是假界是實耶若言此二亦有差別多物和合方得處名一一別物即得名界觸處可爾法處云何汝宗法處雖有三法而無積集法界何異又彼建立處界不同都無正理及所餘量但彼上座隨意而立傍觀鑒人不應信受又若處假界是勝義上座此論便違經說如契經說喬答摩尊餘處說言我覺一切依何一切言我覺耶唯願爲開勝義有法世尊告曰梵志當知言一切者謂十二處此勝義有餘皆虛僞世尊不應依不實法說勝義有又亦不應唯證假有成等正覺空華論者可說此言稱佛爲師不應黨此故十二處皆是實有非於假法可說勝義如是上座諸有所言前後諦觀多成違害信而無智同所敬承具智信人必無隨順又衆盲喻違彼自宗一一極微非依緣體衆微和合成依緣論彼對盲喻極不相符和集極微爲依緣論此對盲喻理不相違許一一微是依緣故執一一微非可見者衆微和合亦應不見同盲喻故如非色合故五識身決定不用和合爲境然必有境故以實法爲境義成若五

識身了勝義境何緣五識不斷結耶了自相故外門轉故無等引故無分别故一隨境故所緣少故雖了勝義而不斷結故說七半有所緣中五界唯緣勝義爲境餘緣勝義亦緣世俗如是已說有所緣等十八界中九無執受何等爲九謂前所說七有所緣并全法界此八及聲皆無執受頌中及言具含二義一顯總集謂八及聲總無執受二顯異門謂餘師說不離根聲亦有執受餘九通二謂五色根色香味觸云何通二眼等五根住現在世名有執受過去未來名無執受色香味觸住現在世不離五根名有執受過去未來及住現在非不離根名無執受是故九界各通二門何等名爲有執受相標之心首而說是言本論中說已身所攝名有執受此復云何謂心心所執爲已有即心心所共所執持攝爲依處名有執受損益展轉更相隨故若爾色等即應一向名無執受心心所法不依彼故非根性故不爾色等若不離根雖非所依而是心等之所親附故無此失毗婆沙說若諸色法逼迫斷壞便能生苦與此相違即能生樂是已身攝名有執受有餘師說若諸有情執爲自體一切處時方便防護茅灰火刺霜雹等緣是已身攝名有執受若爾應違契經所說故契經言若於是處識所執藏識所隨攝名有執受雖有是說而不相違有執受法略有二種一者有愛及有身見執爲已有名有執受二者爲因能生苦樂名有執受宿業所引異熟果等分位相續是名第二此中有愛及有身見若正智生即便斷滅異熟相續

諸漏盡者亦未斷滅是故若法既執受已至般涅槃隨轉不捨此法一向名有執受是爲經論二義差別如是已說有執受等十八界中幾大種性幾所造性幾可積集幾非積集頌曰

觸界中有二　餘九色所造　法一分亦然　十色可積集

論曰觸界通二一者大種二者所造此二如前十一觸釋寡學上座於此說言非觸處中有所造色所以者何即諸大種形差別故謂即大種次第安布於諸金銀頗胝迦寶雲母金剛芭蕉練等和合聚中說爲滑觸與此相反和合聚中說爲澀觸餘隨所應皆即大種安布差別又眼亦能覺了彼故彼謂依眼隨取大種形量色相亦能覺了滑澀等物故知滑等不異大種此說不然違聖教故如契經說苾芻當知觸謂外處是四大種及四大種所造有色無見有對彼不許有如是契經不應不許入結集故又不違害諸餘契經亦不違理故應成量彼謂此經非入結集越總頌故如說製造順別處經立爲異品若爾便應棄捨一切違自部執聖教契經如說製造二種空經立爲異品亦越總頌如是等類互相非撥若謂此經非聖所說違餘經故法處不說無色言故如舍利子增十經中唯作是言有十色處故知此經非入結集但是對法諸師愛無表色製造安置阿笈摩中若爾對法諸師豈不亦能作如是說譬喻部師憎無表色製造安置增十經中如是展轉更相非撥便爲壞亂一切契經然增十經爲顯十種應

遍知法故但說言有十色處此十一向苦諦攝故苦諦唯是應遍知故無有相違無表有漏無漏性故猶如意處亦應修習是故於彼增十經中唯說一向應遍知法豈不亦是應永斷耶此難不然立諦異故又舍利子於彼經中定有此意言非盡法即彼經中復說十種應永斷法謂五内外順諸蓋法非無餘法亦是永斷是故成此不違餘經如是上座說觸處中無所造色決定違害此別處經智者應了言即諸大種形差別故者不說正因云何定知即諸大種形量差別名滑等性非異大種別有滑等又諸大種安布差別即諸大種非諸大種是眼所取眼所取者謂顯與形如何乃言即諸大種形差別故豈不闇中身亦能取形量差別若爾大種應二根取以言形量即大種故由此即破彼第二因謂眼亦能覺了彼故又謂依眼隨取大種形量色相亦能覺了滑澀等者此言何義若謂眼取大種形量既執形量不異大種應許眼根能取大種若謂眼根能取色相大種形量隨此比知如是云何遮滑等異大種由見色相比知滑等言即大種此有何因而言滑等不異大種但有虛言都無實義又應謂堅即餘三大安布差别如滑澀等謂他亦能如是計度餘三大種安布差别即名爲堅無别有堅異三可得由無異因不應别執故彼言義無所堪能又因齅香覺了苦酢應言苦酢體不異香又滑等相異諸大種故異大種應别有性謂非滑性即是堅性非諸堅處皆有滑故如地即堅未嘗相離滑性若爾應不離堅亦非滑

性即是濕性非諸濕處皆有滑故亦非滑性即是煖性非諸煖處皆有滑故亦非滑性即是動性非息等處滑可得故由此故知滑非大種亦非不有如實有法現可得故又能為緣生影像故若謂唯有安布差別無實體者理亦不然安布差別必有所依此所依體即滑性故或應唯得安布差別不應亦了此中滑性又契經中方便說有如是滑性如契經言

如來皮膚極細滑　一切塵垢不著身

又縱滑性有經無經然曾無經遮彼有故又與正理不相違故如是滑性實有義成又若滑性異四大種無別有體應假非實是則身識應不了知身識唯緣勝義境故又離分別滑覺應無如離分別於諸大種一一體上皆有別覺即說身識緣諸大種實物為境非緣假法滑性亦然既身所取故不可謂是假非實又非一一大種中有故異大種別有滑性由此道理亦總成立異四大種有澀等性其中差別當更顯示彼上座言無別所造名輕重性即諸大種或少或多說輕重故又輕重性相待成故非實有體謂即一物待此名輕待彼名重非堅性等相待而成又於風界說輕性故輕即是風如本論言云何名風界謂輕等動性世尊亦說諸輕等動性名內外風界此說不然前說大種與此相異非此性故若不了知經論義故即謂輕性是風界者應說重性是何大種若說此宗謂有大種增生重性重性即是此大種者理必不然重與地水相各異故又於一切和合聚中皆具有故

應無差别若謂少多故無過者應非重性即是堅濕又許和合爲輕重故身識不應緣彼爲境又即大種衆多極微和合聚中許爲重故即應一切和合聚中皆有重性無定因故若言大種和集差别能爲因緣别生重性則無斯過此於世間現所見故又言輕重相待成故非實有者此非善說譬如因果輕重亦然謂如一物待此名因非即待此復名爲果待彼名果非即待彼復名爲因如是一物待此名輕非即待此復名爲重待彼名重非即待彼復名爲輕因果既實此如何假故唯能詮相待不定非所詮體而有改易又如彼此岸輕重性亦爾謂於彼物立彼岸名非説此岸令體改易或於此物立此岸名非説彼岸令體改易以即一物相續轉時待此彼邊名彼此岸輕重亦然體非不定又如黒白輕重亦然謂即一物待此名黒待彼名白而非顯色無别有體是故相待非不實因若言待多總説一性如鉼林等是假非實此亦應然故非實者云何知爾應説其因此且非因有過失故若言堅等非相待成此相待成故非實者堅等言説亦相待成待不堅物立堅名故堅非不實此亦應然若謂不然未嘗相待説堅爲濕不相似故此非不然其所待因一向决定義相似故然非待餘堅名濕者以更無别所待因故待不堅物説此爲堅未嘗待彼名不堅物輕重亦然故義相似雖於輕聚有時説重而非由説捨彼輕性但餘緣故起異能詮體非改易如前已辨是故相待非不實因或諸堅物亦有待對成異品類謂或名堅

或名堅勝或名堅極於中亦說堅名不堅其理既同汝應生喜不能令喜輕重二物同堅不堅應成一故且輕重性異諸大種實有義成然不應言相待不定應成一物如黑與白雖相待對品類不同而非一故若言黑白雖品類異而未曾有說白為黑黑為白者此亦不然現見世間有此說故名雖不定而體不易如前已說故體不同又如汝說微火為冷有微煖聚待此名冷待彼名煖名雖不定而體是實此亦應然有諸色聚輕極微多重極微少此聚名輕與此相違彼聚名重輕重二性聚同體別其理顯然何緣不受言於風界說輕性故輕即風者此亦不然辨大種中已釋此義對堅等三動最難了故舉輕果以顯風因雖四大種皆是輕因而就增强故作是說火雖增强而不決定又輕與動相順相似故論經言輕等動性若唯如言定取義者即彼經說髮毛爪等名內地界豈髮毛等唯地界耶是故彼言有別意趣不應執彼遮輕造色又阿笈摩有如是頌

堅重墜身中　如重舟沉海

故重如堅應實有體有餘師說輕性唯用重無為體此亦不然於虛空等重性既無應有輕故又於薪等重性非無亦有輕故若不爾者擲置水內則不應浮有非有性不應俱有亦不應說廣大故浮廣大是形非觸性故廣大石等亦應浮故又此輕性是輕安果故體非無謂修定者由輕安故身覺輕觸不應用無作輕安果若唯令身離重觸故名為果者理亦不然輕性是身長養因故不應謂無亦

能長養以離輕安應長養故若謂輕安能除重觸唯大種生名長養者應謂輕安滅餘大種生餘大種即名長養何滅重爲重性如輕應非別有則與上座所執應同然不應理輕重二相諸大種中皆無有故若執輕性即諸大種少分爲體應執輕安現在前故少大種生何故輕安與諸大種相違而起若相違者少亦應不生若不相違誰障多不起故輕不應是輕安果又輕非用重無爲性品類異故猶如重性又阿笈摩說有輕重如彼所說如諸鐵團或諸鐵鍱若時有火有極煖熱爾時便有極輭極輕極調柔用與此相違極堅極重極不調柔我身亦爾若有輕安則便有輕有調柔用堪任修斷與此相違即便有重無調柔用不任修斷

阿毗達磨順正理論卷第四 說一切有部

音釋

伺息利切察也　輭而兗切柔也　灰燼燼徐刃切火餘也　齌祖奚切與臍同　慣古患切習也　雹蒲角切雨冰也　頞胝迦梵語也此云水精　頞普禾切　胝張尼切　酢倉故切　鍱與涉切

阿毗達磨順正理論卷第五

尊者衆賢造
唐三藏法師玄奘奉詔譯

辯本事品第一之五

又上座言火界或少或不增强即名爲冷所以者何於彼無日或去日遠便有冷故又如極大炎熱起時無別少分所造觸起同許唯有火大增多熱減少時亦應如是無別少分所造觸生應許唯是火大減少若別有冷亦應許有別所造觸非煖非冷是故定無冷所造觸非火界少或不增强即名爲冷現見冷觸所損害者火界增時能攝益故損害因增轉應損害誰有智者作如是執被少火害歸投大火若謂彼由匱乏火故有損害者理必不然定有餘因能損害故謂火少故有餘冷增能爲損害非即由火由此准說冷攝益者謂爲少因所攝益者此因若增轉應攝益是故彼論非爲應理又彼所說熱增減時無所造生唯即火者亦不應理現見二法更互相違一法增時餘法減故如能斷道與所斷惑非道增時無別惑起倒道退位無別惑生又冷生時和合異故謂水風界增盛聚中有冷生因非由火界不應就火增盛爲難又執火界少爲冷者彼雪聚中火微極少不應於此冷微極多智不應言如如火界漸漸微少如是如是火界轉多爲應理論彼執冷火無別體故不可金少即爲非金故有別物異諸大種由火界減彼物體增是所造觸說名爲冷有執此宗謂有大種增生冷觸冷觸即是此大種者理亦不然冷與水風相各異故又二

物成體應是假便應不爲身識所緣以非冷
煖無別性故倒無別冷理亦不然彼即冷等
下等品類分位別故故有餘師說冷等唯用煖
無爲體此亦不然品類異故猶如煖等不容
說唯水等無名地等界故彼所說非破冷觸
無法有異品類或應地等用無爲性謂亦可
是造色因又冷能爲覺生緣故如火界等非
即煖無應有色聚全無有火有非有俱不應
理故諸色聚中旣必有火是則冷觸應畢竟
無故知離火別有冷觸又諸冷觸其體實有
相狀分明現可覺故猶如煖等又契經中如
煖說故體必應有故契經言我於冷煖皆能
堪忍若於爾時極冷煖調適即能成熟取證成
就非於爾時極冷極煖若極冷煖不能修業
故冷造色實有義成又上座言饑渴二種非

所造色希求性故理亦不然此二於因說果
名故由觸差別逼切其身生食飲欲是飲渴
因故名饑渴如說輕安謂身輕性輕安果故
說名輕安若爾此因應煖爲性由火界煖能
熟能消便能發生食飲欲故此言非理食飲
二欲應是造色火爲因故又非火界是二欲
因應一切時生二欲故現見二欲非恒時有
豈不自宗欲因造觸待所依大種雖恒非無而
此造觸體非常有此例不然欲因造觸待風
火界增強生故若謂二欲亦應爾者理亦不
然如前已說二欲應是造色性故若謂如因
所觸大種發生身識而非身識是造色性欲
亦應然此法不得生不要因大種增盛方得
生起欲即待勝力各生故由彼身識不因大
種或等或增差別生起但隨所依不由差別

身觸爲緣而得生起二欲不然如所造色要因大種增盛而生既隨大種差別而生何緣所遮令非造色風火若盛二欲便增風火若微二欲便減既隨大種增微不同二欲何緣非造色性若言二欲雖因大種而不依彼故非造色謂欲依心不依大種故不應難令成造色若爾此欲應不要因大種增盛方得生起不見不依大種身識隨諸大種差別而生唯見身識大種爲緣若等若增但觸便起二欲若爾應一切時不待增盛有因便起則前所說應一切時生二欲難堅住難遣又風火界有時雖增而不現起食飲二欲故知二欲因現不生彼因爾時何緣不起由所依身有過患故或爲餘緣所障礙故豈不即由此故二欲不生何須復別計有欲因造觸此不應然欲與身識俱時起故雖有障礙而識得生欲不得生此有何理心所法生必定繫屬依緣識合彼三具有又彼希求大法地攝故與一切心品俱生生欲勝因爾時具有而不生者必爲所餘生緣闕故所餘緣者謂所造觸故離大種實有饑渴造色爲性又不應言造觸生障即障心心所勿心等生障即障造觸無異因故且止廣諍必應信有饑渴二體造觸爲性今應思擇若諸大種色聚中增爲體爲用何緣復勸如是思擇爲欲蠲除不實過故經主自論有處說言此是彼宗所有過失彼宗謂彼毗婆沙師言諸聚中一切大種體雖等有而或有聚作用偏增如心心所又如所覺團中鹽味未審此中經主意趣定謂誰是毗婆沙師若謂善釋阿毗達磨諸大論師

彼無此說彼說大種由體故增石水燄風諸色聚內堅濕煖動體相偏增一一聚中各了一故若諸聚內大種體均不應此中各唯了一又隨世想立地等名應全無因空有言說以諸色聚形顯皆同若執堅等體均無異因何得生地等別想若謂因用理必不然用與自體無差別故用若是實即體增成實即體故用若非實亦體增成不異體故無非實用異體有增由此即釋彼心心所團中鹽喻謂鹽受等用即體故即體用增總說如是然有差別謂諸大種有對礙故可積集故方處差別分明可了受等無對不可積集但由用別了增微異是故大種體可積集就體說增心心所法就用差別說增微異豈不色法亦見用增如醋和水良藥和毒鹽和水等雖兩數同而用者有異如何言色就體說增此不相違以醋與水觸微雖等而味不同醋味微多水味微少故醋味勝還由體增於諸聚中有味等物體增强故謂是用增良藥毒等緣起理門有差別故體類如是由此雖少而能伏多非異體類有別用生故執用增是爲邪計或如類別品別亦爾故唯心等就用說增就體說增謂諸色法譬如依多依一成故又諸大種就體說增現可得故教故理故謂大種增即體可得非用非業有集礙故教者謂如種喻經說若有地界無水界者應不聚集無能攝故如是一一廣說如經此經意言非有色聚全無水界若全無者應不和合然有不能攝餘色聚令和合者以其少故自餘諸界准釋應知理謂大種若但用增非體聚積而

說增者應有大種或所造色一極微上亦有用增如於受等一法體上有時用增獨能爲境何緣極微一一別住不能爲境生五識身又諸極微用增强者其相麤著應非極微故諸色法由可積聚體有對礙就體說增諸無色法不可積聚體無對礙就用說增此義既成不可傾動而經主說毗婆沙師言諸聚中一切大種體雖等有而或有聚用偏增者此未識宗故作是說又今應說堅等何因是色所依非餘色等以此遍滿一切處故謂諸聚中地等四相皆遍具有色等不然由此地等三義成立一所依義二能生義三廣大義又是色等所隨逐故現見世間缾盆等物由火成熟便有色等轉變可得扣擊彈撫有差別故聲轉變生餘色等中無如是事是故堅等色等所隨是色所依非餘色等又能損壞餘色物故色等依他無能壞用若爾久觀雪等盛色根不應壞不爾彼色所依能壞根所依故以於闇中覺彼生苦故知唯壞大種非根若壞於根不應覺彼發生身識又色不能損壞大種非所觸故是故大種獨能損壞餘色物故是色所依非餘色等有說堅等所觸性故能爲所依此說非理冷等應成大種性故然冷等觸非遍滿故不成大種豈不煖中無有冷觸於冷觸中亦無有煖煖應如冷亦非大種此難不然冷有煖故由被冷覆而不可知若爾冷觸應同煖遍不爾冷用煖中無故以於冷中煖用可得非於煖中冷用可得冷同煖遍此難應止煖用者何謂能成熟豈不見冷亦能成熟如有煖故物不爛壞不爛壞

因名能成熟冷亦如是應與煖同此亦不然水風界盛暫時凝結此中成熟即煖用故是故不應說言堅等所觸性故能爲所依冷等應成大種性故然彼冷觸水風界增四大果故是所造色又彼冷觸持攝熟長四決定用不可得故體非大種豈不由冷雪等凝結有勝用耶此言非理水風界盛如造冷觸生彼果故亦由煖故甘蔗汁等凝結可得若言冷是大種果者冷煖相違不應和合如何從煖生於冷耶如堅與濕同一事故互不相違水火亦然既同一事理無相反如以冷水澆灌石灰從冷生熱此亦應爾以諸大種同一事故雖性相違而恒和合冷是水風近所生果地界與彼都不相違火性雖違而不爲損同一果故何妨和合又若見彼諸界增故於諸聚中立異大種即彼諸界是能生長諸造色因名爲大種非冷增故於諸聚中立異大種故非大種然煖增故於諸聚中異大想滅異大想生冷即不爾是故冷煖能依所依二性差別豈不現見由冷增故水界凝結世間於此亦立種種冰雪雹名此難如前水風界盛如造冷觸生彼果釋或冰雪雹即水異名非草木等異名種火故彼所難理定不齊是故冷觸唯所造性由斯觸界有二義成餘九色界唯是所造謂五色根色聲香味法界一分亦唯所造此復云何謂無表業依大種生故名所造然聲爲顯定無一界唯大種性餘七心界法界一分除無表色俱非二種義准已成譬喻論師作如是說諸所造色非異大種所以者何契經說故如說云何名內地界謂

於眼肉團中若内各别堅性堅類隣近執受乃至廣說若異大種别有諸根不應於根說大種性又餘經說苾芻當知諸有士夫皆即六界既定說六爲假有情所依實事故知眼等色等造色非異大種若所造色異諸大種有何意趣此經不說彼言非理不了契經深意趣故前所引經順世名想故作是說謂諸世間眼肉團中起眼名想此眼名想依眼所依大種等趣眼肉團者總說一切不離眼根大種所造若不爾者此經唯應說謂於眼肉各别等堅性等言已遮慧眼應不須說肉團中言又於眼言是因第七肉團中言是依第七由此表知總攝一切因眼所起不離眼根大種所造是因於眼所起肉團其中所有内各别等名内地界此則顯示眼等生因依因等地由此重說二第七言總攝一切眼及肉團所依大種後所引經唯說六界不言餘者有别意趣謂緣生時眼等無故雖於此位亦有身根而猶未能覺冷等觸若法有體未起作用不應立在有用品中又唯六界是諸有情有用本事從續生心至命終心常有用故住滅定者識有何用彼過去識能作未來等無間緣由此當果決定現起是彼識用若爾身根亦應有用同類因用未甞無故此難不然非定成就與定成就有差别故謂有身根雖不成就而有與果同類因用定無彼識體不成就能作當果等無間緣故識與身義非均等又身根用非同類因爲識生依是身根用入滅定者決定當出後識生依是前識用故唯六界是諸有情有用本事理極成立或

舉空界表諸造色故引此經非遮所造空界實有是所造色前已成故又執造色不異大種則應色等皆同一相謂堅等相若爾眼等五根所行應無差別是則違經所說眼等所行各異如何所執色等境界皆同一相謂堅等相然非一切境一切根所行此不能令智者心喜若言如說色等五境雖同一相謂造色根而無此失如是大種與所造色雖同一相謂堅等相而無失者此亦不然非許造色性有別法體故又眼等根於色等境取定別相非定總故所以者何此宗不許所造色性如堅等相有別法體故不可謂如說色等雖同所造一法自性而眼根等境別義成如是色等雖同堅等一法自相而眼等根境別義立又眼等根於色等境取定別相非定總相勿眼等根與色等境總相同故亦是眼等五根所取成大過失又受等法與色等境亦同一相所謂行相受等亦應眼等所取是故決定應許色等有不共相種類差別由此眼等雖一一根能取多相而無五根境雜亂失種類別故若謂如彼眼等五根雖同一相謂澄淨相而能各各別取境界如是色等雖同一相謂堅等相而是眼等各別所行此亦不然餘法亦有澄淨相故若澄淨相是眼等根差別相者是則不應許所餘法亦有此相然澄淨相亦許信有是故澄淨於眼等根非差別相然堅濕等是差別相若執色等此相皆同而言眼根唯取色處非觸處者無別因證或復眼等雖淨相同而功能異故別取境功能異者由因別故眼等雖同四大種果而諸大

種增減不同因既不同果功能異由斯取境差別義成又不應言色等差別亦由大種增減不同若爾極微有不成過故汝此救理定不然又彼具壽云何安立境有境異謂若有人自觸身分既執身觸皆同一相一剎那中互無差別立誰爲境誰爲有境若有差別性別義成謂堅等相所觸名境與此相違身名有境許身觸性有差別故若無差別則無安立境有境異便違理教若言如意雖同一相而一刹那立境有境不相違者理亦不然意雖爲境而一切時立爲有境故無斯過然身根境堅等大種未甞有時立爲有境故彼例救理極不齊許身根境堅等大種亦是有境復有何失如意唯應立爲一處是則應無決定安立此爲身處此爲觸處應說此中有何定理判此唯境此唯有境故彼所宗雜亂難辨又若色等即諸大種彼說一一青色極微即四大種或唯是一二俱有過然色處等雖色名同而有青雄香甘冷等性相差別由此五境展轉不同眼等五根無共境過若諸大種性相各別與青極微體無異者豈不一故四性不成若青極微唯一大種即四大種應互相離一聚唯有一大種故是則違害種喻等經不應別異性相大種成無差別一青色聚若言隨一增故爾者應說何界增故爲青若謂地界陂池河海應無青色若謂水界玉青石等應不極青若謂火界世間盛火不應極赤若謂風界風中不應色不可得若說青色異諸大種實有一體隨一界增多四大種各生青色合成一聚於理無違故異大種有

所造色復有至教分明證成如契經言諸所有色皆四大種及四大種所造攝故復有何理知所造言異諸大種別有所因然契經說有諸愚夫由六觸處諸所觸對覺樂覺苦或有隨一由彼所造不可由斯所造言故別有第七觸處可得此非定證有於異體亦說如是所造言故如告具壽阿難陀言所造我見誰之所造謂色所造乃至廣說若見餘處有所造言無別所因謂此亦爾應有身見以色爲體便有乖違自所宗過又不應以餘所造言所因法體或異不異便疑此經說大種所造言有餘契經定證異故如契經說苾芻當知眼謂內處四大種所造淨色有色無見有對乃至身處廣說亦爾苾芻當知色謂外處四大種所造有色有見有對聲謂外處四大種所造有色無見有對香味二處廣說亦爾觸謂外處是四大種及四大種所造有色無見有對此中分明顯諸大種唯是觸處一分所攝餘有色處皆非大種故定知此及所造言如我見經所造我見別有所因定非如彼六觸處經隨一所造無別所因是故九色法界一分異四大種所造義成如是已說大種性等十八界中五根五境十有色界是可積聚以是極微體可聚故義准餘八非可積集體非極微不可聚故如是已說可積集等十八界中幾能斫幾所斫幾能燒幾所燒幾能稱幾所稱如是六問今應總答頌曰

謂唯外四界　能斫及所斫　亦所燒能稱
能燒所稱諍

論曰色香味觸成斧薪等此即名爲能斫所

斫唯者定義意顯斫等決定是外四界非餘及言爲顯能斫所斫俱通四界豈不有爲剎那性故都無能斫所斫義耶理雖如是而諸色聚相逼續生異緣分隔令各續起是故非無能斫所斫此所斫義身根等無非諸色根異緣分隔可令成二各相續起支分離身則無根故又身根等亦非能斫淨妙相故如珠寶光此等義言唯言所顯如能斫所斫體唯外四界所燒能稱其體亦爾謂唯外四界名所燒能稱身等色根淨妙相故亦非二事如珠寶光聲非色等相續俱轉有間斷故六義皆無能燒所稱有異諍論謂或有說能燒所稱體亦如前唯外四界或復有說唯有火界可名能燒所稱唯重如是已說能所斫等十八界中幾異熟生幾所長養幾等流性幾有實事幾一剎那如是五問今應總答頌曰

內五有熟養　聲無異熟生　八無礙等流
亦異熟生性　餘三實唯法　剎那唯後三

論曰內五謂眼耳鼻舌身有異熟生及所長養遮等流性是故不說豈不前生眼等五界應言與後生及未生眼等諸根爲因決定如是眼等應有等流同類因生等流果故何緣乃說遮等流性不說眼等全無等流但即長養異熟生性無別等流故應遮止如異長養有異熟生異異熟生有所長養非異此二有別等流爲辯異門廢總論別離因而熟故名異熟異熟體生名異熟生或是異熟因所生故名異熟生略去中言故作是說譬如牛車或所造業至得果時變而能熟故名異熟果從彼生名異熟生或於因上假立果名如於

果上假立因名如契經說今六觸處應知即是昔所造業飲食資助眠睡等持勝緣所益名所長養飲食等緣於異熟體唯能攝護不能增益別有增益名所長養應知此中長養相續常能護持異熟相續猶如外郭防援內城無異熟生離所長養有所長養離異熟生如修所得天眼天耳既說聲界無異熟生義唯非無等流長養何緣聲界非異熟生數數間斷復還生故異熟生色無如是事非隨欲樂異熟果生聲隨欲生故非異熟豈不如彼施設論言善修遠離麤惡語故感得大士梵音聲相雖由業感而非異熟以聲起在第三傳故謂從彼業生諸大種從諸大種緣擊發聲若爾身受因業所生大種發故應非異熟此難不然非諸身受皆因大種及因業生大種所發亦非一切皆是異熟然諸身受亦因非業所生大種及非大種而得生故謂身受起要假身觸身識等緣由此亦緣外大種起非要待業所感大生於理無違故通異熟若執聲界是異熟生如是聲界唯因大種唯因異熟大種而生不離如前所說過失若說聲界非異熟生如是聲界唯因大種通因異熟及非異熟大種而起於理無違亦無如前所說過故應如是分別聲界非諸身受唯因大種是異熟者非唯異熟大種爲因又不同彼有違理失是故所例理極不齊有餘師說聲非異熟如何異熟大種所生故應許聲屬第四傳或第五傳故非異熟謂從業生異熟大種從此傳生長養大種此復傳生等流大種長養大種發長養聲等流大種發等流聲

此說非理豈不如從無記大種發善惡聲從有執受發無執受從身境界發耳境界如是若從異熟大種發非異熟有何相違是故彼說定爲非理八無礙者七心法界此有等流異熟生性若非異熟同類遍行因所生者名等流性若異熟因所生起者名異熟生豈不此中亦有長養謂先因力引後果生亦令功能轉明盛故契經亦言諸無色法增長廣大應有長養雖有此言而非長養即說等流增長廣大若先因力引後果生令其功能轉明盛者此亦即依等流性說同類遍行因所生故諸有礙法極微所成同時積集可名長養諸無礙法非極微故無積集義不名長養軌範諸師咸作是說餘謂餘四色香味觸皆通三種謂異熟生亦所長養及等流性實唯法者實謂無爲以堅實故此法界攝故唯法界獨名有實意法意識名爲後三於六三中最後說故唯此三界有一刹那謂初無漏苦法忍品非等流故名一刹那此說正現行亦非等流者餘有爲法無非等流唯初無漏五蘊刹那無同類因而得生起餘有爲法無如是事等無間緣勢力强故前因雖闕而此得生等無間緣勢力强者與初聖道品類同故無量善法所長養故與初聖道性相等故爲此廣修諸加行故苦法忍相應心名意界意識界餘俱起法名爲法界復有餘師此中異說謂一切法皆有實事有實相故除無爲法皆一刹那速謝滅故除初無漏心及助伴餘有爲法皆是等流十色少分是所長養十七少分是異熟生由此眼等五内色根各有二種

謂所長養及異熟生雖有餘三而無別性義雜亂故所以不說餘皆准此聲界有二五識亦然意意識三色等亦爾法界有四除所長養上座此中依十二處立一切種皆異熟生非異熟生爲所長養如所纏裹周匝護持又一身中眼等應有二種類故不見別有二所作故無別長養又彼聲處應異熟生以許彼因是異熟故又異熟者因頓引發任運隨轉不須數數重起加行方得生起又於眼等此事應同若言聲處若是異熟處無心位應恒行者意等云何若言意等有相續者此亦不然非異熟生所間絶故彼上座宗略述如是而彼所說理皆不然且十二處非一切種皆異熟生善染汙等異熟生性不成立故若善染汙是異熟生已斷善根及阿羅漢如異熟意應得現行差別因緣不可得故又無漏法是異熟生不應理故又十二處攝一切法若立一切皆異熟生則應非情亦是異熟若是異熟與理相違上座所宗不可依據如憑巨石難以浮深若立異熟生通一切種非一切種唯是異熟生除異熟生應說別相便與對法義有相背對法諸師亦無定立一處一界唯異熟生隨其所應非異熟者立長養等諸門差別又彼所説非異熟生爲所長養如所纏裹周匝護持者此非宗所許但許身中有所長養異熟生色長養相續常能護持異熟相續令不間斷豈不一切皆唯異熟勢力所引隨力勝劣故有相續或有間斷此非佛教說一切果皆宿因造同外道故無同彼失亦許現在衆緣功能助引生故若爾不應說彼

一切皆唯異熟勢力所引又異熟力一業所引不應或時有勝有劣不應計度一業力勢或時增勝或時微劣異熟勢力隨業所引不應或時有勝有劣又於憂喜勇怯等位種種色相差別而生此不可爲異熟生性以非相似相續轉故此色與心俱起俱滅依心轉故名所長養又現見身增減可得異熟不應隨緣增減若遇現緣而增益者此所增益非業所生現緣生故定非異熟若雖有業勢力所隨由闕資緣而損減者此所損減非業所生亦非異熟由此道理應決定知若有增減則非異熟若是異熟則無增減由有此二知所長養離異熟體別有義成亦不應言異熟生色離極微增而有增益離極微減而有損減彼極微聚繫屬現緣暫時體生還即滅故用

增非體理相違故極微用增過如前說若執一切唯異熟生即一切果皆宿因造便同宿作外道論失又言一身眼等應有二種類者此無所妨事聚種類二差別故謂異熟生與所長養事種類別因有異故由此眼等無別等流離前二因無別因故依聚種類說一無失二事成一聚種類故又言不見二所作者應見爲依發生眼識及相應法是二所作不應唯說異熟生眼爲識生依非所長養勿彼天眼不能爲依發生眼識成過失故異熟生眼離所長養不能爲依發生眼識故生一識是二功能又彼應說許一身中有二眼等總別生識此於法性有何傷損但應勿如彼許二共一根彼違聖言謬顯法性尚無愧怯況此順理正顯聖言而懷慚怖故定應許一總

身中眼等五根各二種類總別生識於理無違又言聲處應異熟生以許彼因是異熟者理極麤淺則聲處所因異熟大種應非異熟生成過失故由是不應定執此義從異熟生者皆名異熟生若如是說復有何過聲處唯應非染觸攝由彼所因性類爾故又聲不應是所造色彼因大種非所造故又因染等所依所緣發生意識如是意識應唯染等成過失故又一意識一時應成善染等過彼所依緣一時容有善染等故由此等過不應執聲異熟生故成異熟生是故應知初釋爲善又言異熟因頓引發任運隨轉不須數數重起加行方得生者此不能立聲是異熟生性由此反能立聲非異熟生若執聲爲異熟生性一起斷已應不更生由異熟生一起斷已無

加行因能重起故我等皆許業感異熟不由重起加行方生汝等何緣重述斯旨訐彼所說無片證聲異熟生用只應爲滿已論文數致此浮詞又彼所執別有隨界便爲無用於業所引異熟轉中彼無用故既許業因頓引異熟不須數數加行重發何須別執此隨界爲或應許此引業無用又我意說聲數間斷隨欲重生異熟生色無如是事汝今何故言於眼等此事應同豈異熟色斷已重起又我難意聲既是色與異熟色起法不同應非異熟何預意等而汝欲責意等云何汝自許聲所因大種是異熟故聲異熟生若許意等亦如是者從非異熟所生意等則應一向非異熟生若從異熟所生意等亦應一向是異熟生既不許然如何例責又色非色法有異故

異熟相續亦應不同非不生盲異熟生眼起已斷壞終不重生即令意等異熟生法相續間絶亦不重起又異熟心爲非異熟間復異熟生時即非異熟能爲彼生因復能斷彼類非聲生因即令聲斷是故異熟色與意等相續各異不應爲例以要言之彼於此論異熟長養等流義言都不解了致斯紛競故應且止鑒者當知如是已說異熟生等今應思擇若有眼界先不成就今得成就亦眼識耶若眼識界先不成就今得成就亦眼界耶如是等問今應略答頌曰

眼與眼識界　獨俱得非等

論曰獨得者謂或有眼界先不成就今得成就非眼識謂生欲界漸得眼根及無色歿生二三四靜慮地時或有眼識先不成就今得成就非眼界謂生二三四靜慮地眼識現起及從彼歿生下地時俱得者謂或有二界先不成就今得成就謂無色歿生於欲界及梵世時非者俱非謂除前相等者攝餘所未有義此復云何謂若成就眼界亦眼識界耶應作四句第一句者謂生二三四靜慮地眼識不起第二句者謂生欲界未得眼根或得已失第三句者謂生欲界得眼不失及生梵世若生二三四靜慮地眼識現起第四句者謂除前相如是眼界與色界眼識與色界得及成就如理應思由斯理路例應思擇後五種三得與成就并互相望及捨不成如毗婆沙廣文示現恐詞繁雜故今不述

阿毗達磨順正理論卷第五說一切有部

音釋

撫（芳武切按也）澆灌（澆古堯切沃也灌古玩切溉也）斫（陟略切斬也）防援（防符方切禦也援于眷切救助也）軌範（軌居委切法度也範音犯）規摸（摸）裹（古火切包也）

阿毗達磨順正理論卷第六

尊　者　衆　賢　造

唐三藏法師玄奘奉　詔譯

辯本事品第一之六

如是已說得成就等十八界中幾內幾外頌曰

內十二眼等　色等六爲外

論曰六根六識十二名內外謂所餘色等六境我依名內外謂此餘我體既無內外何有非無淨戒有淨戒依經主此中作如是釋我執依止故假說心爲我故契經說

由善調伏我　智者得生天

世尊餘處說調伏心如契經言

應善調伏心　心調能引樂

故但於心假說爲我眼等爲此所依親近故說名內色等爲此所緣踈遠故名爲外若爾六識應不名內未至意位非心依故至意位時不失六識界未至意位亦非越意相若異此者意界唯應在過去世六識唯在現在未來便違自宗許十八界皆通三世又若未來現在六識無意界相設至過去意界位中亦應不立相於三世無改易故此釋不然今且應說何緣一生一住一滅及一果等心心所中說心名內心所爲外豈不心所依假我心是能依性對彼所依極親近故轉應名內又非眼等與眼識等常爲所依未曾有心不與心所爲所依性故唯心所應名爲內或復此中有何殊理與假我心爲所依者立之爲內不立能依故彼所言無深理趣又心少分是我執依一切心依皆名爲內由此不應作如

是釋我執依止故假說心爲我又少分心貪等依故應一切心皆成染汙或少分心尋伺依故一切應成有尋有伺此既不爾彼云何然差別因緣不可得故又彼何能遮心所等我執依性以有身見緣五取蘊爲境界故是故彼釋理定不然若爾何緣說心爲我恒於自境自在行故我謂於自境常自在行心曾無有時不行自境故一切心皆名爲我非諸心所亦得我名意爲上首故經說獨行故彼要依心能行境故如諸心所雖亦調伏而但就勝說調伏心說我亦然唯心非所若法與此似我之心爲不共益彼名爲內與此相違餘法名外故諸心所無成內失又諸心所雖復與心一生住等而心望心獨名爲內非心所者同異類心展轉相望爲所依性皆不捨故諸心所法異類望心必定捨離能依性故謂若善心望善染汙及無記心爲所依性皆不捨離染汙無記此亦如是若善心所望彼染汙及無記心捨能依性染汙無記望餘亦爾故心望心爲所依性無相間隔得名爲內心所望心爲能依性有相間隔不得內名又諸心所望同類心爲能依性或多或少心爲所依則不如是由此內名在心非所若爾大法應受內名不爾心所朋類壞故如異生中不墮法者復有餘師依訓詞理以釋內名謂我於彼有增上用故名爲內我謂自體於所餘法有增上用如彼大德鳩摩邏多說如是頌

若爪指舌端　無別增上用　動觸眷肴膳

作用應無差

色香味觸諸色聚中或唯身根有增上用如是廣說乃至眼根心亦於餘有增上用是故十二皆得內名若爾受等自體差別亦見於餘有增上用是則諸法皆應名內上座所宗既一切法皆法處攝彼宗云何建立內外彼說如餘云何如餘謂爲六識作所依者建立爲內不爲六識作所依者建立爲外夫所依者唯有情數親近不共色等不定如彼色等雖復亦有是有情數親近不共與眼等同非所依故而立爲外不立爲內如是眼等雖法處攝與受等同是所依故而立爲內不立爲外所餘法處唯名爲外又雖眼等皆通二分而內外性互不相違是故不應執此爲難謂作眼等識所依時立爲內性若作意識所緣境時立爲外性彼謂如意根是內處攝爲意識所緣復外處攝如是所說品類言詞皆率己情不能遮過有似比度無眞教理所以者何違契經故如契經說苾芻當知法謂外處是十一處所不攝法無見無對且於此經非一切法皆法處攝由此經中遮十一處攝法處故亦非唯彼所執別法名爲法處由此經中非如意處說無色故彼宗唯執受想思蘊名別法處於中無色若此經中依彼別法說法處者則應如說無見無對亦言無色由是理故於此經中再度遮遣異眼等處謂是十一處所不攝法及無見無對若色唯有有見有對更無餘色直欲宣說別法處者應但說此法謂外處意處不攝亦是無色由是已成此別法處十一不攝無見無對或復應言無見無對意處不攝亦是無色此中不說無色

言故又遮眼等攝法處故由此別有法處色成此色是何謂無表色業俱舍中當共思擇云何令他知眼等處雖爲意境而唯是內故此經中遮總數攝及差別性以顯法處謂佛世尊觀未來世於我生處有稱釋子執一切法皆是法處爲遮彼故顯了說言法處唯此非一切法是故唯於辯法處相說十一處所不攝言以眼等無展轉攝義於眼等處無如是說意識能緣一切法故勿一切法皆法處收故於此中如是遮遣又彼上座復立眼等通內外性定應不成以曾無處說彼眼等若作眼等識所依時立爲內性若作意識所緣境時立爲外性由此即破所引意根以如眼等曾無說故如何自號善釋難師而絕未知立同喻法既能如此何遠舉意爲成眼根通內外性只應近舉耳爲同法爲成耳根通內外性亦應近舉眼爲同法彼上座言所立眼等通內外性決定應成如世尊說苾芻當知諸所有眼或過去或未來或現在或內或外乃至廣說意亦如是若爾便有太過之失如契經說於內身中住循身觀乃至廣說又如經言諸所有色若過去若未來若現在若內若外乃至廣說於色等中既無內性經不應說諸所有言受想行中如何有內又先自說若爲六識作所依者建立爲內既許如是色等受等非識所依應唯名外經何說內如色受等雖說內言而非內處唯外處攝如是眼等雖說外言而非法處唯內處攝若爾經言有何意趣此經意趣當共思求汝上所言且不應理我今當釋此經意趣謂彼眼等爲識

所依說名爲內色等所緣說名爲外彼此無諍又如眼根識所依止已正當生說名爲內與此相違說名爲外乃至意根內外亦爾若色等境與識所依同一身轉說名爲內與此相違說名爲外如是就處就所依身建立內外不違聖教隨順法相是故上座所立眼等通內外性定爲不成非但不成相又雜亂以執眼等作識依緣爲內外性相雜亂故謂若意識緣所依意爲境起時此意當言置在何聚不應在內意識所緣故不應在外意識所依故不應在內外非經所說故曾無經說如是意根或內或外或通內外豈不說有內外心耶此就依身說爲內外若異此釋應於受等內性不成又應於心不具三觀於唯外心住循心觀無容有故彼如是執心爲意識作所緣時說名爲外此即名內心常爲識作所依故若許眼等意識緣時亦唯名內斯有何失非彼眼等有時不爲自所發識作所依性如是上座立內外門違害契經不成相亂唯我阿毗達磨諸大論師所立順經成就無雜亂失已說內外十八界中幾同分幾彼同分頌曰

法同分餘二　作不作自業

論曰法同分者謂一法界唯是同分今應先辯境同分相若境與識定爲所緣且如法界與彼意識爲定所緣是不共故識於其中已生生法此所緣境說名同分意能遍緣一切境故於三世境及非世中無一法界不於其中已正當生無邊意識二念意識即能普緣一切法故由是法界恒名同分餘二者謂餘

十七界皆有同分及彼同分何名同分彼同分耶謂作自業不作自業若作自業名爲同分不作自業名彼同分如何眼等說爲同分彼同分耶且同分眼說有三種謂於色界已正當見彼同分眼說有四種謂此相違及不生法西方諸師說有五種彼同分眼謂不生法復開爲二有識無識相差别故如眼耳鼻舌身亦然各於自境應說自用意界同分說有三種謂於所緣已正當了彼同分意唯有一種謂不生法色界同分說有三種謂眼所見已正當滅彼同分色說有四種謂此相違及不生法廣說乃至觸界亦爾各對自根應說自用眼等六識依生不生立二分故如意界說眼若於一是同分於餘一切亦同分此若於一是彼同分於餘一切亦彼同分廣說乃至意界亦爾色即不然於見者是同分於不見者是彼同分或有諸色在妙高等山中而住於一切有情皆是彼同分有天眼者以無用故亦不觀彼或有諸色唯於一有情名爲同分如獨於私隱已正當觀或有諸色於百千有情名爲同分如共觀月舞相撲等色復有何緣說眼同分及彼同分異於色耶容多有情同見一色無用一眼二有情觀聲如色說是共境故香味觸三如内界說非共境故然諸世間依假名想有言我等同齅此香同嘗此味同覺此觸云何同分彼同分義分謂交涉同有此分故名同分云何交涉謂根境識更相交涉即是展轉相隨順義或復分者是已作用更相交涉故先說言若作自業名爲同分或復分者是所生觸依根境識交

涉生故同有此分故名同分即同有用同有觸義與此相違名彼同分由非同分與彼同分種類分同名彼同分云何與彼種類分同謂此與彼同見等相同處同界互爲因故互相屬故互相引故種類分同已說同分及彼同分十八界中幾見所斷幾修所斷幾非所斷頌曰

十五唯修斷　後三界通三　不染非六生

色定非見斷

論曰十五界者謂十色界及五識界唯修斷者此十五界唯修所斷後三界者意界法界及意識界於六三中最後說故通三者謂此後三界各通三種此中八十八隨眠及彼相應心心所法并彼諸得若彼生等諸俱有法皆見所斷所餘有漏皆修所斷一切無漏皆非所斷此中有說最初聖道剎那生時諸異生性一切皆得永不成就是故此性亦見所斷經說預流得不墮法非不永斷能招惡趣身語意業得盡惡趣名不墮法又說我已盡那落迦乃至廣說盡是斷義如阿羅漢自記別言我生已盡是故染汙能總惡趣身語業等亦見所斷皆與見道極相違故爲遮此說復有不染非六生色定非見斷其異生性是不染汙無記性攝此若染汙欲界異生離欲貪已應非異生此成就得依屬生身是故不應生餘界地成餘界地諸異生性此若是善斷善根者應非異生故不染汙無記性攝既不染汙非見所斷若見所斷應忍所斷若忍所斷忍正起時猶應成就則應聖者亦是異生又不染法定非見斷緣彼煩惱究竟斷時

方名斷故又非六生亦非見斷六謂意處異此而生名非六生是從眼等五根生義即五識等緣色等境外門轉故非見所斷又諸色法若染不染亦非見斷如不染法緣彼煩惱究竟斷時方名斷故斷義云何略有二種一離縛斷二離境斷離縛斷者如契經言於無内眼結如實了知我無内眼結離境斷者如契經言汝等苾芻若能於眼斷欲貪者是則名爲眼得永斷阿毗達磨諸大論師依彼次第立二種斷一自性斷二所緣斷若法是結及一果等對治生時於彼得斷名自性斷由彼斷故於所緣事便得離繫不必於中得不成就名所緣斷此中一切若有漏色若不染汙有漏無色及彼諸得生等法上有見所斷及修所斷諸結所繫如是諸結漸次斷時於一一品各別體上起離繫得時彼諸結及一果等皆名已斷彼有漏色及不染汙有漏無色并彼諸得生等法上諸離繫得爾時未起未名爲斷由彼諸法唯隨彼地最後無間道所斷故非諸見道能隨地別次第離染云何能斷彼色等法見聖諦者諸惡趣法衆緣闕故已得不生緣彼煩惱未斷盡故猶未名斷若法未斷已得不生或不成就此與已斷有何差別斷據治道令得離繫非謂不生或不成就且非不生故名爲斷以不定故所以者何或有已斷而猶得生如彼身中異熟果等隨其所應或有已斷亦得不生如身見等或有未斷已得不生如未離染聖者身中無有愛等一切過去及未來世諸不生法若諸無爲已得忍者邪見等法如是一切或有未斷

而亦得生如所餘法隨其所應亦非不成故名爲斷亦不定故所以者何或有已斷而猶成就如彼身中不染汙法隨其所應諸染汙法彼若斷已定不成就或染汙法彼雖未斷而不成就如未離欲者得煖隨轉戒諸犯戒惡捨而未斷最後無間道所斷故非身語業九品漸斷諸染汙者過亦少故如是等類或有未斷而亦成就如所餘法隨其所應有餘師說招惡趣等身語二業非見所斷親等起故非見所斷有餘於此說過難言現見餘品親所起業餘品道生方能永斷是故彼說定不應理此難不然應審思故亦見此品親等起業此品道生即能永斷何不引此而證彼義若見所斷應彼親起然不應以彼爲定品夫定品者由非遍惑力所隅別是故品別雖有十三而說五門以爲定品由是證知身語二業若此品親起即此品俱斷此業既非見所斷惑親等起故非見所斷是故彼說非不應理而契經言諸邪見者所起身業語業意業皆是邪者此不相違經但說言諸邪見者所起三業不言邪見所起三業或由邪見起修所斷貪等煩惱爲因等起發起此業故作是說然修所斷貪等煩惱能爲近因剎那等起發起此業故說有漏身語二業唯修所斷又契經中說預流者言我已盡那落迦等此說於彼得非擇滅永不更生故名爲盡此中有難若未來法永不更生說名盡者此不生法其相如何應如過去名不滅法然於彼時全未有體如何可說彼是生法或不生法彼應思擇法於未來爲有爲無可作是難又彼

應詰世尊所言如說未生惡不善法遮令不生又言此滅餘更不續復說遮止名斷諸漏於此等言亦應難詰然於彼時全未有體如何可說不生不續及與遮止或此相違是故所說永不更生故名爲盡非不應理又如斷言義有差別盡言亦爾不可例同如契經說能斷財蘊或少或多又言能斷殺生等事此亦應然不可爲例又經雖說見諦圓滿補特伽羅終不故思斷衆生命乃至廣說此亦不能證成色業是見所斷由此經中說阿羅漢同此言故然此經中以初學者定無重惡意樂隨逐故作是說諸阿羅漢斷彼近因種類斯盡故作是說是故諸經非證彼義由此不染非六生色定非見斷其理極成如是已說見所斷等十八界中幾是見幾非見頌曰

眼法界一分　八種說名見　五識俱生慧
非見不度故　眼見色同分　非彼能依識
傳說不能觀　被障諸色故

論曰眼全是見法界一分八種是見餘皆非見何等爲八謂身見等五染汙見世間正見有學正見無學正見於法界中此八是見所餘非見一切法中唯有二法是見自體有色法中唯眼是見無色法中行相明利推度境界内門轉慧是見非餘此中眼相如前已說世間共了觀照色故闇相違故用明利故說眼名見五染汙見隨眠品中當辯其相世間正見謂意識相應善有漏勝慧有學正見謂有學身中一切無漏慧無學正見謂無學身中決度無漏慧一正見言具攝三種別開三者爲顯異生學無學地三見別故又顯漸次

修習生故譬如夜分無月等明雲霧晦冥而遊險阻所見色像無非顛倒五染汙見觀法亦爾譬如夜分有月等明除諸晦冥而遊險阻所見色像少分明淨世間正見觀法亦爾譬如晝分雲翳上昇掩蔽日輪而遊平坦所見色像漸增明淨有學正見觀法亦爾譬如晝分烈日舒光雲霧廓清而遊平坦所見色像最極明淨無學正見觀法亦爾如初行者漸習慧生除自心中愚闇差別如是如是於諸所緣正見漸增明淨有異非所緣境有淨不淨由自覺慧垢障有無故謂所緣有淨不淨如是諸見總類有五一無記類二染汙類三善有漏類四有學類五無學類無記類中眼根是見耳等諸根一切無覆無記慧等悉皆非見染汙類中五見是見餘染汙慧悉皆非見謂貪瞋慢不共無明疑俱生慧餘染汙法亦皆非見有學類中無慧非見但餘非見無學類中盡無生智及餘非見餘無學慧一切是見善有漏類中唯意識相應善慧是見餘皆非見有餘師說意識相應善有漏慧亦有非見謂五識身所引發慧發有表慧命終時慧又於此善有漏類中五識俱生慧亦非見何緣如是所遮諸慧皆非見耶不決度故唯有如前所說慧相是見自體謂無色中行相明利推度境界內門轉慧是見非餘唯此相慧有決度能於所緣境審慮轉故非所遮慧能於所緣審慮決度是故非見言決度者謂於境界審慮為先決擇究竟若爾眼根既無此相應不名見豈不先說世間共了觀照色故闇相違故用明利故眼亦名見契經亦

言眼見諸色若眼見者何不同時得一切境無斯過失許少分眼能見色故少分者何謂同分眼同分眼相如前已說識所住持乃成同分非一切根同時自識各所住持故無斯咎若爾即應彼能依識是見非眼要眼識生方能見故不爾眼識力所住持勝用生故如依薪力勝用火生若見色用是識生法此見色用離眼應生由識長益俱生大種令起勝根能見衆色故不應說能依識見誰有智者當作是言諸有因緣能生了別如是了別即彼因緣識是見因故非見體何緣定知眼識非見理教無故言理無者與耳等識無差別故眼識與彼耳等諸識有何差別而獨名見故不應言識爲見體若謂所依根差別故異餘識者理不應然識由所依有差別故但可想轉得眼識名不應所依有差別故法性改易轉成見體如依草木牛糞穅火名雖改易而煖性同諸識相望性類無別言唯依眼識見非餘此說隨情不依正理若此緣色故成見者緣色意識亦應成見唯緣現色故成見者理亦不然無異因故緣三世境慧是見極成緣去來色識亦應成見有去來識緣現色境應許衆盲成現色見若言意識非見體者眼識亦應許體非見非於一類少是見體少非見體理不相違如何一類少分是善少分非善此亦應然不應爲例體義別故眼等諸識體類雖同而有善等義類差別如火體義了別境相識體類中有淨非淨義類差別名善非善不可義類有差別故即令體類亦有差別如火雖有猛盛微劣有烟無烟待緣不

同義類差別而其體類同無分別煖爲自性如是諸識了別境相體類雖同而有善等義類差別故所引例不成救義若謂諸識體類雖同而有見等義類別者其理不然見是諸法體類別相不應執爲義類別故非如善等遍通一切識等法故如是且說無有因緣眼識成見以辯理無言教無者謂無至教說眼識見令聞生解處處經中說眼及慧名見可得又說眼識是見非眼世間相違世間但說無眼名盲非無眼識謂盲但由不成就眼不由眼識成與不成非生第二靜慮以上於彼眼識不現前時有眼無識可名盲者又諸盲者雖闕眼根而成眼識應不名盲亦復不應名無見者若言見識不現前故雖復成就而說爲盲是則世間諸有目者識不起位應亦名盲又若眼識有能別相令別餘識得名見者此能別相即應是見若此眼識無能別相令別餘識而言眼識是見非餘應如惡王所須教令豈不如慧此亦爾耶譬如諸慧擇法爲相有時是見亦是簡擇有時非見唯是簡擇如是諸識了境爲相有時是見亦是了別有時非見唯是了別由此即釋彼有難言若識能見誰復了別許見與識無差別故如是引例理極不齊由能別相令慧名見此能別相即是能見非能別相令識名見此能別相即能見故若能別相即是見者即所依眼能見義成識但由所依唯名有別故或應說此定能別相除所依根更有何法唯眼識有耳等識無又彼所言如見與慧見識亦爾許無別者亦應許識體即是慧共許相應中見其

體唯是慧故又若見識無差別者諸識應即見見應即諸識盲睡眠等何緣不見若謂爾時無眼識者此亦不然體類同故此與餘識體類何殊餘無見能此獨能見如斯等救前巳廣遮或復一法應有二體一體能識一體能見若非見體許能見者即汝所宗有大過失若謂如慧能見能擇理不相違此亦然者不爾見慧無差別故豈不見識亦無差別若爾有目應不異盲何緣無目成就眼識得說爲盲而彼有目餘識現前不名盲者如此等過前巳廣論是故定知眼識非見復有餘師以別道理成立眼識定非是見謂不能觀被障色故然經主意不忍彼因故於頌中標傳說語謂彼傳說現見壁等所障諸色則不能觀若識見者識無對故壁等不礙應見障色

便詰答言於被障色眼識不生識既不生如何當見此詰非理眼識於彼設許得生亦不能見前說餘識無差別故是故所言於彼障色眼識不生識既不生如何見者此不成答又不應說於被障色眼識不生理不成故以難意言若執眼識有見色用識無對故於彼障色應亦得生若謂如識了別色用於被障色不得生者理亦不然此許眼識與有對眼一境轉故若言我說亦同此者汝不應然不許眼見色爲眼境理不成故又何故說識既不生如何當見生即是見見即是生若說識既不生如何當見即說識既不生如何當生或說識既不見如何當見豈不於此應總難言何故不生何故不見又若有執一切因緣皆唯前生無俱起者識生不生皆不能見依

彼所宗此亦非答又於瑠璃雲母等障眼識亦起何故說言於被障色眼識不生若謂於中光明無隔故得生者且許眼識於被障色生義得成即汝前言違自所許又世現見雖離光明而眼識起如人能見諸黑闇色夜行禽獸亦見黑闇所障諸色非欲觀闇待光明故若言境界法應爾者夜行禽獸應如人等於闇所障識亦不生不可說言一黑闇色對人對畜其性變異若言諸趣法應爾者不爾諸趣是異熟故猶狸犬等於黑闇中趣染汙心取諸色故唯異熟眼趣體所攝故可於中作如是計異熟法爾於諸趣中或有能取闇所障色若謂夜行禽獸等眼常帶光明故能見者理亦不然不可得故若言少故不可得者於遠境色照用應無眼識於中不應得起

是故所說於被障色眼識不生識既不生如何見者非如理答唯未鑒人之所愛樂若爾眼根能見論者何緣不取被障諸色眼有對故於被障色無見功能識與所依一境轉故亦不得起經主於此復徵難言眼豈如身根境合方取而言有對故不見彼耶此難不然不了所說有對義故所以者何此不唯說眼是障礙有對法故唯取合境非不合境故不能取被障諸色此中亦依境界有對義意說言若於此境有被拘礙彼於餘境設無障者亦不起用況於有障一切有境法應如是不能俱時取諸境界若爾眼識亦是有對不應但言眼有對故於被障色無見功能亦不應言識與所依一境轉故可言於彼眼識不生由自說言一切有境法應爾故此例不然不

開意故我義意説眼亦境界有對性故色是障礙有對性故於被障色眼用不生意與意識雖有所依能依決定而無一境作用決定非此二種能於一時取一境界所依眼根所取境界即是能依眼識所取又必同時是故於彼被障境界如遮眼用識用亦爾由是故説識與所依一境轉故可言於彼眼識不生許識見者何緣不起豈不眼是境界有對被瑠璃等境拘礙時於彼所障亦能起用何故説言若於此境有被拘礙彼於餘境設無障者亦不起用況於有障豈不前説不俱時取取瑠璃時不取所障取所障時不取瑠璃以非俱取無相違過若爾何緣眼不能取壁等障色我不同汝言於是中光明無故所以者何世間現見雖離光明而能取故既謂不同何緣不取諸積聚色障礙性故譬如明闇爲障不同如闇與明雖同色處而闇所障人不能取明所障色人則能取夜行禽獸雖亦能取闇所障色而不能取壁等所障如是雖能取瑠璃等所障諸色而不能取壁等所障由此眼根唯見壁等不見壁等所障諸色有積聚色障礙性故法應如是不可推徵有根雖能取不合境由少礙故而不能取餘不合境有根雖能取於合境而有合境不能取故經主所言眼豈如身根境合方取而由有對故不見彼者此應責言若根能取不合境者則應能取一切不合若取合境則一切合皆應能取若不爾者言成無用是故所言眼有對故於被障色無見功能識與所依一境轉故可言於彼眼識不生許識見者何緣不起如

是立破理極成就

阿毗達磨順正理論卷第六 說一切有部

音釋

擈 音雹 翳 於計切障也 穅 苦郎切穀皮也 詰 去吉切問也 推徵 推昌垂切尋也徵陟陵切驗也

阿毗達磨順正理論卷第七

尊者衆賢造

唐三藏法師玄奘奉　詔譯

辯本事品第一之七

眼若是見何故世尊說以爲門不言能見如契經說梵志當知以眼爲門唯爲見色理不應說見即是門但可說言依門得見非此契經定能證彼眼識是見不說眼識以眼爲門唯見色故有餘師執以眼爲門慧見色故應除固執共審思求此經意趣我宗所釋以諸愚夫無明所盲無真導者或執自性極微等因或執無因而生諸行或謂諸行若剎那滅一切世間應俱壞斷由此妄想計度諸行或暫時住或畢竟常是故世尊爲顯諸行因果展轉無始時來雖剎那滅而不壞斷非一切果從一因生亦非無因而生諸行密意爲說如是契經以眼爲門唯爲見色廣說乃至以意爲門唯爲了法門是緣義緣有二種謂種類同及種類異此中且說種類同緣以眼爲門爲見色者謂後眼起前眼爲緣爲見色言顯起有用如是乃至意處應知又此契經爲顯眼等各有二用一能爲門二能取境能爲門者且如眼根能爲所依令心心所各別行相於境而轉能取境者且如眼根唯爲見色若異此者唯義相違諸心心所唯應見故然心心所皆眼爲門汝執見體唯心非所又受想等諸心所法領納取像造作等用各各不同不應唯見既言唯見明知是眼由此眼根唯能見故如是眼用略有二種一能爲門二能見色乃至意處如理當知故我所宗無違

經失又此契經更有別義謂見方便假說為
門世於方便說門言故如世間說我依此門
必當獲得如意財寶即是我依此方便義世
尊亦告手居士言當依此門如法攝眾謂四
攝事為攝方便此說眼識為見方便眼由識
持能見色故識是眼根見方便故見依止故
假說名眼此意說言識為方便眼能見色如
餘經中了別色位以眼是識所依性故隣近
緣故於眼根體假說識名故契經言眼所識
色此中亦爾觀照色位以識是眼隣近緣故
所依止故於眼識體假說眼名無違經失為
捨外道我住持根令能取境顛倒執故如是
假說令彼梵志了識持根能取自境非我持
故若爾應說眼識為門唯我為見色不應說識
勿彼外道執我能見謂所執我以識名說世

聞多執識為我故若說為眼即知眼識眼為
所依定非是我我體常住定無所依聞說有
依我想便息又避餘過不應說識謂經當說
以意為門唯為了法若說識者即定應說意
識為門若作是說便不應理以即意識能了
過謂如說眼為門即知是眼識為見方便如
是說意為門亦知是意識雖復說了方便
意而無斯過由聞意門作意解非謂意識
諸法非餘意了識為方便豈不說意亦有斯
所以者何眼有用識俱生故眼識與眼作
見方便故於此識可說眼名意根無用以
去故意識與意不作方便故於意識不說名
意意為意識了法方便要依意根能了法故
由是若說以眼為門智者應知為捨我執
識為眼若至第六說意為門智者應知意即

是意無了用故意為方便意識能了又此經
說有二種眼謂彼同分及同分眼雖彼同分
不能見色而能為門引同分眼令生見色於
一生中必先獲得彼同分眼然後引生同分
眼故如眼乃至身亦如是意有二種一者無
用二者有用雖無用意不能了法而能為門
引有用意令生了法意識即意故意即意識
故識意能了無有過失如是等義辯釋此經
是故不應引為定證遮見是眼成見是識又
經主言然經說眼能見色者是見所依故說
能見何緣經主起此執耶由彼經言意能識
法非意能識以過去故意是識依故說能識
眼亦爾者此不成證意與意識種類一故以
意識相即是意故說意能識於相無違如契
經言由意暴惡所作所說無非不善不應說

言由過去意能起如是身語二業此由現在
意暴惡故發起不善身語二業又契經言

欲生漏不起　由意無染濁

非無漏意識故不應謂由
所依說又契經說心導世間此豈於心說心
識又此經說眼見色言不可執為眼識能依
所事是故不可引彼契經證眼見言說能依
無處定說能發生無濁意識故
說餘師執慧見故然此經說意識法言可就
所依說識無有過處定說識能識故無處定
說意能識故於此義中無異執故又經主說
或就所依說能依業如世間說牀座言聲經
主何因起斯定執餘言餘解不可無若謂
有因所依眼力識見色故此不成因識見色
因非極成故我等宗說識能任持所依眼根

今能見色故言識見因不極成又無餘經定
說識見豈不如說牀座言聲此說可然以極
成故言聲牀座異處極成故聞此言知能依
業就所依說如有實論世間共許於餘假說
非有識見彼此極成是故不應起如是執若
爾眼見亦不極成何故但言識持眼見不說
依眼識見色耶眼見極成前已說故眼耳等
識無差別故眼耳等根有差別故非有用眼
離識而生故說眼根識持能見識見有過前
已具論故不應言依眼識見然契經說眼所
識色可就所依說能依業眼與識異俱極成
故今聞識用在於眼根知就所依說能依業
由此即釋餘契經言眼所欣慕有餘師說眼
識眼根欣慕不成無分別故要有分別欣慕
可成應知此中眼識所引分別意識假說名

眼由眼傳生如意近行彼有分別可成欣慕
是故不可引就所依說能依業證眼非見眼
能見色具教故如是且辨執識見論不應
正理由此亦遮執慧見論其過等故又若眼
識相應慧見餘識相應慧亦應成眼復
應成所見又一切根見所依故皆應成眼
有何因唯執眼識相應慧見非餘慧耶又如
前說盲不等諸餘過難隨其所應於慧見
論皆應廣說識慧見論既並不成由此准成
眼根能見又契經說見聞覺知四相各別無
雜亂故若執識等為能見者如前已說無差
別故見聞覺知應成雜亂然此宗說眼識持
根令有見用非非眼識見聞等亦爾隨其所應
又眼是見非眼識等經論世理證分明故經
謂契經處處皆說眼見色故又伽他言兩眼

兩耳多見聞故又契經說我諸弟子同世間眼引導世間住正法故眼若非見世尊弟子不應能導與世眼同又契經說眼等五根各別所行各別境界如是等說極分明故論謂根本阿毗達磨及毗婆沙發智論言二眼見色品類足論亦作是言謂眼巳見正見當見諸如是等所說衆多毗婆沙中亦作是說若眼所得說名所見爲顯同分眼有見能故復說言眼識所受即是眼識任持眼根令有所得說名見義世謂世間同許眼見闕眼根者爲說盲故理謂見聞齅嘗等用各各異故非同識等經論世理如是分明證唯眼根決定能見然隨自執譬喻部師有於此中妄興彈斥言何共聚摣掣虛空眼色等緣生於眼識此等於見孰爲能所唯法因果實無作用爲順世情假興言說眼名能見識名能了智者於中不應封著彼謂佛說方域言詞不應堅執世俗名想不應固求此言非順聖教正理於眼見性亦不能遮雖復有爲皆從緣起而說諸法別相用故謂有爲法雖等緣生而不失於自定相用故世尊說法從緣生亦說地等有別相用如地界等雖從緣生而有如前堅等自相亦有持等決定作業如是眼色及眼識等雖從緣生而必應有種種差別決定相用由此差別決定相用眼唯名眼非色非識色唯名色非識非眼識唯名識非眼非色此中雖無總實相用可名能見所見能了而於如是無有總實相用理中如可說有眼色等緣生於眼識如是亦說色識等緣生於眼見於如是等無有總實相用法中隨逐世情

似有總實相用顯現世尊於此總實相用勸有智者令除封著故作是言方域言詞不應堅執世俗名相不應固求謂於世間執有總實能見體相所起言詞不應堅執此相無故及於世間執有總實能見作用所起名相不應固求此用無故如見相用餘類應知不可以無總實相用便越世俗假立名言一向依隨勝義而住亦不可執別實用無是故定應不違勝義隨順世俗假立名言由此但遮世間所起總實相用堅執固求非謂亦遮諸法勝義各別相用堅執固求以一切法緣起相用各實有故非緣一切一切果生是故我宗雙依二諦說眼能見兩俱無失世尊亦許作者作用故契經說苾芻當知能了能了故名爲識頗勒具那契經雖說我終不說有能了者亦不令遮作者作用少有所遣故作是言思緣起中我當更辨如是安住聖教正理思求決擇眼見非餘而彼於中妄興彈斥撥世俗理蔑勝義宗擿掣虛空定唯在彼又所引教何所證成豈此中言眼非見體非說眼見便同外道許諸法有總實相用又彼所說因果應無不許法有別相用故要有諸法各別相用方可說有因果差別若許諸法有別相用如是誹毀則爲唐捐若謂全無總別作用便違世俗勝義諦理既許因果二諦非無應許諸法有假實用是故眼等取境義成謂能見聞齅嘗覺了如是見用總相已成今更應思見用別相於所見色爲一眼見爲二眼見何緣於此復更應思豈不極成若閉一眼餘眼能見是則二眼俱能見色其義已成此義

雖成而猶未了二眼見色前後俱時爲審了知應更思擇若爾應説非二眼中隨閉一眼或一眼壞即令餘眼無見功能故知一眼亦能見色若彼二眼不壞俱開則二眼根同時見色一眼見色義顯易成俱見難成故應辯釋頌曰

或二眼俱時　見色分明故

論曰或時二眼俱能見色何緣定知見分明故以閉一眼於色相續見不分明開二眼時即於此色見分明故若二眼根前後見者雖開二眼而但一見如一眼閉見色不明開二眼時亦應如是如開二眼見色分明一眼閉時亦應如是既不如是定知有時二眼俱見依性一故眼設百千尚生一識況唯有二有餘部説處隔越故眼見色時唯一非二又以一眼觀箭等時能審定知曲直相故速疾轉故增上慢心謂我一時二眼能見此説非理所以者何豈不現見全身投在冷煖水中支體身根俱時覺觸如是二眼處雖隔越俱時見色理亦無違雖二眼根方處各異種類同故而一根攝唯一眼識依二眼生故許同時俱見無失然別因故但由一眼能審定知箭等曲直言別因者由眼極微如香荾華傍布而住正現前事見即分明非正現前見便不了於觀箭等曲直相時二眼中間置箭等者俱望二眼非正現前更相眩曜見不詳審設當一眼置箭等時餘眼傍觀亦不審了故閉一眼以箭等事當一眼時一眼正觀無相眩曜易審曲直又言二眼處隔越故不俱見者此亦不然如人二手俱觸冷煖處雖隔越同

時發識眼亦應然何不俱見又一眼中有瞖隔斷應不俱時同發一識又彼所言速疾轉故起增上慢謂我一時二眼見者此實能見非增上慢雖復二眼見用速疾若於一時一眼發識餘眼不能助發識者便開二眼或一眼閉見色明昧差別應無隨一眼中識定空故由此亦遮上座所說彼作是言二眼於境前後起用見則分明或復一眼有閉壞時一眼雖開無相替代彼所生識唯依一門速疾轉故見不明了此說亦非所執二眼剎那展轉相替代時一眼常空不能見色恒唯一眼能見色故與一眼者見色明昧差別應無故彼所言不能令喜又若一眼有閉壞時眼識常依一門轉故於所見色不明了者是則二眼不壞俱開時一眼識依二門轉由此所見明了義成若謂二眼不壞俱開眼識爾時一門轉者即前所說或復一眼有閉壞時一眼雖開無相替代彼所生識唯依一門速疾轉故見不明了言成無用無替代言亦不應理剎那前後有替代故又初剎那識應明了又應意識恒常闇昧是故彼說決定無有見色明昧差別因緣又彼應說眼識生時左右二眼衆緣皆具何不同時俱能生識二眼前後生識論者衆緣具時無有因緣令生識用初左非右或復相違又彼上座論宗所許全身沒在冷煖水中身根極微遍能生識以中或表身根損時雖生身識而不明了故知身識明了生時定由所依寬廣遍發既許多百踰繕那身境遍現前上下俱時同生一識何緣二眼相去不遙俱境現前不許同時共生一

識令觀彼意無別因緣但欲故違阿毗達磨諸大論者所說義宗頑嚚衆中逞巳聰叡對法者說身根極微理應定無一切同分十三火聚纏逼身時身根極微猶有無量是彼同分不生身識設遍生識身應散壞彼上座言此應徵難彼所受身不散壞者為由身識不遍發故為由宿業力所持故又彼身形所有損害為由身識為由火燒又彼身中猛火遍逼何緣身識不遍發耶又發識處身應散壞如是徵難皆不應理業要待緣能持身故謂由業力令彼身中身根極微不遍發識勿遍發識身便散壞彼何不受如是義耶又由此故業力勝劣差別義成生彼有情受苦輕重業不等故謂彼同分身根極微少者便生猛利苦受若彼同分身根極微多者便生微劣苦受若謂業力招異熟苦勝劣法爾何用彼者此責不然一身前後受苦勝劣應無有故非一業力於一身中感苦受果前後勝劣滿業多故無斯過者理亦不然多業異熟前後生起無定因故若謂待緣合時生者是則業力待緣義成業雖能招異熟苦果要緣身觸身識方生身識俱時乃生苦受是故業力必待緣成有非情法亦能為緣發生苦受然非異熟若謂彼緣亦是業力增上果者然增上果既非異熟不必相續勝劣無定是則無業不待緣成其理難越故我所言謂由業力令彼身中身根極微不遍發識勿遍發識身便散壞其理極成言彼身形所有損害為由身識為火燒者我說定由身識損害若無識了外火何能不見悅意境界現前樂受不生身

有攝益諸聰叡者咸作是言由遇外緣覺發內境起心心所方於自身爲損爲益若無苦受與識俱生誰於彼身能爲損害故彼所執理定不然言彼身中猛火遍逼何緣身識不遍發者上座亦應同此當說何緣二眼境俱現前唯一眼根生識非二又如先說先何所說謂由業力令彼身中身根極微不遍發識勿遍發識身便散壞言發識處身應壞者何緣定知彼身不壞如等活等捺落迦中隨發識處身分便壞而不全壞若全壞者彼應數數命終受生是故應知一切身分有多同時發一識者如是眼根雖有二處亦可俱時同發一識云何一眼識依二眼根轉識無形色無住處故依二轉相難可定說如何得知識無住處一識遍依多根轉故謂若眼識有住處者眼根有二眼識唯一識應但依一眼而轉則應一眼見色非二或應俱時在一相續有二眼識依二根轉如是二事既皆不許故心心所定無住處若謂一識於一時中住二眼處此亦非理有分相離非一過故謂若一識於一時中住一眼者應成有分住左眼分非住右眼住右眼分非住左故又應相離二眼中間眼識亦依身根住故是則身識亦成眼識又應非一二眼中間若無眼識有隔斷故如何成一如是則應非一眼識於一時間各住一眼是故不應許一眼識於一時中住二眼處又執眼識住眼中者當云何住爲體相涉如油住麻爲別相依如果住器然此二執俱不應理若如初者眼與眼識其性各別應成一故若如後者無方分法別體相合理

不成故若心心所無住處者如何可言依止眼根了別諸色故名眼識又若眼識不住眼中如何眼根成所依性此責非理眼作眼識不共隣近生起緣故說爲依止及所依性不可言依彼即說住其中亦說臣依王人依財食故若謂眼識隨所依根有損益故住眼中者理亦不然現見影光鏡像等物隨依損益而不住故謂影等物非住樹等而見樹等有損益時影等隨依亦有損益又見大海隨月虧盈水有增減然大海水不住月中故所立因有不定失若爾眼識何不能取眼依肉團眼藥眼籌眼瞼瞖等設許眼識住眼根中極相逼故可不能取既許眼識如非住境亦不住根豈不如色亦應能取眼肉團等此亦不然由能依識與所依根一境轉故又極遠色與識所住雖不相隣而不能取若肉團等與所住根極隣逼故識不取者諸所有色與所住根不相隣逼皆應能取是故眼識取境法爾若所取境與所依根極近極遠皆不能取若爾眼識應有住處非無住處可說此識與所取色極近極遠此亦不然就所依根說近遠故或就隣近生因說故眼是眼識隣近生因識執眼根以爲我故即說此因說有近遠或由眼識身內轉故就身說有近遠無過身由此理名有識身以識執身爲自內有故知眼識在身內轉有作是言心心所法定有住處現見諸果住因處故謂見世間所生諸果無不住在能生因處如羯剌藍住精血處牙等亦住種等因處眼根既是生眼識因眼識定應住眼根處若謂如聲亦離本者此救不

然聲必不離所依本故此言非理如糞土等相續有異非如種等相續一故眼與眼識由體類別相續有異如糞土等離牙等因體類別故住處各別眼識亦然不住眼處非如牙等與種等因相續不異可言住彼又識不住色等處故如色明空及作意等雖能爲因發生眼識而識生時不住彼處眼亦應爾雖是識因而識生時不住彼處豈不如眼雖與色等同爲識因而眼識生唯依止眼不依色等如是眼根雖與色等同爲識因而眼識生應唯住眼不住色等汝今何緣不取是義謂如眼根雖與色等望所生識依非依異而與眼識同爲異類相續因性如是眼根雖與色等望所生識依非依異而同作識非所住因由此故知心心所法定無住處其義極成故先所言識無形色無住處故依二轉相難可定說理必應然如是所說眼等諸根正取境時爲至不至何緣於此猶復生疑現見經中有二說故如世尊說有情眼根愛非愛色之所拘礙非不相至拘礙義成又世尊說彼以天眼觀諸有情廣說乃至或遠或近非於至境可立遠近由此二說故復生疑根境相至其義不定若就功能到境名至則一切根唯取至境若就體相無間名至頌曰

眼耳意根境　不至三相違

論曰眼根唯取非至境界遠近二境俱時取故眼若至境應有行動非天授等有行動法遠近二方一時俱至是故眼根取非至境若說如燈於遠近境一時俱至是彼性故此說不然因不成故謂若有說譬如明燈遠近二

方俱至而照眼根亦爾遠近二境俱至而取同彼明燈火明性故此因不成眼火明性非極成故又眼不應是火明性闇中欲見求光明故非燈欲照缾衣等時別求光明助方能照若謂眼中大明小故求大光明助方見者此亦非理現見小明大所伏故明應畢竟不能見色又明燈喻與眼不同隣逼無間照不見故謂如明燈於油炷等極隣逼物能燒能照眼則不然於眼藥等極隣逼境不能見故又如明燈於諸遠近所照之物無間遍照眼則不爾或越中間樹林等色見山等故由玆燈喻與眼不同前所立因遠近二境俱時取故證眼唯取非至境若理無傾動又眼不應至境方取以不能取隣逼境故又亦能取頗胝迦等所障色故又於所見有猶豫故若取至境因何猶豫非於至處猶豫應理又不審知人杌異故既言至彼審知竪相不審差別此有何因又眼無容至遠境故無容住此眼越多千踰繕那量至月輪境眼有明故無斯過者理亦不然眼有火明非極成故眼性非火寧有火明耳根亦唯取非至境方維遠近可了知故謂可了知此南北等方維遠近差別音聲聲至耳根方得聞者應如味等此事皆無豈不鼻根亦見能了方維遠近香差別耶雖見但由順方迴轉取香明了比知差別眼耳見聞方維遠近不假迴轉而能了知故與鼻根取境非類又近遠聲取有明了不明了故若至乃聞並應明了又近遠聲取有決了猶豫別故若至乃聞至無別故如近決了於諸遠聲應無猶豫如遠猶豫於諸近聲應

無決了由此等證不至能聞意根亦唯取非至境不取俱有相應法故若言如鼻雖不能取自俱生香而取至境意亦爾者理必不然由外覺發內俱生香鼻方能取義極成故如說唯內食能作食事故非不取時能為食事又無色故非能有至是故意根取非至境設有難言三根能取非至境者理必不成應皆能取一切處時所有一切不至物故謂若三根取非至境非至同故天上地下極遠障隔已滅未生諸不至物何不能取又彼三根未起已滅何不能取又面餘方何不能見餘方境界此難不然譬如磁石能吸鐵故謂如磁石雖能吸於諸不至鐵而不能吸無量百千踰繕那等有隔障鐵又不能吸已滅未生及不對面諸不至鐵未起已滅亦不能吸又如鏡等生於像故謂如鏡等雖復能生不至物像而不能生極遠障隔已滅未生及不對面一切物像未起已滅亦不能生眼等亦然不應為難是故彼難不令三根退失能取非至境用有說耳能取於至境聲相續轉來入耳故又自能聞耳中聲故此說非理手纔執鈴聲頓息故若聲相續來入耳中手執鈴時依鈴聲可息從彼傳生中間離質相續不息此聲應可聞然執鈴時現見一切鈴聲頓息都不可聞不可息餘餘亦隨息不聞餘故餘亦不聞若謂如燈滅時近遠明皆滅者此亦不然俱不俱時轉差別故非一與一相續異故謂燈與明現見俱轉燈燄纔滅則不見明聲即不然彼許離質展轉相續來入耳故彼定應許聞至聲時初附質聲久已謝滅若不爾

者初所起聲聞位猶存失剎那性故聲與彼燈明不同又燈與明相續各異如心心所同共緣生緣被損時彼此俱息聲即不爾相續無異如識相續不共緣生聲相續中前聲雖滅後聲猶起何故不聞是故依質所發音聲即能爲緣生於耳識若異此者聲至方聞了近遠聲應無差別然自能聞耳中聲者非如香等隣鼻等根雖在耳中仍非至境由語逼耳字句難知欲審聽者遮其苦逼故耳唯能取非至境令應思擇何緣闇中眼不能取鉼衣等色爲體無故爲非境故爲助取因無故爲障取因有故而不取耶且闇中色非體無故而不可取有天眼者能現取故又闇中色非非境故而不可取彼因大種現可取故設持明照應不取故非處明中極微等色及餘

非境眼根能見雖有說言此闇中色如中有色異明色類故不可取而非應理所以者何應不取彼俱行觸故又持明照時不見異色故或應闇與明成滅生因故形亦應成異類性故現見曾受彼種類者闇中觸時知即彼故又於闇中赤染衣等色至明中不見異故由此證知非異色類若爾闇色何緣不取譬喻論師作如是說由助取因光明無故此中光明有何作用謂有攝益能取根用如食乾麨不得味故又言色在可見處故若爾光明唯應於境能爲攝益非攝益根謂身住闇中見明處色故又由所立乾麨喻故復由所引阿笈摩故又言色在可見處者意不說色在光明中但言境在根力及處彼經廣說乃至法在可知處故又若闇中鉼衣等色其體先

有闕助取因故不能取後遇光等助取因時顯了彼色故能取者應許空中先有風體闕助取因故不能取後遇扇等助取因時顯了彼風然後能取又亦應許二木相磨是火取因非別生火然不應許有過失故執我論者應亦可言我體先有闕能取根故不能取是故闇色非助取因光明無故眼不能取若爾何緣不取由障取因有故何者是耶謂即黑闇雲烟塵等所障諸色眼不能取例極成故光明違此障取因故待彼光明方能取色故亦說彼爲識生因又如瑠璃與彼壁等望能取者爲障不同如是明闇種類爾故是障非障體性有別如前已辨豈不亦由助因無故而不能取境根功能作意無故雖有實境而智不生雖有是事然可生疑謂於闇中如不取色光明亦爾由此未知爲由所見無故不取爲由光明無故不取雲等障色不見極成又黑闇障是所現見故闇中色由闇障故眼不能取此事無疑如有說言極遠諸色由有遠故而不能取復有說言極遠諸色由無近故而不能取此二說中前說爲勝以有體故不生疑故如是應知有闇障故無光明故是故闇中所有諸色定由闇障而不能取光明違此障取因故待彼光明眼能取色如是所說其理必然

阿毗達磨順正理論卷第七 說一切有部

音釋

摣掣 摣陟加切取也掣昌列切牽也　香菱 菱息遺切胡菱香菜也　眩曜 眩黃絹切曜弋照切眩曜目無常主也　頑嚚 頑五還切嚚語巾切　瞼 居奄切目上下皮也　瞖 於計切　磁 牆之切鐵石也　麨 尺沼切

阿毗達磨順正理論卷第八

尊者衆賢造
唐三藏法師玄奘奉詔譯

辯本事品第一之八

已說三根取非至境餘三鼻等與上相違謂鼻舌身唯取至境如何知鼻唯取至香有說斷息時則不齅香故此因於義未足證成設有息時能齅香氣何能證鼻唯取至香以諸極微不相觸故何不相觸若諸極微遍體相觸即有實物體相雜過若觸一分成有分失是故此因於鼻唯取至根香義未足證成實有息時能取香氣然不相觸至義豈成彼難既然此因何解今觀至義謂境與根隣近而生方能取故由此道理說鼻舌身唯取至境如言眼瞼籌等至色眼不能見非眼瞼等要觸眼根方得名至但眼瞼等隣近根生即名爲至由不能見如是至色故說眼根取非至境如眼等根取非至境然不能取極遠境界鼻等亦然雖取至境而不能取極近境界但由香等隣近根生故說三根取至無過非鼻香等根境極微展轉相觸非所觸故又是障礙有對性故觸即有失爲顯此義復應研究設有難言若諸極微互不相觸如何拊擊得發音聲今此豈同鵂鶹子等要由合德方乃生聲而爲此難然物合時理不成故不應許有合德生聲若爾云何得有聲發於此眞實聖教理中離合擊名唯依大種謂有殊勝二四大種離合生時得彼名故此位大種是聲生因此俱生聲是耳根境此有何失彼不忍受我不忍受亦有因緣謂諸極微既不相觸

彼此大種合義豈成隣近生時即名爲合豈待相觸方得合名又汝不應躊躇此義此彼大種定不相觸所以者何是所觸故非能觸故諸色蘊中唯有觸界名爲所觸但有身根名爲能觸此外觸義更不應思若謂所觸亦能觸者應許身根亦是所觸則境有境便應雜亂然無雜亂立境有境若謂此二無雜亂失身識所緣所依別故豈不由此轉成雜亂謂若身根亦所觸者何緣不作身識所緣若許觸界亦能觸者何緣不作身識所依若諸極微定不相觸毗婆沙論則不應言非觸爲因生於是觸謂離散物正和合時是觸爲因生於非觸謂和合物正離散時是觸爲因生於是觸謂和合物復和合時非觸爲因生於非觸謂向遊塵同類相續毗婆沙宗決定不許極微展轉更相觸義應知彼言有別意趣且向遊塵多極微集而彼論說非觸爲因生於非觸故知彼言定有別意有何別意謂於和合說是觸言毗婆沙師咸作是說但由風界力所攝持令諸極微和合不散衆緣合故聚色生時說非觸因生於是觸即離散因生聚集義豈不無有不集極微待緣方集則應一切是觸爲因生於是觸有作是說亦有極微不聚集者故無此失有說待麤和合色故於細和合立非觸名故非觸因生是觸者是細聚因生麤聚義故彼所言於義無失衆緣合故攝持聚色風界滅時與此相違離散色起即於此位說是觸因生於非觸是麤聚因生細聚義衆緣合故攝持聚色風界不滅諸麤色聚或生自類或轉生麤說是觸因生於

是觸是麤聚因生麤聚義由此道理諸向遊塵能攝持麤風界不起細聚相續不轉成麤名非觸因生於非觸是細聚因生細聚義此謂彼言所有別意又於非色亦說觸言如契經說出滅定時當觸幾觸當觸三觸謂不動觸無所有觸及無相觸然非此中可計實有互相觸義是故所言此彼大種定不相觸其理極成若許相觸復有何過豈不前說若諸極微遍體相觸即有實物體相雜過若觸一分成有分失然彼上座於此復言諸極微體即是方分如何有體言無方分此言非理若許極微更無細分有自體故是方分者諸無色法既有自體無差別故應是方分若謂無色無和合義是故不應名方分者此亦非理諸無色法有處亦說有和合故又彼所宗色有和合亦不應理應成一故不應一體可名和合又上座說二類極微俱無分故住處無別此亦非理彼論自言有說極微處不相障是宗有失違聖教中有對言故何緣復說二類極微俱無分故住處無別又彼所言即由此故許依同處說不相離又言極少許五極微同在一處不相妨礙此皆非理若容五微同一處者何物為障百千俱胝不許同處如是便應一極微處包容一切所有極微是則世間總一微量或應不許極少五微同在一處不相妨礙多微聚集處寬廣故是故應許極微有分或許諸微互不相觸不相離義異此可成無一極微現在獨住而不聚集如前已辯是故一切和合聚中隨其所應皆有一切由此故說不相離言非約處同名不相離

然無分故不觸義成若爾身根及與觸界如何能觸所觸得成已成極微互不相觸能所觸義今應共思若謂我宗由能所觸已許相觸更何所思唯汝自應思量是義此不應理許觸論宗於是義中應同思故謂若鼻舌與自境微亦相觸者何緣不許此根境微是能所觸若不許二觸自境微而同身根名取至境如彼理趣此亦同然或非色中應有相觸如前所引觸三觸故是故此中應共思擇契經所說觸義意趣然我先說謂境與根隣近而生方能取故名取至境令能所觸准彼應成極隣近故豈不一切鼻舌身根皆取至境無差別故則應能觸通鼻舌根所觸亦應兼於香味此亦非理隣近雖同而於其中有品別故如眼瞼等雖至名同而於其中非無品別非眼瞼等同得至名即令一切至無差別瞼籌藥醫於彼眼根漸隣近中品類別故又如眼等取非至同非至境中非無品別鼻等亦爾取至境同於至境中應有品別又滑澀等世間共起所觸想名對彼身根說名能觸故無有過有說實無能觸所觸然似有故假立觸名或任於中更求餘理且不應許境與身根實更相觸如前已說境與有境應雜亂故是故應隨此順正理說能所觸名起因緣有餘師說雖諸極微互不相觸而和合色相觸無過由此拊擊得發音聲如諸極微雖無變礙而和合色變礙非無此不應理非離極微有和合色若觸和合應觸極微彼即應許極微相觸是故前說於理為勝又上座言此若觸彼彼定觸此既成所觸餘觸所觸理不

相違若異此者極微展轉無相攝持應不和合若謂攝持是風界力風界豈似手所捧持攝持諸微令不散墜此難非理且如水輪風輪攝持令不散墜風輪豈似手所捧持如彼攝持此亦應爾若言我許極微相觸由相觸故相攝持者似手捧難則爲唐捐如汝所言極微相觸次第安布能相攝持我亦說言由風界力隣近安布能相攝持故不應言若異此者極微展輪無相攝持應不和合異汝所言極微展轉有相攝持和合成故又不相觸亦能攝持譬如身根不觸身識能攝持識令起現前又彼所言此若觸彼彼定觸此既成所觸餘觸所觸理無違者彼不審思而作是說如前已說境與身根實不相觸應境有境相雜過故遍體一分觸違理故諸有對法體是障礙有對攝故處所展轉互不相容不應相觸無細分故非觸一分各別性故非觸全體同處多微過如前說如何可言此若觸彼彼定觸此乃至廣說又准此說應亦可言此若見彼彼定見此既成所見餘見所見理不相違此若聞彼彼定聞此既成所聞餘聞所聞理無違等彼既不然此云何爾若所觸界亦不相觸如何大種展轉相望互爲攝益或相損害豈要相觸方能損益異此云何若必爾者觀雪日等眼云何損觀月輪等眼云何益眼不應至日等大種汝又不許有彼光明俱行大種汝許光明依日月輪大種生故由彼上座自說是言大種造色多不相離亦有少分得相離者謂諸日月燈寶光明及離諸華孤遊香等因論生論身根既唯取至境故

日光中熱身現得故汝云何知日光但依日輪大種不依隣近身根大種若於是處身覺日熱即近是處眼見日光應知此光非離大種故唯隣近大種為緣能損能益隣近大種非彼極遠亦非相觸此義已成且如所觸不觸身根然能為因令身損益若謂所觸觸著身根所依大種為損益者雪日光等於眼云何設許所觸觸著身根所依大種能為損益然不許身所依大種能觸身根仍為損益豈不大種展轉相望雖不相觸由相隣近能為因故損益義成故不應言若所觸界亦不相觸如何大種展轉相望互為攝益或相損害然大德說一切極微實不相觸但由無間假立觸名經主此中顯彼勝德作如是言此大德意應可愛樂若異此者是諸極微應有間隙中間既空誰障其行許為有對今說大德如是意趣非即可樂亦非可惡但應尋究如何無間仍不相觸理未顯故意趣難知若說諸微全無間隙然不相雜應成有分不許處同復無間隙既許無間何不相觸故彼但間言定顯隣近義此中但言或顯定義定有間隙故名定間如是有熱故名定熱是定有隙理得成義或顯無義謂此中無如極微量觸色所間故名無間如是無間大種極微隣近生時假說為觸若作此釋大德所言一切極微實不相觸但由無間假立觸名深有義趣即由障礙有對勢力能相障行許為有對非許住處展轉相容而可說為障礙有對豈怖處同遮無間住許有間隙而無趣行非有所怖法性應爾諸有對者處必不同勿彼處同

或成有分故無間住理必不然雖於中間有
少空隙而有對力拒遏其行間隙者何有餘
師說是無觸色復有說言都無所有經主復
說又許極微若有方分觸與不觸皆應有分
若無方分設許相觸亦無過者此說非理有
分方分名異義同立無分言已遮方分如何
於此復更生疑謂許極微若有方分旣無方
分如何可觸又遍體觸或觸一分二皆有過
前已具論如何復言若無方分設許相觸亦
無斯過是故所言無極微量觸色所間故名
無間如是無間大種極微隣近生時假說為
觸其義成就非住處同或無間住可許有對
無分義成今應觀察眼等諸根爲於自境唯
取等量速疾轉故如旋火輪見大山等爲於
自境通取等量不等量耶頌曰

應知鼻等三等唯取等量境
論曰前說至境鼻等三根應知唯能取等量
境如鼻舌身根極微量香味觸境極微亦然
相稱合生鼻等識故豈不鼻等三根極微有
時不能遍取香等何故乃言唯取等量以非
鼻等三根極微於香等微能取過量故說唯
能取等量境非無少分三根極微亦能取於
少分三境隨境微量至根少多爾所根微能
起功用眼耳不定謂眼於色有時取小如見
毛端有時取大如暫開目見大山等有時取
等如見蒲萄野棗果等耳根亦取蚊雷琴聲
小大等量意無質礙不可辯其形量差別頌
中應知言兼勸知此義今乘義便復應觀察
云何眼等諸根極微安布差別不可見故雖
難建立而有對故住方處故和集生故定應

說其安布差別眼根極微居眼星上對向自境傍布而住如香荾華清徹瞙覆令無分散有說重累如丸而住體清徹故如秋泉池不相障礙耳根極微居耳穴內旋環而住如卷樺皮鼻根極微居鼻頞內背上面下如雙爪甲此初三根橫作行度無有高下如冠華鬘舌根極微布在舌上形如半月當舌形中如毛端量非爲舌根極微所遍身根極微遍住身分如身形量女根極微形如鼓顙男根極微形如指䎧眼根極微有時一切皆是同分有時一切皆彼同分有時一切是彼同分餘是同分乃至舌根極微亦爾身根極微定無一切皆是同分乃至極熱㮇落迦中猛焰纏身猶有無量身根極微是彼同分故如是說設遍發識身應散壞以無根境名一極微爲所依緣能發身識五識決定積集多微方成所依所緣性故云何建立六識所依爲如五識唯緣現在意識通緣三世非世如是諸識依亦爾耶不爾云何頌曰

後依唯過去　五識依或俱

論曰由六識身無間滅已皆名爲意此與意識作所依根是故意識唯依過去眼等五識所依或俱或言表此亦依過去謂眼等五是俱所依過去所依即是意界如是五識所依各二第六意識所依唯一爲顯頌中依義差別故復應問若是眼識所依性者即是眼識等無間緣耶設是眼識等無間緣者復是眼識所依性耶應作四句第一句謂俱生眼根第二句謂無間滅心所法界第三句謂過去意根第四句謂除所說法乃至身識亦爾各

各應說自根意識應作順前句答謂是意識所依性者定是意識等無間緣有是意識等無間緣非與意識爲所依性謂無間滅心所法界又五識界如所依根定有過現彼所緣境爲亦如是爲有別耶定有差別已滅未生非五識境所以者何由與所依一境轉故於非現境依不轉故有執五識境唯過去應告彼言若如是者豈不但以前生爲緣與識俱生皆非緣性又已滅色彼執體無但分別心取爲境起又定應許彼所依根亦在過去能生現識如是彼言皆不應理且置所依及餘識境如何眼識境唯過去不緣一切過去色耶無間百年滅無異故若謂無失取自因故無間滅色是現識因百年滅色無因義者此亦不然無異因故唯無間滅是現識因非百年滅有何因證如彼百年已滅諸色與現眼識都不相關無間滅色應亦如是既無差別何獨爲因此望百年亦有差別眼識將生時此色爲緣故若爾眼識境應非過去識在未來緣現在境故亦不可說異時爲緣異時爲境此與眼識除爲境用復作何緣眼識生時久已滅色近滅無異何不爲緣汝執久滅與近滅者俱非實體無差別故又久近滅能爲緣用理俱不成非現境界相續各異非一果性無差別故又汝應說鼻舌身三云何名爲取近至境過去未來說爲遠故又若五識唯緣過去如何於彼有現量覺如於自身受有現量覺謂我曾領納如是苦樂此救不然於自身受領納覺了時分異故謂於自身曾所生受餘時領納餘時覺了領納時者謂爲損

益時爾時此受未爲覺了境謂了餘境識俱生受正現前時能爲損益此損益位名領納時即自性受領所隨觸自體生故識等領彼損益行相自體起故此滅過去方能爲境生現憶念此憶念位名覺了時由斯理趣唯於現量曾所受事有現量覺故現量覺於自身受有義得成現量有二依根領納覺了現量性差別故過去色等既許未曾現量所受云何可言如自身受有現量覺如於他身受非自領納現量所受則無現量覺言我曾受如是苦樂緣彼受智既非現量覺如是現色等非自依根現量所受應無現量覺謂我曾受如是色等緣彼境智應非現量覺又若現在色等五境非現量得如緣未來受所起智緣非曾領納現量所得故必無自謂我曾領受如是苦樂例緣過去色等起智緣非曾依根現量所得故應無自謂我曾領受如是色等如苦受等必爲領納現量受已方有緣彼現量覺生如是色等必爲依根現量受已方有緣彼現量覺生現所逼故定應信受若領納受時非緣受受境緣受爲境時非領納受者世尊何故作如是言受樂受時如實了知受於樂受乃至廣說此無違失如是所說是觀察時非領納時顯觀行者於曾領納現量所得樂等受中無迷謬故作如是說是故不應於諸現量曾未受境有現量覺由此五識唯緣現境必以俱生爲所緣故契經既說眼色爲緣生於眼識乃至廣說何因識起俱託二緣得所依名在根非境頌曰

隨根變識異　故眼等名依

論曰眼等即是眼等六界由眼等根有轉變故諸識轉異隨根增損有明昧故非色等變令識有異以識隨根不隨境故依名唯在眼等非餘若爾意識亦隨身轉謂風病等損惱身時意識即亂身清泰時意識安靜何緣彼意識不以身爲依隨自所依故無此失謂風病等損惱身時發生苦受相應身識如是身識名亂意界此與苦受俱落謝時能爲意根生亂意識與此相違意識安靜是故意識隨自所依豈不有漏意界無間無漏識生如是等異如何意識隨自所依非緣有漏無漏等類名隨自依但據增損明昧差別如從無覆無記眼根生善不善有覆眼識而名眼識隨自所依此亦應爾是故能依非隨一切所依法性若不爾者應非能依隨所依故何緣所識是境非根而立識名隨根非境頌曰

彼及不共因　故隨根說識

論曰彼謂前說眼等名依故立識名隨根非境依是勝故及不共者謂眼唯自眼識所依色亦通爲他身眼識及通自他意識所取乃至身觸應知亦然豈不意識境不共故應名法識此難非理通別法名共非遍故境不具前二種因故謂通名法非唯不共別名法界非遍攝識又別法界雖不共餘而非意識所依根性是故若法是識所依及不共者隨彼說識色等不然故不隨彼說色等識如手鼓聲及麥芽等又此頌文復有餘義彼謂眼等識所隨故及不共者及由眼等是不共故謂有一生色發四生眼識無一生眼根發二生眼識況有能發四生識者如是界趣族類身

眼各别發識故名不共廣説乃至身亦如是豈不餘生意根亦發餘生意識非全不發但不俱時無一生意一時並發二生意識可如色等故作是言無二況四如是眼等識所隨故生界趣等别生識故由此二因隨根非境有言根識俱是内性境唯是外故隨根説有言根識俱有情數色等不定故隨根説衆緣和合眼識方生何故契經唯舉眼色眼識所依所緣性故餘法雖是眼識生緣而非所依及所緣性又是眼識隣近緣故豈不空明能生作意亦是眼識隣近緣耶眼色二緣於生眼識極隣近故異空明等又眼識生必藉所依所緣力故及不共故眼識生時必藉眼色爲所依緣餘法不定謂夜行類識不藉明生水行類識不待空發人於瑠璃頗胝迦等障

色亦爾天眼發識不假空明若謂眼識生必藉明近眼近色主明客明定一爲緣方見色故又明識發必藉於空以空遍滿一切處故此皆非理眼藉明者要藉大明照色方見非猫狸等眼有大明如何能見復有人等眼雖無明而夜見色甚遠汝義如説有人於闇中色亦能覩見不待光明若空遍滿一切處者無障礙故亦應能取壁等障色能生作意通與六識作共生緣眼色非共是故契經唯舉眼色或隨所化宜聞便説象跡喻等諸契經中作意等緣皆具説故隨身所住眼見色時身眼色識地爲同不應言此四或異或同所言同者謂生欲界以自地眼見自地色四皆同地生初靜慮以自地眼見自地色亦皆同地非生餘地有四事同所言異者謂生欲界

若以初靜慮眼見欲界色身色欲界眼識初定見初定色身屬欲界三屬初定若以二靜慮眼見欲界色身色欲界眼屬二定識屬初定見初定色身屬欲界眼屬二定色識初定見二定色身屬欲界眼色二定識屬初定如是若以三四靜慮地眼見下地色或自地色如理應知如是若生四靜慮地四事有異如理應思餘界亦應如是分別今當略辯此決定相頌曰

眼不下於身　色識非上眼　色於識一切
二於身亦然　如眼耳亦然　次三皆自地
身識自下地　意不定應知

論曰身眼色三皆通五地謂在欲界四靜慮中眼識唯在欲界初定此中眼根望身生地或等或上終不居下色識望眼等下非上下地眼根串見麤色於上細色無見功能又下眼根無有勝用上地自在殊勝眼根於下地中自有眼識故下地眼非上識依色望於識通等上下色識於身如色於識謂通自地或上或下識望於身通自地者唯生欲界初靜慮中或上地者唯生欲界或下地者唯生二三四靜慮地色望於身自下地者自上眼見若上地者唯上眼見又以自地眼唯見自下色若以上地眼見自上下色廣說耳界應知如眼謂耳不下於身聲識非上耳聲於識一切二於身亦然隨其所應廣如眼釋鼻舌身三總皆自地多分同故香味二識唯欲界故鼻舌唯取至境界故於中別者謂身與觸其地必同取至境故識望觸身或自或下自謂若生欲界初定生上三定謂之為下應知意

界四事不定謂意有時與身識法同在一地有時上下身唯五地三通一切唯生五地自意自識緣自地法名意與三同在一地意界有時在上地者謂遊定時若生欲界從初靜慮無間起欲界識了欲界法意屬上地三屬下地或二三四靜慮等無間起初二三靜慮等地識了初二三靜慮等地法意屬上地三屬下地如是若生初靜慮等從上起下如理應知於受生時無上地意依下地身必無下地身根不滅受上生故又定無有住異地心而命終故如是應知無下地意依上地身依上地意受下地身則不違理謂從上地意界無間於欲色界初結生時意屬上地身識下地彼所了法或自地或上地或不繫如是應知依下地意受上地身亦不違理於遊定時有下地意依上地身亦不違理謂生上地先起下地識身化心如是識法亦應廣說復應思擇若欲界眼見欲界色或色界眼見二界色爾時彼色可爲幾種眼識所識於此復起幾種分別爲令於宗不迷亂故先總料簡後當別釋應知此中且辯計度及與不定隨念分別遍諸地故約此二種一切眼識皆無分別又善分別能緣一切自上下地染汙分別緣自上地無記分別緣自下地隨所生地未離彼貪具有此地三種分別若離彼貪唯有此地二種分別謂除染汙非生餘地有初靜慮善眼識現在前由此必定繫屬生故生初靜慮亦不得依餘地眼根起善眼識非生餘地能起餘地無覆無記分別現前此亦必定繫屬生故非此中意唯說一生所起分別若

說一生則生上地應定無有下地分別即此生中彼三分別無容得有現在前故又上地分別應唯善非無記前已說因故通說餘生皆得具有已總料簡次當別釋斷善根者眼見色時此色染汙無覆無記眼識所識於此復起三種分別謂善染汙無覆無記不斷善根未離貪者眼見色時此色三種眼識所識於此復起三種分別若諸異生生在欲界已離欲界貪未離初定貪以欲界眼見諸色時此色是善無覆無記眼識所識於此復起欲界分別若退法者具有三種不退法者唯有二種謂除染汙以初靜慮眼見欲界色時此色唯是無覆無記眼識所識於此復起欲界分別如前應知於此復起初靜慮地二種分別謂除染汙以初靜慮眼見彼地色時此色

唯是無覆無記眼識所識於此復起欲界分別若退法者則有二種謂除無記不退法者則唯有善於此復起初靜慮地三種分別已離初定貪未離二定貪以二靜慮眼見欲界色時此色唯是無覆無記眼識所識於此復起欲界分別若退法者具有三種不退法者唯有二種謂除染汙於此復起初定分別若退法者則有二種謂除染汙不退法者則唯有善於此復起二靜慮地二種分別謂除染汙以二靜慮眼見初定色時此色唯是無覆無記眼識所識於此復起欲界分別若退法者則有二種謂除無記不退法者則唯是善於此復起初定分別若退法者具有三種不退法者則唯是善於此復起二靜慮地二種分別謂除染汙以二靜慮眼見二定色時此

色唯是無覆無記眼識所識於此復起欲界分別若退法者則有二種謂除無記不退法者則唯有善初靜慮地所起分別亦如是知於此復起二靜慮地三種分別隨此所說別釋理趣已離二定欲未離三定欲已離三定欲未離四定欲已離四定欲如理應思擇如說異生生在欲界如是生在四靜慮地及諸聖者生五地中隨其所應亦當廣說然有差別謂諸聖者若退不退皆無緣上染汙分別異地遍行皆已斷故見道功德必無退故由此方隅例應推究耳聞聲等識及分別傍論已了應辯正論今當思擇十八界中誰六識中幾識所識幾常幾無常幾根幾非根頌曰

五外二所識　常法界無為　法一分是根
并內界十二

論曰十八界中色等五界如其次第眼等五識各一所識又總皆是意識所識如是五界各六識中二識所識由此准知餘十三界一切唯是意識所識非五識身所緣境故十八界中無有一界全是常者唯法一分無為是常義准無常法餘餘界十八界中法界一分并內十二是根非餘謂五受根信等五根及命根全三無漏根各有少分是法界攝眼等五根如自名攝女根男根即是身界一分所攝如後當辯意根通是七心界攝後三一分意意識攝義准所餘色等五界法界一分皆體非根二十二根如契經說所謂眼根耳根鼻根舌根身根意根女根男根命根樂根苦根喜根憂根捨根信根精進根念根定根慧根未知當知根已知根具知根經中建立六

處次第故身根後即說意根阿毗達磨諸大論師迴此意根置命根後無有所緣次第說故諸門分別易顯了故

阿毗達磨順正理論卷第八 說一切有部

音釋

鵂鶹 鵂許尤切鶹力求切鵂鶹鳥名 躊躇 躊直由切躇直諸切 瞙 慕各切目不明也 鼓⿱鼓桑 ⿱鼓桑蘇朗切鼓匡木也 指⿰韋旨 指⿰韋旨都盍切指衣也 藉 慈夜切借也

阿毗達磨順正理論卷第九

尊者衆賢造

唐三藏法師玄奘奉　詔譯

辯差別品第二之一

如是因界已列諸根今於此中應有思擇世尊何故別說根名在內界全及法一分依增上義別說為根彼彼事中得增上故此增上義界義顯成界謂伊地或謂忍地最勝自在是伊地義照灼明了是忍地義唯此熾盛光顯名根此意總示二十二根於諸聚中作用增上諸法相望各各別有增上用故應並名根此極增上別說義成如師子王及村邑長轉輪王等於獸村邑四大洲等極增上故此極增上誰望於誰頌曰

傳說五於四　四根於二種　五八染淨中
各別為增上

論曰非一切根總於一事為極增上眼等五根各於四事有增上用一莊嚴身二導養身三生識等四不共事莊嚴身者謂五根中隨闕一根身醜陋故導養身者謂因見聞避險難故及於段食能受用故香味觸三皆成段食如有頌言

譬如明眼人　能避現險難　世有聰明者
能離當苦惡　多聞能知法　多聞能離罪
多聞捨無義　多聞得涅槃

身由食住命託食存食已令心適悅安泰生識等者謂發五識及相應法隨所依根有明昧故不共事者謂取自境見聞齅嘗覺別境故有說眼耳於能守護生身法身如其次第有增上用前二伽他即為此證有說眼耳俱

能守護生法二身親近善士聽聞正法眼耳各爲一增上故女男命意各於二事有增上用且女男根二增上者一有情異二分別異有情異者刼初有情形類皆等二根生已便有女男形類差別分別異者進止言音乳房髻等安布差別有說勇怯有差別故名有情異衣服莊嚴有差別故名分別異有說此於染淨二品有增上力故言於二受不律儀起無間業斷善根故名於染品有增上力能受律儀入道得果及離欲故名於淨品有增上力扇搋等身無如是事命根於二有增上者謂由此故施設諸根及根差別由此有彼有此無彼無故或於衆同分能續及能持於無色界要有命根方有所生處決定故彼起自地善染汙心或起餘心非命終故意根於二有增上者謂能續後有及自在隨行能續後有者如世尊告阿難陀言識若不入母胎中者精血得成羯剌藍不不也世尊乃至廣說自在隨行者如契經言

心能導世間　心能遍攝受　如是心一法
皆自在隨行

有說意根於染淨品有增上力故言於二如契經言心雜染故有情雜染心清淨故有情清淨樂等五受信等八根於染淨中有增上力謂樂等五於染增上貪等隨眠所依事故有說此於染淨二品俱有增上說爲躭嗜出離依故樂故心定苦爲信依等契經中說故信等八根於淨增上如契經說我聖弟子具信牆塹具勤勢力具念防衛心定解脫慧爲刀劒乃至廣說此中即攝後三根故彼於淨

品定有增上初傳說言顯樂後說謂或有說能導養身非眼等用是識增上要由諸識了達順境方能避險難及受段食故即彼復謂能見色等不共功能亦非異識故不共事於眼等根不可立爲別增上用故非由此眼等成根若爾云何頌曰

了自境增上　總立於六根　從身立二根
女男性增上　於同住雜染　清淨增上故
應知命五受　信等立爲根　未當知已知
具知根亦爾　於得後後道　涅槃等增上

論曰了自境者謂六識身眼等五根於能了別各別境識有增上用第六意根於能了別一切境識有增上用故眼等六各立爲根然無境界亦成根失以眼等根與能了別一切境識爲通因故識但隨根有明昧故此說非理彼同分根應非根故豈不斯過汝亦有耶我無此失說於嚴身有增上故又非一切與能了別一切色識爲通因性以諸眼根刹那滅故了諸色識不俱生故若言眼類無差別者色亦應同類無異故若謂青黃種類別者眼亦應爾有異熟生及所長養類不同故識但隨根有明昧者此亦非因識體生已方可得有隨根明昧未生令生增上力等隨闕一種則不生故或識隨根有明昧故導養身義應許在根眼用若增隨發勝識能避險難導養於身眼用若微隨發劣識不了險難令身顛墜故導養身在根非識又於此中有何少異前門已顯眼等諸根發眼等識及相應法今此門中略彼一分非已所見何足生欣既無別義不應重說又汝所言見色等用非異

識者此亦不然識能見等前已遮故謂依眼識非能見體與耳等識類無別故如是等難廣說如前又說從身立二根者女男性中有增上故謂於女性中女根增上於男性中男根增上女男性者謂女及男二身形類音聲作業志樂各異女男根體不離身根身一分中立此名故此處少異餘處身根謂是欲界身根一分唯能爲依發貪俱起不善身識故從身根別立爲二劫初等位雖有身根而無女男身形等異故應從彼別立二根此亦未越前門中義前說二根於有情異及分別異有增上故又說命根五受信等於同分住及染淨中如其次第有增上用立爲根者此與前門亦無別故不應重述又說無漏三根亦爾於得後後道涅槃等有增上用謂第一根於得第二有增上用此第二根於得第三有增上用此第三根於得涅槃有增上用非離此根能證彼故亦不異前無勞重說即是於淨有增上故又經主釋亦爾言者類顯一一各能爲根亦不應理不應疑故由得後後道涅槃等增上言故別義已成不應於中復生疑故若言性類無差別故應生疑者理亦不然見修無學三地各異互無相攝不可生疑設有生疑得後後等已簡別故何煩類顯雖同九根性無差別而增上力有差別故何容疑彼應是一根非女男根見此疑故今釋彼言更有別義謂顯離九無別三根如從身根別立男女離身根體無別二根三根亦爾雖從九根別義建立而非離九別有三根此釋應理經主又釋等言爲顯復有異門云何異

門謂見所斷及修所斷煩惱滅中如其次第未知當知及已知根有增上用此亦不然唯無間道名增上者見修道中加行解脫勝進道攝應不名根若通四道皆增上者順決擇分道類智等於見所斷煩惱滅中有增上故應初根攝已知根性應攝第三過失衆多非爲善釋今以別義釋彼等言謂無漏慧於諸諦理先未現觀今得現觀有增上力立第一根若無漏慧已得現觀於餘煩惱漸永斷中加行悕望猶未滿足有增上力立第二根若無漏慧已離煩惱於諸無漏現法樂住有增上力立第三根慧爲上首具三現觀故且說慧餘八助成理實所立根亦通具二者豈不此中忍於諦理已得現觀七智於中重現觀故非初根攝又隔忍故非第二攝此解脫道應不名根已知根中亦有諦理先未現觀今現觀故則所立根應成雜亂此皆無失見智現觀有差別故如世間慧於諸聖諦已得現觀仍說無漏先未現觀今得現觀又如苦集體雖一物而行相別現觀有別若於諦理未審決者唯見現觀若已審決方得名爲智見現觀故彼七智亦得名爲先未現觀今得現觀然道類智無同此失雖一刹那同於七智而後相續皆有異故如後多念名已知根非見道位七智刹那有於諦理重現觀者故此與彼不應同例然盡智等如初刹那相續亦爾皆能任持金剛喻定所害煩惱諸離繫得令相續故經主不應同此無失又道類智於所觀境雖一刹那未得現觀而於無量刹那道境已得現觀故少從多於一切境皆名現

觀成已知根非度大海或妙高山餘芥子量未能度故可名於彼未得度者此亦應然西方諸師說道類智亦是未知當知根攝若對彼釋此過全無故我所言無前二失若增上故立爲根者於愛見品諸煩惱中受想二法有增上用想應如受亦立爲根又諸煩惱於能損壞善品等中有增上用應成根體又最勝故建立諸根一切法中涅槃最勝何緣不立涅槃爲根又迦比羅語具手足及大便處亦立爲根於語執行及能棄捨有增上故如是等事不應立根由所許根有如是相頌曰

心所依此別　此住此雜染　此資糧此淨
由此量立根

論曰心所依者眼等六根此內六處是有情本此相差別由女男根復由命根此一期住此成雜染由五受根此淨資糧由信等五此成清淨由後三根由此立根事皆究竟不應更立想等爲根諸煩惱中愛過最重故唯立受與彼爲根愛過重者以契經說愛與六處爲生因故如契經說由愛爲因六處生起又想非見煩惱生因餘因發生顛倒見已妄分別想持令相續離正對治不可斷壞故說此想與彼爲因受爲愛因俱通二種受爲過重煩惱因故通二因故獨立爲根有餘師言想爲餘法所映奪故不立爲根謂諸善想正慧映奪諸染汙想顛倒映奪非增上故不立爲根又諸煩惱亦非增上受於其中成增上故唯受於彼可立爲根或損善品壞樂果事下劣鄙穢如何立根根是世間增上法故又於諸法涅槃雖勝滅諸根故不立爲根如破諸

餅破非餅體又語具等亦不名根不定雜亂太過失故不定失者何等語具立爲語根能發言音名爲語具此即是舌若爾則應尋伺等法及能引起語業諸風亦立爲根能發語故謂尋伺等依脣齒腭咽喉等緣發起言音非但依舌無異因故又尋伺等於發言音是勝因故又諸手脕管絃息等皆能爲因發言音故不應唯立舌爲語根若謂了色亦由言故不應獨立眼爲根者理必不然諸生盲人雖聞說色不了青等差別相故手於執取不應名根口等亦能執取物故足於行動不應名根蛇魚等類不由於足有行動故出大便處於能棄捨不應名根口等亦能有棄捨故雜亂失者彼所立根應成雜亂口能執取及棄捨故手足俱有執行用故有如是等雜亂過失太過失者彼所立根應無限量若舌根異語根異者應許鼻根與息根異如舌能語鼻通息故若此於彼少有作用即立爲根是則咽喉齒脣肚等於諸呑嚼攝持等事有增上故應立爲根或一切因於生自果皆增上故應並立根故迦比羅如童子戲不應許彼語具等根非定無雜極增上故復有餘師別說根相頌曰

或流轉所依　及生住受用　建立前十四

還滅後亦然

論曰或言顯此是餘師執彼約生死流轉還滅最勝所依生住受用有增上故建立諸根生死相續是流轉義流轉所依謂六內處眼等定是彼自性故生由男女二根爲緣彼得生故住由命根是彼相續不斷因故受用由

受五受爲緣損益轉故於流轉中約此四種勝作用故立十四根還滅位中亦約此四勝作用故立餘八根生死止息是還滅義即是六處畢竟斷滅此得所依謂信等五以是一切善根生長最勝因故初無漏根能生此得正定聚中此初生故次無漏根令此得任由彼長時相續起故後無漏根令得受用現法樂住彼所顯故非業煩惱與內六處爲生因故亦立爲根一一各別無功能故若爾眼等應亦非根意喜樂捨應非無漏信等五根應非有漏就偏增說可有此義不應於中起決定執諸業煩惱無定不共增上用故不立爲根已說根義及建立因當說諸根一一自體此中眼等乃至男根前此品中已辯其相謂彼識依五種淨色名眼等根女男二根從身一分差別而立命根體是不相應故不相應中當廣分別信等體是心所法故心所法中當廣分別樂等五受三無漏根更無辯處故今應釋頌曰

身不悅名苦　即此悅名樂　及三定心悅
餘處此名喜　心不悅名憂　中捨二無別
見修無學道　依九立三根

論曰身謂身受依身起故即五識相應受言不悅者是損惱義於五識俱領觸受內能損惱者名爲苦根所言悅者是攝益義即五識俱領觸受內能攝益者名爲樂根初靜慮中三識俱樂亦此所攝種類同故第三靜慮意識俱受能攝益者亦名樂根彼地更無餘識身故即意俱悅立爲樂根意識俱生悅受有二在第三定說名爲樂由此地中離喜貪故

除第三定下三地中說名喜根有喜貪故此二心悅攝益義同行相何殊分爲喜樂由行相轉有差別故若有心悅安靜行轉名爲樂根若有心悅麤動行轉名爲喜根或復樂根攝益殊勝喜根攝益則不如是由此第三靜慮地樂諸聖說爲所耽著處與意識俱能損惱受是心不悅名曰憂根已約身心悅不悅受行相差別立四受根所言中捨二無別者中是非悅非不悅義即不苦樂說名捨根身心受中此定何受應言此受通在身心苦樂何緣各分爲二不苦不樂唯立一根此在身心無差別故謂心苦樂多分躁動苦樂在身則爲安住不苦不樂在身在心行相無差唯安住故又心苦樂多分別生在身不然隨境力故阿羅漢等亦如是生捨在身心俱無分別處中行相任運而起又苦樂受在身在心於怨於親行相轉異不苦不樂在身在心於中庸境行相無異是故苦樂各分爲二不苦不樂唯立一根已釋樂等諸受根體三無漏根今次應釋不可一一別說其體應就三道依九總立意樂喜捨信等五根此九三道中即是三無漏謂在見道意等九法即是未知當知根體未知當知行相轉故若在修道意等九法即是第二已知根體爲欲斷除餘隨眠故於已知境數復了知在無學道意等九法即是第三具知根體知已已知故名爲知習知成性故或能護知故名爲具知九根相應合成此事故意等八亦得此名如是根名雖二十二而諸根體但有十七女男二根身根攝故三無漏根九根攝故如是已釋根體

不同當辯諸門義類差別此二十二根中幾有漏幾無漏頌曰

唯無漏後三　有色命憂苦　當知唯有漏　通二餘九根

論曰次前所説最爲三根體唯無漏是無垢義垢之與漏名異體同七有色根命及憂苦一向有漏七有色者眼耳鼻舌身女男根色蘊攝故九通二者即前所説三無漏攝意等九根名爲無漏餘意等九是名有漏有餘師説信等五根亦唯無漏契經唯説聖所有故又世尊説若全無此信等五根我説彼住外異生品此非誠證依無漏根説此言故云何知然先依無漏信等五根建立諸聖位差別已説此言故全無此者此即此前所説無漏信等根義若不爾者唯應説言無信等根不應言此或諸異生略有二種一内二外内謂不斷善根外謂善根已斷依外異生作如是説若全無此信等五根我説彼住外異生品爲有契經證信等五通有漏不亦有云何謂世尊説我若於此信等五根未如實知是集没味過患出離未能超此天人世間及魔梵等乃至未能證得阿耨多羅三藐三菩提乃至廣説非無漏法應作如是次第觀察又説佛未轉法輪時先以佛眼遍觀世界有諸有情處在世間或生或長有上中下諸根差別未轉法輪世間已有無漏根者如來出世則爲唐捐若汝於此所引二經異分別者我當復以殊勝分別如理遮遣故信等根定通有漏如是已説有漏無漏二十二根中幾是異熟幾非異熟頌曰

命唯是異熟　憂及後八非　色意餘四受
一一皆通二
論曰且無分別此諸根中唯一命根定是異熟如何此命可無分別定果命根非異熟故如是命根亦是異熟得邊際定應果苾芻於僧衆中或別人所施恩果故謂我能感當異熟業願皆轉招壽異熟果本論說故有餘說彼由邊際定力引取前生順不定受業所感壽命令現受用復有欲令邊際定力引前生業殘異熟果而經主言由勝定力引取未曾諸根大種住時勢分如此命根非是異熟餘是異熟此言非理所以者何且彼唯說諸根大種住時勢分名爲命根如後當破設許如是隨執彼爲長養等性皆不應理且不應執是長養性彼能防守異熟果故所防異熟已轉盡故不應異熟相續斷已獨有長養太過失故亦不應執是等流性眼等無別等流性故無記非善等流果故又界應成雜亂過故亦不應執是異熟性定非欲界異熟因故又彼自許如是事故然其所說迷謬難詳任更指陳彼名何法而言此命非異熟耶尊者法勝說此命根亦非異熟故彼論說有十三根皆通二種此違本論一根非業是業異熟九根非業非業異熟十二不定憂根及後信等八根皆非異熟是有記故經說有業順憂受者依受相應言順無過如言有觸順樂受等何緣定謂憂非異熟此是異熟不應理故云何不應離欲貪者不隨轉故異熟不然設許隨轉應如苦根阿羅漢等亦可知有而實非有經所遮故如契經說設見大師般涅槃位

亦無愁等又無用故善亦不行非能攝益如喜根故何相知彼有無記喜彼時雖無外相而有內分別生或彼善喜容有現行非喜憂根彼可現起應隨善相准知無記非無記喜違離欲道又阿笈摩證彼有喜如契經說彼猶受喜異熟不言彼有異品憂根故知憂根越異熟法餘根通二義准已成謂七色意根除憂餘四受十二一一皆通二類七有色根若所長養則非異熟餘皆異熟意及四受若善染汙若威儀路及工巧處并能變化隨其所應亦非異熟餘皆異熟如是已說是異熟等二十二根中幾有異熟幾無異熟頌曰

憂定有異熟　前八後三無　意餘受信等
一一皆通二

論曰如前所說憂根當知定有異熟定言意顯唯有非無遮非異熟因無記無漏故非爲顯示唯此憂根是有異熟勿有餘根一切皆是無異熟過故但顯憂唯有異熟越次說者顯無記無漏若總若別皆無異熟因非如此中有記有漏要總方是有異熟因故越次說深爲有用眼等前八及最後三此十一根定無異熟八無記故三無漏故餘皆通二義准已成謂意根餘四受信等言等取精進等四根此十一根一一皆通二類意樂喜捨若不善善有漏有異熟若無記無漏無異熟苦根若善不善有異熟若無記無異熟信等五根若有漏有異熟若無漏無異熟如是已說有異熟等二十二根中幾善幾不善幾無記頌曰

唯善後八根　憂通善不善　意餘受三種

前八唯無記

論曰信等五根及三無漏一向是善次雖居後乘前便故而說在初憂根唯通善不善性意及四受皆通三性眼等八根唯是無記如是已說善不善等二十二根中幾欲界繫幾色界繫幾無色界繫頌曰

欲色無色界　如次除後三　兼女男憂苦
并餘色喜樂

論曰欲界除後三無漏根由彼三根唯不繫故准知欲界繫有餘十九根色界如前除三無漏兼除男女憂苦四根准知十五根亦通色界繫除女男者色界已離婬欲法故除此無因須受用故有說由此身醜陋故此說不然陰藏隱密非醜陋故前說爲善然佛置彼在男品中如契經說無處無容女身爲梵有處有容男爲梵者離欲威猛似男用故如有稱讚大梵王言

大梵如丈夫　所得皆已得　離欲道威猛
故說爲丈夫

除苦根者色界中無損害事故苦是損害業異熟故有說彼身極淨妙故除憂根者彼處無有違逆相故又奢摩他潤相續故有說色界具離欲智憂是無智等流果故無色如前除三無漏女男憂苦并除五色及喜樂根准知餘八根通無色界繫如是已說欲界繫等二十二根中幾見所斷幾修所斷幾非所斷頌曰

意三受通三　憂見修所斷　九唯修所斷
五修非三非

論曰意喜樂捨一一通三憂根唯通見修所

斷非無漏故七色命苦唯修所斷有色無染非六生故非無漏故信等五根或修所斷或非所斷通善有漏及無漏故最後三根唯非所斷皆是無漏無過法故豈不聖道亦所斷耶如契經言應知聖道猶如船筏法尚應斷何況非法此非見修二道所斷入無餘依涅槃界時捨故名斷已說諸門義類差別當說初得異熟諸根幾異熟根何界初得須問初得異熟根者遮無染心能續生故頌曰

欲胎卵濕生　初得二異熟　化生六七八
色六上唯命

論曰欲胎卵濕生初受生位唯得身與命二異熟根觀行者言此初生位亦有具得眼等種子然但身根能生自識眼等不爾故唯說二或生盲等於續生時無眼等根但有此二此言非理所以者何初續生時無五識故舉胎卵濕顯除化生化生色根無漸起故此辯異熟不說意捨時彼定染非異熟故爾時亦得信等諸根非異熟故此中不說羯剌藍位雖得色等異熟生法而體非根故此不說化生初位得六七八無形得六如劫初時六謂眼耳鼻舌身命一形得七如諸天等二形得八惡趣容有二形化生色初得六如欲化生無形者說上唯命者謂無色界定生俱勝故名為上彼初唯得異熟命根由此證知命根實有此若非有為得何根名生無色非善染汙名業果生未受彼生容現起故又異熟心無續生理唯許染心能續生故過去未來非有論者爾時三世異熟皆無異熟既無生依何說雖馳妄計以立已宗必應許有生依實

法說異熟根最初得已當說最後所滅諸根何界死時幾根後滅頌曰

正死滅諸根　無色三色八　欲頓十九八
漸四善增五

論曰且說染汙及無記心正命終時根滅多少謂無色界將命終時命意捨三於最後滅無色唯有捨受非餘又無色言遮彼有色有餘師說彼有色故若不說有實物命根何異熟斷名無色死若言異熟四蘊斷故彼名死者善染汙心現在前位應亦名死若言彼地所受異熟猶未盡者如何不受而有盡期善染汙心現在前位當言彼受何業異熟非不現前可名爲受若謂於彼異熟習氣恒隨轉故名爲受者理亦不然所執習氣非極成故太過失故異熟雖盡習氣隨故如業習氣應無死期若異熟盡無習氣者業亦不應有餘習氣若言習氣望現異熟如我得者應如我得異熟不起習氣則無又非異熟習氣隨轉名受異熟非彼性故又汝所執習氣理無後當廣辯故定應許從續生心至命終心別有實法名爲異熟恒相續轉彼若斷時名無色死色界死時八根後滅謂眼等五及前三根化生生死根無缺故欲頓死時十九八滅二形十滅謂女男根及前說八一形九滅無形八滅若漸漸死時身命意捨四根後滅此四必無前後滅義若在三界善心死時一切位中數各增五善心必具信等根故謂於無色增至八根乃至欲界漸終至九復應思擇二十二根幾能證得何沙門果雖沙門果非根亦得此辯根故但問諸根頌曰

九得邊二果　七八九中二　十一阿羅漢依一容有說
論曰邊謂預流阿羅漢果中謂一來及不還果且預流果由九根得謂意捨信等初二無漏根此果與向未至地攝故唯有捨云何此由已知根得由離繫得與解脫道俱時起故若爾何緣唯說無間道能得離繫果唯此能斷離繫得生能障得故由此故說彼離繫得唯是無間道等流士用果若爾解脫道於果及得有何功能離繫及能得由無間道非此果故有說無間道是解脫道眷屬故無間道所作即名解脫道所作如臣所作得王作名西方諸師說解脫道於離繫得能作證故此說不然離繫應是彼道果故後當廣辯今且略釋雖解脫道於沙門果非同類因而是相應俱有因故名得彼果亦無有失以沙門體更互相依而得生故展轉相望爲士用果誰復能遮若言加行無間勝進應亦爾者許亦無失或已知根亦爲同類因能得預流果謂轉根時如阿羅漢就容有說亦無有過阿羅漢果亦九根得謂意信等後二無漏樂喜捨中隨取一種此果及向通九地攝故於三受隨取其一中間二果一一皆通七八九得世出世道次第超越證差別故且一來果次第證者依世間道由七根得謂意及捨信等五根依出世道由八根得謂即前七根已知根第八位離欲貪超越證者如預流果由九根得證不還果應知亦爾總例雖然而有差別全離欲貪超越證者依地別故三受隨一次第證者若於第九解脫道中入根本地依世

間道由八根得喜爲第八依出世道由九根得巳知第九若阿羅漢亦九根得違發智論彼問幾根得阿羅漢答十一故三受定無俱時起故但由九得言十一根依容有說謂容有一補特伽羅從無學位數數退巳由樂喜捨數復還得非不還果有同此失次第無容樂根得故超越無容有退失故復應思擇成就何根彼諸根中幾定成就頌曰

成就命意捨　各定成就三　若成就樂身
各定成就四　成眼等及喜　各定成五根
若成就苦根　彼定成就七　若成女男憂
信等各成八　二無漏十一　初無漏十三

論曰命意捨中隨成就一彼定成就如是三根非此三中有闕成就皆遍一切地及依故信等五根遍一切地非一切依餘十四根二俱非遍故成命等唯定成三餘或成就或不成就云何成就眼等四根生色界全欲界少分身根生在欲色界全女男生在欲界少分樂根生在欲下三定及聖生上喜根生在欲下二定及聖生上苦生欲界全憂欲貪未離信等五根若不斷善三無漏根巳得未捨如是諸位各定成就除此餘位定不成就若成樂根定成就四謂命意捨樂若成身根亦定成四謂命意捨身餘或成就或不成就如前應思若成眼根定成就五謂命意捨身根眼根耳鼻舌根應知亦五前四如眼第五身根若成喜根亦定成五謂命意捨樂根喜根生第二定未離彼貪但成第三染汙樂受若成苦根定成就七謂身命意四受除憂若成女根定成就八七如苦說第八女根男憂亦八

七如苦說第八身根信等亦八謂命意捨信等五根若女男俱成彼定成十五若成具知根定成就十一謂命與意樂喜捨根信等五根及具知根已知根亦爾身根第十一若成未知根定成就十三謂身命意苦樂喜捨信等五根及未知根漸命終位傳說深心猒生死故能入見道如是已說位定成就補特伽羅定成當說諸極少者成就幾根頌曰

極少八無善　成受身命意　愚生無色界
成善命意捨

論曰已斷善根名爲無善彼若極少成就八根謂五受根及身命意據漸捨命唯餘身根愚謂異生未見諦故彼生無色亦成八根謂信等五及命意捨由定數故及說愚故善言不濫三無漏根諸極多者成就幾根頌曰

極多成十九　二形除三淨　聖者未離欲
除二淨一形

論曰諸二形者具眼等根除三無漏成餘十九無漏名淨離二縛故若聖有學未離欲貪成就極多亦具十九除二無漏及除一形二無漏者謂具知根前二隨一言一形者無有二形及與無形得聖法故

阿毗達磨順正理論卷第九 說一切有部

音釋

扇搋 梵語也此云生謂生來男根不滿也搋丑皆切　塹 七艷切坑也　腭 五各切與齶同齒根肉也　腋 羊益切左右肘脅間也　嚼 在爵切咀嚼也　躁 則到切不安靜也

阿毗達磨順正理論卷第十

尊者衆賢造

唐三藏法師玄奘奉詔譯

辯差別品第二之二

因分別界已廣辯根諸行俱生今應思擇何緣思擇諸行俱生爲遣邪宗顯正理故謂或有執諸行無因自然而起或復有執由一因故諸行得生或復有執由自性等不平等因而生諸行或復有執諸行生時唯用前生爲因故起爲遣此等種種邪宗顯生正理故應思擇此中諸行略有二種一有色二無色無色有三一心二心所三心不相應行有色有二一是極微聚二非極微聚初極微聚復有二種一欲界繫二色界繫初欲界繫復有二種一無根聚二有根聚此中且辯極微聚色

頌曰

欲微聚無聲　無根有八事　有身根九事

十事有餘根

論曰有對色中最後細分更不可析名曰極微謂此極微更不可以餘色覺慧分析爲多此即說爲色之極少更無分故立極少名如一剎那名時極少更不可析爲半剎那如是衆微展轉和合定不離者說爲微聚此在欲界無聲無根八事俱生隨一不減云何八事謂四大種及四所造色香味觸此若有聲即成九事而不說者顯因大種相繫故生非如色等恒時有故無聲有根諸極微聚此俱生事或九或十有身根聚九事俱生八事如前身爲第九有餘根聚十事俱生九事如身加眼等一眼耳鼻舌必不離身依身轉故四根

展轉相離而生處各別故此有根聚若有聲生加所生聲成十十一此有執受大種為因故與諸根不相離起不說所以如前應知色界唯除香味二事餘同欲界故不別說若謂事言依體依處太少太多成過失者所依能依依體依處差別說故無有過失謂所依事依體而說若能依事依處而說或唯依體亦無有失由此中說定俱生故形色等體非決定有光明等中則無有故或唯依處然為遮遣多誹謗故別說大種多誹謗者謂或謗言大種造色無別有性或復謗言無別觸處所造色體或復謗言非一切聚皆具一切或復謗言數不決定別說大種此謗皆除若言大種各各別生造色果故應成多者其理不然約類說故已說有色決定俱生無色俱生今次當說頌曰

心心所必俱　諸行相或得

論曰心與心所必定俱生隨闕一時餘曾不起諸行即是一切有為所謂有色無色諸行前必俱言應流至此謂有色等諸行生時必與生等四相俱起言或得者謂諸行內唯有情法與得俱生或言顯此不遍諸行於前所說四有為中廣辯色心如前品說心所等法猶未廣辯今先廣辯諸心所法頌曰

心所且有五　大地法等異

論曰諸心所法且有五品大地法等有別異故此復云何一大地法二大善地法三大煩惱地法四大不善地法五小煩惱地法地謂容止處或謂所行處若此是彼容止所行即說此為彼法之地地即是心大法地故名為

大地此中若法大地所有名大地法謂法遍與一切品類一切心俱生由此故心非大地法非心俱生故彼法是何頌曰

受想思觸欲　慧念與作意　勝解三摩地
遍於一切心

論曰於所依身能益能損或俱相違領受非愛俱相違觸說名爲受安立執取男女等境差別相因說名爲想令心造作善不善無記成妙劣中性說名爲思由有思故令心於境有動作用猶如磁石勢力能令鐵有動用由根境識和合而生能爲愛因有所觸對說名爲觸悕求取境說名爲欲簡擇所緣邪正等相說名爲慧於境明記不忘失因說名爲念引心心所念於所緣有所警覺說名作意此即世間說爲留意於境印可說名勝解有餘師言勝謂增勝解謂解脫此能令心於境無礙自在而轉如勝戒等令心無亂取所緣境不流散因名三摩地彼上座言無如所計十大地法此但三種經說俱起受想思故豈不彼經亦說有觸如彼經言三和合觸經雖言有觸不說有別體故彼經言如是三法聚集和合說名爲觸故無如所計十大地法性此言非理由彼經言義准有觸理得成故佛於彼經非說觸相但說生觸和合衆緣謂彼經中說名觸者觸緣名觸非實觸相和合所生乃名實觸云何知彼不說觸相但說觸緣餘契經中別說眼等爲觸緣故謂有經言六處緣觸伽他中說二爲觸緣故知三和觸緣非觸不應謂彼更互爲緣三皆觸緣亦即觸相以眼與色是眼識緣眼識不爲眼色緣故設

許三法更互爲緣觸是有緣非即緣故應離眼等三和合緣别有所生眞實觸相於能生觸三種近緣假説觸名非實觸相眼色與觸能爲緣者謂作所依所緣性故眼識與觸能爲緣者謂作一果不離依故是故於彼假説觸名然彼所言眼等相望互爲因果和合名觸此亦非理義不成故非彼宗中不許俱起互爲因果義可得成有非有故相續異故非一果故設許三法互爲因果彼不應説與觸爲緣以彼宗中觸無實故現見説有與有爲緣如受與愛眼色與識然説眼等與觸爲緣既實有果亦應爾由是證知别有實觸既許三法互爲因果名爲和合彼亦應許從三和合别有觸生由此故言六處緣觸伽他亦説二爲觸緣若異此者既無實法可名和合

即此三中假施設故又彼三法非互爲緣無和合義如何可立彼爲觸緣若謂如説餅衣等物色等爲緣然離色等無餅等物此亦應爾若爾受等應無别物如説受等眼色爲緣受等亦應非離眼等若言觸相非顯了故謂如受等别相顯了觸無如是别相可取但由思構知有此法故離三和無别觸體此亦不然觸體實有以有用故如眼等根謂眼等根雖非現見能取境故知有自體又如思等雖非現見但由思構知有此法謂有能成意業等用由此用故知有自體若心所法現可見者應無有執彼即是心觸亦應然雖非現見以有用故知有自體又曾未見諸聖教中於無體法説有别用唯於有體説有用言既於觸中説爲有用故知彼觸别有自體若言眼

等六處差別即能生受無別觸用謂即内處與外境俱能發生識互爲因果和合名觸此即生受故於此中無別觸用此言非理先已說故又經重言應無用故又愛等應有即受等過故謂先已說非彼宗中不許俱起互爲因果義可成等又經重言三和合觸應成無用謂經先說眼色爲緣生於眼識由此眼等體及因果其義已成復說俱起受想思故即分明證眼等因果和合生彼是則重言三和合觸定應無用由先所言眼等因果義已成故豈不若說眼等因果和合而生別體觸者三和合言亦成無用經但應說眼色爲緣生於眼識次說俱起受想思言由此眼等因果相仍義已成故不爾此言更有餘義我等不說三和合言爲成眼等爲因果義若爾此言爲成何義此專爲成別有觸義謂眼色識三俱起時眼不待二色亦如是識生必託所依所緣故眼識生要待餘二諸心所法生時亦待所依所緣然彼所依復有二種一是和合所依謂識二是相離所依謂眼或識是彼親密所依眼根是彼繫屬所依所緣即是彼所取境故彼生時必待三法眼及色爲緣生於眼識者謂眼與色和合爲緣生於眼識即是俱時不增不減共爲緣義次後經復言三和合觸者謂眼色識和合爲緣生於眼觸亦是俱時不增不減共爲緣義若謂和合言是共爲緣義則應觸體三法合成豈更有餘實體觸者此亦非理眼色識三無有展轉爲緣義故然說一切共爲緣故由斯觸體別有義成若爾應言三和合故觸不爾爲遮疑後時生

故說第五聲便疑後起應如經說曼馱多王惡心起故俱時墮落若爾何緣契經但說六處緣觸受等亦用彼爲緣故不爾何緣契經但說觸爲緣受受亦爲緣生於觸故此既如是彼亦應然辨緣起中當爲汝釋如是且隨對法正理釋經中句是有用言非如上座隨情解釋三和合言於義無用又若緣觸和合生於受遂謂觸即六處之差別如是緣愛和合生於取應謂愛即是受之差別此既不然彼云何爾或應說彼與此別因先已成立觸有自體故不應謂觸即三和合又觸實有契經說爲心所法故如受想等謂薄伽梵於契經中說觸以爲心所法性非無實法可名心所故如受等觸應有實如伽他言

眼色二爲緣　生諸心所法　識觸俱受想

諸行攝有因

上座釋此伽他義言說心所者次第義故說識言故不離識故無別有觸次第義者據生次第謂從眼色生於識觸從此復生諸心所法俱生受等名心所法觸非心所說識言者謂於此中現見說識故觸是心非心所法不離識者謂不離識而可有觸識前定無和合義故假名心所而無別體今謂三證理並不然初次第義且不應理眼色無間不說識故復作是言謂從眼色生於識觸從此復生受等心所若爾有何餘心所法二緣所生世尊經中分明顯說諸心所法從二緣起非在第三我等於中說諸心所亦二緣起非在第三上座於中起異分別說諸心所唯在第三是則陵懱如來或是不達經義次說識言亦不

應理豈見說識便無心所此伽他中非唯辨識然不可以心所法言不屬識故亦非受等應可說言受等諸法亦非心所所以者何現見此中說識言故雖說識言而許受等是心所者觸亦應然彼後所言謂不離識而可有觸識前定無和合義故假名心所無別體者亦不應理依心所門說觸言故前說心所從二緣生今乘彼門列觸等相非仍前識寧無別體應如受等定別有性雖觸生時實不離識而不應說即識爲體以識生時亦不離觸及受想等心亦應用心所爲性但假名心心既不然觸云何爾又不離言義不成故謂即依識假立觸名言不離者此不成就若不離言是相因義識亦不離受等心所應如前說但假名心若言此難亦同不成謂識不離受等心所應即受等但假名心此亦非理以極成故謂契經說心與受等心所俱生不相離故又伽他義證此極成謂眼色二緣共生諸心所爲但心所二緣所生不爾云何亦生於識識即是心由此成立眼色二緣能生一切心心所法非但生心雖已總標諸心所法二緣所生而未別顯何者是耶故復言觸觸是受因是故先說爲彼二緣先生心所後方生識不爾云何故復言俱是俱起義諸心所者諸是多言已舉一觸餘是何等故言受想及諸行攝此顯受等與前識觸決定俱生諸行攝者總攝一切行蘊所收諸心所法若不爾者應但說思不應言諸思是一故爲攝何義復說有因爲攝與前俱有諸法不相離故與彼俱生即彼爲因不由眼色此無所依及所

緣故有作是釋此有因言顯心心所皆從緣起此釋不然前說眼色二緣所生應無用故復有別釋言有因者顯心心所有同類因何者同類因謂前生同類眼色與彼非同類故但說爲緣前生同類如種子故說之爲因又世尊言眼是生識隣近緣故亦說爲因諸心所法亦以眼根爲緣生故說名有因前緣後因無重說過如是正釋伽他義已前言此難亦同不成謂識不離受等心所應即受等但假名心彼言非理由此中說心心所法俱時起故顯識生時不離觸等是故前說雖觸生時實不離識而不應說即識爲體以識生時亦不離觸及受想等心亦應用心所爲性但假名心理極成立由此彼言謂不離識而可有觸識前定無和合義故假名心所無別體者此但有言都不應理由彼三證理並不然是故前言觸體實有契經說爲心所法故如受想等其理極成故應信知離根境識三和合外別有實觸又觸實有契經說爲食所攝故猶如識等此中上座復作是言四食中觸未必唯用三和爲體所以者何觸食應用所觸爲體以六境中無如所觸更無所待能生受者謂勝冷熱鋸割等觸故於一切身受因中觸最增强別立爲食由觸門故便於三受皆能離染其理得成彼言但從自分別起且彼三和決定非觸如何是食或復是餘此何所疑而稱未必但應舒意確判言非若如段食復有何過謂如段食非一法成雖多法成而得名一觸食亦爾三和合成斯有何過此喻非理一一亦成段食性故非彼眼等一一

各別可名三和成觸食體又根境識攝法無遺段食等三皆應觸攝食應唯一世尊不應於契經中說食有四識食攝在根及識中段及意思體非離境說觸食已復說餘三便顯世尊言成無用故有智者於說三和爲觸食言不應信受又說所觸爲觸食體理亦不然於段食中已說所觸爲彼體故又彼斷時說斷三受理不成故謂段食中已攝所觸三處合成段食性故觸食若所觸食應唯有三又說觸食斷遍知時三受永斷然於有頂得離染時斷諸受盡非於所觸得離染時可於諸受有永斷義又於緣起次第義中所說受緣應是觸食彼觸斷時諸受應斷非由所觸斷故彼斷諸聖教中都未曾見說彼所觸與受爲緣故受斷時非由所觸又說所觸更無所待能生受言深可嗤笑既許所觸滅入過去第三刹那受方得起是則所觸於受起時體滅時隔有何生用由彼義宗根境無間識方得起從識無間受乃得生身受生時身及所觸其體已滅時復隔遠何得爲因且識生時身觸已滅望無間識緣用尚無況於後時所起身受時分隔越得有緣用若言先有根境識三因果性故受方得起是故根境於受起時亦有展轉能生功用如是便應有太過失謂要先有名色六處因果性故觸乃得生是則應言名色緣觸或復應說六處緣受以受起時彼有用故說諸分位緣起論者雖受起時亦緣六處而曾不說六處緣受設許所觸能生於受如何可言更無所待若彼生受不待根識木石等中何不生受若彼要待根識

等緣方生受者餘境亦爾云何乃說以六境中無如所觸更無所待能生受者此與餘境有何差別而偏讚美爲生受因決定無有根境識三共和合時而不生受故彼所說無理可依但從自心分別所起又彼具壽如何可言猒於劣界離妙界染不可猒餘得離餘染勿離餘染餘得解脫彼此別因不可得故即由此理苦集法智不能兼離色無色貪諸勝冷熱鋸割等觸上界所無故知意取欲界所觸爲觸食性故彼所言由觸門故便於三受皆能離染理不得成又契經說觸食斷時三受永斷故知佛說觸與三受俱時永斷契經不說觸食斷已當斷三受故不應言由斷觸故當於三受皆能離貪說觸斷時受亦斷故非於欲界得離染時可於有頂亦得離染故知別有一法名觸是受近因斷有頂時此觸方斷由此斷故三受永斷此後更無諸所應作故心所中定有實觸名爲觸食其理得成古昔諸師爲證此觸其體實有亦立多因上座於中懷增上慢自謂能釋如是諸因我當於中褒貶得失古師所立諸因者何謂彼咸言觸定實有說有因果雜染離染各別斷除差別言故如受想等此中說有因果言者謂說此觸有六處因有受果故非世俗法而可說有勝義因果說有雜染言者謂佛於彼大六處經說如是言若有於眼不如實見不如實知便於眼中起諸雜染如是若有於色於眼識於眼觸廣說乃至便於意觸起諸雜染與此相違便得離染非於假法而可說有雜染離染說有各別言者謂佛於彼六六經中

說如是言有六內處六外處六識身六觸身六受身六愛身各各差別此契經中根境識外別說有觸不可於彼假及所依各別而說說有斷除言者謂契經說觸食斷時三受永斷非由見於世俗法故名如實見及說聖道安住所緣說有差別言者謂於假法所依事中亦有一一差別言說如言我見餅衣色等此亦應爾是則應說十八觸身然不如是故知觸體非即三和彼上座言三和名觸於如是義亦不相違所以者何如名色等亦有如是所說義故眼等因果和合觸中於上義門都無違害如彼說有因果言者謂彼眼等因果合觸六處為因受為其果離內六處無三和故從三和生樂苦等故說有雜染離染言者謂三和觸為受因故希求方便生諸雜染

彼於爾時願生自識為辨此門領納差別舉所依根及所取境即於此事如實見知便得離染說有各別言者謂辨眼等因果合性為受起因從此生愛非諸眼色皆眼識因非諸眼識皆眼色果又如重擔與荷擔者離取蘊擔雖無荷者而契經中各別顯說此亦應爾說有斷除言者謂斷雜染故前說希求方便生諸雜染今說斷彼雜染即名斷觸見稱事故名如實見及說聖道安住所緣說有差別言者謂三和觸非一合故不可如餅等說一有衆分如名色等亦有如是所說義者謂如名色六處等支非一法成雖非實有而有如上所說諸義此亦應然故無有失如是一切理皆不成且彼眼等因果和合說名為觸如先已破謂先已說非彼宗中不許俱起互為

因果義可成等如是所執後更當破又眼色等因果和合於受何爲非唯因果合即能有所生如先已辨又契經說眼色爲因生受等果如是因果應合生識及爲觸緣或於此中應說差别若言無處如是說故謂世尊言眼色爲緣生於眼識三和合觸無處說言眼色爲因生受等果可言如是因果和合生識及觸是故不應如是說者此亦非理有處說故即此經說受等俱生此俱生言顯與識等同時起義後當成立然彼經說眼色爲緣生眼識者由識是彼受等所依相用强故世尊應有執眼色緣唯生眼識故此經說眼色爲因生受等果又伽他說眼色二緣生諸心所足爲明證故眼色緣非唯生識唯執眼等因果合故名觸生受理定不然假法無能及不定故所言眼等因果合觸六處爲因離内六處無三和者理亦不然豈不離境及識隨一亦無三和非諸假法三事合成於所依中隨闕一種而得有假猶如伊字説觸爲實心所法者雖依根境及識而生然内六處生用最勝爲勝生因及所依故所以偏說即由如是殊勝所依標六觸名謂眼等觸假法用既無如何生受果言三和觸爲受因故希求方便生雜染者重言無用已别說故謂前已說於眼於色於眼識中起諸雜染離三法外復有何觸而後重說於眼觸言若謂此言重說眼等三法因果和合性者是則不應但言眼觸如眼識及色非獨依彼故眼色識三同作假觸所依止性等無差别唯言眼觸不言色觸及眼識觸此有何因又彼所宗由眼及色生於

眼識後方生受眼識爲受等無間緣隣近所依非眼非色是則唯應說名識觸如何又說爲眼觸耶若謂有無定相隨故謂若有彼眼等六處有眼等觸彼無觸無如生盲等無眼等觸由此經言六處緣觸以有根者色識合時便說有觸非無根故此亦不然見有雖得眼等六處而或有時諸識不起則無有觸如在無想滅盡定等彼位無心後當成立故約有無定相隨者唯應依識以標觸名又心所言彼應憶念觸若定隨根有無者應名根所非心所法又生盲等若住意地有心位中既有身根更何所闕身觸不起非有身識身觸不生見有身根而無身觸應知彼觸隨識有無不隨根境識是生觸强勝因故應隨識說然諸契經說眼等觸知別有觸體是心所依眼等故如眼等識名隨依說其理極成故不應言眼等六觸眼等因果和合爲性如別有觸雖依識生而說眼觸我亦然者其理不然就勝因依說觸名故或復略去中間言故或說所依所依眼故又契經言於眼於色於眼識中起諸雜染由此已說眼色識三因果合性以根境識隨相繫屬次第說故若異此者應次第說眼等六根六境六識又契經說於眼觸中起雜染者此言何義若謂此言顯於眼等因果合性起雜染義此義非理由次第說根境識三已顯後故或契經說於眼識中起諸雜染即已成立眼色識三因果合性非無根境而有識故於識起染即於三和豈不前言非諸眼識皆眼色果雖前有言而無實義故不成救彼無眼識非眼色果以執唯有

現在法故或復應說彼識是何若識有時眼色無故非彼果者則因果性畢竟應無執非並故既諸眼識皆眼色果則於眼識起雜染言便已成立眼色識三因果合性何須重說此由汝等於法性相不善度量輒率已情釋佛經義致斯迷惑是故汝等應更精勤於法性相求無倒解言彼爾時願生自識爲辨此門領納差別舉所依根所取境者識且可爾根境應思彼二云何令受差别如前已辨彼受起時根境體滅無生用故雜染既有過離染亦不成如破彼説雜染道理准此應破彼各别言謂辨眼等因果合性爲受起因及生愛等所立重檐荷擔者喻於證彼義無所堪能以有未來五取蘊性名爲重檐非荷擔者現在取蘊名荷者故如契經言

已捨於重檐　後不復更取　取重檐爲苦捨重檐爲樂

此有荷者異於重檐彼無觸性離根境識故所立喻於義無能有餘别釋此各别言非别説故則别有體如外處中第六法處已攝六受及六愛身雖别建立而無别體如是雖無根境識外六觸身體而亦别説六種觸身斯有何過此亦非理所以者何離受愛外有餘法處可得别説離根境識無别三和可别説故言斷雜染故名斷者如雜染中義准應破謂雜染中已廣成立離眼等外有觸雜染由彼斷故三受永斷非由眼等因果合性雜染斷故三受永斷言見稱事名如實見及説聖道住所縁者理亦不然虚假事見非證實故豈名如實既非如實何名聖道安住所緣若

非聖道安住所緣何能永斷觸食三受言三
和觸非一合故不可如餅說眾分者理亦不
然見非一合亦別說故猶如有說補特伽羅
之受想等眾分差別言如名色六處等支雖
非實有而有如前所說諸義故無失者理亦
不然非審宗故於非一事立一想名各別事
中失此名想名假有相如行或如汝執
三和觸等名色名想不可雜壞如觸法界總
別皆有故此非與汝執觸同由斯類釋六處
支等為顯內處唯有六故立六處名非於多
法立一名想謂為六處於此實法名色等支
可有勝義因果等說非於汝執假有觸等說
有勝義因果等故言彼古昔諸大論師所立
諸因理善成就由此有觸是別心所一切心
俱理極成立此既成立上座所言大地唯三

極為迷謬云何成立前四法餘實有別體是
大地法彼彼說故實有別體諸心起時皆見
有用由斯理證兩義皆成又世尊言謂一切
法欲為根本作意引生觸為能集受為隨流
念為增上定為上首慧為最勝解脫堅固涅
槃究竟想思二法不說自成故此經中略而
不說由定無有心相續中空無取相以取境
相諸心位中無非勝故思是意業有心皆有
由此契經現證欲等實有別體是大地法然
上座言此經所說是不了義故不可依彼云
何知是不了義彼謂色等理不應用欲為根
本作意引生觸為能集然此經說一切法言
故應但依心心所說由斯證是不了義經此
說不然非所許故依一切法說此契經不但
偏依心心所說為令弟子酬答外道矯詰問

詞說此經故非諸外道於心心所名想極成何容慮彼於此義中善巧詰問謂諸外道聞佛世尊於一切法能如實覺廣大名稱遍諸世間情不忍許彼恒聚集共設謀議言大沙門喬答摩氏辯才無滯敵論爲難且應詰問彼諸弟子仁者大師於一切法具辯析智所說云何且一切法誰爲根本廣說乃至誰爲究竟世尊慮有新學苾芻欻遭究問或便惶亂爲防斯恥預說此經應知此中言一切法欲爲本者一切流轉皆以希求爲種子故謂於諸法生覺了心並以希求爲根本故如生順起緣一切心故說諸法欲爲根本一切法中所有了別皆由作意方便引起故說諸法作意引生言一切法觸能集者諸法皆與觸爲能集根境識三和合生故言一切法受隨流者諸受隨順一切法流謂樂苦等隨愛非愛及俱相違別境轉故或一切法隨受而流意顯諸法隨受行相差別而轉爲境性故言一切法念增上者謂由念力於諸所緣不忘失故由此故說念爲遍行守門防邏言一切法定上首者謂三摩地能繫縛心令於所緣安住不散令心於境專一審慮故名爲定此於制心威力最勝故言上首心性雖躁由定所持不速背此往餘流散由此契經說心如電說定堅固猶若金剛言一切法慧最勝者諸法性相雖極甚深般若堅明皆能洞照故言最勝或復般若出過諸法故名最勝勝是過義世俗於過說爲勝故此中意說唯有般若遍照所知尚有餘力於一切法能了別中邪正勝解力最堅固由是印定諸境勝因故

言諸法解脱堅固解脱即是勝解異名無始時來生死流轉心境展轉相續無邊唯有涅槃爲其究竟故言諸法涅槃究竟由如是釋一切法言攝法周盡更無異趣由斯證此是了義經決定可依證前兩義此中欲者思行蘊中已引聖言成立别有謂如經説彼有如是信欲勤安乃至廣説又前已説諸心起時皆見有用證知欲是大地法性所以者何一切流轉皆以希求爲種子故謂心用欲作俱起緣一切境中恒流轉故然上座言此欲決定非大地法阿闌地迦經所説故此言非理依巧便欲言非有欲故無斯過若言斯理他亦應同謂他亦言依全無欲説非有故此理不同彼於餘境有所樂欲現可得故謂彼現於可愛樂事定有希求而得説爲非有欲者故知此依巧便欲説如言非信世間亦於不仁孝子説爲非子故非有言未爲定證於境無欲心必不生故此定應是大地法慧别有體諸經説故心了境時必有簡擇用微劣者便不覺知故慧定應是大地法然上座説慧於無明疑俱心品相用無故非大地法所以者何智與無智猶豫決定理不應俱此説不然邪見心品與無明俱理極成故非無癡心可有邪見故邪見品定有無明不共無明相應心品云何有慧且許無智與智相應其理成立此既成立不共無明相應心品亦應有慧但微劣故相不明了由此類釋亦與疑俱若疑相應全無慧者云何得有二品推尋於二品中差别簡擇推尋理趣乃成疑故念體别有亦如經説心了境時必有明記亦由微

劣有不覺知故念定應是大地法然上座言此念決定非大地法契經說有失念心故失謂忘失又見多於過去境上施設念故然於彼境即智行相明記而轉故無別念此說不然如前說故非巧便念名爲失念如狂亂心名爲失心或念微劣名爲失念如迷悶等名失想思既見多於過去境上施設有念便於現在所緣境上有念極成非於現境曾無明記後於過去有憶念生言於彼境即智行相明記而轉無別念者理亦不然覺察明記行相別故於境覺察重審名智不忘失因明記名念故有說言於所受境令心不忘明記爲念若執如是明記行相即智行相無別念者受等亦應無別有體謂亦可言即智行相領納而轉無別有受餘亦應然即爲非理又彼唯許心所有三智體亦無何獨無念說念即智但有虛言又阿笈摩證念非智如契經說住正念者便住正知又契經言具正知者便具正念如是等類所說寔多若念即智契經應言住正念者便住正念具正知者便具正知如是所言有何別義若念唯緣過去境者如何失念知現他心或復如何緣涅槃智滅等行轉而名失念又緣未來死生智等如何失念成力明通如斯等類爲過滋甚故諸心品皆與念俱

阿毗達磨順正理論卷第十　說一切有部

音釋

搆（古候切成也）懱（莫結切輕也）鋸（居御切解也）確（苦角切堅也）

嗤（赤脂切笑也）褒貶（褒博毛切獎也貶悲撿切抑也）重檐（檐都濫切）

荷擔（荷胡可切擔都藍切）

阿毗達磨順正理論卷第十一

尊者衆賢造
唐三藏法師玄奘奉　詔譯

辯差別品第二之三

作意別者亦如經說心由作意引發故生故此定應是大地法然上座言無別一法名爲作意由此別相理不成故謂於所緣能作動意名作意相若於所緣唯作動意諸餘心所應不能緣若亦由斯方能緣者理不應爾名作意故餘緣生故此難非理諸心所法依心轉故但動於意餘動亦成故無心所不能緣過又衆緣力諸法乃生故雖餘緣生心心所而此作意非無力用謂此作意力能令識於餘境轉若爾一境識流轉時應無作意是則作意非大地法不爾一境識流轉時亦有作意然於餘境此用明了謂於一境刹那刹那亦由作意力方引心令起然於餘境引發心時作意功能明顯易了豈不衆緣發生心等即名能引何勞別計作意力爲此責非理雖具生識餘和合緣而說作意能生識故如契經說爾時若無能生作意正現在前識終不起理亦應爾雖多境界俱時現前而識何因唯緣一起豈不於此生緣合故識如所言此即作意生緣合者即世尊言作意爾時正現前義所言作意於境引心爲是前生爲是俱起是俱時起非謂前生經言作意正現前故正現前者謂正起近現前自境即正生時將入現在取自境義此中意顯由作意力引識令緣自所樂境勝解別有亦如經說心由勝解印可所緣諸心起時皆能印境故此定應

是大地法然上座言勝解別有理不成立見此與智相無別故謂於所緣令心決定名勝解相此與智相都無差別是故定應無別勝解此言非理要有印可方決定故有言勝解是決定者於決定因說爲決定若爾此二應不同時不爾此二相隨順故謂由簡擇隨生印可復由印可隨生決定不相違故同時無失若一切心皆有此二則諸心品應皆印決此難非理以或有時餘法所伏功能被損雖有印決劣難知故諸無色法就用說增如前已辯世尊建立貪瞋癡等行相異故又別說有十無學支故知非無別勝解體彼謂此中心離貪軛相續轉故即隨縛斷名正解脫所以者何以薄伽梵於餘經中自決此義故餘經說云何名爲心善解脫謂心從貪從瞋從癡離染解脫云何名爲慧善解脫謂如實知心從貪等離染解脫此言非善以無體法爲無學支理不成故彼無少法名隨縛斷如何可立爲無學支又彼釋言即隨縛斷名正解脫此不成釋所以者何由隨縛斷解脫生故離染無爲名隨縛斷無學勝解名正解脫若不爾者前離染言已顯縛斷後解脫言應成無用言如實知心解脫者見離染心相應解脫又如實知解脫心者謂見解脫相應之心故餘契經世尊自說心離染故便得解脫若不爾者解脫既是離染異名應依初說不依第五如餘處言盡離滅等雖依初說離染解脫而體各異若不爾者說解脫言應成無用如無染離染義無差別故又說解脫爲對治故非隨縛斷即是解脫故契經說折伏法中

言由正解脱折伏邪解脱非隨縛斷能爲對治若能印可是勝解相此與信欲應無差別相雖少同而體甚異謂審印可是勝解相心淨希求是信欲相豈不信順及與欲樂即印可耶信順欲樂隨順印可非即印可信欲助成勝解用故心所相用極難辯析唯審覈覺能分別知故譬喻師不能堪忍分析勞倦遂總非撥三摩地別有亦如契經說平等持心令住自境名三摩地諸心起時無不各住自所取境故此定應是大地法然上座言離心無別三摩地體由即心體緣境生時不流散故若三摩地持心令住一境轉者豈由三摩地無故心便於多境轉耶若謂多心由此持故令於一境無間轉者則不應説刹那刹那有三摩地心唯一念隨在境中此應非有如是此應非大地法若由有此心住所緣是則此體應非現見然諸心所體可現見又法功能不待餘法故心住境自力非餘此言非理令心造作亦應無別大地法思差別因緣不可得故又識非住所緣爲性慧等亦同心有定非定故又諸心所體現見言如前已破前如何破謂若心所現可見者應無有執彼即是心又法功能必待餘法或應緣起言成無義又心所用不應在心心心所法性各別故三摩地用謂能住心了別所緣是識功用如自體起必託所緣亦非自能住境不散設住境用依心體成如令心造作別有體義立又阿笈摩證三摩地實有別體如契經說應修二法謂奢摩他毗鉢舍那若撥無實三摩地者便違此等無量契經若謂無違於心心所

分位差別立此用故即心心所差別轉時立
三摩地名用無失此亦不然於餘法體立餘
法用理不成故又不應言三摩地用於彼一
切差別位立唯依於心而說此故又彼宗義
心心所法不同時起有何定准說心定時受
等亦定若謂如無別相應體而說相應此亦
應爾謂如無別相應法體而彼心等總名相
應如是雖無別三摩地而心心所總說爲定
理亦不然是彼性故謂心心所是相應性非
等持性所以者何一切位中彼相應性無勝
劣故三摩地性於諸位中有勝劣故此既一
相諸位何緣勝劣有別餘法所持令此功力
有損益故現見青等餘色所糅相續隨流勝
劣有別又若無定心自住者應無貪等心自
染等豈不如無別法助故慧自簡擇如是亦
無別法助故心自住境此例不齊以契經說
心如電光亦如猨猴非住相故又三摩地體
即心者想等亦應無別有性即心能取名相
施設應說爲想即心領納違等所緣應說爲
受即心造作善惡等業應說爲思是則唯心
應無三所又見諦者於並生疑故三摩地非
心位別如契經說大德世尊我若在定心則
解脫非不在定爲先有定後方解脫廣說如
經彼執解脫亦心位別或說無學心爲解脫
支故必無二心一身並起故彼於並不應生
疑是故定應別有心所是心住因名三摩地
故受等十別有實體一切心俱名大地法如
是已說十大地法大善之地名大善地此中
若法大善地所有名大善地法謂法恒於諸
善心有彼法是何頌曰

信及不放逸　輕安捨慚愧　二根及不害
勤唯徧善心

論曰心濁相違現前忍許無倒因果各別相屬爲欲所依能資勝解說名爲信專於已利防身語意放逸相違名不放逸正作意轉身心輕利安適之因心堪任性說名輕安心平等性說名爲捨掉舉相違如理所引令心不越是爲捨義趣向如理自法二種增上所生違愛等流心自在性說名爲慚愛樂修習功德爲先違癡等流猒惡劣法說名爲愧有說怖畏謫罰惡趣自他謗因說名爲愧二根者謂無貪無瞋已得未得境界耽著希求相違無愛染性名爲無貪於情非情無恚害意哀愍種子說名無瞋與樂損惱有情相違心賢善性說名不害於諸已生功德過失守護棄捨於諸未生功德過失令生不生心無墮性說名爲勤由有此故心於如理所作事業堅進不息有作是言此中既說身輕安故非唯心所說名輕安此言非理受等亦應同此說故然五識身相應諸受說名身受有作是說設有輕安體非心所然此中說心所法故不應說彼以能隨順覺支體故亦名覺支謂身輕安能引覺支心輕安故亦見餘處瞋及瞋因名瞋恚蓋見思惟勤名爲慧蘊雖彼瞋因思惟及勤非瞋非慧然順彼故亦得彼名此亦應爾捨後當辯說二及言兼攝欣猒猒謂善心審觀無量過患法性此增上力所起順無貪心猒背性與此相應名猒作意欣謂善心希求過患出離對治此增上力所起順證修心欣尚性此於離喜未至等地亦有現行

故非喜受與此相應名欣作意此二行相更互相違故一心中無容並起是故此中不正顯說大善地法性不成故亦有喜根猒行俱轉定無有欣猒行俱轉爲表此二定不俱行說二及言行相違故如是已說大善地法大煩惱之地名大煩惱地此中若法大煩惱地所有名大煩惱地法謂法恒於染汙心有彼法是何頌曰

癡逸怠不信　惛掉恒唯染

論曰云何如是六種名大煩惱地法以恒唯與諸染心俱頌言染者是染心義又放逸等及與無明如其次第應知即是前不放逸勤信輕安捨等所治癡謂愚癡於所知境障如理解無辯了相說名愚癡即是無明無智無顯逸謂放逸於專已利棄捨縱情名爲放逸怠謂懈怠於善事業闕減勝能於惡事業順成勇悍無明等流名爲懈怠由此說爲鄙劣勤性勤習鄙穢故名懈怠不信者謂心不證淨邪見等流於諸諦實靜慮等至現前輕毀於施等因及於彼果心不現許名爲不信惛謂惛沉瞢瞢不樂等所生心重性說名惛沉由斯覆蔽心便惛昧無所堪任瞢憒性故由是說爲輕安所治心爲大種能生因故由此爲先起身重性假說惛沉實非惛沉彼是身識所緣境故然此惛沉無明覆故本論不說爲大煩惱地法有言彼論說無明名唯目惛沉相相似故無明性是大徧行故是此地法不說而成有說此名總目二義掉謂掉舉親里尋等所生令心不寂靜性說名掉舉心與此合越路而行非理作意失念心亂不正知

邪勝解前已說在大地法中故此地法中雖有而不說如於大善地法不說無癡善根唯諸染心恒有此六如是已說大煩惱地法大不善之地名大不善地此中若法大不善地所有名大不善地法謂法恒於不善心有彼法是何頌曰

唯徧不善心　無慚及無愧

論曰唯二心所但與一切不善心俱謂無慚愧故唯二種名此地法此二法相如後頌中自當顯示故此不說如是已說大不善地法小煩惱之地名小煩惱地此中善法小煩惱地有名小煩惱地法謂法少分染汙心俱彼法是何頌曰

忿覆慳嫉惱　害恨諂誑憍　如是類名爲小煩惱地法

論曰類言爲攝不忍不樂憤發等義小是少義顯非一切染汙心有非唯少分染汙心俱仍各別起無相應義唯修所斷意識俱起無明相應此諸法相隨煩惱中當廣分別如前所說一切心所應知其性皆是實有所以者何非一品類所緣義中種種行相俱時起故一體同時如所緣義差別行相無容有故然由餘法所制伏故見其相續變異而起現見清油垢水風等勢力制持燈相續中便有明昧聲動等故如是已說大地法等品類決定心所差別復有此餘不定心所惡作睡眠尋伺等類總說名爲不定地法今應決判一切心所諸心品中俱生數量何心品中有幾心所頌曰

欲有尋伺故　於善心品中　二十二心所

有時增惡作　於不善不共　見俱唯二十
四煩惱忿等　惡作二十一　有覆有十八
無覆許十二　睡眠徧不違　若有皆增一
論曰且欲界中心品有五謂善唯一不善有
二謂不共無明俱生及餘煩惱等俱生無記
有二謂有覆無記及無覆無記如是欲界一
切心品決定恒與尋伺相應故善心品有二
十二心所俱生謂十大地法十大善地法及
不定二謂尋與伺此中勤捨應不俱生行相
違故如進與止造修委棄理不同時契經亦
遮此二俱起說修二法時非時故如契經說
心若昏沉爾時應修擇法勤喜修輕安定捨
則爲非時心若掉舉爾時應修輕安定捨修
擇法勤喜則爲非時俱生無失不相違故住
正理者起如理行不息名勤即於爾時棄非
理行平等名捨又於如理非理行中捨如持
稱進止平等故捨與勤更相隨順起善止惡
行不相違若於所緣一取一捨更相違背可
有此失由斯類釋經主所難謂有警覺無警
覺性作意與捨應互相違如是善成於善心
品有二十二心所俱生不定地法所餘二種
惡作睡眠非通三界及六識身有漏無漏非
唯不染亦非唯染故善心品非一切時皆有
惡作但可容有有時增數至二十三言惡作
者悔以惡作爲所緣故立惡作名如無想定
有說無相及身念住有處名身若爾有緣所
未作事心生追悔應非惡作不爾未作亦名
作故如追悔言我先不作如是事業是我惡
作然此惡作通善不善不通無記隨憂行故
離欲貪者不成就故非無記法有如是事然

有追變我頃何爲不消而食我頃何爲不晝此壁如是等類彼心乃至未觸憂根但是省察未起惡作若觸憂根便起惡作爾時惡作理同憂根故説惡作有如是相謂令心感惡作心品若離憂根誰令心感惡作有四謂善不善一一皆依二處起故若於不善不共心品有二十種心所俱生謂十大地法六大煩惱地法二大不善地法并二不定謂尋與伺何等名爲不共心品謂此心品唯有無明無有所餘貪隨眠等如不共品邪見見取及戒禁取俱生亦爾大地法中即慧差别説名爲見故數不增頌言唯者是簡别義謂唯見俱定有十二表不共品中容有惡作等謂若惡作是不善者唯無明俱非餘煩惱貪慢二種欣行轉故瞋外門轉行相麤故非惡作俱疑不決定惡作決定故不俱起有身見等欣行轉故極猛利故惡作不爾然此惡作依善惡行事處轉故諸見不爾故不相應邪見一分雖感行轉而二因故非惡作俱是故惡作是不善者唯無明俱容在不共忿等亦爾於四不善貪瞋慢疑煩惱心品有二十一心所俱生二十如不共加貪等隨一於前所説忿等相應隨煩惱品亦二十一心所俱生二十如不共加忿等隨一不善惡作相應心品亦二十一心所俱生謂即惡作等二十一若於無記有覆心品唯有十八心所俱生謂如不共中除大不善二欲界無記有覆心者謂與薩迦耶見及邊執見相應不增見義如前應釋於餘無記無覆心品許唯十二心所俱生謂十大地法并不定尋伺有執惡作亦通無記

憂如喜根非唯有記此相應品便有十三心所俱起睡眠一切不相違故於諸心品皆可現行於善不善無記心品隨何品有即說此增隨其所應各增一數工巧處等諸無記心似有勇悍然非稱理而起加行故無有勤又非染汙故無懈怠無信不信類此應知已說欲界心所俱生諸品定量當說上界頌曰

初定除不善　及惡作睡眠　中定又除尋上兼除伺等

論曰初靜慮中於前所說諸心所法除唯不善惡作睡眠餘皆具有唯不善者謂瞋煩惱及無慚愧除諂誑憍所餘忿等餘皆有者如欲界說中間靜慮除前所除又更除尋餘皆具有第二靜慮以上乃至無色界中除前所除又除伺等等者顯除諂誑餘皆如前具有以從欲界乃至梵天皆有王臣衆主等別故有諂誑上地皆無如是已說三界所繫諸心所法俱生定量有諸心所性相似同難知差別今隨宗義辯彼難知心所別相無慚無愧愛之與敬別相云何頌曰

無慚愧不重　於罪不見怖　愛敬謂信慚唯於欲色有

論曰無慚無愧差別相者於諸功德及有德者無敬無崇無所忌憚無所隨屬說名無慚諸功德者謂尸羅等有德者謂親教等於此二境無敬無崇是無慚相即是敬崇能障礙法或緣諸德說爲無敬緣有德者說爲無崇無所忌憚無所隨屬總顯前二或隨次第於所造罪不見怖畏說名無愧諸觀行者所訶猒法說名爲罪於所訶猒諸罪業中不見能

招此世他世譏毀謫罰非愛難忍異熟果等諸怖畏事是無愧相即不忌憚罪業果義不見怖言欲顯何義爲不見彼怖爲見而不怖前應顯無明後應顯邪見此言不顯見與不見爲無愧體但顯有法是隨煩惱能與現行無智邪智爲鄰近因說名無愧此略義者謂能令心於德有德無所崇敬名曰無慚於罪現行無所忌憚名爲無愧有餘師說於諸煩惱不能猒毀名曰無慚於諸惡行不能猒毀說爲無愧有說獨處造罪無恥名曰無慚若處衆中造罪無恥說爲無愧有說現起不善心時於異熟因無所顧眄名曰無慚於異熟果無所顧眄說爲無愧諸不善心現在前位皆於因果無所顧眄故一心中二法俱起由此翻釋慚愧異相若淨意樂爲習善人所樂勝業名有慚者爲得善人所樂勝果名有愧者諸有愛樂勝業勝果必亦怖於惡因苦果一切善心現在前位定於因果皆無迷惑由此慚愧一心並生故有餘師以如是義標於心首說如是言於所造罪自觀無恥名曰無慚觀他無恥說爲無愧謂異熟因當時現起故名爲自其異熟果後時方有故說爲他彼義意言諸造罪者意樂不淨於現罪業及當苦果皆無顧眄由此已釋經主此中誤取彼情橫伸過難謂設難言若爾此二所觀不同云何俱起已說無慚無愧別相愛敬別者愛謂愛樂體即是信然愛有二一有染汙二無染汙有染謂貪無染謂信信復有二一忍許相二願樂相若緣是處現前忍許或即於中亦生願樂此中愛者是第二信或於因中亦

立果稱前信是愛鄰近因故名愛無失敬謂敬重體即是慚謂如前釋大善地法中言心自在性說爲慚者應知即是此中敬禮然復有言有所崇重故名爲敬由此爲先方生慚恥故敬非慚彼師應許無慚恥者能起恭敬以執先起敬時未有慚恥故應無慚恥者能起恭敬若謂敬時已有慚恥則不應說由敬爲先方生慚恥若謂敬時非無慚恥然敬非慚此亦非理言敬非慚無證因故非敬爲先方生慚恥勿無慚者能起恭敬又勿有敬而無慚恥然復確執敬體非慚但有虛言都無實義故應敬體是慚差別謂或有慚名有崇重此慚差別說名爲敬補特伽羅爲境界故即慚差別得崇重名夫崇重者是心自在心自在性已說爲慚謂於心中有自在力能自制伏有所崇重故說敬體是慚差別於諸所尊有所崇重故名爲敬是境第七或因第七由於所尊發隨屬意即名爲慚此慚即是有所崇重故此敬體是慚差別義善成就即由此證補特伽羅爲境信慚說名愛敬非謂以法爲境起者故愛與敬雖大善攝而不立在無色界中有餘師言信順親密而無耽染說名爲愛瞻望所尊崇重隨屬說名爲敬有餘師說親近善士因名爲愛不越彼言因名爲敬復有說者於和合衆見等皆同故名爲愛於可尊重深心恭事故名爲敬此愛與敬欲色界有無色界無無依處故如是已說愛敬別相尋伺憍慢別相云何頌曰

尋伺心麤細　慢對他心舉　憍由染自法

心高無所顧

論曰尋伺別者謂心麤細心之麤性說名爲尋心之細性說名爲伺若爾尋伺體不異心經即就心說二性故此言非理由不了達經義意故經言所有心麤細性名尋伺者由有此法心起便麤此法爲尋由有此法心起便細此法名伺或作異釋故體異心謂我不言心之麤性名心麤性心之細性名心細性若爾云何依心麤性名心麤性依心細性名心細性若爾麤細性相違故不應尋伺一心俱生雖一心中二體可得用增時別故不相違如水與酢等分和合體雖平等而用有增麤心品中尋用增故伺用被損有而難覺細心品中伺用增故尋用被損有而難覺若謂酢用一切時增故非喻者此言非理我不定說以酢喻尋伺喻於水但有用增者即說如酢故若心品中尋伺二法隨用增者即說如酢微便喻水由是尋伺雖一心中體俱可得用時別故而無一心即麤即細如貪癡性雖並現行而得說心爲有貪行隨何心品有法用增由此爲門總摽心品有說現見別法所持令其別法相續變故心體相續既有麤細故知別爲尋伺所持有餘復言爲立尋伺爲定障故說尋伺爲心麤細性云何知然諸聖教內處處於定立心名故謂契經中說四靜慮爲定根已復說四靜慮爲增上心學又契經說依住淨戒修習二法謂止觀已復說智者依住淨戒修習心慧又契經言離貪欲故心得解脫離無明故慧得解脫止觀是彼親近對治故知於定建立心名謂大仙尊見有觀行者方欲趣入中間靜慮時有法爲障推求

此障知尋爲體復有觀行者方欲趣入第二靜慮時有法爲障推求此障知何爲體既能爲障故知別有若言煩惱足爲定障何須別立尋伺障者此言非理煩惱唯障離染法故非爲定障云何知然下地煩惱有雖已斷而上地定不現前故有雖未斷上地邊定亦現前故又唯煩惱爲定障者應唯未斷能與趣入上地爲障然尋伺等要現在前方與趣入上地爲障又契經說靜慮中言寂靜尋伺離喜斷樂已離貪者修諸定時方說尋等寂靜離斷故知煩惱外別有尋等障於染善心爲障別故不應責言煩惱障定何須別立尋伺爲障是故所言爲立尋伺爲定障故說尋伺爲心麤細性理善成立定之麤障說名爲尋定之細障說名爲伺由此故說心之麤性說名爲尋心之細性說名爲伺亦無有失非於上地定過患中更有如斯麤細名想故上地定得一味名由是彼無中間靜慮非上諸地如初靜慮於一地中有漸除障漸得勝定可立中間何故不說尋伺自相如說受等各別相耶辯諸法相有多門故謂聖教中有約自性辯諸法相或約相應果因功用及所緣等且如說言云何地界謂堅強性云何不善謂與無慚無愧相應云何三摩地謂心一境性云何爲觸謂三和合云何爲眼根謂眼識所依云何法智謂於欲界所繫諸行或彼行因或彼行滅或彼斷道諸無漏智如是等門辯諸法相皆於正理無所乖違是故不應責同受等諸法性相最極難知辯靜慮中當更分別如是已說尋伺別相慢憍別者慢謂對他

心自舉性稱量自他德類勝劣若實不實心自舉恃淩懱於他故名爲慢憍謂染著自法爲先令心傲逸無所顧性於自勇健財位戒慧族等法中先起染著心生傲逸於諸善本無所顧眄故名爲憍於諸善本無所顧者謂由心傲於諸善業不欣修習是謂慢憍差別之相如是已說諸心心所品類不同俱生決定差別之相然心心所於契經中隨義建立種種名相今當辯此名義差別頌曰

心意識體一　心心所有依　有緣有行相
相應義有五

論曰心意識三體雖是一而訓詞等義類有異謂集起故名心思量故名意了別故名識或種種義故名爲心即此爲他作所依止故名爲意作能依止故名爲識或界處蘊施設差別或復增長相續業生種子差別如是等類義門有異故心意識三名所詮義異體一如心意識二名所詮義異體一諸心心所名有所依所緣行相相應亦爾名義雖殊而體是一謂心心所以六內處爲所依故名有所依以色等境爲所緣故名有所緣即於所緣境品類相中有能取義故名有行相平等俱時與他合故說名相應云何平等五義等故謂心心所五義平等故說相應所依所緣行相時事皆平等故事平等者一相應中如心體一諸心所法各各亦爾有譬喻者說唯有心無別心所心想俱時行相差別不可得故何者行相唯在想有在識中無深遠推求唯聞此二名言差別曾無體義差別可知又由至教證無心所如世尊告阿難陀言若無有

識入母胎者乃至廣說又說或心或意或識長夜流轉生於地獄乃至生天又說士夫即是六界所謂地界乃至識界又說我今不見一法速疾迴轉猶如心者又說我今不見一法若不修習則不調柔無所堪能猶如心者又如契經伽他中說

心遠行獨行　無身寐於窟　能調伏難伏
我說婆羅門

此等諸經皆遮心所又於心所多興諍論故知離心無別有體謂執別有心所論者於心所中興多諍論或說唯有三大地法或說有四或說有十或說十四故唯有識隨位而流說有多種心心所別如甘蔗汁如倡伎人故無受等別體可得心心所法共一境轉生住滅等分位是同善不善等性類無異體相差別實難了知非諸劣智能生勝解故契經言心心所法展轉相應若受若想若思若識如是等法和雜不離不可施設差別之相故應於此發起正勤求生勝解了差別相諸契經中處處說有受想思等識俱生故不可由有得一類別相便總撥一切聖教眞理縱亻於此識想差別若得不得然其想相離於識體決定別有我於此二差別相中分明證得謂若於彼諸境界中總了其體說名爲識別取多相施設名相後云何知此二俱起非於境界總了體識無間滅已別取名相施設識生即名爲想由阿笈摩及正理故阿笈摩者謂契經中先說識已後說俱生受想思故言正理者謂於眼識所了色中取相名想若於後時想方起者前色已滅云何今時有想可取

辯本事品已遮眼識緣過去境若言意識能取彼相理亦不然經說眼觸所生想故若謂此如意近行說此亦非理意識不從觸所生故猶如眼識非有諸識三和所生如何可言識從觸起若彼復執從意識後方生意地能取相想此非眼識無間所生便違所言如意近行又從身觸所生身受若同彼想不現領納身所取境如何現前分明隨領順若等觸不應許此領納過去所觸境生相分明故又生次第理不成故謂經所說眼觸所生受想及思三心所法眼識無間誰定先生彼許此三是識差別故識不可多體俱生定次第生無因證故應說三法誰最初起雖引至教證唯有心而於義中無證功力識於諸處有勝功能非諸心所是故偏說又諸心所無不依心但說所依能依已顯又心心所隨處隨時用有增微就增者說或有心品識用增强或受或想或復思等隨一一法用增强位以此爲門總標心品故唯說識不妨有餘心獨行言爲遮心並起不遮心所如言人獨行故所引經無證功力言於心所有多諍論故知離心無別體者此亦不然皆信有故謂依理教諸大論師皆信離心別有心所但於多少數增減中經無定說故興諍論若執受等是心差別如何即心可名心所據何定理說識爲心復以何緣即名心所若謂諸識體即是心受等諸法是心體類心相續中有此法故名心所者何故不言所造諸色即是大種體類差別即於地等相續位中有此法故名爲所造此既不爾彼云何然離大種外別有所造

辯本事中已廣成立若責何故知心所法決定離心別有體者由阿笈摩及正理故阿笈摩者如契經言眼色爲緣生於眼識三和合觸俱生受想思等心所如是諸法是心種類依止於心繫屬於心故名心所此俱生言不說無間但顯心所同時而生俱有因中當更成立又不容有心體俱生故知但說心所俱起若謂如前所引經說心心所法展轉相應若受若想若思若識如是等法和雜不離不可施設差別相者此經意顯心所與心其體無別此亦非理壽識煖三亦同此說應無別體不可說言識之與煖其體無別又和雜言顯有別體非無別體可說和雜若唯有識前識滅已後識方生云何可言如是等法和雜不離若言由此受想思識無間生故名和雜者此亦不然理不成故餘契經說俱生言故或識無間有此法生容可說言和雜不離非識無間有受等三俱時而起如何可說受想思等與識和雜故彼所執理教相違又契經言修觀行者得他心智能知他心及心所法而記別言汝意如是汝意如此汝有此尋汝有此伺乃至廣說不應即心名爲心所如前已辯由是等類諸阿笈摩證知離心別有心所由正理者如前所說謂於眼識所了色中取相名想若於後時想方起者前色已滅云何今時有相可取乃至廣說有餘復言如契經說

名映於一切　無有過名者　由此名一法
皆隨自在行

名者即是受想行識既言一法故知唯心無

別心所此言非理以名如色多體成故如契經言法有二種謂名及色非大種等差別相法一法爲性此亦應爾有餘復言若心心所其體各異於一心品應有衆多能覺了用故心所法應不異心此亦不然能覺了用體唯一故覺了謂慧非心心所皆慧爲體如何令餘非覺了性成覺了體故無斯過有餘復言我等現見唯有一識漸次而轉故知離心無別心所此亦非理受等如心體相分明現可取故又心心所雖體俱生而其功用非無先後用增强位體方可知如諸大種此亦應爾有何定因唯心心所俱時而起說名相應非諸大種或所造色由大種等體有增不增故若爾心所體亦應然不爾一相體無增故又契經說見爲根信證智相應故諸大種或所造色無相應義若言不爾不遮餘故非彼經中說諸色法無相應義又亦說色有相應故謂於諍處說二相應此言非理太過失故如於一分佛說色言應一切法皆色爲體若言世尊唯說大種所造爲色此亦非理不遮餘故若謂變壞故名爲色知此色言已遮餘法此亦非理唯變壞義非定知故若謂經言手等觸對故名變壞唯變礙義是色非餘此亦非理不決定故非彼經中說唯變壞是色非餘又餘經中亦說無色有變礙故謂契經唯言意爲可意不可意法之所變礙故無色法亦應是色如是經言了別境界故名爲識應諸色法亦識爲體若謂不然曾無說色識爲體故此不應理如想受等應成識故又不遮故若謂如何無所緣法而得說爲了境識者

此亦非理自計度故何處經言無所緣法不能了境又何處說色無所緣是故應唯心心所法有相應義同一所依所緣行相時事等故諸契經中見心心所有如是義非大種等以大種等方處勢用各各差別雖暫和合不相離故假說相應而非畢竟有相應義唯心心所畢竟相應故相應言義善成立有餘師說如一器中煎水涌沸擊爛燒動四用差別俱時有故知四大種異體和雜實有義成如是衆多心心所法展轉相助雖同一時所依所緣行相相似而其勢用各各差別無雜亂故知有別體如斯論旨諸部極成皆已共摧唯有心論故心心所別有義成

阿毗達磨順正理論卷第十一說一切有部

音釋

軛於革切　糅忍九切雜也　瞪瞢瞪都亘切瞢莫亘切瞪瞢不明了也　悍侯旰切有力也　顧眄顧古暮切回首也眄莫辯切邪視也　摽卑遙切揭也　阿笈摩梵語也此云法笈渠業切

阿毗達磨順正理論卷第十二

尊者衆賢造

唐三藏法師玄奘奉詔譯

辯差別品第二之四

無色法中已辯心心所今次當辯心不相應行頌曰

心不相應行　得非得同分　無想二定命　相名身等類

論曰等者等取句身文身及和合性類者顯餘所計度法即前種類謂有計度離得等有蘊得等性如是諸法不與心相應故說名爲心不相應行非如心所與心共一所依所緣相應而起說心言者爲顯此中所說得等是心種類諸心所法所依所緣皆與心同亦心種類爲簡彼故言不相應諸無爲法亦心種類無所依緣故亦是不相應爲欲簡彼故復言行此已總標復應別釋於中且辯得非得相頌曰

得謂獲成就　非得此相違　得非得唯於　自相續二滅

論曰得獲成就義雖是一而依門異說差別名得有二種謂先未得及先已得先未得得說名爲獲先已得得說名成就應知非得與此相違謂先未得及得已失未得非得說名不獲已失非得名不成就故說異生性名不獲聖法於何法中有得非得且有爲中於自相續有得非得非他相續及非相續若蘊墮在自相續中可有成就不成就故他相續蘊及非情蘊必無成就不成就故無爲法中唯於二滅有得非得一切有情無不成就非擇

滅者故對法中有如是說誰成無漏法謂一切有情除初刹那具縛聖者及餘一切具縛異生諸餘有情皆成擇滅決定無有成就虛空以於虛空無有得故亦無不成就以無非得故若法有得亦有非得若法無得亦無非得其理決定依此得故說如是言色蘊行蘊一得所得餘蘊行蘊說亦如是有漏無漏一得所得有爲無爲一得所得如是等類如理應思經主此中作如是問何緣知有別物名得應答彼言契經說故如契經中薄伽梵說應知如是補特伽羅成就善法及不善法若謂經說有轉輪王成就七寶有大過失此難不然王於七寶自在無礙名成就故若謂餘經所說成就亦應爾者此亦不然以現在者唯於現在有自在力非過未故謂轉輪王於現七寶有自在力增上果故恒現前故隨樂而轉可名成就善不善法則不決定且如善法現在前時補特伽羅於現善法可說成就彼於過未不善法中應更指陳若無現得由何別法說爲自在不善現前徵善亦爾況執過未全無體者於何自在說名成就若於未來有能生力名成就者理亦不然是則應有非愛過故謂諸異生住最後有定生無漏是聖者諸阿羅漢住最後心決定不能復生無漏應非阿羅漢便退成異生住世俗忍見所斷煩惱必不復生應是預流果又若許有別物名得有何非理如是非理謂所執得無體可知如色聲等或貪瞋等無用可知如眼耳等故無容有別物名得執有別物是爲非理此定不然非非理故由所許得是已得法

不失因故又是知此繫屬於彼智慓慽故除此更有何別大用能過於此說此爲無若爾何用執此得爲唯所依中有諸種子未拔未損增長自在於如是位立成就名由斯不失已得諸法亦此屬彼智之慓慽此復云何且諸善法略有二種一者不由功力修得二者要由功力修得即名生得及加行得不由功力而修得者若所依中種未被損名爲成就若所依中種已被損名不成就謂斷善者由邪見力損所依中善根種子應知名斷非所依中善根種子畢竟被害說名爲斷要由功力而修得者若所依中彼法已起生彼功力自在無損說名成就與此相違名不成就不善無記由對治道斷伏種子或無功力可生現行名不成就與此相違名爲成就故所執得便爲無用如是種種顛倒所執但有虛言而無實義且執何法名爲種子謂名與色於生自果所有展轉鄰近功能此由相續轉變差別名色者何謂即五蘊如何執此爲種子性能爲善等諸法生因爲總爲別爲自種類且汝所執唯應爾所若言是總種體應假爲實因不應正理若言是別如何可執無記色種爲善不善諸法生因若自種類善法無間不善法生或復相違以何爲種天愛非汝解種子性前心俱生思差別故後心功能差別而起即後心上功能差別說爲種子由此相續轉變差別當來果生此中意說不善心中有善所引展轉鄰近功能差別以爲種子從此無間善法得生或善心中不善所引展轉鄰近功能差別以爲種子從此無間不善

法生今汝所執功能差別種子與彼善不善心爲有別體爲無別體此無別體豈不許善爲不善種及許不善爲善種耶誰有心者執煖與火無有別體而復執言唯煖能燒火不能燒

云何能感那落迦等諸異熟果不善心中安置能感可愛異熟善思差別所引功能差別種子復云何感末奴沙等諸異熟果淨善心中安置能感非愛異熟惡思差別所引功能差別種子諸不善心於感可愛諸異熟果無堪能故諸淨善心於感非愛諸異熟果無堪能故云何言二能招二果如是便謗諸佛世尊所得十力中處非處智力又應許思差別所引功能差別種子與心同一果故無漏心中亦有有漏功能差別則無漏心亦應能感三有之果無漏心中亦許安置煩惱種故則無漏心亦應能作煩惱生因或聖身中修所斷惑應無種子自然而生煩惱心中亦許安置無漏種故則煩惱心亦應能作無漏生因或聖身中煩惱心後所起無漏應無種生或應爾時名初無漏又退法性阿羅漢果或有退起諸煩惱故即阿羅漢無學心中應有三界煩惱種子有煩惱退後當廣辯又曾未見異種類法性有差別而無別體故彼所執極爲迷謬又前所起思差別與後功能差別心云何作因果更互相應義此何所疑因果法爾要有前思差別故方有後心功能差別生若無前思差別者後心功能差別則不起是故此二得有因果更互相應若有思時少有所起可有此義然有思時都無所起未來無

故前思後心有無不並云何可說因果相應如是等義辯過未中當更思擇然彼所說非所依中善根種子畢竟被害說名斷者何故但言非畢竟害此但應言畢竟不害本無種故又彼所說違害契經以契經言畢竟斷故如世尊說應知如是補特伽羅善法隱沒惡法出現有隨俱行善根未斷以未斷故從此善根猶有可起餘善根義彼於後時一切皆斷如何所有微劣善根一切皆斷非畢竟害故彼但應由自分別魍魎所魅而作此言又善種子若邪見力損其功用令不生芽設非畢竟斷此復何所用無用能生善根芽故若邪見力不能損彼生善芽用是則不應名斷善根能生善故又彼所言要由功力而修得者若所依中彼法已起生彼功力自在無損說名成就此亦非理彼宗此善生義尚無況有身中彼法已起生彼功力自在無損前說彼宗未來無故當於何處有自在力即彼生因理非有故不應徵覓餘不生因既無生因依何而說生彼功力自在無損由此已遮說煩惱斷品類計度然彼所言猶如種子火所焚燒轉變異前無能生用如是聖者所依身中無生惑能名煩惱斷或世間道損所依中煩惱種子亦名爲斷與上相違名未斷者此今應說以無漏道斷諸煩惱與世間道斷諸煩惱有何差別俱如種子火所焚燒無生用故若諸如種非極被損令永不能生於芽等以世間道損煩惱種亦復如是猶能如前生諸行果及當能起諸煩惱者如何說言如種被損種被損者謂不生芽若能生芽不名被

損由世俗道斷惑亦爾若損惑種應不能生後既能生不應名損若不名損如何名斷又一心中能斷所斷理不俱有斷義不成故彼所言謂名與色於生自果所有展轉鄰近功能名爲種子理不成立又彼所言此由相續轉變差別何名轉變謂相續中前後異性何名相續謂因果性三世諸行何名差別謂有無間生果功能如是具壽一切所說異意異言其首亦異以譬喻者無有相續前後異性亦無因果三世諸行亦無無間生果功能如後當辯彼由憎背對法義宗於聖教中起諸過患如誹謗得於聖教中所起衆多違理過患如是於得若許實有於聖教義有何相違經主於中雖隨自執多有所說而無所成所執種子理不成故種子既無知所許得是已得法不失因故又是知此繫屬於彼智標幟故決定有用用有既成知別有體故所許得體用極成對法說師議論宗處諸譬喻者多分於中申自所執諸法種子惑亂正義令不分明復有諸師於此種子處處隨義建立別名或名隨界或名熏習或名功能或名不失或名增長故我此中廣興決擇摧彼所執建立正宗如是已成得非得性此差別義今應廣思且得云何頌曰

三世法各三　善等唯善等　有繫自界得
無繫得通四　非學無學三　非所斷二種

論曰三世法得各有三種謂過去法有過去得有未來得有現在得如是未來及現在法各有三得約容有義且作是說其中差別後當更辯又善等法得唯善等謂善不善及無

記法如其次第有善不善無記三得又有繫法得唯自界謂欲色界無色界法如其次第唯有欲色無色三得若無繫法得通四種謂不繫法就總種類具四種得即三界繫及與不繫別分別者非擇滅得通三界繫若擇滅得色無色繫及與不繫其道諦得唯有不繫又有學法得唯有學若無學法得唯無學故學無學法得各有一種非學無學法得總類有三別分別者全五取蘊及三無爲總名非學非無學法且五取蘊及非擇滅并非聖道所證擇滅唯有非學非無學得若有學道所證擇滅得唯有學若無學道所證擇滅得唯無學又見修所斷法如其次第有見修所斷得非所斷法得總有二別分別者諸無漏法名非所斷若非擇滅及非聖道所證擇滅得唯一種謂修所斷若以聖道所證擇滅及道聖諦得唯一種謂非所斷前言三世各有三得諸有爲法皆定爾耶不爾云何頌曰

無記得俱起　除二通變化　有覆色亦俱
欲色無前起

論曰無覆無記得唯俱起無前後生勢力劣故一切無覆無記法得皆定爾耶不爾云何除眼耳通及能變化謂眼耳通慧及能變化心勢力强故加行差別所成辯故雖是無覆無記性收而有前後及俱起得又威儀路四蘊之得多分世斷及刹那斷唯除諸佛馬勝苾芻及餘善習威儀路者若工巧處四蘊之得亦多世斷及刹那斷除毗濕縛羯磨天神及餘善習工巧處者唯有無覆無記法得但俱起耶不爾云何有覆無記色得亦爾謂唯

色界初靜慮染身語表業得亦如前但有俱起雖上品染而亦不能發無表故勢力微劣由此定無法前後得欲界諸色亦定唯有俱起得耶不爾云何謂欲界繫善不善色得無前起唯有俱生及後起得如是已辯得差別相非得差別其相云何頌曰

非得淨無記　去來世各三　三界不繫三許聖道非得　說名異生性　得法易地捨

論曰性差別者一切非得皆唯無覆無記性攝世差別者過去未來各有三種謂過去法及未來法一一各有三世非得若現在法唯有過去未來非得決定無有現在非得以現在法與不成就不俱行故有說現法無現非得性相違故界差別者三界繫法及不繫法各三非得謂欲界繫法有三界非得色無色界繫及不繫亦爾定無非得是無漏者所以者何由許聖道非得說名異生性故如本論言云何異生性謂不獲聖法不獲即是非得異名如何無漏法可名異生性不獲何聖法名異生性耶爲總不獲一切聖法爲唯不獲苦法智忍有說不獲一切聖法若爾豈無非異生無一總成諸聖法故若有不獲不雜於獲是異生性若雜獲者非異生性故無有失若爾本論應說純言不爾雜言見義有故如說此類食水食風雖無純言而亦知彼純食水風不雜餘故有說不獲苦法智忍然非後捨復成異生前已永害彼非得故經主於此復作是言若曾未生聖法相續分位差別名異生性何緣經主復作是言謂異生性都無實物若爾是誰相續分位謂眼耳等相續分

位豈一刹那眼等分位非異生性而言眼等相續方是異生性耶非一刹那可名相續刹那便有非實過故此非唯有言違義失亦復有餘違契經過故世尊說如是名爲隨信行者入正性離生超越異生地此異生地即異生性何緣故知說得捨故非於爾時捨曾所得眼等諸法少分可知如得未曾所得聖法聖者正在見道位時成就眼等一切品類皆如前位無所鈌減若異生性無別有體便違此經爾時無別異生地體可超越故若謂惡趣是異生地得忍位已應非異生若謂眼等未得聖時離聖法故依之假立異生名想是異生性入見道時超越彼故說名超越異生地者理亦不然如何爾時眼等諸法如本隨逐而可說爲超越眼等若言如證阿羅漢果超越眼等理亦不然後時具證眼等結斷雖成就眼等而名超越故今此位中眼等如本具縛成就故喻不齊若謂如言未離欲聖超越惡趣理亦不然於彼已得非擇滅故未離欲聖於彼不作不趣不行可名超越今見道位超何眼等若言應有異瓶等物瓶等性者理亦不然離破瓶等捨瓶等性理不成故無漏心起時眼等如本而捨異生性故例不齊由此已遮牛性等例若言婆羅門等性何不爾者如聖異生定差別彼不見故謂聖異生各有少分不作不趣作趣定別無有少分智慧工巧制止堪能定差別事婆羅門等諸種性中唯一能爲非餘能作可因此執有婆羅門等性雖亦見有中邊國等少分差別而無別性由許別有衆同分法爲差別依故無有

過豈不如聖法即說是聖性成就此性故名聖者如是異生法應即異生性成就此性故名異生此例不然以諸聖法唯聖者有可即聖法說爲聖性諸異生法聖者亦有如何可立爲異生性若異生法唯異生有徧異生成可是異生性惡趣無想北俱盧等不徧異生故非異生性餘命根等雖徧異生非唯異生有亦非異生性又唯異生有徧異生相續違聖道得是異生性又若有法與諸異生作身生因是異生性豈不業煩惱與諸異生作身生因何用異生性此責非理現見有法待餘因方能作餘法因故非業煩惱所生眼等離四大種而可得生故有別法名異生性即超越此故名超異生地要作此釋方顯世尊所說契經有大義趣傍論已了今更應思如是

非得何時當捨此法非得得此法時或轉易地捨此非得如聖法非得說名異生性隨得聖法時捨三界非得如是住初無漏心者於苦法智忍轉乃至住金剛喻三摩地者於阿羅漢所有非得如其所應隨得此法捨此非得如是乃至阿羅漢果時解脫者於阿羅漢不時解脫所有非得得此法時捨此非得餘法非得類此應思又此非得云何名捨若非得得斷非得非得生如是名爲捨於非得得與非得雖各有餘得及非得然非無窮由得勢力成就本法及與得得得得勢力成就法得豈成無窮非得亦應如理思擇非得非得必不俱生又從下地生上地時下地非得一切皆捨從上生下類此應知由所依力非得轉故如是已辯得非得相同分者何頌曰

同分有情等

論曰有別實物名爲同分謂諸有情展轉類等本論說此名衆同分一趣等生諸有情類所有身形諸根業用及飲食等互相似因并其展轉相樂欲因名衆同分如鮮淨色業心大種皆是其因故身形等非唯因業現見身形是更相似業所引果諸根業用及飲食等有差別故若謂滿業有差別故此差別者理不應然或有身形唯由相似引業所起以衆同分有差別故業用等別若身形等唯業果者隨其所樂業用等事若捨若行應不得有此中身形業用樂欲展轉相似故名爲同分是因義有別實物是此同因故名同分如是同分世尊唯依諸有情說非尊木等故契經言此天同分此人同分乃至廣說就界趣生處身等別有無量種有情同分復有法同分謂隨蘊處界異生同分入離生時捨有情同分入涅槃時捨豈不異生性即異生同分此不應然所作異故謂彼身形業用樂欲互相似因名爲同分若與聖道成就相違是異生因名異生性入離生時於衆同分亦捨亦得於異生性捨而不得同分非色如何得知有用能生無別事類由見彼果知有彼故如見現在業所得果知有前生曾所作業又觀行者現證知故何不許有無情同分不應如是責有大過失故汝亦許有人天等趣胎卵等生何不亦許菴羅等趣綠豆等生又佛世尊曾不說故但應思擇何故世尊唯於有情說有同分非於草等復云何知如是同分別有實物且我於中作如是解由彼草等無有展

轉業用樂欲互相似故於彼不說别有同分又必因有情草等方生故唯於有情說有同分又因先業及現勤勇此法得生於彼草等二事皆無故無同分即由此事證有實物又木素漆雕畫等像及彼眞形雖有色形展轉相似而言一實由此非唯見彼相似即言是實要於相似差别物類方起實言故知實有此差别法此實言說由此法生又前說故前說云何謂見身形是更相似業所引果諸根業用及飲食等有差别故是諸同分展轉差别如何於彼更無同分而起無别覺施設耶由諸同分是同類事等因性故即爲同類展轉相似覺施設因如眼耳等由大種造方成色性大種雖無餘大種造而色性成此應顯成勝論所執總同句義同異句義若勝論執此二句義其體非一刹那無常無所依止展轉差别設令同彼亦無多過非勝論者執眼等根能行色等即令釋子捨如是見别作餘解故彼所難是朋黨言求正理人不應收採已辯同分無想者何頌曰

無想無想中　心心所法滅　異熟居廣果

論曰若生無想有情天中有法能令心心所滅名爲無想是實有物能遮未來心心所法令暫不起如堰江河此法一向是無想定所感異熟由彼無想有情天中無想及色唯是無想定所感異熟故此定無力引衆同分及與命根以衆同分及與命根唯是有心第四靜慮所感果故彼處餘蘊是共異熟以生無想有情天中入無想前出無想後多時有心故然無心位極長遠故總名無想天無想有

情居住何處居在廣果謂廣果天中有高勝處如中間靜慮名無想天彼以宿業等無間緣爲任持食謂由宿業引衆同分及命根等由續生心及無間入無想果心牽引資助故彼亦有過去觸等爲任持食無心位中唯有過去觸等爲食現在都無有心位中二種俱有彼諸有情由想起故從彼處歿歿已決定生於欲界非餘處所先修定行所感壽量勢力盡故於彼不能更修定故如箭射空力盡便墮若諸有情應生彼處必有欲界順後受業如應生彼北俱盧洲必定應有生天之業已辯無想二定者何謂無想定及滅盡定初無想定其相云何頌曰

如是無想定　後靜慮求脫　善唯順生受
非聖得一世

論曰如前所說有法能令心心所滅名爲無想如是復有別法能令心心所滅名無想定說如是聲唯顯此定滅心心所與無想同由正成辦或極成辦故名爲定有餘師說如理等行故名爲定令心大種平等行故無想者定或定無想名無想定由猒壞想生此定故非諸異生能猒壞受由躭著受而入定故此定在何地謂在後靜慮即在第四靜慮非餘此不應說所以者何此定能感無想異熟已說無想居廣果天當說廣果在後靜慮豈於餘地而修彼因此責不然曾無說故未曾有處說無想定爲無想因豈不前頌說無想爲異熟於彼釋中說爲無想定果此亦不然曾未有頌作如是說今說乃成何故此定名異生定爲求解脫修此定故彼執無想是眞解

脱執無想定爲出離道爲證無想而修此定一切聖者不執有漏爲眞解脱及眞出離故説此定名異生定前説無想是異熟故無記性攝不説自成今無想定一向是善豈不此是異熟因故善性所攝不説自成此於無想有情天中爲因能招五蘊異熟不爾頌中猶未説故又染無記誰復能遮若爾此中應言純善不爾離言見義有故此應准前異生性釋或唯言善已顯非餘此定既是異熟因性爲順何受唯順生受非順現後及不定受一類諸師作此定執理順生受及不定受所以者何成此定者亦容得入正性離生入已必無現起此定由約現行説無想定名異生定非約成就又許此定通是此法外法異生所得非聖以諸聖者於無想定如見深坑不樂入故頌中已説求脱言故即顯此定唯屬異生復言非聖便爲無用此初得時爲得幾世此於諸位中如別解脱戒念念別得未曾得故第一念時非得過去以無心故不修未來故初得時唯得一世謂得現在第二念等乃至未出亦成過去出已乃至未捨已來唯成過去如天眼耳無未來修唯加行得非離染得次滅盡定其相云何頌曰

滅盡定亦然　爲靜住有頂　善二受不定
聖由加行得　成佛得非前　三十四念故

論曰如前無想定滅盡定亦然謂如已離第二靜慮貪者有法能令心心所滅名無想定如是已離無所有處貪者有法能令心心所滅名滅盡定如是二定差別相者前無想定爲求解脱猒壞於想以出離想作意爲先而

得證入今滅盡定爲求靜住猒壞散動以止息想作意爲先而得證入前無想定在色界邊地今滅盡定在無色邊地以在非想非非想處所受生身是最上業所牽引故說名有頂或有邊際故名有頂如樹邊際說名樹頂唯此地中有滅盡定何緣下地無此定耶猒背一切心及邊際心斷方能得此勝解脫故謂由二縁立此解脫一者猒背一切心故二者邊際心暫斷故若於下地有此定者便非爲邊際心斷以上地心猶未斷故應名猒背猒背一切種心以未能猒上地心故亦不名少分諸心亦復應名中際心斷於三性中此滅盡定同前唯善非染無記非諸聖者猒怖散動取染無記爲寂靜住前無想定能順生受及不定受今滅盡定通順生後及不定受

謂約異熟有順生受或順後受及不定受或全不受謂若下地起此定已不生上地便般涅槃此滅盡定能招有頂四蘊異熟前無想定唯異生得此滅盡定唯聖者得非諸異生能起滅定彼有自地起滅定障猶未斷故未超有頂見所斷惑於起滅定畢竟無能非諸異生能超有頂見所斷惑故唯聖者得滅盡定有餘師說由說異生怖斷滅故聖者於此現法涅槃勝解入故唯聖者得非諸異生彼說非理於無想定與此同故彼此心斷涅槃勝解無差別故此中有說第四靜慮心心所麤猶有所依故不怖斷彼亦非理修無想定爲滅心故爲求解脫起出離想修無想定怖畏滅心不應正理既出離想修無想定亦應涅槃勝解而入是故彼說非爲正因一切聖

者得有頂時皆得如斯滅盡定不應言不得由此定非離染得故由何而得由加行得要由加行方證得故如無想定初證得時唯得現在不得過去不修未來要由心力方能修故第二念等乃至未捨亦成過去世尊亦以加行得耶不爾云何成佛時得彼謂世尊盡智時得豈不盡智於成佛時亦不名得況滅盡定以諸菩薩住金剛喻三摩地時名得盡智得體生時名爲得故於成佛時應說盡智不由加行而現在前暫起欲樂現在前時一切圓德隨樂起故非佛身中所有功德成佛時得如何可說佛盡智時得滅盡定由菩薩時永離一切煩惱染故令佛身中功德得起故說如來所有功德皆離染得故彼所言亦有過失隨宜爲彼而通釋者謂於近事而說遠聲或金剛喻三摩地時必成佛故亦名成佛無間刹那定成佛故且置斯事世尊曾未起滅盡定得盡智時如何得成最上圓滿俱分解脫永離定障故捨不成就故於起滅定得自在故如已起者成俱解脫西方師說菩薩學位先起此定後得菩提迦濕彌羅國毗婆沙師說非前起滅定後方生盡智何因此國知前未起何爲不責西方起因且我迦濕彌羅國說三十四念得菩提故謂諸菩薩決定先於無所有處已得離貪方入見諦不復須斷下地煩惱三十四念得大菩提諦現觀中有十六念離有頂貪有十八念謂斷有頂九品煩惱有九無間九解脫道如是十八足前十六成三十四於此中間無容得起不同類心故於前位決定無容起滅盡定若於前

位起滅盡定便越期心然諸菩薩決定不越要期心故理實菩薩不越期心然非不越無漏聖道若爾期心如何不越謂我未得諸漏永盡終不解斯結跏趺坐決定不越如是期心唯於一坐時諸事究竟故豈不由斯已成違越欲起無漏聖道期心如何菩薩爲盡諸漏修未曾得見修二道欲拔有頂見斷惑根及除有頂修惑怨敵立誓要期結跏趺坐事未究竟而於其中捨所要期無漏治道貴重無始能爲誑惑世間定類爲獲共有易得滅定而致稽留如是善成三十四念得菩提故爲非前因如契經說出滅定時當觸三觸謂不動觸無所有觸及無相觸何者云何觸此三觸有說滅定起心相應有空無願無相三觸如其次第出滅定時觸於三觸有餘師說識處空處心相應觸名不動觸此三純作識空想故無所有處心相應觸名無所有觸無先所有故非想非非想處心相應觸名無相觸想無想相不分明故即由此故說四無色名有想定從滅定起心通有漏無漏滅定起時或逆次第入諸等至或逆超越入諸等至容有如是起滅定心現在前故復有餘師作如是說唯約無漏無所有處緣涅槃心起滅定時言觸三觸以無漏故名爲不動無所有處地所攝故名無所有緣涅槃故名爲無相雖已說二定有多同異相而於其中復有同異頌曰

二定依欲色　滅定初人中

論曰言二定者謂無想定及滅盡定此二俱依欲色二界而得現起然於此中有說唯在

下三靜慮入無想定非在第四勿因與果極相鄰逼有說亦在第四靜慮入無想定除無想天以生彼天受彼果故有餘師說唯在欲界入無想定非在色界彼違論文謂本論言或有是色有此有非五行謂色纏有情或生有想天住不同類心若入無想定若入滅盡定或生無想天已得入無想是謂是色有此有非五行由此證知如是二定俱依欲色而得現起是名同相言異相者謂無想定欲色二界皆得初起滅定初起唯在人中謂滅盡定唯在人中得初修起唯人中有說者釋者及有强盛加行力故有在人中初修得已由退為先方生色界依色界身後復修起非在無色能入滅定無所依故命根必依色心而轉若在無色入滅定者色心俱無命根應斷諸蘊展轉相依而住故無有情唯具一蘊又心心所不相離故亦無有情唯具三蘊何因故知滅定有退准鄔陀夷契經義故經言具壽有諸苾芻先於此處具淨尸羅具三摩地具般羅若能數入出滅受想定斯有是處應如實知彼於現法或臨終位不能勤修令解滿足從此身壞超段食天隨受一受意成天身於彼生已復數入出滅受想定亦有是處應如實知此意成天身佛說是色界滅受想定唯在有頂若得此定必無退者不應得往色界受生如是廣釋二定異相總有六門謂地加行相續異熟順受初起有差別故

阿毗達磨順正理論卷第十二　說一切有部

音釋

幖幟（幖甲遥切立木繫帛於土也幟昌志切旗也）　堰（於幰切壅也）

阿毗達磨順正理論卷第十三

尊　者　衆　賢　造

唐三藏法師玄奘奉　詔譯

辯差別品第二之五

今應思擇滅盡定中總滅一切心心所法何緣唯說滅受想定猒逆彼二生此定故謂想與受能爲見愛雜染所依故偏猒逆如是二法多諸過患如立蘊中已廣分別故偏猒逆入滅盡定有餘師言諸相應法若生若滅若得若斷如是等事無不同時然說法者隨宜方便以種種門差別而說阿毗達磨唯依正理分別諸法性相義類判決諸經意趣懽實不令如說定執非餘由此應知諸經意趣如說此定識不離身當知心所亦應不離如說此定諸意行滅當知此中心亦應滅如斯影論餘經亦有如言諸佛正等菩提皆不放逸以爲根本餘經復告阿難陀言無上菩提由精進得如說智慧能害煩惱餘經復言修無常想能斷欲貪乃至廣說譬喻論者作如是言滅盡定中唯滅受想以定無有無心有情滅定命終有差別故經說入滅定識不離身故又言壽煖識互不相離故此說非理以一切心皆與受想俱生滅故有何至教證此義成如契經說眼及色爲緣生於眼識三和合觸俱起受想思如是乃至意及法爲緣生於意識等曾無處言有第七識可執彼識離受想生又此定中所依滅故能依亦滅非無所依諸心所法可能獨生是故此中諸心心所一切皆滅若謂此俱言顯無間起義如曼馱多惡心起故俱時墮落如不淨俱修念覺支

此亦應爾理必不然有差別故曼馱多等契
經俱言理實應顯無間起義以非愛業與非
愛果決定不應同時生故又彼經說第五轉
故如彼經說曼馱多王惡心起故俱時墮落
此顯後時方隨落義不淨覺支有漏無漏性
差別故起不同時此經俱言顯同時起聖教
王理皆不相違故此言俱非無間起又執俱
言顯無間起有不定過如契經說樂俱喜俱
四諦現觀不可復執此同曼馱多等經言樂
喜無間方生四諦現觀又如經說有貪心等
與貪俱故名可貪心此不應執從貪無間所
起之心名有貪心如是便有太過之失故此
俱言顯同時義又受想等依止心故名爲心
所離所依止此受想等應不得生若謂心作
等無間緣名所依者心亦依心無間生故應

名心所又從心心所無間生心心所亦應成所
依性如是等義至六因中當更廣辯又契經
說入滅定時諸意行滅故知滅定非但滅此
受想二法又識相續於此定中非暫滅者決
定應有所依所緣與識和合離所緣識不
生故既有三和必應有觸與觸俱起有受想
思則滅定中受想二法亦應不滅若謂如經
說受緣愛然阿羅漢雖有諸受而非愛緣觸
亦應爾非一切觸皆生受等此例不然有差
別故經自簡言若無明觸所生諸受爲緣生
愛諸阿羅漢無無明觸故雖有受而不生愛
曾無有處簡觸生受故但有觸必生受等有
餘師說於滅定中雖有識體而無觸者未知
彼意執何爲觸然一切識必託所依所緣而
起所依緣識三法和合佛說爲觸由觸爲緣

生受想等許滅定中有三和合然說無觸但有虛言又滅定中唯有心者應無思慮以滅定中說諸意行悉皆滅故心若無思即無思慮無思慮心同所不許心有作業皆由思故思既非有心亦定無無心有情理必應有有命等故異於命終有情色心非決定有心若定有色亦應然色有時無心亦應爾故有命者即名有情然命必依色心隨一引契經說識不離身於定無心亦無違害以即於此所依身中識必還生故言不離謂一相續衆同分中識相續流非畢竟斷譬如鬼病暫不發時由未永除仍名不離引壽煖識不相離言於定無心亦無違害唯於少分說此言故以無色中都無有煖非無壽識故此定中都無有識非無壽煖無色界中無一切色後當廣辯是故滅定必無有心然定後心復得生者定前心作等無間緣所引攝故又加行中要期勢力所引發故滅盡定體爲假爲實應言此定體實非假能遮礙心令不生故經主於此引異釋言由前定心能爲遮礙謂前定心與所餘心相違而起由此起故唯令餘心暫時不轉此能引發違心所依令相續故唯不轉位假立爲定無別實體此唯不轉分位假定入前出後兩位皆無故假說此是有爲攝或即所依由定心引令如是起假立爲定若爾後心從何而起彼說此依有根身起以有根身與心展轉爲種子故何有此理應一切時一切境識俱時起故說依前心後心起者以無第二等無間緣雖有同時所依境界而無一切境識俱起若執不待自類因緣待有

根身識便起者彼一切位一切境識何法爲礙起不俱時聞有餘師起如是見執有多識一身俱起今觀仁者似已禀承故說此言欲符彼執若言所說不待前心待有根身後識起者據無心位作如是說有根身中有心種故但從彼起非待前心有心位中不從彼起此亦非理無異因起又有心位諸識起時轉更應待有根身種所以者何在無心位有根身中有違餘心定心種子由此損伏有根身中餘心種子應無勝力引起餘心若言此位有根身中有不違心無量心種由此勝力餘心生者有心位中亦應同此如何不待有根身生又如有執不待自類種子爲因穀麥等芽但由地等而得生起何有智人聞不嗤笑又執滅定體唯是假未知何法爲假所依非離假依可有假法又唯不轉其體是無如何可言是有爲攝此前後位及現皆無有性恒時不可得故而言是有是有爲攝但有虛言都無有義若言假定亦有所依謂所依身由定心引令如是起假立爲定是則此定應無記攝非無記法可說爲善是故唯應依心心起非前定心力能遮礙餘心由此故知離前心外定有別法能遮礙心由此法故於無心位雖有心因而心不起即此別法名滅盡定體是有爲實而非假修觀行者由定前心要期願力所引發故令滅盡定勢力漸微至都盡位無遮礙用意法爲緣還生意識由此准釋前無想定及與無想隨其所應已辯二定

命根者何頌曰

命根體即壽　能持煖及識

論曰命體即壽故本論言云何命根謂三界壽異名雖爾自體未詳應更指陳何法名壽謂有別法能持煖識說名爲壽故世尊言

壽煖及與識　三法捨身時　所捨身僵仆

如木無思覺

故有別法能持煖識相續住因說名爲壽若爾此壽何法能持此壽能持我說是業是業異熟果故一期生中常隨轉故煖非一向業異熟果識二俱非雖有一期常隨轉處而非一向是業異熟故不可說識由業持是故說壽能持煖識非非業感識流轉中業有少分能持功用一同分中異熟生識斷而更續壽力所持復如何知壽能持煖要有壽者方有煖故諸無煖者亦見有壽故知壽體非煖所持豈不無壽亦見有煖雖亦見有非此所論此論壽識俱行煖故由此故知有別實法彼力能持有情數煖及能持識說之爲壽經主於此復作是言今亦不言全無壽體但說壽體非別實物若爾何法說名壽體謂三界業隨應所引六處并依住時勢分相續決定隨應住時引六處并依住時勢分相續決定隨應住時爾所時住故此勢分說爲壽體如穀種等所引乃至熟時勢分又如放箭所引乃至住時勢分壽體實有根處已成於此但應徵經主意若處無業所引異熟内五色處於彼或時無業所引第六意處謂於長時起染汙識或善有漏及無漏識相續位中無業所引異熟勢分說何爲壽若於是處有業異熟從生剎那至命終位恒無間轉可說是處有業所引住時勢分相續決定說爲命根此既無業所

引異熟住時勢分恒無間轉云何可說此有命根其理既然爲說何法名業所引住時勢分既無所引住時勢分相續決定復屬於誰既無如是相續決定由何義說隨應住時爾所時住說爲壽體是故經主於此義中專搆多言都無所表又所引喻於證無能如種所引相續無斷乃至熟時恒隨轉故放箭所引相續無斷乃至住時恒隨轉故此二可有乃至熟時住時勢分非業異熟於一切時相續無斷可言業謝猶有所引住時勢分相續決定隨應住時爾所時住故所引喻於證無能是故壽體實有別物能持煖識說爲命根如是命根非唯依身轉於無色界有命根故非唯依心轉處無心位亦有命故若爾命根依何而轉此依先世能引業轉及依現世衆同分轉其衆同分亦唯命根今復應思諸有死者爲壽盡故爲有餘因施設論言有壽盡故死非福盡故死廣作四句第一句者感壽異熟業力盡故第二句者感富樂果業力盡故第三句者能感二種業俱盡故第四句者不能避脫枉横緣故不應復言捨壽行故義已攝在初句中故壽盡位中福盡於死無復功能故俱盡時有死說爲俱盡故死發智論說此壽當言隨相續轉爲復當言一起便住欲纏有情不入無想定不入滅盡定當言此壽隨相續轉若入無想定若入滅盡定及色無色纏一切有情當言此壽一起便住彼言何義若所依身可損害故壽隨損害是名第一隨相續轉若所依身不可損害如起而住是名第二一起便住初顯有障後顯無障由此

決定有非時死故契經說有四得自體謂有得自體唯可自害非可他害廣作四句唯可自害非他害者謂生欲界戲忘念天意憤恚天彼由專習增上嬉戲身體疲勞意念忘失又由發起增上憤恚以怨恨心更相顧視是故於彼殞殁非餘此復應說捨壽行者以不由他自捨命故唯可他害非自害者謂處卵中及處胎中羯剌藍頞部曇閉尸鍵南鉢羅奢佉位由彼無能自損害故俱可害者謂餘多分欲界有情俱非害者謂在中有色無色界一切有情及在欲界一分有情如那落迦北俱盧洲正住見道慈定滅定及無想定王仙佛使佛所記別達弭羅嗢怛羅殑耆羅長者子耶舍鳩摩羅時婆最後身菩薩及此菩薩母懷菩薩胎時一切轉輪王及此輪王母懷輪王胎時若爾何故契經中言大德何等有情所得自體非可自害非可他害舍利子謂在非想非非想處受生有情彼經舉後以攝初故如餘契經舉初攝後謂如經說初靜慮中有離生樂此舉最初攝後諸地亦有此樂此經亦爾舉後攝初或除有頂其餘無色諸靜慮中受生有情亦如欲界戲忘念天意憤恚天唯可自害彼亦由起如是種類煩惱力故從彼處殁或餘無色諸靜慮中所得自體可爲自地聖道所害亦上他地近分所害有頂自上二害俱無是故說爲俱非所害豈不有頂亦爲他地聖道所害應名他害若依此說理亦應通然今言他意說上地以於殊勝事亦他聲轉故或此於彼無自在力方說爲他上地於下皆得自在不名他故然於此

中應作是責若佛意說自他地道斷諸煩惱名自他害則不應言因自他害便有致死非因斷惑不斷惑故有死不死又與前釋理不相應謂那落迦等非自他所害然彼尊者於前所說自他害義心已領解爲顯餘義復作是言大德彼諸有情爲從彼處有殞歿不舍利子若彼有情未斷煩惱便有殞歿已斷煩惱即於彼處而般涅槃何緣尊者但依最後所得自體復問世尊由彼俱無自他害故有於彼起常增上慢爲令棄捨故復問言彼諸有情乃至廣說命行壽行有何差別若生法壽名爲命行不生法壽說爲壽行有作是言非所棄捨名爲命行是所棄捨名爲壽行復有說言若神足果名爲命行若先業果名爲壽行復有說者若明增上生名爲命行無明增上生名爲壽行或有說者唯離貪者相續所得名爲命行亦有貪者相續所得名爲壽行是爲命行壽行差別已辯命根何謂諸相

頌曰

相謂諸有爲　生住異滅性

論曰如是四種是有爲相顯彼性故得彼相名此中生者謂有別法是行生位無障勝因由能引攝令其生故能引攝者謂彼生時此法能爲彼勝緣性雖諸行起皆得名生然此生名但依諸行生位無障勝因而立住謂別法是已生未壞諸行引自果無障勝因異謂別法是行相續後異前因滅謂別法是俱生行滅壞勝因性是體義豈不經說有三有爲之有爲相住爲善友能安有爲何故不說契經不說必有所因應爲開示若有諸相唯表

有爲此經便說非此住相唯表有爲諸無爲法亦自住故或復於此具顯有爲功德過生故說四種於契經中唯爲顯示有爲過失故但說三或如餘經但言行是有生滅法非無有異此經亦然非無住體觀少因故唯說有三故四與三無相違失觀何因故唯說有三住通有爲無爲品故勿所化者生如是疑有爲無爲展轉相似故雖有住而但說三或此經中已容說住以直言三無唯聲故若異此者應說唯有三種有爲之有爲相或此經中住異合說不爾住言應成無用合說意者爲顯有爲住爲兼異諸無爲法有住無異故別有爲非此經中言住異者顯住即異但顯有爲有起有盡有住有異若謂無爲住不成者此不應理必應成故以當成立有三無爲由此即成無爲有住故定唯有四有爲相此生等相既是有爲應更別有生等四相若更有相便致無窮彼更有餘生等相故實許更有然非無窮所以者何頌曰

此有生生等　於八一有能

論曰此中有言兼顯定義意顯此有唯四非餘此謂前說四種本相生生等者謂四隨相即是生之生生乃至滅之滅滅諸行有爲由四本相本相有爲由四隨相世尊何處說隨相耶豈不此經亦說隨相謂生等相亦是有爲故生生等相亦起等性故契經既說有三有爲之有爲相有爲之起亦可了知盡及住異亦可了知如何此中不攝隨相又於諸相皆有亦言故此經中亦說隨相言有爲之起亦可了知者起即本相生亦表生生義盡及

住異亦可知言類起亦言應如理釋若不爾者何用亦言故契經中於無爲法說尚無有起等可知此說意言諸無爲法尚無生等本相可知況生生等隨相可得若不爾者應但說無起等可知不應言尚又薄伽梵於契經中說諸有爲相復有相故契經說色有起盡此復應知亦有起盡乃至廣說又契經說老死生等由此故知相復有相若爾本相如所相法一一應有四種隨相此復各四展轉無窮無斯過失四本四隨於八於一切能別故爲親緣用名曰功能謂四本相一一皆於八法有用四種隨相一一皆於一法有用其義云何謂法生時并其自體九法俱起自體爲一相隨相八本相中生除其自性能爲親緣生餘八法諸法於自體無生等用故隨相生生爲親緣用於九法内唯生本生此生一生多由功能別故生性既無異功能何有別如受領納性雖無異而有差別損益功能又本相隨相境有多少如五識意識境有少多本相中住亦除自性能爲親緣住餘八法隨相住住能爲親緣於九法中唯住本住謂爲親緣令法暫住能引自果是住功能本相中異除其自性能爲親緣異餘八法隨相異異能爲親緣於九法中唯異本異本相中滅除其自性能爲親緣滅餘八法隨相滅滅能爲親緣於九法中唯滅本滅是故生等相復有相隨相唯四無無窮失何緣如是分别相耶異此分别不應理故所以者何非捨如斯阿毗達磨立相正理朋順餘宗少有餘立有爲相故諸有違背對法正理於諸相等眞實義中

所生覺慧皆爲迷謬凡有所説莫不乖眞我令於中次第廣辯且彼經主緣他故説何緣如是分析虚空非生等相有實法體如所分別所以者何無定量故謂此諸相非如色等有定現比或至教量證實有者豈生等相有實法體如餘分別不爾若爾如是所言非生等相有實法體如所分別更爲無用又此諸相豈如瓶等有定現比或至教量證體假有既遮實有故彼定應許生等相體是假有第三計有理必無故由遮差別准知定應非許生等畢竟無故且無現量證彼生等體是假有諍論事故亦無至教證彼生等體是假有無處説故若假有比量實有亦應同是則汝曹由執假有豈非倒是鑽攪虚空證相體實理後當辯令應先引至教爲證謂契經言諸

邪見者所有身業語業意業諸有願求皆如所見所有諸行皆是彼類此經意説生等諸行隨彼轉故彼一果故彼爲因故名爲彼類由此經中説三業義故受等行非此所須又一境轉故但應隨説一是故但應身語意業俱行生等説爲諸行此行從彼邪見所生是邪見果故名彼類若謂如是所釋不然汝於此經更説何義然我所釋於義無違又三相經定爲至教謂彼經説有三有爲之有爲相有爲之起亦可了知盡及住異亦可了知若異此者經但應言三有爲相謂諸有爲起盡住異是則再説有爲之言及亦可知皆應無用汝執生等三有爲相離所相法無別有體應求此文有何義趣若謂不説有爲之言則不了知誰之相者説有爲相足可了知相屬

有爲無勞此説既離此説義亦得成然標釋中皆置第六故知能相離所相有現見以餘表示餘故若謂亦見置第六聲然非異體故因不定豈不能相離所相無是則經文應如向説離第六轉義亦成故又彼所引無異第六釋此經文因亦不定如何由此定判經文所説三相是假非實又彼所言天愛汝等執文迷義薄伽梵説義是所依何謂此經所説實義謂愚夫類無明所盲於行相續執我我所長夜於中而生躭著世尊爲斷彼執著故顯行相續體是有爲及緣生性故作是説有三有爲之有爲相非顯諸行一刹那中具有三相由一刹那起等三相不可知故非不可知應立爲相故此契經復作是説有爲之起亦可了知盡及住異亦可知者今謂彼釋不應經義且不應許行相續中但有一起一盡一異設復許有亦不應説以執我者雖不曾聞行相續中有起盡等而亦自然能了知故彼雖了知而猶執我故復爲説則爲唐捐先已了知我執猶盛今欲除遣而復爲説應審思議世尊設教於所化者何所益耶然諸異生於行相續迷細生滅執我我所世尊欲令遣所執故顯示諸行一相續中有多刹那生滅差別故作是説有三有爲之有爲相乃至廣説如是説經深成有用若謂諸行刹那生等非彼現見説無益者汝等於此亦不現見豈不求理非不了知若不了知刹那生等必無能捨我我所執唯佛能設方便善巧令彼求理而得了知先不了知故生我見今了知故我見便捨故知此説三有爲相唯約刹那

非據相續然剎那生等雖非現見而說有用汝所釋經義由無用故必不應理故我解經非同汝釋又汝應說無明所盲行相續中起我見者於行相續生等諸相未聞說前爲現見不若言現見便越所宗或復爲說應成無用若不現見佛爲說後應亦不知無異因故若言教力令其知者剎那諸相理亦應同若相續相麤易知者離佛教力彼亦應知若諸行中相續諸相雖非現見而許教力令其了知能治我執剎那諸相應亦如是如何乃言剎那生等非彼現見說無所益然諸行中相續生等誰不能了而更須說故彼所釋違經義理又一剎那生等諸相微細覺慧所能了知謂於剎那無間展轉善觀察者能了知故微細覺慧由教力生了行無常能除我執既是微細覺慧所知言一剎那起等三相不可知者非如理說又彼所說非不可知應立相者不應定說不可知故爲非相因受等諸相麤覺慧者不能了知非非相故言不可知便非相者如是所說非應理論又此經言有爲之起亦可了知盡及住異亦可知者依剎那說此經意說剎那起等審觀察時可了知故世尊爲勸諸受化者令審觀察故說此言又經主言然經重說有爲言者令知此相表是有爲勿謂此相表有爲有如居白鷺表水非無如是所言違自宗義許未生位有爲有者可說非生表有爲有以未生時彼先有故既未生位執有爲無豈得非生表有爲有白鷺表水正是彼宗生表有爲有性同喻若生不表本無今有有爲有者便似亦撥唯許有爲

是有宗義彼執有爲唯得自體即說名生生體即是有爲有性生與有爲既無別體有爲與有復無差別如何此相能表有爲不表於有又若爲此重說有爲前所說言便爲無用有爲之起亦可知等足能成立如斯義故是故此言應表別義彼上座言若不重說有爲言者則不了知有爲之相爲表何義此爲能表有色等性爲復能表有味等性爲或能表善惡等性爲遣斯惑重說有爲彼亦非理已說有三有爲之相何容此相表有色等非於別法無差別相應與彼法爲差別相又經當說有爲之起亦可知等於無爲中當復遮此起等三相由斯足了此相分明表有爲性何須重說又彼何容疑此諸相能表示餘有色等性由有色等是自相故起等表此應成自相不應一體自相有三如何契經說有三相故彼於此無容致疑又當亦言兼表集義令知三相表一有爲無容疑此別有所表是故彼執亦定非善又彼依何如何施設諸有爲相且彼經主朋上座宗作如是說諸行相續初起名生終盡位中說名爲滅中間相續隨轉名住此前後別名爲住異復謂世尊依如是義說難陀言是善男子善知受生善知受住及善知受衰異壞滅諸行相續名何所詮謂諸有爲無間流轉此復何法爲其自性是假有法寧求自性然諸刹那展轉相似因果相繼諸行感赴連環無斷說名相續若爾相續說有一生不應正理非俱起故若謂無量諸行刹那無間鈌生名爲相續如何可說相續有生彼依巳生未滅諸行方可建立有爲

法生非於未生及巳滅故又此相續既是假有爲唯現在是此所依爲復通依過去現在若唯現在是此所依此則不應說爲假有一刹那法獨爲相續假法所依不應理故然依多法總立爲一是假有相如瓶如行若此通依過去現在以相續假前生刹那及現在法爲所依故是則相續生義應無不可言生在過去故又法現在則非相續若是相續非現在故既唯現在可立有生應唯刹那不名相續若無此義應違契經故契經言或有一類其身安住乃至百年非一刹那可百年住誰言一念身住百年但說此身相似相續中不間起異類刹那謂身前前刹那無間後後相似刹那續生假說一身百年安住此於經說有何相違又不應言相續有住以於多念立相續名多念必無俱時住故豈不共許刹那分位及衆同分三現在成如何乃言無相續住若無相續後二應無此同前經應如理釋謂後二種假立現名於此亦應假立生等許三世有此義可然若說過去未來無體唯有現在一刹那中如何執有相續生等非前刹那諸行未滅爾時即有後刹那生如何執此二共有一生相又一刹那如何非有生滅二相俱時建立又諸刹那展轉相似時無間鈌諸行生時容可執有相續生等若時善識刹那無間不善識生復於此識刹那無間無記識起爾時前後識性不同如何執有相續生等若言前後是一識類亦得說名相似相續則此相續應無有生從無始時來一識相續故乃至未入無餘涅槃此相續住應無有滅

又善識剎那已生已滅不善起不善識剎那已生已滅無記起豈不爾時一剎那頃生滅二相俱時建立如遮諸行相續有生如是亦應類遮住滅誰有身心無狂亂者能執已滅未生有住或一剎那執有相續又若不許色等諸行一一剎那皆有生滅則譬喻者亦執有爲經多時住便與外道勝論等師執有何別而言最後剎那滅故一一剎那皆有滅者彼豈不名心蘊餘事口說餘事以破他宗又唯法無名滅性故彼宗滅性法無爲體是則諸法應非無常非諸法無可名法故若即諸法說爲無常不應滅性以無爲體以法皆用有爲性故滅相之體名爲滅性非無有體可立性名如何彼宗可言滅性又言諸行是有滅法理不應成滅無體故無體不應成法性故又無常性若無體者不應說第六謂色之無常無無繫屬自及他故又相續異理亦不成非一切時於一切處許有前後差別性故由此故說若執身等非一一念皆有異者外緣無別如何後時身等現有差別可得彼於外緣無差別時誰令相續前後差別不應言別自然而有相同相續應無別故亦應執生自然有故亦不應說自類爲因故有差別類無別故若謂即用自類前生爲後因緣相續有別是則地等離火等合應但由前熟變相起而實不起故理不然又彼撥無俱生異相復無外緣前後差別而定執有相續異相徧一切時一切處者此無所因而興固執又不應執與外緣俱前因剎那爲緣性故能生後念果性剎那由兹相續前後有異或有諸行

不待外緣而有有爲異相體故有執所相長時相續微細損減即說名異此亦不然一切相續應非徧有異相體故謂增益時應無異故如有說言是四大種及所造色所合成身有時見增有時見減又此相續復由何緣而有損減過同前說如是已破相續生等所引契經於義非證彼善男子善知未來過去受故謂現在智知未來受正生名生非已生位知過去受已滅名滅非正滅位非知已生未滅位受不應理故善知受住及衰異言非本所誦設有此誦義亦無違過去未來據曾當說有生等故又生等相一切時有故彼所引於證無能是故應隨聖教正理信解諸行一一刹那實有生等非於相續又經主說一一刹那諸有爲法離執實有四相亦成云何得成謂一一念本無今有名生有已還無名滅後後刹那嗣前前起名爲住即彼前後有差別故名住異於前後念相似生時前後相望非無差別故離執有生等實物一刹那頃四相亦成豈不汝宗先有所怖故不許有生等別物令還失念自成立耶如何有爲一刹那頃生住異滅四法爲性而無一法一時即生即住即衰即壞過失若謂繫屬衆緣故者衆緣同此應頓爲緣謂彼衆緣一一皆以生住異滅爲自性故此中何理緣體有四初爲生緣非即令滅復有何理諸有爲法但生體緣爲緣初令諸法生非滅體緣爲緣令法本不起又生與滅依一法成若異不異皆有過失所以者何此若異者此即異此不應理故若不異者生時應滅滅時應生又應無二生滅

二種更相障故又生法體即滅法體而言生滅無雜亂失此必應是毗瑟笯天所爲幻惑又應審決過去未來爲有爲無然後可説本無今有有已還無相續或刹那皆成假四相又依何義説住相言後後刹那嗣前前起嗣前起者應即是生既再説生應無四相又何緣力前後刹那相續有異過同前説又唯法無名爲滅性所有過失如前已辯故知生等別有實物又經主説若離有爲色等自性有生等物一法一時應即生住衰異壞滅許俱有故執離有爲無別生等如斯過疾不可救療一法一時功能差別理不成故許離有爲有別生等無斯過失如體不同用有別故現見内外諸羯刺藍諸種子等餘緣攝助於生自果有勝功能謂羯刺藍等識所攝助爲勝

因性生頞部曇等雖頞部曇等非不待識而非因識生頞部曇等此二相續有差別故然非性識與頞部曇等不作勝緣由此有彼有此無彼無故又非此識與羯刺藍等爲俱助緣生頞部曇等即令此識亦與種等爲俱助緣生於芽等如是種等地等攝助爲勝因性生於芽等雖彼芽等非不待地等而非因地等生於芽等種等無閒生芽等故然非地等與彼芽等不作勝緣芽等有無隨地等故又非地等與種子等爲俱助緣生於芽等即令地等亦得與彼羯刺藍等爲俱助緣而得生於頞部曇等如是餘法緣助於因令生自果如應當説又自稱爲釋迦弟子必應亦許有俱生因由契經言識與名色更互爲緣而得住故然羯刺藍種等與頞部曇芽等爲前生

因識及地等爲俱生緣此俱生緣比前生因其力增勝以雖有彼羯剌藍等及與種等諸前生因若無有識地等俱緣即頞部曇芽等諸果必不生故由此准知諸有爲法雖有種種外助因緣而必有内生住異滅爲近助因方得行世然有爲法分位不同略有三種謂引果用未得正得已滅别故此諸有爲復有二種謂有作用及唯有體前是現在後是去來此復一一各有二種謂彼功能有勝有劣謂有爲法若能爲因引攝自果名爲作用若能爲緣攝助異類是謂功能如是二種辯三世中當廣思擇應以差别緣起正理藴在心中於其生等功能差别當生信解謂或有法於未獲得引果用時由過未得正得已滅引果用時外緣攝助於辯自事發起内緣攝助功能是名生相或復有法於正獲得引果用時即由彼時外緣攝助於辯自事發起内緣攝助功能是餘三相於正生位生爲内緣起所生法至已生位此所生法名爲已起於正滅位住爲内緣安所住法令引自果至已滅位此所住法名於自果已能引發即正滅位滅爲内緣壞所滅法至已滅位此所滅法名爲已壞異相亦爾如應當知有餘師說因要待處世時位伴方與果故生已生時起用差别謂或有因待處與果如雨要待雲處方生要贍部洲處金剛座方證無上正等菩提或復有因待世與果如異熟因順解脫分要在過去方能與果或復有因待時與果如輪王業要劫增時方能獲得轉輪王位或復有因待位與果如諸種子至變異位方能生芽初

無漏心及光明等雖體先有而要未來正生位中能有所作或復有因待伴與果如諸大種心心所等要與伴俱能有所作由斯差別緣起正理四相起用分位不同謂正生時生相起用至已生位住異滅三同於一時各起別用如是四相用時既別如何難言一法一時應即生住衰異壞滅又正滅時此所相法由餘住相爲勝因故暫時安住能引自果即於爾時由餘異相爲勝因故令其衰異即於爾時由餘滅相爲勝因故令其壞滅故三一時無相違過

阿毗達磨順正理論卷第十三 說一切有部

音釋

憤恚 憤房吻切懣也恚於避切憤恚恨怒也　羯剌藍 梵語也此云凝滑羯居謁切剌郎葛切　鑽攪 鑽祖官切穿也攪古巧切攪動也　毗瑟籔 梵語也此云幻惑籔奴故切　頞部曇 梵語也此云皰頞阿葛切曇徒舍切

阿毗達磨順正理論卷第十四

尊者衆賢造
唐三藏法師玄奘奉詔譯

辯差別品第二之六

又彼經主於此生疑爾時此法爲名安住爲名衰異爲名壞滅今當爲決已生位中住異滅三起用各別令所相法於一時中所望不同具有三義如斯通釋何理相違故彼所疑未爲應理又次前說設許未來生有作用如何成未來應說未來相法現在時生用已謝如何成現在應說現在相此無所違無非現在有作用故豈不生相未來生時能生諸法即是作用何故乃言此唯現在天愛作用非汝所知此是功能非闕作用謂有爲法若能爲因引攝自果名爲作用若能爲緣攝助異類是謂功能如前已辯一切現在皆能爲因引攝自果非諸現在皆能爲緣攝助異類謂闇中眼或有功能被損害者便於眼識不能爲緣攝助令起然其作用非闕所損定能爲因引當眼故由斯作用功能有別然於同類相續果生有定不定攝引勢力名爲作用亦名功能若於異類相續果生但能爲緣攝助令起此非作用但是功能豈不論言苦法智忍光明生相如是三法皆於未來能起作用天愛汝今執文迷義我宗釋言此文但約近緣功能假說作用以於多種法生緣中生是近緣理極成立故以餘位因作用名於此位中假立名想如是住等隨應當知苦忍光明亦於此位有勝功力假立此名實唯引果方名作用或有難言於正生位若無生等如何

此時生有作用非住異滅於此位中若有生等如何住等無用唯生此難不然且正生位生等非無住等爾時非現在故功能未有設此位中未有生等如汝因果理亦無違由汝宗中果將生位能生因性或有或無許有鄰近展轉因故又彼經主於四相中許三撥異作如是說又應一法生已未壞名住住已壞時名滅理且可然異於一法進退推徵理不應有所以者何異謂前後性相轉變非即此法可言異此故說頌言

即前異不成　異前非一法　是故於一法
立異終不成

且已略成異有別體剎那相續異並不成今復各應思擇此義謂許法外有異相體由此能令所相一法異而不異此我應思不許法外有異相體而許剎那相續有異如何外緣雖無差別然得有異經主應思我所應思於後思擇三世義處當兼顯了今於此中正當義便故略成立用遣所疑謂從本來諸法唯有自體安住差別用無由遇前生俱生緣力令差別用本無而起即此名爲現在作用亦名能引自果功能依此世尊作如是說本無今有有已還無此用與體不可言異如能益損差別功能與能領受自體不異又如所執於後心中前心差別所引習氣此不可說異於後心或復如善有見有對造色業性雖不異色而彼品類差別義成故於此中諸對法者於法自體差別用中立有異名非唯自體謂有爲法於自體中能引自果作用名住即此作用衰損名異此住及衰無容自有應有

別法令住令衰此二之因即住異相於斯正理何不忍歟我於此中不能忍者此差別用於現在時與其自體非異性故此用既異體亦應然如何乃言用與非體若執過去未來體無於彼所宗可有此失非許三世恒有體者所以者何若作用息唯捨現在法體猶存云何乃令體亦有異故說頌言

自體名有異　由勝用衰損　如何於一法立異終不成

非正生位立有異名作用爾時未衰損故即由此理立住異名此能衰損引果用故由法作用被衰損時方引自果由因被損後果生位漸劣前因故果漸劣由因有異此果剎那復由俱起異相為緣令衰損故復能為後果漸劣緣如是一切有為相續剎那剎那令後後異故前前念有異義成此義既成應為比量謂見最後有差別故前諸剎那定有差別非如幻惑譬喻論師所立剎那相續異理若爾相續漸增長時異相應無不見果故無斯過失住相爾時由外緣助勢力增強摧伏異故有餘師說諸法作用無有能住過一剎那是故有為說名有異非捨自相方得異名亦非有為有常性過由此法性自體恒然非作非轉不可改易故火常用煖為自體離煖更無火體可得然火作用要藉眾緣故宗立火為無常性若自體異即成別法應非無常體無變故謂若唯執現在世有去來體無則諸行法其性應常無變異故云何無異謂有與無性各安立無變異故彼唯執有現在世法剎那性故不可變異未來過去其體並無無

法如何當言變異故不可說諸行無常不可說言無變爲有有變爲無名爲變異有無二性體不相成以有與無體相違故亦非果異因無異故非無異因可有異果果必隨因方有異故若謂有性是無常者理亦不然有性不可成餘性故以法有性未甞非有有與非有各別立故由此諸行變異定無是則有爲皆應常住若許過未亦有亦無從未生無可生爲有從巳生有可滅爲無此去來無與現在有俱非決定可有改易去來之有與現在同於一切時恒無改易由於體有用或有無可說有爲分位有異是故唯說三時有宗於一法中可言有異法有異故異相可成異相既成無常義立非如唯說現在有宗相續剎那異皆非有如前巳說故應且止若生在未來生所生法未來一切法何不頓生彼能生因各常合故此先巳辯先何所辯謂或有法於未獲得引果用時由遇未得正得巳滅引果用時外緣攝助於辦自事發起內緣攝助功能是名生相即依此義說如是言頌曰

生能生所生　非離因緣合

論曰非離所餘因緣和合唯生相力能生所生故諸未來非皆頓起生相雖作俱起近因能生所生諸有爲法而必應待前自類因及餘外緣和合攝助如種地等差別因緣助芽等生令生芽等若爾我等唯見因緣有生功能無別生相有因緣合諸法即生無即不生何勞生相故應離有因緣力生此責不然唯許衆緣諸法生者此責同故謂若唯許未來諸法因緣和合而得生者此責亦同未來諸

法因緣無別何不頓生又因緣中隨闕一種具所餘故果亦應生且如眼根先業所引雖離大種而亦應生或應但由大種功力不由先業眼根得生或諸眼根隨業所引能生大種無不合時於一生時餘亦應起或應大種於眼無能不見離前眼大種獨生故但應因前眼後眼得生執大種能生應成無用又如種子水土等緣隨闕一時芽必不起故知種等功力極成於眼等生地等大種能生功力非所現見既不現見大種功力應不爲因生於眼等又汝所執有業種子相續轉變誰爲障礙不能頓生一切業果若由緣助業種方能生應但緣能生何勞業種以衆緣助業果乃生衆緣若無果不生故既賴緣助而業種非無雖藉衆緣寧撥無生相又見初念無漏生時生能爲因起無漏得得自相有前已極成應說除生有何別法能作此得前俱起因若全無因得不應起則初無漏應不說成生相生時爲亦別有俱生因不應言亦有謂除生體餘一果法云何異滅爲生助因古昔諸師咸作是釋同一果法展轉爲因如諸大種更相順故復有釋言諸有爲法一切皆是生等性故生等四相一一用時以此爲門餘皆助力證斯義者謂念住中觀身等爲無常性故然上座說諸行無住若行可住經極少時何故不經須臾日月時年劫住無異因故又阿笈摩亦說諸行無有住故如世尊言苾芻諸行皆臨滅時既無有住亦無有滅且彼所說若行可住經極少時理不應忍極少時者謂一刹那若一刹那亦無有住是則諸行應

畢竟無若謂有爲全無有住得體無間即滅故者豈不有此得體時故即名諸行極少住時雖有此時而無有住依何位說此無住言爲得體時爲得體後執無住位唯應二時若得體時亦無住者則不能越前所說過若得體後方言無住非所許故設難唐捐汝等所言得體時者即我說住能引果時非我所宗引果時後諸行有住何緣汝等對我遮破諸行住時如汝行中有時有者必待餘法生用方成如是亦應有引果者必待餘法方成引用此所待者立以住名是則我宗如汝所說確陳何等理教相違豈不經言諸行無住若說有住此教相違汝執有違種種計度非實義故對法諸師所說稱理有何違害然契經說無有住者爲遮常住故說此言次後復言亦無滅故此言遮遣諸行斷滅若離爲遮諸行斷者此無滅言更何所遣然諸行滅但有二種一生無間滅二畢竟斷滅故爲遮遣常斷二邊經言諸行無住無滅非爲遮遣對法諸師所立爲因令引果住諸有智者請爲諦觀誰之所言違正理教爲說諸行有暫住者爲說諸行全無滅者我本不言諸行生已全無有滅何緣經說皆臨滅時亦無有滅言無滅者是無息義此經意說諸行生已無間必滅無暫息時說無住言此義已顯復言無滅應成無用我亦不言諸行生已畢竟常住若爾何緣說有爲法生已有住言有住者是暫停義謂正滅時諸行暫住非於已滅及正生時可說住言無作用故如前已說於正滅時諸行方有引果作用雖作是說而住必無曾

無契經說有住故曾無遮故何定言無又理所逼故應信有設無至教住於正理無所乖違言有何失然有至教證住爲有如拊掌喻契經中言苾芻諸行如幻如焰暫時而住速還謝滅豈不由斯已證對法所說諸行有暫住時由此亦成毗婆沙釋言無住者依剎那後容意而說非謂全無然彼所言此隨自意分別計度通善逝經經曾不言有住故者令謂彼類未讀此經或率已情撥爲非量或朋黨執濁亂其心雖數披文而不記了諸求理者請爲尋思誰於佛經隨自意執爲言諸行有暫住者爲撥此經爲非量者然薄伽梵先於經中說臨滅時諸行無住處當來世譬喻部師執彼經文撥剎那住故復說此拊掌喻經顯諸行中有暫時住彼不忍受此大師言復作是責何緣但許依剎那後容意而說而不言依衆同分後剎那與此有何差別此責非理有差別故剎那頃住有俱起因衆同分住此因非有是故此責非應正理彼復責言若由住力能令諸行暫時住者何不由此令諸有爲經千俱胝剎那量住何緣諸行一念住因非即令住千俱胝念此亦非理離能生因彼亦不許諸行生故何緣諸行一念生因非即令生千俱胝念如是道理進退應同又契經言應知樂受生住皆樂復有經言應知色等有生有住若謂此經依相續說不應正理義不成故謂若不許剎那有住如何相續住義得成相續必依剎那成故如是住相理教極成然譬喻師固言非有不知於住曾結何怨其理顯然而不忍受有餘難言若無常

相離無常性別有體者何不離苦別有苦相如斯例難其理不成若說無常性由無常相有何依此說而設難言苦性亦應由苦相有然有爲法性是無常但由滅相爲緣苦滅如有爲法性是無常要待生緣爲緣故起如是苦性設復更有苦相爲緣此復何用故所例難其理不成由此已遮空無我難又即無常相亦是苦相體無常故苦經所說故又彼亦應遭如是難苦所生法別有生緣方得生者應許苦法別待苦緣方得成苦或苦生法應離生緣自然而生猶如苦等又前已說前說者何如汝行中有時有者必待餘法生用方成如是我宗一切時有故法有性不待因緣苦無我等應如有性滅應如生要待餘法故知別有能滅內因離所滅法名無常相若謂

諸行無別滅因生亦應然不待因有此二與體俱異生法故或應說二差別所因若言此二亦有差別謂諸行生必待因故現見生時遲速差別若諸行滅亦待因者亦應滅時遲速有異滅若如生時有遲速便違諸行刹那滅宗故知無因自然而滅無斯過失滅因與行必俱有故時無差別生因與行或俱不俱雖時隔越亦爲因故諸行生時可有遲速若諸行滅不由因者於正生時應即滅壞或應後位滅壞亦無汝許前後同無因故若謂此位諸行未生何得難令即有滅者是則應許生爲滅因要見有生方有滅故既許諸行滅必待生如何可言無因而滅又由至教證滅有因如契經言此法滅故彼法亦滅又說如是一切有因故知諸行由因故滅又諸有爲

相皆展轉爲因必由有生方可滅故必有滅法方可生故必由有住方有異故必由有異住可遷故復有責言住因無故法自然滅何用滅因此責非理唯說前生爲因論者因正有時未有所起彼執未來體是無故後果生位前因已無雖無住因何妨有住故彼所說非無滅因又先已辯住相爲因諸行生已刹那頃住如何復說住無有因若謂諸行一刹那後必無有故自然滅者若無滅相誰遣其無令生已滅都由滅相故離有爲有滅相體又不應執滅相體無如前所引契經中說有爲之起亦可了知盡及住異亦可知故非於無法應觀了知諸可了知者是有異名故又如必有能生差別令所生法至已生位如是必有能滅差別令所滅法至已滅位故滅如生別有義立又彼上座作如是言如雖無別有性一性長性短性合離性等爲其所待而亦得成有一長短合離等法住等亦然無別所待此說便成違自宗過彼宗自許有一長短合離等法待餘成故彼執諸法託有因緣本無今有故諸法有待餘有性非無所待汝宗諸行本無今有有性如生待有方立對法者說諸法有性一切時有不待因緣故彼所言自違宗義遮餘同類此一方成故亦待餘一義成立長短展轉相待而成或待極微安布而立故非自有必待他成合之與離亦待別物是故一切皆有所待非有所待可立名言又法生因亦應由此例被遮遣如有等性無所待成生亦應爾然無是事故諸有爲分位差別一切皆待異因緣成非自然有故有

爲相一一刹那皆别實有義極成立譬喻部師所立假有相續生等諸有爲相不合正理違背契經唯我所宗符經順理故有智者應勤修學已廣分别諸有爲相名身等類其義云何頌曰

名身等所謂　想章字總説

論曰等者等取句身文身名句文身本論説故諸想總説即是名身諸章總説即是句身諸字總説即是文身言總説者是合集義於合集義中説嗢遮界故想謂於法分别取著如共所安立字所發想即是眼耳瓶衣車等如是想身即是名身謂眼耳等章謂章辯世論者釋是辯無盡帶差别章能究竟辯所欲説義即是福招樂異熟等如是章身即是句身謂如有説

福招樂異熟　所欲皆如意　并速證第一永寂靜涅槃

如是句等字謂哀阿壹伊等字如是字身即是文身謂迦佉伽等有餘師説本論中言云何多名身謂名名事等非彼論師欲辯名等是實有相而依假合以發問端是故彼問多名身等者決定應問名等體實相思擇名等體實相中何用推徵名等假合又名等三相差别者謂聲所顯能顯於義已共立爲能詮定量顯示所解意樂所生能表所知境界自體猶如響像此相是名若能辯析所知境中廣略義門此相是句於能説者聲已滅位猶令繫念持令不惑傳寄餘者此相是文此中名者謂隨歸赴如如語聲之所歸赴如是如是於自性中名皆隨逐呼召於彼句者即能

辯所說義謂能辯析差別義門文者謂能有所彰顯依此由此彼彰顯故此即是字謂令繫念無有忘失或復由此之所任持令無疑惑或能持彼轉寄於餘故有說言如靜慮者方便境相與靜慮中所覺了境而爲梯隥文於名句及義亦爾有餘師說哀壹等字能彰名句故說爲文即此諸字或別或總能詮自性故說爲名即此和合能究竟辯差別義門說名爲句如是三種體應成一又應非實故不可依復有餘師一處顯三相謂如說言欲我知汝本此中諸字各說爲文欲者是名總總說句是則總說名句文身此亦不免前所說過是故最初所說名等三相爲善可研尋故豈不經中受想行識四無色蘊總說爲名本論亦言法處所攝身業語業是色所收其餘法處皆名所攝此中何故說名但以心不相應行蘊爲性契經本論皆爲總攝一切法門略爲二種色爲體者總說爲色自餘非色總說爲名非色聚中攝於名故總從別目故說爲名今此中名唯約能顯所詮義說是故但以心不相應行蘊爲性義爲可說不可說耶如實應言義不可說若爾何故因象等言解象等義非顚倒解又應唯經吾當爲汝略說法要有義有文無斯過失假名立故謂劫初人於種種義共立種種差別想名由此相傳於諸名想解無顚倒又如有說語能發名名能顯義然契經言文義巧妙曾無有說有義有文設許如斯亦無有失世尊所說具文義故謂世尊教能正顯了無量義門文辭圓滿無所缺漏故作是說又三世諸法各有三

世名謂過去法過去諸佛以過去名曾已顯示未來諸佛以未來名當復顯示現在諸佛以現在名今正顯示未來現在如應當知又諸法中無無名者若有應成非所知過故薄伽梵說如是言

名能映一切　無有過名者　是故名一法
皆隨自在行

有餘師說義少名多於一義中有多名故有餘復說名少義多名唯一界少分所攝義則具收十八界故復有說者互有少多謂約界攝義多名少若依立教義少名多謂佛世尊於一一法隨義施設無邊名故如貪名愛名火名蛇名蔓名渴名網名毒名泉名河名修名廣名針縷等如是一切此中經主作如是言豈不此三語爲性故用聲爲體色自性攝如何乃說爲心不相應行此責非理所以者何由教及理知別有故教謂經言語力文力若文即語別說何爲又說應持正法文句又言依義不依於文又說伽他因謂闡陀文字闡陀謂造頌分量語爲體又契經言知法知義法謂名等義謂所詮又契經言文義巧妙又言應以善說文句讀誦正法惡說文句讀誦正法義即難解又說如來獲得希有名句文身又說彼彼勝解文句甚爲希有由此等教證知別有能詮諸義名句文身猶如語聲實而非假理謂現見有時得聲而不得字有時得字而不得聲故知體別有時得聲不得字者謂雖聞聲而不了義現見有人粗聞他語而復審問汝何所言此聞語聲不了義者都由未達所發文故如何乃執文不異聲有

時得字不得聲者謂不聞聲而得了義現見有人不聞他語覩脣等動知其所說此不聞聲得了義者都由已達所發文故由斯理證文必異聲又見世間隱聲誦呪故知呪字異於呪聲又見世間有二論者言音相似一負一勝此勝負因必異聲有又法與詞二無礙解境界別故知字離聲是故聲者但是言音相無差別其中屈曲必依迦遮吒多波等要由語聲發起諸字諸字前後和合生名此名旣生即能顯義由此展轉而作是言語能發名名能顯義故名聲異其理極成應知此中聲是能說文是所說義俱非二如是則爲無亂建立此中經主又作是言非但音聲皆稱爲語要由此故義可了知如是音聲方稱語故謂能說者於諸義中已共立爲能詮定量

若此句義由名能顯但由音聲顯用已辯何須橫計別有實名何等名爲能詮定量豈不於義共立想名此即說爲能詮定量謂能說者於諸義中先共安立如是諸字定能展轉詮如是義由共安立如是字故因如是字發如是名此名即是能詮定量諸能說者將發語時要先思惟如是定量由此自語或他語時於所顯義皆能解了故非唯聲即能顯義要語發字字復發名名乃能詮所欲說義如語發字字復發名如是應思發句道理此中經主復作是言又未了此名如何由語發爲由語顯爲由語生若由語生語聲性故聲應一切皆能生名若謂生名聲有差別此足顯義何待別名若由語顯語聲性故聲應一切皆能顯名若謂顯名聲有差別此足顯義何

待別名執聲能詮斯難亦等謂若聲體即能顯義應一切聲無非能顯若謂能顯聲有差別如是差別應即是名故所推徵未爲過難然能說者以所樂名先蘊在心方復思度我當發起如是如是言爲他先說如是如是義由此後時隨思發語因語發字字復發名名方顯義由依如是展轉理門說語發名名能顯義如斯安立其理必然若不以名先蘊心內設全發語無定表詮亦不令他於義生解又經主言或唯應執別有文體即總集此爲名等身更執有餘便爲無用此亦非理無有諸文俱時轉故由斯總集理不成故非一一文中皆不顯義故或如樹等大造合成非不緣斯別生於影影由假發而體非假如是諸文亦應總集別生名句而彼名句雖由假發

而體非假此爲善說理極成故若爾則應一切假法皆可安立爲實有性無如是過所以者何於一字中亦有名故無假有法攬一實成故假與名義不相似旣於一字亦得有名寧知此名離字而有如是一字如無義字無有所詮依此爲緣別有名起方能表義然極相近別相難知如壁上光二色難辯若許即聲能顯於義無別名等斯有何失違害法相豈非失耶無有音聲唯意能得字等不爾故體不同然有音聲雖由共立契約而發有作意聽而但了聲於義不了彼後因此還得了知非前了聲於義不了後唯因此便能了義故知離聲別有名等前意未得不了所詮後意得時方能了義若謂不爾後意還因得聲差別能了義故此聲差別非異於聲此亦不

然能詮契約即聲差別理不成故若所共立能詮契約即聲差別者應如色差別非共立契亦可了知非青與黄二色差別要共立契然後了知雖二色中先不共立差別契約而彼青黄差別之相非異色故眼識得已意識即能隨分別知此彼差別又理不應於契約上復作契約故不應言能詮契約雖不異聲而先不共立契約者雖復得聲而更待餘立契約故未能了別此望餘聲有差別相又若所立契即聲差別者於有義聲及無義聲所有差別雖先未共立差別契應亦了知謂於一聲有此差別於餘聲上此差別無先未共立差別契者得二聲時雖不了義然應如彼二色差別即能了達有契約聲無契約聲差別之相故知別有名句文身緣聲而生能顯了義然彼上座於此復言意業爲先所生聲位安布諸字決定差別以成名等此離於聲別有自性理不可得如是亦應由前理教顯彼上座有言無實非但由彼虛構言詞能立即聲是名等體若但由彼虛構言詞能立即聲是名等者亦應能立一切極成別有體法爲無別體謂即濕性積集凝結名爲堅性即彼堅性離散消融名爲濕性即堅濕性與冷乖離名爲煖性即上三性於轉轉時名爲動性眼識所識色界即是香處所攝即諸大種能有所緣名心心所如是一切皆應得成又因現摇香觸等相亦能了義故不應立名句文身即聲爲體是故於我所説離聲有名等三能顯義理若能如實少分顯非我應收采非但由彼所構虛言能傾實義又彼雖説如

世尊言因尋伺言說語非不因尋伺言說語者由聲發聲故名等三無別有體此亦無失如施等故謂如經言捨施受樂此亦應然語因名語又如觸等因亦名爲觸等又彼雖說非世共知名句文身是心不相應行我當於彼而發語言既不共知語憑何發此亦非理世間雖無分別功力而能緣故如世間說被草所燒爲泥所爛彼雖不達而是能緣此亦應爾又如以眼現見光明而言我今見不了色又作兩手相擊聲因而言作聲不言作擊又無智者但作是言因棄捨欲棄捨便穢然實義者因棄捨欲生便穢路能發風心心復發風風方棄捨如是非無了名等覺能覺了義但由名等覺相微細故不能知雖不定心不能分別此是聲覺此名等覺此是義覺而實非無故於審諦觀察諸法差別相時世間麤心所起言說未足爲證且諸世間於自覺慧所行境界亦不能知故佛世尊如實開演諸有執我等隨觀見一切唯於五取蘊起如是世間於麤淺事若不聞說尚未能了況於深細心不相應行蘊所攝名句文身不因開示而能解了故彼所言定爲非理又經主說諸刹那聲不可聚集亦無一法分分漸生如何名生可由語發又自釋言云何待過去諸表刹那最後表刹那能生無表復自難言若爾最後位聲乃生名但聞最後聲應能了義若作是執語能生文文復生名名方顯義此中過難應同前說以諸念文不可集故語顯名過應例如生又文由語若顯若生准語於名皆不應理此難違害自所稟宗彼說去來

皆無自體聲前後念不可頓生如何成文成名成句若前前念轉轉相資最後刹那成文名句但聞最後應了義成又無相資去來無故旣恒一念如何相資旣無相資前後相似後如初念應不能詮聞後如初應不了義故彼所執前後相資聲卽能詮理不成立我宗三世皆有非無故後待前能生名等雖最後念名等方生而但聞彼不能了義由不具聞如先共立名等契約能發聲故然聞一聲亦有了者由慣習故依此比餘故經主言破彼非此毗婆沙說名句文三各有三種名三種者謂名名身多名身句文亦爾名有多位謂一字生或二字生或多字生一字生者說一字時但可有名說二字時卽謂名身或作是說說三字時卽謂多名身或作是說說四字時方謂多名身二字生者說二字時但可有名說四字時卽謂名身或作是說說六字時卽謂多名身或作是說說八字時方謂多名身多字生中三字生者說三字時但可有名說六字時卽謂名身或作是說說九字時卽謂多名身或作是說說十二字時方謂多名身此爲門故餘多字生名身多身如理應說句亦多位謂處中句初句後句短句長句若八字生名處中句不長不短故謂處中三十二字生於四句如是四句成室路迦經論文章多依此數若六字已上生名初句二十六字已下生名後句若減六字生名短句過二十六字生名長句且依處中句辯三種說八字時但可有句說十六字時卽謂句身或作是說說二十四字時卽謂多句身或作是說

說三十二字時方謂多句身文即字故唯有一位說一字時但可有文說二字時即謂文身或作是說說三字時即謂多文身或作是說說四字時方謂多文身由此理故應作是說說一字時有名無名身無多名身無句無句身無多句身有文無文身無多文身說二字時有名有名身無多名身無句等三有文有文身無多文身說四字時有名等三無句等三有文等三說八字時有名等三有句無句身無多句身有文等三說十六字時有名等三有句有句身無多句身有文等三說三十二字時名句文三各具三種由此爲門餘如理說已略辯三復應思擇如是名等何界所繫爲是有情數爲非有情數爲是異熟生爲是所長養爲是等流性爲善爲不善爲無記此皆應辯頌曰

欲色有情攝　等流無記性

論曰此名等三唯是欲色二界所繫就色界中有說唯在初靜慮地有說亦通上三靜慮隨語隨身所繫別故若說此三隨語繫者說生欲界作欲界語時語名等身皆是欲界繫彼所說義或三界繫或通不繫即彼復作初定語時語及名等初定地繫身欲界繫義如前說如是若生初靜慮地作二地語如理應思若生二三四靜慮地作二地語亦如理思若說此三隨身繫者說生欲界或四靜慮名等及身各自地繫語或自地或他地繫義如前說又名等三有情數攝非情有爲不成就故能說者成非所顯義唯成現在不成去來又名等三唯等流性非所長養非異熟生而

言名等從業生者是業所生增上杲故又名等三唯是無覆無記性攝故斷善者說善法時雖成善名等而不成善法離欲貪者不成不善諸無學者不成染汙成能詮名等非所詮法故如上所說餘不相應所未說義今當略辯頌曰

同分亦如是　并無色異熟　得相通三類
非得定等流

論曰亦如是言爲顯同分如名身等通於欲色有情等流無覆無記并無色言顯非唯欲色言并異熟顯非唯等流是界通三類通二義云何異熟謂地獄等及卵生等趣生同分云何等流謂界地處種姓族類沙門梵志學無學等所有同分有餘師說諸同分中先業所引生是異熟同分現在加行起是等流同分得及諸相類並通三謂具刹那等流異熟非得二定唯是等流唯言爲明非異熟等所餘應說而不說者命根無想如前說故餘義准前已可知故謂說得等唯成等故有情數攝義可准知說諸有爲有生等故准知諸相通情非情餘隨所應義皆已顯是故於此無勞重說

阿毗達磨順正理論卷第十四 說一切有部

音釋

確 克角切堅也　嗢 烏沒切　哀 於可切　慣 古患切習也

阿毗達磨順正理論卷第十五

尊者衆賢造

唐三藏法師玄奘奉詔譯

辯差別品第二之七

如是已辯不相應行前言生相生所生時非離所餘因緣和合此中何法說爲因緣且因六種何等爲六頌曰

能作及俱有　同類與相應　徧行幷異熟

許因唯六種

論曰本論所因唯有六種不增不減一能作因二俱有因三同類因四相應因五徧行因六異熟因能作因體通一切法是故先說俱有因體徧諸有爲故居第二餘同類等於有爲中如其所應各攝少分隨言穩便次第而說法生所賴故說爲因如是六因非佛所說如何本論自立此名定無大師所不說義阿毗達磨輒有所說經中現無由隱沒故自相可得決定應有又諸經中所化力故世尊方便作異門說對法諸師由見少相知其定有分明結集故有說言此六因義說在增一增六經中時經久遠其文隱沒尊者迦多衍尼子等於諸法相無間思求宜感天仙現來授與如天授與筏第遮經其理必然如四緣義雖具列在此部經中而餘部中有不誦者由時淹久多隱没故既見餘經有少隱没故知此處亦非具在又見經中處處散說故六因義定應實有謂如經說眼及色爲緣生於眼識又如經說二因二緣能生正見諸如是等即能作因諸法於他有能作義由生無障故立此因如契經說有三道支正見隨轉又如

經說三和合觸俱起受想思諸如是等即俱有因諸行俱時同作一事由互隨轉故立此因如說如是補特伽羅成就善法及不善法應知如是補特伽羅善法隱沒惡法出現有隨俱行善根未斷以未斷故從此善根猶有可起餘善根義又說苾芻若於彼彼多隨尋伺即於彼彼心多趣入無明爲因起諸染著明爲因故離諸染著諸如是等即同類因過去現在同類諸法由牽自果故立此因如契經說見爲根信證智相應又如經言若有了别即有了知在定了知乃爲如實非不在定諸如是等即相應因心心所相應同作一事由其取一境故立此因如契經言諸邪見者所有身業語業意業諸有願求皆如所見所有諸行皆是彼類如是諸法皆悉能招非欣愛樂不可意果又經說一切見趣生時皆以有身見爲其根本若此見生不忍一切此見能生貪欲瞋恚諸如是等即徧行因過去現在見苦集所斷疑見無明及相應俱有於同異類諸染汙法由能引起故立此因一部爲因生五部果故同類外立徧行因如契經言若所作業是善有漏是修所成於彼處生受諸異熟又如經言諸故思業作及增長定招異熟諸如是等即異熟因一切不善善有漏法由招異類故立此因如是六因佛處處說諸憎背者迷故不見又薄伽梵處處經中說有俱生前生因義依此有彼有此生故彼生如次應知前二因義又薄伽梵於契經中分明顯說二種因義謂契經言諸有不敏處無明者由無明故亦造福行此經即顯有前生

因又契經説眼色爲緣廣説乃至意法爲緣生癡所生染濁作意此中愚者癡即無明希求即愛愛表即業此經即顯有俱生因一心中説有展轉爲因故至義次第當復決擇已略舉因今當廣辯且初能作因相云何頌曰

除自餘能作

論曰此能作因略有二種一有生力二唯無障諸法生時唯除自體以一切法爲能作因由彼生時皆不爲障於中少分不能生力且如有一眼識生時以所依眼爲依止因以所緣色爲建立因以眼識等如種子法爲不斷因以相應法爲攝受因以俱有法爲助伴因以耳根等爲依住因此等總説爲能作因於中一分名有力因以有能生勝功能故所餘諸分名無力因以但不爲障礙住故雖餘因性亦能作因然能作因更無別稱如色處等總即別名何故自體非自能作因以能作因於自體無故謂無障義是能作因自於自體恒爲障礙又一切法不待自體應有恒成損減等故有餘師説若有自體因自體者即應無明還緣無明乃至老死還緣老死一剎那頃此即此因是則乖違緣起法性有餘師説自於自體不見有用故非因緣猶如指端刀刃眼等若除自體餘一切法與此一法爲能作因則無間業亦與聖道爲能作因如何應理又唯生時由無障住可能爲因應非餘位非彼與此有時爲因有時非因可應正理聖道生位彼定爲因故於餘時非無因義若於此生彼能爲障而不爲障可立爲因然於此生無障用者設不爲障何得爲因由一切法

展轉相望皆有障力故得爲因謂於是處有此一法是處無容更有第二設復此法於餘處有彼亦無容更有餘法如是諸法豈不相望皆能爲障而不爲障故皆可立爲能作因無色亦有時依等定故彼相望亦有障力又諸法內一法生時如與欲法餘皆無障謂二緣故法不得生一順因無二違緣有諸法生位必待勝力各別因緣及待所餘無障而住增上緣法由能生因有能障因無諸法乃得生故唯由無障礙說一切法名爲能作因非有障力而不爲障與無障力不爲障者於無障時少有差別俱有無障力同無勝用故由斯已遣諸有難言若一切法無障住故皆能作因何緣諸法非皆頓起一殺生時何緣一切非如殺者皆成殺業但由無障說彼爲因無勝用故灰刺等觸爲樂受因如何應理非灰等觸爲樂受因是因因故謂同類故苦受得與樂受爲因因灰等觸生於苦受故爲因因如是見等展轉相望有少功能皆應顯說由前略指觸受方隅餘例可悉無煩廣辯故能作因望所生果非唯無障亦有生力然闕親因及因等起故一切法不可頓生非如殺者皆成殺業過去諸法與餘二世爲能作因彼二世法還與過去爲增上果未來諸法與餘二世由無障故爲能作因彼二世法非俱後故不與未來爲增上果果必由因取故唯有二因唯據無障故許通三現在諸法與餘二世爲能作因彼二世中唯未來法爲現在果有爲有爲是因是果有爲無爲非因非果無爲無爲非因非果無爲有爲是因非果由

此義故說如是言能作因多非增上果以一切法皆能作因唯諸有爲是增上果如是已辯能作因相第二俱有因相云何頌曰

俱有互爲果　如大相所相　心於心隨轉

論曰若法更互爲士用果彼法更互爲俱有因展轉助力而得生故其相云何如四大種更互相望爲俱有因雖有體增體不增者而皆三一更互爲因自體不應待自體故亦不應待同類體故一一大種唯待餘三要四大種異類和集方有功能生造色故如是有爲相與所相心與心隨轉亦更互爲因是則俱有因由互爲果徧攝有爲法如其所應此中所說因相太少謂諸心隨轉及諸能相各應說互爲俱有因故又不應說唯互爲果爲俱有因法與隨相非互爲果然爲因故此爲因相彼應更辯由此義故應辯相言有爲法一果可爲俱有因本論說故此無過失然本論中曾不見說心隨轉色與心爲因應辯此中造論者意或有師言是有餘說彼顯論過非謂辯成言義闕減名論過故復有師言此中論者非爲具辯俱有因相但爲遮遣餘宗所執謂爲遮遣執唯有心故說離心有諸心所又爲遮遣執業唯思無無表業是故復說有心隨轉身業語業復爲遮遣執生等相非實有物是故復說有心隨轉不相應行豈不具辯俱有因相轉更顯成別有心所身語無表及生等相又於餘處曾未具辯俱有因相今不具說便成闕減故彼應思我於此中見如是意若法與心決定俱起徧一切心依心而轉即說彼法與所依心展轉相望爲俱有因

諸心所法非定俱起或少或多現可得故身業語業非徧諸心不定心俱全無有故生等諸相皆依心轉非互相依生等皆以法爲上首互相資故由斯不說彼互爲因又於此中爲欲顯示但說異類爲俱有因同類互爲因不說而成義又爲顯示有身語業唯依於心不依於表故不說彼與心爲因又彼大德意趣難了諸有智者尚未曾知故於此中有作是計唯心能與心隨轉色爲俱有因非色與心從心生故依心起故如王與臣勝不因劣此計非理如臣與王防衛任持互有力故心隨轉法其體云何頌曰

心所二律儀　彼及心諸相　是心隨轉法

論曰一切所有心相應法靜慮無漏二種律儀彼法及心之生等相如是皆謂心隨轉法何因不說彼之隨相不說所因後自當辯何緣此法名心隨轉頌曰

由時果善等

論曰略說由時果等善等十種緣故名心隨轉且由時者謂此與心一生住滅及墮一世由果等者謂此與心一果等流及一異熟由善等者謂此與心同善不善無記性故豈不但言一生住滅即知亦是墮一世中雖亦即知隨於一世而猶未了此法與心過去未來亦不相離或爲顯示諸不生法故復說言及墮一世若爾但應言墮一世不爾應不令知定墮一世豈不等流異熟亦是一果攝如何一果外說等流異熟耶實爾此中言一果者但攝士用及離繫果豈不此言通故亦攝等流異熟雖言亦攝非此所明然士用果總有

四種俱生無間隔越不生此顯與因非俱有果爲遮唯執與因俱生和合聚中有士用果此和合聚互爲果故自非自體士用果故即顯非彼俱起和合士用果中有一果義是故别與等流異熟應知此中時一果一顯俱顯共其義有殊此中心王極少猶與五十八法爲俱有因謂十大地法彼四十本相心八本隨相名五十八法五十八中除心四隨相餘五十四爲心俱有因何緣心隨相非心俱有因不由彼力心得生故心非與彼互爲果故彼於一法有功能故又與心王非一果故聚中多分非彼果故即由如是所説多因隨相不名心隨轉法若爾云何心能與彼爲俱有因由隨心王生等諸位彼得轉故豈不應知大種生等心亦用彼爲俱有因謂如造色非生等果生等非不與諸大種爲俱有因此亦應爾如是所例其理不齊展轉果一果多非彼果故非諸造色是諸大種展轉果中一果所攝何容造色非諸大種生等果故例此爲失又如前説前説者何不由彼力心得生故然諸大種與生等相展轉力生故無此失有餘師説五十八中能爲心因唯十四法謂十大地法并心四本相非諸心所生等相力能爲心因如心隨相若爾便違品類足論如彼論言或有苦諦以有身見爲因非與有身見爲因除未來有身見及彼相應法生老住無常諸餘染汙苦諦或有苦諦以有身見爲因亦與有身見爲因即所除法彼作是言我等不誦及彼相應法應隨義理簡擇論文方可誦持故異此便壞俱有因相或應許隨相亦

心俱有因復有說言一切同聚皆互相望爲俱有因於同聚中隨闕一種所餘諸法皆不生故此諸說中初說爲善又此俱起和合聚中有是能轉而非隨轉謂即心王有唯隨轉謂色及心不相應行有是能轉亦是隨轉謂心所法隨心轉故能轉心不相應行故有二俱非謂除前相云何俱起諸法聚中有因果義何故知無俱起諸法於將生位既非已生並應未有如何可說能生所生又說有因則有果故若未來世諸法能生應有諸法恒時生過又俱生法此果此因無定因證如牛兩角又諸世間種等芽等極成因果相生事中未見如斯同時因果故今應說云何俱起諸法聚中有因果義今當且爲辯因果相即令知有俱生因果謂前略舉諸因相中引薄伽梵處處經說依此有彼有此生故彼生與此相反非有非生如是名爲因果總相此中初顯俱生因義後文復顯前生因義若爾決定無俱生因以薄伽梵說依此有彼有未來無故何得爲因此責不然無有多種故未來非無故後當廣辯又此契經證未來有或復彼應說不違理經義此中上座釋經義言依此有彼有者此說有因相續爲先然後有果相續而住誰生爲先誰生已住爲答此復說此生故彼生此顯因生爲先故後果生而相續住如是上座但率已情妄解佛經以扶已義如是解釋佛所說經無有定因堪爲證故謂何定因爲證依此有彼有言但據因果相續而說不據一一因果刹那依有一念因即有一念果此順正理非因相續後方有果相續

違正理故又彼所説無別勝理非覺爲先而作是釋不能開顯經之妙義若謂刹那因果難覺故據相續因果説者此亦不然無容有故謂無容有不隔果刹那因相續而起亦無容有不隔因刹那果相續起故若如彼釋應顯世尊説非如理或應不據相續因果而説此經彼如是釋令緣起義難可了知是故彼應於此經義更作餘釋又彼何理定判前經依相續説後經不爾後經亦應得作是釋此生故彼生者此説有因相續爲先然後有果相續而住非彼宗有與生義別如非將生時與將起時異又所疑問誰生爲先誰生已住亦不應理前後二門不相待故二門所待義各異故非前所説依此有彼有復待後説此生故彼生謂前已説依此有彼有不待疑問誰生故彼生幷待後釋因生故果生前義方了如彼所説此生故彼生要待疑問誰生故彼生復待別釋因生故果生義即明了如是前説依此有彼有亦待疑問依誰有彼有復待別釋依因有果有義即明了是故前後所待各别故我所説初經爲顯俱生因義後經復顯前生因義其理極成彼復異門釋此經義前經爲顯諸行有因後經爲遮計常因執此亦非理但説後經如是二門皆成就故謂經但説此生故彼生二事俱辯由説因果相繼而生顯行有因遮無因論由生言故顯無常因亦即能遮説常因論諸常住法必無生故既由後説二事俱成則説前經便爲無用非薄伽梵説無用經故知二經非如彼釋設許如是解釋前經亦不乖違俱生因義謂即

依此俱生因有而能令彼俱生果有豈不由此顯行有因亦即能遮執無因論如後所說此生故彼生由此能顯因是無常亦即能遮說常因論而不違害說前生因如是前說依此有彼有由此能顯諸行有因亦即能遮說無因論而不違害說俱生因又前生因正居有位未來無故都無所生彼宗自說未來無故既無所生如何善逝分明顯說此有彼有如此有言是差別說所說有義現有極成故彼有言亦差別說所說有義亦應現有此彼異因本可得故如是同喻彼此極成如言彼色居正滅位又曾無處於極成無作差別說言彼是有如何可於未來無法作差別說言彼是有於差別說而說爲無如是所言違害正理有未來法許有因故雖無作用而體應

有若彼不許未來有因應許畢竟無同兎角既許有因亦必應許未來體有異畢竟無諸所言無義有多種未生已滅畢竟互無初二言無但無作用故未來世非體全無得有能生及所生義於正生位作用雖無而有功能生所生法又我不許諸未生因及已生因是眞作者諸法無有眞作用故眞作用者謂諸因緣於所生果常能造作此眞作用非佛所許然諸法生互相繫屬隨有所闕餘則不生非此不生彼有生義依如是量說此爲因此因功能非恒時有故無諸法恒時生過又我不許唯俱生因不假餘因能生諸法故無諸法恒時生過又唯說有前生因者於如是過豈獨言無彼前生因恒時有故應一切法一切時生隨有許因能生諸法皆可施設如是

過難然妄執有隨界論者彼執恒現有無量法生因豈不汝宗獨爲諸法於一切時頓生過害若汝雖執唯前生因而待餘緣方能生果何故不許此俱生因亦待餘緣方能生法如汝所執唯前生因能生諸法然不恒生未來亦爾不應爲難言俱生法此果此因無定因證如兩角等皆非應理現見兩角隨一壞時餘不壞故若隨一壞餘亦壞者可皆相生如心心所又我不許一切俱生皆有展轉爲因果義許有者何謂共一果或展轉果方有此義或由此力彼法得生如是俱生有因果義非牛兩角有上所說故不可引爲同法喻又對法者非許俱生互爲果法有決定量謂此唯因此唯是果但許如是和合聚中一切相望皆因皆果故不應責因果定因又如唯說前生因者許有少分前生非因非諸前生皆無因義如是說有俱生因者亦許少分俱生非因非諸俱生皆無因義又有別喻證俱生因故彼立因有不定過謂世現見燈之與明俱時而生有因果故復何因證燈是明因謂明隨燈或增或減或住或行有差別故又欣明者便取燈故又猒明者便害燈故我亦許明因燈而起然不許彼因俱起燈所以者何燈明俱起不可待燈明方生故非俱生法相待應理如非自體待自體生但由前生燈爲緣故無間後念明乃得生是故不應引之爲喻此亦非理燈初起時有燈無明不可得故謂曾未見有時有燈而無有明故爲非理若謂時促不可得者此亦不然非極成故若有少分無明之燈世極成立或有責彼不得

之因容可答言由時促故此不可得然無少分無明之燈世極成立故不應説由時促故爲不得因若許燈明恒俱起者彼不應説燈是明因由燈與明一因生故謂油炷等與燈爲因即此亦應爲明因故如是二種既一因生如燈不因明故得起明亦應爾非因燈生復有踰故不相因起如巨勝中皮人與膩三事和合一因生故非展轉因世極成立燈明亦爾一因生故明必不應用俱起燈爲因燈明不應同一因起如皮人膩在巨勝中不見巨勝皮人膩合同一因生得爲因果燈明二種現見有前相隨等因證有因果故不可説同一因生又一爲先俱生諸法因有差别是極成故謂共現見一種爲先所起牙中俱生諸法色香味觸因各别故既一牙中色香味觸俱時而起因各有殊故知燈明俱時而起亦應如彼非一因生若燈與明一因生者或有以物掩蔽燈時明應如燈非不相續燈如明故應亦不生非巨勝中皮人膩合一因起位見有隨一缘礙不生餘尚得起燈明不爾故因不同若謂燈明體無别者亦不違害我俱生同又焰與明非因法故其體各異由前所説相隨等因得爲因果故燈明喻其義極成又見猒背受想二法入滅定者思等心所亦如受想皆不得生説此定中意行滅故由此准度驗思等生繫屬受想故知諸法前生因外有俱生因然上座言思等心所於滅定中不得生者由與受想生因同故非由展轉爲因生故何謂爲彼所同之因若謂是觸此位應有彼許滅定中有心現行故若是所依

此位亦有一切心所法皆依識生故同因既有彼何不生又應退失前後生論許觸與識爲彼因故由此不應說與受想生因同故思等不生又見因雖同而不俱生故知必俱生者定展轉爲因謂由眼色前生識故無量眼識皆可得生此生因雖同而不俱起者由不展轉爲因生故唯因前識後識得生非因後識前識生故由此顯知生因雖共不相因者未必俱生若必俱生定相因起俱生因義由此極成又前已說牙中色等俱時而起因各有殊故知生因雖不同者亦有展轉俱時起義是故俱起及不俱起非定由因同與不同又說心心所同一因生亦說俱生時有因果故謂說心所及與眼識同用眼色爲因而生故契經說眼色二爲緣生諸心所又契經說眼及色爲緣生於眼識如是二緣說心心所同一因生復說同時諸心所法依心而生故契經說若想若思諸心所法是心種類依止於心繫屬於心依心而轉非諸心所心不俱生有依屬心依心轉義非無與有可成能依所依性故如是之義後當更辯是故決定有俱生因又俱生因若定無者應立大種造色不成謂若大種及眼等造色唯依前生大種而生者大種眼等同用一具大種爲因何緣造色唯是眼等非諸大種又應違經謂薄伽梵對無依者作如是言我終不說受衆苦者無因無緣有苦生起若執諸法唯有前生因無俱生因者彼即應說有因緣時無苦生起苦生起位因緣已無是則違前契經所說又應違害緣起正理如契經說眼色爲緣生於

眼識前生眼色與後眼識應非所依及非所緣有無有故非畢竟無可說此是所依所緣此亦應爾彼眼識生時眼色已滅故應無緣力眼識自生無法無容爲所依故眼識唯緣現在境故若眼色識不俱生者則應眼色非眼識緣或耳聲等亦眼識緣同與眼識非相屬故若薄伽梵唯說前生眼色爲緣生眼識者則應說眼識唯用識爲緣自類緣强如種子故前識爲後識等無間緣故既不說識爲眼識緣故知此中唯說俱起眼根色境爲眼識緣非一身中二識俱起故不說識爲眼識緣若謂此中唯說眼識不共緣者前生眼色與耳聲等不屬眼識義無別故何唯眼色爲不共緣非耳聲等又必應爾由第六識無別俱生所依緣故但說前起意爲依緣意識得生非如餘識又諸識緣非唯前起以契經說意法爲緣生於意識意識通以三世無爲爲境界故由此決定有俱生緣理極成立又此經言三和合觸分明證故若眼識生眼色已滅眼識爾時與誰和合若言五觸如意觸者此亦不然意識力强通與諸法有和合故意識依境雖不俱生而體非無有和合義我宗三世及三無爲皆實有故汝宗唯有現在世法合義不成又諸憎背俱生因者初無漏法從何因生彼前生因曾未有故若謂淨界本來有者因既恒有何緣障故無漏果法曾未得生若言更賴餘緣助者即此所賴何不爲因又應唐捐作如是責謂何不執自在天等若言要待相續轉變理亦不然此與淨界若異若一皆有過故謂若異者應同前難即此

轉變何不爲因如何復執淨界爲種或應唐捐作如是詰如服瀉藥天來令利若言一者前後旣同應畢竟無生無漏用然彼前後無差別因不可無因自有差別若言如種待緣轉變同類種子有地等緣和合攝助可有相續待時方成轉變差別所執淨界無漏法種若是有漏執此唐捐有漏法不應爲無漏種故無漏法亦不應爲有漏種故若是無漏如何本來成就聖道而墮惡趣豈成聖道而是異生非聖位中不起聖道爾時可得名異生故若言少故無斯過者勿彼能爲無始積集堅固煩惱對治生因又更無勞難譬喻者契經已遮彼所執故如世尊說我實不見提婆達多白法猶成如毛端量乃至廣說世尊自說天授身中白法根種無餘已拔故此經内

復作是言有隨俱行善根未斷以未斷故從此善根猶有可起餘善根義彼於後時一切皆斷令應說彼除此善根更復有何非無餘拔而於佛教所說義中無顧忌心不能信受不可聞說大木聚中有淨界故即說有情身中亦有大過失故如大木聚隨他所欲成淨成染有情亦應許隨他欲或從淨界無漏法種生聖法已復隨他欲還成異生又亦應執諸阿羅漢退法種性有煩惱種無學有退後當成立又上座說諸行決定無俱生因諸行將生應無因故又應餘類生餘類故謂俱生法於將起位非此與彼能作生因猶未生故又應求彼二種異因由彼二因二俱得起此說非理無證因故是所許故謂俱生法將生位中此非彼因未說因證豈不已說猶未生

故此亦同疑謂何因證猶未生法不能爲因又彼如何於無體法倒許爲因非有體法若謂未生體非有者體若非有勿謂有因非兔角等畢竟無法可說有因此亦應爾汝亦不許兔角非無又我所宗有有多種體用假實有差別故未來雖有而引果用猶未有故説爲未生體既非無何無因義不説因證而執未生非法生緣不應正理若未生故不得成因生故成因是則應許過去諸法定成因性若爾執有隨界唐捐或應隨界無因而有若謂過去是展轉因此有虚言都無實義如何過去全無有體而可成立爲展轉因智者應觀此盲朋黨於無體法倒執爲因有體法中撥無因義若謂因過去非過去是因是則未來亦應同此如過去法體非有故非展轉因未來亦應體非有故非展轉果又展轉者是相續言不應此法即續於此既無去來唯有現在故應決定無展轉因然彼所説又應求彼二種異因由彼二因二俱起者此我已許謂我許心心所等法皆由前生自類因起及由俱起異類因生汝復於中何勞徵難是故上座都無有因能證定無俱生因義又彼所説唯一刹那有所依性及諸行法有俱生因皆難可了此非理説雖難可了而義非無如所依性謂所依性一刹那中雖難可了而心心所非無所依刹那眼等又諸業果一刹那頃雖難可了感赴非無此俱生因亦應如是然彼具壽諸所發言皆非善説違教理故由此決定有俱生因故俱有因理極成立

阿毗達磨順正理論卷第十五 説一切有部

音釋

筏房越切 膩女利切 憎咨騰切惡也 唐捐捐與專切唐捐徒棄也 瀉司夜切

阿毗達磨順正理論卷第十六

尊　者　衆　賢　造

唐三藏法師玄奘奉　詔譯

辯差別品第二之八

如是已辯俱有因相第三同類因相云何頌曰

同類因相似　自部地前生　道展轉九地
唯等勝爲果　加行生亦然　聞思所成等

論曰能養能生或遠或近諸等流果名同類因應知此因唯相似法於相似法非於異類如善五蘊與善五蘊展轉相望爲同類因染汙無記應知亦爾有餘師說淨無記蘊五是色果四非色因性下劣故有餘師說五是四果色非四因勢力劣故有餘師說色與四蘊相望展轉皆不爲因劣異類故若就位說有餘師言羯剌藍位能與十位爲同類因頞部曇等九位一一皆除前位與餘爲因後位望前但有緣義若爾最初羯剌藍色應無有因最後老色應無有果故理不然復有師言前生十位一一皆與後生十位各自類色爲同類因由此方隅一切外分各於自類如應當說譬喻者說諸色決定無同類因但由衆緣和合資助而得生長現從井下掘出泥中有芽生故非於地下曾有種生芽從何起故知色法無同類因彼執違害本論所說故本論言過去大種未來大種因增上等彼言我說於此無違由增上緣有近有遠如次說爲因增上故無方逃難矯設此言雖似順文而實違理又非許色有同類因於理於文有所違害然從井下掘出泥中有芽生者彼先有種

關和合緣未生芽等今緣和合芽等乃生若
彼泥中無同類因而得生者應生一切或全
不生無定因故為諸相似於相似法皆可得
說為同類因不爾云何自部自地唯與自部
自地為因是故說言自部自地部謂五部謂
見苦所斷乃至修所斷地謂九地謂欲界為
一靜慮無色八此中欲界見苦所斷還與欲
界見苦所斷為同類因如是乃至欲界修所
斷還與欲界修所斷為因如說欲界五部所
斷靜慮無色各四地中隨其所應皆如是說
此為一切不爾前生謂唯前生與後相似生
未生法為同類因是謂圓滿同類因相唯說
前生與後生果為同類因於義便闕不說與
未生為同類因故唯說過去與未來現在為
同類因等於義亦闕不說過去有因果故若

如前說通攝本論所說前生與後生法及說
過去為現未因現在但為未來因未來何
故無同類因彼無前後次第義故豈不諸法
於正生時已能蠲除一切障礙望未生者得
說為前又異熟因於未來世亦應非有由異
熟果望異熟因無前後故要依前後立同類
因非正生時已越後位未有作用如餘未來
過去唯前未來現通前後約世定故過
去法於正生時作用別餘可立前後要至現
來法於正生時作用別餘可立前後非未
去諸法雖皆是前而取果時已定前後非未
在已生位中方簡未來令成後位以已作用
取彼為果若爾異熟因亦未來有此彼非
類所以者何此同類因與等流果善等無別
若無先後應互為因既互為因應互為果互
為因果與理相違既無理能遮互為果則應

許有果在因先亦有二心互爲因義是則違害發智論文彼異熟因與果相别雖離前後而無上過故同類因就位建立未來非有若異熟因就相建立未來非無若同類因未來非有豈不因義今有本無許故無失約位非體由和合作用位果非體果和合作用是法差别因緣和合法行異位法行異位非離體成然異位行亦非即體如是異位從異位生同類果因名爲異位故和合作用位果非體果理雖無過文而有違如本論說若法與彼法爲因無時此法非彼因豈不過現與彼爲因未來非因便違此說無違此過此依俱有相應異熟通三世因密意說故有餘師釋雖此通依六因作論而無有失未來既無同類徧行如何可說無時非因未來雖無而此意

說能爲因後無時非因又此未來亦定應有謂有爲法於正生時定能爲因殄諸障故依此密說無時非因然經主言彼非善釋以未來法正生位前非同類因後方成故如是過難前已釋通謂非未來有前後故就三世說無時非因意顯更無第四時故若爾等無間應同此說然本論不許故本論言若時此法未至已生非等無間無斯過失所以者何等無間緣據開避力非正生位有開避能要已生時有開避力若至已滅名已開避同類因者如種子法於正生位住種法中至已生時正能取果故因非類等無間緣有餘師釋次正生後此同類因定取自果等無間緣則非決定有已滅位方取自果故不可依正生時說毗婆沙釋爲現二門如彼處說此亦應爾

如此處說彼亦應爾然經主說如是作文獲何功德唯顯論主非善於文無斯過失轉彰論主於文巧故謂能顯示諸所作文有有餘意有無餘意何須顯示有餘意文有餘意文處處有故於何處有次後當辯如是善通發智論說品類足論當云何通如彼論言或有苦諦以有身見爲因非與有身見爲因除未來有身見及彼相應苦諦諸餘染汙苦諦或有苦諦以有身見爲因亦與有身見爲因即所除法是誦者失文無此言彼論但言除未來有身見相應苦諦無及彼言設有如是言准義應知謬施設足論當云何通彼說諸法四事決定所謂因果所依所緣應知彼文因者謂能作俱有相應異熟因果者謂增上士用異熟果所依者謂眼等六根所緣者謂色等六境又品類足論當云何通如說云何非心爲因法謂彼已入正性離生補特伽羅初無漏心及餘異生決定當入正性離生初無漏心然彼異生未來所有諸無漏心皆非心爲因何故唯說彼初無漏心有作是釋彼文不辯同類因義何者唯辯二種異生謂有般涅槃法及無般涅槃法文雖不舉無涅槃法義准理門顯示知有謂彼既說有餘異生決定當入正性離生由此義准亦有異生決定不入正性離生有餘師釋彼文亦辯同類因義然彼唯說若心畢竟非心爲因雖彼未入正性離生者諸無漏心皆非心爲因然彼若入正性離生唯有初無漏心是非心爲因法餘心無不以心爲因識身足論當云何通如彼論言於過去染汙眼識所有隨眠彼於此

心或能爲因非所隨增或所隨增不能爲因或能爲因亦所隨增或不能爲因亦非所隨增且能爲因非所隨增者謂諸隨眠在此心前同類徧行即彼隨眠若不緣此設緣已斷及此相應隨眠已斷爲所隨增不能爲因者謂諸隨眠在此心後同類徧行即彼隨眠緣此未斷能爲其因亦所隨增者謂諸隨眠在此心前同類徧行即彼隨眠緣此未斷及此相應隨眠未斷不能爲因亦非所隨增者謂諸隨眠在此心後同類徧行即彼隨眠若不緣此設緣已斷若所餘緣若他隨眠若不同界徧行隨眠如彼過去染汙眼識未來染汙眼識亦爾過去四句其理可然未來如何可立四句有作是釋彼於未來應立三句除所隨增不能爲因彼無後故然說未來如過去者顯正生時必入現在望餘未起可立爲前對此可說餘名後故有餘師釋此說未來亦有四句不言未來有在心後同於過去謂有同類徧行隨眠在未來世於彼未來染汙眼識緣而未斷是所隨增不爲因故言同類因唯自地者定依何說定依有漏若無漏道展轉相望一一皆與九地爲因謂四靜慮及三無色未至中間是名九地餘無等引非猛利故皆不能發無漏聖道九地道諦展轉爲因所以者何此非繫地故非諸地愛執爲已有故由是道諦雖地不同展轉爲因同種類故然非一切爲一切因與誰爲因謂等勝果加行生故非爲劣因初定聖道有依初定乃至有依無所有處二定等道應知亦爾於依自上有於依下地無謂依初定初定聖道與依

九定九地聖道爲同類因即此唯用依初定道爲同類因不用依上聖道爲因以性劣故依第二定初定聖道除依初定與依餘定九地聖道爲同類因即此唯用依初二定九地聖道爲同類因非依上地依第三定初定聖道除依初二與依餘定九地聖道爲同類因即此唯用依初二三九地聖道爲同類因非依上地乃至若依無所有處初定聖道唯與依此無所有處九地聖道爲同類因即此通用依九地定九地聖道爲同類因如依九定初定聖道餘定聖道依於九地隨其所應當廣思擇又一地攝諸無漏道亦非一切爲一切因爲等勝因非劣因故且如已生苦法智忍還與未來苦法智忍爲同類因是名爲等又即此忍復能與後從苦法智至無生智爲同類因是名爲勝如是廣說乃至已生諸無生智唯與等類爲同類因更無勝故又諸已生見道修道及無學道隨其次第與三二一爲同類因展轉爲因亦不違理如何後生勝無漏道能與前生劣無漏道爲同類因而不違理誰言後生勝爲前生劣因前生鈍根種性修道與自相續未來決定不生利根種性見道爲同類因何理爲礙一切有情各別相續法爾安立六種種性無學望前應知亦爾然有差別謂有前生無學聖道於自相續後生修道爲同類因無學退已於修道中可有轉生利根義故若爾應與本論相違如說已知根與未知當知根爲所緣增上非因非等無間如是具知根於二根亦爾此無相違有餘意故如次前說有餘意文處處皆有即是

此等故應顯示有餘意文今此文中有何餘意謂依後生如是根性所攝已知根即望前生如是根性所攝未知根容作如是言爲所緣增上非因等無間劣故後生故此文但說已起作用依相續轉諸無漏根如說有用世第一法若爾有情各別相續法爾安立三乘菩提如是亦應聲聞乘道得作獨覺佛乘道因獨覺乘道作佛道因無斯過失性極遠故若已昇陟聲聞道者無容更生餘乘道故若爾已昇隨信行道隨法行道無容更生是則前生隨信行道與未來世畢竟不生隨法行道應不爲因亦無此失諸鈍根道可有轉成利根道故謂即由彼隨信行根諸蘊相續可有轉得屬隨法行蘊相續根非由已昇聲聞乘道諸蘊相續可有轉得獨覺佛乘蘊相續道依如是理故有說言雖無是處而假分別若見道中有出觀者隨信行道亦有轉得隨法行根然無出義故根差別與乘不同由此故言諸鈍根道與鈍及利爲同類因若利根道唯利道因如隨信行及信勝解時解脫道隨其次第與六四二爲同類因若隨法行及見至非時解脫道隨其次第與三二一爲同類因此亦准前應知不定諸上地道爲下地因云何名爲或等或勝由因增長及由根故爲但聖道唯與等勝爲同類因不爾云何餘世間法加行生者亦與等勝爲因非劣加行生法其體云何謂聞所成思所成等等者等取修所成等因聞思修所生功德名彼所成加行生故唯與等勝爲因非劣如欲界繫聞所成法能與自界聞思所成爲同類因非修

所成因欲界無故思所成法與思所成爲同類因非聞所成因以彼劣故若色界繫聞所成法能與自界聞修所成爲同類因非思所成因色界無故修所成法唯與自界修所成法爲同類因非聞所成因以彼劣故無色界繫修所成法唯與自界修所成法爲同類因非聞思所成因以無故劣故有餘師說思所成法與修所成爲同類因豈不欲界有思所成無修所成若於色界有修所成無思所成然世間法唯與自界爲同類因前說自部自地爲因依有漏故如何彼說思爲修因有作是釋即於欲界有勝方便所攝善根雖思所成而極寂靜似修慧故名修所成思爲彼因說亦無過有餘師釋得盡智時所修欲界思所成法是阿羅漢修慧果故似修慧故名修所成思爲彼因說亦無過此聞思修所成諸法各有九品謂下下等若下下品爲九品因下中八因乃至上上唯上上因除前劣故生得善法與加行善爲同類因非加行善爲生得因以彼劣故又生得善亦有九品一切相望展轉爲因容一一後皆現前故有餘師說定一心中得一切故然由現行異熟九品可施設有九品差別染汙九品准此應知復由對治有九品故可施設有九品差別無覆無記總有四種謂異熟生威儀路工巧處化心俱品隨其次第能與四三二一爲因有餘師說一切相望展轉爲因同一縛故此說非理勿初靜慮煖等四法展轉爲因又欲界化心有四靜慮果非上靜慮果下靜慮果因非加行因得下劣果勿設功用而無所獲因如是

義故有問言頗有已生諸無漏法非未生位無漏法因有謂已生苦法智品於自種性未來不生苦法智忍俱品諸法如是乃至諸有已生金剛喻品與自種姓下位未生諸無漏法又一切勝於一切劣以加行法爲同類因所得之果或等或勝頗有一身諸無漏法前所定得非後生因有謂未來苦法忍品於後已生苦法智品以果必無在因前故或同類因未來無故頗有前生諸無漏法非後已起無漏法因有謂前生勝無漏法於後已起劣無漏法如前已生苦法智得於後已生苦法忍得彼雖後生而是劣故如是一切聖道諸得前勝後劣准此應知經主此中以上果退下果現前用答所問此非決定退上果已容有練根起勝無漏現在前故彼應簡此然此

同類因與果功用無有窮盡非如異熟因與果功用定有窮盡諸阿羅漢受同類因果猶未盡而涅槃故非同類因定能生果謂有同類因由有障故果或餘時起或永不生故於此中有作是問同類因與果亦能取果耶總相答言諸與果者必能取果所以者何不取而與理不成故有能取果而不能與謂阿羅漢最後諸蘊以前諸蘊雖能與果而未窮盡便般涅槃又於聽誦思擇等業雖同加行遇等助緣而見善根積集有果故知因用非唯此生然說隨俱善根力故善根生者據成就說此說意言因雖成就及不成就皆能生果而成就者生果力强强弱雖殊爲因義等又近遠因雖俱成就而於生果亦有勝劣若但因彼隨俱善根善根生者善根斷已應當畢

竟不續善根故同類因約與果用受用無盡
非異熟因如是義門曾何處說豈不辯此因
相中言未來現在過去爲因過去現在爲未
來因復有何緣於阿羅漢正命終位心心所
法遮等無間緣許同類因性此二與果等非
俱故等無間緣由開避力諸阿羅漢正命終
時無無間生心心所法由闕和合生因緣故
無所開避等無間果是故亦無能開避力故
遮最後法等無間緣相然同類因果通近遠
又所引果無有限量非所取果必定當起故
不可類等無間緣遮後位立同類因性有異
說言定應唯許於無間果立同類因又不應
言善惡無記心次起位非由前念爲因類因
後念心起由見世間種芽莖葉蓓蕾華果不
相似物次第生時無間爲因相次而起無隔
越故又如毛角能生蒲葦彼言非理現見善
惡隨一增特餘一減故又修能治所治應增
則永應無解脱苦義又習所治能治應增便
無不成能治道者如是等失彼不可離又見
世間習學書論工巧智等已得堅住雖遇異
緣於中間起而後生位還以前時同類相續
爲因而起故同類因亦有隔越種芽等喻於
證無能外物相生次第安住内法不爾故喻
無能如種無間定有芽生非莖葉等善心無
間不見定有如是心生又芽無間可有莖生
非莖無間可有芽生善惡心生次第無定又
諸外物時分決定内法不爾故喻無能謂由
功能勤勇教等力殊勝故修觀行者善心多
時相續而轉諸習欲者惡心多時相續而轉
非芽莖等時分不定故内外別又稻等類次

第生中無記性同可有因義心等一類次第生中善等性殊不應爲喻言從毛角生蒲葦者是世俗論與理相違若許相生無簡同異何不從二各二果生然彼毛角如糞燹等於生蒲葦但作順緣故同類因唯於自類有間無間皆得成因如是已辯同類因相第四相應因相云何頌曰

相應因決定　心心所同依

論曰唯心心所是相應因豈不此中無簡別故時境行相別亦相應設簡別言此三同者異身同矚應說相應故說同依總遮斯難謂要同依心心所法方得更互爲相應因此中同言顯所依一謂若眼識用此剎那眼根爲依相應受等亦即用此眼根爲依乃至意識及相應法同依意根應知亦爾今應思擇眼耳等根所依性同何緣說彼能依之識所依各異何勞致問謂識所依依性雖同而類別故若爾何故知同依言唯就俱生剎那依義說眼識等同一所依非就長時種類依義說諸眼識同一所依又無間依種類同故應眼等識爲相應因世尊亦依種類同義說眼等識所依諸根故契經言眼見色已生憂喜捨又契經說以眼爲門唯爲見色此等皆說種類同依是故頌中應如是簡謂心心所同時同依故彼釋中自攝二義謂若眼識用此剎那眼根爲依乃至廣說頌中既闕同時之言如何得知此同依者非一種類是一剎那若謂釋中攝故無過應所造頌不說同依但說相應因決定心心所又相應言足遮諸難非時依異可有相應但說相應即知一切時依

行相境事皆同若異時依異行相境不相應故非種類一多事俱起共相應故俱有相應二因何別且相應因法亦俱有因有俱有因法非相應因謂隨轉色生等大種若相應因即俱有因此中二因義有何別非相應因即俱有因由此二因義各異故然即一法是相應因亦俱有因義差別者不相離義是相應因同一果義是俱有因又展轉力同生住等是俱有因若展轉力同緣一境是相應因有餘師說由互爲果義立俱有因如商侶相依共遊險道由五平等義立相應因即如商侶同受同作食等事業其中闕一皆不相應是故極成互爲因義如是已辯相應因相第五徧行因相云何頌曰

徧行謂前徧　爲同地染因

論曰徧行因者謂前已生徧行隨眠及俱品法與後同地自部他部諸染汙法爲徧行因何等名爲徧行品法隨眠品中當廣分別此因勢力越同類因勢力而轉故別建立亦爲餘部染法因故由此勢力餘部煩惱及彼眷屬亦生長故於自部攝諸煩惱中同類徧行二因何別由有身見諸愛得生諸愛亦能生有身見二差別相如何可知自部二因亦有差別謂執我故能令諸愛生起堅固增廣熾盛我見徧緣諸愛境故愛令我見生起堅固而不能令增廣熾盛不能徧緣我見境故由諸徧惑展轉相望皆能徧緣所緣境故一一徧惑皆互能令生起堅固增廣熾盛故此二因非無差別一時一品能爲同類徧行二因有何差別雖同時取二等流果而自部果增

盛非餘故彼二因亦有差別何故云何自部
增盛由二因門所長養故由此爲彼近生因
故令彼增廣及熾盛故唯生自部二因何別
無徧行因唯生自部謂徧行法正現前時俱
時有力取五部果又巳如前說彼差別有餘
師說俱有因一分是相應因同類一分是
徧行因彼師意說徧行因義即同類因然不
應理餘部亦應是同類故則非徧行應望餘
部成同類因是則諸因應成雜亂復諸因
無各別體而諸因義互不相雜若徧行法能
爲五部染汙法因則見所斷應爲一切染汙
法因是宗所許不應爲難故品類足說如是
言云何見所斷爲因法謂諸染汙法及見所
斷法所感異熟云何無記爲因法謂諸無記
有爲法及不善法或有苦諦以有身見爲因

非與有身見爲因廣說乃至除未來有身見
及彼相應法生老住無常諸餘染汙苦諦若
爾應違施設足論如彼論說頗有法是不善
唯不善爲因耶曰有謂聖人離欲退最初巳
起染汙思依未斷因密作是說此染汙思因
雖具有不善無記而無記因先巳永斷聖人
退位見所斷惑皆巳斷故一切見道必無退
故欲界染無記皆見所斷故唯不善因退故
成就說爲未斷是故無失若巳斷法亦能爲
因何緣諸聖補特伽羅於無有愛重瞋恚纏
諸慢類中曾不現起邪見薩迦耶見皆
巳斷故無有愛等隨其次第彼近起故彼於
今位云何爲因非彼於今方成因義於異生
位修所斷染法巳用見所斷爲徧行因若法
斷法所感異熟云何無記爲因法謂諸無記
與彼法爲因無時此法非彼因故雖巳斷而

因可說應知此中過去現在徧行隨眠爲五部因能緣五部亦是五部之所隨增彼相應法除所隨增生等復除能緣五部彼諸法得非徧行因或前後故性踈遠故非一果故有徧行隨眠非徧行因謂未來世徧行隨眠有徧行因非徧行隨眠謂過去現在徧行隨眠一果法有俱是謂過去現在徧行隨眠有俱非謂所餘諸法有於此中作如是難若說諸見疑及無明爲徧行因生異類果與餘別故名徧行者非徧行中亦有此用謂貪隨眠於境耽著能爲一切邪行根本如有邪見令貪隨眠於諸境中耽著熾盛如是有貪亦令邪見於自所緣熾盛增廣乃至引彼令斷善根如有邪見謗滅道已引貪隨眠令樂生死如是有貪樂生死已能引邪見令謗滅道是故

唯執見疑無明爲徧行因生五部果非餘貪等理定不成此難不然因用別故不徧隨眠總以五部諸染汙法但爲士用及增上果展轉可作等無間緣令現起故及彼生時不障礙故徧行隨眠亦以五部諸染汙法爲等流果此彼何別得如是耶徧行隨眠通緣一切有漏法故勢力堅固熾盛增廣纔已生時便能引發同異類果不徧隨眠則不如是緣境狹少功能劣故雖貪隨眠耽著境界亦與邪見爲展轉因乃至引令斷諸善本而非暫起頓引自他五部染汙爲等流果有貪隨眠樂生死已能引邪見謗滅道者此一部中展轉相引非於異部故亦無違或復因義甚深難了無邊差別非易可知謂諸法中都無眞實作者作用然復說有無量種因能招諸果謂

於諸果此爲近因此爲遠因此因令生此因令滅此因令彼有此因不爲害此因能牽引此因爲所依此因如助伴此因如種子此因如飲食此因如醫藥此等因義差別無邊唯佛世尊所行境界如是已辯徧行因相第六異熟因相云何頌曰

異熟因不善　及善唯有漏

論曰唯諸不善及善有漏是異熟因異熟法故隨其所應此因能感異熟果故名異熟因今於此中因是何義謂隨業法能別有情故契經言諸有情類勝劣高下由業所別又契經說業爲生因頌中及聲顯此因與果性相雖異而品類無雜唯言爲遮異熟因體攝諸因義謂有餘師說一切果皆名異熟彼亦應許異熟因體攝一切因唯言爲令勿同如是餘師橫計彼復何縁執一切果皆名異熟由契經說此大光明有何異熟又契經言二種施食所感異熟平等平等又說愛爲受之異熟又言如來若不說此語即諸時衆無如是異熟又說此夢有何異熟又諸世間亦說食等爲樂異熟此類寔繁此諸異熟言皆就喻假說如眼福田愛說海火毋聲如何知前亦就喻說若不爾者諸無無法應有異熟然諸契經遮無漏法有異熟義說無漏思爲非黑非白無異熟業能盡諸業故說無漏法所引等流名異熟者雖彼情計立異名言而義無別又諸經中亦有如是就喻假說如人壽短說爲殺生等流果故於此增上說等流言以不善業無覆無記爲等流果不應理故何縁定知唯不善法及善有漏是異熟因契經說

故謂契經說有黑黑異熟業有白白異熟業有黑白黑白異熟業有非黑非白無異熟業能盡諸業又契經言現見領受悅意異熟或復領受悲號異熟由善不善又說我遭身業等損謂苦受生受苦異熟復言我遇身業等益謂樂受生受樂異熟如斯等證其類衆多又如同類異熟二因義不相雜等流異熟二果亦應不相雜亂雖諸異熟不越等流而彼異熟非彼等流故知異熟等流果異佛觀所化宜聞差別說法有殊阿毗達磨依眞實理決判諸法故非異熟總攝諸果經言諸業有三果故若一切果皆異熟者經不應言果及異熟若執諸果皆異熟果應許諸因皆異熟因經說諸業爲生因故如眼耳等宿業爲因應從因生皆由宿業是則經說無明爲因起

貪瞋癡及有經說有因緣故衆生耽染此等皆應因於宿業許亦何失如種種身是宿業果現行煩惱差別亦然是則應同離繫邪論非佛弟子且置如斯破愚傍論根本法相今應正辯何緣無漏不招異熟毗婆沙說無愛潤故如眞實種無水潤沃又無漏法旣非繫地如何能招繫地異熟何緣無記不招異熟由力劣故如朽敗種餘善不善能招異熟如有水潤諸眞實種然異熟因或持業釋故契經說異熟生眼或依主釋故契經言業之異熟義如前辯言異熟者或離因熟或異因熟此二屬果或所造業至得果時變而能熟此一屬因然經主言毗婆沙師作如是釋異類而熟是異熟義謂異熟因唯異類熟俱有等因唯同類熟能作一因兼同異熟故唯此一

名異熟因乃至廣說皆不應理毗婆沙師非決定說六因所得皆名熟故設許爾者是果異名亦無有失此異熟因總說有二一能牽引二能圓滿且衆同分及與命根非不相應行獨所能牽引云何知然契經說故如契經說業爲生因又說業令生死輪轉又言業力能別有情又言劣界思業所引應知劣界即是欲有又品類足說諸命根是業異熟非是業故不相應行無是業者諸有釋此品類足言一切命根皆是異熟於招異熟業力最勝由此意趣故作是說豈不此釋轉復能遮不相應行有牽引力業於異熟是勝因故命衆同分是勝異熟許唯業招命衆同分方可得說於招異熟業力最勝異不應爾要業牽引命衆同分時非業緣斯亦能招異熟若執非業亦能牽引勝異熟者則不應說於招異熟業力最勝是故彼釋定非應理非心隨轉身語二業定不能引命衆同分不爾便違契經正理經言劣界思所引故此說欲有命衆同分唯意業感非身語業身語表業衆多極微一心所起於中唯一引衆同分及與命根餘無此能不應理故若許同時共感一果則應更互爲俱有因有對造色爲俱有因非宗所許此非展轉力所生故又非次第一一極微牽引命根及衆同分一心起故非一心起無異功能別引生後而無過失非爲滿業亦有斯過於一生中各別能取色香味等圓滿果故依此無表亦同此釋多遠離體一心起故不許互爲俱有因故若無對造色有非俱有因說有對言便爲無用顯有對造色皆非俱

有因故作是說有無對造色得爲俱有因不可同彼若欲界繫身語二業不能牽引便違契經如說殺生若修若習若多修習生那落迦乃至廣說又違本論如說於此三惡行中何罪最大謂能隨順僧破妄語此業能取無間獄中劫壽異熟壽定說爲所牽引果此說所起顯能起思麤易了故無相違失於欲界中有時一蘊爲異熟因共感一果謂有記得及彼生等有時二蘊爲異熟因共感一果謂善不善色及生等有時四蘊爲異熟因共感一果謂善不善心心所法及彼生等欲界無有隨轉色故無有五蘊爲異熟因共感一果有餘師說欲界亦有五蘊爲因共感一果謂同剎那表無表色及能起此心心所法彼說不然所起身語與諸能起異熟別故能起所起非定一時故所感果非定俱起謂能所起容於一時能取果故應一果者理亦不然雖能所起容有一時而果異故表與無表雖同剎那而所取果尚有差別又諸表業有多極微無表亦有多遠離事必同時起果尚有殊何況能起心心所法與非隨轉色而同取一果故彼所說理定不然於色界中有時一蘊爲異熟因共感一果謂有記得無想等至及彼生等有時二蘊爲異熟因共感一果謂初靜慮善有表業及彼生等非於第二靜慮以上有諸表業無能起故有時四蘊爲異熟因共感一果謂無隨轉色善心心所法及彼生等此有六心如後當說有時五蘊爲異熟因共感一果謂有隨轉色諸心心所法及彼生等無色界中有時一蘊爲異熟因共感一果

謂有記得滅盡等至及彼生等有時四蘊爲異熟因共感一果謂一切善心心所法如是總有九異熟因謂三界中如數次第三四二種品類差别有業唯感一處異熟謂感法處即命根等若感意處定感二處謂意與法若感觸處應知亦二謂觸與法若感色處定感三處謂色觸法若感香味應知亦三謂各爲一并觸與法若感身處定感四處謂身色處觸處法處若感眼處定感五處謂眼身色及觸法處感耳鼻舌應知亦五謂各爲一身色觸法有業能感六七八九十十一處聲非異熟故此不論業或少果或多果故如外種果或少或多如蓮種等有根芽莖華臺鬚葉種種果異蒲萄等種則不如是彼皆彼種有多根莖枝條華葉種種果異有諸水陸草木種類但有一莖如針茅等或但有葉無莖等生種子法然不應疑問有一念業多念異熟無多念業一念異熟勿設劬勞果減因故有一世業三世異熟無三世業一世異熟招感異熟勢力法爾然異熟果無與業俱非造業時即受果故又業現在非即果熟法受業門理決定故亦非無間由次剎那等無間緣力所引故剎那正起力難制故又異熟因感異類果必待相續方能辦故已說六因當說世定

頌曰

徧行與同類　二世三世三

論曰徧行同類唯居過現未來世無理如前說相應俱有異熟三因於三世中皆悉徧有頌既不說能作因所居義唯悉知通三世非世不可說彼定時分故

阿毗達磨順正理論卷第十六 說一切有部

音釋

蓓蕾 蓓蒲亥切蕾落猥切蓓蕾花綻貌　蒲葦 蒲溥胡切水草也葦禹鬼切蘆葦也　狹 胡夾切隘也　沓 達合切

阿毗達磨順正理論卷第十七

尊者衆賢造

唐三藏法師玄奘奉　詔譯

辯差別品第二之九

已辯六因相別世定必應對果建立因名何等名爲因所對果頌曰

果有爲離繫　無爲無因果

論曰果有五種後當廣說今且略標有爲離繫如本論說果法云何謂諸有爲及與擇滅豈不擇滅許是果故必應有因非無有因可說爲果曾未見故我亦許道爲證得因經說此爲沙門果故此六因內從何因得我說此果非從六因前說六因生所賴故若爾應許此證得因離前六因別爲第七我宗所許如汝所言豈不汝宗有如是誦涅槃是果而無有因雖有此誦於義無失謂諸世間於設功用所欣事辦共立果名死於士夫極爲衰惱故於不死士最所欣如是所欣由道功用所證得故說名爲果言無因者道於所得擇滅無爲非六因故擇滅於道非所生果是所證果道於擇滅非能生因是能證因故道與滅更互相對因果是非不可定說若道於滅爲證得因是則但應得爲道果誰言道果定非滅得道於滅得爲同類因或亦說爲俱有因故然此非聖正所求果由諸聖者以所得滅蘊在心中修行聖道故道勝果唯所得滅非滅之得以諸聖者非求有爲而修聖道故薄伽梵於契經中說沙門果唯斷非道非唯爲證道修道非無用得初念道時應所作已辦若許擇滅是能作因應許涅槃有增上果非

許擇滅眼等生時有能生用可如聲等謂有爲法正生位中有爲無爲皆不爲障故一切法皆能作因然有爲中唯過現法有取與用說爲有果未來諸法及諸無爲無如是用故非有果故契經說諸因諸緣能生識者皆是無常雖無爲法是因是緣而不能生故佛不說如前思擇能作因中說能作因略有二種一有生力二唯無障故無爲法無障成因由不能生故非有果豈不經說意法爲緣生於意識何故無爲是法所攝而不能生依多能生密作是說何妨少分有不能生或復無爲亦能生識然識非果如前說故非能生故便是無常彼說能生後有識故由如是理如有爲法建立因果無爲不然是故擇滅是因無果是果無因理極成立此中多類誹謗涅槃彼誹謗因紛競非一我今正破經主謗因兼破餘師成立擇滅因玆亦辯餘二無爲此中經主引經部說一切無爲皆非實有如色受等別有實物此所無故然經說者唯無所觸說名虛空謂於闇中無所觸對便作是說此是虛空已起隨眠生種滅位由簡擇力餘不更生說名擇滅離簡擇力由闕緣故餘不更生名非擇滅如殘衆同分中天者餘蘊此皆非理無因證故且彼所言唯無所觸說名虛空無觸名空我亦信受空無觸故言唯無觸說名虛空非別有體此何因證已說闇中無所觸對便作是說此是虛空豈不此因能證非有非唯用此所說爲因能證虛空決定非有謂彼但說此是虛空非所觸對如何知彼唯於無觸說名虛空如世說言此樂非苦豈

唯無苦說名爲樂若謂不然苦樂二受有損有益所作別故非此虛空少有所作可得如樂故喻不同是則前因應成無用由今但以虛空都無所作可得證非有故且定不可以無觸對謂是虛空爲決定因證虛空體唯無所觸是則經主此中無因能證虛空決定非有又契經說虛空無爲有所作故非不如樂如世尊說風依虛空無作有依非有心執又光明色是虛空相故知虛空其體實有如契經說然藉光明虛空顯了由此定顯虛空之相所謂光明所以契經復說此語謂佛先說風依虛空後說虛空無所依止勿彼梵志生如是疑如何證知虛空是有而世尊說風依虛空爲遣彼疑復說此語若空非有何藉光明光明有色有見有對若無虛空誰能容受故世尊說然藉光明虛空顯者顯光明色能與虛空爲實有相然彼上座不了此經所說義趣妄作是詰若藉光明虛空顯了虛空應是色法所收如是詰言何從而至又虛空體應實非無以契經中如心說故如契經言虛空無色無見無對當何所依非於我中或兎角等可有如是差別言說此中彼釋爲對所問故說此言如契經說善調伏我我是所依若爲對問說此言者不應作是說但應言梵志虛空無體當何所依又不應說然藉光明虛空顯了非於前際說言可了及於作者說言可得而應說爲如實對問若於非有如有而說此說便成無義利語又所引喻於證無能調我我依於心說故此於內義已廣思擇無色等言若無實義此所引喻何所辯成又

彼所言若虛空體少有實物虛空常故則有礙色應永不生或應許此是有爲攝如筏蹉子彼不審思故作是說由彼所執實不能容餘礙色故非虛空體被餘礙色所障礙故餘色生時虛空開避成無常失然此虛空容受性故非色性故無勞開避虛空界體是障色故餘色生時理應開避謂虛空界是輕妙色雖不障餘而被餘障可是無常有爲所攝虛空相者既不障餘亦非餘障色法生位寧是無常有爲所攝虛空與色同住無違故於諸位無起無盡然壁等中有障礙者由有礙色居彼障餘非空無爲彼中無故虛空界色微薄輕妙不能礙餘被餘麤重色排障時即便開避諸有對色法應如是若一所居必無第二虛空無對與空界殊何容類彼有無常失

又彼所言若虛空體是實有物應成有爲此與空界無差別故彼有虛言而無實理世尊自說有差別故如契經言虛空無色無見無對又言空界離色染時與四俱斷若虛空界不異虛空虛空無色無見無對空界應然應如識界說於無色離染時斷又經說空界成假士夫及說藉光明虛空顯了若虛空界即是虛空又即光明是虛空界豈契經說然藉光明光明顯了故知有異又契經說所有諸法若諸有爲若諸無爲於中離染最爲第一然此經中說法有二無爲是法不可言無無體不應成法性故諸無爲者顯彼體多故有虛空及非擇滅足以離染方可成多除此更無餘無爲故由此空界非即虛空上座不思言二無別有餘師說無別虛空於礙色無生

空覺故彼說非理即由此因能證虛空別有體故異礙色處別有虛空能爲所緣生空覺故若無所緣覺不生故由斯彼說但有虛言又亦可言無別礙色於空無處色覺生故然非由此可證色無故彼不能證空非有若謂諸色有體可知空亦應然可比知故謂如眼等雖不現知而由有用比知有體如是虛空亦有用故比知有體用如前說是故虛空別有實體又彼所說已起隨眠生種滅位由簡擇力餘不更生名擇滅者如是擇滅理亦不成緣闕不生無差別故擇力緣闕二種不生委細推徵竟有何別又離聖道亦有不生豈不修道便成無用此非無用以修道力能滅未生未來隨眠及生種子由種滅故令未來世惑苦不生若謂不爾彼由何力而得不生

譬喻論師所執種子前於思擇得有無中已拔其根片無遺漏此種今者從何復生設種非無此隨眠等若由緣闕後不更生或由擇力滅彼種故令不更生此二何別又不生法猶如過去必不更生復何須斷種雖未斷而所生法必不更生猶如已斷勤修斷道應成無用豈不汝宗亦於已得非擇滅法更勤方便修能斷道斷彼得耶我宗可然由說通斷三世惑苦別證涅槃諸不生法猶如過去得障涅槃故復須斷汝宗不爾唯說隨眠及苦不生爲涅槃故種雖未滅有如已滅畢竟不生如是不生即涅槃體與後何異委細推究未見有殊是故我宗說擇滅體通斷三世惑苦故得說非擇滅唯於未來諸行闕緣不生故得由斯二滅相無雜亂又彼所說違背契

經經言五根若修若習若多修習能令過去未來現在衆苦永斷此永斷體即是涅槃唯於未來有不生義非於過現豈不相違雖有此文而不違義此經意說緣過現苦煩惱斷故名衆苦斷如世尊言汝等於色應斷貪欲貪欲斷時便名色斷及色徧智乃至廣說過現苦斷義亦應然或此經中別有意趣過去煩惱謂過去生所起煩惱現在煩惱謂現在生所起煩惱如是二世所起煩惱爲生未來諸煩惱故於現相續引起種子此種斷故彼亦名斷如異熟盡時亦說名業盡未來衆苦及諸煩惱由無種故畢竟不生說名爲斷若異此者過去現在何緣須斷非於已滅及正滅時須設劬勞爲令其滅如是一切但有虛言且破彼初所釋經義謂無漏道斷煩惱時無有能緣過現煩惱可斷彼故而經說言修習五根斷過現苦然彼煩惱當於爾時爲在未來爲在現在定不可執在於過去已滅無故豈復須斷若在未來彼執無故與空華等何有所緣若在現在便有二心俱行過故亦不應理若謂有種種已不成設復許成亦不應理非心心所體無所緣如何可言緣過現苦不應計彼是無漏心以無漏心非煩惱故又非所斷如何可執由斷彼故亦說能緣過現二世諸煩惱斷今恣汝說此位斷何能緣過去現在煩惱故汝所言都無實義又緣離世所起煩惱修習五根應不能斷所以者何經不說故汝執經說斷過現言說斷能緣過現煩惱斷未來言亦應爾故豈不經說修習五根斷未來苦苦言總故亦攝能緣離世煩

惱此豈如彼空華者經無所依憑隨欲而釋世尊總說修習五根能斷去來現在衆苦何緣執此斷過現言說斷能緣過現煩惱即執此說斷未來言是斷未來衆苦體義汝必應釋斷未來言唯斷能緣未來煩惱則緣離世所起煩惱修習五根應不能斷若汝定釋斷未來言是斷未來衆苦體故亦攝能緣離世煩惱則應未來苦言總故以攝能緣過現煩惱若爾契經不應別說能斷過去現在衆苦由如是理證立此經斷過現言唯斷苦體故知擇滅通斷三世衆苦而證非唯未來隨眠及苦不生爲體又所引證亦不相應緣過現苦煩惱斷故名衆苦斷理不成故言斷貪欲名色等斷理亦不成過同前故如何名斷汝自應思又色等蘊非唯貪欲斷故名斷由色等蘊亦恚慢等所緣境故受想行識亦與貪欲俱時斷故由此不應定說色等唯據能緣斷故名斷如是亦應釋斷過現言非但據能緣煩惱斷說故彼引證符順此宗於彼所宗理非符順由斯亦破彼後釋經以種子言都無實義依之說斷義豈得成所引喻言亦非同法業望異熟有別體故非離煩惱有種義成如何可言斷彼種故名斷過去現在衆苦故彼無義但構虛言又說不生爲涅槃體極爲非理無常過故阿毗達磨說諸聖者斷煩惱已有可退生其理堅牢後當廣辯故彼所說非智所欣又未來無彼宗所許如何可執無而復無先有後無世極成故又彼論者所執涅槃唯是不生如何名得由得對治證得當起煩惱後有畢竟相違所依身故名得涅

槃若爾纔得初念聖道應得所治煩惱涅槃當於爾時已得此道所治當起煩惱後有畢竟相違所依身故如是安住後學道時應成無學已得此道所治相違所依身故安住此等無間道時何所未證求解脫道已得涅槃進修何用無斯過失初念聖道與煩惱種俱時滅故如汝所宗諸煩惱得非未永滅煩惱種時名得當起煩惱後有畢竟相違所依身故又非無間道未生時已能永滅諸煩惱種故於安住後學道時無有已成無學道失若爾無學應有煩惱所以者何初念聖道既與煩惱種不相違後亦應然無差別故然得非喻許體別故後時聖道差別生故謂我許得別有實體不違於忍與智相違所以者何智與煩惱得相違得俱時生故汝宗唯說煩惱所依相續轉變名煩惱種及說煩惱畢竟不生名爲涅槃有何法體不違何法與何相違又初聖道將欲生時是異生身將欲滅位初聖道起捨異生身離彼有何別煩惱種與初聖道說不相違次後便違無差別道故汝宗義非爲善立又若涅槃都無體者如何經說一切有爲無爲法中此最第一如何無體可立法名如何說無於無中勝現見諸法有自相者展轉相望說有勝劣未見有說兔角空華展轉相望安立勝劣是故決定別有涅槃能持自相故名爲法此於餘法其體殊勝故涅槃體實有義成又佛世尊定說爲義有如契經說苾芻當知定有無生此若無者生死衆苦應無盡期由有無生乃至廣說我亦不說全無涅槃但應如我所說而有如說此聲

有先非有有後非有不可非有說爲有故有義得成說有無爲應知亦爾有雖非有而可稱歎故諸災横畢竟非有名爲涅槃此於一切有非有中最爲殊勝爲令所化深生欣樂故應稱歎此爲第一非如是說涅槃爲有有義得成所以者何假實二有不相應故餘種類有曾無說故雖說此聲有先非有有後非有而應審決爲於畢竟非有物上說此有言爲此有言即於有上遮餘而立若別有物居聲先後可遮聲故說非有言謂彼物中此聲非有諸互非有定依有說若於畢竟非有物中而說有言何不違理非汝有物名爲涅槃可於其中遮苦有故即說彼物名爲非有故所立喻於證無能又不應引世俗言說非撥勝義朋援已宗經主此中亦不隨喜如是有義以作是說不可非有有義得成世俗有言尚不隨喜如何可說無爲有言是故有言定應不可依於畢竟非有而說然彼畢竟非有涅槃非假非實更無餘有而許爲有彼譬喻師立有法性何極深隱又曾無處見非有中有勝有劣亦無智者於非有中有讃有毀然作是說有雖非有而可稱歎此但有言如何復言故諸災横畢竟非有名爲涅槃有非有中此最爲勝謂唯災横有體法中見有勝劣非於無體故彼所言唯依妄執豈不有法有差別故非有隨之亦有差別如色聲等非有各異此亦不然非有與有相同相別俱不成故謂此非有有差別者爲由與有其相同故爲由與有其相別故若由相同應即是有若由相別應爲指陳色之非有何相非色豈不

非有即為此相若爾色聲非有相何別而言
色等非有各異耶如色與聲雖同是有而有
種種相狀差別非有不不然無異體故由此所
說有雖非有而可稱歎乃至廣說但有虛言
而無實義故唯於有勝劣可成於非有中定
無勝劣世尊既說離染涅槃於諸法中最為
殊勝應如色等實有義成又若涅槃體非有
者豈令所化生猒生非有中無勝劣相故
又應大聖感所化生於非有中如有說故又
若起見撥無涅槃應成正見無倒解故若謂
此見不了涅槃是行無故是邪者是則斷
見應成正見由彼唯緣諸行無故若謂此見
於唯行無非方便解故非正者非於行無
方便見名為斷見是餘見故然諸斷見唯緣
行無故不能遮成正見失又於滅境起靜等

見應非正見非實解故非非有中有靜不靜
如石女兒非勇非怯現見病無別有調適諸
苦惱無別有安樂如是亦應有為差別非有
之位別有無為又若涅槃無實體者如何可
是聖諦所收無體豈應名諦妄且言聖諦
其義云何豈不此言屬無倒義聖見有無皆
無顛倒謂聖於苦見唯是苦於苦非有見唯
非有此於聖諦義有何違此違者謂無境
界慧必不生而言聖慧見非有境何倒過此
思去來中當辯此義如何畢竟絕名言而
可說言此是苦滅而不違理現見此彼指當
名言唯於有起如何非有起此名言又無如
何成第三諦此中經主輕掉答言第二無間
聖見及說故成第三此答非理今難者意以
若無境慧必不生如可是無為第三諦又若

無體但有虛言何義說爲第三聖諦又若苦滅唯是苦無是則但應說苦治道說道便顯所治苦無若不令無何名能治本依治道爲令苦無故彼苦無說治便顯何離苦道別說苦滅故若涅槃離於苦道無別有體但有虛言何用說爲第三聖諦又汝應說於立涅槃爲實有宗見何過失而不信受然許涅槃實有別物於佛聖教所有義利片無違失雖彼所言若許實有朋虛妄計是名爲失然不應理計畢竟無亦名爲有是虛妄故又彼更有餘虛妄計謂未來法無而復無計爲涅槃過如前說又彼計有煩惱種子於色等法非即非離雖如斤斧補特伽羅而有能生障道等用如是等類非有執有虛妄計度汝常串習爲已所宗何反彈斥雖寄他言作如是說許便擁護毗婆沙宗今詳經主似總猒背毗婆沙宗欲依空華撥一切法皆無自性而今於此且撥涅槃擬爲同喻證餘非有若實爲護毗婆沙宗所說不應朋壞法論勿以彼論惡見之垢塵穢已心宜將此宗正法之水而自沐浴又言涅槃非體可得如色受等非用可得如眼耳等此實應然涅槃實非如色受等及眼耳等體用可得然有異彼體用可知色等有爲依自相續體用麤顯易可了知然彼涅槃不依相續體用微隱難可了知要具精勤勝觀行者修所成慧正現前時方證涅槃眞實體用從觀出已唱如是言奇哉涅槃滅靜妙離非諸盲者不了青黃謂明眼人亦不見色或復縱汝知與不知但許涅槃可名爲有則應定許體實非無離有實物有不成故

又相即體涅槃既有滅靜等相有體義成又彼所言滅若別有如何可立彼事之滅第六轉聲由滅與事非互相屬此彼相望非因果故唯遮彼事第六可成彼事之無名爲滅故彼言非理相屬非唯在因果故又亦非唯無別體故如何安立彼事之滅應知二滅屬於二心二心能遮彼事得故且得擇滅要由二道初無間道與煩惱得俱時而滅後解脱道與擇滅得俱時而生非煩惱得未已滅時其離繫得至已生位如是彼彼煩惱得滅便有此此擇滅得生故説此此滅屬於彼彼事於契經中此義已顯經言具壽言滅滅者由誰滅故而得言滅由五取蘊滅故言滅若無別滅經但應言是誰之滅謂五取蘊何義説言由五取蘊滅故言滅應知煩惱得若滅時名煩惱滅我終不許即衆苦滅名爲涅槃許苦滅故離於苦道別得擇滅方名涅槃滅若別無有前説過謂阿羅漢應有煩惱或住學道煩惱已無以於後時無差別故此中經主復作是言何因此滅定屬此得豈非難盡矯設浮詞一相同品離繫與得設無定因斯亦何咎由一道力總滅諸結總得離繫何用定因或能所得相屬法爾或能斷道爲此定因由道引生離繫得故非餘斷道所斷惑滅由餘道得故汝應喜同一斷道所得擇滅其體非一有何定因言此屬貪此屬瞋等設無定屬復有何過謂一品中一切所滅一道所斷所得離繫既同一時何用定因或如先説先何所説謂由法爾相屬無亂以從本來貪等與滅法爾相屬決定無亂斷道起位能總證得

故無定因亦無有過若謂不然違聖教故謂有聖教能顯涅槃唯以非有爲其自性故契經言所有衆苦皆無餘斷各別捨棄盡離染滅靜息永沒餘苦不續不取不生此極寂靜此極美妙謂捨諸依及一切愛盡離染滅名爲涅槃又許涅槃體唯非有便爲善釋經說喻言如燈焰涅槃心解脫亦爾彼謂此說如燈涅槃唯燈焰謝無別有物如是世尊心得解脫唯諸蘊滅更無所有對法諸師已通此說謂言苦滅義有二途一離苦外無別實體二離苦外有別實體佛觀所化意樂不同故說如斯二種滅義謂或有處說無別體如向所引二種契經或復有處說有别體如契經說定有無生又契經言有處有離復有經說我觀實有無爲句義所謂涅槃復有經言由五取蘊滅故言滅此類寔繁故我所宗不違聖教又經所說燈焰涅槃離燈別有無常相故此之所喻於義何違或燈涅槃雖無別體而非非有諸行皆是無常性故其體非無依此爲言亦無有過又非由此所引契經能證涅槃體唯非有此經唯就入無餘依般涅槃時而宣說故謂於此位一切餘依皆無餘斷各別捨棄乃至廣說故不相違有餘師說言不生者依此無生故言不生此中經主作如是說我等見此第七轉聲於證滅有都無功力何意故說依此無生若依此言屬已有義應本不生涅槃常故若依此言屬已得義是則應計依道之得故唯依道或依道得令苦不生汝應信受我等見此第七轉聲於證滅有甚有功力道之與得俱依滅故以有涅槃

方求道得此若非有求彼何爲又苦不生非
唯由道或復由得增上忍時已得殊勝苦不
生故又緣闕故苦亦不生應是涅槃如前已
說若謂種子未滅故者已如前破前如何破
種雖未滅有如已滅畢竟不生與後何異又
若由道或復由得苦不生者初念道時已無
惑苦過如前說則住學道煩惱應無若煩惱
種未滅故者治道生時種何不滅正相違故
如闇與明又於涅槃得正生位所治惑苦方
名永滅故彼師說依此無生故言不生第七
轉聲於證滅有甚有功力若謂若然修無間
道應無用者理亦不然涅槃正是此道果故
若初剎那所治惑苦已名永滅是何道果故
解脫道無離繫果由與滅得俱時生故如是
已破經主謗因成立涅槃其體實有有餘師
說無實涅槃非因果故如兔角等諸實有者
因果爲證涅槃既非因果性攝故定無有能
證有因是故涅槃定非實有彼言非理前已
成立虛空無爲其體實有非因果性此亦應
然又但有言彼宗許有是因果性非實有故
謂執涅槃非有論者許未來是果過去是因
而非許去來是實有性故因果性非證有因
若許去來是實有者許涅槃體是果是因由
許涅槃是沙門果故與正生法爲無障因故
修正行者爲辦涅槃果名所辦所辦是果或
應說辦非果者何何有體常而是因果此不
應責且應自責何有果因而體實有如一念
起離同類因彼一切處無同喻理有餘師言
涅槃雖有而假非實此亦不然假所依體不
可得故若謂諸行即是涅槃假所依者亦不

應理應成所斷染汙有漏無常性故非離所依有假擇滅可執雖以所斷染汙有漏無常為其所依而非所斷不染無漏常住為性又相違故應非用彼為此所依如明與闇曾無假法違自所依又許涅槃是諸行滅如何可說諸行為依未見有明闇為依故又行有時滅未有故未離欲者有貪等時不應許彼有貪等滅貪等無位方證涅槃故彼所說非順正理有餘復言智必有境涅槃無實彼作是言緣涅槃慧以名為境理必不然邪正二見應相成故謂若正見覺了涅槃寂靜常住應成見取以一切名皆無常故若諸邪見誹謗涅槃為無常性應成正見以稱實義而生解故諸說涅槃無體論者終不許說名即是無諸說涅槃有體論者終不許說名即涅槃故

彼所言亦違正理又上座說如世尊言如是句義甚為難見謂一切依皆永棄捨寂靜美妙乃至涅槃如是涅槃如何難見以其自性極難見故如何非有可說自性自執涅槃非實有故若謂擇滅雖非實有而薩迦耶見實有故離彼得滅名為自性故契經言如是滅界緣薩迦耶而得顯了此違正理所執滅界與薩迦耶非即非離如何可言滅有自性若有自性如何復言滅非實有既許涅槃非實有故即無自性何用誑惑信無智人書此前後相違言論又經唯說如是滅界緣薩迦耶而得顯了如何定知滅非實有唯薩迦耶是實有物然說緣他而顯了者皆實有物世所極成如緣闇等明等顯了緣實有物非實顯了曾無有處是所極成故薩迦耶是實有物

謂滅非實但是虛言緣薩迦耶滅顯了者說因彼滅建立此故由五取蘊滅故言滅餘契經中分明說故又彼所說雖諸經中有說三界三涅槃界有爲界無爲界有滅界有生有無生有苦滅聖諦我現了知是安隱處諸如是等亦不相違緣薩迦耶而建立故此亦率爾作如是說縱三界等緣薩迦耶而得建立旣無因證如何定知體非實有又言緣彼此顯了故是實有物便爲極成無體無容由他顯了如明等顯緣闇等故又彼所言契經中說有滅界者亦不相違緣離有身而顯示故有無生者亦不相違於實有生不轉立故即是有生相續斷義此亦非理如上所言緣他顯者是實有故生與無生體各異故非有不應說爲有故假實有外更無別有若執無生非假實有不應名有如前已說生相續斷義有二種謂離有身無別有別准前苦滅二義應知如何定言唯生不轉名相續斷非別有物許有別物有無生言可成有義若無別物不應名有說過如前又薄伽梵於契經中但應說言有生不轉不應說此有無生言世尊不應於勝義諦作迷謬說有實無實俱說有故是迷謬言爲生如無生說爲有故其體非實爲無生如生說爲有故其體是實爾生如是迷謬心故又相續斷道未生無道生已有道退復無以諸聖人退生惑故則相續斷應非無爲又說涅槃非實有故即無生者理亦不然唯有立宗無證因故謂何因證非實有故涅槃無生非此無生由常住故而體實有又許非實證無生故則諸假法應無有生又

應假法亦即無生若爾汝宗剎那實法不許生故相續是假亦無生故是則汝曹生之與滅都非實有何期汝等當猒空華而今乃成空華差別又彼所說如妙經言一切法者謂十二處

又契經言此十二處皆有戲論皆是無常契經復言眼色眼識廣說乃至意法意識皆是無常若謂涅槃實而常住世尊於此應有簡別如是所說非審思求如言皆是有熱惱故謂彼經言此十二處皆有戲論皆是無常皆有熱惱非諸聖道體非處攝又彼定無貪等熱惱何不簡別然彼契經唯依有漏十二處體容意說言此十二處皆有熱惱即就此說皆有戲論皆是無常不應由斯謗涅槃體言非實有是故定應離苦集道有涅槃體常實

義成今應思擇非擇滅體此中經主所辯相言離簡擇力由闕緣故餘不更生名非擇滅如殘衆同分中夭者餘蘊且應詰彼何名闕緣謂法生緣若不和合非不和合少有法體何能為障令法不生豈不闕緣名緣不具此有何法過亦同前若謂闕緣即緣非有亦不應理非有不能障有生故由此決定非唯闕緣名非擇滅然別有法得由闕緣此有勝能障可生法令永不起名非擇滅若無別法能為障礙但由闕緣法不生者後遇彼類緣和合時前不生法今應還起豈不如許有非擇滅得由闕緣非遇彼類緣和合時捨非擇滅如是唯許由闕緣故諸法不生非遇彼類緣和合時彼法還起所例非等有無異故謂由闕緣得非擇滅障可生法令永不生乃至涅

槃得定相續設遇彼類緣和合時亦無有能捨先所得夫緣闕者但是緣無無法無能與有爲障後遇彼類緣和合時何法能遮令不還起然法若住不生法中此法必無還生之理是故定有能永障緣非唯闕緣令永不起豈不緣起道理法然依此無彼無此滅故彼滅計非擇滅則爲唐捐此所說言有何意趣表唯緣闕故法不生此中不見決定言說如何得知唯緣闕故既不說有餘不生因故知不生唯由緣闕此中不說餘不生因以彼但由緣闕得故非擇滅得爲即用此緣闕爲因不爾非有無有功能爲有因故於緣闕位隨所住心得非擇滅如是滅得即因彼心非因緣闕又准所說緣起道理即定證知有非擇滅受滅故愛滅緣起經說故此云何證非擇滅有如是滅言非餘滅故且彼不可是無常滅見受滅時有愛生故非愛未至已生位時可爲無常滅相所滅又彼不可說爲擇滅言由愛斷受得斷故如世尊言汝等於受應斷貪欲貪欲斷故此受便斷此經中辯受愛擇滅意顯受愛斷必俱時緣起經中說次第滅非次第滅諸緣起支可名擇滅同對治故由此唯知離無常滅及擇滅外有非擇滅由愛生緣闕故而得依此密說言受滅故愛滅又經說有二阿羅漢由此准知有非擇滅

如契經說諸阿羅漢略有二種所謂退法及不退法諸阿羅漢一切煩惱皆斷無餘而無生智有得不得由此准知必有別法若有得者煩惱便住不生法中得無生智此法即是非擇滅體若不得者煩惱可生便有退失無

無生智根殊勝故煩惱不生何用計斯非擇滅體依何義說根殊勝名若此但依無生智說彼意即說得無生智殊勝根故煩惱不生此復應思諸阿羅漢皆煩惱斷何緣於此殊勝智根有得不得若過退法名殊勝根亦不應理得此根者亦有退生煩惱義故謂退法性轉得勝根乃至堪達猶有遇緣退住學位起諸煩惱若得勝根煩惱不起轉退法性得思法根應不復生一切煩惱然不如是由此故知有阿羅漢以諸煩惱生緣闕故得非擇滅由此勢力能遮煩惱令永不生得無生智若有退義一切可然而退不成故皆不爾退義必有後當思擇又於施設第一法中諸言顯有多無為故證無為中有非擇滅足前二種方可成多除此更無餘無為故又滅與盡名別體同經說預流盡三惡趣故知有別非擇滅體此盡定非餘滅攝故謂契經中說預流者已盡地獄已盡傍生已盡餓鬼乃至廣說非彼已能斷諸惡趣由彼未離欲界貪故而諸惡趣要於究竟離欲貪時方得名斷有說預流緣諸惡趣煩惱可生故未名斷此因非證有斷所緣能緣煩惱猶可生故亦非盡言顯無常滅以所盡者皆未生故由此證知定有別法名非擇滅得此法故令諸惡趣畢竟不生若執但由闕生緣故彼不生者過如前說然上座說非擇滅名諸聖教中曾無說處但邪分別橫計為有非聖說故不可信依此亦不然聖所說故且彼所執舊隨界等如瘖瘂人於夢所說都無所用但為誘引信無智人令生欣樂誰有賢聖說如是言何聖教

中有片可得是故上座勿以巳宗准度他宗亦非聖説豈不彼彼諸聖教中離擇無常二種滅外處處説有滅盡等聲上座於中何容不忍對治者説有用五字以於未來亦得擇滅爲欲簡彼令易了知故本論中加非擇字論者意説世尊所言非擇爲先於未來世由闕緣故得永不生應知此即非擇滅體何容謂此非聖所言復有餘師謂非擇滅由餘故得不以闕緣根境爲緣諸識得起一根與意專一境時餘識生緣根境雖具而於彼彼識不得生此豈生緣根境有闕然具根境識不俱生故知但由得非擇滅若謂由闕第一等無間緣故此第二等無間緣由何故闕豈不諸識不並生故闕於第二等無間緣復以何緣識不並起以有過故必不可説諸識並生

若説並生便有染淨俱生等過要先並生斯過方可有豈先有過爲不並生因然識不並生故無斯過得非擇滅故識不並生如是所言皆不應理若得非擇滅不由闕緣得非擇滅已應還可退雖復諸識不可並生而容後時次第生故若依五識説如是言由所緣境已滅謝故能緣諸識永不生者是則同前由闕緣故得非擇滅令永不生由此應知前説爲善故非擇滅實有義成然本論中説無爲法名無事者是無因義所以者何事有五種一自性事如有處言若已得此事彼成就此事二所緣事如有處言一切法智所知隨其事三所繫事如有處言若於此事愛結所繫彼於此事恚結繫耶四所因事如有處言有事法云何謂諸有爲法五所攝事如有處言

田事宅事妻子等事故本論中依第四說無爲無事不依最初自性事說無爲無事

阿毗達磨順正理論卷第十七說一切有部

音釋

蹉七何切 構古候切架也 謬靡幼切誤也 足前子遇切足益也

阿毗達磨順正理論卷第十八

尊者衆賢造

唐三藏法師玄奘奉詔譯

辯差別品第二之十

因離繫果傍論已周本所明今當說於當所辯異熟等流離繫士用及增上果如是五果對前六因當言何果何因所得頌曰

後因果異熟　前因增上果　同類徧等流
俱相應士用

論曰於五果中第三離繫非生因得故此不論且辯六因得餘四果言後因者謂異熟因於因頌中最後說故初異熟果此因所得有言異熟從異熟生故此不應名無異熟彼言非理同類異熟二因所生義各別故謂前異熟爲同類因生後異熟爲等流果即後異熟由先業成能成諸業名異熟因所成異熟即異熟果二因體異二果義分因果類殊無相雜過然異熟體如熟飲食於生異熟無勝功能故唯不善及善有漏是異熟因名有異熟言前因者謂能作因於因頌中最初說故後增上果此因所得增上之果名增上果唯無障住有何增上豈不即由無障住故說爲增上何勞徵詰又先已辯能作因中說能作因亦有勝力謂眼識等於正生時耳等展轉有增上力聞已便生欣見欲故於器世界諸物生時諸有情業有增上力諸可愛果於不善業不可愛果於諸善業亦有展轉增上生用此等增上如應當思同類徧行得等流果果似因故名爲等流如是二因果相相似故因雖二其果唯一俱有相應得士用果非越士

體有別士用即此所得名士用果此士用名爲目何法即目諸法所有功能如是寘符後頌文説若因彼力生是果名士用然經主謂此士用名即目諸法所有作用是則彼應作如是説同牽一果故名士用若爾唯應無間隔越有士用果俱生中無非俱生中可有一切皆共同得一士用果自體不因自力生故亦不可説各別牽果勿俱有因非一果故此中士用士力士能士之勢分義皆無別諸法功能如士用故名爲士用如勇健人似師子故名爲師子豈不同類徧行二因無間所生亦士用果然等流果二因無間所生諸法或是或非一切決定名士用果何故但説俱有相應得士用果非同類徧行唯此二因具足能得俱生無間二士用果非前二因是故不説成等流果唯似自因同類徧行果唯相似故彼二果唯名等流餘非等流非二因得又士用果俱者義强俱有相應獨能獲得俱士用果是故偏説又同類因雖亦能得所生無間諸士用果而非一切皆能定得以阿羅漢最後諸蘊無無間生士用果故俱有相應二因決定得士用果是故偏説有餘師言能作因等亦有能得士用果義非異熟因俱生無間二士用果此所無故有餘師説此異熟因亦有隔越遠士用果譬如農夫所收果實已辯因果相對決定今當正辯果相差別異熟等果其相云何頌曰

異熟無記法　有情有記生　等流似自因
離繫由慧盡　若因彼力生　是果名士用
除前有爲法　有爲增上果

論曰唯於無覆無記法中有異熟果若爾則應非有情數亦是異熟爲欲簡彼說有情言唯於有情有異熟故若爾於彼有情數中長養等流應是異熟又爲簡彼說有記生一切不善及善有漏能記異熟故名有記從彼後時異熟方起非俱無間名有記生如是名爲異熟果相豈不異熟亦以前位異熟果體爲同類因是前異熟等流果故則應亦說從無記生是等流性如何乃說從有記生非等流性無如是失異熟果體由同類因相有雜亂由異熟因相無雜亂是故但說從有記生由此唯知非等流性以等流果與因相似有雜亂故若異熟果與因相殊無雜亂故非有情數亦從業生何故不說爲異熟果此不應難唯不共業所得之果名異熟故何故非情非唯不共業所得果以非情法餘可於中共受用故豈不大梵所住非情是別業果亦應說彼名業異熟何乃言非有作是言大梵住處一切大梵業增上生有餘復言大梵住處相續未壞餘可於中有受用理故非不共如何一物無量有情業所共感豈不巳說餘可於中共受用故若非情果不共業招應隨異熟俱時起盡又世現見國主崩特所王國土猶相續住若所王國唯主業招非餘有情業共感者餘應不可於中受用又若非情別業所感則應一一諸有情身所居室宅園林池沼城郭山川悉皆各異而實不爾故知一物無量有情業所共感豈不業體有種種故應不能招無種種果云何可說無量有情多業同招非情一物無如是失譬如芽等觀自類因

而成一故謂如芽等雖因地水時分人功糞等力起而觀自類因故成一非觀地等因故成多如是非情觀自因故體成一物非由觀彼無量業故其體成多又見世間非種種業生種種果如何不許種種業生非種種果業於所感非情果中有何因用業於彼果爲能作因如前已辯如是已辯異熟果相等流果相今次當辯似自因法名等流果謂似同類徧行二因如同類因善染無記彼等流果其相亦然如徧行因唯是染汙彼等流果其相亦爾豈不俱起士用果性亦似自因如何可言似自因法名等流果無等流果不似自因有士用果與自因異故似自因名等流果定無濫彼士用果失豈不亦有等流果因如徧行因在於異部用異部法爲等流果他部等流自部因性染汙同故非不相似其士用果性亦有殊是故與因非定相似有餘師釋似自因言謂果與因具二相似一者體類二者性類言體類者謂受想等言性類者謂善染等若於俱起士用果中性類雖同體必有異受非受等士用果故若於後起士用果中體類性類皆容有果故不可說果定似因若等流果性必似因於中亦有體似因者唯等流果定似自因故似因言無相濫失若徧行因亦得等流果何不許此即名同類因於自部果實即同類因若望餘部唯徧非同類然非徧法隨其性類各望自部唯同類因若諸徧法望於他部同染汙類唯徧行因此望自部具二因義故徧行因雖得等流果而不可許即名同類因如是已辯等流果相離繫果相

今次當辯由慧盡法名離繫果滅故名盡擇故名慧即說擇滅名離繫果由擇爲因離諸繫縛證此滅故說名爲果如是已辯離繫果相士用果相今次當辯若法因彼勢力所生即說此法名士用果此有四種俱生無間隔越不生如前已說言俱生者謂同一時更互爲因力所生起言無間者謂次後時由前念因力所生起如世第一法生苦法智忍言隔越者謂隔遠時展轉爲因力所生起如農夫等於穀麥等言不生者所謂涅槃由無間道力所得故此既不生如何可說彼力生故名士用果現見於得亦說生名如說我財生是我得財義若無間道斷諸隨眠所證擇滅如是擇滅名離繫果及士用果若無間道不斷隨眠重證本時所證擇滅如是擇滅非離繫果唯士用果謂全未離欲界貪者入見道時苦法智忍斷十隨眠所證擇滅如是擇滅名離繫果及士用果若全已離欲界貪者入見道時苦法智忍不斷隨眠證本擇滅如是擇滅非離繫果先離繫故是士用果由此忍力更起餘得而重證故若分已離欲界貪者入見道時苦法智忍於十隨眠有斷不斷所證擇滅有新有本如其次第二果一果如是乃至道法智忍若全未離已離分離欲界貪者於入隨眠全斷不斷分斷不斷所證擇滅有新有本及有新本如其次第二果一果二果一果義如前釋若全未離色無色貪入見道時苦類智忍斷色無色十八隨眠所證擇滅如是擇滅名離繫果及士用果若分已離色無色貪入見道時苦類智忍於色無色十八

隨眠有斷不斷所證擇滅有新有本如其次第二果一果如是乃至道類智忍若全未離及分已離色無色貪於色無色十四隨眠亦有全斷分斷不斷所證擇滅有新有本如其次第亦有二果二果一果義如前釋於修道中諸無間道各隨其義如例應思如是已辯離繫果相增上果相今次當辯諸有爲法除在前生是餘有爲之增上果必無少果在因前生果在因前斯有何咎若未來法其果已生是則未來所作已辦以無用故應不更生非本不生而可有滅無生滅故諸行應常若謂此應如不生法雖無生滅而體非常此救不然見彼種類有生滅故例不生法可是無常若行本來都無生滅例何可說其體非常故不成救士用增上二果差別云何應知對作受者有差別故應知差別士用果名唯對作者增上果名兼對受者如穀麥等對諸農夫名士用果彼力生故亦增上果彼受用故對唯受者唯增上果非彼力生彼受用故工匠所成對諸工匠及對非匠二果一果准上應知餘例皆爾於上所說六種因中何位何因取果與果頌曰

五取果唯現　二與果亦然　過現與二因
一與唯過去

論曰五因取果唯於現在定非過去彼已取故亦非未來彼無用故言取果者是能引義謂引未來令其生等於同體類能爲種子於異體類由同一果於非一果由同性類於異性類而由有是自聚相續是故一切皆名能引如是能引名爲取果此取果用唯現在有

非於去來唯此可名有爲作用於六因内簡去何因而言五因唯現取果謂六因内除能作因此能作因何緣被簡有餘師説此能作因取果與果時無決定故取與中俱不分別彼説非理所以者何此因取果無非現在又非不取而有與義如何乃言時無決定然能作因能取果者定唯現在與通過現應如同類徧行二因但非一切有增上果可取或與故此不説豈不此因能取果用亦通過去如何乃言能取果者定唯現在故本論中作如是説過去諸法爲等無間能生二心若出無想滅盡定心由入定心現在取者則應二定永不現前又非不取而有與義故應取果亦通過去無如是事入二定心唯現在時能取二定及出心果然由二定是正所求必應先起由此爲障令出定心非於入心無間即起此義於後當更分別故上所言此因取果無非現在又非不取而有與義其理極成然毗婆沙有如是説其能作因取果與果俱通過現理不應然法居現在亦如同類徧行二因總取未來爲自果故俱有相應與果亦爾唯於現在由此二因取果與果必俱時故同類徧行二因與果通於過現能作因中諸有果者應同此説然非一切皆容有果故此不論同類徧行二因與果過去可然現在如何與等流果有等流果無間生故謂此二因有等流果無間生者即現在時於無間果亦取亦與此果已生因謝過去名已取與若此二因滅至過去其等流果方至生時則此二因於正生果先取今與言與果者謂此諸因正與

彼力令其生等其能作因正居現在彼增上果有現已生如眼根等爲能作因生眼識等諸增上果有無間生如世第一法等爲能作因生苦法智忍等諸增上果有隔越生如順解脫分善根等爲能作因生三乘菩提盡智等諸增上果善同類因有時取果而非與果應作四句第一句者謂斷善根時最後所捨得第二句者謂續善根時最初所得得經主於此謬作是言應說爾時續者前得今詳彼說理不應然所以者何非唯斷位最後所捨得與令續時初得等流果以於斷位先已滅得亦與續時得等流故如何前位多刹那得爲同類因皆取令得而於今時但說最後一刹那得與今得果是故應如本文爲善第三句者謂不斷善根於所餘諸位第四句者謂除前相又於不善同類因中亦有四句第一句者謂離欲貪時最後所捨得第二句者謂退離欲時最初所得得經主於此亦作是言應說爾時退者前得今詳彼說理亦不然以有如前所說過故第三句者謂未離欲貪於所餘諸位第四句者謂除前相有覆無記同類因中亦有四句於阿羅漢得時退時未得及餘如理應說無覆無記同類因中有順後句謂與果時必亦取果無覆無記爲同類因乃至涅槃恒相續故或時取果而非與果謂阿羅漢最後諸蘊約有所緣刹那差別善同類因應作四句第一句者謂善心無間起染無記心第二句者謂與上相違第三句者謂善心無間還起善心第四句者謂除前相不善心等如其所應亦有四句例准應說異熟

與果唯於過去由異熟果無與因俱或無間故西方諸師說果有九前五果外別立四果一加行果謂如無生智等遠為不淨等果二安立果謂如水輪為風輪果乃至草等為大地果如是一切所安立法當知皆為能安立果三和合果謂如芽等為時地水種子等果及眼識等為眼色明作意等果四修習果謂如化心等為諸靜慮果如是四果皆是士用增上果攝由是故說果唯有五說因果已復應思擇此中何法幾因所生應知此中法略有四謂染汙法異熟生法初無漏法三所餘法餘法者何謂除異熟餘無記法除初無漏諸餘善法如是四法頌曰

染汙異熟生　餘初聖如次　除異熟徧二
及同類餘生　此謂心心所　餘及除相應

論曰諸染汙法除異熟因餘五因生由異熟因所生諸法非染汙故異熟生法除徧行因餘五因生中徧行因所生諸法唯染汙故三所餘法雙除異熟徧行二因餘四因生由所餘法非異熟性故及非染汙故初無漏法及除同類及言為顯亦除異熟徧行二因餘三因生由初無漏無有前生同類法故及是善故有餘師言此中應說諸染汙法唯四因生所以者何徧行因體離同類因無別性故彼言非理所以者何若彼不說徧行因者便為不說餘部染因若彼不說同類因者便為不說非徧行法及徧行得諸染法因然實貪等貪等為因得由得因而得生起故染汙法除異熟因餘五因生此說應理如是四法為說何等應知唯是心心所法若爾所餘不相應

行及色四法復幾因生如心心所所除因外及除相應應知餘法從四三二餘因所生謂染汙色不相應行如心心所除異熟因及餘相應餘四因生異熟生色不相應行如心心所除徧行因及除相應餘四因生三所餘色不相應行如心心所雙除異熟徧行二因及除相應餘三因生初無漏色不相應行如心心所除前三因及除相應餘二因生一因生法決定無有今應思擇一切法中何法能爲幾因自性謂或有法具足能爲六因自性次第乃至有法能爲一因自性此中有法具足能爲六因性者謂諸過現不善徧行心心所法有法能爲五因性者謂諸過現不善非徧心心所法或無記徧心心所法或善有漏心心所法或不善徧不相應行有法能爲四因性者謂諸過現不善色法或善有漏色心不相應行或不善非徧心不相應行或無記徧心不相應行或無記非徧心心所法或諸無漏心心所法或諸未來不善善有漏心心所法有法能爲三因性者謂諸過現無記色法或無記非徧心不相應行或無漏色心不相應行或未來不善及善有漏色心不相應行或無記無漏心心所法有法能爲二因性者謂諸未來無記無漏色心不相應行有法能爲一因性者謂無爲法無法非因有法非果所謂虛空及非擇滅復應思擇如是六因自性相望有純有雜且能作因對俱有因爲順後句謂俱有因必雜能作有純能作非俱有因謂無爲法又能作因對同類因亦順後句謂同類因必雜能作有純能作非同類因謂

未來法及無爲法又能作因對相應因亦順後句謂相應因必雜能作有純能作非相應因謂諸色法不相應行及無爲法又能作因對徧行因亦順後句謂徧行因必雜能作有純能作非徧行因謂未來法過去現在非徧行法及無爲法又能作因對異熟因亦順後句謂異熟因必雜能作有純能作非異熟因謂無記法及無漏法若俱有因對同類因爲順後句謂同類因必雜俱有有純俱有非同類因謂未來法又俱有因對相應因亦順後句謂相應因必雜俱有有純俱有非相應因謂諸色法不相應行又俱有因對徧行因亦順後句謂徧行因必雜俱有有純俱有非徧行因謂未來法過去現在非徧行法又俱有因對異熟因亦順後句謂異熟因必雜俱有有純俱有非異熟因謂諸有爲中無記無漏法若同類因對相應因應作四句第一句者謂過去現在色不相應行第二句者謂未來世心心所法第三句者謂過現世心心所法第四句者謂未來色不相應行及無爲法又同類因對徧行因爲順後句謂徧行因必雜同類有純同類非徧行因謂過現世非徧行法又同類因對異熟因應作四句第一句者謂過去現在無記無漏法第二句者謂未來不善及善有漏法第三句者謂過現不善及善有漏法第四句者謂未來世無記無漏及無爲法若相應因對徧行因應作四句第一句者謂未來世心心所法過現非徧心心所法第二句者謂過去現在徧不相應行第三句者謂過去現在徧心心所法第四句者謂

諸色法未來一切不相應行過現非徧不相應行及無爲法又相應因對異熟因亦作四句第一句者謂無記無漏心心所法第二句者謂不善善有漏色不相應行第三句者謂不善善有漏心心所法第四句者謂無記無漏色不相應行及無爲法若徧行因對異熟因應作四句第一句者謂過去現在無記徧行法第二句者謂未來不善及善有漏法過現善有漏不善非徧法第三句者謂過去現在不善徧行法第四句者謂未來世無記無漏法過現無漏無記非徧法及無爲法又應思擇如是六因色非色等諸門差别謂六因中相應徧行二因非色餘之四因通色非色有見無見有對無對應知亦爾又六因中唯相應因但相應法餘通相應不相應法有所依無所依有發悟無發悟有行相無行相有所縁無所縁應知亦爾又六因中徧行異熟二因唯有漏餘之四因通有漏無漏又六因中能作一因通有爲無爲餘之五因一句是有爲又六因中徧行一因唯是染餘之五因通染及不染有罪無罪黑白有覆無覆順退不順退應知亦爾又六因中異熟一因唯有異熟餘之五因通有異熟及無異熟又六因中能作一因通三世及非世俱有相應異熟三因唯通三世同類徧行二因唯通過去現在又六因中徧行一因不善無記異熟一因通善不善餘之四因皆通三性又六因中徧行異熟通三界繫餘之四因通三界繫及通不繫又六因中徧行異熟二因唯是非學非無學餘之四因皆通三種又六因中徧行一

因唯見所斷異熟一因通見修所斷餘之四因通見修所斷及非所斷又六因中能作一因通四諦攝及非諦攝徧行異熟二因唯通苦集諦攝餘之三因通苦集道三諦所攝又六因中相應徧行唯四蘊攝俱有同類異熟三因通五蘊攝能作一因通五蘊攝及非蘊攝又六因中相應徧行意法處攝異熟一因色聲意法四處所攝餘之三因十二處攝又六因中徧行一因意法意識三界所攝相應一因通七心界法界所攝異熟一因通色聲界及七心界法界所攝餘之三因十八界攝此等因果諸差別相非一切智無能徧知已隨我等覺慧所行因果義中廣辯其相爲重明了思擇諸緣何謂諸緣頌曰

說有四種緣　因緣五因性　等無間非後
心心所已生　所緣一切法　增上即能作

論曰於何處說謂契經中如契經中說四緣性謂因緣性等無間緣性所緣緣性增上緣性此中緣性即是四緣如四所居即所居性爲顯種類故說性言意辯諸緣隨事差別有無量體然括其義無非攝入四種類中謂一切緣無過此性於六因內除能作因所餘五因是因緣性如本論說何謂因緣謂一切有爲法論既不說亦攝無爲故立五因爲因緣性無爲何故不立因緣此如前釋唯無障住立能作因非餘因攝能作因體攝法普周隨事不同差別多種譬如行蘊法界法處法寶法歸法念住等攝法多故別立通名爲攝五因及三緣性所不攝義立能作因及增上緣體俱廣故又諸因相差別云何因差別相略

有二種一者生因二者了因復有二種一者定因二不定因復有二種一者共因二不共因復有二種一者近因二者遠因復有二種一前生因二俱起因復有二種一自他相續因二非有情數因雖諸法性本有非無而功用成必待因力如諸造色體本非無而功用成必因大種因中勝者其唯五因如造色因勝者無五無有爲法成不由因如羸病人不能自起由如此義故說頌言

無少成立不由因　一切由因佛所說

諸法因多細難了　世迷便謂總無因

然上座言因緣性者謂舊隨界即諸有情相續展轉能爲因性彼謂世尊契經中說應知如是補特伽羅善法隱沒惡法出現有隨俱行善根未斷以未斷故從此善根猶有可起餘善根義隨俱善根即舊隨界相續展轉能爲因性如斯等類說名因緣此亦同前經主所執種子義破此舊隨界即彼種子名差別故今乘義便隨彼所執名義有殊更廣遮遣觀彼隨界但有虛言推徵其體都不可得故亦不可即說此爲相續展轉能爲因性諸有相續展轉爲因有體可得如色受等若舊隨界是有相續展轉爲因應如色等有體可得此爲何相是種種法所熏成界以爲其相此亦難知體爲是色爲乃至識隨界名舊應是有爲一切有爲皆五蘊攝故若是有應於色等五蘊性中隨是一種或彼應說何有有爲非是色等五蘊所攝然體是有可爲極成故但有言都無實體又舊隨界無體可知猶如合行和合有等此舊隨界體不可說但可說

言是業煩惱所熏六處感餘生果此界非唯體不可說但執爲有與理相違非體不可說爲極成有以諸假有補特伽羅瓶等可說爲無別體若諸實有色受等法一一可說爲有別體非舊隨界可說猶如補特伽羅瓶等假有亦非實有如色等法是故不應執此爲有既爾何得執爲因緣又隨界言非聖教說但上座等擅立此名又彼許何諸業煩惱所熏六處感餘生果爲業煩惱俱生滅者爲此後時相續生者爲是無間生異熟者若業煩惱俱生六處能感果者則後六處無感果能俱亦應然豈能感果應唯業煩惱有感果能何須執六處感餘生果又彼不應定執眼等爲業煩惱俱起助因盲等唯託業煩惱緣亦感餘生眼耳等故又因與果許隔越成何用執斯爲舊隨界若此後時相續六處能感果者與業煩惱都不相應如何熏彼可成隨界非有與無有相應義豈不因果得有相應與彼相同令成緣故彼相同語理不相應以彼相言因彼之相應言此相與彼相同然於此中略此相語此業煩惱與彼後時相續六處性類各別如何此相與彼相同豈得相應令成緣性或彼意謂業煩惱俱六處將滅與後六處其相是同令成緣者亦不應理前六處相於將滅時彼體未有體未有故彼相亦無何有相同令成緣性故彼所說但有虛言若彼相言依當有說如世間說煑飯磨麨以彼當來極成有故此喻非理與所立宗等不成故又喻與法世俗容有不容有故且應先審勝義煑磨爲有自性或差別類爲畢竟無猶若

空華故喻與宗不成義等若據世俗容有煑磨依此可言煑飯磨麨不容有法與無相同故此喻無證宗之力然此飯麨非當有名現有極成飯及麨故觀此可說提婆達多與此相同煑飯磨麨所喻不爾故不相應又所煑磨飯麨成已所方飯麨相續猶在彼此相同俱現可得後念六處至已生時爾時已無前念六處故不可說彼此相同由後未生及已生位俱不可說此彼相同故所立喻與法非等設許飯麨是當有名所喻相同亦不應理以非前念六處所生與業煩惱俱行六處由業煩惱爲俱助緣有異相起非因果故如何有力令後成緣故不可言與業煩惱俱行六處勝前六處與後相同令成緣性是故若言前六處滅還能生後自類六處業煩惱滅還生自類後業煩惱如是可說依當有名有相同義若業煩惱俱行六處與前無異而能令後有異相生成緣性者則不應說與後六處其相是同令成緣性又此何故令後成緣故後所言都無實義若是無間能生異熟六處爲因能感果者是則應無順後受業唯無間因生異熟故無斯過失鄰近展轉能牽果故如華種等鄰近展轉能引果生若爾更招尤重過失順生後受業應雜亂汝宗自許一業所熏六處相續牽一果故又種芽等一相續攝種芽等雖滅而後果可生業煩惱六處相續各別業煩惱滅已何容後時六處自類展轉相續至最後時能生彼果故彼法喻義不相應又業煩惱俱生六處彼不應許業煩惱熏勿許同時有因果故如何從彼非業煩惱

所熏六處更無別緣而於後時欻復生起諸業煩惱所熏六處故汝所宗理非善立若謂如種糞土資熏能生芽等此亦非理我所許故又不成故謂我宗許有同時因可立此喻汝宗不爾云何如種糞土資熏又於此中正立法喻種應正喻業煩惱心六處應言猶如糞土則業煩惱類應名隨界如何說六處爲隨界耶非由糞土資熏種故還令生起糞土類芽故種唯應喻於六處由此六處業煩惱熏生當六處異熟果故此救非理非後六處果即說用前六處爲因故謂經說眼等業煩惱爲因如種爲因生於芽等非芽等用糞等爲因故彼所救非爲應理又經說生業爲因故非當六處六處爲種非業煩惱爲因感生可執六處爲其種子故眼等五於感當生全無勝用意處或有與業煩惱同一果義故所立喻與法相違或種相續與彼糞土相續俱時能生異果諸業煩惱相續久滅而計六處相續爲因生業煩惱所牽異果如斯法喻豈得言同又種糞土俱有分故芽中可有二果續生如何可與無分有分同招一果爲同法喻若執芽中糞土與種果體無別是則能喻與所立同俱不成故又彼爲證舊隨界有所引聖言有隨俱行善根未斷此經還證彼所妄執舊隨界無以諸善根無貪等性彼於此位不現在前得未捨故名爲未斷依將斷善故說此言此中善根唯生得善諸加行善先已斷故生得善根於續善位隨染心得故謂隨行九品頓得故謂俱行或此善根先得後起故謂隨行現起與得不相違害故謂俱行

是謂此經此句實義善根斷者亦現無此隨俱善根故此經言彼於後時一切皆斷隨俱善根既舊隨界此善根無故彼隨界亦無隨界既無後因何法善根續起又初續位善根現無應無隨界既無隨界何緣名續後善根起復從何因然契經說從此善根後餘善根定當還起故此還證舊隨界無又彼自言此舊隨界體不可說如何於此說爲善根善根因性又於一念一心體中無有細分如何能牽愛及非愛俱相違果定差別因不可得故又善不善及無記心於一切時應俱現起然不應許互相違故謂於善心正現行位不善無記心界恒隨彼與善心非有別體依何理說彼不現行餘二性心正現行位各徵二性亦應同此又彼應說若一心中有多品類心界隨逐何緣從此多心隨界後時但起一品類心然於一時有一切識所依境界等無間緣因緣又具何不並起彼所依等一一剎那皆有能生一切識義何法爲礙於一時間非從一根並生多識然彼上座於此說言有一念一根俱生二識如共一身根命命鳥等不可一處二身根生如是便違有對法性此言但順上座自心無二有情同一根義相續異故而命命等二根雜住如身舌根故從二根生於二識非一根上二識並生亦無一根二有情共理應如是謂有一根是多業果理不成故然一切根皆非共有如是上座何理能遮於一相續同時依止一根多根發多識過故舊隨界非爲善說又上座等唯執諸法從無間生豈不大師說因緣性便爲無用以所

有法生所藉因等無間力足能成辦何勞此外更說因緣雖彼釋言等無間力與生因力其義有殊於生法中俱有功用而無實理但有虛言即隨界力無間住故非離心等等無間力可言別有因緣功用又彼上座執有法體雖經劫滅而自相續展轉相仍猶爲因性令觀彼法但能爲緣生慶自心妄計喜悅非於生法實能爲因所以者何若有法體雖經劫滅猶能爲因即彼爲因足能生法何勞虛構隨界爲因又若彼法雖無有體而能爲因生所生法是則應許諸石女兒亦能爲因生餘子息若謂因體本有今無諸石女兒本亦無者則應彼法不成因緣本有因時果法未起令果起位因體已無故說因緣定應無用若上座許唯自相續生起決定得爲因緣云何復許善不善法爲因緣生無記異熟非善不善隨界爲因可生無記相續異故若善不善無間能生無記異熟此中應說何故云何善不善爲因生無記異熟若言無記熏善不善故善不善爲無記因此亦非理前已數辯彼熏習言無實義故又彼云何善不善法無記熏故成異熟因若謂先時異熟熏故則應異熟爲異熟因若異熟果善不善法爲因故生而言此中無因緣用唯增上攝甚爲非理所以者何善不善爲因能牽起彼果此於彼果何故非因又彼所言違越聖教如契經說此因此緣令彼有情生地獄等又說眼等以業爲因又說諸生業爲因等此中上座作是釋言諸增上緣不越因性故我所說其理善成此亦非理離因緣外經別說有增上緣故

又曾無處同彼說故謂曾無經作如是說增上緣性即是因緣正理論師容作是釋非譬喻者可作是言以能作因非彼許故又彼上座如何可執言一心具有種種界熏習一心多界理不成故非聖教中許勝義法有唯一體多體集成若言有心其體雖一而於其內界有衆多多界與心體無異故界應成一心與多界體無異故心應成多諸界相望體無異故一與一切體應相雜此執終非理應止廣思擇然隨界名應言隨過無量過失所隨逐故觀彼但欲破聖教故壞正理故矯立此名或彼但由法性深細不能久忍聞思疲勞是故於中未能了達然於諸佛弟子衆中無方便求了達稱譽矯立如是隨界虛名由此應隨阿毗達磨所說正理以釋因緣是故因緣五因為性誠為善說不可傾動

阿毗達磨順正理論卷第十八 說一切有部

音釋

羸力追切瘦也 補特伽羅梵語也此云數取趣伽求加切 麨尺沼切乾粮也 疲蒲糜切倦也

阿毗達磨順正理論卷第十九

尊者衆賢造

唐三藏法師玄奘奉詔譯

辯差別品第二之十一

辯因緣已等無間緣何法爲性非後已生心心所法謂除阿羅漢最後心心所諸餘已生心心所法一切皆是等無間緣爲簡未來無爲法故說已生言爲簡諸色不相應故說心心所何故等無間緣唯心心所此與等無間緣義相應故此緣生法等而無間依此義立等無間名謂一相續必無同類二法俱生故說名等此緣對果無同類法中間爲隔故名無間若說此果無間續生名無間者出無想等心等望前應非無間或無等法於中間起名等無間是二中間無容得有等法生義或前俱生心心所品等與無間後品爲緣非唯類同名等無間唯執同類相續者言唯心心所一一自類前能爲後等無間緣如是便違本論所說如說云何心等無間法謂心無間餘心心所法乃至廣說理亦有違謂有尋伺三摩地無間或無尋伺三摩地現前彼尋伺應非等無間緣性及無尋伺三摩地無間或有尋伺三摩地現前彼尋伺應無等無間緣起彼言心心所雖等無間生然非刹那無間必起如從無想有情天歿時五百劫前久滅心心所與今心心所爲等無間緣及出二定心心所法以入心心所爲等無間緣是等無間生非刹那無間此亦應爾彼有久滅有尋有伺無尋無伺三摩地法爲今自類等無間緣故無如前所說過失彼言非理過去爲現

等無間緣理不成故若正滅位已取後時心心所法爲等無間豈不便成等無間法亦有時分間隔方生誰作定因無間不起要餘分位間隔方生然無想天二無心定有隔時分當起定因是則汝宗餘有心位心心所法應非一切皆能爲後等無間緣若汝謂此如阿羅漢後心心所設不爲後等無間緣有何過者亦不應理彼後無間心心所法永不生故此後無間心心所法當有可生於中亦無等類爲間何非緣體又此心品無間所生復以何緣非等無間然有能容後餘心心所令必可起名等無間緣彼阿羅漢後心心所無容起後故非此例於有漏定理且如前無漏定中當更徵斥謂若依止有尋伺定而得證入正性離生不起期心復得上果後入無漏無尋伺定前所依定不復現前彼前定應非等無間緣性或若依止第二靜慮乃至依止第四靜慮而得證入正性離生不起期心得阿羅漢後入無漏初靜慮等彼後定應無等無間緣起非執同類相續者宗必有當生有尋伺定故及有已滅無尋伺定故又此何勞更深徵斥且初無漏心等應不生無等無間緣爲能取故既爾解脫畢竟應無豈不如無同類因取而有無漏初心等生如是雖無等無間緣取何妨無漏初心等亦生此例非等緣必具故謂此雖無同類因取有餘因故定有因緣初無漏心及心所法有所緣故如餘一切心心所法定四緣生執同類宗二事皆闕此心心所如何得生非有極成心心所法從三緣起可爲同喻是故解脫畢竟應無若爾

唯應此心心所生由異類等無間緣如無同類因唯異類牽起此亦非理種子理故立同類因有漏不應爲無漏種故非許此有同類因等無間緣由開避理同類異類皆有此能與處牽生力無別故諸心心所隨其所應同類異類皆能引起許皆能作等無間緣於教及理並無違失無想等喻與法不同謂不相應非心心所故不能作等無間緣歿及出時心心所法可還用彼生及入時心心所法爲此緣起餘有心位剎那剎那等無間緣曾無暫闕何勞以隔越爲等無間緣夫等無間緣謂與處牽起異類心等與處牽起義同而非等無間緣斯有何理又應貪等等無間緣無間唯生貪等煩惱則善心等無容得生如是信等等無間緣無間唯應生於信等則染心等無容得生由是等難便爲善伏唯執同類相續者論何故一身心心所法無有同類一一體俱生等無間緣無第二故復何緣故無有第二等無間緣一一有情各唯一心相續轉故復何緣故知諸有情各唯一心相續而轉心於餘境正馳散時於餘境中不審知故又心在定專一境時餘境散心必不生故又現有能調伏心故謂若許有二心俱生誰復障多令不俱起是則應有多心並生一有一心尚難調伏況一有二或一有多既現有能調伏心者故知一身內一心相續生又若一身多心並起爲境各別爲共相應若共相應一境一相無差別故俱起唐捐若境各別則應染淨善惡俱生便無解脫既無此失故一有情唯有一心相續而轉復有至教證一有

情唯有一心相續而轉謂契經說受樂受時彼於爾時二受俱滅又契經說心爲獨行復云何知無有識等生而不籍等無間緣由阿笈摩及正理故阿笈摩者如契經言及彼能生作意正起由正理者現見覺慧定由覺慧爲先生故若異此者何理能遮本無有情今時欻起諸阿羅漢最後心心所何緣故說非等無間緣是不能生有法性故即是不能牽後果義此復何故無牽果能以於爾時餘緣闕故若爾但由餘緣闕故後識不生許此有能牽後果用斯有何咎此不應許若許能牽則應具能取果與果餘有心位等無間緣無非具此二功能故豈不即以餘緣闕故不具二能是則應言餘緣闕故不能牽果由此故說是不能生有法性故因義極成或復能牽能與等無間心心所處名等無間緣謂正滅時心心所法能牽能與在正生位等無間法處名等無間緣諸阿羅漢最後心等於正滅時無有正生等無間法故不可說等無間緣若爾無想及二定前心心所法於正滅位正生位中無等無間心心所法望殁出位諸心心所應不可說等無間緣無斯過失殁出心等定當生故生入心等於正滅位即能爲彼等無間緣由不相應中間爲隔殁出心等不得即生彼若生時名等無間故此可說等無間緣或此滅時彼雖未起中間隔越而由爲此等無間緣力所取故義已可說等無間生有餘釋言無餘心等續此起故諸阿羅漢最後心心所非等無間緣然非此心更無後念識續生故有非意失以立意根依所顯故然

最後心有所依義闕餘緣故後識不生等無間緣作用所顯若法此緣取爲果已彼法無間必定當生彼所説因都不應理若闕餘緣故後識不生則唯具餘緣後識應起既不如是應説此心由闕餘緣無此緣用此緣無故後識不生何乃説言無餘心等續此生故非此緣體若謂最後心亦能取果唯餘緣闕故後識不生如是所依得名意界亦應説是等無間緣等無間緣作用所顯此既有作用餘何不續生由此彼應更説餘理故前二釋爲無過因何故未來心心所法全不許立等無間緣等無間緣前後所顯未來無故不立此緣謂前已生心心所法能爲次後在正生位心心所等等無間緣非於未來已有決定前後安立設許有者修正加行則爲唐捐若法先於此無間立此法無間彼定生故若作是執善心無間具有善染無記三心生必待於正加行等如從種有灰芽等生待和合緣而得生故修正加行功不唐捐此救隨情未能遣難生決定故建立此緣若三心中隨有一種善心無間決定生者修正加行則爲唐捐若三種心善心無間非定生者則無此緣非不定生名等無間是故未來世無等無間緣若執未來有定前後如世第一於苦忍等彼據何緣説定前後非未來法前後可成謂非未來世第一法於苦法忍可説前後以彼本唯一世攝故夫前後義歷世方成世第一法至已生位苦法智忍方名爲後故前後義於未來無等無間緣由此非有又設未來有定前後亦不可立等無間緣如芽等生屬種等

故雖有前後而無此緣若此法生繫屬彼法要彼起已此乃得生故等無間緣唯生已方立若爾未來世應無異熟因由此因果定有前後然非未來有前後故無斯過失雖定前後而不約之立此因故謂雖異熟因定有前後而不約前後立異熟因若爾如何立此因果謂如是業因感如是異熟此相可說亦在未來故於未來亦可安立然約法性預說未來此因前生此果後起因已生位果後義成爾時方名真實前後非未生位有實前後諸因可說未來有者彼因不待歷世而立如俱有因相應因等豈不俱有因待中世而立此責非理不了義故以俱時有故名俱有因是更互相望為因果義若未來世無等無間緣如何世尊知未來因果如契經說若能供養

吾身馱都八分中一當十三劫不墮惡趣人天往還受諸妙樂如是等說其數實多非如是疇一切智境非一切智可能測量知其真實如世尊說諸佛德用諸佛境界不可思議故不應責有餘師說如過去世佛於未來現知見轉謂佛欲知有情因果然現在世時分短促故多觀察過去未來非佛世尊欲知後際先觀前際然後能知如佛世尊更無所待由過去境智現前故於過去世有情身中業果相應能善通達此法無間此法已生如是不待先觀前際由未來境智現前故於未來世有情身中業果相應能定現見此法無間此法當生復有餘師作如是說有情身內現有未來因果先相猶如影像或色或心不相應行佛唯觀此便知未來非要現遊靜慮通

慧然非於彼占相故知以於未來現證見故非占相知能於所占現前證見分明記別佛於如是爾焰稠林理有所因方能現起無礙觀察勝方便智非佛自稱一切智者便於色等現境界中非眼等識於先領受唯用意識常現了知又眼等識於聲等境理無方便令互作業何緣一切色非等無間緣等無間義不相應故非無等法俱生爲隔故此無有等無間緣謂一身中一長養色相續不斷復有第二長養色生不相違害如一食等所長養色相續不斷復有食等所長養色相續而生又有一類異熟生色相續不斷復有一類異熟生色相續而生又一四大種所生造色同類多極微俱時而起故不可立等無間緣或法現前等而無間彼法可立等無間緣謂現行心若此所繫或非所繫俱行受等與此皆同故名爲等無心受等同一類法二體俱生故名無間色法不爾謂一心時有欲界繫及色界繫二色並生或欲界繫及不繫色俱時而起故色無有等無間緣上座此中妄作是詰若一類色相續不斷復有一類相續而生由此故非等無間者何緣於彼不共無明相應品中有貪等起此應反詰彼上座言不共無明相應心品何緣得有貪等俱生不共無明相續未斷定無貪等俱時起義然說貪等不共無明俱時起者但爲誘誑寡學門人顯已善通對法宗義而於本論及諸聖言曾無此理又彼所詰意何所顯爲如二種長養眼根相無差別例彼貪等不共無明相亦無異爲如貪等不共無明其相有異例彼二種長

養眼根相亦差別縱有此意應陳所詰於此義中得何勝利豈由此故便令受等貪等信等無此緣義故彼所詰有言無理有餘復言色法生滅少多無定故非此緣謂或有時從多生少如燒稻稈大聚為灰從充大身轉生瘦小或時復有從少生多如細種生諸瞿陀樹根莖枝葉漸次增榮聳幹抽條垂陰遠覆羯刺藍等轉生大身故色定無等無間義豈不心所無間生時亦有少多品類非等謂善不善無記心中有尋有伺三摩地等此於異類實有少多然自類中無非等義謂無少受無間生多或復從多無間生少想等亦爾無非等失故心心所生滅體均依之可立等無間義然彼上座對自門人於此義中妄有所詰謂色亦與心心所同自類一一各差別故

雖於諸界和合聚中有無量色而彼種類展轉相望各有差別如是所詰但有虛言既許現前有同類色則同類色並起義成非各有殊名現同類然許諸聚展轉相望種類有別則別聚內有多色體同類義成又若多微同因一具大種所起上座此中如何可執種類各異又見胡麻諸豆麥等從一種體有多果生多果相望其類是一如何可執此類有殊又彼自言有同類色多體和合何反為徵謂彼上座自遮諸色等無間緣言有同類同聚多色俱時而起非心受等同類俱生故諸色定無等無間緣義又彼所言如色非色雖有差別而等不遮同類因等如是彼法亦應等作等無間緣上座此徵極為雜亂既爾亦應計諸色有所緣又如所許俱等無間緣而於

其中有色有非色如是應許俱同類因等而其中有此緣非此緣今於此中假許彼執顯義有别酬彼所徵然實不可計諸色法爲等無間緣相不相應故若諸色法等無間緣相相應者法爾應立何須引例同類因等此緣彼因義各異故若諸色法等無間緣相不相應設復引彼同類因等於義何益於義無益而引彼因例此緣者但是上座其年衰朽出虛之言有餘復言以諸色法一類相續此處生時若餘色來奪其處者可有移往餘處生義故非前色與處亦生又本色聚相續不斷其邊復有同類色生不爾色聚應無增長等無間緣終無此理故色不立等無間緣譬喻論師說諸色法如心心所法有等無間緣見乳酪種華生酪酢芽果如心心所前滅後生故知諸色有此緣義又無經說唯心心所能爲此緣故立此緣定非色者是虛妄執無如是義諸緣功能無邊差別略說四故謂諸法生待多緣合諸緣功用差别無邊然佛世尊略說爲四諸從乳等蒭剌藍等形依等緣生於酪等頞部曇等影識等果當知攝在因增上緣何緣故知乳等無間生於酪等前法非後等無間緣此先已說先何所說謂前說言等無間義不相應故現見極成心心所法生必繫屬等無間緣所有俱生皆別種類諸同種類必不俱生故同類俱互相違法要前念滅後念方起由與處方便立等無間緣一四大種所生同類乳等造色有多極微俱時而起不相妨礙比相乖越等無間緣故酪等生雖繫屬彼而不可立等無間緣大種相生亦

同此釋謂同異類皆可俱生更互同時不相妨礙雖相繼起而非此緣又言無經說唯心等爲此緣者於色亦同謂無經言諸色亦有前能爲後等無間緣故譬喻師非理横執諸色亦有等無間緣又譬喻師爲許色有所緣緣不彼說言無豈有契經明證此義雖無經說理必應然等無間緣何不許爾故彼具壽諸所發言但率已情無眞理教不相應行何緣不立等無間緣以亂起故謂一身中善惡無記及三界繫不繫俱生毗婆沙說心及心所所依所緣行相有礙由斯故立等無間緣色不相應無如是事故彼不立爲此緣體上座此中顯已於學不勤方便謬作是言此說都無證成理趣唯顯心等與色等別觀彼所言未閑說意證成理趣蘊在此中謂一所依所緣行相定無有二識等並生故必由前與處方起若前爲礙後不得生由此證知唯心心所前能爲後等無間緣若爾命根無二俱起何不許託等無間緣謂此命根如識等相故亦應立等無間緣此例不然命與生體俱先行力所引起故謂此命根非無間滅命力所引要是先位所作行業力所引生既爾命根應一念頃一切頓起一切同依一念行業力所引故先業所引心心所法起應不藉等無間緣且諸命根無頓起失即由業力生決定故因果法爾一刹那業引多刹那異熟令起又無用故命不頓生謂爲任持衆同分故引命根起一命相續足能任持多便無用心心所法雖先業引而非不待等無間緣託諸根境而得生故既託根境和合故生設多並

生亦非無用然無第二等無間緣故同類中無二俱起又心心所非唯先業力所引生異熟及餘雜亂起故若不更託等無間緣應一刹那有多俱起謂命根體唯是異熟唯由先業力所引生可言同類定次而起心心所法無如是事異熟滅已有等流生等流無間有刹那起或起異熟非定同類故心心所雖有異熟生而亦不可言與命根等是故唯等常無間生名等無間以此與此爲緣故說等無間緣豈不極微一類相續前前滅已後後續生自類相望等而無間由前開避後方得起相不乖越等無間緣此不俱生由無用故非等無間緣力故然准前命根如理應釋然此亦有同類俱生故不應言此緣所攝又若唯開避建立此緣可說極微等亦此緣攝然約開避及據牽生立此緣體故極微等雖前避後而非此緣心等相生有定不定故知亦據有力牽生現見一心前後相續雖前避後其理皆同而生不生有定不定且生定者謂世第一法心之無間有苦法智忍心決定生如是乃至金剛喻定心之無間有盡智品心決定生有煩惱者死心無間煩惱心生如是一切不生定者謂染汙品心之無間諸無漏品心定不生諸無漏品心之無間諸染汙品心定不生一切無學心之無間一切有學心定不生下地煩惱心之無間上地煩惱心定不生一切異熟心之無間諸刹那品心定不生一切刹那心之無間諸異熟品心定不生如是一切生不定者謂欲界染心之無間自地四種心皆可生上地煩惱心之無間下地善

品心亦可生如是一切於後思擇相生義中更當顯示由此所説生與不生有定不定故知非但約開避立等無間緣亦據牽生果法功用非此功用極微等有故彼不立等無間緣豈不於心一類相續亦無如是牽生功用非此功用或有或無若此時無後應非有諸心心所自因力生前無間滅有何所作而計心等獨爲此緣色不相應非此緣體前無間滅有所作者謂諸根境雖現和合若前不滅後必不生謂一身中雖多緣合而無識等同類並生故知前心無間滅位有力引後心等令生色不相應無如是事故彼不立等無間緣如説云何心等無間法謂心無間餘心心所法已生正生及無想定乃至廣説此已生言攝過現世正生言攝未來生時若爾便應第二念等定及出定心非心等無間入心無間彼未生故豈不彼諸法後正生時名心等無間故無此失如何無失彼正生時前入定心久滅過去今時亦不可名心等無間無斯過失中間無餘等無間緣爲間隔故有餘師説彼法雖遠義已可説爲正生時等無間緣果被取已必當生故若爾違害見蘊中文如彼問言若法與彼法爲等無間或時此法與彼非等無間耶彼即答言若時此法未至已生有何違害等無間定要至已生此不相違兩釋差別俱攝受故若時此法未已生者此法是何爲前爲後如世第一法生苦法智忍爲世第一法未至已生時非與苦法智忍爲等無間若至已生位爲等無間耶爲苦法智忍未至已生時非與世第一法爲等無間若

至已生位爲等無間耶若執前者有心位可爾無心位如何謂無心定入心已生不可即與第二念等定及出心爲等無間若入定心至已生位即與彼諸法爲等無間者等無間緣果法被取必無有物能礙其生則彼一切皆應頓起若入心後出心即生是則二定永應不起若執後者苦法智忍未已生時應不與彼世第一法爲等無間然必應許苦法智忍在正生時即名與彼世第一法爲等無間此中一類許可前執然見蘊文約有心位說等無間故無前失或言設約無心位辯此失亦無謂入定心居現在位頓取諸定及出心果亦與最初刹那定果滅入過去隨後諸定及出定心一一生時與果非取先已取故豈不一切等無間緣無有異時取果與果此責非理取果必頓與果有漸故無有失但應責言同一心果何緣諸定及出定心前後而生不俱時起正所求者理必前生謂入定心順求於定故心無間定必前生若爾何緣諸刹那定前後而起諸刹那定俱生無用故不俱生由前加行勢力所引故多念定長時續生非多刹那定俱起用一刹那定所不能爲故不頓生猶如識等然諸念定是等無間不可說是等無間緣若法由前心等引起同一種類必不俱生生已復能引後令起可名等無間及等無間緣諸定雖由前心等引同一種類必不俱生然其生已不能引後可名等無間非等無間緣是故設約無心位辯亦無有失諸作是說入二定心滅入過去方能漸取第二念等定及出心彼入定心應非過去失

取果者是牽果名諸牽果能是行作用依行作用立三世別若有作用非現在者豈不便壞世別所依諸有釋言過去眼等於色等境無有見聞齅甞覺等各別作用故非現在彼釋不然應共審決眼等作用爲是於境見等功能爲牽果用若是於境見等功能便於闇中現在眼等未生已滅眼等何殊而不說爲未來過去闇中眼等雖無見聞齅甞等用而皆現有牽果功能可名作用約有此用皆名現在所餘取境與果等用皆非作用但是功能如是功能三時容有辯三世處當更思擇又過去世諸心心所於所依等不能爲礙故不能作此緣取果復有一類許可復執豈不苦法智忍在正生時即與世第一法爲等無間理實應爾然此中說等無間緣要至已生此緣方立故無有過如是兩釋未已生言於我義宗並無違害已廣決擇阿毗達磨等無間緣所有正理然彼上座復作是言等無間緣謂前生法令無間法獲得自體如世尊說意法爲緣生於意識謂意爲因法爲緣故意識得生然無一時二識並起此相非理不明了故色心無間有色心生俱是前生令無間法獲得自體豈可即說色心互作等無間緣然不應許互爲緣義謂色與心相續各別如何互作等無間緣又一心因起多色果多色無間無二識生何得相望爲等無間故不應立等無間緣心等獨生可名等無間色等並起如何得此名故彼說色爲等無間緣者是不思審謬作是言又彼宗承隨界論者因等無間二緣應同隨界所依體無別故惡心無

間有善心生應説誰因誰等無間體無别故責餘亦然故上座宗但於聖教矯施常網幻惑愚夫等無間緣其性已辯所緣緣性應説是何謂所緣緣即一切法離心心所所緣境外決定更無餘法可得謂一切法是心心所生所攀附故曰所緣即此所緣是心心所發生緣故名所緣緣一切法者即十二處謂眼耳鼻舌身意識及相應法隨其次第以諸色聲香味觸法爲所緣境六根唯是意識所緣何緣故知經言多法生意識故又眼等根皆五識境所不攝故譬喻者宗理必應爾如意觀法五識亦然謂所緣緣非所緣境若所緣境非所緣緣所以者何彼説色等若能爲緣生眼等識如是色等必前生故若色有時眼識未有識既未有誰復能緣眼識有時色已

非有色既非有誰作所緣眼識不應緣非有境以説五識緣現在故彼宗現在非非有故現所緣色非所緣緣與現眼識俱時生故乃至身識徵難亦然五識應無所緣緣義彼宗意識緣現在者應同五識進退推徵若緣去來及無爲者決定無有所緣緣義彼執去來及無爲法皆非有故非非有體可立爲緣太過失故此中上座復作是言緣過去等所有意識非無所緣非唯緣有何緣故爾以五識身爲等無間所生意識説能領受前意所取諸境界故如是意識以意爲因此所緣緣即五識境要彼爲先此得生故隨彼有無此有無故然此意識非唯緣有爾時彼境已滅壞故非無所緣由此意識隨彼有無此有無故又隨憶念久滅境時以於彼境前識爲緣生

於今時隨憶念識墮一相續傳相生故雖有餘緣起隨念識而要緣彼先境方生如是所言都無實義同諸瘂類瘂有所說唯愚親友或妄信依諸有智人誰能聽受彼既非許五識所緣與五識身俱時而起是則五識尚所緣境滅已方生況五無間所生意識能受彼境第三刹那意識生故若五無間所生意識能受過去五識所緣復許所緣非是無者則分明許意識所緣雖名已滅而少分有若執全無則分明說所生意識都無所緣而復說言然此意識非唯緣有爾時彼境已滅壞故非無所緣由此意識隨彼有無此有無者但是虛言具慙媿人不應持此隱蔽此識無所緣過又何故言然此意識非唯緣有爾時彼境已滅壞故已滅壞法豈許亦有亦非有耶

若爾便歸正理論者意所遊路以正理論有義多途作用功能體性別故然過去法非如現在作用亦有非如空華體性亦無若不許爾言此意識非唯緣有此言何用應言此識無所緣隨彼有無此有無故若隨境有識有決定緣無或復應言決定緣有又何故說非義成是則過去便成有體若過境無而有現識則不應說隨彼有無非無所緣言又無義以境有故名有所緣境體既無所緣何有又隨憶念久滅境時云何前生緣彼境識能為緣故生今識耶前識有時今識未有今識有位前識已無如何可言於久滅境前為緣故今識得生非無與無可有緣義非一相續故得為緣兔角何緣前不生故無與無法許為緣故若有隨界不同彼者理亦不然於前境

中今隨界識曾未生故如何可言緣彼境識前爲緣故令今得生不可說言隨界與識別時緣境勿於一時有二時故又應一識各別所緣以隨界體即今識故識非定緣前滅境故若謂隨界體非今識應一相續二識並生又不應言隨界生識非前生故如何可說於久滅境前爲緣故令念識生隨前有無今有無故得爲緣者理亦不然前後有無不相隨故然彼復言由過去世展轉爲因復由未來展轉爲果智等得生是故智等不可定說所緣是有或復是無奇哉東方善言窮匱如斯等論亦有書持若執去來因果展轉不觀現在智等得生又執去來一向非有是則智等應定緣無若執去來因果展轉亦觀現在智等得生是則一心應有二慮以無與有相差別故又因果展轉名何所詮非越現刹那有前後際如何過未立展轉名非無與無可名展轉故彼所說過去未來因果展轉智得生等但足論文都無有義如是已辯所緣緣性增上緣性即能作因以能作因因義細故無邊際故攝一切法若此於彼不礙令生是能作因增上緣義對三緣義此類最多所作寔繁故名增上豈不增上攝法普周寧復對三言此增上非對三體立增上名何者對三義用而立諸緣義用互不相通諸緣體性更互相雜如增上緣義類無量所作繁廣餘三不然故此獨標增上緣稱有餘師說此增上體類最多故名增上豈不諸法皆所緣緣如何此緣獨名增上俱有諸法非所緣緣是增上緣故不應難此不應理所以者何立所緣

緣非不定故謂若此法爲彼所緣設不緣時亦所緣體以所緣增境性安住故旣一切法皆所緣緣不應此緣獨名增上此定應理所以者何如增上緣彼不爾故謂若此法爲彼增上無時望彼非增上緣但彼生時徧爲增上其所緣緣則不如是俱有諸法非所緣緣所以者何總論體雖等別望有少多故此一緣獨名增上此中意說唯增上緣體類俱多非唯據體以所緣類皆增上緣非增上類皆所緣緣類謂於果功能差別有餘師說所生廣故名增上緣謂一切法唯除自體徧能生起一切有爲如一刹那眼識生位除其自性用一切法爲增上緣餘生亦爾且如現在一念眼識自相續中過去諸識爲其種子未來諸識不爲障礙令已得生同時眼根爲所依止未來過去所有眼根不障爲因令其已起他相續法亦爲此因謂見他身起自眼識或欣他色生自眼根爲展轉緣生自眼識故他餘法亦轉爲緣望自識生有增上力諸餘色法爲眼識因謂爲所緣及於所依爲損爲益由此展轉眼識已生聲亦爲因謂聞彼故所依損益因茲長養損滅眼根令已發生明昧眼識香味所觸耳鼻舌身亦於所依爲損爲益由斯展轉爲眼識因於法界中諸有爲法有爲助伴有攝愛因或爲能牽或爲依等如是展轉皆眼識因擇滅無爲亦爲因者謂有情類信謗涅槃發業能招愛非愛果由斯展轉眼識得生一切有爲有非擇滅由不得彼諸法得生展轉爲因亦生眼識虛空容受色等有爲展轉爲因亦發眼識故一切法爲增

上緣眼識得生餘例應爾由此諸法一一望餘一切有爲爲此緣性如是一切善與不善皆應展轉爲增上緣謂善爲因生王家等受富樂果由此爲依多行放逸造諸不善不善爲因多遭苦逼緣茲生猒廣樹衆善又內外法亦互爲緣謂因農夫生稼穡等因飲食等滋長有情有情無情有根無根有心無心及有執受無執受等應知皆互爲增上緣隨其所應例可安立如是一趣爲五趣緣一一爲先生一切故或依一趣起一切因由此當來受彼果故又怖惡趣修諸善業生人天中於人天中嗜欲造罪生諸惡趣諸如是等品類無邊故增上緣所生最廣如是用體所生廣故應知略述此增上緣然契經中說世白法三增上者止惡行善所觀因故立增上名謂境現前煩惱將起隨觀彼一惡止善行於中行中得增上故契經且說增上有三非餘於餘無增上義雖於增上義通近遠而就勝說如立母名如聖教中說愛爲母以能生長諸有情故非餘煩惱無生長能勝故多故繫縛心故說愛爲母非餘煩惱又說二法能護世間非不有餘悲等能護如斯等類無量無邊就勝爲言此亦應爾然上座說此增上緣但據諸根生心心所此宗可爾彼義不成所以者何如前屢辯謂彼不許有俱生因許前生因義不成立故彼所說但有虛言又說此緣相不具足且如眼識生增上緣非但眼根爲依故起亦有大種爲轉生因轉長養因謂諸飲食業煩惱等爲招引因此明昧因謂眼增損首足身分爲任持因作意明空引助令起

如斯等類非彼所論故辯此緣相不具足餘耳識等隨其所應有無量緣非彼所說故彼所說增上緣相但得少分義不周圓然彼所宗亦許多法於生識等爲展轉因如何此緣唯說眼等彼復說言若法於彼或生或養可說爲因非不相由可有因義故非一切法皆能作因及增上緣不相由藉故彼言非理諸法生時所藉諸因無分限故謂不可說此法生時但藉若干法爲因起如外内法要藉時方衆具種子法與非法若合若離餘生住壞及大種等差別爲因芽等及身方得生長是故諸法於生長時所藉衆緣無有限數故一切法皆能作因及增上緣此說爲善又彼不了能作因義故於此中不能信受因即能作名能作因義不相違即能生義或有所以可名爲因復有所以可名非因能作二義名能作因不相違故可名爲因不相由故可名非因故能作因能含二義然不相違復有二種謂於所生法能礙不能礙不能礙者與能爲礙而不礙法不礙義同故此亦有少分因相由相不明不共施設除俱有等五種勝因所餘因義若近若遠一切說爲能作因故或此是彼能作之因名能作因是此與彼轉爲因義如是因義一切法中皆容得有故一切法皆能作因能作因中已廣思擇今因解釋增上緣門故復略辯此因名義然上座言爲遮來世說一切法爲一切因及緣者意故契經說定有四緣彼言但彰已無明鑒豈違對法所說因緣

阿毗達磨順正理論卷第十九 説一切有部

音釋

斥昌石切指斥也謂指而言之也 䣯四才切酒未漉曰䣯 酪歷各切乳漿也

酢倉故切與醋同 齅許救切以鼻擿氣也 賣求倍切之也

阿毗達磨順正理論卷第二十

尊者眾賢造

唐三藏法師玄奘奉詔譯

辯差別品第二之十二

如是因緣有何差別此就實體差別都無應說因緣如何相攝我前已說因緣五因性增上即能作何復生疑所餘二緣未辯因攝故今於此猶可生疑有作是言同類徧行二因各少分名等無間緣皆約已生位無別故無如是理果有異故豈不一切因皆有士用果若法有力能生於彼或得於彼彼是此法士用果故不爾二因俱等流果義所顯故又善不善有漏無漏界地等別同異皆是等無間緣之士用果二因之果唯據類同故與此緣非無差別豈不二因之等流果亦兼有異如欲纏繫見苦所斷二因所牽自部等流有記無記此亦染汙其類是同有漏無漏界地等異二因必無故非無別若爾已生心心所法相應俱有二因攝故應皆不立等無間緣此與二因之士用果其相各別此無間生與彼俱生果有異故豈不二因亦有無間生士用果無如是義以心心所能生無間士用果力應知即是等無間緣非是俱有相應因用二因唯有能得俱生士用果力以心心所能引俱生士用果義即名俱有相應一因引無間生士用果義應知即是等無間緣如引俱生果雖無別而依異義別立二因體雖相雜而義有異二因對彼等無間緣義別體同應知亦爾故等無間非即諸因其所緣緣爲即因不有作是說即能作因以體與果俱相似故

豈不所緣緣士用果爲果有作是說此所緣緣果唯增上或復能作因亦有士用果故無有失若爾俱有相應二因應如所緣能作因攝然非所緣緣展轉增上果亦非士用果從所緣緣生故無體果俱相似義是故有釋因緣差别不徧是因徧者是緣攝不攝故如指指節是故不見等無間緣及所緣緣有因攝義此與因别理不待言唯初後二緣應辯與因别此既有别餘之二緣緣義等故亦應有别故有總辯緣因異言謂因能生緣能長養猶如生養二母差别又緣攝助因方能生生已相續緣力長養故或有說因唯有一緣乃有多猶如種子糞土等異又因不共共者是緣如眼如色又作自事說名爲因若作他事說名爲緣即如種子糞土等異又能引起說名爲因能任持者說名爲緣如華如蔕又因名近遠者名緣如珠如日又因能生緣者能辦猶如從酪出於生酥鑽器人功力所能辦非鑽器等令水出酥以於水中闕酥因故如斯等類差别衆多是故因緣别立名相由其功力有差别故又正有義故說爲因能助顯發故說爲緣如字界緣於義有别然契經說二因二緣生正見者言音作意近遠等生無漏正見約此義顯因緣二名又契經說有因有緣有由序者此顯俱起無間遠因義有差别又契經說眼因色緣生眼識者意顯眼識隨不共根及共境起又契經說此因此緣此由序者此中意顯作者作具及餘助緣如是等經隨義應釋已隨理教廣辯諸緣如是諸緣顯法生滅以爲作用應說何緣於何位法

而與作用頌曰
二因於正滅　三因於正生　餘二緣相違
而與於作用
論曰前說五因爲因緣性二因作用於正滅時正滅時言顯法現在滅現前故名正滅時俱有相應二因於法滅現前位而作功能此位二因作功能者謂俱生品隨闕一時作用皆無不能取境於現在位如是二因雖俱一時取果與果而今但約與果功能所言三因於正生者謂未來法於正生位生現前故名正生時同類徧行異熟三種法正生位而作功能故有說言等流異熟二果因力牽引令生同類徧行容有無間等流果起可言彼果於正生時因與作用異熟因果必隔遠時其因久滅果方正起如何作用在果生時非過去時可有作用此言作用意顯功能二相別中已曾思擇以因雖滅經無量時而有功能令自果起由不共故自果生時作用雖無而於自果與功能上立作用名彼上座言一剎那頃難說此是生時滅時非法由因先生後滅如杖持羂內蚍穴中繫頸挽出方斷其命然體本無由因故有彼說但是掉舉戲言引非所宗鄙俚言故非對法者許法由因先生後滅同繫蚍喻但由緣起理趣法然爲曉學徒說取與用顯於果起因有功能故彼所言唯增掉戲又彼所言一剎那頃難說此是生時滅時彼恒尋思麤淺異論尚年已過居衰耄時豈能測量幼恒思擇一切智者詮至理言修成妙慧所遊宗極雖一剎那而本末起令時正起名曰生時生已無間正臨謝往名

曰滅時此何難說或雖難說非不可說勤加方便而可說故豈由汝等噴於劬勞已不能說令他亦捨無上菩提亦難可得豈由難得便捨至求是故不應以已隨學不了其相便撥言無又體本無由因有者何煩說此違自宗言謂若本無如何言體既得言體何謂本無依對法宗應作是說以未來法亦有亦無謂作用無體本有故由諸先起及俱生因體本所無今時方有說未來世無體論宗未生既無如何言體若彼無間必當有故得言體者有太過失現在無間必當無故應言無體便一切無又未來無以當有故言有體者現在有體以曾無故何不言無過去亦應得說體有以曾有故世便相雜是故彼說不耐推徵唯對法宗理無傾動已說因緣二時作用

二緣作用與此相違等無間緣於法生位而與作用以彼生時前心心所引開避故若所緣緣能緣滅位而與作用以心心所要現在時方取境故其增上緣法生滅位皆無障住故彼作用隨無障位一切無遮今應思擇俱有相應及所緣緣若法生已方與作用何須立此二因一緣若執因緣要有作用方許立爲因緣性者則未來世應無因緣然宗所許不應爲難若爾云何說有作用若離如是二因一緣正滅位中所引諸法應無作用取境功能若作用無亦名緣者諸阿羅漢最後心等亦應可立等無間緣此責非理前已辯故說所緣緣非要由有作用方立何相關涉而將例彼等無間緣彼緣要由開避牽引故唯現在正可安立於未來世定無彼緣於現在

時曾有作用故雖過去亦可安立其所緣緣非唯現在但有體性皆可成緣不必要由作用而立唯於少分少分成緣得作用名非於一切云何知有體方得成緣所緣體若無覺不生故有餘師說立因立緣亦有別義非要能起雖無生用而亦成因如自相續見定因果於他相續理亦非無如契經說二因二緣生於正見此亦應爾能生不生俱成因性俱有諸法和合能牵異聚一果名為作用以於如是和合聚中隨闕一法餘皆無用故俱有法更互為因如俱有因相應亦爾展轉有力能取所緣故非能生方成因性若爾何緣先作是說法生所賴故說名因非可離因法有生義故作是說非謂一切能生果者方得名因因義尚然緣亦應爾故法生已作用非無

辯諸緣已應言何法由幾緣生頌曰

心心所由四　二定但由三　餘由二緣生
非天次第故

論曰此中由言為顯故義謂心心所四緣故生其所緣緣除生心等無別有用謂六識身及相應法隨其所應以色等五及一切法為所緣緣心等因緣具五因性前生自類開避引發是謂心等等無間緣此增上緣即一切法各除自性隨其所應豈不一緣二因作用非於彼法生時即有如是心等四緣故生如何因緣具五因性雖法滅位作用方成而法生時非無功力離此彼法必不生故以心心所必仗所緣及託二因方得生故若法與彼法為所緣或因無暫時非本論說故二無心定三緣故生除所緣緣非能緣故此因緣者

但有二因一俱有因謂二定上生等諸相二同類因謂前已生自地善法等無間緣謂入定心及相應法增上緣者謂如前說豈不無想亦三緣生是心心所等無間故亦應說爲心等無間但非心等加行引生故於此中廢而不說或此無想但聲所顯非如二定相對立故二定何緣是心等無間而不說是心等無間緣由心等力所引生故如心心所生必繫屬前心滅故非如色法可與餘心俱時轉故非如得等可有雜亂俱現前故非如生等是餘伴故然心方便加行引生故可說爲心等無間與心等起定相違害故非心等等無間緣又爲此緣理相違故謂修行者猒惡現行心心所法入無心定若無心定復爲此緣引心心所則修行者應於此定無樂起心爲

離現行心心所法入無心定此復引生心心所法不應道理亦有至教證無心定由心心所加行引生如說超過一切非想非非想處想受滅身作證具足住故知二定是心心所加行引生由心差別現前證故無有至教證無心定能爲此緣引心心所故非心等等無間緣二定剎那前望於後何緣不立等無間緣諸念皆由前心等引不能引後如前已說又最後念應無果故出心爲果斯有何失豈不已說此非心等等無間緣如何可言最後念定出心爲果又出定心依前心等加行起故不可說作最後剎那定所引果入定心等望出定心非無間滅出心望彼如何可說等無間耶無等無間緣於中爲隔故無間等無間義各有差別前心等力引後法生後法名

爲前等無間刹那無隔立無間名是故二言其義各别故作是説若法與心爲等無間彼法亦是心無間耶應作四句第一句者謂無心定出心心所及第二等諸定刹那等第二句者謂初所起諸定刹那及有心位諸心心所生住異滅第三句者謂初所起諸定刹那及有心位心心所法第四句者謂第二等諸定刹那及無心定出心心所生住異滅若法與心爲等無間與無心定爲無間耶應作四句謂前第三第四句爲今第一第二句即前第一第二句爲今第三第四句餘不相應及諸色法皆因增上二緣所生復云何知世間諸法唯如上説因緣所生非自在天我勝性等一因所起由次第故謂諸世間若自在等一因生者則應一切俱時而生非次第起因

現有故何法爲障令不俱生現見諸法次第而起故知非但一因所生若執世間隨自在欲前後差别故非頓起是則應許非一因生亦許欲爲法生因故此欲前後生滅差别理亦不成因無異故非因無異果有差别要待異因果方别故或差别欲應許頓生所因前後無差别故是則諸法亦應頓生誰能爲障令不頓起若自在欲更待餘因前後次第差别生者應所因法更待餘因則所待因應無邊際因無邊故無始義成不越釋門因緣正理徒異名説自在爲因又無用故不應妄執世間諸法自在爲因非自在天作大功力生世間法少有所用故不應謂自在爲因若爲發生自歡喜者但應發喜何用生餘若喜離餘方便不發是則彼喜餘方便生自在於斯

應非自在於喜既爾餘亦應然差别因緣不可得故或餘方便應餘方便生何用計從自在天所起若餘方便離餘方便生喜亦應非餘方便所起或生苦具逼害有情爲發自喜咄哉何用事斯暴惡自在天爲又信世間唯從自在一因所起則撥世間現見善惡諸士用果若言自在待餘因緣助發功能方成因者但是朋敬自在天言離所餘因緣不見别用故時地水等種種因緣於芽等生現有功力芽等隨彼成有無故於芽等生除彼功力不見别用故不應計世間法起自在爲因自在既然我勝性等亦應准此如應思擇故無有法唯一因生但從如前所説種種因緣所起其理極成既言色法因及增上二緣所生大種所造總名爲色於中云何大種所造自他相望互爲因緣頌曰

大爲大二因　爲所造五種　造爲造三種

爲大唯一因

論曰初言大爲大二因者是諸大種更互相望但爲俱有同類因義俱起前生爲因别故謂隨闕一餘不生故更互相望有俱有因性類雖别而同一事更相順故有同類因大於所造能爲五因何等爲五謂生依立持養别故雖同時生而隨轉故如互起影燈焰發明大於所造得成因義如是五因但是能作因之差别大望所造爲餘五因理不成故且諸大種望所造色非俱有因非一果故豈不大種與生等相非同得一所造色果非不相望爲俱有因雖非同得一所造果而更有餘同一果義大與所造必無一果故例生等理定

不齊又諸大種與生等相設牙相望不同一果而互爲果故得成俱有因大與所造無如是義豈不心與心之隨相非互爲果而心與相爲俱有因大與所造亦應如是何故非因此例非等心與隨相雖復相望非互爲果而彼隨相互爲果法定有與心互爲果義又心隨相與心一果故心與彼爲俱有因大與所造無如是事故大於彼非俱有因又所造色有善不善大種一向無記性攝非如是相成俱有因若爾大種望無記造色應成俱有因不爾所造善不善無記同一種類故同一類色少分以大種爲因少分非大種爲因無如是理如一類法少分與心相應少分非心相應無如是義又計大種在過去世所造之色通去來今非俱有因有如是理又成就別故無此因謂有成就諸所造色非四大種或有成就能造大種非所造色非俱有因有如是相故大與造非俱有因非相應因不相應故亦非徧行及異熟因大種無覆無記性故非同類因俱時起故設後起者非同類故雖有無記同而種類異故如心受等種類雖別而互相望爲同類因大與所造亦應爾者理亦不然受等與心種類雖別而同一果故得爲因由此應知說緣道理又本論中亦有文證大望造色無五種因如說有色處非無記爲因亦非無記謂善色處若諸大種望所造色於五因内隨作一因則此句義應不成立若爾應與經論相違如契經言因四大種施設色蘊本論亦言大種所造因增上等俱不相違據生因等說此言故大與所造爲生因者

從彼起故如母生子爲依因者隨彼轉故如臣依王爲立因者能任持故如地持物爲持因者由彼力持令不斷故如食持命爲養因者能增長故猶如樹根水所沃潤如是則顯大與所造爲起變持住長因性或生因者一切大種生所造色非離諸大種有造色生故造色生已同類相續不斷位中火爲依因能令乾燥不爛壞故水爲立因能爲浸潤令不散故地爲持因能任持彼令不墜故風爲養因能引發彼令增長故如是大種雖與所造無俱有等五種因義而有生等五種別因故與經論無相違失此中上座妄作是言生等五因非聖教說彼謂聖教曾無此名未審彼宗何名聖教爲鳩摩羅設摩文頌爲扇帙略所造論門且佛教中有此名想如契經說愛生士夫愛生自體又契經說依戒住戒名色依識識依名色頌依文士又契經說四食建立攝益求生已生有情又契經說水持地等又契經言聽聞正法能令如理作意圓滿乃至廣說汝等由信棄捨家法趣於非家信所長養制睡眠力乃至廣說唯汝所執舊隨界因諸聖教中都無說處諸所造色自互相望但有三因所謂俱有同類異熟據所造類容有三因非一切有俱有因者謂隨心轉身語二業七支相望展轉爲因同類因者一切前生於後同類異熟因者謂諸不善及善有漏身語二業能招異熟眼根等果所造於大但爲一因謂異熟因身語二業能招異熟大種異故已辯諸法爾所緣生當隨宗委辯等無間緣義前雖總說諸心心所已生除最後爲

等無間緣未決定說何心無間有幾心生復從幾心有何心起今當定說心有多種如何依彼可定說耶且略說心有十二種云何十二頌曰

欲界有四心　善惡覆無覆　色無色除惡
無漏有二心

論曰且於欲界有四種心謂善不善有覆無記無覆無記色無色界各有三心謂除不善餘如上說如是十種說有漏心若無漏心唯有二種謂學無學合成十二此十二心互相生者頌曰

欲界善生九　此復從八生　染從十生四
餘從五生七　色善生十一　此復從九生
有覆從八生　此復生於六　無覆從三生
此復能生六　無色善生九　此復從六生
有覆生從七　無覆如色辯　學從四生五
餘從五生四

論曰欲界善心無間生九謂自界四色界二心於入定時及續生位如其次第生善染心生何善心復何地攝此於初位生加行心若於後時生離欲得隨順住故無容起彼生得善心生在此間不能令彼起現前故有說彼心未至地攝有言亦攝在初靜慮有說亦在靜慮中間尊者妙音作如是說乃至亦在第二靜慮如起定時隔地而起有作是說非等引心無力能牽隔地心起是故彼說理定不然及無色一於續生位欲善無間生彼染心并學無學隨順住故欲善無間必定不生色無色纏無覆無記彼皆繫屬自界心故亦定不生無色界善以彼於此四遠遠故一所依

遠二行相遠三所緣遠四對治遠即此復從八無間起謂自界四色界二心於出定時從彼善起彼初靜慮染定惱時從彼染心生於欲善求依下善爲防退故及學無學謂出觀時染謂不善有覆無記二各從十無間而生謂自界四色無色六於續生位上界六心皆可命終生欲二染必無無漏生染汙心故此非從學無學起即此無間能生四心謂自界四餘無生理必無下地染心無間能生上地及無漏心餘謂欲纒無覆無記此心從五無間而生謂自界四及色界善欲界化心從彼生故即此無間能生七心謂自界四及色界二善與染汙於入定時欲界化心還生彼善於續生位欲界無覆生彼染心并無色一於續生位此無覆心能生彼染如是已辯欲界

四心無間從生能生決定色界善心無間生十一謂除無色無覆無記心異熟生心屬自界故即此復從九無間起謂除欲界二染汙心及除無色無覆無記有覆從八無間而生除欲二染及學無學即此無間能生六心謂自界三欲善不善有覆無記無覆從三無間而起謂唯自界餘無生理即此無間能生六心謂自界三欲無色染已辯色界二心相生無色界善無間生九謂除欲善欲色無覆即此從六無間而生謂自界三及色界善并學無學有覆無間能生七心謂自界三及色界善欲色界染即此亦從七無間起謂除欲色染及學無學心無覆如是說從三無間生除自界三餘皆非理即此無間能生六心謂自界三及欲色染已辯無色三心相生學心從

四無間而起謂即學心及三界善即此無間能生五心謂前四心及無學一非三界染互相違故非諸無覆不明利故餘謂無學從五無間生謂三界善及學無學二即此無間能生四心謂三界善及無學一不生學心彼非果故非染無覆如前說故已說十二心互相生已云何分此爲二十心頌曰

十二爲二十　謂三界善心　分加行生得
欲無覆分四　異熟威儀路　工巧處通果
色界除工巧　餘數如前說

論曰三界善心各分二種謂加行得生得別故欲界無覆分爲四心一異熟生二威儀路三工巧處四通果心色無覆心分爲三種除工巧處上界都無造作種種工巧事故無色界無行等事故無威儀路無攝受支三摩地故亦無通果有謂無色不緣色等爲境界故彼界無有威儀路等二無記心彼即應許空無邊處近分定有威儀路等若謂彼定此無容有故無過者前即非因雖緣色等爲境界者彼亦許此無容有故依如是理欲界有八色界有六無色有四學無學心合爲二十如是二十互相生者且說欲界八種心中加行善心無間生十謂自界七除通果心自類淨定無間生故及色界一加行善心并學無學即此復從八無間起謂自界四二善二染及色界二加行有覆并學無學生得善心無間生九謂自界七除通果心及色無色有覆無記即此復從十一心起謂自界七除通果心及色界二加行有覆并學無學二染汙心無間生七謂自界七除通果心即此復從十四

心起謂自界七除通果心及色界四除加行善與通果心并無色三除加行善異熟威儀無間生八謂自界六除加行善與通果心及色無色有覆無記即此復從七無間起謂自界七除通果心工巧處心無間生六謂自界六除加行善與通果心即此復從七無間起除通果心從通果心無間生二謂自界一即通果心及色界一即加行善即此亦從二無間起謂即前說自色二心說欲界心互相生已次說色界六種心中從加行善心無間生十二謂自界六及欲界三加行生得與通果心并無色一加行善心學無學心即此復從十無間起謂自界四除威儀路與異熟生及欲界二加行通果并無色二加行有覆學無學心生得善心無間生八謂自界五除通果心及欲界二不善有覆并色界一有覆無記即此復從五無間起謂自界五除通果心有覆無記無間生九謂自界五除通果心及欲界四二善二染即此復從十一心起謂自界五除通果心及欲界三即生得善威儀異熟并無色三除加行善異熟威儀無間生七謂自界四除加行善與通果心及欲界二不善有覆并無色一有覆無記即此復從五無間起謂自界五除通果心從通果心無間生二謂自界二加行通果即此亦從二無間起謂即前說自界三心說色界心互相生已次說無色四種心中加行善心無間生七謂自界四及色界一加行善心并學無學即此復從六無間起謂自界三唯除異熟及色界一加行善心并學無學生得善心無間生七謂自

界四及色界一有覆無記并欲界二不善有覆即此復從四無間起謂自界四有覆無記無間生八謂自界四及色界一加行有覆并欲界二不善有覆即此復從十無間起謂自界四及色界三生得異熟與威儀路并欲界三名如色說異熟生心無間生六謂自界三除加行善及色界一有覆無記并欲界二不善有覆即此復從四無間起謂自界四說無色心互相生已次說無漏二種心中從有學心無間生六謂通三界加行善心及欲生得弁學無學即此復從四無間起謂三加行及有學心從無學心無間生五謂前有學所生六中除有學一即此復從五無間起謂三加行及學無學復有何緣加行無間能生異熟工巧威儀非彼無間生加行善且異熟生由先業力所引發故勢力羸劣非作功用所引發故不能引起加行善心故彼不能生加行善出心不由功用轉故加行無間生彼無違工巧威儀勢力羸劣樂行功用引發工巧及威儀故不能引起加行善心出心不由功用轉故加行無間生彼無違若爾染心不應無間生加行善染著境界違背善故勢力劣故無斯過失猒倦煩惱數數現前作是思惟設何方便令無義聚止息不行便如實知起過失境能生功德脫我當起煩惱現前尋復覺知起善防護由斯願力能起加行無始時來數習染故勢力不劣故染無間生加行善欲界生得行相明利非勝功用之所引發以明利故可有從彼學無學心色界加行無間而起非勝功用所引發故不能從此引生彼心

色無色界生得善心不明利故非勝功用所
引發故非學無學他界加行無間而起亦非
從此引生彼心又欲生得以明利故可從色
染無間而生能為防護色界生得不明利故
非無色染無間而起作意有三謂自共相勝
解作意有差別故云何名為自相作意謂觀
諸色變礙為相乃至觀識了別為相如是等
觀相應作意云何名為共相作意謂十六行
相應作意云何名為勝解作意謂不淨觀及
四無量有色解脫勝處徧處如是等觀相應
作意如是三種作意無間聖道現前聖道無
間亦能具起三種作意若作是說便順此言
不淨觀俱行修念等覺分有餘師說唯從共
相作意無間聖道現前聖道無間方能具起
三種作意若爾何故契經中言不淨觀俱行

修念等覺分由不淨觀調伏心已方能引生
共相作意從此無間聖道現前依此展轉密
意而說故無有過有餘復言唯從共相作意
無間聖道現前聖道無間亦唯能起共相作
意此言有夫所以者何依未至等三地證入
正性離生聖道無間可生欲界共相作意以
欲界中共相作意去彼聖道非極遠故若依
第二第三第四靜慮證入正性離生聖道無
間起何作意非起欲界共相作意以極遠故
又於彼地無容有故以非彼地已有曾得共
相作意異於曾得順決擇分非諸聖者順決
擇分可復現前非得果已可重發生加行道
故彼今應說此聖道後起何共相作意現前
豈不繫屬順決擇分亦修彼類共相作意如
觀諸行皆是無常觀一切法皆是無我涅槃

寂靜聖道無間引彼現前此救非理繫屬加行所修作意非得果後可引現前是彼類故前說聖道無間通三作意現前於理爲善若依未至定得阿羅漢果後出觀心或即彼地或是欲界依無所有處得阿羅漢果後出觀心或即彼地或是有頂若依餘地得阿羅漢果後出觀心唯自非餘地於欲界中有三作意一聞所成二思所成三生所得色界亦有三種作意一聞所成二修所成三生所得無思所成舉心思時即入定故無色唯有二種作意一修所成二生所得欲界聞思作意無間聖道現前聖道無間具起三種作意現前以諸聖道起必繫屬加行道故非生得善作意無間聖道現前色界聞修作意無間聖道現前聖道無間亦唯起彼二種作意無色唯修作意無間聖道現起聖道無間空唯起修不起生得若生第二靜慮已上起初靜慮三識身時諸有未離自地染者彼從自地善染無記作意無間三識現前三識無間還生自地三種作意諸有已離自地染者除染作意唯善無記作意無間三識現前三識無間亦唯起此二種作意於前所說十二心中何心現前幾心可得頌曰

三界染心中　得六六二種　色善三學四
餘皆自可得

論曰欲色染心正現前位十二心內各得六心無色染心正現前位十二心內唯得二心爲一剎那應言不爾且起欲界染汙心時或界退還或續善本或退勝德於此三位隨容有數總得六心界退還時除自無覆定得自

界善等三心理亦應言得自無覆以本論說成不善心欲無覆心定成就故色界染心亦容可得續善本位得自善心以疑心中續善根故退勝德位三界染心及有學心皆容可得若起色界染汙心時或界退還或退勝德隨容有數亦得六心界退還時得自三種及得欲界無覆無記謂通果心退勝德位色無色界二染汙心及有學心皆容可得若起無色染汙心時頓得二心謂學自染此中唯有退勝德位色界善心正現前位十二心內容得三心謂自善心及欲色界無覆無記由昇進故理實不得欲無覆心以於先時定成就故有說根本靜慮起時頓得三心即如前說若汎說得此義非無然於爾時唯得後一以前二種先成就故若不爾者此位學心亦容可得應言得四若有學心正現前位十二心內容得四心謂有學心及欲色界無覆無記并無色善若初證入正性離生爾時學心即名爲得若以聖道離欲界染最後所起解脫道時欲色界無覆無記理亦不得欲無覆心義如先辯若以聖道離色界染得無色善此中離言非究竟離以於色染未全離時無色善心已可得故有說全離色界染時得無色界根本地善若爾應說亦得學心離欲染時亦得色善是則應說學心得五餘謂前說染等心餘謂三界三無覆無記欲無色善及無學心不說彼心正現前位得心差別應知彼心正現前位唯自可得欲色無覆心正現前位都無所得前已得故不應說言皆自可得豈不無學心正起時亦容得四謂三界善初

盡智時未來修故非先已得有未來修如何可言此唯自得又無色善正現起時亦得學心寧唯自得今言得者非先所成如後頌說故無此難若不爾者色善得三學心得四亦不應說容得餘故此義應思有餘亦言心有十二以學無學同無漏故即約此義總說頌曰

慧者說染心　現起時得九　善心中得六　無記唯無記

欲界染心界退還位除自無覆得自界三理亦應說得自無覆色界染心界退還位得自善染欲色無覆無色染心退無學位得自界染及有學心此約界論得心多少非約地辯故得九心無色善心無容得故有餘師說染得十心以無色中退生下地染心起位得自善心雖言得心約界而立如亦可說得無漏心得地善心何緣不說若兼說得地豈唯十二心言善心中得六心者謂於永離欲界染時應知頓得欲色無覆理不應得欲無覆心初入定時如應別得色無色善初入離生證阿羅漢時得學無學理亦應得欲界善心謂以正見續諸善本雖加欲善除無覆心經主不應難令得七然學無學同無漏故總說一心言六無失有餘師釋得盡智時頓得六心謂三界善欲色無覆及無學心雖約別時亦容得六而據頓得故說此時況說無違非今頌意為攝前義復說頌言

由託生入定　及離染退時　續善位得心　非先所成故

阿毗達磨順正理論卷第二十 說一切有部